KB115928

81장 3백 살 먹은 신선 편

"노부(老夫)는 거친 산 속의 시골뜨기로서 아무런 학식도 없습니다.
이렇게 폐하께서 불러 주시었사오니 무슨 분부하실 일이라도 있으십니까?"

83장 백면서생, 대장이 되다 편

관흥은 그의 부친이 쓰던 청룡언월도(靑龍偃月刀)를
다시 수중에 넣고 반장의 수급을 말머리에 매달고
반장의 말을 집어타고 본영을 향해서 말을 달렸다.

86장 기름가마 옆에서 편

"허어! 동오에는 현자가 많은 줄 알았더니
일개 나 같은 서생을 대하는데도 이다지 부들부들 떨 줄이야!"

88장 뻔뻔스러운 사나이 편

"만약에 이번에도 승상이 나를 또 잡아올 수 있다면
그때는 경심토담(傾心吐膽)하고 귀항하겠소.
두 번 다시 다른 마음을 먹지는 않겠소."

91장 제갈량의 출사표 편

이제야말로 마땅히 3군을 거느리고 북으로 중원을 평정해야겠습니다.
한실을 부흥하여 옛 도읍으로 돌아가게 함이,
신이 선제께 보답하고 폐하께 충성을 다하고자 하는 직분인 줄 압니다.

94장 철거군 편

과연 탐스러운 눈이 산천을 뒤덮기 시작했다.
공명은 강유를 내보내서 철거군을 산곡간으로 유인해 들이는데 성공했다.

97장 편지를 믿었다가 편

"신은 벌써부터 제갈량을 물리칠 만한 계책을 세우고 있습니다.
위군이 무위를 뽐내지 않아도 촉병은 저절로 물러갈 것입니다."

100장 사람을 죽인 편지 한 통 편

공명은 내일 대결하여 싸우겠다는 답장을 써서 사자에게 주어 보냈다.
그날 밤으로 강유에게 밀계를 주어서 여차여차하라 했고,
또 관흥을 불러서 여차여차하라고 분부했다.

101장 일인삼역 편

"현재 천하가 솥발 같은 형세를 이루고 있어 오·위가
우리 나라를 침범할 수 없거늘, 상부(相父)는 어찌하여
편안히 태평을 누리지 않으려 하시오?"

103장 억지로 못하는 일 편

"일을 꾸미는 것은 사람에게 있지만,
일이 되고 안 되는 것은 하늘에 있구나! 억지로 못하는 일이로다!"

106장 병자가 튀어 나와서 편

"이승이 이번에 돌아가서 이런 소식을 전하면
조상은 반드시 나를 꺼리던 마음이 없어질 게다.
그가 성 밖으로 나가서 사냥을 할 때 쳐치해 버려야겠다."

109장 혈서의 비극 편

"사마사는 짐을 어린아이처럼 여기고 백관을 초개같이 아니,
사직이 조만간 저의 수중에 들어가고 말 것이오."

112장 그림의 떡 편

"이번에 위나라를 토벌한 것도,
또 화중지병(畵中之餠)이 됐구나! 일단 철수해야겠다."

115장 아내를 의심하다가 편

"사랑하면 그것이 살기를 바라고(愛之欲基生) 미워하면
그것이 죽기를 바란다(惡之欲基死)'고 하는 말도 있는데,
경이 일개 환관을 용납하지 못할 게 뭐 있겠소."

118장 열녀와 그 남편 편

이튿날, 위나라 군사는 대거 도착했고,
후주는 태자제왕(太子諸王)과 여러 신하 60여 명을 인솔하고
자신을 결박하고 상여를 타고 북문 10리 밖에 나가서 투항했다.

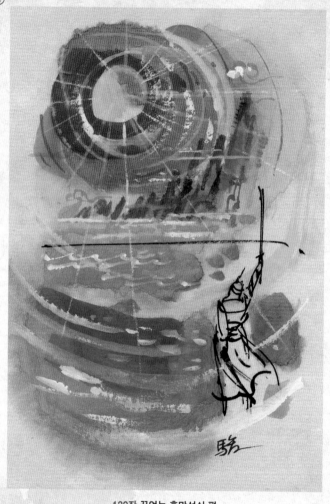

120장 끝없는 흥망성쇠 편

분분한 세상사는 무궁무진하며 천수는 망망하여 피할 길이 없다.
정족이 삼분된다는 것은 이미 꿈이 되어 버렸고,
뒷사람이 이들을 조상한다 하며 탄식하여 말할 뿐이다.

三國志　三

삼국지 3

나관중 지음 | 김광주 옮김

| 차례 |

81.
3백 살 먹은 신선

장비의 죽음과 신선이 써 놓고 간 흰백자의 의미는?

急兄讐張飛遇害
雪弟恨先主興兵

선주(先主) 유현덕이 군사를 일으켜 동쪽을 치려고 하자 조자룡이 간했다.

"국적(國賊)은 조조요, 손권이 아닙니다. 오늘날 조비(曹丕)가 한나라의 왕위를 찬탈했다는 사실은 신인공노(神人共怒)하는 바이오니, 시급히 폐하께서는 관중(關中)을 도모하셔서 위하(渭河) 상류로 둔병하여 흉역(凶逆)을 토벌하시도록 하오면, 관동의 의사(義士)들이 반드시 군량을 마련해 가지고 말을 달려서 왕사(王師)를 영접할 것입니다. 만약에 위(魏)나라를 버리시고 오(吳)나라를 공격하신다면 한번 맞닥뜨린 군사들을 어찌 풀어헤칠 수 있겠습니까? 폐하께서는 양찰하시기 바랍니다."

현덕이 말했다.

"손권은 짐의 아우를 죽였을 뿐더러 또 부사인(傅士仁)·미방(糜芳)·반장(潘璋)·마충(馬忠) 등은 이를 갈 원수들이오. 놈들의 살점을 씹고 그 족(族)을 멸해야만 짐의 원한을 풀 수 있겠소. 경은 어째서 말리는 것이오?"

조자룡이 또 아뢰었다.

"국적에게 대한 원한은 공적인 것이요, 형제의 원수란 사사로운 일입니다. 원컨대 천하를 소중히 여겨 주십시오."

현덕이 대답했다.

"아우를 위하여 원수를 갚지 못한다면 비록 만리 강산(萬里江山)이 내 수중에 있다 한들, 무엇을 귀하게 여길 수 있겠소?"

현덕은 조자룡의 간하는 말도 듣지 않고 군사를 동원하여 오를 치라는 명령을 내리는 한편, 사자를 오계(五谿)로 파견하여 번병(番兵—蠻兵) 5만을 빌려서 함께 책응(策應)하도록 해놓고, 또 낭중(閬中)으로도 사자를 파견하여 장비를 거기장군(車騎將軍)에 승진시키고 사례교위(司隷校尉)에 임명하여 서경후(西卿侯)로 봉하고 낭중의 목(牧)을 겸하게 하기로 했다.

사자는 조서를 받들고 떠나갔다.

한편, 낭중에 있는 장비는, 관운장이 동오에서 살해당했다는 소문을 듣자, 주야로 통곡을 그칠 줄 모르며 옷깃이 피눈물로 젖을 지경이었다.

대장들이 술을 권하여 심사를 풀어 주려 하면 술이 취할수록 노기가 점점 더 충천해서, 측근자로부터 병졸에 이르기까지 대단치도 않은 잘못을 들추어 가지고 매를 때렸고, 비위에 거슬리기만 하면 닥치는 대로 여러 사람들을 때려죽이는 광기를 부리고 있었다.

허고헌 날 남쪽을 바라다보며 이를 갈고, 두 눈을 무섭게 부릅뜨고 분노에 미친 듯이 날뛰며, 목청이 터져라고 방성통곡을 하는 것이었다. 바로 이런 와중에 사자가 도착했다는 보고가 들어왔다.

장비는 허둥지둥 사자를 맞아들였다.

사자가 조서를 낭독해서 들려주었다.

장비는 작(爵)을 받고 북쪽을 향하여 배례를 마치고 술상을 차려 내어 사자를 대접했다.

장비가 말했다.

"우리 형이 살해당한 원한은 바다만큼이나 깊소. 묘당(廟堂)의 신하들은 어째서 군사를 동원하도록 빨리 아뢰지 않는 거요?"

사자가 대답했다.

"먼저 위나라를 쳐부수고 나서 오나라를 공격하자고 권고하는 사람들이 많습니다."

장비가 격분했다.

"그게 무슨 말이오! 옛날에 우리 세 사람은 도원에서 의형제를 맺고 생사를 같이하겠다고 맹세했는데, 이제 불행하게도 형이 중도에서 세상을 떠나신 이 마당에 어찌 나 혼자만이 부귀를 누릴 수 있겠소! 나는 곧 천자께 알현하고 선봉의 책임을 맡겠소. 거상을 입은 채 오를 쳐부숴서 역적 놈을 산채로 잡아 형님 영전에 바쳐 옛 맹세를 실천해야겠소."

장비는 곧바로 사자를 따라서 성도(成都)로 올라갔다.

선주 유현덕은 연일 친히 교련장에 나가서 군마를 조연(操演)하고, 군사를 동원할 날짜를 작정해서 어가친정(御駕親征)할 계획을 세우고 있었다.

이때, 공경(公卿)들이 모두 승상부(丞相府)로 나가서 공명을 만나 보고 말했다.

"천자께서 대위(大位)에 오르신 지 얼마 되지도 않으셔서 친히 군오(軍伍)를 통솔하신다 하옴은 사직을 소중히 생각하시는 소이가 아닙니다. 승상께서는 균형(鈞衡)의 직책을 맡으셨는데, 어째서 간하지 않으십니까?"

공명이 대답했다.

"나도 애써서 간하기 여러 차례요만, 그래도 받아들이시지 않으시오. 오늘은 공들과 나와 함께 교련장으로 들어가서 간해 봅시다."

그 즉시 공명은 백관을 인솔하고 교련장으로 가서 선주 유현덕에게 간했다.

"폐하께서는 보위(寶位)에 처음으로 오르사, 북으로 한적(漢賊)을 토벌하셔서 대의를 천하에 펼치시려면 친히 육사(六師)를 통솔하심도 가하시다고 생각됩니다. 그러나 만약에 오나라만을 토벌하고자 하신다면 한 상장(上將)에게 군사를 통솔시켜서 토벌하심이 마땅합니다. 친히 성가(聖駕)를 번거롭게 하실 필요야 있겠습니까?"

현덕은 공명이 간절히 간하는 것을 보고 마음이 다소 돌아서기 시작했다.

이때, 홀연 장비가 도착했다는 보고가 들어오자, 현덕은 곧바로 불러들였다. 장비는 연무청(演武廳)에 이르러 바닥에 꿇어 엎드려서 현덕의 발을 부둥켜안고 통곡했다.

현덕도 함께 통곡하니, 장비가 울면서 물었다.

"폐하께서는 오늘날 인군이 되시더니 도원의 맹세를 벌써 잊어버리셨습니까? 운장형의 원수를 어째서 갚지 않으십니까?"

현덕이 대답했다.

"여러 관원들이 간하여 말리는지라 경솔히 손을 대지 못하고 있소."

장비가 또 말했다.

"옛 맹세를 남들이야 어찌 알겠습니까? 만약에 폐하께서 가시지 않으신다면 소신이 이 몸을 던져서라도 운장형의 원수를 갚겠습니다. 만약에 원수를 갚지 못할 때에는 소신이 차라리 죽을

지언정 두 번 다시 폐하를 뵙지 않겠습니다."

현덕이 말했다.

"짐도 경과 함께 가겠소. 경은 본부병(本部兵)을 맡아 가지고 낭주(閬州)로부터 쳐 나가오. 짐은 정병을 통솔하고 강주(江州)로 나가서 함께 같이 동오를 토벌하여 이 원한을 풀어 보기로 하겠소."

장비가 떠날 때, 현덕이 간곡히 부탁했다.

"짐은 평소부터 경이 술을 많이 마신 뒤에 난폭해져서 부하들을 매질하고도 그대로 좌우에 거느린다는 사실을 잘 알고 있는데, 이것은 화근을 불러일으키는 일이오. 앞으로는 마땅히 관용을 베풀어 예전과 같은 일이 없도록 하시오."

장비는 절하고 물러났다.

그 이튿날, 현덕이 군사를 정비해 가지고 떠나려고 하는데, 학사(學士) 진복(秦宓)이 아뢰었다.

"폐하께서는 만승(萬乘)의 몸을 버리시고, 소의(小義)에 따르려 하옵시니, 이는 옛사람들이 취하지 않은 길입니다. 원컨대 폐하께서는 신중히 고려하옵소서."

현덕의 말이,

"운장과 짐은 한몸과 같도다. 대의(大義)가 아직도 존재하거늘 어찌 잊어버릴 수 있겠소?"

하니 진복이 땅에 꿇어 엎드린 채 다시 간했다.

"소신의 말씀을 받아들이시지 않으신다 하오면 진실로 실수하심이 있으실까 두렵습니다."

현덕이 대로했다.

"짐이 군사를 일으키려는 마당에, 그대는 어찌하여 이다지 불길한 말을 하는고?"

무사들에게 끌어내서 참형에 처하라고 호통을 쳤다. 그러나 진복은 안색도 변함이 없이 현덕을 돌아다보고 웃으면서 말했다.

"소신은 비록 죽어도 한이 없습니다. 단지 가석하오음은 새로 창업하신 일이 전복될까 염려됩니다!"

여러 관료들이 진복을 위해서 죄를 사해 달라고 애원했다. 그러자 현덕이 말했다.

"우선 옥중에 넣어 두어라. 짐이 원수를 갚고 돌아오면 그때 처분하겠노라."

공명은 이 말을 듣자 즉시 표(表)를 올려서 진복을 구출하려고 했다.

그 표문은 대략 다음과 같은 것이었다.

소신 제갈량 등은 오적(吳賊)이 간궤(奸詭)한 계책을 다하여 형주에 복망지화(覆亡之禍)를 끼치고, 장성(將星)을 두우(斗牛)에 죽였고, 천주(天柱)를 초지(楚地)에 꺾어 버렸음을 절실히 생각하오니 애통한 정리 진실로 잊어버릴 수 없습니다. 그러나 한정(漢鼎)을 옮겨 놓은 사실을 생각하면 그 죄는 조조에게 있사오며, 유조(劉祚)를 옮겨 놓은 것도 그 죄과가 손권에게 있는 것은 아닙니다. 삼가 여쭙거니와 위적(魏賊)을 제거하기만 하오면 오(吳)는 스스로 복종할 것입니다. 원컨대 폐하께서는 진복의 금석(金石) 같은 말씀을 받아들이셔서 사졸의 힘을 배양하고 따로 좋은 계책을 마련하소서. 이렇게 되오면 사직에도 매우 다행한 일이오며, 천하 또한 다행한 일입니다!

현덕은 다 보고 나더니 표를 땅에 내동댕이치면서 말했다.

"짐의 마음은 이미 결정되었도다! 이 이상 간할 필요는 없노라!"

드디어 승상 제갈량에게 명령하여 태자를 보호하고 양천(兩川)을 지키도록 하고, 표기장군(驃騎將軍) 마초(馬超)와 그의 아우 마대(馬岱)는 진북장군(鎭北將軍) 위연(魏延)을 도우면서 한중(漢中)을 지키며 위병(魏兵)을 막아내게 하고, 호위장군(虎威將軍) 조자룡은 후군을 맡는 동시에 아울러 양초(糧草)를 감독하게 하고, 황권(黃權)·정기(程畿)를 참모로, 마량(馬良)·진진(陳震)은 문서를 관리하게 하고, 황충(黃忠)을 전부선봉(前部先鋒), 풍습(馮習)·장남(張南)을 부장(副將), 부동(傅彤)·장익(張翼)을 중군호위(中軍護尉), 조융(趙融)·요순(廖淳)을 후비군(後備軍)으로 하고, 천장(川將) 수백 명과 오계번병(五谿番兵) 도합 75만 명이 장무 원년(章武元年) 7월 병인일(丙寅日)을 택하여 출사(出師)하였다.

한편, 장비는 낭중(閬中)으로 돌아가자 군중에 영을 내려서 사흘 안으로 백기(白旗)와 흰 갑옷을 마련하여 3군에게 모두 입힌 채 오나라를 토벌하기로 했다. 이튿날, 장하(帳下)의 두 말장(末將) 범강(范彊)과 장달(張達)이 장안으로 들어와서 보고했다.

"백기와 흰 갑옷을 그 시일 안에 마련할 도리가 없습니다. 기한을 넉넉히 늦추어 주셔야만 되겠습니다."

장비가 대로하여 말했다.

"나는 급히 원수를 갚고 싶다. 내일이라도 당장에 역적 놈이 있는 곳으로 달려가지 못함이 유감인데, 그대는 어찌 감히 대장의 명령을 거역하겠다는 건가?"

무사에게 호통을 쳐서 그들을 나무 위에 매달아 놓고 각각 등을 50대씩 매질했다. 매를 다 때리고 손가락으로 가리키며 또 말했다.

"내일 중으로 모조리 마련해야 된다! 만약에 기한을 어긴다면 당장에 너희 두 놈을 죽여서 여러 사람에게 시범을 보이겠다!"

어찌나 호되게 매질을 했던지, 두 사람은 입으로 온통 피를 토하면서 영중(營中)으로 돌아와서 서로 상의했다.

범강이 탄식했다.

"오늘은 지독하게 형벌을 받았는데, 우리들 보고 어떻게 마련해 놓으라는 말인가? 놈은 성미가 불덩어리같이 거칠어서 내일 모두 마련해 놓지 못한다면 자네와 나는 목이 달아나고 말걸세!"

장달이 말했다.

"놈이 우리를 죽이겠다면, 우리들이 먼저 놈을 죽이느니만 같지 못할 걸세."

범강이 또 말했다.

"놈의 곁에 쉽사리 얼씬도 하기 어려우니 어찌하겠나?"

장달의 말이,

"우리 둘이 만약에 죽을 운수가 아니라면 놈이 침상 위에 술이 취해서 쓰러져 있을 것이고, 만약에 우리가 죽어야만 된다면 놈이 술이 취하지 않았을 것이고……. 둘 중 하나겠지!"

하며 두 사람은 이렇게 단단히 상의를 했다.

한편, 장비는 장중(帳中)에 있다가 생각이 뒤숭숭하고 행동거지가 안절부절 못하게 되자 부장에게 물어 봤다.

"나는 지금 마음속이 두근두근하고 몸이 후들후들 떨리며, 앉아도 드러누워도 불안하기만 하니 이게 무슨 탓일까?"

부장이 대답했다.

"그것은 군후께서 관공(관운장)을 생각하시기 때문에 그런 것입니다."

장비는 사람을 시켜서 술을 가져오라고 해서 부장과 함께 마셨다. 결국 술이 곤드레만드레가 되어서 장중에 드러누워 버렸다.

범강과 장달은 이런 소식을 탐지하고 초경쯤 되었을 무렵 각각 단도를 몸에 품고 살며시 장중으로 들어가서, 기밀을 알릴 중요한 일이 있다 거짓말하고 곧장 침상 앞으로 대들었다.

본래 장비는 잠잘 때 눈을 감지 않는 버릇이 있었다. 그날밤에도 장중에서 잠이 들어 있는 것을 두 도둑이 바라보니, 여전히 수염을 위로 뻗치고 눈을 부릅뜨고 있으니 감히 손을 대지 못했다.

한참 만에 코고는 소리가 우뢰같이 들려와 그제야 범강과 장달은 앞으로 다가들어서 단도로 힘껏 장비의 배를 찔러 버렸다.

"아아앗!"

장비는 처참한 비명을 한번 크게 지르더니 그대로 절명하고 말았다. 그때 나이 56세.

그날밤에 두 도둑은 장비의 수급을 잘라 가지고 수십 명을 거느리고 밤을 새워 동오로 달아났다.

이튿날 군중에서는 이 소식을 알고 군사를 동원하여 그들의 뒤를 추격했지만 잡지 못했다.

이때, 장비의 부장에 오반(吳班)이란 사람이 있었는데, 그는 예전에 형주에서 성도로 와서 선주 현덕을 만났을 적에 아문장(牙門將)으로 기용되어 장비를 보좌하여 낭중을 지키고 있었다.

오반은 당장에 우선 표를 올려 이 사실을 알리게 하고 나서, 장비의 장자 장포(張苞)를 시켜서 시체를 관곽에 모시게 하고, 장포의 아우 장소(張紹)에게 낭중을 지키도록 하였다. 그리고 장포를 보내서 선주 현덕에게 보고하도록 했다.

이때, 유현덕은 길일을 택하여 이미 출정한 뒤였고, 여러 관료들은 공명을 따라서 성 밖 10여 리 지점까지 현덕을 전송하고 돌아온 길이었다.

공명은 성도로 돌아와서도 울적한 심사로 따분한 시간을 보내고 있었다.

공명은 여러 관료들을 돌아다보며 말했다.

"법효직(法孝直—법정)이 있었다면 기어이 주상의 동행(東行)을 말릴 수 있었으련만……."

한편, 유현덕은 그날밤에 가슴 속이 두근거리고 몸이 후들후들 떨리며 안절부절 못했다. 장 밖으로 나와서 천문(天文)을 우러러보니 서북쪽에 있는 별 하나가 크기가 말(斗)만한데 홀연 땅으로 떨어지는 것이었다.

현덕은 매우 이상하다 생각하고 밤중에 공명에게 사람을 보내서 물어 봤더니, 공명이 회답을 보내왔다.

"상장(上將) 한 사람을 잃을 징조입니다. 사흘 안으로 반드시 깜짝 놀랄 소식이 있을 것입니다."

현덕은 공명의 말을 듣자, 군사를 한 군데 멈추고 움직이지 않았다.

홀연 시신(侍臣)이 아뢰었다.

"낭중 장거기(張車騎)의 부장 오반(吳班)이 사람을 파견하여 표를 가지고 왔습니다."

현덕이 발을 동동 구르며 탄식했다.

"아아! 둘째아우마저 갔구나!"

표를 펼쳐 보니 과연 장비의 흉한 소식이 보고되어 있었다.

현덕은 방성통곡, 그 자리에서 정신을 잃고 쓰러졌다. 여러 관료들이 손을 써서 정신을 차리게 했다.

그 이튿날, 1대의 군마가 바람을 휘몰아치며 달려들고 있다는 보고가 날아들었다. 현덕은 영 밖으로 나가 보았다.

얼마 후 젊은 장수 한 사람이 백포(白袍)에 은투구를 쓰고 말 위에서 떨어지듯 굴러 내리며 땅에 엎드려 통곡을 하는데, 그가 바로 장포였다.

"범강과 장달이 소신의 부친을 죽이고 수급을 동오로 가져갔습니다."

현덕은 애통하여 마지않으며, 음식이 목을 넘어가지 않았다.

여러 신하들이 간곡히 간했다.

"폐하께서는 이제야말로 자중하셔야 됩니다. 두 아우님들을 위하셔서 원수를 갚으시려 하옵시는데 먼저 용체(龍體)를 해롭게 하시는 일이 있으시면 어찌 되겠습니까?"

현덕은 그제야 겨우 밥상을 대했다.

현덕이 장포에게 물었다.

"경은 오반과 함께 본부군을 인솔하고 경의 부친을 위하여 선봉이 되어서 나설 수 있겠는가?"

장포가 대답했다.

"나라를 위하고, 부친을 위하여 만 번 죽더라도 사양하지 않겠습니다!"

현덕이 장포를 시켜서 군사를 동원하려고 하는데 또 1대의 군사가 바람을 휘몰아치며 달려든다는 보고가 날아들었다.

현덕이 신하에게 명령하여 알아보니 얼마 안 되어서 신하가 젊은 장군 하나를 데리고 왔다. 그는 백포를 입고 은투구를 쓰고는 영 안으로 들어서자 땅에 엎드려 통곡하는 것이었다.

현덕이 바라보니 바로 관흥(關興)이었다. 현덕은 관흥을 보자 관운장 생각이 나서 또다시 방성통곡했다. 여러 관료들이 간신히 권고하여 말렸다.

현덕이 탄식하며 말했다.

"짐이 포의(布衣―서민)로 있었을 때 일을 생각하자면……짐은 관운장·장비와 의형제를 맺고 생사를 같이 하겠다 맹세했는데……짐이 이제 천자가 되어, 두 아우와 더불어 부귀를 누리려 했더니, 불행하게도 모두 비명에 죽었도다! 두 조카들을 대하니 애끊는 슬픔을 어찌 금할 수 있으리오!"

말을 마치더니 그대로 통곡하여 그칠 줄을 모른다.

여러 관료들이 입을 모아 말했다.

"두 분 소장(小將)님들께서는 잠시 자리를 물러나 계시오. 성상께서 용체를 좀 쉬시도록 함이 좋을까 하오."

시신도 아뢰었다.

"폐하께서는 이미 육순을 넘으셨으니, 너무 애통해하시면 용체에 해로우실까 합니다."

"두 아우가 모두 세상을 떠난 오늘날, 어찌 짐이 홀로 살기를 바랄 수 있으리오!"

현덕이 말을 마치자 머리를 땅에 부딪치며 통곡했다.

여러 관료들이 상의했다.

"이제 천자께서 이처럼 괴로워하시니 어떻게 진정해 올려야 되겠소?"

마량이 말했다.

"주상께서는 친히 대병을 통솔하시고 오나라를 토벌하시겠다 하시면서 하루종일 통곡만 하고 계시니 이는 우리 군에 불리한 일이오."

진진(陳震)이,

"내가 듣자니, 성도 청성산(靑城山) 서쪽에 숨어사는 선비 한 분이 있는데 성은 이(李), 이름은 의(意)로, 세상 사람이 전하는 말로는 이 노인은 이미 3백여 세로 사람의 생사길흉을 능히 알 수 있으며 당대의 신선이라 하오. 천자께 아뢰어 이 노인을 불러다가 길흉을 물어 보면 우리들의 말보다는 훨씬 나을 것이오."

마침내 이런 뜻을 현덕에게 입주(入奏)했다.

현덕은 그 의견을 따라서 곧 진진에게 조서를 내려서 청성산으로 그 노인을 부르러 보냈다.

진진은 밤을 새워가며 청성에 도착했다. 그 고장 사람들의 인도를 받으면서 산곡간 깊숙한 곳으로 들어가니 멀리 선장(仙莊)이 바라다 뵈는데, 푸른 구름이 은은한 곳에 상서로운 기운이 비범했다.

홀연, 동자 하나가 나와서 영접하며 말했다.

"여기 오신 분은 진효기(陳孝起—진진)란 분이 아니십니까?"

진진이 깜짝 놀라며 말하기를,

"선동(仙童)은 어떻게 나의 성자(姓字)를 아는고?"

하니 동자가 대답했다.

"우리 스승께서 어제 이런 말씀을 하셨습니다. '오늘 반드시 황제의 조명(詔命)이 내려올 것인데, 그 사자는 반드시 진효기일 것이다'라고 하셨습니다."

진진이 감탄했다.

"정말 신선이로다! 사람들이 전하는 말이 헛된 말은 아니었구나!"

마침내 동자와 함께 선장으로 들어가 이의(李意)를 만나 절하고 천자의 조명을 전달했다. 그러나 이의는 자기는 늙었다는 핑계를 하고 갈 수 없다는 것이었다. 진진이 권했다.

"천자께서 선옹(仙翁)을 한번 뵙고 싶어하시니, 학가(鶴駕)를 인색하게 하시지 말면 다행인가 합니다."

재삼 간곡히 부탁했더니 이의는 그제야 가기를 승낙했다. 그 즉시 어영(御營)에 이르러 선주 유현덕을 입견(入見)했다.

현덕은 이의가 학발동안(鶴髮童顏)에 파랗고 부리부리한 두 눈이 반짝반짝 빛나며, 몸이 마치 오랜 세월을 버텨낸 잣나무와 같은 것을 보자, 대뜸 그가 이인(異人)임을 알 수 있었다. 그래서 정중하게 예의를 베풀어 대했다.

이의가 물었다.

"노부(老夫)는 거친 산 속의 시골뜨기로서 아무런 학식도 없습니다. 이렇게 폐하께서 불러 주시었사오니 무슨 분부하실 일이라도 있으십니까?"

현덕이,

"짐은 관운장·장비 두 아우와 생사를 함께 하기로 약속한 지 30여 년, 이제 두 아우가 살해되었기에, 친히 대군을 거느리고 복수를 해볼까 하는데 승부가 어찌 될지 통 추측할 수 없소. 오래 전부터 듣자니, 선옹은 현기(玄機)에 정통하다니 가르쳐 주시기를 바라오."

하니 이의가 대답했다.

"이는 천수(天數)이오니, 노부가 알 수 있는 일이 아닙니다."

현덕이 재삼 물으니 이의는 곧 종이와 먹을 가져오게 했다. 그는 병마(兵馬)와 기계(器械)의 그림을 40여 장이나 그린 후 그것을 일일이 찢어 버리고 나서, 또다시 한 사나이가 땅바닥에 반듯이 누워 있고, 그 옆에 또다른 한 사람이 땅을 파고 묻으려는 그림을 그린 위에다가 큼직하게 백(白) 자 한 자를 써 놓고 머리를 숙여 절하고 돌아가 버렸다.

현덕은 불쾌하기 짝이 없어서 여러 신하에게 소리쳤다.

"미친 늙은이로다! 믿을 만한 말이 못 된다!"

그 그림을 즉시 불에 태워 버리고 곧 군사를 급히 몰아 전진하라고 했다.

이때, 장포가 들어와서 아뢰었다.

"오반의 군사가 이미 도착되었사온데 소신이 선봉이 되고 싶습니다."

현덕은 그 의지를 장하게 여기고 곧 선봉인을 가져다가 장포에게 주었다. 장포가 막 그 인을 허리에 차려고 했을 때, 또 한 젊은 장사가 분연히 나서며 말했다.

"그 인을 저에게 주십시오!"

쳐다보니 그는 바로 관흥이었다.

장포가 말했다.

"내가 이미 조명을 받았소."

"그대는 무슨 능력으로 이 임무를 감당하려 하시오?"

"나는 어려서부터 무예를 배웠고, 활을 쏘면 한 발도 허발(虛發)이 없소."

현덕이 일렀다.

"짐이 조카들의 무예를 한번 구경하고 싶도다. 그것으로써 우열을 결정짓기로 하겠다."

장포는 군사에게 명령하여 백 보 밖에 깃발 하나를 세우고 그 깃발 위에는 홍심(紅心)을 하나 그리게 했다. 그리고 활을 재서 연거푸 세 발을 쏘았다. 모두 홍심을 맞혔다. 여러 사람들이 입을 모아 칭찬했다. 관흥이 활을 손에 움켜잡고 말했다.

"홍심을 맞힌 것이 뭐가 그다지 신기한 일이랴!"

이렇게 말하고 있는데 마침 머리 위로 한 떼의 기러기가 날아갔다.

관흥이 그것을 가리켰다.

"내가 날아가는 저 기러기떼에서 셋째 놈을 쏘아서 떨어뜨리겠소!"

관흥이 활을 쏘아 보기 좋게 그 기러기를 맞혀 떨어뜨리니, 장포는 격분하여 미칠 듯이 날뛰면서 선뜻 말 위에 올라 부친이 전해 준 1장(丈) 8척의 점강모(點鋼矛)를 휘두르며 덤벼들었고, 관흥도 가전대도(家傳大刀)를 휘두르며 말 위에 올라 서로 대결하고 자웅을 결해 보려고 했다.

"이 무슨 무례한 짓인고?"

현덕이 호통을 치고 말렸더니, 두 소년 장사들은 얼른 말에서 뛰어내려 무기를 버리고 땅바닥에 꿇어 앉았다.

"그대들 둘 중에서 누가 나이가 많은고?"

현덕이 묻는 말에 장포가,

"소신이 한 살 위입니다."

하고 대답하자, 현덕이 관흥에게 장포를 형으로 섬기라고 명령하니, 두 사람은 장전(帳前)에서 화살을 꺾고 길이 서로 돕고 서로 구호하겠다는 맹세를 했다.

현덕은 조서를 내려서 오반을 선봉으로 내세우고, 장포와 관흥에게 호가(護駕)의 임무를 맡겼다. 그리고 수륙 양로로 동시에 진군을 개시하여 배와 말이 나란히 전진하여, 호호탕탕 오국으로 노도처럼 쳐들어갔다.

한편, 범강과 장달은 장비의 수급을 가지고 오후(吳侯) 손권에게 투항하여 지난 일을 자세히 보고했더니, 손권은 다 듣고 나서 두 사람을 받아들이며 백관에게 말했다.

"이제 유현덕이 제위에 올라 정병 70여만 병을 거느리고 어가

친정(御駕親征)을 한다니 정세가 몹시 급박하오. 어찌했으면 좋겠소?"

백관이 깜짝 놀라 서로 얼굴들만 쳐다보고 있는데 제갈근(諸葛瑾)이 선뜻 나서면서 말했다.

"소생이 남은 생을 던져서라도 촉주(蜀主)를 만나 보고 이해관계를 설득시켜서 양국이 화해를 하고 함께 조비의 죄를 따져 보도록 하겠습니다."

손권은 크게 기뻐하여, 그 즉시 제갈근을 사자로 유현덕에게 파견하여 군사를 멈추도록 설득시키게 하였다.

82.
젊은 장수들의 공로

노신이 충군(忠君)의 뜻을 지키니
젊은이도 보국(報國)의 공을 세운다

孫權降魏受九錫
先主征嗚賞六軍

　장무 원년(章武 元年) 가을 8월, 선주 유현덕은 대군을 동원하여 기관(夔關)에 이르러 백제성(白帝城)에 가둔(駕屯)했다. 그리고 그 선봉은 이미 사천(四川)의 경계를 넘어섰을 때였다.

　측근의 신하 한 사람이 현덕에게 아뢰었다.

　"오나라의 사자 제갈근이 도착하였습니다."

　현덕이 그대로 쫓아 버리라고 하니, 황권(黃權)이 아뢰었다.

　"제갈근의 아우는 촉나라의 승상이 아닙니까? 반드시 일이 있어서 왔을 텐데, 폐하께서는 무슨 까닭으로 이를 거절하십니까? 불러들이셔서 그의 말을 들어 보셔야 할 것입니다. 들을 만하면 듣고, 듣기 어려운 일이면 그의 입을 빌려서 손권에게 문죄(問罪)

함을 알리면 되지 않겠습니까?"

현덕이 그의 말대로 제갈근을 성 안으로 불러들이니, 제갈근
은 땅에 엎드려 절했다.

현덕이 물었다.

"자유(子瑜—제갈근)는 무슨 일로 멀리 여기까지 왔소?"

제갈근이 대답했다.

"소신의 아우가 오랫동안 폐하를 섬겨 왔기에 소신은 목숨을
돌보지 않고 특히 여기까지 와서 형주의 일을 아뢰는 바입니다.
전에 관공(관운장)이 형주에 있을 때에는 오후(손권)께서 수차에
걸쳐 친연을 맺고자 요구했으나 관공이 승낙하지 않았습니다.
관공이 양양(襄陽)을 점령했을 때, 조조는 오후께 형주를 공격하
라는 편지를 올렸으나 오후께서는 이에 응하지 않으셨습니다.

여몽(呂蒙)이 관공과 불목한 까닭으로 마음대로 군사를 동원하
여 대사를 그르친 까닭이었습니다. 이제 오후께서는 후회막급이
십니다. 이는 여몽의 죄요, 오후의 과실이 아닙니다.

이제 여몽도 세상을 떠났으니 원한도 이미 사라졌습니다. 손
부인(孫夫人)께서는 항시 이곳에 돌아오시고 싶은 생각을 갖고
계십니다.

이번에 오후께서는 소신을 사자로 명령하셔서 부인을 돌아오
시게 할 것과 투항한 장사들을 되돌려 보내시고 형주를 옛날과
같이 반환하셔서 길이 좋은 맹약을 맺어 함께 조비를 쳐부수어

찬역의 죄를 바로잡도록 하시자는 것입니다."

"그대의 동오(東吳)에서는 짐의 아우를 죽여 놓고도 오늘날 감히 교묘한 말로써 변명하려 하는고?"

"소신은 일의 경중대소(輕重大小)를 가려서 폐하와 논의하고자 합니다. 폐하께서는 한조(漢朝)의 황숙(皇叔)이신데, 이제 한제(漢帝) 이미 조비에게 찬탈되었는데도 이를 무찌르실 생각은 하시지 않고, 도리어 이성지친(異姓之親)이신 아우님들 때문에 만승지존(萬乘之尊)을 굽히셔서 큰 일을 버리시고 작은 일을 하시려 하십니다.

중원(中原)은 해내(海內)의 땅으로서, 양도(兩都)가 모두 대한(大漢)이 창업(創業)한 곳인데, 폐하께서는 이를 점령치 않으시고 형주를 가지고 싸우심은 중한 것을 버리시고 경한 것을 취하시는 일입니다. 폐하께서는 즉위하셨으니 반드시 한실을 일으키셔서 강산을 회복하시리라는 것은 천하가 다 알고 있는 바이온데, 이제 폐하께서 위나라를 불문에 붙여 두시고, 도리어 오나라를 토벌하려 하시니 이는 폐하를 위하여 하실 노릇이 아니라고 생각합니다."

현덕이 격분했다.

"나의 아우를 죽인 원수하고는 같은 하늘 밑에 서기도 싫다! 짐의 병력 철수는 죽기 전까지는 할 수 없는 노릇이다! 승상(공명)의 체면을 생각지 않는다면 먼저 그대의 목을 벨 것이지만, 이

대로 돌려보낼 것이니, 손권에게 목을 깨끗이 씻고 죽을 준비나 하고 있으라고 전달하라!"

제갈근은 유현덕이 고집불통인 것을 보자 그대로 강남으로 돌아오는 수밖에 없었다.

한편, 장소(張昭)가 손권에게 이런 말을 했다.

"제갈근은 촉나라 군사의 수효가 많은 것을 알고, 사자로 간다는 것을 구실삼아 우리나라를 배반하고 촉나라로 달아났음에 틀림없습니다. 두 번 다시 돌아오지 않을 것입니다."

손권이 말했다.

"나와 자유(제갈근)와는 생사를 초월하여 서로 변할 수 없는 사이오. 나도 자유를 속일 수 없고, 자유도 나를 속일 수는 없소. 예전에 자유가 시상(柴桑)에 있었을 적에 공명이 오나라에 왔기에 나는 자유더러 공명을 머물러 있도록 하라고 했더니, 그 때 자유가 말하기를 '아우는 이미 현덕을 섬기고 있습니다.

의(義)에는 두 마음이 있을 수 없습니다. 아우가 이곳에 있을 수 없는 것이나 이 근이 다른 데로 갈 수 없는 것이나 똑같은 일입니다' 했소. 이야말로 신명(神明)을 꿰뚫을 수 있는 말이오. 그가 이제 어찌 촉나라에 투항하리오? 나와 자유와는 신교(神交)라고 할 수 있으니 남의 말로 벌어질 사이가 아니오."

이런 말을 하고 있는데 홀연 제갈근이 돌아왔다는 보고가 들어왔다. 손권이 웃으며 말했다.

"나의 말이 과연 어떻소?"

장소는 만면에 부끄러움을 감추지 못하고 자리를 물러났다. 제갈근은 손권을 보고 유현덕에게 화해가 통하지 않는다고 말했다. 손권이 놀랐다.

"그렇다면, 강남이 위태로운 일인데!"

섬돌 아래로 한 사람이 선뜻 나서면서 말했다.

"소생에게 한 가지 계책이 있습니다. 이 위급을 풀어 놓을 수 있습니다."

그는 바로 중대부(中大夫) 조자(趙咨)였다. 손권이 물었다.

"그대에게 무슨 좋은 계책이 있소?"

"주공께서 표를 하나 작성해 주시면 소생이 사자로 가서 위제(魏帝) 조비를 만나 보고 이해관계를 설명해서 한중을 습격하게 하면 촉병이 위기에 빠질 것은 뻔한 노릇입니다."

"가장 좋은 계책이오. 그러나 경은 이번 가는 길에 동오의 기상을 손상시켜서는 안 되오."

"조금이라도 실수가 있다 하오면 강물에 빠져 죽고야 말겠습니다. 무슨 면목으로 다시 강남 사람을 대하겠습니까?"

손권은 크게 기뻐하여 그 즉시 칭신(稱臣)하는 표를 작성해서 조자를 사자로 임명했다. 조자는 밤을 새워가며 허도에 당도하여 먼저 태위(太尉) 가후(賈詡) 등과 대소 관료들을 만나 봤다. 아침에 가후가 출반(出班)하여 아뢰었다.

"동오에서 중대부 조자를 파견하여 표를 올리러 왔습니다."

조비가 웃으면서 말했다.

"이는 촉병을 물리치고 싶은 까닭이로군!"

곧바로 불러들였다. 조자가 섬돌에 꿇어 엎드려서 절하니 조비가 표를 다 보고 나서 조자에게 물었다.

"오후는 백성들의 주인으로서 어느 정도의 인물이오?"

"총명·인지(仁智)·웅략(雄略)의 주인이십니다."

조비가 웃으면서 또 말했다.

"그것은 너무나 지나치게 추켜세우는 말인데……."

"소신이 지나치게 자랑함이 아닙니다. 오후께서 노숙을 평범한 사람들 속에서 골라내신 것은 총명이시요, 여몽을 행진하는 군사 속에서 발탁하신 것은 머리가 밝으심입니다. 우금(于禁)을 잡으셨으나 죽이지 않으신 것은 인(仁)이요, 형주를 피묻은 칼과는 무관하게 수중에 넣으셨으니 지(智)요, 삼강(三江)에 의거하셔서 천하를 날카롭게 둘러보심은 웅(雄)이며, 폐하께 몸을 굽힘은 바로 약(略)입니다. 이런 점에서 논하옵자면 어찌 총명·인지·웅략의 주인이 아니시겠습니까?"

조비가 또 물었다.

"오주(吳主)는 학문도 상당히 아는 분인가?"

"오후께서는 만 척의 배를 강에 띄워 놓으시고 백만 대병을 거느리실 줄 알며, 어질고 능한 인물을 다룰 줄 아시고 항시 경략(經略)에 뜻을 두시며, 틈만 있으면 서전(書傳)을 보시고 사적(史籍)을 두루두루 살피시며, 그 대지(大旨)를 파악하시지만, 서생(書生)들처럼 따분하게 장귀(章句)를 찾아내고 따지는 일은 하시지 않습니다."

"짐은 오를 토벌할 생각인데 어떻겠소?"

"큰 나라에는 정벌하는 군사가 있고, 작은 나라에는 이것에 대한 방어책이 있는 법입니다."

"오나라는 위나라가 두렵지 않소?"

"백만 대병을 거느렸고, 장강(長江)·한수(漢水)를 못으로 삼고 있사온데 뭣이 두렵겠습니까?"

"동오에는 그대만한 인물이 몇 사람이나 있소?"

"대단히 총명한 인물이 8, 90명, 소신 정도의 인물이라면 수레에 싣고 말(斗)로 퍼낼 정도로 있사오니 그 수효를 이루 헤아릴 수 없습니다."

조비가 감탄해 마지않았다.

"'사방에 사신으로 보내서 군명(君命)을 욕되게 하지 않는다'는 말을 경이야말로 감당할 만하오."

조비는 그 즉시 명령을 내려서 태상경(太常卿) 형정(邢貞)을 사자로 삼아, 손권을 오왕(吳王)에 봉하고 9석(九錫)까지 내리겠다는 뜻을 전달하라 하니 조자는 은혜에 감사하고 성 밖으로 나갔다.

이러한 처사에 대해서 대부(大夫) 유엽(劉曄)이 맹렬히 반대했으나, 조비는 그의 고집대로 시종일관했다.

"짐은 오나라도 돕지 않고, 촉나라도 돕지 않을 것이오. 오와 촉이 서로 싸우다가 어느 편이고 다른 한편을 격파해서 한 나라가 됐을 때, 그때 이것을 공격하면 쉽사리 뜻을 이룰 수 있을 것이오. 짐은 이미 결심한 바 있으니 경은 아무 말도 하지 마시오."

조비는 이렇게 딱 잘라서 말해 버리고 태상경 형정을 조자와 동행시켜서 책석(冊錫)을 받들고 동오로 떠나도록 명령했다.

한편, 손권이 백관을 소집해 놓고 촉나라 군사를 방비할 대책을 강구하고 있는 데 위왕이 그를 오왕에 봉하겠으니 나와서 사자를 영접하라는 보고가 들어왔다.

그러자 고옹(顧雍)이 맹렬히 반대하며 그런 작위는 받지 않는 것이 좋다고 간했으나, 손권은 시세(時勢)에 응하는 도리밖에 없다고 강경히 고집했다.

마침내 손권은 성 밖으로 나가서 형정을 영접했고, 그와 말을 나란히 해서 입성한 후 작위를 받고 문무 백관의 축하를 받았으며, 아름다운 옥과 밝은 구슬 등을 마련해서 사례하기 위해 사자까지 조비에게 파견했다.

바로 이때 촉군이 수륙 양면으로 위풍당당이 쳐들어온다는 놀라운 소식이 염탐꾼에 의해서 전해졌다.

손권이 어찌할 바를 모르고 탄식하고 있을 때, 한 젊은 대장이 분연히 앞으로 나서더니 꿇어 엎드리며 말했다.

"소신이 비록 나이는 어리다 하오나 병서(兵書)를 공부한 바 있사오니, 병력 수만을 주시면 촉병을 격파하겠습니다."

손권이 자세히 살펴보니 그는 바로 손환(孫桓)이었다. 손환은 자를 숙무(叔武)라 하며, 부친의 이름은 하(何)요, 본성은 유(俞)였는데, 손권의 형 손책의 총애를 받아, 사성(賜姓)하여 손씨가 되었다.

환은 하의 네 아들 중의 장자인데, 말타기와 활쏘기의 재간이 뛰어나서 항시 오왕(吳王)을 따라 출진하여 여러번 큰 공을 세웠으며, 이때에 무위도위(武衛都尉)의 직책을 맡고 있었으니 나이 26세였다. 손권이 물었다.

"그대에게 무슨 계책이 있어서 이길 수 있다 하는고?"

"소신에게는 이이(李異)·사정(謝旌)이라는 두 대장이 있사온데, 모두 만부부당(萬夫不當)의 용맹을 지니고 있습니다. 군사 수만 명만 주셔서 유현덕을 붙잡도록 해 주시기 바랍니다."

"조카가 비록 영용하다지만 아직도 나이 어리니 어찌하겠나? 반드시 도와줄 사람이 하나 있어야지."

주연(朱然)이 선뜻 나섰다.

"소신이 젊은 장군과 함께 유현덕을 붙잡아 오겠습니다."

손권은 손환을 좌도독에, 주연을 우도독에 봉하고, 수륙 양군 5만을 정비시켜서 그날로 떠나 보냈다. 초마가 탐지해 오기를, 촉군이 이미 의도(宜都)에 진을 치고 있다 하니 손환은 2만 5천의 군사를 거느리고 의도의 경계지대로 진군하여 전후 세 군데에 진을 쳐놓고 대비하고 있었다.

　이때, 촉군의 대장 오반(吳班)은 선봉의 인(印)을 받아 가지고 출전한 이래 가는 곳마다 적군은 싸우지도 않고 항복했으니, 피한 방울도 흘리지 않고 의도에까지 다다랐는데, 손환이 진을 치고 있다는 소식을 탐지하자, 그 즉시로 선주 유현덕에게 급보를 전달시켰다.

　유현덕은 이때 자귀(秭歸)에 도착했는데, 이 소식을 듣고 대로했다.

　"어린 놈이 어찌 감히 짐에게 대항하려 든단 말인고!"

　관흥이 아뢰었다.

　"손권이 이런 아이를 장수로 내세웠다 하오면 폐하께서도 대장을 내보내실 것까지 없습니다. 원컨대 소신이 나가서 잡아오겠습니다."

　현덕은 곧바로 관흥에게 출동하도록 명령을 내렸다. 관흥이 작별인사를 하고 자리를 물러나려고 하는데 장포가 나섰다.

　"관흥이 적(賊)을 치러 나간다면 소신도 동행하고 싶습니다."

　"조카 둘이서 동행한다니 심히 묘한 일이군! 그러나 피차간에 조심해서 실수가 없도록 하게."

관흥과 장포는 현덕의 앞을 물러나서 선봉과 합세하여 함께 진군을 개시하고 진세를 정비했다.

한편 손환은 촉나라 대군이 습격해 온다는 소식을 알고 당장 영채를 정비하여 대결 태세를 갖추었다.

장포와 손환은 한동안 서로 노려보며 욕설만 퍼붓고 있다가 성미 급한 장포가 먼저 사모창을 휘두르며 손환에게 덤벼들었다.

손환의 등뒤에 있던 사정이 재빨리 대들어서 30여 합을 싸우다가, 사정은 도주했고 장포가 추격했다. 사정이 패하리라는 것을 알아차린 이이가 당황하여 금도끼를 휘두르며 말을 달려 싸움을 거들려고 달려들었다. 그러나 장포와 20여 합을 대결해도 승부가 나지 않았다.

이 순간에, 오나라의 부장 담웅(譚雄)이 이이가 도저히 장포를 감당해 내지 못하리라는 것을 간파하자, 먼곳에서 몰래 활을 쏘아서 장포의 말을 맞혔다.

말은 부상을 입은 채 본진을 향해 달렸으나 문기(門旗) 근처까지 이르기 전에 털썩 쓰러져서 장포는 땅 위에 내동댕이쳐지고 말았다.

이이는 도끼를 휘두르며 장포에게 달려들어 그의 머리를 내리찍으려는 아슬아슬한 찰나, 홀연 한 줄기 붉은 빛이 번갯불처럼 스쳐 지나가더니 이이의 목이 허공으로 날아서 땅 위에 떨어지고 말았다.

이것은 관흥이 장포의 말이 되돌아오는 광경을 바라보고 있다가 싸움을 거들러 내닫는 순간, 말이 쓰러지고 장포가 위기일발에 처해 있는 것을 발견하자, 호통을 치며 이이의 목을 한칼에 날려 버린 것이었다.

장포를 구출한 관흥은 그대로 밀고 나가서 적을 무찔렀고, 손환은 대패하고 말았으며, 이날은 양군이 징을 울려서 싸움을 일단 중지시켰다.

그 이튿날도 치열한 육박전이 또 계속되었다. 손환이 대로하여 도전해 오는 관흥과 대결했으나 30여 합을 싸우자 도주해 버렸고 관흥·장포 두 장수가 적진으로 돌진해 들어가니 오반도 장남(張南)·풍습(馮習)을 거느리고 함께 쳐들어갔다.

선두에서 달리던 장포는 사정과 맞닥뜨리게 되자 한칼에 그를 찔러 죽여 버렸고, 오군은 뿔뿔이 흩어지는 수밖에 없었다. 촉군의 대장들이 적군을 맹렬히 무찌르고 나서 군사를 수습해 보니, 관흥 한 사람만이 보이지 않았다.

장포가 깜짝 놀라서 즉시 말을 달려 관흥의 행방을 찾아서 몇 리 길을 달려갔더니, 관흥이 왼손에는 칼을 든 채 오른손에는 대장 한 사람을 산채로 붙잡아 가지고 돌아오는 것이었다.

"그는 누군가?"

하고 장포가 물었더니 관흥이 대답했다.

"난군(亂軍) 중에서 원수 한 놈을 만났기에 산채로 잡아오는 길이오."

장포가 쳐다보니 그것은 바로 그 전날 먼곳에서 몰래 활을 쏘아 자기의 말을 부상당하게 했던 담웅이었다.

장포는 크게 기뻐하여 함께 본진으로 돌아와서 담웅의 목을 베어 죽은 말에게 제사를 지내주고, 표를 작성하여 선주 유현덕에게 사람을 파견하여 승리를 보고했다.

손환은 이이·사정·담웅 등 여러 장사를 잃고, 도저히 감당해 낼 힘이 없자 급히 오로 사람을 파견해서 원군을 청하기로 했다.

한편, 촉군의 진영에서는 대장 장남과 풍습이 오반과 함께 새로운 작전을 세웠다. 그것은 적군의 허를 찔러서 야습을 감행하자는 것이었으며, 적장 주연을 유도해서 끌어내 놓고, 관흥·장포 두 대장이 산곡간에 숨어 있다가 쳐부술 것, 이렇게 하기 위해서 가짜 투항병을 주연에게 미리 보내서 이편에서 야습할 것이라고 자극을 주자는 것이었다.

주연은 손환이 많은 장사들을 잃어버렸다는 소식을 듣자, 구원하러 나가려고 하는데, 홀연 복로군(伏路軍)이 투항하러 오는 소졸 몇 명을 배에 태워 가지고 나타났다. 한 소졸이 말했다.

"저희들은 풍습의 부하였습니다만, 은상(恩賞)에 불만을 품고 도주하여 투항하러 왔습니다. 비밀히 알려드리는 바입니다만, 오늘밤에 풍습은 이편의 허를 찔러서 손장군의 영채에 야습을 감행할 작정이오며, 불길이 일어나는 것을 신호로 삼고 행동을 개시할 것입니다."

이 소졸들이 바로 풍습 편에서 파견된 가짜 투항병임은 더 말할 것도 없었다. 이 말을 듣자, 주연은 곧바로 손환에게 사자를 급파했으나 그 사자는 도중에서 관흥의 손에 죽고 말았다.

주연은 또 군사를 인솔하고 손환을 구원하러 나서려고 상의했더니, 부장 최우(崔禹)가 말했다.

"소졸들의 말이란 깊이 믿을 만한 게 못 됩니다. 만약에 잘못이 있다면 수륙 양군이 모조리 궁지에 빠지게 될 것입니다. 장군께서 수채(水寨)를 잘 지키고 계시면, 소생이 장군을 대신하여 한번 나가 보고 싶습니다."

주연은 그 말대로 최우에게 군사 만 명을 인솔하여 적을 공격하라 명령했다.

그날밤, 풍습 · 장남 · 오반은 3로(三路)로 군사를 나누어 가지고 손환의 채중(寨中)으로 돌격을 가했다. 불길이 사방에서 치밀어오르며 오병들은 일대 혼란을 일으키고 살 길을 찾아서 도주하기에 바빴다.

최우가 행군을 계속하고 있는데 홀연 불길이 치밀어오르는 것이 보였다. 군사를 급히 몰아 앞으로만 나가고 있었다. 어느 산기 슭을 막 돌아서자니, 홀연 산곡간에서부터 북소리가 요란스럽게 울리며 왼쪽에서 관흥, 오른쪽에서 장포가 일제히 내달았다. 대 경실색한 최우, 말머리를 돌려서 도주하려 하는데, 장포가 정면 에서부터 덤벼들더니 단 1합을 싸우자마자 최우를 산채로 붙잡 아 버렸다. 주연은 위급한 소식을 듣자, 배를 5, 60리 하류로 후 퇴시켰다.

손환은 패잔병을 인솔하고 도주하면서 부장에게 물어 보았다.

"앞으로 나가면 어느 곳의 성이 견고하고 양식도 많소?"

"여기서 곧장 북쪽으로 가면 이릉성이 있사온데, 가히 둔병할 만한 곳입니다."

손환이 패잔병을 거느리고 이릉을 향하여 곧장 달려가서 성 안으로 막 들어서려는데 벌써 오반이 재빨리 뒤를 추격해서 사 방을 물샐 틈도 없이 포위해 버렸다.

한편, 관흥과 장포가 최우를 끌고 자귀로 돌아가니, 선주 유현 덕은 크게 기뻐하며 최우를 참하라 명령했고, 3군에 대상을 내 렸다. 이때부터 현덕의 위풍은 천하를 진동했고, 강남의 모든 장 수들의 간담을 서늘하게 했다.

한편, 손환이 구원을 청하는 사자를 파견하니 오왕 손권은 크 게 놀라서 그길로 문무백관을 소집해 가지고 대책을 상의했다.

"이제 손환은 이릉에서 포위를 당했고, 주연의 수군도 대패했으니, 저 촉병의 큰 세력을 어찌 막으면 좋겠소?"

장소가 대답했다.

"지금 장수들이 세상을 떠난 사람이 많다지만, 아직도 10여 명은 있사온데 유현덕을 두려워할 거야 있겠습니까? 명령을 내리셔서 한당을 정장(正將)으로 주태를 부장으로, 반장을 선봉으로, 능통을 합후(合後)로, 감녕을 구응(救應)으로 삼으시고 군사 10만을 동원하시면 막아내실 수 있습니다."

손권은 그 말대로 당장에 모든 장수들에게 출동령을 내렸다. 이때 감녕은 이질을 앓고 있었는데, 병자의 몸으로 출정했다.

선주 유현덕은 무협(巫峽)·건평(建平)에서 곧장 이릉 경계지대에 이르는 70여 리를 40여 군데의 영채로 연결시켜 놓고, 관흥·장포가 계속적으로 큰 공을 세우는 것을 보자, 이렇게 말했다.

"옛날에 짐을 따르던 여러 장수들은 모두 늙어서 쓸모 없게 됐는데, 또다시 두 조카가 이같이 대단한 영웅들이니 짐이 손권을 두려워할 게 무엇이 있으리오!"

이런 말을 하고 있는데, 홀연 한당과 주태가 군사를 거느리고 쳐들어온다는 보고가 들어왔다.

현덕이 그 즉시 대장을 파견하여 대적하게 하려 했더니, 측근의 신하가 아뢰었다.

"노장 황충이 부하 5, 6명을 거느리고 동오에 투항했습니다."

현덕이 웃으며 말했다.

"황한승(황충)은 반역할 사람이 아니다. 짐이 늙은 사람은 쓸모가 없다고 한 마디를 잘못했더니, 그 늙었다는 게 마땅치 않아서 용기를 내서 대적하러 나간 것이다."

현덕은 곧 관흥과 장포를 불러들여서 이번 싸움에는 황충이 위태로우니 나가서 싸움을 거들어 주고, 그가 작은 공로라도 세우거든 즉시 함께 돌아오라고 당부했다. 두 장수는 곧 황충을 도와주러 나갔다.

이야말로 노신(老臣)이 충군(忠君)의 뜻을 저버리지 않으니 젊은이도 보국(報國)의 공을 세울 수 있다는 것이다.

83.
백면서생, 대장이 되다

어찌 하늘이 적을 죽여주기만을
기다리고 있으리까?

戰 猇 亭 先 主 得 讐 人
守 江 口 書 生 拜 大 將

때는 장무(章武) 2년(서기 222년) 봄, 정월.

무위후장군(武威後將軍) 황충은 유현덕이 노장은 쓸모 없다고
한 말을 노엽게 생각하고 용기를 내어 부하 5, 6기를 거느리고
이릉 영중(營中)으로 달려갔다.

오반이 장남·풍습과 함께 그를 영접하고 무슨 일로 이렇게
달려왔느냐고 물었더니, 황충이 대답했다.

"내 나이 비록 칠순이라고는 하지만, 아직도 고기 열 근을 먹
고 이석지궁(二石之弓)을 쏠 수 있소. 어제 주상께서 우리 늙은 위
인들은 쓸모가 없다고 하셨기에 여기까지 달려와서 동오와 싸워
서 내가 적장의 목을 베는 솜씨가 늙었는지 늙지 않았는지 한번

보여드리고자 하는 바요."

이런 말을 하고 있는 사이 홀연 오병이 벌써 앞에서 쳐들어오고 초마가 영채 근처까지 대들었다는 보고가 날아들었다. 그러자 노장 황충은 여러 사람들이 말리는 말도 듣지 않고 마침내 오군의 진두로 달려나가서 말을 멈추고 칼을 움켜잡더니 선봉 반장에게 도전했다.

반장은 부장 사적(史蹟)을 출마시켰다. 사적은 황충이 늙었다 업신여기고 대뜸 창을 휘두르며 덤벼들었지만, 3합도 싸우지 못하고 황충의 칼에 목이 날아가 버렸다.

반장이 격분하여 예전에 관운장이 쓰던 청룡도를 휘두르며 덤벼들었으나, 황충의 분투 앞에 견디다 못해서 몇 합도 싸우지 못하고 말머리를 돌려 도주해 버렸다.

황충은 반장을 추격하여 오병을 시원스럽게 무찔러서 몰아 내고 돌아오는 길에 관흥 · 장포를 만났다. 유현덕이 싸움을 거들어 주러 나가라고 해서 왔는데 그만큼 공로를 세웠으니 영채로 돌아가는 게 좋겠다고 권고하는 관흥 · 장포의 말에, 노장 황충은 귀도 기울이지 않았다.

그 이튿날, 반장이 또다시 쳐들어오니 황충은 오반이 싸움을 거들겠다는 것도 뿌리치고 친히 군사 5천을 거느리고 그와 대결했다.

"오늘이야말로 관공(관운장)의 원수를 갚아야겠다!"

호통을 치며 추격해 나간 황충이 30리도 채 못 가서 사방에서 고함소리가 일어났다. 그리고 복병이 일제히 덤벼들고, 앞에서 반장, 뒤에서 능통이 황충을 옴쭉도 못하게 포위하고 말았다.

이때 광풍이 사납게 일어나고 급히 후퇴하려는 황충의 한쪽 어깨에 번갯불같이 날아들어 꽂히는 한 자루의 화살.

그 뒤로 또 맹렬히 공격해 들어오는 오군을 가로막고 황충을 구출한 것은 역시 관흥과 장포였다.

화살을 맞은 채 영채로 돌아온 황충은 늙은 몸을 그 이상 지탱하지 못하고 생명이 위독해졌다. 선주 유현덕은 그의 등을 어루만지며,

"노장군이 부상을 입게 된 것은 짐의 과실이었소!"

하고 괴로워했으나, 드디어 황충은 75세의 고령으로 그대로 정신을 잃고 절명하고 말았다.

오호대장(五虎大將) 중에서 이미 세 장수를 잃은 현덕은 슬픔을 금치 못했다. 곧바로 어림군(御林軍)을 효정(猇亭)으로 진격시키고, 전군을 8로로 나누어서, 수로는 황권(黃權)에게 맡기고, 현덕 자신이 대군을 거느리고 육로로 출발했다. 때는 장무 2년 2월 중순이었다.

마침내 양군은 맞닥뜨려졌다.

저편은 한당·주태, 주태의 아우 주평(周平), 그리고 부장 하순(夏恂).

이편은 유현덕 · 관흥 · 장포.

치열한 접전 속에서 장포가 무서운 호통소리와 함께 하순을 한칼에 찔러서 거꾸러뜨리고, 주평을 또한 한칼에 찔러서 죽여 버렸다.

관흥 · 장포 두 장수가 계속하여 육박해 들어가니 한당 · 주태 는 당황하여 영채를 향해 뺑소니를 쳐버렸다. 이 광경을 보고 있던 현덕이,

"과연 범 같은 아버지(虎父)에게 개 같은 아들(犬子)은 없도다!"

하고 감탄하여 마지않으며, 채찍을 한번 선뜻 휘두르니, 촉군 의 8로 군사들은 노도처럼 일제히 쳐들어갔고, 오군의 전사자는 벌판에 즐비하게 나뒹굴게 되니 피가 강물처럼 흘렀다.

한편 오군의 감녕은 이질에 걸려서 배 안에 혼자 남아 있다가, 촉군이 쳐들어왔다는 소식을 듣고 급히 말에 올라 도주하려는 데, 홀연 앞을 가로막는 만왕(蠻王) 사마가(沙摩柯)가 거느리는 만 병(蠻兵)과 맞닥뜨리게 되어서 머리에 화살을 맞은 채 부지구(富 池口)까지 달아났다.

그러나 마침내 큰 나무 아래 주저앉아서 절명하고 말았다. 나 무 위에 떼를 지어 앉아 있던 까마귀들이 그의 시체를 둘러싸고 빙빙 돌고 있었다. 오왕은 이 소식을 알자 애통해 마지않으며 예 를 갖추어 후히 장사를 지내 주었다.

유현덕은 드디어 오병을 완전히 격퇴시키고 효정을 점령했다. 군사를 수습해 놓고 보니 관흥이 보이지 않아 몹시 당황하여 그 즉시 장포와 그밖의 몇 사람을 내세워서 관흥의 행방을 탐지하게 했다.

관흥은 오군의 진지로 쳐들어가는 도중, 원수 반장과 맞닥뜨리게 되어서 말을 달려 그를 추격했다. 반장이 산곡간으로 뺑소니를 쳐서 행방을 감춰 버리니, 관흥은 그를 찾아서 이리저리 헤매다가 날이 저물고 길을 잃어버리게 되었다. 밤 2경이나 되었을 때에야 다행히 어떤 산장을 찾아들어 한 노인의 집에서 잠자리를 내어 주어 쉬게 되었다.

공교롭게도 그 집 당내(堂內)에는 촛불이 밝게 켜 있고, 중당(中堂)에는 관운장의 모습을 그림으로 그린 신상(神像) 한 폭이 벽에 붙어 있었다.

관흥은 통곡하며 그 앞에 꿇어 엎드려 절을 했고, 그가 관운장의 아들 관흥임을 알게 된 이 집 노인은 관운장 재세시의 용맹을 칭송하면서 관흥에게 술과 음식을 잘 대접했다. 그리고 말까지 안장을 내려놓고 배불리 먹이를 주었다.

그런데 밤이 3경쯤 되었을 무렵.

갑자기, 이 집 문을 두드리며 하룻밤의 잠자리를 청하는 또 한 명의 장수가 있었으니 그는 바로 오군의 대장 반장이었다.

외나무 다리에서 만난 원수.

노인이 문을 열어주니 얼른 안으로 들어서던 반장이 관운장의 신상을 흘끗 쳐다보자마자 혼비백산하는 순간, 관흥의 손에 든 든히 잡힌 칼날이 번쩍 광채를 발하면서 단숨에 반장의 목을 베어서 땅 위에 내동댕이쳤다.

관흥은 그의 부친이 쓰던 청룡언월도(靑龍偃月刀)를 다시 수중에 넣고 반장의 수급을 말머리에 매달고 반장의 말을 집어타고 본영을 향해서 말을 달렸다.

관흥이 몇 리 길도 가지 못해서 홀연 나타나며 앞을 가로막는 대장이 한 사람 있었다. 그는 바로 반장의 부장 마충(馬忠)이었다.

관흥은 발연대로하여 청룡언월도를 휘두르며 마충을 없애 버리려고 덤벼들었는데 난데없이 마충의 부하 3백여 명이 습격해와서 관흥을 옴쭉도 못하게 포위하고 말았다.

관흥은 단기.

위기일발의 찰나에 홀연 서북쪽에서부터 1대의 군마가 비호같이 날아들었다. 바로 장포였다. 마충은 당황하여 곧바로 군사를 몰고 뺑소니를 쳤으며, 관흥·장포가 이를 추격했더니, 미방·부사인(傅士仁)이 마충을 찾아 나섰다가 앞을 가로막고 덤벼들어서 혼전이 벌어졌다. 장포와 관흥은 병력이 넉넉지 못함을 재빨리 간파하고 황망히 철퇴해 버렸다.

그들이 효정으로 돌아와서 반장의 수급을 현덕에게 바치고 자초지종을 이야기하니, 현덕은 감탄하여 마지않으며, 3군에 상을 후히 내렸다.

한편, 마충은 진지로 돌아와서 한당·주태를 만나 함께 패잔병을 수습하고, 부사인·미방을 거느리고 강변에 다시 진을 쳤다.

3경에 병사들의 통곡소리가 들려와서 미방이 몰래 군정을 살펴보니 병사들의 사기는 땅에 떨어졌고, 미방과 부사인을 원수같이 여기며 그들을 죽여 버리고 촉군에 투항할 궁리를 하고 있는 것이었다.

미방은 깜짝 놀라서, 부사인과 상의한 끝에 그날밤으로 영채로 돌아와서 마충을 찔러 죽이고, 그 수급을 가지고 수십 기를 거느리고 효정으로 급행하여 눈물을 흘리며 유현덕에게 투항을 애원했다.

유현덕은 노기가 충천하여 제단을 마련해 놓고 마충의 수급을 제물로 올리고, 또 관흥에게 명령하여 미방·부사인을 발가벗겨서 영전에 끌어낸 다음 친히 칼을 잡고 과살(剮殺)해서 관운장의 위령제를 지냈다.

이때, 장포가 선뜻 나서면서,

"둘째 백부의 원수는 이미 주륙했사오나, 신의 아버지의 원수는 언제 갚아 보겠습니까?"

하면서 통곡하니 현덕은 강남만 평정하면 반드시 그때가 올 것이라고 장포의 쓰라린 마음을 위로해 주었다.

한편 한당·주태는 유현덕이 관운장의 원수를 갚고 제사를 지냈다는 사실을 알자 당황하여 손권에게 보고했더니, 손권은 겁을 집어먹고 문무백관을 모아 상의했다.

보즐(步騭)이 말하기를 촉제(蜀帝)가 지금껏 미워하고 있는 범강(范彊)·장달(張達)이 아직도 오에 있으니 그들을 잡아서 장비의 수급과 함께 돌려 보내고, 형주를 내주고 현덕의 부인(손권의 누이동생)을 돌려보내서 화해를 구하면서 함께 위를 쳐부수자고 하면 촉군은 저절로 물러가리라는 것이었다.

손권은 그 의견대로 침향(沈香)나무 갑에 장비의 수급을 담고, 범강·장달을 결박해서 함거(檻車) 안에 가두어 가지고 정병(程兵)에게 국서를 주어서 효정으로 떠나 보냈다.

선주 유현덕은 장비의 수급이 아직도 살아 있는 것만 같아 통곡하여 마지않으며, 장포에게 명령하여 장비의 제단을 마련하게 했고, 장포는 범강·장달을 산산조각이 나도록 찔러 죽여서 그의 부친의 영혼을 위로했다.

그러나 유현덕의 격분은 좀처럼 가라앉지 않았다.

"짐이 이가 갈리는 원수는 바로 손권이다. 이제 네놈들과 화해를 맺는다면 두 아우와의 옛 맹약을 배반하는 것이다. 이제는 먼저 오를 쳐부순 다음으로 위를 격파하는 것뿐이다."

하면서 사자의 목을 베어 버리겠다는 것을 여러 관원들이 간신히 말렸다. 손권의 사자가 도주하다시피 돌아와서 오왕에게 이런 사정을 보고했더니 손권은 대경실색, 어찌할 바를 몰랐다.

감택(闞澤)이 출반하여 하늘도 버티어 낼 만한 인물이 있는데 어째서 기용하지 않느냐고 아뢰었다.

그 인물이란 형주에 있는 육백언(陸伯言─陸遜)을 말하는 것이었다. 감택의 말에 의하면 육백언은 비록 선비 출신이긴 하지만, 사실은 웅재대략(雄才大略)을 지니고 있으며, 주유와도 견줄 만한 인물이니, 그를 기용하면 촉을 격파하기에 문제 없으리라는 것이었다.

그런데 옆에서 장소·고옹·보즐이 이구동성으로 반대했다. 그 이유는 육손은 일개 서생으로 인망도 없는 인물이며, 고작해야 1군(郡)을 다스릴 재목밖에 못 된다는 것이었다.

감택이 화가 나서 소리쳤다.

"만약에 육백언을 기용하지 않으신다면 동오는 마지막입니다! 소신은 온 가족을 다 내놓고서라도 보증하겠습니다."

손권도 결심을 했다. 여러 사람의 반대를 물리치고 육손을 불러들이라고 명령했다. 육손은 오군 오현(吳郡吳縣) 사람으로 한나라 성문교위(城門校尉) 육우(陸紆)의 손자이며, 구강군(九江郡) 도위(都尉) 육준(陸駿)의 아들이었다. 신장이 8척, 얼굴이 백옥 같고 진서장군(鎮西將軍)의 관직에 있었다.

인사가 끝나자 손권이 말했다.

"이제 촉병이 국경선에 박두해 왔으므로, 내가 경에게 명령하니, 군마를 총독하여 유비를 격파해 주기 바라오."

"강동 땅의 문무(文武)는 모두 대왕님의 오랜 신하들이온데, 소신은 연소하고 재주 없는 몸이오니 어찌 감당해 낼 수 있겠습니까?"

"이제 경을 대도독(大都督)에 임명할 것이니 경은 사퇴하지 마시오."

"만약에 모두 불복하오면 어찌하겠습니까?"

손권은 패검(佩劍)을 잡았다.

"만약에 호령을 듣지 않는 자 있으면 선참후주(先斬後奏)하라!"

"중한 명을 내리셨으니 어찌 배명(拜命)하지 않겠습니까? 원컨대 대왕님께서는 내일 중관(衆官)을 소집하시고 연후에 사신(賜臣)하옵소서."

감택이 말했다.

"옛적에 대장을 명할 때는 반드시 단을 마련하고, 모든 사람을 모아 놓고 백모 황월(白旄黃鉞)과 인수 병부(印綬兵符)를 하사하신 뒤에 엄숙하게 위령(威令)이 행사되었습니다. 이제 대왕님께서는 마땅히 이 예식을 준행하심에 있어서, 택일하여 단을 쌓으라 하시고 육손으로 하여금 대도독을 임명하시고, 절월(節鉞)을 내리시면 모든 사람이 불복할 리 없습니다."

손권은 그 말대로 명령을 내려 밤을 새워가며 단을 마련케 했고, 백관을 소집해 놓고 육손에게 등단을 청하여 대도독·우호군(右護軍)·진서장군의 직을 임명하고, 누후(婁侯)에 봉했다. 그리고 보검 인수(寶劍印綬)를 하사하여 6군 81주와 아울러 형초(荊楚)의 각로 군마를 총독 장악하게 했다.

오왕이 또 부탁의 말을 했다.

"내부의 일은 내가 맡을 것이니 외부 일은 장군이 다스려 주시오."

육손은 명을 받고 단 아래로 내려와서 서성(徐盛)·정봉(丁奉)을 호위로 그날로 출사(出師)하라 명령했고, 또 한편으로 각로의 군마를 정비하여 수륙 양면으로 동시에 진격하게 했다.

문서가 효정으로 전달되니 한당·주태가 깜짝 놀랐다.

"주상께서는 어찌하여 일개 서생을 시키셔서 군사를 통솔하도록 하시는 걸까?"

육손이 도착하니 모든 사람의 불평이 대단했다. 육손이 장(帳)에 나가서 의사(議事)를 시작하니 여러 사람들이 억지로 치하했다.

육손이 말했다.

"주상께서는 나를 대장으로 임명하셨고, 군사를 독려하여 촉을 격파하라 하셨소. 군에는 언제나 법이 있으므로 공들은 마땅히 준수해야 할 것이며, 위반할 때에는 왕법(王法)에 의해 처리할 것이니, 후회하는 일이 없도록 하시오."

감히 말하는 사람이 없더니, 한참만에 주태가 입을 열었다.

"지금, 주상님의 조카이신 안동장군(安東將軍) 손환이 이릉성에 포위되어 군량도 없고 구원병도 가지 않아서 곤경에 빠져 계시니, 도독께서는 급히 좋은 계책을 세우셔서 손공을 구출하여 주상님을 안심시켜 드리십시오."

"손장군이 군심을 잘 파악하고 있다는 걸 나는 평소에 잘 알고 있으니, 반드시 지키고 있을 것이므로 구원병을 보낼 것까지는 없소. 내가 촉을 격파하고 나면 그는 저절로 나올 수 있을 것이오."

모든 사람이 육손의 말을 듣자, 비웃으며 자리를 물러났다.

한당이 주태에게 못마땅해서 말했다.

"저런 어린 사람을 장수에 임명했으니 우리 동오도 마지막이오! 공은 그의 소행을 어떻게 생각하시오?"

"나도 좀 속을 떠 봤지만, 아무런 계책도 없는 모양이니 어찌 촉을 격파하겠소?"

이튿날, 육손은 여러 장수들에게 각처의 요소를 견고히 지키고 경솔히 나와 싸우지 말라고 명령했지만, 그 명령이 잘 이행되지 않아서 그것이 무슨 까닭이냐고 물어 봤다. 그랬더니 한당이 대답했다.

"나는 손장군을 따라서 강남을 평정한 뒤로부터 수백 번 싸움을 경험했으며, 다른 여러 장수들도 역시 토역장군(討逆將軍)을 따라서, 혹은 현재의 대장님을 따라서 무장을 갖추고 창칼을 잡고 생사를 들락날락한 사람들이오.

이제 주상님께서는 공을 대도독에 임명하시고 촉병을 물리치라 하셨으니 마땅히 계책을 세우시고 군사를 동원하여 대사를 도모하셔야 할 텐데, 그저 지키고 싸우지 말라고만 하시니, 어찌 하늘이 적(賊)을 죽여주기만 기다리고 있으리까?

나는 삶을 꾀하려고 죽음을 두려워하는 사람이 아니지만, 우리들의 예기를 꺾어 놓으시는 것은 무슨 까닭이시오?"

장하의 모든 장수들이 입을 모아 말했다.

"한장군의 말이 옳소. 우리들도 한 번 결사적으로 싸워 보고 싶소."

육손이 그 말을 듣더니 칼을 움켜잡으며 무서운 음성으로 소리쳤다.

"내 비록 일개 서생이라고는 하지만, 이번에 주상님께서 중임을 맡기셨을 적에는, 다소라도 나에게 취하실 점이 있고 능히 욕됨을 참고 중임을 책임질 만하다고 인정하신 까닭이오. 그대들은 어디까지나 각 요소요소를 수비하고 망동하지 마시오. 명령에 위반하는 자는 모두 참하겠소!"

모두 투덜거리며 그 자리를 물러났다.

한편 선주 유현덕은 효정에서 사천(四川)에 이르는 7백 리를 연결해서 군마를 포열(布列)하고 전후 40군데나 영채를 마련해 놓고 있었다.

하루는 염탐꾼이 보고하기를 동오의 육손이 대도독이 되어서 군사를 통솔하고 여러 장수들에게 명령하여 요소를 견고히 수비하고 있다는 것이었다.

육손이 누구냐고 물었더니, 마량이 대답했다.

"육손은 동오의 나이 어린 서생에 지나지 않습니다만 재간이 많고 모략이 대단합니다. 예전에 형주를 습격한 것은 모두 이 사람의 속임수에서 나온 것입니다."

선주가 대로했다.

"놈이 속임수를 써서 짐의 두 아우를 죽였다면, 마땅히 놈을 붙잡아야겠소!"

그 즉시 진병령(進兵令)을 내렸다. 마량이 간했다.

"육손의 재간은 주유에 못지않습니다. 만만히 보셔서는 안 됩니다."

그러나 유현덕은 그런 말을 들을 생각도 하지 않고 친히 전군을 거느리고 각처 관진(關津) 요소로 공격을 개시했다.

한편 한당은 유현덕의 군사가 쳐들어오는 것을 보자, 육손에게 사람을 급히 파견했다. 한당이 경거망동이나 하지 않나 해서 당장에 말을 달려온 육손이 사방을 살펴보니, 한당은 산꼭대기에 말을 멈추고 있으며 촉군이 물밀듯이 몰려들고 있는데, 군중에서 은은히 누런 비단 일산이 바라다 보였다.

한당이 손가락으로 가리키며 말했다.

"군중에 반드시 유현덕이 있을 것이니, 내가 나가서 한번 싸워 보고 싶소."

육손이 대답했다.

"유현덕은 군사를 거느리고 동쪽으로 내려와서 10여 차례 연승했고, 예기가 왕성하니 지금은 이 높은 곳에서 요소를 지키고 경솔히 나가지 않는 것이 좋겠소. 나가면 반드시 불리하오.

장수와 군졸을 격려하여 수비책을 널리 세워서 정세 변동을 관망하도록 하시오. 지금 적군은 평원 광야 사이를 치달으며 이야말로 의기양양하겠지만, 우리 편에서 든든히 지키고 나서지 않으면 싸울래야 싸울 수가 없을 것이고, 반드시 산림 수목 사이로 이동해서 진을 칠 것이니, 나는 그때 기계(奇計)로써 적을 이겨 보려 하오."

한당은 입으로는 응낙하면서도 마음속으로 불만이 컸다. 유현덕이 아무리 매도하고 도전을 해도 육손은 각처 요로를 돌아다니면서 병사들에게 절대로 가볍게 움직이지 말고 든든히 지키고만 있으라고 명령했다.

적군이 덤벼들지 않자 점점 초조해지는 유현덕에게 마량이 아뢰었다.

"육손이 싸우려고 하지 않는 것은 아군에 무슨 변동이 있기만 기다리고 있는 것입니다. 폐하께서는 잘 살피시기 바랍니다."

선봉 풍습이 또 아뢰었다.

"날씨가 너무 더워서 군사는 불덩이 속에 진을 치고 있는 것 같습니다. 물을 얻기가 매우 불편합니다."

선주는 각영에 명령을 내려서 모두 산림이 무성한 곳으로 이동하라 하고 가을이 되기를 기다려서 총공격을 개시할 작정을 했다. 마량이 군사를 이동하는 도중에 오군의 습격을 받지나 않을까 걱정했더니, 현덕이 말했다.

"짐이 오반에게 명령하여 약한 군사 만 명을 거느리고 오영(吳營)의 가까운 지점에 주둔시킬 것이며, 짐이 친히 8천 정병을 뽑아 가지고 산곡간에 숨어 있겠소.

만약에 육손이 짐이 군을 움직인 것을 알아채면 반드시 습격해 올 것이오. 그때에는 오반에게 명령하여 싸움에 패한 체하고 달아나게 할 것이니, 육손이 추격해 오기만 한다면, 짐이 군사를 인솔하고 갑자기 나타나서 귀로를 차단하면 놈은 결국 붙잡히고야 말 것이오."

마량이 또 아뢰었다.

"근래들어 제갈승상께서 동천(東川)에 나가셔서 각지의 요새지대를 두루 살피고 계신 것은 위나라의 침범에 대비하시는 것이라고 생각합니다. 폐하께서도 이번에 각영이 옮기는 곳을 그림으로 그리셔서 성상께 물어 보심이 어떻겠습니까?"

"짐도 병법을 어지간히 알고 있으니 승상에게 물어 볼 필요가 있겠소?"

"옛날부터 겸청(兼廳)은 명(明)이오, 편청(偏廳)은 폐(蔽)라고 했습니다. 명찰하시기 바랍니다."

드디어 선주 유현덕은 이 의견을 받아들여서 마량을 시켜 상세한 그림을 그리게 하고, 그것을 동천에 있는 승상에게 가지고 가서 물어 보고 오라는 명령을 내렸다.

마량이 명령을 받고 떠나간 다음, 유현덕은 숲속 깊숙이 영채를 이동하고 더위를 피해 있었는데, 이런 소식을 염탐꾼이 재빨리 한당·주태에게 알렸다. 그들 두 사람은 기뻐서 어쩔 줄 모르며 육손에게 와서 말했다.

"현재 촉병의 40여 개 진영은 숲속에서 더위를 피하고 있소. 이 허를 찔러서 쳐들어가면 어떻겠소?"

촉주 유현덕이 복병을 배치해 놓았으니 오병은 섣불리 움직이다가는 틀림없이 붙잡히고야 말 형국이다.

84.
꾀와 꾀의 대결

공명이 말한 팔진도란
여덟 개의 문중에 죽을 문과 살문이 따로 있다는데…

陸遜營燒七百里
孔明巧布八陣圖

한당과 주태는 촉의 선주 유현덕이 서늘한 곳으로 진지를 이동했다는 사실을 탐지하고, 급히 육손에게로 달려가서 알렸다.

육손은 크게 기뻐하며 친히 군사를 거느리고 동정을 살피러 나섰다. 바라보니 평지에 만여 명도 못 되는 군사를 주둔시켜 놓았는데, 태반이 늙었거나 약한 병사들이고 '선봉 오반'이라고 크게 쓴 기호(旗號)를 내걸고 있었다.

주태가 한당과 둘이서 나서면 저따위 군사들은 쉽사리 무찔러 버릴 수 있겠다고 주장하니, 육손은 잠시 묵묵히 쳐다보고만 있다가, 이윽고 채찍으로 가리키면서 말했다.

"저 산곡간에서 살기가 퍼져 오르고 있는 것을 보면, 반드시 복병이 숨어 있는 게 틀림없소. 그래서 평지에다 저렇게 약한 군사를 모아 놓고 우리를 유인하려 하는 것이오. 모든 제공은 절대로 싸우러 나가서는 안 되오."

여러 장수들은 이 말을 듣자, 육손이 겁이 나서 하는 말인 줄만 알았다.

이튿날, 저쪽에서는 오반이 부하를 거느리고 성 아래까지 나타나더니 입에 담을 수 없는 욕설을 퍼붓고, 많은 병사들이 갑옷과 투구를 벗어 던지고 알몸으로 앉아 있기도 하고, 나뒹굴며 잠을 자기도 하는 것이었다.

서성·정봉이 육손 앞에 나와서 말했다.

"촉병은 너무나 우리를 업신여깁니다. 우리들도 한번 나가서 싸우고 싶습니다."

육손이 웃으면서 말했다.

"공들은 단지 혈기만 믿고 손오병법(孫吳兵法)을 모르오. 저것은 우리를 유도하자는 계책이니 사흘 후면 속임수라는 것을 알 수 있을 것이오."

서성이 말했다.

"사흘 후면 적군은 또 진영을 이동해 버릴 텐데 그때에는 어떻게 격파할 수 있겠습니까?"

"나는 바로 그들이 진영을 이동하기를 기다리고 있소."

육손이 태연히 대답하니, 여러 장수들은 비웃으며 자리를 물러났다. 사흘 후 여러 장수들이 관상(關上)에 모여서 바라보니 오반의 군사는 벌써 퇴각해 버렸다.

육손이 손으로 가리키며 말했다.

"살기가 치밀어오르니 유현덕이 반드시 산곡간에서 나올 것이오."

그 말이 채 끝나기도 전에, 촉병이 일제히 무장을 든든히 갖추고 선주를 가운데 모시고 지나가니 오병들은 모조리 간담이 서늘했다. 육손이 계속 말했다.

"공들이 오반을 공격하자는 것을 내가 듣지 않은 것은 바로 이것 때문이었소. 이제 복병이 이미 나타났으니 열흘 안에 촉을 반드시 격파할 수 있을 것이오."

여러 장수들이 이구동성으로 말했다.

"촉을 격파하려면 애당초부터 했어야지 이제 그들이 5, 6백 리나 연결하여 진영을 마련했고 7, 8개월이나 지켜 와서 모든 요로를 견고히 수비하고 있는데 어찌 격파할 수 있겠소?"

"공들은 병법을 모르오. 유현덕은 당대의 효웅(梟雄)으로 지모가 탁월한 사람이오. 병사를 처음으로 모아 놓았을 때에는 그 법도(法度)가 정연했는데, 이제 오랫동안 지키고만 있느라고 병사들은 피곤해 있고 의기도 꺾여졌으니, 공격을 가할 때는 바로 지금이오."

여러 장수들은 그제야 탄복하여 마지않았다.

육손이 촉을 격파할 계책을 세우자, 손권에게 서신을 보내서 며칠 내로 촉을 격파할 수 있다는 뜻을 알렸다. 손권이 서신을 다 보고 나더니 말했다.

"강동에 다시 이런 이인(異人)이 생겨났으니, 내 뭣을 또 걱정하랴? 여러 장수들은 그가 겁을 집어먹고 있다고 나에게 편지를 해주었지만 나만은 그것을 믿지 않았다. 이제 그의 말을 들어보니 과연 겁을 집어먹은 것이 아니었다."

드디어 오병을 대거 동원하여 싸움을 거들러 보냈다.

한편 선주 유현덕은 효정에서 수군(水軍)을 있는 대로 동원해서 물줄기를 타고 내려와 강을 끼고 수채(水寨)를 마련하면서 오나라 국경선으로 깊숙이 들어갔다.

황권이 간했다.

"수군이 강을 끼고 내려가는 것은 앞으로 나가기는 쉽지만, 뒤로 물러서기는 어렵습니다. 소신이 앞장을 서서 나갈 것이오니 폐하께서는 후진에 계시면서 만일의 실수라도 없도록 하시기 바랍니다."

"오적(吳賊)은 간담이 서늘해졌는데 짐이 장구대진(長驅大進)한다기로서니 망설일 게 뭐 있겠소?"

유현덕은 이렇게 말하면서 여러 관원들이 간곡히 간하는 말도 듣지 않았다.

드디어 군사를 양로로 나누어 황권에게는 강북의 사군을 총독하여 위구(魏寇)를 막아내라 명령하고, 선주 자신은 강남의 제군을 통솔하여 강을 끼고 따로 영채를 세워서 진격하기로 했다.

염탐꾼이 이런 사실을 탐지해 가지고 밤을 새워가며 위주(魏主) 조비에게 보고했다. 촉병이 오를 토벌하는데 종횡 7백여 리나 되게 영채를 마련하고, 그것을 40여 둔(屯)으로 나누었는데, 모두 산림 속에 영채를 구축하고 있으며, 최근에는 황권이 강 북쪽 기슭에서 군사를 통솔하고, 매일 백 여리 밖에까지 탐병(探兵)을 내보내는데 무슨 의도인지 알 수 없다는 것이었다.

위주 조비가 이 말을 듣더니 얼굴을 번쩍 쳐들고 껄껄껄 웃으며 말했다.

"유비는 패하고 말 것이오."

여러 신하들이 그 까닭을 물으니 조비가 대답했다.

"유현덕은 병법을 모르오. 7백 리나 진영을 연결해서 쳐 놓고 어떻게 적을 막아내겠다는 것이오? 고원이나 산악지대, 혹은 습하고 좁은 골짜기에다 둔병을 하는 것은 병법에서 크게 금하는 바요. 유현덕은 반드시 동오의 육손에게 패하고 말 것이오. 열흘 안에 반드시 소식이 있을 것이니 두고 보시오."

여러 신하들이 그래도 믿을 수 없어서 군사를 동원하여 대비책을 강구하도록 요청했다. 그랬더니 위주 조비가 자신있게 말했다.

"육손이 승리를 거둔다면 반드시 오병을 총동원해서 서천을 점령하러 나설 것이오. 오병이 먼곳으로 떠나고 나라 안이 텅 비었을 때, 짐이 군사를 풀어 싸움을 돕겠다 거짓말을 하고 3로로 일제히 진병하면 동오를 손에 침을 바르고 움켜잡는 격이 될 것이오."

모든 사람은 감탄할 뿐. 위주 조비는 드디어 명령을 내렸다. 조인(曹仁)은 유수(濡須)로, 조휴(曹休)는 동구(洞口)로, 조진(曹眞)은 남군(南郡)으로, 각각 군사를 인솔하여 나갈 것이며, 3로의 군마는 한곳에 집결할 날짜를 작정해서 동오를 암습할 것이며, 조비 자신은 뒤를 따라가며 싸움을 거들겠다는 작전계획이었다.

한편 마량은 동천에 도착하여 공명을 찾아보고 그림을 내보이면서 말했다.

"이번에 강을 끼고 진지를 이동하여 7백 리를 연결했는데, 40여 둔이 모두 계간(溪澗)을 의지하고 나무가 무성한 곳에 자리잡았습니다. 황상(皇上)께서는 이 마량을 시키셔서 그림을 승상께 보여 드리라고 하셨습니다."

공명이 그것을 다 보고 나더니 상을 치며 야단했다.

"누가 주상께 이런 영채를 마련하라고 했소? 그자의 목을 베야겠군!"

"모두 주상께서 친히 하신 것이고 다른 사람의 꾀가 아닙니다."

공명이 한탄했다.

"한조의 기수(氣數)도 다 됐구나!"

마량이 그 까닭을 물었더니 공명이 대답했다.

"고원이나 산악지대 혹은 습하고 좁은 골짜기에다 영채를 마련하는 것은 병가에서 크게 금하는 바요. 저편에서 화공(火攻)을 가한다면 무엇으로 구출할 수 있겠소? 또 어찌 영채를 7백 리나 연결해 놓고 적을 막아낼 수 있단 말이오? 머지않아 화가 닥쳐올 것이오. 육손이 지키기만 하고 나오지 않는 것은 바로 이것 때문이오. 그대는 빨리 돌아가서 주상께 모든 영채를 다시 고치시고 이렇게 하시지 말도록 하시오."

"오병이 벌써 승리하고 있다면 어찌하겠습니까?"

"육손이 감히 추격해 오지는 못할 것이니 성도(城都)를 보전하는 것은 걱정 없을 것이오."

"육손이 어째서 추격해 오지 않는다고 하십니까?"

"위병이 그들의 후방을 습격할까 두려워하기 때문이오. 주상께서 만약 실수라고 하셨을 경우에는 곧 백제성(白帝城)으로 몸을 피하시도록 하시오. 내가 서천으로 들어갔을 때 이미 군사 10만을 어복포(魚腹浦)에 매복시켜 놓았소."

"소생이 어복포를 수차 왕래했지만 한 명의 군졸도 본 일이 없었는데, 승상께서 이런 거짓말을 하십니까?"

"나중에 꼭 볼 수 있을 것이오. 여러 말 마시오."

마량은 표장(表章)을 받아 가지고 급히 어영으로 돌아왔다. 그리고 공명은 성도로 돌아가서 군마를 정비, 동원해서 구원하기로 작정했다.

한편 육손은 촉병들의 사기가 저하되고 방비도 제대로 하지 않고 게으름을 피우고 있는 사실을 간파하자, 장에 대소 장사들을 모아 놓고 말했다.

"나는 큰 명을 배수한 이래 한 번도 출전한 일이 없었소. 이제 촉병의 정세를 관찰하고 그들의 동정을 알 수 있겠소. 그래서 먼저 강남 연안의 영채를 한 군데 꼭 점령해야겠는데 출전할 사람은 없소?"

그 말이 채 끝나기도 전에 한당·주태·능통이 선뜻 나섰다.

"우리들을 한번 내보내 주시오."

육손은 그들을 내보내려 하지 않고 섬돌 아래 있는 말장(末將) 순우단(淳于丹)에게 말했다.

"그대에게 5천 기를 줄 것이니 오늘밤, 촉의 대장 부동(傅彤)이 지키고 있는 강남의 넷째 영채를 점령하는데 성공해야겠소. 나도 군사를 이끌고 뒤를 받치리라."

그리고 순우단이 군사를 인솔하고 떠나간 뒤에 서성·정봉을 불러서 명령했다.

"그대들은 각각 군사 3천씩을 거느리고 영채 밖 5리 지점에 둔병하고 있다가, 순우단이 패하여 돌아올 때 추격해 오는 군사가 있거든 나서서 구해 줄 것이며, 적병을 추격하지는 마시오."

두 장수도 명령대로 군사를 인솔하고 떠났다.

순우단은 날이 저물 무렵에 진지를 떠났는데, 촉영에 이르렀을 때는 이미 3경이 지난 뒤였다. 북을 울리며 쳐들어가니 저편에서는 부동이 군사를 거느리고 달려나와서 창을 휘두르며 순우단에게 덤벼들었다.

순우단은 감당하지 못하고 도주했다. 홀연 고함소리가 일어나더니 1대의 군마가 퇴로를 가로막고 나섰다.

선두에 선 대장은 조융(趙融). 순우단이 간신히 길을 뚫고 뺑소니를 치는데, 홀연 1군의 만병(蠻兵)이 앞을 가로막고 선두에 나선 장수는 만장(蠻將) 사마가(沙摩柯)였다.

순우단이 간신히 몸을 피하여 자기 영채에서 5리쯤 떨어진 지점까지 왔을 때, 오군의 서성과 정봉이 좌우에서 뛰쳐나와서 추격해 오는 적병을 물리치고 순우단을 구출해 가지고 영채로 돌아갔다. 순우단이 화살을 맞은 채 육손을 만나 보고 죄를 청하니, 육손이 말했다.

"그대의 잘못이 아니오. 나는 적의 허실을 한번 시험해 본 것이오. 촉을 격파할 계책을 나는 이미 세웠소."

서성과 정봉이 촉군의 기세가 대단한 것을 걱정했으나, 육손이 또 웃으면서 말했다.

"나의 계책은 단지 제갈량만을 속일 수 없을 뿐이오. 천행으로 제갈량이 여기 없으니, 큰 공을 세울 수 있을 것은 틀림없소."

이리하여 대소 장수들을 모아 놓고 명령을 내렸다. 주연은 수로(水路)로 군사를 몰고, 내일 오후에 동남풍이 맹렬히 일어나거든 배에다가 짚과 풀을 쌓아 놓고 계획대로 행동을 개시하도록 했고, 한당은 1군을 거느리고 강북 연안을 공격하게 하고, 주태는 1군을 거느리고 강남 연안을 공격하도록 했다.

그리고 모든 병사들은 유황·염초를 집어넣은 모초(茅草)를 한 단씩 준비해서, 화종(火種)을 감춰 가지고, 창칼을 들고 일제히 상륙할 것이며, 촉영에 도착하면 바람을 따라서 불을 지르라고 했다. 또 촉병의 40둔 가운데서 한 둔씩 걸러서 20둔만 태워 버리면 되고, 각군은 건량(乾糧)을 마련해 가지고 주야로 추격해서 유현덕을 잡을 때까지는 절대로 후퇴하지 말라고 했다.

여러 장수들은 군령을 듣고 각각 계책을 받아 가지고 물러갔다.

선주 유현덕이 어영에서 오군을 격파할 계책을 생각하느라고 골몰해 있을 때, 홀연 어영 왼쪽에서 불길이 치밀어오르더니 순식간에 오른쪽에서도 똑같이 불길이 치밀어올라서 맹렬한 동남풍에 휩쓸려 천하가 불바다로 변했다.

그리고 요란한 고함소리와 함께 쳐들어오는 오군. 현덕이 풍습의 진지로 달려갔으나 그곳에서도 화염이 충천할 뿐만 아니라, 풍습과 대결하고 있던 오장(吳將) 서성이 풍습을 버리고 유현덕에게로 덤벼드니 그는 서쪽을 향하여 무작정 말을 달리는 도리밖에 없었다.

달아나는 현덕의 앞길을 가로막고 내닫는 것은 오장 정봉. 현덕은 장포에게 구출되어 어림군을 거느리고, 도중에서 나타난 촉장 부동의 군사와 합세하여 마안산(馬鞍山)으로 도주했다.

그러나 장포와 부동이 현덕을 보호하고 산으로 올라가고 있을 때, 육손의 대군은 산기슭을 물샐 틈도 없이 포위해 버렸다. 불길을 헤치며 몇 기를 거느리고 달려나온 장수가 있으니, 그는 바로 관흥이었다. 관흥은 유현덕에게 백제성으로 몸을 피하자고 권고하는지라 촉군은 관흥을 선봉으로 장포가 중군, 부동이 후군을 맡아 가지고 선주를 보호하며 산을 내려오자, 적장 주연이 군사를 거느리고 강변에서 또 덤벼들었다.

관흥과 장포가 이것을 막아내려고 미친 듯이 말을 달리며 싸웠으나, 빗발치듯 퍼붓는 화살 속에서 부상을 당하고 도무지 뚫고 나갈 수가 없었다.

동녘이 훤하게 밝아 올 무렵, 육손이 친히 대군을 거느리고 산곡간에서부터 나타나더니 노도처럼 촉군에게 공격을 가했다. 그리고 주연의 군사들이 현덕의 앞길을 또다시 가로막았다. 이 위태로운 찰나에 난데없이 나타난 1군의 군마가 재빨리 유현덕을 구출하니, 선두에 나선 장수는 바로 상산 조자룡이었다.

육손은 조자룡이 나타난 것을 알자, 그 즉시 군사들에게 후퇴하라는 명령을 내렸다. 조자룡은 적진을 무인지경처럼 쳐부수며, 돌진하다가 덤벼드는 주연을 한칼에 찔러서 말 아래로 거꾸러뜨리고, 유현덕을 구출해 백제성으로 도주했다. 이때 현덕을 따라온 부하는 백여 명에 불과했다.

촉장 부동은 유현덕의 후군을 통솔하며 도망하고 있는데, 적진에서 정봉이 항복하라고 호통을 치며 덤벼들었다. 그들 두 사람이 창부리를 맞대고 결투하기를 백여 합, 마침내 부동은 포위망을 돌파하지 못하고 왈칵 피를 토하면서 오군의 진중에서 절명하고 말았다.

또 촉군의 제주(祭主) 정기(程畿)는 단기로 강변으로 달려가서 수군에게 구원을 청했지만, 수군은 오군의 군사가 쳐들어온 것을 보자 팔방으로 도주해 버렸고, 그 혼자서 포위를 당하자 도저히 탈출할 길이 없다 단념하고 선뜻 칼을 뽑아서 목을 찔러 자결해 버렸다.

한편에서는 오반과 장남은 오랫동안 이릉성을 포위하고 있었는데, 난데없이 풍습이 달려들며 자기 진영이 패배한 소식을 전하니 곧바로 군사를 거느리고 유현덕을 구출하러 나섰다. 이 기회에 손환은 간신히 위기를 모면할 수 있었다.

장남과 풍습 두 장수가 앞으로 달리고 있을 때, 앞에서는 오군이 밀려오고, 뒤에서는 이릉성에서 빠져 나오는 손환의 군사가 맹렬히 공격해와 결사적으로 분투했다. 그러나 마침내 뚫고 나갈 길이 없어서 난군 중에서 두 사람이 같이 절명하고 말았다.

오반은 간신히 포위망을 돌파하고 달아나다가 오군에게 또다시 추격을 당했으나 다행히 조자룡에게 구출을 받아 백제성으로 돌아갈 수 있었다.

이때, 만왕 사마가는 단기로 도망하고 있었는데, 주태와 맞닥뜨리게 되어서 20여 합을 분투했으나 결국 주태의 손에 죽고 말았다. 두로(杜路)·유녕(劉寧) 등은 오군에 투항해 버렸고, 촉군 진지에 저장되어 있던 무기와 양식은 형적을 찾을 길이 없게 됐으며, 오군에게 투항한 장사는 부지기수였다.

이때, 손부인은 오나라 땅에 있었는데, 효정에서의 유현덕의 패전을 알게 되었다. 그리고 선주 유현덕이 진중에서 전사했다는 헛소문을 믿고, 수레를 장강 기슭까지 몰아 놓자 서쪽을 쳐다보고 통곡하더니 강물에 몸을 던져 죽어 버리고 말았다. 뒤에 사람들이 강변에 효희사(梟姬祠)라는 묘를 세워 주었다.

육손은 싸움에 큰 승리를 거두고 서쪽을 향하여 그대로 추격을 계속하고 있었는데 기관(夔關)에 가까이 다다랐을 때, 말 위에서 멀리 바라보자니 앞쪽 산에 연접한 강변에서 한 줄기 이상한 살기가 하늘을 찌를 듯이 퍼져 오르고 있었다.

육손이 10리쯤 후퇴해서 넓은 벌판에 진을 쳐 놓고 심복을 내보내서 몇 차례나 조사해 봤으나 그들의 보고에 의하면 강변에는 8, 90개나 되는 큰 돌이 나뒹굴고 있을 뿐, 사람의 그림자라 곤 찾아볼 수 없다는 것이었다.

육손은 그래도 이상해서 그 고장 사람 10여 명을 붙잡아 놓고 물어 봤더니, 그 고장은 어복포(魚腹浦)라고 하는데 일찍이 제갈공명이 서천으로 들어갔을 때, 군사를 몰고 이곳에 이르러 돌을 운반해다가 쌓아서 그 위에 진세를 형성해 놓았기 때문에, 그때부터 항시 이상한 기운이 마치 구름같이 그 속에서 일고 있다는 것이었다.

이런 사실을 알게 된 육손은 불현듯 말을 잡아타고 부하 수십 기만을 거느리고 그 석진(石陣)을 살펴보러 나섰다.

산비탈에 말을 세우고 보자니 사면팔방으로 모두 문이 달려 있었다.

육손이 웃으면서 말했다.

"이건 사람을 속이자는 속임수로구나! 무슨 실속이 있단 말인가!"

드디어 몇 기를 거느리고 산비탈 아래로 내려와서 석진 속으로 쑥 들어서 보았다.

"날이 저물었으니 도독께서는 돌아가심이 좋을 것 같소."

부장이 이렇게 말하자, 육손이 석진에서 밖으로 나오려고 했다. 바로 이때 느닷없이 광풍이 사납게 불더니 삽시간에 모래가 날고 돌이 굴러서 천지를 뒤덮었고, 강에는 휘몰아치는 파도소리가 마치 검고(劍鼓) 소리같이 무시무시했다.

육손이 깜짝 놀랐다.

"내가 제갈공명의 계책에 빠졌구나!"

육손은 급히 몸을 돌려서 그 석진에서 빠져 나오려고 했으나, 그때에는 이미 이상하게도 나갈 길을 찾을 수가 없었다.

이때, 육손의 말 앞에 나타나는 노인이 한 사람 있었다. 그가 웃으면서 말했다.

"장군은 이 진에서 나갈 작정이시오?"

"장자(長者)께서 밖으로 나갈 수 있도록 좀 인도해 주시오."

그 노인은 지팡이를 짚고 서서히 걸어 나갔다. 석진을 다 나올 때까지 아무것도 가로막히는 것이 없었다. 그리고 육손을 산비탈 위까지 무난히 내보내 주었다. 육손이 물어 봤다.

"장자께서는 뉘십니까?"

"노부(老夫)는 바로 제갈공명의 장인 동승언(董承彦)이오. 지난날 나의 사위가 사천에 들어왔을 때 이곳에 석진을 쳐 놓았소. 이것을 팔진도(八陣圖)라고 부르며, 둔갑법에 의하여 휴(休)·생(生)·상(傷)·두(杜)·경(景)·사(死)·경(驚)·개(開)의 8문(八門)이 있는데, 매일 매시 변화 무쌍해서 10만 정병에 비길 만하오.

내 사위가 떠나갈 때 이 노부에게 일러 두기를 '언제고 동오의 대장이 이 진중에서 길을 잃고 쩔쩔매게 될 테니 절대로 나갈 길을 인도해 주시지 마십시오'라고 했소만, 나는 평소부터 착한 일을 좋아하는 사람인지라, 사문(死門) 속에 휘말려든 대장이 차마 보기 딱해서 생문(生門)을 인도해 드린 것이오."

육손이 얼른 말을 내려서 노인에게 감사하다 절하고 영채로 돌아와서 감탄해 했다.

"공명은 정말 와룡(臥龍)이로다! 도저히 내가 미칠 수 없다!"

즉시 진지를 철수하라고 명령을 내렸더니, 좌우 사람들이 말했다.

"유현덕은 크게 패하여 간신히 성 한 군데를 지키고 있습니다. 이제야말로 습격해야 할 때인데 이제 석진을 보시고 후퇴하시라니, 무슨 까닭입니까?"

"내가 석진이 두려워서 후퇴하자는 것은 아니오. 내가 촉군을 추격하고 있다는 것을 알게 되면 간사하기 그의 부친 못지않은 조비가 우리의 허를 찌르고 덤벼들 것을 걱정해서 그러는 것이오."

육손이 후퇴한 지 이틀이 되지도 않아서, 과연 세 군데로부터 비보(飛報)가 날아드는데 위군의 조인이 유수(濡須)로부터, 조휴가 동구(洞口)로부터, 조진이 남군(南軍)으로부터, 도합 10만 대병을 거느리고 3면에서 밤을 새가며 국경으로 향하고 있는데, 그의도가 뭣인지 알 수 없다는 것이었다.

육손이 깔깔 웃었다.

"내가 생각한 그대로다! 나는 이미 군사에게 명령하여 이것을 막아낼 채비를 갖추고 있다!"

이야말로 웅심(雄心)이 서촉(西蜀)을 삼키려다가 또다시 북조 (北朝)를 막아낼 승산을 세우는 판이다.

85.
촛불이 꺼지듯이

밤마다 꿈마다 유현덕을 찾아오는
관운장과 장비의 환상, 유현덕의 운명은 다 한 것인가?

劉先主遺詔託孤兒
諸葛亮安居平伍路

장무 2년(서기 222년) 여름, 6월.

동오의 육손이 효정·이릉에서 촉군을 크게 격파하니, 선주 유현덕은 백제성으로 몸을 피했고, 조자룡이 군사를 거느리고 방비의 책임을 맡게 됐다.

마량(馬良)이 돌아오기는 했으나, 그때는 이미 대군이 패배한 뒤여서 분함을 참지 못하고 공명의 말을 선주에게 전달하는 도리밖에 없었다.

유현덕은 공명의 의견을 좀더 일찍이 듣지 못한 것을 아무리 후회해도 이미 소용없는 일이어서 관역을 영안궁(永安宮)이라 고쳐 부르기도 했다. 그리고 풍습·장남·부동·정기·사마가

가 나라를 위해서 몸을 바친 사실을 알게 되자 슬퍼하여 마지않았다.

이때 근신(近臣) 중에서 황권이 북쪽 강변에서 군사를 거느리고 위에 투항했으니 그의 가족을 처벌하라고 권고했다. 그러나 현덕은 모든 것은 자기의 과실에서 생긴 일이오, 황권이 자기를 배반하려는 마음에서 그런 짓을 한 것이 아니라고 관대하게 근신의 말을 물리치며 그의 가족들을 예전이나 다름없이 후대했다.

한편 위군에 항복한 황권이 눈물을 흘리며 조비와 대면하니 조비는 그를 진남장군(鎭南將軍)에 봉하려고 했으나, 그는 완강히 거절하고 받지 않았다.

근신이 또 전하는 말이, 촉주 유현덕이 황권의 일족을 모조리 주살했다는 정보가 들어왔다고 했으나, 황권은 어디까지나 유현덕의 충신이었으니 끝까지 그럴 리가 없다고 유현덕의 인품을 믿는 점에 변함이 없었다. 이렇듯 신하된 도리를 지키는 황권의 태도에 조비도 탄복하여 마지않았다.

조비가 토벌에 관한 일을 가후와 상의하니 그가 간곡히 권하기를, 아직도 필승을 기하기는 어려울 때이니, 잠시 수비나 견고히 하고 두 나라에 변고가 생기기를 기다려서 군사를 움직이는 것이 좋겠다고 했다.

유엽(劉曄)도 역시 육손이 지모에 뛰어난 인물이니 이쪽에서는 방비에 만전을 기하는 게 좋을 것이라고 권고했으나, 조비는 자기 고집만 내세우고 충고를 받아들이지 않았다.

마침내 조비는 친히 어림군(御林軍)을 거느리고 3로 군사를 응원하러 나갈 작정을 했다. 이때 동오의 정세에 관한 정보가 날아들었는데, 여범(呂範)의 군사는 조휴와 대결하려 하고, 주환(朱桓)의 군사는 유수에서 조인의 군사와 대결하려 하고, 제갈근의 군사는 남군에서 조진과 대치하고 있다는 것이었다.

이런 사실을 알게 된 조비는 유엽이 간곡히 말리는 말도 듣지 않고 군사를 거느리고 떠나갔다.

한편 오나라의 대장으로 불과 27세이지만, 담력과 지모에 있어서 손권이 매우 중히 여기는 주환은 이때 군사를 인솔하고 유수에 나와 있었다. 그는 조인이 대군을 거느리고 선계(羨溪)로 쳐들어왔다는 사실을 알자 전군을 총동원시켜서 선계로 내보내고, 자기는 5천 기를 거느리고 성을 지키고 있었다.

조인 휘하의 대장 상조(常雕)가 제갈건(諸葛虔)·왕쌍(王雙)과 더불어 정예 5만 명을 거느리고 이 성으로 쳐들어온다는 정보가 날아들었다.

그러나 주환은 한 손에 칼을 움켜잡고 태연자약하게 말했다.

"싸움의 승패는 오로지 대장에게 있는 것이다! 나는 백전백승의 만반태세를 갖추고 있다. 조인 따위가 뭣이 겁나겠나!"

군사들에게 명령하여 깃발을 감추고 북소리를 내지 말고 수비하는 사람이 없는 것처럼 조용히 있으라고 했다.

위군의 선봉 상조는 정병을 거느리고 유수성으로 쳐들어가자마자 주환과 맞닥뜨리게 되어서 3합도 싸우지 못하고 주환의 칼을 맞고 말 위에서 떨어져 절명하고 말았다. 그리고 노도같이 밀려드는 오군의 기세에 위군은 대패하여 뿔뿔이 흩어졌고 전사자가 부지기수였다.

뒤늦게 조인이 싸움터로 달려들기는 했으나 그 역시 오군의 측면 공격을 감당해 내지 못하고 대패하여 조비에게로 돌아와서 패전의 전말을 상세히 보고했다.

조비는 깜짝 놀라서 새로운 계책을 생각하느라고 머리를 짜고 있을 때, 홀연 탐마가 달려들어 보고하는데, 조진·하후상이 남군을 포위했다가 성 안에서 육손, 성 밖에서 제갈근의 복병의 공격을 받아 대패했으며, 조휴도 여범에게 격파 당했다는 것이었다.

조비는 3로의 군사들이 모조리 패배했다는 사실을 알게 되자 그제야 가후·유엽의 권고를 듣지 않은 것을 후회했다. 그러나 때는 이미 늦었고, 때마침 여름이 한고비에 다다라 역병이 유행해서 군사 10명중 6, 7명은 병들어 넘어져 버리니 하는 수 없이 군사를 철수하여 낙양(洛陽)으로 돌아갔다. 이때부터 오와 위는 자연 불목하게 되었다.

선주 유현덕은 장무 3년 4월 영안궁에서 마침내 병석에 눕게 됐다. 병이 매우 악화되었을 뿐만 아니라, 그를 가장 괴롭히는 것은 관운장과 장비의 망령과 유혼(幽魂)이었다.

밤 3경쯤 되면, 마치 살아 있는 사람의 모습과 같이 관운장과 장비의 유혼은 유현덕의 병상 가에 우뚝 서서 그를 놀라게 하기 일쑤였고, 이럴 때마다 유현덕은 그들의 소맷자락을 붙들고 통곡을 하며, 정신을 차려 보면 관운장과 장비의 망령은 바람처럼 간 곳 없이 사라져 버리곤 했다.

유현덕은 자기의 수명이 얼마 남지 않았다는 것을 알아차렸다. 드디어 승상 제갈량과 상서령(尙書令) 이엄(李嚴)과 그밖의 몇 사람을 머리맡에 불러 세우고, 지필을 가져오라 해서 최후의 조서를 썼다.

간단하게 요령만 적은 그 조서의 골자는 제갈공명에게 모든 국사를 맡기고 자기는 이 세상을 떠나려고 하니, 태자 선(禪)에게 이 조서를 내려서 나중 일을 선처해 달라는 것이었다.

공명은 당장에 꿇어 엎드리며 통곡으로 호소했다.

"원컨대 폐하께서는 용체를 편히 쉬시도록 하십시오. 소신들은 견마지로를 다하여 폐하의 지우(知遇)의 은혜에 보답할까 합니다."

유현덕은 근시에게 명령하여 공명을 부축해서 일으키고, 한 손으로 눈물을 씻으며 또 한 손으로는 공명의 손을 잡고 말했다.

"짐은 이제 죽소! 심중의 말을 몇 마디 하고 싶소!"

"무슨 말씀을 하고 싶으십니까?"

현덕이 울면서 말했다.

"그대의 재질은 조비의 10배나 되니 반드시 천하를 안정시키고 대사를 이룩할 수 있을 것이오. 만약에 태자가 보좌할 만한 위인이라 생각되거든 부디 잘 보좌해 주오. 만약에 태자가 너무 부재(不才)의 몸이거든 그대가 바로 성도의 주인이 되어 주오!"

유현덕이 눈물로써 호소하니 공명은 전신에 식은 땀을 흘리며 송구스러워서 그 자리에 울면서 꿇어 엎드렸다.

"소신이 어찌 팔과 다리[股肱]의 힘을 다하지 않겠습니까! 충정을 다하여 죽음으로써 뒤를 이어 나가겠습니다!"

말을 마치더니 머리를 박으며 피를 흘렸다. 현덕은 또다시 공명을 자리에 앉히더니 노왕(魯王) 유영(劉永)과 양왕(梁王) 유리(劉理)를 앞으로 불러 세웠다.

그들에게 분부했다.

"너희들은 짐의 말을 잘 명심해라. 짐이 죽은 뒤 너희들 3형제는 모두 승상을 어버이로서 섬기고 태만해서는 안 된다!"

선주는 두 왕들을 공명에게 절하게 했다.

절이 끝나니 공명이 말했다.

"소신이 간뇌도지(肝腦塗地)한다 할지라도 어찌 지우의 은혜에 보답할 수 있으리오!"

현덕이 여러 관원에게 일렀다.

"짐은 아들들을 승상에게 부탁했고, 어버이로서 섬기라고 했소. 경들도 다같이 태만함이 없이 기대에 어긋나지 않도록 해주오."

또 조자룡에게 부탁했다.

"짐은 경과 환난을 함께 겪으며 오늘에 이르렀는데 여기서 작별하게 되리라고는 생각지 못했소. 경은 짐과의 오래 교분을 생각하고 아침 저녁으로 내 아들들을 돌봐 주어 짐의 기대에 어긋남이 없도록 해주오!"

조자룡이 울면서 아뢰었다.

"소신은 감히 견마지로를 사양치 않겠습니다!"

유현덕이 다시 여러 관원에게 말했다.

"경들 여러 관원에게 짐은 일일이 부탁의 말을 할 수는 없소. 원컨대 각자가 모두 자중자애하기 바라오."

말을 마치자, 마치 한 자루의 촛불이 조용히 꺼지듯이 유현덕은 숨을 거두고 말았다. 그의 수명이 63세, 때는 장무 3년, 여름 4월 24일이었다.

선주 유현덕이 운명하니 문무백관 슬퍼하지 않는 사람이 없었고, 공명은 여러 관원을 거느리고 영구를 받들어 성도로 돌아갔으며, 태자 유선이 성 밖에까지 영접하여 영구를 정전(正殿)에 안치하고 장례를 지냈다.

여러 신하들이 선주의 유조(遺詔)를 다 읽고 나자, 공명이 말했다.

"나라에는 하루도 인군이 없으면 안 됩니다. 태자께서 위에 오르시도록 해서 한통(漢統)을 계승하시도록 해주시오."

이리하여 태자 선을 황제의 위에 오르게 하고 건흥(建興)이라 연호를 고쳤으며, 제갈공명은 무경후(武卿侯)에 봉하게 되어 익주 목의 직책을 맡았다. 그리고 선주를 혜릉(惠陵)에 매장한 다음 소열황제(昭烈皇帝)라는 시호(諡號)를 바쳤고, 황후 오씨를 황태후로, 감부인에게는 소열황후(昭烈皇后)라는 시호를 바쳤고, 미부인도 황후로 추시(追諡)했으며, 문무백관의 벼슬자리를 승진시키고 천하에 대사령을 내렸다.

위군에서는 이런 사실을 재빨리 탐지하고 시급히 중원으로 연락했다. 조비가 기뻐서 어쩔 줄 모르며 말했다.

"유현덕이 죽었다니 나도 이젠 안심이오. 주인을 잃고 허둥지둥하는 판에 쳐들어가기로 합시다."

가후가 이 말을 듣더니 간했다.

"유현덕은 죽었다 하지만, 반드시 그 아들을 제갈량에게 맡겼을 것입니다. 제갈량은 유현덕의 은혜에 감격하여 성심을 기울여서 어린 주인을 보좌할 것입니다. 그러니 경솔한 공격은 삼가심이 좋을까 합니다."

이런 말을 하고 있을 때, 반중(班中)에서부터 한 사람이 분연히 일어서며 말했다.

"이 기회를 놓치신다면 두 번 다시 공격할 기회는 없을 것입니다."

여러 사람이 바라보니 그는 바로 사마의(司馬懿)였다. 조비가 기뻐하며 사마의와 대책을 상의했다.

"중원의 군사만 가지고 함락시키기는 어렵습니다. 5로(五路)의 대군을 일시에 동원하여 제갈량이 덤벼들 틈을 주지 않으면 반드시 격파할 수 있습니다."

사마의가 설명하는 5로대군이란 다음과 같은 배치로 형성되어 있다.

제1로—요동(遼東) 선비국(鮮卑國)으로 사자를 파견해서 국왕 가비능(軻比能)에게 황금과 비단을 선사하고 요소(遼西)의 강병(羌兵) 10만을 동원시켜서 육로로 서평관(西平關)을 습격할 것.

제2로—남만(南蠻)으로 사자를 파견하여 만왕(蠻王) 맹획(孟獲)에게 작위를 내리고, 그를 시켜서 10만의 군사를 거느리고 익주(益州) · 영창(永昌) · 장가(牂牁) · 월전(越嶲) 4군(群)으로 향하여 서천의 남쪽을 들이칠 것.

제3로—오나라로 화해하자는 사자를 파견해서 영토를 나누어 주겠다는 약속으로 10만의 군사를 동원케 해서, 장강(長江)에서부터 양천(兩川)으로 진격하여 부성(涪城)을 칠 것.

제4로—항장(降將) 맹달(孟達)에게 사자를 파견해서 상용(上庸)의 군사 10만을 동원하여 서쪽 한중을 공격 할 것.

제5로—대장군 조진(曹眞)이 대도독이 되어서 10만의 군사를 인솔하고 경조(京兆)로부터 양평관을 뚫고 나가서 서천을 공격할 것.

조비는 매우 기뻐하며 그 즉시 언변이 능한 관원 네 사람을 밀사로 파견하고, 조진을 대도독에 임명하여 군사 10만을 거느리고 양평관으로 향하게 했다.

한편, 촉한(蜀漢)은 개국 후주(開國後主) 유선이 즉위한 뒤부터 구신(舊臣)들이 많이 병들어 세상을 떠났고, 정사는 제갈공명의 결재 아래 행해졌다. 유선은 제갈공명과 여러 신하들의 권고로 장비의 딸인 17세의 소녀를 황후로 맞아들였다.

건흥 원년 가을 8월.

국경지대로부터 위군의 5로대군이 총공격을 개시하려 한다는 정보가 날아들었다. 사전에 승상 공명에게 전달하려 했으나 승상은 무슨 까닭인지 조정에 며칠씩 나오지 않고 있다는 것이었다.

이런 소식을 알게 된 후주 유선은 깜짝 놀라 곧바로 근시(近侍)를 파견하여 공명을 불러들이라고 했다. 얼마 후 돌아온 사자가 아뢰었다.

"승상부 사람들의 말에 의하면 승상께서는 병환으로 나오실 수 없다고 합니다."

유선은 점점 당황하여 그 이튿날에는 황문시랑(黃門侍郞) 동윤 (董允), 간의대부(諫議大夫) 두경(杜瓊)을 승상의 병석에까지 보내 서, 이 중대한 일을 전달하고 오라고 명령했다.

두 사람이 승상부로 갔으나, 그들은 문앞에서 가로막히고 말 았다. 두경이 물었다.

"선제께서는 아드님을 승상께 부탁하셨는데, 이제 주상께서 보위에 오르신 지 얼마 되지도 않아서 조비의 5로대군이 국경지 대로 박두해 오고 있는 이때에 승상께서는 몸이 편찮으시다는 이유로 나오시지 않으시니 이 무슨 까닭입니까?"

한참 만에 문리가 나와서, 승상의 대답을 전달했다.

"몸이 다소 좋아지셨으니 내일 아침에는 도당(都堂)에 나가셔 서 일을 의논하시겠다 하오."

그 이튿날, 여러 사람들이 승상부 앞으로 가서 진종일 기다렸 건만, 밤이 되어도 공명은 밖에 나오지 않았다. 여러 관원은 갈피 를 못 잡고 허둥지둥 하다가 흩어져 돌아왔을 뿐이었다.

두경이 후주를 알현하고 아뢰었다.

"폐하께서 친히 승상부에 나가셔서 대책을 상의하시기 바랍 니다."

후주 유선은 여러 관원을 거느리고 궁으로 들어가서 이런 뜻을 황태후에게 전달하니, 황태후가 대경실색했다.

"이 어찌된 일이오? 승상이 이런 태도를 취하시다니, 선제폐하의 말씀을 거역하는 일이니 내 몸소 가 보겠소."

그러나 동윤이 말렸다.

"승상께서는 반드시 깊이 생각하는 바가 있으실 것입니다. 우선 폐하께서 나가셔서 만나 보시고 나서, 정말 거역하시는 뜻이 있으시다면, 그때 태후께서 승상을 태묘(太廟)로 불러내셔서 문책하셔도 늦지 않으실 것입니다."

이튿날, 후주의 거가(車駕)가 승상부에 도착되었다.

문리는 거가의 도착을 보자 황망히 땅에 엎드려 절하면서 영접했다.

"승상은 어디 계시오?"

"어디 계신지는 자세히 알 수 없으나 백관들은 한 발자국이라도 문 안에 들어서지 못하게 하라는 승상의 분부가 계셨습니다."

그 말을 듣자 후주는 거가에서 내려서 혼자 세 번째 문앞까지 걸어갔다. 그랬더니 공명이 혼자서 대지팡이에 의지하여 못 속의 물고기를 내려다보고 서 있는 모습이 눈에 띄었다. 후주는 한참 동안이나 공명의 뒤에 묵묵히 서 있다가 천천히 물어 봤다.

"승상, 병환은 좀 차도가 있으시오?"

뒤를 돌아다본 공명은 지팡이를 훌쩍 던져 버리고 땅에 꿇어 엎드려 절했다.

"소신은 죽을 죄를 지었습니다!"

후주가 부축해 일으키며 말했다.

"이제, 조비가 군사를 5로로 나누어 가지고 국경을 침범하여 사태가 매우 급박한데, 상부(相父)께서는 어찌하여 부(府)에 나오셔서 일을 보려고 하시지 않습니까?"

공명이 껄껄껄 웃으면서 후주를 안으로 부축해 들여서 자리잡아 앉게 했다.

"5로의 군사가 쳐들어온다 함을 소신인들 어찌 모르고 있겠습니까? 소신은 물고기를 구경하고 있는 것이 아니었습니다. 생각하는 바가 있어서 그랬습니다."

"그러면 어찌하실 작정이십니까?"

"강왕 가비능, 만왕 맹획, 반장 맹달, 위장 조진 등, 4로의 군사들은 이미 소신이 몰아냈습니다. 나머지는 손권의 군사뿐으로, 이것은 언변에 능한 사람을 하나 파견하면 될 노릇인데, 마땅한 사람을 얻지 못해서 심사숙고하던 차였으니, 폐하께서는 크게 걱정하시지 마십시오."

후주 유선이 이 말을 듣더니 놀랍기도 하고 기쁘기도 해서 어쩔 줄 몰라했다.

"상부께서는 귀신도 생각하기 어려운 묘책을 간직하고 계셨습니다! 원컨대 퇴병(退兵)의 계책을 가르쳐 주시기 바랍니다."

"성도의 여러 관원은 병법의 불가사의하며 오묘한 점을 모르오니, 어찌 이것을 남에게 누설할 수 있었겠습니까? 소신은 며칠 전부터 서번(西番) 국왕 가비능이 서평관을 침범하리라는 사실을 알고, 강인(羌人)들 사이에 신위장군(神威將軍)이라 불리며 존경을 받고 있는 마초에게 급사(急使)를 보내서 서평관을 든든히 지키도록 지시해 놓았으니 그곳은 아무 걱정도 없습니다.

익주 4군으로 쳐들어온다는 남만의 맹획에 대해서는 역시 급사를 파견하여 위연에게 명령하여 좌우 양쪽으로 번갈아가며 군사를 동원하여 대군이 있는 것처럼 의병작전(疑兵作戰)을 써서 막아내도록 지시했으니 이쪽도 아무 걱정 없습니다.

또 한중에는 맹달이 가 있는데, 소신은 맹달이 이엄(李嚴)과 생사를 함께할 것을 맹세한 사이임을 알고, 전번에 이엄을 영안궁에 머무르게 하는 동안 이엄의 친필 비슷한 서신 한 통을 작성해서 맹달에게 전달한 까닭으로 맹달은 꾀병을 핑계하고 군사를 몰고 나서지는 않을 것이니 이쪽 1로도 걱정하실 것 없습니다.

조진이 양평관으로 가 있다고는 하지만 소신은 벌써 이 방면에 조자룡을 배치해서 절대로 나가서 싸우지는 말고 지키고만 있으라고 지시했으니, 조진도 얼마 안 되어서 스스로 후퇴하고야 말 것입니다.

이밖에도 소신은 만일의 경우를 염려하여 관흥·장포에게 병력을 주어서 각 요로를 그때 그때 거들어 주도록 지시해 두었습니다. 남은 것은 동오의 군사뿐인데, 그들은 시급히 동원되기는 어려울 것입니다. 4로의 군사들이 우리를 순조롭게 공격하지 못한다는 사실을 알게 되면 동오의 군사들은 움직이려 들지 않을 겁니다.

또 손권은 먼젓번에 조비가 3로의 군사를 거느리고 동오를 공격했다는 앙심을 품고 있어서, 조비의 말을 호락호락 듣지 않을 것입니다. 그러니까 언변에 능한 사람을 보내서 손권을 설득시켜 동오만 싸움에 나서지 않도록 하면 다른 4로의 군사쯤은 아무것도 두려울 것이 없습니다. 소신은 단지 적당한 인물이 없어서 망설이고 있었던 차입니다."

후주 유선은 자못 만족한 기분으로 공명과 술 몇 잔을 마셨으며, 공명은 문 있는 곳까지 후주를 전송했다.

문앞을 둘러싸고 있던 여러 관원은 밖으로 나오는 후주의 희색이 만면한 표정을 보자 어리둥절할 뿐 무슨 까닭인지 도무지 알 수가 없었다.

그런데 공명은 그 많은 관원들 가운데서 단 한 사람이 기쁜 듯이 하늘을 바라다보며 웃고 있는 것을 발견했다. 그는 의양군(義陽郡) 신야현(新野縣) 사람인 등지(鄧芝—字는 伯苗)로, 호부상서(戶部尙書)로 있었다.

많은 사람이 흩어져서 돌아간 뒤에 공명은 그를 몰래 서원으로 불러들였다. 그리고 그에게 3국(오·위·촉)이 정립해 있는 이때에 두 나라를 격파하고 천하를 통일하여 한을 재흥시킬 묘책이 없겠느냐고 넌지시 물어 봤다. 그랬더니 그가 대답했다.

"소생이 생각컨대, 위는 국적(國賊)이긴 하지만 그 힘이 몹시 강대하니 급히 뒤엎어 버리기는 어려울 것이므로 서서히 격파해야만 될 줄 압니다. 우리 폐하께서는 즉위하신 지 얼마 안 되고 민심도 안정되어 있지 않으니 우선 동오와 순치(脣齒)의 밀접한 정리를 맺으셔서 선제에 대한 구원(舊怨)을 깨끗이 씻어 버리도록 하는 것이 안전한 계책인 줄 압니다."

공명은 통쾌하게 웃어젖혔다.

"나도 평소부터 그렇게 생각하고 있었는데 적당한 인물이 없어서 걱정했더니 이제야 그 사람을 찾아내게 됐소."

"그러면 승상께서는 왜 그 사람을 파견하지 않으십니까?"

"나는 사람을 파견하여 동오와 인연을 맺고자 하는데 그대라면 이 뜻을 명백히 알고 군명(君命)을 욕되게 하지 않을 것 같소. 오에 파견할 임무는 공이 아니면 안 되겠소."

"우재(愚才)는 아는 바도 없사오니 이 중임을 감당해 낼 것 같지 않습니다."

"내가 내일 천자께 알려 드려서 공이 한 번 수고해 주도록 할 것이니 결코 사양하지 말기 바라오."

등지는 그렇게 하겠노라 승낙하고 돌아갔다.

그 이튿날 공명은 후주 유선에게 등지를 파견해서 동오의 설득 공작의 임무를 맡겨 보내자고 아뢰니 등지는 절하고 즉시 동오를 향하여 떠났다.

　이야말로 오나라 사람이 겨우 싸움이 그치는 것을 보게 되니, 촉의 사신이 또다시 옥백(玉帛)으로써 통해 보자고 나선다.

86.
기름가마 옆에서

"사신을 불러 놓고 가마솥에 기름을 끓이는
이런 도량으로 무슨 관대함이 있으리까?"

難張溫秦宓逞天辨
破曹丕徐盛用火攻

오주(吳主) 손권은 동오의 육손이 위군을 물리치자 그를 보국
장군(輔國將軍) 강릉후(江陵侯)에 봉했으니, 오나라의 군권은 모두
육손이 장악하게 되었다.

손권은 또 장소 · 고옹의 권고를 받아들여 연호를 황무 원년(黃
武元年)으로 고쳤다.

이때, 위주(魏主)에게서 사자가 왔다고 하여 손권이 그를 불러
들여서 만나 보았더니, 위가 이번에 서천을 점령하는데 동오에
서도 싸움을 거들어 주면 촉을 점령한 뒤에는 영토을 절반 나누
어 주겠다는 것이었다.

손권이 결정을 못하고 망설이기만 하다가 장소 · 고옹과 상의

하니, 그들도 역시 좋은 계책이 없어 손권은 곧바로 육손을 불러 들여서 물어 봤다.

육손의 의견은 우선 그렇게 하겠다 승낙만 해놓고, 이편에서는 군사를 정비해 가며 위나라 4로군의 동정만 살피기로 했다. 만약에 위나라의 4로군이 승리를 거두게 되고 제갈공명이 버티지 못하면 그 즉시 군사를 동원해서 위나라에 호응해서 성도를 점령하는 것이 상책이고, 만약에 위나라가 패배할 때에는 따로 계책을 세우자는 것이었다.

준비가 되는 대로 길일을 택해서 출동하겠다고 적당히 대답해서 사자를 보내고 나서, 사방으로 염탐꾼을 파견하여 탐지해 보니, 과연 제갈공명이 예측한 바와 틀림없이, 위나라의 4로군은 요로 요로에서 공격을 개시했으나 목적을 달성치 못하고 철수해 버렸다는 것이었다.

손권이 문무제관을 모아 놓고 말했다.

"과연 육손의 말이 맞았소. 내가 만약에 함부로 군사를 동원시켰다면 또 서촉의 원망을 살 뻔했소."

이때, 마침 서촉에서 사자 등지가 도착했다고 하여서 손권이 장소와 대책을 상의했다.

"우선 뜰에 기름을 수백 근 담은 큰 가마솥을 걸고 불을 때어서 펄펄 끓게 해놓으십시오. 정병 천 명을 뽑아서 칼을 들고 궁문(宮門)에서 전상(殿上)까지 늘어세워 놓고 나서, 섣부른 수작을 하면 기름가마 속에 처박아 버리겠다고 협박을 하시면서 어떻게 대답하는지 들어보시는 게 좋겠습니다."

손권은 장소의 말대로 만반준비를 갖추어 놓고 등지를 만나 보기로 했다.

등지는 궁문 앞에 이르자 이 삼엄한 광경을 목격하고 재빨리 손권의 심중을 간파했지만 조금도 얼굴에 이상한 빛을 나타내지 않고 태연자약하게 버티면서 안으로 들어섰다.

근시(近侍)들이 그를 주렴(珠簾) 앞으로 인도했으나, 그는 싱글 싱글 웃으면서 간단히 인사를 하고는 꿇어 앉으려고도 하지 않았다.

손권이 주렴을 걷어올리며 호통을 쳤다.

"어찌하여 인사를 차리지 않는가?"

"천자의 사신이 소국(小國)의 주인에게 먼저 인사를 차려야 할 까닭은 없지 않습니까?"

등지의 말이 하도 딱 자르듯이 매서워서, 손권은 또 격분해서 입을 열었다.

"제 분수도 모르고 세 치밖에 안 되는 혓바닥을 함부로 놀리다니, 옛날에 제왕(齊王)의 기름가마 속에 처박혀서 죽은 역생(酈生 —酈食其)과 같은 꼴을 당하고 싶은 건가?"

그러나 등지는 껄껄껄 웃어젖힐 뿐.

"허어! 동오에는 현자가 많은 줄 알았더니 일개 나 같은 서생을 대하는데도 이다지 부들부들 떨 줄이야!"

손권은 분노가 극도로 치밀었다.

"내가 그대 따위 일개 필부를 두려워하는 줄 아는가?"

"이 등백묘(鄧伯苗)를 두려워하지 않으신다면, 두려워하시지 않는 위인이 세객(說客)으로 왔기로서니 뭘 그다지 언짢아하십니까?"

"그대는 제갈량의 지시를 받고 나에게 위나라와 교정(交情)을 끊고 촉과 결탁하도록 설득 공작을 하러 온 것이지?"

"소생은 촉중(蜀中)의 일개 유생에 지나지 못합니다만, 이번에는 특히 오국의 이해관계를 생각하고 온 바입니다. 그런데 병사를 배치하고 가마솥을 마련해 놓고 일개 사신을 거절하시려는 광경을 보니, 이런 국량(局量)으로 뭘 받아들일 관대함이 있으시겠습니까?"

이 말에는 손권도 부끄러워 얼굴이 달아오르는 것 같았다. 그 즉시 무사를 물리치고, 등지를 전상에 청했다.

"오·위의 이해관계가 어떻게 되는 것인지 원컨대 선생께서 가르쳐 주시오."

"대왕께서는 촉나라와 화친하려 하십니까? 그렇지 않으면 위나라와 화친하려 하십니까?"

"나는 마침 촉주(蜀主)와 강화를 구하려던 참이었소. 그런데 그가 나이도 어리고 견식도 없어 보이기에 시종이 여일치 못할까 걱정하던 중이오."

"대왕께서는 당대의 영호(英豪)이시고, 제갈량 역시 일대의 준걸이십니다. 만약에 두 나라가 입술과 이의 관계를 맺고 나간다면 천하를 두루 취하기 힘들지 않을 것입니다.

만약에 대왕께서 위에게 머리를 숙이고 들어가신다면 위나라에서는 반드시 대왕께서 조근(朝覲)하시기를 요구할 것이며, 태자를 인질로 보내라고 할 것입니다. 거기에 복종하시지 않을 때에는 군사를 동원하여 공격할 것이니, 이렇게 되면 촉나라에서도 장강을 끼고 내려와서 공격을 가할 것입니다.

그러니 강남의 땅이 두 번 다시 대왕의 수중으로 돌아가기는 어려울 것입니다. 소생이 여쭙는 말에 잘못이 있다면 이 자리에서 목숨을 바치고 두 번 다시 세객으로 나타나지는 않겠습니다."

등지는 옷자락을 걷어붙이더니 뜰 앞으로 뛰어내려가 펄펄 끓는 기름가마 속으로 뛰어들려고 했다. 손권이 대뜸 덤벼들어 말리고는 안으로 청해 들여서 빈객의 자리에 앉혔다.

"선생의 말씀은 내가 생각하던 바와 똑같소. 나는 촉주와 화친하고 싶으니, 선생께서 나를 위해서 중간에 드셔서 일을 잘 이루게 해주시겠소?"

"기름가마 속에 넣어서 소생을 죽이려고 하신 것도 대왕이시고, 이제 이런 말씀을 하시는 것도 대왕이시니, 어찌 믿을 수가 있겠습니까?"

"나는 이미 결심했으니까, 그런 걱정까지 할 것은 없소."

이리하여 오왕은 등지를 가지 못하게 해놓고, 여러 관원을 소집해서, 오나라에는 촉나라에서 온 등지같이 자기의 심정을 저쪽에 전달해 줄 만한 인물이 없느냐고 상의해 봤다.

그 자리에서 선뜻 나서는 한 사람이 있었다. 그는 바로 중랑장(中郞將)으로 있는 장온(張溫—字는 惠恕)이었다.

"사자의 임무를 소생에게 맡겨 주시기 바랍니다."

손권은 크게 기뻐하며 장온에게 선물을 듬뿍 마련해 주고 등지와 동행해서, 서천으로 가서 화친하도록 떠나보냈다.

한편 공명은 등지를 떠나보내고 나서 후주에게 말했다.

"이번에 등지가 떠나갔으니 반드시 임무는 완수하고 돌아올 것입니다. 오나라에는 현자가 많으니까 누구든지 답례의 사자를 보낼 것입니다. 폐하께서는 이를 영접하셔서 후대하시고 다시 오나라로 보내셔서 화를 맺도록 하시기 바랍니다.

오나라가 화해에 응하기만 한다면 위나라도 두 번 다시 우리나라를 기웃거리지는 못할 것입니다. 오와 위 두 나라의 거추장스러운 것이 없어지면 소신은 남정(南征)을 꾀하여 남만을 평정해 놓고 나서 위나라를 격파할 생각입니다. 위가 멸망하면 동오도 길지는 못할 것이니, 이리되면 다시 통일의 기업을 이룩하실 수 있습니다."

동오에서 장온이 등지와 함께 답례의 사자로 나타나니, 후주
는 공명의 말대로 주연을 베풀어 그를 후대하고 지극히 겸손한
태도로, 연회가 끝나자 백관을 거느리고 장온을 관사(館舍)에까
지 전송해 주었다. 그 이튿날은 공명이 잔치를 마련하고, 그 자리
에서 장온에게 말했다.

"우리 선제(先帝)께서는 재세시에 오나라와 불목하신 점이 있
으셨지만 이미 돌아가셨고, 오늘날에 와서는 주상께서 오왕을
심히 경모하시며 옛 원한을 버리시고 맹호(盟好)를 맺고 힘을 합
쳐서 위나라를 격파하려 하시오. 대부(大夫)께서도 돌아가셔서
잘 말씀드리기 바라오."

장온은 쾌히 승낙하면서 술기운이 돌기 시작하자 방약무인으
로 오만한 태도를 나타냈다.

그 이튿날 후주는 장언에게 금백을 주고 성남(城南) 우정(郵亭)
에 연회를 또 베풀고 여러 관원에게 송별 인사를 차리도록 명령
했다.

주석이 한창 어울려 들어가고 있을 때, 어떤 사람 하나가 술이
취해서 나타났다. 그는 아무것도 아랑곳하지 않고 인사를 하는
둥 마는 둥 하더니 자리에 앉았다. 장온이 이상히 여기고 공명에
게 물었다.

"저 사람은 누구입니까?"

"진복(秦宓—字는 子勅)이라고 하는 익주의 학사(學士)요."

장온이 웃으면서 말했다.

"명칭은 학사지만, 가슴 속에 학문이 들어 있는지 어디 알 수
있겠습니까?"

진복이 정색하면서 말했다.

"촉나라에서는 삼척동자들도 학문을 배우고 있소. 나에게 학
문이 없다는 말이오?"

"그러면 공은 뭘 배우셨나 한 번 말해 보시오."

"위로는 천문에서부터 아래로는 지리에 이르기까지, 삼교구류
(三教九流), 제자백가(諸子百家) 통하지 않는 바가 없고, 고금흥폐
(古今興廢), 성현경전(聖賢經傳) 등등 공부하지 않은 게 없소."

장온이 또 싱긋 웃었다.

"그렇게 큰 소리를 탕탕 치시니 어디 하늘을 두고 한번 물어
봅시다. 대체 하늘에는 머리가 있소?"

"있소."

"머리가 어느 쪽에 있단 말이오?"

"서쪽에 있소. 시경(詩經)에도 '바로 돌아다보아 서쪽을 본다(乃
眷西顧)'라는 말이 있소. 이렇게 보면, 머리는 바로 서쪽에 있는
것이오."

"하늘에는 귀도 있소?"

"하늘은 높은 곳에 있어서 낮은 것을 듣게 마련이오. 시경에도
'학이 구고(九皐─九澤)에서 우니 그 소리가 하늘에 들린다'는 말

이 있소. 귀가 없이 어찌 듣겠소."

"하늘에는 발도 있소?"

"있소. 시경에 '천보간난(天步艱難)'이란 말이 있으니, 발이 없다면 어찌 걸을 수 있겠소?"

"하늘에는 성(姓)도 있소?"

"있소. 바로 유(劉)라는 성이오. 천자의 성이 유씨이시니 그것만 봐도 알 수 있지 않소?"

"해는 동쪽에서 뜨는 것이오?"

"동쪽에서 뜨지만, 서쪽으로 떨어지오."

이렇게 까다로운 질문에 일일이 답변하는 진복의 결론은 결국 천하가 서촉으로 돌아올 것을 암시하면서 청산유수같이 대답하니 만좌의 사람들이 모두 탄복했다.

장온이 입을 다물자, 이번에는 진복이 물었다.

"선생은 동오의 명사로서 하늘에 관한 일을 질문하셨으니 반드시 천리(天理)를 잘 아실 것이오. 옛적에 혼돈되었던 것이 음양으로 나누어졌고, 가볍게 가라앉은 것이 위로 떠올라서 하늘이 되었고, 무겁고 탁한 것이 아래로 뭉쳐서 땅이 되었는데, 공공씨(共工氏)가 싸움에 패하여 머리를 부주산(不周山)에 부딪히니 천주(天柱)가 부러지고, 땅덩어리의 한귀퉁이가 부서져서 하늘이 서북쪽으로 기울어지게 됐고, 땅은 동남쪽으로 가라앉게 됐다고 하는데, 하늘이 가볍게 가라앉아서 위로 뜬 것이라면 어째서 서

북쪽으로 기울어졌는지, 또 가볍게 가라앉은 것 이외에는 또 뭣이 있는지, 선생께서 좀 가르쳐 주시오."

장온이 대꾸할 말이 없어서 자리를 피하여 사과하는 말을 했다.

"촉나라에는 이렇게 준걸이 많은 줄은 몰랐습니다. 방금 강론(講論)해 주신 말씀을 듣고 답답하던 것이 확 틔는 것 같소."

공명이 장온에게 부끄러움을 주어서는 안 된다 생각하고 대뜸 말했다.

"주석에서의 질문이란 모두 농담에 지나지 않는 것이오. 공은 안방정국(安邦定國)의 길을 잘 아시는 분이니 그러한 농담을 대단하게 여기시지 않겠지요."

장온은 감사하다고 절했다. 공명은 다시 등지에게 명령하여 답례의 사신으로 장온과 함께 오나라로 동행하게 했으니, 두 사람은 공명과 작별하고 동오로 향했다.

한편, 오왕은 장온을 촉나라로 떠나보낸 후 아무런 소식이 없어서 문무백관을 모아 놓고 대책을 강구했다. 마침 그때 촉나라의 등지가 장온과 동행하여 답례의 사자로 왔다는 소식을 접하고 곧 인도해 들이라고 명령했다.

장온이 뜰 앞에 꿇어 엎드려서 후주와 공명의 덕을 찬양했고, 등지는 길이 화의를 맺기 위해서 다시 왔다고 말하니 손권은 크게 기뻐하면서 연회를 마련하고 그를 후대했다. 그 연회에서 손권이 등지에게 말했다.

"만약에 오와 촉이 한마음 한뜻으로 위를 격파하고 천하태평한 세월이 되어서 두 주인이 각각 자기 나라를 잘 다스리면 어찌 즐거운 일이 아니겠소?"

등지가 대답했다.

"천무이일(天無二日)이오, 민무이왕(民無二王)이라고 합니다. 위 나라를 격멸한 뒤에 천명이 누구에게로 돌아갈 것인지는 알 수 없습니다. 그러나 인군된 사람이 각각 그 덕을 닦고, 신하된 자각각 그 충성을 다하면 전쟁이란 없어질 것입니다."

손권이 껄껄껄 웃었다.

"그대의 성의는 정말 대단하오!"

하고 등지에게 선물을 후하게 주어서 촉나라로 돌려보냈으니, 이로써 오와 촉은 서로 사이가 좋아졌다.

위나라의 염탐꾼이 이런 사실을 탐지하고 급히 중원으로 알리니, 위주 조비는 격분하여 마지않았다.

"오와 촉이 결탁하는 것은 중원을 수중에 넣자는 배짱이다! 짐이 먼저 토벌해 버려야겠다."

조비는 문무백관을 일당에 모아놓고 오를 공격할 계책을 세우려 했다. 이때 대사마 조인과 태위 가후는 이미 이 세상에 없었으므로 시중(侍中) 신비(辛毗)가 나서서, 10년 동안 서서히 병사를 충분히 양성해 가지고 오와 촉을 격파할 계책을 세우는 게 좋겠다고 의견을 냈다.

조비가 화를 벌컥 냈다.

"그것은 어리석은 소리이다! 이제 오와 촉이 결탁했으니 조만간 국경을 침범할 텐데, 어느 겨를에 10년을 기다린단 말인가?"

그 즉시 군사를 동원하여 오나라를 공격하기로 지령을 내리니, 사마의가 아뢰었다.

"오나라는 장강을 끼고 있으니, 전선(戰船)을 마련해 가지고 채하(蔡河)·영수(潁水)로부터 회하(淮河)로 나가서 수춘(壽春)을 거쳐서 광릉(廣陵)으로 나간 후 일제히 장강을 건너 단번에 남서(南徐)로 쳐들어가심이 상책인가 합니다."

조비는 그의 의견대로 따르기로 했다. 낮과 밤을 헤아리지 않고 용배(龍舟) 10척을 만드니, 길이가 20여 장, 2천여 명을 수용할 수 있는 규모였다. 그리고 따로 병선(兵船) 30여 척도 만들었다.

때는 위나라 황초(黃初) 5년(서기 224년) 가을 8월. 조진을 선봉으로, 장요·장합·문빙·서황 등 대장을 딸려서 먼저 떠나 보내고 허저·여건을 중군의 호위로, 조휴를 후군으로, 유엽(劉曄)·장제(蔣濟)를 참모에 임명하여 수륙 군마 30여만 명이 날짜를 택하여 동원됐다.

사마의를 상서복사(尙書僕射)에 임명하여 허창에 남아 있게 했고, 무릇 국정대사를 그가 결정짓도록 했다.

이런 사실을 탐지한 동오의 염탐꾼이 재빨리 오나라에 알리는 바람에 근신들은 당황하여 손권에게 알렸다.

손권은 문무백관을 소집해 놓고 대책을 협의하면서 이 대임을 치러낼 만한 인물은 육손밖에 없다고 생각했지만 육손은 이때 형주를 지키고 있어서 쉽사리 자리를 뜰 수도 없었다. 이때 선뜻 나서는 인물이 있었으니 그가 바로 서성(徐盛)이었다.

"소신이 비록 재주 없는 몸이기는 하지만 1군을 거느리고 위군을 막아내겠습니다. 만약에 조비가 친히 강을 건너서 온다면 소신이 반드시 산채로 잡아서 전하께 바칠 것이며, 만약에 강을 건너오지 않는다면 위병의 태반을 죽여서 그들이 다시 우리 동오를 똑바로 쳐다보지도 못하게 하겠습니다."

손권은 크게 기뻐하여 그를 안동장군(安東將軍)에 봉하고, 건업(建業)·남서의 군사를 통솔하는 도독에 임명했다. 서성은 명령을 받들고 물러나자, 곧바로 전군에 명령을 내려서 무장을 든든히 하고 깃발을 준비해서 강안 수호의 만반태세를 갖추도록 했다. 이때 한 사람이 불쑥 앞으로 나서더니 말했다.

"지금 대왕께서 큰 임무를 장군께 맡기신 것은 위나라를 쳐부수고 조비를 산채로 잡기 위해서라고 생각하오. 이제 곧 군사를 북쪽 강변으로 내보내서 회남 땅에서 적군을 맞아 격파함이 좋을까 싶소. 조비가 여기까지 진격해 온 다음에는 이미 때는 늦을 것이오."

서성이 쳐다보니 바로 오왕의 조카 손소(孫韶)였다. 그의 자는 공례(公禮)로, 양위장군(揚威將軍)의 관직에 있는데, 전에는 광릉의 수비를 맡은 일도 있었으며 대단히 담력있고 패기가 넘치는 젊은 무사였다.

서성이 말했다.

"조비의 세력은 대단하고 또 명장을 선봉으로 내세울 것이니 강 건너까지 가서 적군을 맞이해서는 안 되오. 나는 그들의 병선이 북녘 강변에 집중하기를 기다려서 처부술 계책이 서 있소."

"소생에게는 3천 명의 부하가 있으며 또 광릉의 지리에 밝으니, 그곳까지 밀고 나가서 조비와 한번 결전해 보고 싶소. 만약에 실수할 때에는 어떠한 처벌이라도 달게 받겠소."

서성은 그 말을 들어주지 않았고, 손소는 무슨 일이 있어도 나가 보겠다고 한참 동안이나 옥신각신했다. 결국 서성은 격분해서 호통을 쳤다.

"그대는 어디까지나 나의 명령을 듣지 않겠다는 건가? 이래 가지고야 어찌 내가 여러 장수들을 통솔할 수 있겠는가?"

무사에게 호통을 쳐서 손소를 끌어내다가 참형에 처하라고 명령했다. 도부수들은 손소를 원문(轅門) 밖으로 끌어내 놓고 검정 깃발을 내걸었다. 손소의 부장의 급보를 받고 손권이 말을 달려갔더니 바로 형을 집행하려는 순간이었다. 말에서 얼른 내리면서 도부수들을 물리치고 손소를 구출하니 손소가 울면서 말했다.

"저는 예전에 광릉에 있었기 때문에 그곳 지리에 밝습니다. 그곳에서 조비와 싸우지 않고, 그가 장강으로 진격해 내려오기를 기다려서 싸운다면 우리나라는 멸망하고 맙니다."

손권이 뚜벅뚜벅 영채 안으로 걸어들어가니, 서성이 말했다.

"대왕께서는 소신을 도독에 임명하셔서 위군을 격파하라고 하시면서, 군령을 위반한 손소의 목을 베려는 것을 어째서 막으십니까?"

"그자는 혈기방장한 것만 믿고 군법을 범했으니 관대히 봐 주시오."

"법이란 국가의 전형(典刑)입니다. 만약에 친하다고 용서해 준다면 어찌 많은 사람을 호령하겠습니까?"

"군법을 범한 자이니, 응당 장군의 처분대로 맡겨야 할 것이지만, 그자는 본래 유(兪)씨 소생으로서 나의 형께서 매우 귀엽게 여기셔서 손(孫)이라 사성(賜姓)하신 것이고, 또 나를 위해서 공로도 적지 않게 세웠는데, 이제 죽인다면 형께도 면목없는 일이 될 것이오."

"주공의 체면을 생각하여 사죄(死罪)를 면해 주겠습니다."

손권은 손소에게 절하라고 했으나, 손소는 언성을 높여서 외칠 뿐이었다.

"저의 견해로는 군사를 몰고 나가서 조비를 치는 수밖에 없소. 죽는 한이 있더라도 그대의 견식에는 복종하지 않겠소."

서성의 얼굴빛이 핼쑥하게 변하는 것을 보자, 손권이 호통을 쳐서 손소를 밖으로 쫓아내고, 서성에게 말했다.

"저런 놈은 있으나 없으나 오나라에는 아무 손실도 없소. 앞으로는 두 번 다시 저놈을 쓰지 않겠소."

그러나 그날밤 손소가 기어이 부하 3천 명을 거느리고 아무도 모르게 북쪽 강변으로 건너갔다는 정보가 날아들자, 서성은 그의 신변에 만일의 사태라도 발생하면 오왕에게 미안하다는 생각을 하고, 정봉(丁奉)을 불러서 비밀리에 계책을 주어서 군사 3천을 인솔하고 북쪽 강변으로 가서 싸움을 거들어 주게 했다.

한편, 위왕은 용배를 타고 광릉에 이르렀고, 선봉 조진은 군사를 대강 강변에 주둔시키고 진을 쳤다. 그러나 적군의 동정이 전혀 보이지 않자, 위왕이 친히 용배를 강 기슭에 대고 배 위에서 멀리 남녘 강변을 바라보았다. 그러나 역시 아무런 기미도 찾아낼 수 없었다. 조비가 유엽·장제를 쳐다보고 물었다.

"강을 건너도 괜찮을까?"

유엽이 대답했다.

"병법이란 실실허허(實實虛虛)한 것입니다. 적군도 대군이 오는 줄 알고서 어찌 대비함이 없겠습니까? 움직이지 않는 것이 좋겠습니다. 4, 5일 동안 기다리시며 동정을 살피시다가 선봉을 먼저 강 건너로 보내셔서 탐지해 보심이 어떻겠습니까?"

"경의 말이 나의 의사와 똑같소!"

조비는 그날밤에 배 위에서 쉬기로 했다. 마침 하늘에는 달도 없어서 병사들이 손에 손에 횃불을 밝혀 들고 천지를 낮과 같이 비추었다. 멀리 남녘 강변을 보니 일점의 광선도 보이지 않았다. 조비가 좌우 사람에게 물었다.

"이는 무슨 까닭일까?"

근신이 대답했다.

"폐하의 천병(天兵)이 도착했다는 소문을 듣고 당황하여 도주한 것 같습니다."

그 말을 듣고, 조비는 남몰래 미소를 지었다. 날이 새어 먼동이 훤히 트기 시작할 무렵에는 짙은 안개가 끼어서 상대방의 얼굴을 알아볼 수 없을 지경이었다.

바람이 불기 시작하자 순식간에 안개가 걷히니 어찌된 셈일까. 건너편 언덕에는 성벽이 줄을 지어 있고 노(櫓)에서는 창과 칼이 햇빛에 번쩍거리며 깃발이 빈틈없이 꽂혀 있지 않은가.

이때 정보가 날아드는데 남서의 연안 일대에는 석두성(石頭城)에 이르기까지 수백 리에 걸쳐서 성곽·배·수레가 연결되어 있으며 모두가 하룻밤 사이에 나타난 것들이라고 했다.

조비는 깜짝 놀랐다.

알고·보니 이것은 서성이 갈대로 사람의 형체를 만들어서 푸른 옷을 입히고 깃발을 손에 쥐게 해가지고 형체만 있는 성과 노에 세워 둔 것이었다.

그런데 위군은 성위에 늘어서 있는 수많은 군사들을 바라다보자 간담이 서늘하지 않을 수 없었다.

"위나라에 아무리 병사 수가 많다고 해도 아무 쓸모 없다. 강남에 이런 명장이 있다면 아직도 격파하기는 어렵다."

조비가 이렇게 탄식하고 있을 때 홀연 맹렬한 바람이 일더니 파도가 하늘을 무찌를 듯 아무리 큰 배라도 뒤집힐 지경이었다. 조진이 당황하여 문빙에게 명령하여 조그마한 배를 내보내서 조비를 구출하라고 했다.

문빙은 용배 위로 뛰어올라가 조비를 등에 업고서 조그마한 배 위로 옮겨 놓고 간신히 나루터까지 그를 구출할 수 있었다.

이때, 또 정보가 날아드는데, 조자룡이 양평관(陽平關)에서부터 쳐들어와서 장안(長安)을 향하여 진격 중이라는 것이었다.

조비는 얼굴이 새파랗게 질리며 당장에 후퇴령을 내렸다. 앞을 다투며 도주하기 시작하는데, 오군이 맹렬히 추격해 와서 조비는 어용지물(御用之物)까지 모조리 포기하고 도주하라는 명령을 내렸다.

위군의 용배가 간신히 회하로 접어들었을 때, 난데없이 피리와 북소리가 일제히 울리더니 요란한 고함소리와 함께 옆쪽에서

1대의 군마가 덤벼들었다.

선두에 선 사람은 바로 손소. 위군은 대패하여 태반이 전사했고, 강물에 빠져 죽은 사람이 부지기수였다.

그래도 여러 장수들이 필사적으로 위주를 구출해서 다시 30리쯤 도주하여 강변 갈대가 무성해 있는 지점에 이르렀다.

이곳에는 미리부터 동오의 군사들에 의해서 어유(魚油)가 퍼부어져 있었는데 거기다 또 불까지 질렀다. 불길은 바람을 타고 하늘을 무찌르며 뻗쳐올라서 용배 앞을 가로막았다.

당황한 조비가 조그마한 배로 옮겨타고 강변으로 저어 나가고 있을 때 이미 용배에도 불길이 활활 붙어 올랐다.

조비가 극도로 혼비백산하여 말 위로 뛰어올랐을 때 1군의 군마가 또다시 노도처럼 밀려 들었다.

앞장선 대장은 정봉이었다. 장요가 말을 달려 덤벼들며 정봉과 대결하려고 했으나, 정봉이 쏜 화살에 허리를 맞고 말았다. 서황이 그를 간신히 구출해 가지고 함께 위주 조비를 보호하면서 도주했으며 전사자의 수효는 이루 헤아릴 수도 없었다.

위군은 추격해 오는 손소·정봉에게 배며 수레며 기계며 할 것 없이 모조리 빼앗겨 버렸으니, 그 수효가 얼마나 되는지도 알 수 없을 정도였으며, 위병은 마침내 처참하리만큼 싸움에 대패해 돌아가고 말았다.

오나라의 대장 서성은 크게 승리를 거두고 오왕에게 큰 상을 받았고 장요는 허창으로 돌아간 뒤 활에 맞은 상처가 덧나서 세상을 떠나고 말았다.

조비는 그를 정중하게 매장해 주었다.

한편 조자룡은 군사를 인솔하고 양평관에서부터 진격해 나왔는데, 도중에서 승상의 서신을 받게 됐다.

익주의 노장(老將) 옹개(雍闓)가 남만왕 맹획과 결탁하고 만병(蠻兵) 10만을 동원하여 4군(郡)을 침범하고 있으니, 마초에게 양평관을 지키게 하고, 조자룡을 불러들여서 승상 제갈량이 친히 남정(南征)의 군사를 동원하겠다는 사연이었다.

조자룡은 급히 군사를 정비해 가지고 돌아섰다.

이때, 공명은 성도에서 군사를 정비해 가지고 친히 남정에 나서려 하고 있었다.

이야말로 동오가 북위(北魏)와 대적하는 것을 보고 나니, 또 다시 서촉이 남만과 싸우는 것을 보게 된다.

87.
교묘한 이간책

조자룡이 도망자를 보고하는데,
그 두 놈은 내가 잡아놓았다는 공명!

征南寇丞相大興師
抗天兵蠻王初受執

승상 제갈량은 성도에서 정사를 맡아 보면서 대소 제반사를 무슨 일이나 공평하게 다스렸기 때문에, 양천(兩川)의 백성들은 태평한 나날을 보내며 밤에도 문을 닫아거는 법이 없고 길바닥에 떨어진 남의 물건이라고 줍는 법이 없었다. 무기와 군량도 부족한 것이 없었고, 쌀이 창고에 가득 찼으며, 재물이 부고(府庫)에 넘칠 지경이었다.

건흥 3년(서기 225년).

익주로부터 급보가 날아드는데, 만왕 맹획이 10만 대군을 동원하여 국경선을 침범하고 건녕 태수(建寧太守) 옹개는 한조(漢朝) 집방후(什方侯) 옹치(雍齒)의 후예인데, 그도 맹획과 결탁하여 반란을 일으키고 있으며, 장가군(牂牁郡) 태수 주포(朱褒)와 월전군(越寯郡) 태수 고정(高定)은 이미 그들에게 성문을 열어 주었다고 한다.

그러나 단지 영창(永昌) 태수 왕항(王伉)만이 반란에 가담할 것을 거부하고 있기 때문에, 옹개·주포·고정 세 사람의 군사들이 맹획을 향도관(嚮導官)으로 내세우고 영창군을 공격하므로 왕항이 공조(功曹) 여개(呂凱)와 백성을 모아 가지고 성을 사수하고 있기는 하나 그 형세가 매우 위급하다는 것이었다.

공명은 급히 입조(入朝)하여 이러한 사실을 후주에게 아뢰었다.

"남만이 천위(天威)에 복종치 않는 것은 국가의 대환(大患)입니다. 신이 몸소 대군을 인솔하고 토벌하고 올까 합니다."

"동에는 손권, 북에는 조비가 있소. 상부(相父)께서 짐을 버리고 떠나겠다 하시지만, 만약에 오와 위가 함께 진격해 온다면 막아낼 길이 없지 않겠소?"

"동오는 이번에 우리나라와 화친한 지 얼마 안 되니 다른 생각은 없을 것 같습니다. 설사 딴 마음을 먹는다손치더라도, 이엄이 백제성을 지키고 있으므로 육손을 막아낼 수 있을 것입니다. 또 조비는 대패한 직후인지라 사기가 저상하여 원정을 꾀할 기력도 없습니다.

또 마초가 요로를 든든히 지키고 있으니 근심하실 것은 없습니다. 또 신은 관흥·장포를 시켜서 각처의 요로에 대비케 하고 있으므로 폐하께서는 안심하시기 바랍니다. 신이 우선 만족을 소탕해 놓고 나서 북벌을 단행하여 중원을 수중에 넣어서 선제의 삼고초려의 은혜와 신이 맡은 중책에 보답하고자 합니다."

공명의 말이 끝나자마자 반부(班部) 안에서 한 사람이 나서면서 말했다.

"그건 안 됩니다."

여러 사람이 쳐다보니 간의대부(諫議大夫)로 있는 남양(南陽) 사람 왕연(王連—字는 文儀)이었다. 그가 간했다.

"남방은 불모(不毛)의 땅이요, 장기(瘴氣)와 역질(疫疾)이 나돌고 있습니다. 국가의 중책을 맡으신 승상께서 친히 원정을 하신다 함은 옳지 않습니다. 또 옹개 따위는 하잘것없는 위인이오니, 승상께서는 대장 한 사람만 파견하셔서 토벌하게 하시면 성공하실 수 있을 것입니다."

왕연의 재삼 간하는 말도 듣지 않고, 공명은 그날로 후주와 작별하고, 장완(蔣琬)을 참군(參軍), 비위(費褘)를 장사(長史)·동궐(董厥)·번건(樊建)을 연사(椽史)로 삼고, 조자룡·위연을 대장으로 삼아 군마를 총독케 하고 왕평(王平)·장익(張翼)을 부장으로 명령하여, 서천의 대장 수십 명을 거느리고 50만 대군을 일으켜서 익주로 진격하기로 했다.

하루는 관운장의 셋째아들 관색(關索)이 군중으로 와서 공명을 찾아보고 말했다.

"소생은 형주가 함락된 뒤 포가장(鮑家莊)에서 몸을 휴양하고 있었습니다. 여태까지 선제의 원수를 갚아 보고자 몇 번이나 서천으로 가고 싶었습니다만, 상처가 완쾌되지 않아서 뜻을 이루지 못했습니다.

이번에 상처도 회복되었기에 도처에 문의해 봤더니 동오에 있던 원수들은 주살되었다 하기에 서천으로 가서 천자께 배알하고자 했습니다. 마침 남정(南征)의 군사를 만나게 되어서 함께 나가고 싶어서 달려온 길입니다."

공명은 이 말을 듣고 감격하여 마지 않으며 그 즉시 조정에 이 뜻을 보고해서 그를 선봉에 임명하여 남정의 군사에 가담케 했다.

이리하여 대군은 대오를 정연히 짜고 행군을 계속했는데, 배가 고프면 먹고 목이 마르면 마시고, 밤에는 쉬고 날이 밝으면 떠났다. 그러나 도중에 쌀 한 톨이라도 백성의 것을 함부로 뺏는 법이 없었다.

한편 옹개는 공명이 친히 대군을 거느리고 쳐들어온다는 소식을 듣자, 당장에 고정(高定) · 주포와 상의하여 고정이 중군, 옹개가 좌군, 주포가 우군을 맡아 가지고 각각 5, 6만 명의 군사를 동원하여 공명과 대결하기로 했다.

고정은 악환(鄂煥)에게 선봉을 명령했다. 이 악환이란 자는 신장이 9척에다가 용모는 추악하고 괴상하며 방천극(方天戟)을 쓰는 솜씨가 능란한 만부부당의 맹장으로서, 서슴지 않고 촉군과 대결하려고 여러 부하들을 거느리고 대채(大寨)를 떠났다.

또 공명은 대군을 인솔하고 익주의 경계선에 도착했는데 선봉 위연, 부장 장익·왕평은 경계선에 다다르자마자 대뜸 악환의 군사와 맞닥뜨리게 됐다.

양진(兩陣)이 원을 이루어 대치하게 되자, 위연이 출마하여 호통을 치며 매도했다.

"반적(反賊)아! 빨리 항복해라!"

악환이 말을 달려 덤벼들었다. 몇 합을 싸우지도 않고 위연은 감당하기 어려운 체하고 돌아서서 달아나니, 악환이 놓칠세라 뒤를 추격했다. 몇 리도 가지 못해서 느닷없이 고함소리가 일더니 장익·왕평의 군사가 좌우에서 덤벼들었고, 위연도 말머리를 돌려서 대들며 세 사람의 대장이 힘을 합쳐서 악환을 산채로 잡아 가지고 대채로 압송해서 공명 앞에 무릎을 꿇게 했다.

공명이 묶은 것을 풀어 주고 술과 음식을 대접하면서 물었다.

"그대는 누구의 부장인가?"

"고정이 부장입니다."

"나는 고정이 충의 있는 사람으로 알고 있는데, 이번에 옹개에게 속아서 이런 짓을 한 것이오. 이제 그대를 놓아 보낼 것이니

고태수(고정)를 시켜서 빨리 항복하여 큰 화를 면하게 하시오."

악환은 절하고 돌아가서 고정과 대면하고 공명의 인덕을 찬양하니, 그 역시 감격하여 마지않았다. 그 이튿날 옹개가 영채에 나타나서 인사를 마치더니 물었다.

"악환은 어떻게 돌아올 수 있었소?"

"제갈량이 의리를 생각하고 돌려보내 주었소!"

"그것은 제갈량의 이간책이오. 우리 두 사람을 불화하게 만들려고 이런 꾀를 부린 것이오."

고정이 반신반의하며 마음속으로 망설이고 있을 때, 촉나라 대장이 도전해 왔다는 정보가 날아들었다. 옹개는 친히 3만의 군사를 거느리고 나가 싸웠으나 몇 합도 싸우지 못해서 말머리를 돌려 뺑소니를 쳤고, 위연은 군사를 몰고 20리나 추격했다.

이튿날, 옹개는 또다시 군사를 거느리고 싸우러 나갔으나, 공명은 그날부터 사흘 동안이나 한 명의 군사도 내보내지 않았다. 나흘째 되던 날, 옹개와 고정은 양쪽으로 군사를 나누어 가지고 촉나라 영채를 공격했다.

이에 앞서 공명은 위연에게 명령하여 군사를 양쪽으로 나누어서 도중에 대기하고 있게 하니, 과연 옹개와 고정의 군사들이 쳐들어오자 위연은 그 태반을 무찔러 버렸고, 산채로 잡은 군사들은 대채로 끌고 와서 옹개의 부하를 한쪽에 따로 가두고, 고정의 부하도 한쪽에 따로 가두어 두어 병사들을 시켜서 헛소문을 퍼뜨리게 했다.

"고정의 부하는 죽음을 면할 수 있지만, 옹개의 부하는 모조리 죽여 버릴 것이다."

여러 군사들이 이 소문을 듣지 않은 사람이 없었다. 얼마 안 되어서 공명은 옹개의 부하들을 장전(帳前)으로 불러 세웠다.

"그대들은 모두 누구의 부하인가?"

여럿이 모두 고백했다.

"우리들은 사실은 모두 고정 태수의 부하들입니다."

공명은 처벌을 중지시키고 술과 음식을 대접해서 병사를 시켜 국경지대까지 전송케 하여 그들의 진지로 돌려보냈다. 다음으로 고정의 부하들을 불러들여서 물어 보았더니 그들의 대답이,

"우리야말로 진짜 고정의 부하 군사들입니다."

하니 공명은 그들도 또 용서해 주고 술과 음식을 대접하고 나서 언성을 높여서 말했다.

"옹개가 오늘 사람을 보내서 투항하겠다고 하는데, 그대들의 주인과 주포의 수급을 함께 바쳐서 공로를 세우겠다고 하지만, 나는 그런 소행을 받아들일 수 없소. 그대들이 고정의 부하임을 알게 된 이상에는 내 그대들을 석방하여 돌려보내 줄 것이니 다시 배반할 생각을 해서는 못 쓰오. 만약에 두 번 다시 붙잡혀 오면 그때에는 결코 호락호락 용서를 받지 못할 것이오."

여러 부하들은 모두 절하고 물러나서 본채(本寨)로 돌아가 고

정에게 이런 사실을 알려 주었다.

고정이 몰래 사람을 파견해서 옹개의 진중 동정을 살펴보니 부하들의 태반이 용서를 받고 돌아온 자들이며 모두 공명의 인정 많은 처사를 찬양하고 있었다. 그리고 그것 때문에 부하의 대부분이 고정의 수하로 들어오고 싶어한다는 것이었다.

고정은 그래도 역시 불안하게 생각해서 부하 한 사람을 공명의 진중으로 보내서 사실을 탐지해 오라고 명령했다. 이 염탐꾼은 도중에서 길목을 지키고 있는 군사에게 붙잡혀서 공명에게로 끌려갔다.

공명은 고의로 옹개의 부하라 인정하는 체하고 장중으로 불러 들여서 물어 보았다.

"그대의 대장이 고정과 주포의 수급을 가지고 오겠다고 나와 약속했는데, 어째서 기약한 날짜를 어긴 건가? 이런 사실도 잘 모르고 그대 같은 바보가 어찌 염탐꾼 노릇을 할 수 있단 말인가?"

그 군사가 우물우물 대답을 제대로 못하자, 공명은 술과 음식을 주어서 대접하고 한 통의 밀서를 작성해서 그에게 주었다.

"이 편지를 옹개에게 전하고 정신 차려서 빨리 손을 쓰라고 하시오."

염탐꾼이 고정에게로 돌아와서 공명의 편지를 내주고 공명이 말한 대로 전달했더니, 고정은 그 편지를 읽자 노발대발하며,

"이놈이! 나는 저를 속인 일이라곤 손톱만큼도 없는데, 내 목숨을 노리다니! 천하에 괘씸한 놈! 이대로 참을 수는 없다."

하며, 그 즉시 악환을 불러서 상의했다. 그랬더니 악환이 말했다.

"공명은 인의를 생명같이 여기는 사람입니다. 우리들의 이번 모반은 모두 옹개의 충동을 받고 계획했던 노릇이니, 옹개를 죽이고 공명에게 투항함이 좋을 것 같습니다."

"어떻게 손을 쓰면 좋겠소?"

"우선 연회를 마련하고 나오라고 청해 보는 게 좋을 것입니다. 만약에 놈에게 다른 배짱이 없으면 기뻐서 나올 것이고 나오지 않는다면 필시 다른 생각을 품고 있는 것이니, 그때는 장군께서 앞에 놓고 공격하시면 소생이 영채 뒤 골목에 숨어 있다가 옹개를 그대로 붙잡겠습니다."

고정이 악환의 말대로 옹개를 초대했지만 옹개는 부하들에게 들은 말이 있고 무슨 변고라도 있을까 겁이 나서 감히 그 자리에 나오지 못했다.

그날밤, 고정은 마침내 군사를 거느리고 옹개의 영채를 습격했다. 먼저 공명에게 용서를 받고 석방되어 온 군사들은 모조리 고정의 은혜를 느끼고 있던 차인지라 자연히 고정 편에 가담하게 되었고, 옹개의 군사는 싸우지도 못하고 혼란스럽기만 해서 옹개는 하는 수 없이 말을 달려 산길로 도주해 버렸다.

2리 길도 채 달아나지 못했을 때, 북소리가 요란스럽게 들려오더니 1군의 군마가 덤벼들었다. 이것은 바로 악환이었다. 방천극을 휘두르며 말을 달려 덤벼들더니 당황하여 어쩔 줄 모르는 옹개를 단번에 찔러서 거꾸러뜨리고 수급을 수중에 넣었다.

옹개의 부하 군사들이 모조리 고정에게 항복하니 고정은 양로의 군사를 거느리고 공명에게로 가서 항복하고 옹개의 수급을 바쳤다.

공명은 장상(帳上)에 높이 앉아서 껄껄 웃으면서 당장에 고정의 목을 베라고 추상 같은 호령을 내렸다. 얼이 빠진 고정이 그 까닭을 물었더니, 공명은 한 통의 편지를 꺼내서 고정에게 보이면서 그것은 주포가 사람을 시켜서 보낸 것인데, 고정이 옹개와 생사를 함께하기로 맹세한 사이니 절대로 옹개를 죽이지 못하리라는 사연이었다.

그것은 주포의 이간책이라고 고정이 아무리 변명했으나, 공명은 듣지 않고 주포를 산채로 잡아오면 의심을 풀겠다고 했으니, 이것 또한 공명의 교묘한 이간책이었다.

결국, 고정은 그 자리를 물러나서 악환과 결탁하여 주포의 목을 베어 가지고 공명에게 바쳤다. 공명이 또 껄껄 웃으며 말했다.

"나는 고의로 그대가 이자를 죽여서 공로를 세우도록 해준 것이오."

공명은 고정을 익주 태수에 임명하여 3군을 다스리게 하고, 악환을 아장(牙將)에 임명해서 3로의 군마를 모조리 평정했다.

공명은 영창성(永昌城) 안으로 들어가서 태수 왕항과, 성을 지키는데 공로를 세운 여개를 불러서 남만을 공략할 계책을 상의했더니, 여개가 도면 한 장을 공명에게 내주면서 말했다.

"이것은 소생이 이 성에 있으면서 몰래 사람을 파견해서 군사가 주둔하기에 적합한 지점과 싸움터로 적합한 지점을 조사시켜서 작성한 '평만지장도(平蠻指掌圖)'인데 한번 보시면 남만을 토벌하시는데 도움이 될 것입니다."

공명은 크게 기뻐하여 여개를 행군교수(行軍敎授) 겸 향도관을 삼고 대군을 인솔하여 남만의 경지 깊숙이 들어갔다.

행군을 계속하고 있는데 천자에게서 사자가 도착했다고 하는지라 공명이 중군으로 불러들여 보니, 흰옷을 입고 나타난 것은 마속(馬謖)이었다. 형 마량(馬良)이 죽어서 상복을 입고 왔다는 것이었다.

"주상의 칙명을 받고, 하사하신 술과 비단을 가지고 왔습니다."

공명은 그것을 일일이 군사들에게 나누어 주고 마속을 장중으로 불러들여서 이야기를 주고받았다.

공명이 참고삼아서 고견(高見)을 말해 달라고 했더니, 마속이 말했다.

"남만은 멀고 산이 험준해서 복종하지 않은 지 오래 됐습니다.

오늘 격파한다 해도 내일이면 또다시 배반할 것입니다. 승상께서 대군을 동원해서 나오셨으니 반드시 귀순하겠지만, 다시 대군을 거느리시고 조비를 토벌하러 북으로 올라가시면 그들은 군사의 힘이 줄어드는 것을 보고 반드시 또 배반할 것입니다. 그들의 마음을 귀순시키는 것이 가장 상책인가 합니다."

이 말에 감탄한 공명은 마속을 참모에 임명하고 또다시 대군을 거느리고 행군을 계속했다.

한편 만왕 맹획은 공명이 교묘한 이간책을 써서 옹개 등을 거꾸러뜨린 사실을 알게 되자, 곧바로 삼동원수(三洞元帥)를 소집해 놓고 상의했다. 제1동은 금환삼결 원수(金環三結元帥), 제2동은 동다나 원수(董荼那元帥), 제3동은 아회남 원수(阿會喃元帥). 그들이 앞에 모이자 맹획이 말했다.

"이번에 제갈승상이 대군을 거느리고 우리나라를 침공했으니, 우리는 전력을 기울여서 쫓아내야겠소. 그대들 세 원수는 3로로 갈라져서 진격하시오. 승리를 얻은 사람은 동주(洞主)를 삼겠소."

금환삼결이 가운데 길, 동다나는 왼쪽 길, 아회남은 오른쪽 길을 맡아, 각각 만병 5만 명씩을 거느리고 명령대로 진격을 개시했다.

한편 공명이 영채 안에서 장수들과 의논하느라 바쁘던 중 홀연 정마(精馬)가 급보를 전달했다. 삼동 원수들이 3로로 진격해 온다는 것이었다.

공명은 그 즉시 조자룡과 위연을 불러들여 그들에게는 아무 명령도 내리지 않고, 다시 왕평·마충을 불러들여서 명령을 내렸다.

"남만의 군사가 3로로 진격해 들어오니 조자룡과 위연을 내보내려 했지만, 그들이 지리를 잘 모르니 왕평은 왼쪽 적군을 맡고, 마충은 오른쪽 적군을 맡아서 격파하시오. 조자룡과 위연에게도 싸움을 거들도록 지시할 것이니 오늘 안으로 군사를 정비해 가지고 내일 날이 밝을 무렵에 출동하시오."

두 사람이 물러나간 뒤, 공명은 또 장의(張嶷)·장익(張翼) 두 사람을 불러서 똑같은 말을 하고, 두 장수가 가운데 길을 맡아 가지고 왕평·마충과 동시에 출동하라고 명령했다.

조자룡과 위연은 공명이 자기 두 사람을 내보내지 않자 불만을 품게 되었다. 공명이 두 사람에게 권고하기를, 지리도 잘 몰라 남만의 계교에 빠지기 쉬우니 자중하고 나서지 않는 것이 좋겠다고 했다.

두 사람은 묵묵히 공명의 앞에서 물러나오기는 했으나 조자룡이 위연을 자기 영채로 데리고 가서 말했다.

"우리는 처음부터 선봉의 명령을 받고 여기까지 왔는데, 지리를 모른다고 해서 뒤로 물리고 저런 약한 자들을 내보낸대서야 부끄러운 일이 아니겠소?"

"우리 둘이 나가서 동정을 탐지하고 토인(土人)을 붙잡아서 길을 안내시켜 쳐들어가면 대사를 이룰 수 있을 것이오."

조자룡은 그 말에 찬성하고, 두 사람은 말을 달려 가운데 길로 뛰쳐나왔다. 몇 리도 나가지 않아서 과연 만병 수십 기가 먼지를 일으키며 달려오고 있는 것을 발견했다. 두 사람이 좌우에서 덤벼드니 만병들은 당황하여 도주하는 것을 추격하여 몇 명을 산채로 잡아 영채로 돌아왔다. 그리고 술과 음식을 대접하고는 적군의 정세를 물어보니, 만병이 대답했다.

"여기서 곧장 뻗어 나간 산기슭에 있는 것이 금환삼결 원수의 진지고, 그 진지의 동서편에 있는 길은 오계동(五溪洞)과 동다나·아회남 원수의 진지로 통하게 돼 있습니다."

두 사람은 당장에 군사 5천 명을 정비해 가지고 만병에게 길을 인도하게 하여 밤 2경쯤 출동했다.

밖은 달과 반짝거리는 별들이 서로 광채를 다투는 맑은 밤이었다. 금환삼결의 진지에 도착한 것은 밤 4경이 되었을 무렵이었다. 남만의 병사들은 밥을 지으면서 날이 밝기만 하면 출동하려고 부산했다.

조자룡과 위연이 좌우 양쪽으로 쳐들어가니, 만병들은 불의의 습격에 당황해서 어쩔 줄 몰랐다. 조자룡이 즉시 중군으로 뛰어들었더니 마침 거기 있던 금환삼결 원수와 맞닥뜨려져서 한칼에 말 아래로 거꾸러뜨리고 수급을 수중에 넣었다.

또다시 조자룡은 아회남의 진지로 향했고, 위연은 동다나의 진지로 향했는데, 그때는 벌써 날이 훤히 밝아올 무렵이었다.

동다나의 진지에서는 위연뿐만이 아니라, 왕평까지 합세하니 만병들은 사방으로 흩어져 도주해 버렸고, 동다나도 간신히 혈로(血路)를 타개하여 뺑소니를 쳐 버려서 위연도 그 이상 추격하지는 못했다.

조자룡이 부하를 거느리고 아회남의 진지를 뒤로 돌아 들어가 공격을 가하자 마충도 또한 정면에서 달려들어 앞뒤에서 동시에 들이치니, 만병들은 대패하여 흩어졌고, 아회남은 난군(亂軍) 중에서 묘하게 어디론지 뺑소니를 쳤다. 여러 장수들이 군사를 수습해 가지고 공명에게 돌아오니, 공명이 물었다.

"3동의 만군 중에서 두 동주가 도망쳤다면 금환삼결 원수는 어디 있단 말이오?"

이때, 조자룡이 그 수급을 내놓으면서 말했다.

"동다나와 아회남은 말을 버리고 산을 넘어서 도주해 버렸습니다."

공명이 깔깔깔 웃었다.

"그 두 놈도 내가 이미 붙잡아 놓았소."

여러 장수들이 믿을 수 없다는 표정을 하고 우두커니 서 있는데 장의가 동다나를, 장익이 아회남을 끌고 들어서서 여러 사람은 모두 놀라 자빠질 뻔했다.

공명이 또 말했다.

"나는 여개의 도면을 보고 적진의 형편을 잘 알고 있었소. 그래서 일부러 조자룡과 위연의 사기를 고무해 주어 적진에 깊이 들어가 금환삼결을 잡도록 한 것이며, 왕평·마충에게 거들도록 했던 것이오.

이 중대한 임무는 조자룡과 위연 장군이 아니고는 완수할 수 없었소. 또 동다나와 아회남이 산 속에서 도주할 것을 알아채고 장의·장익을 매복시켰다가, 관색(關索)과 함께 힘을 합쳐서 붙잡도록 한 거요."

여러 사람들은 공명의 앞에 꿇어 엎드렸다.

"승상의 기산(機算)은 귀신도 헤아릴 수 없겠습니다."

공명이 동다나와 아회남에게 술과 음식을 대접하고, 결박한 줄을 풀어 주어 다음부터는 나쁜 짓에 가담하지 말라고 타일러서 각자의 동(洞)으로 돌려보냈다. 두 만장(蠻將)들이 눈물을 흘리며 돌아가는 뒷모습을 한참 바라보고 있던 공명은 여러 장수들에게 말했다.

"내일은 맹획이 몸소 군사를 거느리고 달려들 것이니, 그때는 꼭 산채로 붙잡고 말 테요."

공명은 말을 마치더니 조자룡과 위연을 불러서 계책을 가르쳐 준 다음 각각 군사 5천 명씩을 주어서 떠나 보내고, 또 왕평·관색에게도 군사를 주고 계책을 알려서 떠나 보낸 후 장상에 앉아서 결과를 기다렸다.

 이런 사실을 알게 된 만왕 맹획은 노발대발하며 만군을 총동
원해서 진격을 개시했다. 출동하자마자 옆에서 닥쳐드는 왕평의
군사와 맞닥뜨렸다. 왕평이 진두에 내달아 바라보니 문기(門旗)
가 홀쩍 열리는 곳에 남만의 대장들이 수백 기를 거느리고 좌우
로 죽 늘어섰고, 중앙에서 맹획이 버티고 나섰다. 그는 적토마를
탔으며, 두 자루의 송문양보검(松紋鑲寶劍)을 허리에 늘어뜨리고
우쭐해서 사방을 휘둘러보더니 이윽고 좌우의 만장들에게 입을
열었다.

 "제갈량이 용병을 잘한다고 사람들은 말하는데, 진을 쳐놓은
꼴은 대단치도 않다! 이런 줄 알았다면 진작 반란을 꾀했을 것
을! 이 중에 누가 나가서 촉나라 대장을 산채로 잡아올 장수는
없소?"

 이 말을 듣더니 선뜻 나서는 대장 한 사람. 그는 절두대도(截頭
大刀)를 잘 쓰기로 유명한 망아장(忙牙長)이었다. 대뜸 왕평에게
덤벼드니, 몇 합을 싸우지 못하고 왕평이 도주해 버리니, 맹획은
전군에 지령을 내려서 추격하라고 했다. 관색도 잠시 싸우다가 2
리나 멀찍이 후퇴했다.

 그런데 갑자기 고함소리가 천지를 진동하며 좌우에서 장의·
장익이 덤벼들고, 왕평·관색이 되돌아서서 달려드니 추격해 오

던 남만의 병사들은 전후의 협공에 감당하지 못하고 허둥지둥하다가 참패하고 말았다.

맹획이 부장을 거느리고 금대산(錦帶山)으로 뺑소니를 치려 하니 3군의 군사들은 놓치지 않으려고 뒤를 맹렬히 추격했다.

죽을 힘을 다해서 말을 달리는 맹획의 앞을 가로막는 또 한 사람의 장수가 있었으니 그는 바로 상산의 조자룡.

맹획이 금대산 산골짜기로 뺑소니쳐 들어가니, 조자룡은 그것을 추격하고, 산채로 잡히는 만병들의 수효가 이루 헤아릴 수 없었다.

맹획은 좁은 산골짜기 길을 도저히 말을 달릴 수 없어서, 말을 버리고 기어 올라가다가, 마침내 공명의 계획대로 5백 기를 거느리고 매복해 있던 위연의 군사에게 산채로 붙잡히고 말았다. 그를 따르던 만병의 부하들도 모조리 항복했다.

위연이 맹획을 끌고 대채로 와서 공명을 만나 보니, 공명은 이렇게 될 줄 알고 미리 소와 돼지를 잡아서 영채 안에 연회를 베풀고 만반준비를 갖추고 있었다.

장중에는 7겹으로 도부수들이 늘어섰으며, 창과 검과 극이 상설(霜雪)처럼 시퍼런 광채를 발하고 있어서 그 광경이 삼엄하기 이를 데 없었다.

공명은 장상에 단정히 앉아서 수많은 만병들이 속속 잡혀 들어오는 광경을 보고 있었다.

공명이 그들을 앞으로 불러 세우더니 결박한 줄을 풀어 주라 명령하고 말했다.

"그대들은 모두 아무 죄도 없는 백성들로서 불행히도 맹획에게 잡혀서 이런 고생을 하게 된 것이오. 나는 그대들의 부모 형제 처자들이 문앞에 나서서 목이 빠지도록 그대들을 기다릴 것이고, 또 만약에 이번 싸움에 패했다는 사실을 그들이 알게 된다면 창자가 끊어질 듯 피눈물이 앞을 가리리라고 생각하오. 이제 그대들을 모조리 석방시켜 돌려보낼 것이니 돌아가서 각자 부모 형제 처자들의 마음을 편안히 해주시오."

공명이 말을 다 마치고 나서, 여러 사람에게 각각 술과 음식을 대접하고 곡식까지 나누어 주었다. 만병들은 공명의 은혜에 감격하여 마지않으며, 울며 절하고 물러나갔다.

공명은 무사를 불러서 맹획을 잡아 들이라고 명령했다.

얼마 후 앞에서 잡아당기고 뒤에서 밀면서 맹획을 결박한 채 장전에 내세웠다. 맹획이 장하에 꿇어 앉았다. 공명이 말했다.

"선제께서 그대를 야박하게 대하시지 않으셨거늘 그대는 어찌하여 배반했단 말인가?"

맹획이 대답했다.

"양천의 땅은 모두 타인이 점령했던 땅이오. 그대의 주인은 이것을 강탈해 가지고 인군이라 자칭한 것뿐이오. 나는 대대로 이 땅에 사는 사람인데, 그대들이 무례하게도 나의 토지를 침범했으니, 내 어찌 반기를 들지 않겠소?"

"그대는 이제 나에게 잡혔으니 충심으로 복종할 생각인가?"

"산골짜기 길이 협착하여 그대의 수중에 들었을 뿐이지 어찌 복종하겠소?"

"복종할 수 없다면, 내 그대를 놓아줄 테니 어떻게 하겠나?"

"돌아가서, 군사를 수습하여 또 한번 자웅을 결해 보겠소. 또 한번 그대가 나를 잡을 수 있다면 그때는 복종하겠소."

공명은 그 즉시 결박한 줄을 풀어 주고, 옷을 입혀 술과 음식을 대접해서 안장 있는 말까지 주어서 사람을 시켜 전송했다. 이야말로 수중에 든 도둑을 놓아 주고도 항복은 시키지 못했다.

88.
뻔뻔스러운 사나이

잡았다가 놓아주기 세 번을 했건만…

渡瀘水再縛番王
識詐降三擒孟獲

공명이 맹획을 놓아 주니, 여러 대장들은 공명에게 와서 물었다.

"맹획은 남만(南蠻)의 거괴(渠魁)입니다. 이번에 다행히 산채로 잡게 되어서 남방을 평정할 수 있었는데 승상께서는 어째서 놓아 주셨습니까?"

공명이 웃으면서 말했다.

"그를 산채로 잡는다는 것은 마치 주머니 속에서 물건을 꺼내는 것 같은 일이오. 그의 마음을 정말로 항복시켜야만 자연히 평정할 수 있소."

여러 장수들은 이런 말을 듣고도 모두 의아스럽기만 했다.

그날, 맹획은 노수(瀘水) 강가에 이르러, 그를 찾아 헤매던 부하 패잔병들을 만나게 됐다. 병사들은 맹획의 모습을 발견하자, 놀랍기도 하고 기쁘기도 해서 물었다.

"대왕께서는 어떻게 돌아오실 수 있으셨습니까?"

맹획이 대답했다.

"촉나라 사람들은 나를 장중에 가두었지만, 나는 놈들을 10여 명이나 때려 죽이고 밤중에 캄캄한 틈을 타서 빠져 나왔소. 도망쳐 나오다가 마군 한 놈과 맞닥뜨렸지만, 나는 또 그 놈마저 죽여 버리고 그놈의 말을 빼앗아 타고 뛰쳐 나올 수 있게 되었소."

모든 사람이 크게 기뻐하며 맹획을 둘러싸고 노수를 건너서 채책(寨柵)을 마련하고 각 동의 추장들을 소집했다.

석방되어 돌아온 만병들이 순식간에 10여만 기나 몰려들었다. 이때, 동나와 아회남은 벌써 그들의 동으로 돌아와 있었는데, 맹획이 사람을 보내어 나오라고 했으나, 겁이 나서 잠자코 있다가 동병(洞兵)을 거느리고 참석했다.

맹획이 영을 내렸다.

"나는 이미 제갈량의 계책을 간파했소. 싸울 필요가 없소. 싸우면 놈의 속임수에 떨어지게 되니까. 놈들 천군(川軍)은 멀리서 오느라고 고생을 많이 한데다가 날씨가 이렇게 지독하게 더우니 오래가면 얼마나 가겠소?

우리들에게는 이 노수의 험난한 방패가 있으니, 배와 뗏목을 모조리 남안 일대에다 몰아 놓고, 강변에 토성을 모조리 쌓아 올리고 호를 파고 누를 쌓아 제갈량이 어떠한 꾀를 부리나 보고만 있습시다."

여러 추장들은 그 계책을 따라서 배와 뗏목을 모조리 남안 일대에 몰아 놓고 토성을 쌓아 올렸다. 산을 의지하고 비탈이 진 땅에는 적루를 높이 마련하고 그 위에 궁노(弓弩)와 포석(礮石)을 무수히 장치하여 오래 지탱할 준비를 하였다.

공명이 대군을 인솔하고 진격해서 전군(前軍)이 노수에 도착했더니, 초마가 비보를 전했다.

"노수에는 배와 뗏목이 하나도 없고, 또 물줄기가 매우 세차게 흐르며, 강 건너 언덕 일대에는 토성이 쌓아졌고 만병들이 모두 파수를 보고 있습니다."

때는 마침 5월의 염천인데, 남방 땅이라 유난히 혹염이어서 갑옷을 몸에 걸칠 수가 없었다.

공명은 친히 노수 강변으로 출마하여 두루두루 정세를 관망하고 나서 본채로 돌아와 장중에 여러 장수들을 모아 놓고 명령을 내렸다.

"지금, 맹획의 군사는 노수 남쪽에 진을 치고 있으며, 수비를 든든히 해서 우리 군사를 막아내려고 하는데, 나도 군사를 거느리고 여기까지 나온 바에는 그대로 돌아갈 수가 없소. 그러니 그대들은 각각 군사를 인솔하고 산과 나무를 끼고 수목이 무성한 곳을 택해서 인마가 쉴 수 있도록 하시오."

여개를 파견해서 노수에서 백 리쯤 떨어진 지점에 서늘한 곳을 택하도록 하고, 영채를 네 곳으로 갈라서 구축했다. 왕평·장의·장익·관색에게 각각 한 군데씩 영채를 지키도록 하고, 안팎으로 풀시렁을 만들어서 마필(馬匹)을 가리고, 장사들도 서늘한 곳을 찾아서 더위를 피하도록 했다.

참군 장수 장완(蔣琬)이 그것을 보더니 공명에게 와서 물었다.

"소생이 보건대 여개가 꾸민 영채는 아주 좋지 못합니다. 옛적에 선제께서 동오에 패하시던 때와 똑같은 지세(地勢)의 결점을 범하고 있습니다. 만약에 남만의 병사들이 몰려 노수를 건너서 화공 작전을 쓴다면 어떻게 감당해 내겠습니까?"

공명이 빙그레 웃었다.

"공은 너무 걱정 마시오. 내게도 묘산(妙算)이 있으니……."

장완과 그밖의 여러 사람들은 공명이 말하는 뜻을 알 수가 없었다.

이때, 홀연 촉중에서 마대(馬岱)를 파견하여 해서약(解署藥)과 양미(糧米)를 가져왔다는 보고가 들어왔다. 공명이 곧 불러들이니 마대는 인사를 마치자 일변 양미와 해서약을 네 군데 영채에 분배해 주었다.

공명이 마대에게 물었다.

"그대는 군사를 얼마나 데리고 왔소?"

마대가 대답했다.

"3천 명을 데리고 왔습니다."

공명이 또 물었다.

"우리 군사들은 여러번 싸움에 지쳤으니, 나는 그대의 군사들을 좀 쓰고 싶은데, 나가서 싸워 줄 수 있겠소?"

"모두 조정의 군마이온데 네것 내것이 있겠습니까? 승상께서 소용되신다면 죽음도 헤아리지 않겠습니다."

"현재 맹획이 노수를 든든히 지키고 있어서 우리 군사들이 건너갈 수 없으니 나는 우선 그들의 양도(糧道)를 끊어서 그들이 스스로 혼란을 일으키도록 하고 싶소."

"어떻게 양도를 끊으면 되겠습니까?"

"여기서 백 50리쯤 떨어진 곳에 노수의 하류로 사구(沙口)라는 곳이 있는데 그곳은 물줄기가 느리게 흘러서 뗏목을 타고 건너갈 수 있소. 그대는 본부의 3천 군사를 인솔하고 곧장 만동(蠻洞)으로 들어가서 먼저 적의 양도를 끊어 버리고 나서 동다나와 아회남 두 동주를 만나서 내응하면 틀림없소."

마대는 흔연히 나서서, 군사를 인솔하고 사구에 이르러 강을 건너려고 했지만 병사들은 강물이 너무 얕아서 뗏목을 탈 수 없다고 모두 옷을 벗고 건넜다. 병사들이 반쯤 건너가다가 모조리 쓰러지는 바람에 급히 구출해 가지고 강변으로 나왔더니 입과 코로 피를 쏟으며 죽어 갔다.

마대는 깜짝 놀라 밤을 새워가며 되돌아와서 공명에게 보고했다. 공명이 즉시 향도 토인을 불러서 물어 봤더니, 토인이 설명했다.

"지금은 염천(炎天)이라서 독기가 노수에 담뿍 괴어 있습니다. 낮에 몹시 더워서 독기가 치밀어오를 때, 강을 건너면 사람은 반드시 그 독기에 쓰러지고 맙니다. 이 물을 마셔도 그 사람은 꼭 죽고 맙니다. 만약에 강을 건너가고자 하신다면 반드시 밤이 깊어 물이 식기를 기다려서 독기가 치밀지 않을 때, 배불리 먹고 건너가셔야만 무사할 수 있습니다."

공명은 토인에게 길을 인도하라고 명령하고, 정병 5, 6백 명을 뽑아 가지고 마대에게 주어서 또다시 떠나 보냈다.

마대가 노수 사구에 도착하여 뗏목을 마련해 가지고 밤중에 강을 건너가니 과연 아무 탈도 없었다.

이리하여 마대는 장군 2천 명을 거느리고 토인에게 길을 인도하게 해서 만동의 양식을 운반하는 입구인 협산욕(夾山峪)에 도착했다. 이 협산욕은 양편은 산이요, 그 가운데로 뚫린 한 갈래 좁은 길인데 단 한 사람, 한 필의 말이 간신히 지나갈 수 있을 정도였다. 마대는 협산욕을 점령하자 군사들을 동원하여 채책을 구축하라 했다.

이런 줄도 모르고 동만(洞蠻)에서는 군량을 운반해 오다가 마대에게 앞뒤로 가로막히니 백여 차(車)나 되는 군량을 빼앗기고 말았다. 만인(蠻人)은 즉시 맹획의 대채로 달려가서 이런 사실을 보고했다.

이때, 맹획은 영채 안에서 종일 술만 마시고 즐거움에 도취하여 군무를 다스리지 않고 있다가 여러 추장들에게 한다는 소리가,

"내가 만약에 제갈량과 대적한다면 반드시 그의 간계에 빠질 것이오. 이번에는 이 노수의 험난한 지점을 방패로 삼고 호를 파고 누를 쌓아서 대기하고 있으니, 촉인들은 혹독한 더위를 견디지 못하고 반드시 물러가고 말 것이오. 그때 나와 그대들이 곧 습격을 가하면 제갈량을 산채로 잡을 수 있소."

하고 말을 마치더니 껄껄껄 통쾌하게 웃어젖히고 있는데, 홀연 추장 한 사람이 입을 열었다.

"만약 사구의 물이 얕아서 촉나라 군사가 살그머니 건너온다면 큰일입니다. 군사를 배치하여 파수를 보도록 하십시오."

맹획이 여전히 웃으며 빈정거렸다.

"그대도 이 고장 토인으로서 어째서 모른단 말인가? 나는 촉나라 군사가 강을 건너왔으면 하고 기다리고 있는데……. 건너오다가는 반드시 물 속에서 죽고 말 것이오."

추장이 또 말하고 나섰다.

"만약에 이곳 사람이 밤에 강을 건널 수 있는 방법을 그들에게 알려 준다면 그때는 또 어떻게 하겠습니까?"

"그렇게 너무 걱정할 건 없소. 우리 경내(境內) 사람이 어찌 적을 도와 주겠소?"

이런 말을 하고 있는데 놀라운 보고가 날아들었다. 촉나라 군사가 얼마나 되는지 그 수효도 헤아릴 수 없을 만큼 노수를 몰래 건너서 협산욕의 양식을 운반하는 길을 끊어 버리고 '평북장군 마대(平北將軍馬岱)'라는 기호(旗號)를 내세우고 있다는 것이었다. 맹획이 여전히 웃으며 말했다.

"그까짓 어린 놈쯤이야, 뭘 두려워하랴!"

당장에 부장 망아장(忙牙長)을 시켜서 군사 3천 명을 거느리고 협산욕으로 달려가게 했다.

한편, 마대는 만병이 이미 도착한 것을 보자, 군사 2천 명을 풀어서 산 앞을 가로막아 버렸다. 두 진영이 원을 이루며 대치하자, 망아장이 출마하여 마대와 대결했으나, 마대의 한칼에 말 아래로 목이 굴러 떨어지고 말았다.

만병이 대패하여 돌아와서 맹획에게 이런 사실을 자세히 이야기했더니 맹획은 여러 장수들을 불러서 물어 보았다.

"누가 나가서 마대와 대적해 볼 만한 사람은 없소?"

그 말이 채 끝나기도 전에 동다나가 나섰다.

"내가 가고 싶소!"

맹획은 크게 기뻐하며 3천 기를 주어서 동다나를 떠나보냈고, 또다시 노수를 건너오는 병사가 있을까 두려워서 아회남에게도

3천 기를 주어서 사구로 파견하여 수비를 단단히 하도록 했다.

동다나가 만병을 인솔하고 협산욕에 도착하여 진을 치니, 마대도 그 즉시 부하를 거느리고 출마했다. 부하 가운데 동다나를 잘 아는 병사가 있어서 여차여차하게 말을 하라고 귀띔해 주어 마대는 당장에 욕설을 퍼부었다.

"의리도 모르고 배은망덕한 놈아! 우리 승상께서 네놈의 목숨을 살려 주셨는데 이제 또 배반을 하다니 네놈은 부끄러운 줄도 모르느냐?"

동다나는 얼굴이 시뻘개지면서 무슨 말을 해야 좋을지 몰라 싸우지도 못하고 물러서 버렸다. 마대는 혼자서 실컷 휘몰아치다가 군사를 수습해서 철수했고, 동다나는 맹획에게로 돌아와서 그와 대면했다.

"마대는 대단한 영웅이어서 감당해 낼 도리가 없소!"

동다나가 이렇게 말하자 맹획은 노발대발했다.

"네놈이 본래 제갈량의 은혜를 입었기 때문에 고의로 싸우지도 않고 물러나온 것을 나는 잘 알고 있다! 이야말로 매국이 아닐 수 없다!"

이렇게 호통을 치면서 당장에 잡아 내다가 목을 베라고 명령했다. 여러 추장들이 재삼 애원을 해서 간신히 죽음은 면했으나, 무사에게 호령을 해서 동다나에게 큰 몽둥이로 매를 백 대 때리게 해서 본채로 돌려보냈다.

여러 추장들이 모두 동다나에게 와서 말했다.

"우리는 비록 만방(蠻方)에 산다고는 하지만, 일찍이 감히 중국을 침범한 일도 없었고 중국도 또한 우리를 침범했던 일이 없었소. 맹획이 세력으로서 핍박을 가하기 때문에 어쩔 수 없이 반기를 든 것인데, 이제 공명의 이루 헤아릴 수 없는 신기(神機)를 생각하면 조조나 손권도 두려워했던 바인데 하물며 우리 같은 만방에서 어찌 그와 대적할 수 있겠소? 또 우리들은 모두 목숨을 살려 준 은혜를 입고 있으니 이 은혜에 보답하지 않을 도리는 없소. 목숨을 내걸고라도 맹획을 죽여서 공명에게 투항하여 동중(洞中)의 백성들을 도탄에 빠뜨리지 말아야겠소!"

동다나가 여러 사람에게 물었다.

"그대들의 마음은 어떠하오?"

그 중에서 공명에게 석방되어 돌아온 사람들이 일제히 입을 모아 대답했다.

"그리로 가고 싶소!"

이리하여 동다나는 손에 강철 칼을 움켜 잡고 부하 백여 명을 거느려서 대채로 달려갔다.

이때, 맹획은 장중에서 술이 곤드레만드레로 취해 있었다. 동다나가 손에 칼을 잡고 여러 사람을 인솔하고 달려들어갔더니 장하에는 두 장수가 시립하고 있었다. 동다나가 칼로 가리키며 외쳤다.

"그대들도 제갈승상의 목숨을 살려 주신 은혜를 입었으니 의당 보답해야 할 것이오!"

두 장수들도 응했다.

"장군께서 손을 대실 것까지 없습니다. 소생이 산채로 잡아 가지고 승상께 바치겠습니다."

이리하여 일제히 장 안으로 뛰어들어가서 맹획을 꽁꽁 묶어 결박했다. 다시 노수 강변까지 끌고 나와서 곧장 북녘 강변으로 지나가면서 우선 사람을 시켜서 공명에게 알렸다.

공명은 염탐꾼의 정보를 통해서 이런 사실을 미리 알고 있었다. 비밀리에 명령을 내려서 각 영채의 장사들에게 군기(軍器)를 정돈시켜 놓고 우두머리 추장들을 시켜서 맹획을 끌어들이게 하고, 그 나머지 사람들은 모두 본채로 돌아가서 대기하도록 했다.

동다나가 먼저 중군으로 들어와서 공명을 만나 보고 자세한 사정을 알렸다. 공명은 그의 수고에 큰 상을 내리고 좋은 말로써 격려해 주고, 동다나를 시켜서 여러 추장을 거느리고 먼저 돌아가게 했다. 그리고 나서 도부수에 명령하여 맹획을 끌어들였다.

공명이 웃으면서 말했다.

"그대가 지난번에 두 번 잡혀오게 되면 항복하겠다고 했는데, 오늘은 어찌할 작정인가?"

맹획이 대답했다.

"이것은 그대의 힘이 아니오. 바로 내 수하의 놈들이 날 잡아 주려고 이따위 짓을 했으니 어찌할 수 있겠소?"

"내 이제 또 한번 놓아 줄 테니 어떻겠는가?"

"나는 비록 만인이기는 하지만, 다소의 병법은 알고 있소. 만약에 승상이 정말 나를 용서해서 동중으로 돌려 보내 준다면 나는 다시 한 번 군사를 이끌고 승부를 결해 보겠소. 만약에 이번에도 승상이 나를 또 잡아올 수 있다면 그때는 경심토담(傾心吐膽)하고 귀항하겠소. 두 번 다시 다른 마음을 먹지는 않겠소."

"그러면 또다시 산채로 잡혀와서도 항복하지 않을 때에는 호락호락 용서해 주지 않을 것이오."

공명은 그를 결박한 줄을 풀어 주고 지난번과 똑같이 술과 음식을 대접하며 자리를 나란히 하고 장상(帳上)에 앉았다. 공명이 말했다.

"나는 모려(茅蘆)에서 나온 이후 싸워서 이기지 않은 법이 없고 공략하여 점령하지 않은 법이 없었는데, 그대는 만방 사람으로서 어찌 복종하지 않겠다는 건가?"

맹획은 묵묵히 대답이 없었다. 공명은 술자리가 끝나자 맹획을 불러 가지고 함께 말을 타고 영채 밖으로 나와서 여러 영(營)의 채책에 둔적되어 있는 양식과 군기를 돌아다니며 보았다. 공명이 맹획을 손가락으로 가리켰다.

"그대가 나에게 투항하지 않는다니 정말 어리석소. 나에게는 이렇게 정병·맹장과 양초·기계가 있는데, 그대가 어찌 나를 이기겠단 말이오? 그대가 만약에 일찌감치 투항한다면 천자께 아뢰어 그대의 왕위를 잃지 않도록 하고 자자손손이 길이 만방을 진압하고 살 수 있도록 해줄 것인데 그대의 의사는 어떠하오."

"내가 비록 투항하려 든다 할지라도 동중(洞中)의 사람들이 마음으로 복종하지 않을 테니 어찌 하겠소? 만약에 승상이 나를 돌려보내 준다면 반드시 본부 사람들을 잘 달래서 동심합담(同心 合膽)해서 귀순할 수 있을 것이오."

공명은 흔연히 다시 맹획과 함께 대채로 돌아와 늦게까지 술을 마셨고, 맹획은 그제야 공명과 작별하고 떠나갔다. 공명은 친히 노수 강변까지 그를 전송해서 배까지 태워 그의 영채로 돌려보내 주었다.

맹획은 자기 본채로 돌아가 우선 도부수들을 장하에 매복시켜 놓고, 자기 심복을 동다나와 아회남의 영채로 보내서 공명에게서 사자가 왔다고 거짓말을 해서 두 사람을 본채로 불러다가 목을 베어서 산곡간에 내동댕이쳐 버렸다. 그러고는 즉시 심복 부하를 파견하여 요로를 든든히 지키게 해놓고 친히 군사를 이끌고 협산욕으로 출진하여 마대와 대결하려고 했는데, 그곳에 도착해 보니 군사라고는 하나도 보이지 않았다.

그 고장 토인들에게 물어 봤더니 이구동성으로 말하기를, 어젯밤 양말(糧秣)을 모조리 운반해 가지고 노수를 건너서 본채로 철수했다는 것이었다.

맹획은 영채로 돌아와서 그의 아우 맹우(孟優)에게 말했다.

"이번에야말로 나는 제갈량의 허실을 모조리 알고 왔다. 너는 나가서 여차여차하게 해라."

맹우는 형의 계책을 받아 가지고 만병 백여 명에게 금주보패(金珠寶貝)·상아 서각(象牙犀角)들을 실려 주어서 노수를 건너 공명의 영채로 보냈다. 강을 막 건너섰을 때 앞에는 피리소리, 북소리가 요란스럽게 들리더니 1군의 군마가 덤벼들었다.

선두에 서 있는 대장은 바로 마대였다. 맹우는 간담이 서늘했지만, 용건을 물어 본 마대는 그를 본채 밖에서 기다리게 해놓고 공명에게 사람을 급히 파견했다.

때마침 공명은 장중에서 마속·여개·장완·비위 등과 남만을 평정할 계책을 상의하고 있었는데, 맹획이 아우 맹우를 시켜서 보물을 보냈다는 보고가 들어오자 마속을 돌아다보며 말했다.

"그자가 여기까지 온 의도를 그대는 아시오?"

"명백히 여쭐 수는 없습니다. 종이 위에 살며시 적어서 승상께 올리겠습니다. 승상의 뜻과 합치되나 한번 보십시오."

마속이 무엇인지 종이에 써서 공명에게 주었더니, 공명은 손뼉을 치면서 깔깔대고 웃었다.

"맹획을 붙잡을 계책은 이미 서 있소. 그대의 의견도 나와 똑같군!"

하면서 그 즉시 조자룡·위연·왕평·마충·관색을 차례차례로 불러들여서 뭔지 귓속말로 계책을 알려 주었다.

그들이 계책을 받아 가지고 물러나가자 공명은 맹우를 장중으로 불러들였다. 맹우가 꿇어 엎드렸다.

"형 맹획이 목숨을 살려 주신 은혜를 생각하고 금주보패를 보냈사오니 병사들에게 주는 선물로 받아 주시기 바랍니다."

"그대의 형은 지금 어디 있소?"

"승상께 드릴 선물을 장만하려고 은갱산(銀坑山)에 갔사온데 머지않아 돌아올 것입니다."

"그대는 부하를 몇 사람이나 거느리고 왔소?"

"많이 데리고 오지 못했습니다. 수행해 온 백여 명이 모두 화물을 운반하는 자들입니다."

공명이 그자들을 불러들여 놓고 보니 모두가 푸른 눈, 검은 얼굴에 머리카락은 황발(黃髮), 수염은 자수(紫鬚), 귀에는 금으로 만든 귀고리를 늘어뜨렸고, 더부룩한 머리에 신발을 벗고 있으며 키가 크고 힘이 센 사람들이었다. 공명은 그들을 자리에 앉히고 여러 장수들을 시켜서 술을 권하며 후하게 대접했다.

맹획은 장중에서 회보만 기다리고 있었는데, 부하 두 사람이 돌아와서 불러들여서 물어 봤더니 그들이 대답했다.

"제갈량은 예물을 받고 크게 기뻐하면서 수행한 사람들을 모두 장중으로 불러들여 소를 잡아서 연회를 베풀어 대접하고 있습니다. 둘째 대왕께서 대왕께 밀보(密報)해 드리라고 분부하시는 말씀이, 오늘밤 2경쯤 되어서 내응외합(內應外合)하여 대사를 성공 시키자고 하셨습니다."

맹획은 이러한 말을 듣자, 대단히 기뻐하며 즉시 만병 3만 명을 정비해 가지고 3대(隊)로 나누어 놓고 각 동의 추장들을 불러서 분부했다.

"각군은 화구(火具)를 몸에 지니도록 하시오. 오늘밤 촉나라 영채에 도착하면 불을 질러서 신호를 하시오. 나는 중군으로 뛰어들어서 제갈량을 붙잡겠소."

여러 만장(蠻將)은 계책을 받아 가지고 날이 저물 무렵에 노수를 건너갔으며, 맹획은 심복 백여 명을 이끌고 공명의 대채로 달려갔다.

그런데 장중에는 등불이 환하게 켜 있을 뿐 영채는 텅 비었고 맹우를 위시해서 자기 편 군사들이 모조리 술이 곤드레만드레로 취해서 여기저기 나자빠져 뒹굴고 있을 뿐이었다.

이것은 공명이 미리 마속과 여개를 시켜서 맹우에게 술대접을 시키고 그 술 속에 슬며시 약을 타서 곯아떨어지게 만든 까닭이었다.

맹획이 계책에 떨어졌음을 깨닫고 급히 맹우를 부축해 일으켜서 본진을 향하여 되돌아서려고 하는데 갑자기 앞쪽에서 고함소리가 천지를 진동하며 횃불이 하늘을 치밀듯이 퍼져 올랐다.

앞장 서서 달려드는 것은 바로 촉장 왕평, 그리고 여기저기서 위연 · 조자룡 · 마대가 덤벼들더니 맹획을 옴쭉도 못하게 포위하고 산채로 잡았다.

얼마 후 마대는 맹획을, 조자룡은 맹우를, 위연 · 왕평 · 관색은 각 동의 추장을 끌고 공명에게로 나아갔다.

공명이 손가락으로 맹획을 가리키며 이번에도 항복할 생각이 없느냐고 힐문했더니, 맹획이 뻔뻔스럽게도 대답했다.

"이것은 나의 아우가 구복(口腹)을 탐내서 그대의 독약에 넘어져서 이런 일을 저지른 탓이오. 내가 친히 나섰고 내 아우가 군사를 동원해서 이에 응했다면 반드시 성공했을 것이오. 이는 천패(天敗)에 속하는 일이고 내가 무능한 탓이 아니니, 어찌 항복하겠소?"

이 말에 공명이 다시 물었다.

"세 번이나 붙잡히고도 항복을 하지 않는다는 것은 너무 뻔뻔스럽지 않은가?"

맹획이 머리를 숙인 채 묵묵히 대답을 못하는 것을 보고 공명은 껄껄껄 웃으면서 또 한번 용서해 돌려보내겠다고 말했다.

맹획은 여전히 자기 형제를 돌려보내 주면 또 한번 공명을 들이쳐서 자웅을 결해 보겠다고 하는 것이었다.

"이제 또 한번만 붙잡혀 오면 반드시 용서해 주지 않을 것이니, 그대도 병법이나 더 연구해 가지고, 믿을 만한 인물들을 동원하고 좋은 계책을 세워서 후회하지 않도록 하시오!"

공명은 무사에게 명령하여 묶은 줄을 풀어 주라 하고, 맹획·맹우 그리고 여러 추장도 용서해 주어서 또 한번 그들의 영채로 돌려보냈다.

맹획이 그의 본채로 돌아오니, 거기에는 조자룡이 벌써 점령하고 앉아서 호통을 치는 것이었다.

"승상께서 네놈을 이렇게까지 대접해 주시는데, 앞으로는 절대로 그 큰 은혜를 잊어서는 안 된다!"

맹획은 아무 소리도 못하고 돌아서서 경계선 어귀의 산곡간으로 빠져 나오려고 했는데 위연이 정병 천여 기를 거느리고 높은 언덕 위에 난데없이 나타나더니 말을 멈추고 호통을 쳤다.

"나는 이미 네놈의 소굴로 깊숙이 들어와서 험준한 요로를 점령했는데, 이래도 또 어리석게 우리 대군에 항거하겠다는 거냐? 이번에 붙잡기만 하면 시체를 발기발기 찢어서 절대로 용서해 주지 않을 것이다."

맹획 등은 달아날 구멍을 찾는 생쥐처럼 본동(本洞)을 향하여 도주했다.

공명은 노수를 건너가서 영채를 마련해 놓고 3군에 큰 상을 내렸다. 그리고 나서 여러 장수들을 장하에 모아 놓고 이렇게 말했다.

"맹획을 두번째 붙잡았을 때, 내가 우리 각영의 허실을 두루두루 보여준 것은 놈들이 우리 진영을 습격하도록 만들자는 까닭이었소. 나는 맹획이 다소 병법을 알고 있다는 것을 알기 때문에, 일부러 우리 편에 군량을 자랑하는 체하면서 사실인즉 맹획이 우리 편의 약점을 간파하고 화공법(火攻法)을 쓰도록 만들어서, 그 아우를 시켜 거짓 투항을 하게 하고 내응을 꾀하도록 만든 것이었소.

내가 세번째 붙잡아서 죽이지 않은 것은, 실로 그자의 마음을 복종시키자는 생각이었고 그들의 무리를 아주 뿌리 뽑자는 생각은 아니었소. 이제 그대들에게 명백히 말해 두거니와, 수고를 아끼지 말고 힘껏 나라에 보답하도록 하시오!"

"승상께서는 지(智)·인(仁)·용(勇) 세 가지를 골고루 갖추고 계십니다!"

여러 장수들은 꿇어 엎드려 입을 모아 말하며, 기쁘고 감격하는 마음을 누를 수 없었다.

세 번씩이나 결박을 당하고 망신을 하고 나서 화가 치밀 대로 치민 맹획은 은갱동(銀坑洞)으로 돌아오자, 즉시 심복 부하에게 금주보패를 주어서 만방의 여러 부락으로 파견하여 군사 10만 명을 빌려서 기일까지 정비를 마치도록 명령했다.

각대(各隊)의 인마가 구름과 안개처럼 몰려들어서 맹획의 지시만 기다리고 있었다.

복로군(伏路軍)이 이런 사실을 탐지하고 공명에게 보고하니 공명이 빙그레 웃었다.

"만병이 모조리 덤벼들기를 나는 기다리고 있던 차요. 내 솜씨를 한번 보시오."

공명은 조그만 수레를 타고 길을 떠났다.

이야말로 동주(洞主)의 위풍이 대단하지 않았다면, 어찌 군사(軍師)의 수단이 고명함을 나타낼 수 있으랴.

89.
벙어리가 된 군사들

공명의 지(智) 인(仁) 용(勇)의 계책은 어디에서 오는가?

武鄕侯四番用計
南蠻王伍次遭擒

공명은 친히 조그만 수레를 타고 수백 기의 군사를 이끌고 길을 찾아서 나섰다. 앞으로 한 줄기 강물이 흐르고 있는데 서이하(西洱河)라고 했다. 물의 흐름이 느리기는 했으나 배라곤 한 척도 없었다. 나무를 잘라서 뗏목을 만들어 가지고 건너 보려 했지만, 나무는 물에 닿기가 무섭게 가라앉아 버렸다. 공명이 여개(呂凱)에게 물어 보니, 여개가 대답했다.

"서이하의 상류에는 산이 있고, 그 산에는 대나무가 무성한데, 굵은 것은 몇 발이 되는지 모른다고 합니다. 사람을 시켜서 그것을 잘라다가 강 위에 죽교(竹橋)를 만들어서 군마가 건너가도록 하시면 좋겠습니다."

공명은 곧바로 3만 명의 군사를 산으로 파견하여 수십만 그루의 대나무를 잘라서 강물로 흘러내려 보내고 강물의 폭이 좁은 곳에다가 10여 장(丈)이나 되는 널찍한 죽교를 만들게 했다.

이리하여 대군을 북쪽 강변에 집결시켜서 한 일 자로 영채를 꾸미고, 또 참호를 파놓고 부교(浮橋)로 문을 삼았으며, 흙을 쌓아 올려서 성을 만들고 남녘 강변에도 한 일 자로 큰 영채를 꾸며 놓고 만병을 기다리고 있었다.

한편 맹획은 수십만의 만병을 이끌고 원한을 품고 격분해서 달려들었다. 서이하 근처까지 오자, 친히 정병 1만 명을 인솔하고 곧장 전채(前寨)를 향하여 도전했다.

공명은 머리에 윤건(綸巾)을 쓰고, 몸에는 학창(鶴氅)을 입고, 손에는 털부채(羽扇)를 쥐고, 사륜거(駟馬車)를 탔으며, 좌우에서 여러 장수들이 호위하면서 나타났다. 공명이 맹획을 바라보니 몸에는 서피갑(犀皮甲)을 입었고, 머리에는 주홍 투구(朱紅盔)를 썼으며, 왼손에는 패(牌)를 잡고, 오른손에는 칼을 쥐고 적모우(赤毛牛)를 타고 나서더니 욕설을 퍼부었다. 수하의 동정(洞丁) 만여 명이 각각 도패(刀牌)를 휘두르며 돌격해 들어오니, 공명은 급히 명령을 내려서 본채로 철수하고 사면을 단단히 잠근 다음 나와서 싸우지 말라고 했다.

만병들은 모두 옷을 벗고 알몸으로 채문(寨門)으로 달려들면서 욕설을 퍼부었다.

여러 장수들이 격분하여 공명에게 말했다.

"우리들도 한번 나가서 결사적으로 싸우고 싶습니다."

공명이 허락하지 않는데도 여러 장수들은 새삼 나가 싸우겠다고 야단들이다.

공명이 단호하게 가로막았다.

"만방 사람들은 왕화(王化)를 따르지 않고 이번에 달려드는 품이 광악하기 이를 데 없으니, 마주 대들어서는 안 되오. 며칠 든든히 지키다가 만병의 창궐하는 기세가 누그러진 다음에 묘계를 써서 격파할 작정이오."

촉군은 며칠 동안 방비에만 힘을 기울였다. 공명이 높은 언덕에 올라가서 바라보니 만병들에게 피로의 기색이 나타나 있는 것을 보고 여러 장수들을 모아놓고 말했다.

"그대들 한번 나가서 싸워 보겠소?"

여러 장수들이 흔쾌하게 나가겠다고 하자 공명은 먼저 조자룡과 위연을 장중으로 불러들여서 뭔지 귓속말을 했다. 두 사람이 알아차리고 물러간 다음에 공명은 또 왕평·마충을 불러들여서 계획을 지시해 주고 나서 마대를 불러들여 명령했다.

"나는 이제 세 영채를 버리고 북쪽 강변으로 후퇴하겠소. 우리 군사들이 강을 건너거든 그대로 부교를 끊어서 강물에 띄워 버리고, 조자룡·위연의 군사가 건너기를 기다려서 그들과 함께 싸움을 거드시오."

마대가 계책을 받고 물러가자, 또 장익을 불러들여서 말했다.

"우리 군사가 후퇴한 다음에 채중(寨中)에 등불을 많이 마련하시오. 그리고 맹획이 우리 군사가 철수한 줄 알게 되면 반드시 추격해 올 것이니 그대는 후군을 맡으시오."

장익이 물러가자, 공명은 관색에게 수레를 호위하도록 명령하고 전군이 후퇴했다. 그러나 영채 안에는 등불이 휘황하므로 만병들은 그것을 바라보고 감히 쳐들어오지 못했다.

이튿날 새벽이 되어서, 맹획이 대군을 이끌고 진격해 왔을 때에는 세 영채에 군사라고는 한 명도 보이지 않고 단지 양말을 잔뜩 실은 거장(車仗) 수백 량(輛)이 남아 있을 뿐이었다.

"제갈량이 진지를 버리고 달아난 데는 또 무슨 계책이 있는 게 아니겠소?"

맹우가 이렇게 말하니 맹획이,

"내 생각 같아서는, 제갈량이 치중(輜重)을 버리고 도주했다면, 국내에 중대한 일이 발생했음이 틀림없을 것이다. 오나라가 쳐들어왔든지 또는 위나라가 군사를 동원했든지 했을 것이다. 그래서 이렇게 등불을 밝혀 놓고 군사가 있는 것처럼 뵈게 하고 모든 것을 버리고 뺑소니를 친 것이다. 이 기회를 놓치지 말고 급히 추격하자!"

하고 맹획은 친히 선봉을 이끌고 서이하 강변까지 다다랐는데, 북쪽 강변을 봤더니 진중의 깃발이 평소나 조금도 다름없이,

찬란하기 비단구름 같으며, 또 연안 일대에는 비단처럼 빛나는 성까지 마련되어 있는 것이었다. 만병들은 그것을 바라보더니 감히 쳐들어가기를 못했다. 맹획이 맹우에게 일렀다.

"이것은 제갈량이 우리의 추격을 겁내서 강 북녘 언덕에서 잠시 멈추고 있는 것이다. 이틀도 못 가서 반드시 달아나고 말 것이다."

만병들을 남녘 기슭에 주둔시키고 사람을 보내서 산에서 대나무를 잘라다가 뗏목을 만들어서 건너갈 준비를 하는 한편, 싸움할 만한 힘이 센 군사들은 모조리 영채 앞으로 이동을 시켜 놓았다. 그러나 이때 촉병이 이미 자기네 경지에 침입해 있다는 사실을 알지 못했다.

그날, 난데없이 사나운 바람이 일더니, 사방에서 불길이 치밀어오르고 북소리가 천지를 진동하여 촉군이 쳐들어왔다. 만병들은 불의의 습격을 받아 저희들끼리 우충좌돌 했으며 맹획은 대경실색하여 종족(宗族) 동정(洞丁)을 이끌고 간신히 길을 틔워서 예전 영채로 되돌아갔다.

이때 1군의 군마가 진중에서부터 내달았으니 바로 조자룡이었다. 맹획이 당황하여 어쩔 줄 모르며 산골짜기 좁은 길로 뛰어들었더니 거기서는 마대의 군사가 나타나서, 맹획은 거의 수십 명의 부하를 이끌고 깊은 산곡으로 도주해 버렸다.

이때, 남·북·서 3면에서 화염이 충천하니 앞으로 더 나가지 못하고 동쪽을 향하여 달아나는 수밖에 없었다. 또 한 군데 산골짜기를 돌아서는데 앞에 큰 숲이 보이며, 공명이 수십 명의 병사들에게 수레를 끌게 하고 그 위에 단정히 앉아서 깔깔대며 웃고 있는 것이다.

"만왕 맹획! 대패하여 여기까지 왔군! 나는 그대를 기다린 지 오래 됐소!"

맹획이 대로하여 좌우를 돌아다보며 소리쳤다.

"나는 이놈의 속임수에 빠져서 세 번이나 욕을 봤다. 이제 다행히 여기서 마주치게 됐으니, 그대들은 앞으로 쳐들어가서 말이고 사람이고 모조리 가루로 만들어 버려라!"

말이 떨어지기가 무섭게 만병 몇 명이 불쑥 나서더니 쏜살같이 달려나갔다. 맹획은 앞장 서서 고함을 지르며 숲속으로 달려들다가 요란스런 소리와 함께 함정에 빠졌고 병사들도 일제히 나뒹굴어 떨어지고 말았다.

숲속에서 위연이 내닫더니 맹획을 결박하여 공명에게로 갔으며, 장익도 맹우를 잡아 가지고 나타났다. 공명은 맹우를 타일러 돌려보내고 맹획에게 말했다.

"또 붙잡혀 왔군! 이래도 항복하지 않겠다는 건가?"

"이번에도 속임수에 빠졌으니 죽어도 눈을 감지 못하겠소!"

공명이 무사들에게 명령하여 끌어내다가 목을 베라고 했건만,

맹획은 조금도 겁을 집어먹는 기색 없이 공명을 돌아다보면서 또 말했다.

"만약에 그대가 또 한번만 나를 돌려보내 준다면 이번에는 네 번이나 당한 분풀이를 하고야 말겠소!"

공명은 깔깔대고 웃으면서 측근자에게 명령하여 그를 결박한 줄을 풀어 주고 장중에 자리잡혀 앉히고 술을 대접했다. 공명이 말했다.

"내가 네 번이나 예의를 갖추어서 대접했는데, 그래도 항복하지 않겠다는 것은 무슨 까닭인가?"

"내 비록 왕화(王化)의 밖에서 사는 사람이라지만 승상처럼 속임수만을 쓰지는 않소. 내 어찌 항복할 수 있겠소?"

"내가, 또 한번 돌려보내 준다면 그대는 다시 싸울 수 있겠는가?"

"승상이 만약에 나를 붙잡을 수 있다면, 그때는 마음을 기울여 항복하고 본동(本洞)의 모든 물건을 바쳐서 군사들을 위로해 주고 두 번 다시 반란을 일으키지 않겠소."

공명이 웃으면서 돌려보내니 맹획은 기뻐서 절하고 돌아갔다. 맹획이 여러 동의 장정 수천 명을 집결해 가지고 남쪽으로 달리고 있을 때 먼지가 뽀얗게 일더니 1대의 군마가 내달았다. 이것은 바로 그의 아우 맹우가 패잔병을 다시 수습해 가지고 형의 원수를 갚으려고 달려오는 길이었다. 형제는 얼싸안고 울면서 지난 일을 서로 호소했다. 맹우가 울먹였다.

"우리 군사는 번번이 지기만 하니, 촉병을 감당해 내기 어렵소. 산 깊숙한 동중으로 몸을 피해서 나오지 않으면 촉병들은 더위를 못이겨 자연 후퇴하고 말 것이오."

"어디 피할 만한 곳이 없겠느냐?"

"서남쪽으로 독룡동(禿龍洞)이란 곳이 있소. 동주(洞主)는 타사대왕(朶思大王)이라고 하는데, 나와 절친한 사이이니 그리로 갑시다."

맹획은 맹우를 앞장 세워서 독룡동으로 가서 타사대왕을 만나 보기로 했다. 타사는 당황해하면서 동병(洞兵)을 내보내서 그들을 영접했다. 맹획이 인사를 마치고 나서 여태까지의 사정을 말했더니 타사가 하는 말이,

"대왕께서는 안심하십시오. 만약에 천병(川兵)이 쳐들어온다면 놈들의 일인일기(一人一騎)도 제 고장으로 돌아가지 못하고 제갈량과 함께 모두 여기서 죽어 넘어지게 하겠습니다!"

하니 맹획이 무척 기뻐하며 어떠한 계책이 있느냐고 물었다. 타사가 말했다.

"이 동중에는 단 두 갈래 길이 있을 뿐입니다. 동북쪽 한 갈래 길이 바로 대왕께서 오신 길입니다. 이 길은 지세가 평탄하고 흙이 두껍고 물맛이 좋아서 인마가 지나다닐 수 있습니다.

만약에 목석을 쌓아서 동구(洞口)를 막아 버리면 비록 백만대

군이 있다 하더라도 들어오지 못할 것입니다. 서북쪽의 한 갈래 길은 산령이 험악하고 도로가 협착하며, 그 가운데로 좁은 길이 있다고는 하지만 독사 뱀과 악갈(惡蝎)이 많이 숨어 있고 날이 어두울 무렵에는 안개와 장기(瘴氣)가 크게 일어나서 사·오시(巳午時)나 돼야 없어지는지라, 미·신·유시(未申酉時)에만 왕래할 수 있으며, 물을 마실 수 없어서 인마가 왕래하기 어렵습니다.

여기엔 네 군데 독천(毒泉)이 있는데, 첫째는 아천(啞泉)이라고 하며 그 물이 다소 달콤하지만 사람이 그것을 마시면 말을 못하게 되고, 열흘도 못 가서 반드시 죽어 버립니다.

둘째는 멸천(滅泉)인데, 이 물은 더운물과 다름이 없지만, 사람이 목욕을 하면 피부와 살이 문들어져서 뼈를 드러내고 죽어 버립니다.

셋째는 흑천(黑泉)인데 그 물이 다소 맑기는 하지만, 사람의 몸을 스치기만 하면 수족이 새까맣게 되어서 죽어 버립니다. 넷째는 유천(柔川)인데 물이 얼음장 같아서 사람이 마시기만 하면 목구멍에 더운기가 없어지고 몸이 솜처럼 흐늘흐늘해져서 죽어 버립니다. 이곳에는 벌레도 새도 통 없고, 단지 옛날에 한(漢)나라의 복파장군(伏波將軍)이 한번 갔던 일이 있었을 뿐, 그 후부터는 한 사람도 가 본 사람이 없습니다.

이제 동북쪽 대로를 막아 버리고, 대왕께서 폐동(敝洞)에 숨어 계시면 촉병은 동쪽 길이 막힌 것을 보고는 반드시 서쪽으로 들어올 것이니 도중에 물이 없어서 이 4천(四泉)을 보면 반드시 마시게 될 것입니다. 그러니 백만대군도 돌아갈 곳이 없는데 도병(刀兵)을 써야 할 까닭이 있겠습니까?"

맹획·맹우는 이 말을 듣자 기뻐 날뛰며 그날부터 타사대왕과 술만 마시고 있었다.

공명은 맹획이 통 쳐들어오는 기색이 없어서, 대군에 명령을 내려 서이하를 건너서 남쪽으로 밀고 나가게 했다. 때는 바로 6월 염천. 뜨겁기가 불덩어리 같았다. 그대로 행군을 계속하노라니 초마(哨馬)가 급보를 전달했는데, 맹획이 독룡동으로 피신을 했으며, 길을 막고 있어서 쳐들어가기 어렵다는 것이었다. 여개를 불러서 물어 봤지만 그곳으로 통하는 길은 잘 모른다는 것이었다. 장완에게 상의했더니, 그가 말했다.

"맹획은 네 번이나 붙잡혀 왔었으니 겁을 집어먹고 다시 나올 생각은 없을 것입니다. 그리고 이 지독하게 더운 날씨에 인마가 다같이 피로했으니 철수하시는 게 좋겠습니다."

"그렇게 하면 바로 맹획의 계교에 떨어져 버리고 말게 되는 것이오. 우리 군사가 후퇴하기만 하면 그는 반드시 추격해 올 것이니, 여기까지 와서 어찌 되돌아설 수 있겠소?"

공명은 왕평에게 수백 기를 주어서 투항한 만병에게 길을 인도케 하고 서북 샛길을 헤치고 진격하게 했다. 얼마 안 가서 한 군데 샘이 있는지라 인마가 목이 말라서 견디지 못하고 다투어 가며 그 물을 마셨다.

왕평은 이 길을 발견하고 그것을 알리려고 본채로 되돌아오기는 했으나 벙어리처럼 말을 못하고 그저 손으로 입을 가리킬 뿐이었다.

공명은 깜짝 놀라기는 했지만, 중독임을 곧 알아차리고 친히 수십 기를 거느리고 수레를 몰아서 달려가 봤다. 그랬더니, 맑게 가라앉은 물이 가득 차 있는데 바닥이 얼마나 깊은지는 알 수 없고, 싸늘한 기운이 감돌고 있어서 병사들은 근처에 얼씬도 못하고 있었다.

멀리 저쪽 언덕 위로 낡은 묘를 발견한 공명은 등나무 칡덩굴을 붙잡고 그리로 기어올라갔다. 거기에는 한 장군의 좌상(坐像)이 있는데, 그것을 보고 공명은 한나라 복파장군 마원(馬援)의 묘임을 알 수 있었다. 마원이 남만 땅을 토벌하려고 여기까지 왔던 일이 있었으므로 토인들이 묘를 세운 것이었다. 공명은 꿇어 앉아서 재배하고 이렇게 기도를 올렸다.

"제갈량은 선제께서 맡기신 중책을 받고 성지(聖旨)를 받들어 이곳에 와서 만방(蠻方)을 평정하고 나서 위와 오를 토벌하여 다시금 한실(漢室)을 안정되게 하려고 합니다. 이제 군사들이 지리를 몰라 독수(毒水)를 잘못 마셔서 말을 못하게 됐사오니, 존신(尊神)께서는 한실의 은의를 생각하시옵고 통관현성(通關顯聖)하셔서 3군을 호우해 주시옵기 바라나이다!"

공명이 묘에서 물러나려고 하는데, 저쪽 산에서 노인 한 사람이 지팡이를 짚고 가까이 다가왔다. 그 모습이 매우 기괴했다. 공명은 노인을 청해서 묘 안으로 들어가 인사가 끝난 뒤 돌 위에 마주 앉았다. 공명이 공손히 물었다.

"어르신의 함자를 알고 싶습니다."

"노부는 오래 전부터 대국(大國) 승상의 쟁쟁한 명성을 알고 있었더니 다행하게도 이제야 뵙게 됐습니다. 만방의 사람들은 모두 승상께서 살려 주신 은혜를 입어 감격하여 마지않고 있습니다."

공명이 샘물의 까닭을 물었더니, 노인이 대답했다.

"군사들이 마신 물은 바로 아천의 물입니다. 마시면 벙어리가 되어 며칠 후 죽게 됩니다. 이 샘물 외에 또 세 군데 샘물이 있는데, 동남쪽에 있는 것은 그 물이 차고 그것을 마시면 목구멍에 더운 기운이 없어지고 몸이 문드러져서 죽습니다.

이름하여 유천이라 합니다. 남쪽에 있는 샘물은 사람이 스치기만 하면 수족이 새까맣게 되어서 죽는데 이름하여 흑천이라 합니다. 서남쪽에 있는 샘물은 멸천이라고 하는데, 더운물과 같지만 사람이 목욕을 하면 피부와 살이 녹아서 죽습니다.

이 네 군데 샘물의 독기를 고치는 약은 없습니다. 또 연장(煙瘴)이 심하게 일어나서 미·신·유(未申酉)시 때만 왕래할 수 있으며, 그 외에는 언제나 장기가 꽉 차 있어서 그것을 쐬면 당장 죽게 됩니다."

"그렇다면 만방을 평정하지는 못하겠습니다. 만족을 평정치 않고야 어찌 오와 위를 토벌해서 한실을 부흥시킬 수 있겠습니까? 선제께서 맡겨 주신 중책을 다하지 못하니 죽느니만 같지 못합니다!"

"승상께서는 걱정하지 마십시오. 노부가 이 곤란을 풀 수 있는 방법을 가르쳐 드리겠습니다."

"노장께 무슨 고견이 있으시면 가르쳐 주시기 바랍니다."

"여기서 서쪽으로 몇 리 나가면 한 군데 산골이 있습니다. 안으로 20리쯤 들어가면 만안계(萬安溪)라는 못이 있는데, 그 기슭에 있는 암자에는 만안은자(萬安隱者)라는 높은 선비가 살고 있습니다.

이 사람은 그곳에서 나오지 않은 지 벌써 수십 년이 더 됩니다. 그 초암(草庵) 뒤에 샘물이 한 군데 있는데, 안락천(安樂泉)이라고 하며, 사람이 중독되었을 때 그 물을 마시면 곧 나을 수 있습니다.

부스럼이 난 사람, 혹은 장기를 쐰 사람이 만안계에서 목욕을 하면 씻은 듯이 나아집니다. 또 암자 앞에는 한 가지 풀이 있는데 '해엽운향(薤葉芸香)'이라고 하며, 사람이 이 잎사귀 하나만 잎에 물면 장기를 쐬지 않게 됩니다. 승상께서 속히 가셔서 구하십시오."

공명이 감사하다 절하고 말했다.

"어르신의 이와 같은 활명(活命)하시는 큰 덕을 명심하여 잊지 않겠습니다. 높으신 대명이라도 알고 싶습니다."

노인이 묘 안으로 들어가더니 말했다.

"나는 바로 이곳의 산신(山神)이오. 복파장군의 명령을 받들고 특별히 여기 와서 가르쳐 드리는 것이오."

말을 마치더니 묘 뒤에 있는 석벽(石壁)을 열고 들어가 버렸다. 공명은 깜짝 놀라서 어리둥절, 묘신(廟神)에게 두 번 절하고 오던 길을 도로 찾아 수레에 올라서 대채로 돌아왔다.

이튿날 공명은 제물을 차려 가지고 왕평과 벙어리가 된 병사들을 이끌고 산신이 가르쳐 준 곳을 찾아갔다. 대나무가 무성하고 기이한 꽃이 만발한 가운데 몇간의 모옥(茅屋)이 있었다.

공명이 집 앞에 이르니, 동자의 연락을 받고 죽관(竹冠)을 쓰고 짚신을 신고 백포(白袍)에 검정 띠를 띤 사람이 나오는데 푸른 눈에 머리칼이 노랗다.

초당으로 들어가서 인사가 끝나자 공명은 이렇게 말했다.

"이 제갈량은 소열황제(昭烈皇帝)께서 맡겨 주신 임무를 맡아 가지고, 이제 사군(嗣君)의 성지를 받들어 대군을 이끌고 이곳에 이르러 만방을 항복시키고 왕화로 돌아가고자 합니다. 뜻밖에도 맹획은 동중(洞中)에 숨어 버렸고, 군사들이 아천의 물을 잘못 마셨습니다. 밤중에 복파장군이 현성하셔서 선생에게 가면 샘이 있어서 고칠 수 있다는 말씀을 해 주셨습니다. 바라건대 불쌍히 여기셔서 신수(神水)를 내리셔서 군사들을 구해 주십시오."

"노부는 산야폐인(山野廢人)이온데, 어찌 승상께서 수고스럽게 왕림하셨습니까? 그 샘물은 바로 이 암자 뒤에 있습니다."

은자는 이렇게 말하고 물을 퍼다가 마시라고 했다. 동자가 왕평과 그 밖의 여러 벙어리 군사들을 이끌고 샘물가로 가서 물을 퍼서 마시게 했다. 그 즉시 악한 침을 토하더니 말을 제대로 하는 것이었다. 동자는 또 여러 군사들을 이끌고 만안계로 가서 목욕을 시켰다. 은자는 암자 안에서 공명에게 고자차(枯子茶)와 송화엽(松花葉)을 내놓으며 공명을 대접했다.

은자가 공명에게 알려 주었다.

"이 만동(蠻洞)에는 독사뱀과 악한 갈충이 많아서 버들가지가 계천(溪泉)으로 날아들 때에는 물을 마실 수 없습니다. 그러나 땅을 파고 샘을 만들어서 그 물을 마시면 상관없습니다."

이렇게 말하면서 은자는 '해엽운향'까지 입에다 물어 보라 하고, 병사들에게 소용되는 대로 나누어 주면서, 그것을 입에 물고 있으면 장기에 쐬일 우려가 없다고 설명해 주었다.

공명이 그의 성명을 물었더니, 그가 대답했다.

"노부는 맹획의 형인 맹절(孟節)입니다."

공명이 악연히 놀라니 은자가 또 말했다.

"승상께서는 거리끼지 마시고 노부의 말을 좀더 들어 보십시오. 저의 부모님에게는 소생이 셋인데, 장자는 바로 노부 맹절이고, 둘째가 맹획, 또 그 다음이 맹우입니다. 부모님은 모두 세상을 떠나셨으며, 둘째 맹획은 위인이 강악하여 왕화로 돌아가려 하지 않습니다.

노부는 누차 권고했지만 말을 듣지 않는지라, 성명을 고쳐 가지고 이곳에 은거하고 있습니다. 이제 아우놈이 조반(造反)하여 승상을 불모지에까지 나오시도록 수고를 끼쳐 드렸사오니 이 맹절도 죽을 죄를 지었기에 먼저 승상 앞에서 죄를 청합니다."

공명이 탄식했다.

"춘추시대의 도척(盜跖)과 하혜(下惠) 같은 형제의 일이 지금도 역시 있습니다그려. 내 천자께 아뢰어 공을 왕으로 세울 테니 어떠하시겠소?"

"공명이 싫어서 이곳으로 피해 왔습니다. 두 번 다시 부귀를 얻고 싶은 생각은 없습니다."

공명이 금과 비단을 선사하려고 했으나 맹절은 굳이 사양하니 공명은 감격하여 마지 않으며 그와 작별했다.

공명은 본채로 돌아오자마자 병사에게 우물을 파라고 명령했다. 20장이나 팠지만 물은 한 방울도 나오지 않았다. 10여 군데나 파 보았지만 역시 마찬가지였다.

병사들이 초조한 기색을 나타내자 공명은 새벽녘에 향불을 피우고 갈증에 시달리는 인마를 구원해 달라고 하늘에 기도를 올렸다.

날이 밝아서 우물 속을 들여다봤더니 온통 물이 가득차 있었다.

공명은 물을 마실 수 있는 우물을 얻어서 불안도 사라졌고, 즉시 샛길을 뚫고 나가서 독룡동으로 나와서 진을 쳤다.

만병이 이런 사실을 탐지하고 맹획에게 보고했다.

"촉나라 군사들은 장기도 쐬지 않고, 물에 곤란을 받는 일도 없는 것 같습니다. 모든 샘물이 아무렇지도 않은 모양입니다."

타사대왕은 그 말을 믿지 않고 맹획과 함께 높은 산꼭대기에 올라가 내려다보았다. 촉나라 군사들은 아무런 이상도 없이 물통에다 물을 길어서 날라다가 말에게 먹이고 있었으며 밥도 짓고 있었다. 타사는 깜짝 놀라 머리털이 쭈뼛 일어서면서 맹획을 돌아보고 말했다.

"이야말로 신병(神兵)이로다!"

"우리 형제 두 사람은 촉나라 군사와 한번 결사적으로 싸워 볼 작정입니다. 군전(軍前)에서 죽을지언정, 어찌 가만히 앉아서 그 놈들에게 붙잡히겠소!"

"만약에 대왕께서 놈들에게 패하신다면 나의 처자도 마지막입니다. 소와 말을 잡아서 동의 장정들에게 대상을 내리고 물불을 헤아리지 말고 촉나라 영채를 들이치면 승리를 거둘 수 있을 것입니다."

이리하여 만병에게 상을 듬뿍 내리고 막 떠나 보내려고 했는데 서쪽에 있는 은야동(銀冶洞) 21동주(洞主) 양봉(楊鋒)이 3만 군사를 거느리고 싸움을 거들러 왔다는 보고가 들어왔다.

맹획이 크게 기뻐하며 말했다.

"이웃의 군사가 우리를 거들어 주니 반드시 승리할 것이오!"

곧바로 타사대왕과 함께 동 밖으로 나가서 영접했다.

양봉이 군사를 거느리고 들어와서 말했다.

"나에게 정병 3만이 있는데 모두 철갑을 몸에 감았고, 능히 산을 훌훌 날 수 있으며, 족히 적병 백만과 대적할 만하오. 또 나에게는 아들이 다섯 있는데 모두 무예가 뛰어나며, 대왕 돕기를 원하고 있소."

범같이 무시무시하게 생긴 아들 다섯이 위풍당당히 나타났다. 맹획은 크게 기뻐하여 양봉 부자들을 위해서 주연을 베풀었다. 양봉은 만족의 여자들을 수십 명 불러들여서 장중에서 맨발로 춤을 추게 하였고, 두 아들에게 잔을 들라 명령하여서 맹획·맹우에게 권하라고 했다.

맹획과 맹우가 잔을 받아 들고 마시려고 하는 순간 양봉이 한 번 큰 소리를 지르니, 두 아들들은 왈칵 달려들어서 맹획과 맹우를 움켜잡아 버렸고, 도망치려는 타사대왕은 양봉에게 붙잡히고 말았다. 이때 벌써 춤을 추던 수많은 여자들이 장상을 가로질러 막아 버렸으니 누가 감히 그 앞에 얼씬할 수 있으랴!

맹획은 펄펄 뛰면서 소리를 질렀다.

"나와 그대들은 모두 각동의 주인으로서 평소에 아무런 원한도 없는데 어째서 나를 이렇게 해치려 드는 거야?"

양봉이 말했다.

"우리 형제 자질(子姪)은 모두들 제갈승상의 활명의 은혜를 입고서도 보답할 길이 없던 차에 네놈이 반역을 꾀하니 어찌 붙잡지 않겠느냐?"

양봉은 각동의 만병들을 각각 제 고장으로 보내고 나서 맹획·맹우·타사 등을 이끌고 공명의 영채로 갔다.

공명이 곧 불러들였더니 양봉은 장하에 꿇어 엎드려서 이렇게 말했다.

"소생의 자질들은 모두 승상의 은덕에 감격하고 있습니다. 그래서 맹획·맹우를 붙잡아서 바치는 바입니다."

공명이 양봉에게 가지가지 선물을 주고, 맹획을 끌어 내라고 해서 이번에야말로 항복하겠느냐고 물어봤더니, 여전히 버티면서 죽는 한이 있어도 항복할 수 없다고 뻔뻔스러운 대답을 했다.

"나는 대대로 은갱산 속에 살고 있었으며, 삼강(三江)의 험준한 지세를 지니고 있소. 만약에 거기서 당당히 싸워서 나를 붙잡는다면 그때는 자자손손 모두 충심으로 항복하고 섬기겠소."

"그렇다면 한 번 더 이대로 돌려 보낼 테니 병마를 다시 정비해 가지고 나와 승부를 결해 보자! 그때 잡혀와서도 항복하지 않는다면 구족을 멸할 줄 알라!"

공명은 좌우 사람들에게 명령하여 맹획의 줄을 풀어 주었으며, 그는 감사하다 정중히 절을 하고 돌아갔다. 또 맹우와 타사의 줄도 풀어 주고 술을 주어서 두려움을 가라앉혀 주었더니, 두 사람은 송구스러워 똑바로 쳐다보지도 못했다. 공명은 말까지 주선해 주어서 그들도 돌려보냈다.

이야말로 험지(險地)에 깊숙이 들어가기도 쉽지 않은데, 가지가지 기모를 발휘하고 있으니 어찌 우연한 일이랴.

90.
만장(蠻將)도 눈물을 흘리고

일곱 번을 잡아 일곱 번째 놓아 준다니,
세상에 그런 염치없는 일은 못하겠다는 적장

驅巨獸六破蠻兵
燒藤甲七擒孟獲

공명이 맹획 등 1천 명을 놓아 주고, 양봉 부자에게 관작을 봉해 주는 한편 동병(洞兵)들에게 상을 후히 내리니 모두 감사하다 절하고 돌아갔다.

맹획 등은 밤을 새워가며 은갱동으로 돌아갔다. 은갱동 동외(洞外)에는 노수(瀘水)·감남수(甘南水)·서성수(西城水)라는 세 강이 있는데, 물길이 한데 합쳐서 흐르기 때문에 삼강(三江)이라고 했다.

동북(洞北) 2백여 리는 평탄하고 만물이 생산되며, 동서(洞西) 2백여 리는 염전이 있고, 서남쪽으로 2백여 리를 가면 바로 노수와 감남수에 이르게 되며, 정남(正南) 3백 리 되는 지점이 바로 양도동(梁都洞)인데, 산이 동을 둘러싸고 있고, 산에서는 은광(銀鑛)이 나기 때문에 은갱산이라고 불리었다.

산 속에는 궁전과 누각이 있는데, 이것이 바로 만왕(蠻王)의 소굴이었다. 그 가운데 조상의 묘를 세워서 '가귀(家鬼)'라 불렸고 사시로 소와 말을 잡아서 제사를 지내는데 이것을 '복귀(卜鬼)'라고 부르며, 해마다 촉인(蜀人)과 타향 사람들이 함께 이 제사를 지냈다.

사람이 병이 나도 약을 먹으려 들지 않았고 무당에게 기도만 올리는데 이것을 '약귀(藥鬼)'라고 불렀다.

이곳에는 형법도 없고 죄를 범하면 당장에 목을 베어 버렸다. 딸이 장성하면 냇물에서 목욕을 하는데, 남녀가 혼욕을 하면서 저희들끼리 배필을 결정했고, 부모들은 간섭하지 않는데 이것을 '학예(學藝)'라고 불렀다.

비가 순조롭게 내리는 해에는 벼를 심는데, 만약 벼가 익지 않으면 뱀을 잡아서 떡을 만들고 코끼리 고기를 삶아서 밥 대신 먹는다. 각 부락마다 상호(上戶)를 동주(洞主)라 부르고, 그 다음을 추장(酋長)이라 불렸으며, 매월 초하루와 보름, 이틀은 모든 사람이 삼강성(三江城) 안에서 장사를 해서 물건을 교환하는 것이 이 고장의 풍속이었다.

맹획은 동중에서 종당(宗黨) 천여 명을 모아 놓고 자기가 몇 번이나 촉군에게 모욕을 당했는데 누구든지 고견을 가지고 있는 사람은 없느냐고 물어 보았다. 맹획의 처남이오, 팔번부장으로 있는 대래동주(帶來洞主)가 나서면서 제갈량을 격파할 수 있다며 계책을 제공했다.

"서남쪽 팔납동(八納洞) 동주 목록대왕(木鹿大王)은 술법에 정통하며, 출동할 때는 코끼리를 타고 비바람을 불러일으킬 수 있으며, 언제나 호랑이와 표범, 시랑(豺狼)과 독사, 악갈을 거느리고 또 수하에 3만 신병(神兵)이 있는데 용감하기 이를 데 없습니다. 대왕께서 예물을 갖추시고 서신을 한 통 작성해 주시면 소생이 가서 청해 보겠습니다. 이분이 승낙만 하신다면 촉나라 군사가 뭐가 두려울 게 있겠습니까?"

맹획은 기뻐서 어쩔 줄 모르며 국구(國舅—대래동주)에게 서신을 주어서 떠나 보내고, 타사대왕에게 삼강성을 지키게 해서 앞을 가로막았다.

공명은 군사를 거느리고 삼강성까지 쳐들어가서 위연과 조자룡을 시켜서 군사를 이끌고 육로로 공격을 가하게 했으나, 남만의 병사들은 활쏘기에 능란한 재간을 지녀서, 한 번에 화살 열 자루를 쏠 수 있을 뿐만 아니라, 그 활촉에는 독을 발라서 맞기만 하면 살이 썩어서 죽었다.

공명이 이런 사실을 실지로 살피고 나서 군사를 몇 리 뒤로 물리고 진을 치니, 만병들은 촉나라 군사가 겁이 나서 후퇴한 줄만 알고 기뻐서 어쩔 줄을 모르며 밤에도 파수를 보지 않고 잠만

잤다.

공명은 영채를 굳게 잠그고 5일간이나 옴쭉달싹도 하지 않고 아무 명령도 내리지 않더니, 하루는 저녁부터 바람이 선들선들 불어오는 것을 보자 별안간 군사들에게 명령을 내렸다.

공명이 내린 명령은 병사마다 의금(衣襟)을 한 벌씩 준비하고 그 속에 흙을 넣어서 삼강성 아래까지 운반해 놓으라는 것이었다.

그 많은 흙을 성 밑에다 쌓아 올리니, 순식간에 성 위에 다다를 만큼 높은 토산이 되었으며, 전체 군사들이 일시에 기어올라가서 성을 점령해 버렸다.

만병들은 활을 쏠 틈도 없었으며, 타사대왕은 난군 중에서 목숨을 잃었고, 촉나라 대장들은 도주하는 만병들을 무수히 찔러 죽였으며, 삼강성을 점령한 공명은 수중에 들어온 가지가지 진귀한 보물로 3군에게 상을 주었다.

타사대왕이 죽었고, 촉나라 군사가 삼강을 건너와서 본동에 영채를 구축하고 있다는 소식을 들은 맹획이 당황해서 어쩔 줄 모르고 있을 때, 병풍 뒤에서 깔깔 웃으면서 나타난 여인이 있었으니, 이는 바로 맹획의 아내 축융(祝融)부인이었다.

"남아 대장부로서 이렇게도 재간이 없으시오. 나는 비록 여자의 몸이긴 하지만 당신을 위해서 한번 나가 싸워 보겠소!"

축융부인은 비도술(飛刀術)에 능란하여 한 번 칼을 던지면 백

발백중이라는 여장부였다. 종당의 맹장 수백 명과 정예 동병 5만 명을 거느리고 은갱궁궐에서부터 달려나온 축융부인과 제일 먼저 대결한 촉군의 대장은 장의였다. 그러나 그는 결국 축융부인을 감당해 내지 못하고 비도를 손으로 막아내려 했으나 그만 왼쪽 어깨에 꽂힌 채 말 위에서 떨어져 만병에게 결박을 당했으며, 다음으로 달려든 마충 역시 축융부인에게 붙잡혀 동중으로 끌려가는 몸이 됐다.

축융부인은 장의와 마충 두 대장을 남편 맹획 앞에 끌고 가서 목을 베라고 호통을 쳤는데, 맹획은 제갈공명이 자기 목숨을 다섯 번이나 살려 준 의리를 생각해서 잠시 잡아 두라 명령하고 승리에 도취하여 술만 마시고 있었다.

두 대장을 빼앗긴 공명은 당장에 조자룡·위연·마대 세 장수에게 계획을 일러 주어 출전하게 했다.

이튿날 촉군의 대장 조자룡이 도전해 왔다는 소식을 듣자, 여장부 축융부인은 서슴지 않고 말 위에 올라 달려나갔다.

치열한 싸움이 몇 합인지 계속되었을 때, 슬쩍 꽁무니를 빼고 도주하는 체하는 조자룡 축융부인이 군사를 수습해 가지고 후퇴하려는 순간에 촉군의 군사들이 맹렬히 욕설을 퍼부으니 격분한 축융부인은 미친 듯이 위연을 향하여 창을 휘두르며 달려들었다.

말을 달려 산곡간으로 뺑소니쳐 버리는 위연.

별안간 축융부인의 등뒤에서 고함소리가 일어나더니 갑자기 축융부인이 말 위에서 떨어져서 땅 위에 나뒹굴고 말았다.

이것은 숲속에 매복해 있던 마대가 동앗줄을 던져서 축융부인이 타고 있던 말의 다리를 낚아챈 까닭이었다.

공명이 장상에 단정히 앉아 있는데 마대가 축융부인을 결박해 가지고 나타났다. 공명은 급히 줄을 풀어 주라 명령하고 별장(別帳)으로 안내하여 놀란 마음을 진정시켜 주었으며 술을 대접했다.

사람을 파견하여 부인과 장의·마충을 교환하자고 맹획에게 연락했더니 맹획이 그 즉시 장의와 마충을 공명의 영채로 돌려보내어 공명도 축융부인을 돌려보냈다. 그랬더니 맹획은 기쁘기도 하고 화가 치밀기도 해서 어쩔 줄 몰랐다.

그 이튿날, 팔납동주 목록대왕은 맹획의 영채에 도착하여 촉군에 대한 복수를 쾌히 승낙하니 맹획은 성대한 연회를 베풀어 그에게 감사의 뜻을 표했다.

허리에는 두 자루의 큰 칼을 차고 손에는 체종(蒂鐘)을 들고, 흰 코끼리를 탄 채 큰 깃발을 휘날리며 위풍당당히 나타나는 목록대왕.

이 광경을 보자 조자룡이 위연에게 말했다.

"우리들은 평생 싸움터에 나왔지만 이따위 인물은 본 일이 없는걸!"

목록대왕은 입 속으로 무슨 주문을 중얼중얼 외더니 손에 들고 있던 체종을 흔들었다. 난데없이 광풍이 요란스럽게 일더니 모래와 돌이 빗발치듯 하고 또 화각(畵角) 소리가 한 번 울리니 호랑이와 표범·시랑·맹수·독사가 우글우글 바람을 타고 내달았다.

촉군은 감당할 도리가 없어서, 삼강성 경계선까지 추격해 온 만병들을 간신히 피해서 군사를 수습해 가지고 철수했다.

조자룡과 위연이 이런 사실을 공명에게 보고했더니, 공명이 웃으면서 위로했다.

"이것은 그대 두 사람의 잘못이 아니오. 나는 모려(茅廬)에서 나오기 전부터 남만에는 구표(驅豹)라는 전법이 있다는 것을 미리 알고 있었소. 그래서 촉중에서부터 이 진법(陣法)을 격파할 수 있는 물건을 마련해서 20채의 수레에다 싣고 여기까지 가지고 왔소. 오늘은 그 절반만 쓰고 절반은 나중을 위해서 남겨 두어야겠소."

공명은 좌우 사람에 명령하여 붉게 기름칠을 한 수레 열 채를 장하로 끌어 냈다. 그리고 나머지 열 채의 검정 빛으로 기름칠을 한 수레는 뒤에 두었다. 여러 사람들은 그것이 무엇인지를 알 수 없었다. 공명이 궤를 열었다.

그 안에는 큰 짐승을 본떠 나무로 조각한 물건이 들어 있었다.

오색 융(絨)으로 만들어 옷을 입혔고 강철로 이빨을 만들었으며 한 마리에 열 사람은 탈 수 있었다.

공명은 정예 장사 천 명을 뽑아서 이 짐승 백 마리를 주고 불을 지를 물건까지 준비시켰다. 이튿날 공명은 군사를 몰고 나가서 동구(洞口)에 진을 쳤다.

저쪽에서도 목록대왕과 맹획이 군사를 거느리고 출전했다. 도포에 윤건을 쓰고 우선을 부치며 수레 위에 단정히 앉아 있는 공명을 보자, 맹획이 손가락으로 가리키며 말했다.

"수레 위에 앉은 것이 바로 제갈공명이다! 저놈만 붙잡으면 대사는 끝장나고 만다!"

목록대왕은 또 입으로 주문을 외면서 종을 흔들었다. 강풍이 사납게 일어났다. 그러나 공명이 부채질을 한 번 하니 바람결이 반대쪽으로 향해 버려서 만병들은 일대 혼란을 일으켰고, 촉진에서는 괴상한 목각(木刻) 짐승들의 입에서 불을 뿜고 코에서 시커먼 연기를 토하는 바람에 만병들은 놀라 자빠져 뺑소니를 쳤으며, 목록대왕은 난군 중에서 목숨을 잃었고, 공명은 무난히 은갱동을 점령했다.

이튿날, 공명이 군사를 각방으로 분배해서 맹획을 체포하려고 궁리하고 있을 때, 맹획의 처남인 대래동주가 맹획에게 투항을 권고했으나 받아들이지 않았다. 그래서 그는 맹획과 축융부인과 종당 수백여 명을 모조리 잡아 가지고 승상께 바치러 왔다는 것이었다.

그러나 이것이 투항을 사칭하는 소행임을 미리 간파한 공명은 장의와 마충에게 계획을 주어서 정예 군사 2천 명을 거느리고 양쪽 회랑에 매복해 있다가, 공명의 호령소리와 함께 내달아서 놈들을 모조리 결박해 버렸다.

여섯번째나 공명 앞에 잡혀온 맹획은 여전히 뻔뻔스러운 답변을 하면서, 한 번만 더 살려 주면 일곱번째 잡혀와서는 충심으로 항복하겠다고 버티니 공명은 이번에도 선선히 줄을 풀어 주고 그가 하고 싶은 대로 해보라 승낙했다.

맹획에게는 아직도 패잔병 천여 명이 딸려 있었다. 그는 용기를 얻어서 처남인 대래동주와 상의하니, 그가 말했다.

"여기서 동남쪽으로 7백 리를 가면 오과국(烏戈國)이란 나라가 있습니다. 국왕 올돌골(兀突骨)은 신장이 2장에 오곡을 먹지 않고 산 뱀과 맹수를 밥으로 삼으며, 몸에는 비늘이 달려서 칼도 화살도 들어가지 않습니다.

그 수하의 군사들은 모조리 등으로 만든 갑옷을 입었는데, 그 등나무는 산간(山澗) 속에서 나서 석벽(石壁)에 서려 있는 것을 이 고장 사람들이 뜯어다가 기름 속에 반 년이나 담가 두었다가 다시 꺼내서 볕에 쬐기를 10여 차례나 해서 등갑옷을 만들어 입는다고 합니다.

강물을 건너도 젖는 법이 없고 화살이나 칼로 찔러도 들어가지 않는다는 겁니다. 그래서 '등갑군(藤甲軍)'이라고 부릅니다. 이제 대왕께서 한번 가셔서 청해 보십시오. 그의 도움을 받을 수만 있다면 제갈량을 붙잡기란 잘 드는 칼로 대나무를 쪼개는 거나 마찬가지입니다."

맹획은 기뻐서 어쩔 줄 모르며 올돌골을 만나려고 오과국으로 가 보니, 이 나라에는 집이 없고, 모두 토굴 속에 살고 있었다. 맹획이 올돌골을 만나서 사정을 말했더니 올돌골은 그자리에서 쾌히 승낙하고, 영병부장(領兵俘長)인 토안(土安)과 해민(奚泯) 둘을 불러서 모두 등갑옷을 입고 오과국을 떠나 동북쪽으로 향하게 했다.

올돌골의 군사들은 도화수(桃花水) 강변 나루에 진을 치고 촉나라 군사를 기다리고 있었다. 그런데 이 도화수라는 강이 또 기묘한 강이어서 강 양쪽 기슭에서 복사꽃이 만발, 몇 해 묵은 낙엽이 강물 속에 가라앉아 있는데 이 강물을 오과국 사람이 마시면 정신이 맑아지지만 다른 나라 사람이 이 물을 마시면 모조리 죽어 버리는 것이었다.

공명은 만인의 진지로 초탐을 보내서 이런 정세를 탐지하자, 대군을 거느리고 도화수의 나루터에 도착했다. 강 건너편을 바라보니 만병들은 모두 사람 같지 않은 추악한 모습이며, 토인들이 도화수 강물을 마실 수 없다고 하니 5리쯤 후퇴하여 다시 진을 치고 위연을 시켜서 방비를 견고히 하도록 했다.

이튿날 오과국 국왕은 친히 등갑군을 거느리고 징·북을 치면서 강을 건너서 대들었다. 촉군에서는 위연이 나가서 싸웠지만, 쇠뇌와 화살을 아무리 쏴대도 등갑에 맞아서 땅에 떨어질 뿐, 창으로 찔러도 들어가지를 않으니 몹시 난처했다. 그러나 저쪽에서는 이도(利刀)와 강차(鋼叉)로 덤벼드니 도저히 감당할 수 없어서, 위연은 급히 되돌아왔다.

공명이 여개와 토인을 불러서 상의하니 여개가 말했다.

"저는 일찍이 남만에 오과국 같은 야만국이 있다는 것을 잘 알고 있었습니다. 이런 만족을 평정했댔자 별로 유익한 일도 없으니 일찌감치 군사를 철수시키심이 좋을까 합니다."

공명이 웃었다.

"여간 애를 써서 여기까지 온 것이 아닌데, 어찌 이대로 돌아설 수 있겠소. 나는 내일이면 만족을 평정할 계책이 서 있소."

이튿날 공명은 조자룡에게 위연을 도와서 영채를 지키도록 명령하고, 토인에게 길을 인도하라 하면서 친히 수레를 타고 도화수 나루 북쪽 기슭, 인적이 드문 산속을 헤치고 험준한 산길에서는 수레를 버리고 걸어서 지리를 답사해 보았다.

어떤 산 속에 이르니 계곡이 한 군데 보이는데, 그 모양이 기다란 뱀과 같고 주위가 모두 위험한 초석(峭石) 벽이며 나무라곤 통 없고, 중간에 큰 길이 하나 있을 뿐이었다. 공명이 토인에게 물었다.

"이곳은 반사곡(盤蛇谷)이라 부르며, 계곡을 뚫고 나가면 삼강성 큰 길입니다. 계곡 앞을 탑랑전(塔郞甸)이라고 부릅니다."

토인이 대답하자 공명이 크게 기뻐했다.

"이곳이야말로 하늘이 나에게 성공하라고 주신 곳이다!"

공명은 오던 길로 되돌아 서서 영채로 돌아오자 마대를 불러 분부했다.

"그대에게 검은 색칠한 수레 열 채를 줄 테니 대나무 가지 천 자루를 준비하시오. 궤 속의 물건은 여차여차한 것들이오. 본부병을 거느리고 반사곡으로 가서 두 길목을 지키고 내 명령에 따라 행동하시오. 보름을 기한으로 모든 준비를 끝낼 것이고 기한이 되면 여차여차하시오. 이번 일이 누설되면 군법에 의하여 처단하겠소."

마대는 계획을 받은 대로 행했다. 공명은 또 조자룡을 불러서 분부했다.

"반사곡으로 가서 여차여차하게 삼강의 큰 길목을 지키시오. 소용되는 물건은 그날까지 꼭 마련하시오."

조자룡이 계획을 받고 나가자, 또 위연을 불러들여서 분부했다.

"그대는 본부병을 거느리고 도화진으로 가서 진을 치시오. 만약에 만병이 강을 건너와서 대적하거든 그대는 영채를 버리고 흰 깃발이 꽂혀 있는 곳으로 달아나시오. 보름 동안을 기한으로 하고 반드시 15곳의 진지를 빼앗기고 일곱 군데 채책을 버리시오. 14곳의 진지를 빼앗겼을 때에도 나를 만나러 올 생각은 하지 마시오."

위연은 명령을 받았으나 마음속으로는 불쾌해서 꺼림칙한 얼굴을 하고 떠나갔다. 공명은 또다시 장익에게 명령하여 따로 1군을 거느리고 지시한 장소에 영채를 구축하라고 했으며, 장의·마충에게도 본동(本洞)에서 투항한 천여 명을 거느리고 여차여차하라고 명령했으며, 각각 그 계획대로 실행하기로 했다.

한편, 맹획은 오과국왕 올돌골에게 이런 말을 했다.

"제갈량은 교묘한 계책이 많은 사람이니, 반드시 복병을 쓸 것이오. 이후로 교전(交戰)할 때에는 3군에게 분부하여 산곡간 수목이 많은 곳에는 경솔히 들어가지 말도록 하시오."

"대왕의 말씀이 옳습니다. 중국 사람이 속임수를 잘 쓰는 것은 나도 알고 있습니다. 앞으로는 말씀대로 행할 것이며, 나는 앞에 나서서 무찌를 것이니, 대왕께서는 뒤에서 지휘만 하십시오."

이때, 보고가 날아드는데, 촉나라 군사가 북쪽 강변에 영채를 구축했다는 것이었다. 올돌골은 당장에 부장 두 사람을 파견하여 등갑군을 인솔하고 강을 건너가 촉나라 군사와 교전하게 했다.

몇 합도 싸우지 않고 위연은 패주했다.

만병은 매복한 군사가 있을까 겁이 나서 추격하지 않고 돌아 갔다. 그 이튿날, 위연은 또 나가서 영채를 세웠다. 만병은 그것을 탐지하여 대군이 강을 건너와서 싸웠고 위연도 그들을 맞아서 대결했으나 몇 합도 싸우지 않고 또 패주했다.

만병들은 10리 이상이나 추격해 오다가 사방을 살펴봐도 아무런 동정도 없어서 그대로 촉나라 진지 안에 주둔했다.

이튿날, 올돌골은 군사를 이끌고 위연의 진지를 향하여 공격을 개시했다. 촉나라 군사들은 갑옷도 창도 다 버리고 앞에 보이는 흰 깃발이 꽂혀 있는 곳으로 도주했다. 위연의 군사들은 그곳에 영채가 마련되어 있어서 들어갔는데 잠시 후 올돌골의 군사가 또 추격해 오니 영채를 버리고 또 도주하여 만병들은 힘 안 들이고 촉나라 영채를 탈취했다.

그 이튿날도 위연은 똑같은 작전으로 싸움을 했고 만병은 그 전날과 똑같이 힘 안 들이고 영채를 탈취했다. 위연은 이렇게 싸우는 족족 패하여 이미 15곳의 진지를 빼앗기고 일곱 군데나 되는 영채를 포기했다.

만병은 승세만 믿고 추격했으며, 올돌골은 언제나 선두에 서서 진격했는데, 도중에 수목이 무성한 곳이 눈에 띄어서 진격을 중지했다.

사람을 내보내서 탐지해 보니, 과연 숲속에 깃발이 휘날리고 있었다.

올돌골이 맹획에게 말했다.

"과연 대왕께서 생각하신 바와 틀림없습니다."

맹획이 껄껄 웃었다.

"제갈량도 이번에는 그 꾀가 탄로나고야 말았소. 공이 연일 그의 15곳의 진지를 빼앗고, 일곱 군데 영채를 점령했기 때문에 촉나라 군사들은 질겁을 해서 도주했고 제갈량도 계책이 궁해졌으니 한 번만 더 들이치면 대사는 끝장나고야 말 것이오."

올돌골은 기뻐서 어쩔 줄 모르며, 촉나라 같은 것은 대수롭게 여기지도 않았다. 16일째 되던 날, 위연은 나머지 군사를 거느리고 출전하여 등갑군과 대치했다.

올돌골은 코끼리를 타고 진두에 나섰는데, 머리에는 일월 낭수모(日月狼鬚帽)를 썼고, 몸에는 금구슬로 영락(纓絡) 옷을 입었고, 양쪽 겨드랑이 밑으로는 생생히 비늘이 드러나 보이며 눈 속에서는 다소 광채가 나고 있었다.

위연은 말을 달려 도주하니 만병이 그 뒤를 추격했다. 위연은 병사를 거느리고 반사곡으로 들어가서 흰 깃발을 향하여 도주했다. 올돌골은 대군을 거느리고 추격했는데, 산 양쪽에 풀 한 포기도 없는 것을 보자, 복병이 없으려니 하고 안심하며 뒤를 쫓기만 했다.

산중턱까지 왔을 때 앞에 검은 칠을 한 수레가 수십 채 내버려져 있는 것을 발견했다.

"이곳은 촉나라 군사가 군량을 운반하는 도로인데 대왕의 군사가 도착하니 군량차를 버리고 도주한 것입니다."

만병들이 이렇게 보고하자 올돌골은 용기를 내서 군사를 몰고 위연을 추격했다. 산골에서 빠져나오려는 순간 촉나라 군사의 모습은 어디론지 사라져 버렸고, 큰나무와 큰 돌이 산 위에서 굴러 떨어져서 산골짜기를 가로막고 있었다. 이때, 좌우 산꼭대기로부터 횃불이 빗발치듯 쏟아져 내려오니 산골은 순식간에 불바다로 변하고 등갑에도 불이 붙어서 타오르기 시작했다.

마침내, 올돌골과 3만의 등갑군은 옴쭉달싹도 못하고 서로 부둥켜안고 반사곡에서 불에 타 죽고 말았다.

공명이 산꼭대기에서 그 처참한 광경을 내려다보다가 눈물을 줄줄 흘렸다.

"나는 사직을 위해서 공을 세웠다고는 하지만, 내 자신의 수명이 줄어든 것은 확실하다!"

맹획은 이런 소식도 모르고 종당의 군사를 총동원하여 올돌골의 싸움을 거들어 주려고 반사곡으로 진격해 왔다.

그런데 맹렬하게 불길이 하늘로 치솟고 이상한 악취가 코를 찔러 숨이 막힐 지경이었다. 아차! 계책에 빠졌구나! 하며 군사를 후퇴시키려고 하는 순간 왼쪽에서 장의, 오른쪽에서 마충이 1군의 군마를 몰고 달려드니, 이와 대적하려고 하는데 난데없이 고함소리가 천지를 진동하더니 만병 틈에 숨어 섞여 있던 촉나라 군사들이 만왕 일족과 그들이 몰아온 종당의 군사를 모조리 결박해 버렸다.

맹획은 단기로 삼엄한 포위망을 간신히 탈출하여 산 속으로 뺑소니를 쳤다. 말을 달리고 있노라니 산골에서부터 1군의 군마가 한 채의 수레를 호위하고 달려나왔다. 윤건을 쓰고 우선을 부치며 도포를 입은 사람이 수레 위에 단정히 앉아 있는데, 이는 바로 제갈공명.

"역적, 맹획! 이번에는 어쩔 작정이냐!"

공명의 호통소리를 듣고 당황하여 말머리를 돌리려고 했는데 옆에서 달려들어서 앞을 가로막는 것은 바로 마대. 맹획은 무기를 손에 잡을 겨를도 없이 마대에게 산채로 붙잡히고 말았다. 이때 벌써 왕평과 장익은 1대의 군마를 인솔하고 남만의 영채로 달려가서 축융부인과 그 일족을 남녀노소 할 것 없이 모조리 체포해 버렸다.

공명은 영채로 돌아와서 장상에 앉아서 여러 장수에게 말했다.

"이번에 나는 부득이 이런 계책을 쓰기는 했지만 음덕(陰德)을 대단히 손상했소. 나는 적군이 반드시 숲이 많은 곳에 우리 군사가 매복되어 있을 줄 알리라고 생각했기 때문에 정기(旌旗)를 숲이 없는 곳에 세워 놓고 병마(兵馬)도 없는 것처럼 그 마음을 속여 본 것이오.

위연에게 명령하여 열다섯 군데 진영을 빼앗기게 한 것은 그의 마음을 든든히 만들자는 것이었고, 반사곡에 단지 외길밖에 없는 것을 보고 마대를 시켜서 흑유차(黑油車)를 산골짜기에 배치해 놓았는데 그 속에 미리 화포(火礮)를 마련해 두었으니 이것을 '지뢰(地雷)'라고 하오. 또 조자룡에게 명령하여 초차(草車)를 미리 마련하여 산골에 배치해 두었고 산 위에 대목난석(大木亂石)을 준비해 두고 위연을 시켜서 올돌골과 등갑군을 산골짜기로 유인해 들이게 하고 위연이 빠져나오자 길을 끊고 뒤에서 불을 지른 것이오.

만병이 무지몽매하기 짝이 없으니 어찌 화공법을 쓰지 않고야 승리할 수 있었겠소! 그러나 오과국(烏戈國)의 사람을 종류의 차별이 없이 남겨두지 않은 것은 나의 큰 죄요!"

여러 장수들은 꿇어 엎드렸다.

"승상의 천기(天機)는 귀신도 헤아릴 수 없습니다!"

공명은 맹획을 잡아오라 명령했다. 그가 장하에 꿇어 앉자 묶은 줄을 풀어 주게 하고 별장(別帳)으로 옮기어 술과 음식을 대접해서 마음을 진정시켜 주게 했다. 그리고 탑전(榻前)에 앉아 술과 음식을 주관하는 관리를 불러서 여차여차하라고 분부해서 보냈다.

맹획이 축융부인 · 맹우 · 대래동주와 그밖의 여러 만병들과 별장에서 술을 마시고 있을 때, 홀연 한 사람이 나타나 공명의 말을 전달했는데, 공명은 맹획을 만나기를 싫어하고 한 번 더 석방할 테니 또 한 번 돌아가서 군사를 수습해 가지고 싸워 보라는 것이었다.

이 말을 듣고는 만장 맹획의 두 눈에서도 눈물이 주르르 흘러 내렸다.

"일곱번 붙잡혀서 일곱번 놓아 준다는 것은 자고로 본 일이 없소! 또다시 그런 염치없는 짓은 못하겠소!"

맹획 이하 모든 만인들은 웃통을 벗어젖히고 육단(肉袒)의 몸으로 장하에 꿇어 앉아 사죄했다.

"공은 이제야말로 항복하겠다는 건가?"

공명이 묻는 말에 맹획이 대답했다.

"자자손손이 이 은혜를 명심하겠습니다. 어찌 항복하지 않겠습니까?"

공명이 맹획을 위하여 성대히 잔치를 베풀어 주고 그를 길이 동주(洞主)로 삼기로 하고 빼앗은 땅을 모조리 돌려주어서 떠나보내니 공명의 덕을 찬양하지 않는 사람이 없었다.

장사(長史) 비위(費褘)가 만왕이 이미 귀순했으니, 이곳에 관리를 두어서 맹획과 함께 이 땅을 다스리게 하자고 공명에게 권고했지만, 공명은 웃으며 대답했다.

"세 가지 어려운 점이 있소. 외지 사람들을 여기 병사로 남겨 두어도 첫째로 먹을 것이 없소. 둘째로는 만인들이 이번에 부모·형제·친척을 많이 잃었기 때문에 관리만 두고 군사를 철수하면 불의의 봉변이 일어나기 쉽소. 셋째로는 만인들은 여러번 중국과 싸워서 의심을 품고 있으니 관리를 남겨 둔다면 그 의심이 점점 더 심각해질 것이오.

그러니까 이제 군량도 이곳으로 보내지 않고 아무도 남겨 두지 않으면 저절로 평안해질 것이오."

남방 사람들은 모두 공명이 베풀어 준 은덕에 감격하여 그를 위하여 생사(生祠—생존중에 짓는 사당)를 세웠고, 사시(四時)로 제사를 지냈으며 두 번 다시 모반치 않기를 맹세했으니 이로써 남방은 평정된 셈이다.

공명은 군사들에게 상을 주고 진지를 철수하여 위연에게 본부병마를 인솔하고 선봉으로서 서게 하고 촉나라로 돌아가기로 했다.

위연이 노수(瀘水)까지 왔을 때, 홀연 어두운 구름이 사방 하늘을 뒤덮고 수면에서 일진 광풍이 일어나며 모래와 돌이 휘날리니 진군을 계속할 수 없었다.

공명에게 돌아와 보고했더니, 공명은 맹획을 불러서 그 까닭을 물어 봤다. 이야말로 변방의 만인이 항복하자마자 수변(水邊)의 귀졸(鬼卒)이 또 날뛰는 판국이다.

91.
제갈량의 출사표

위주의 조비가 40세로 가고 아들 조예가 황제가 되자,
제갈량이 일어섰다!

祭瀘水漢相班師
伐中原武侯上表

공명이 맹획에게 광풍이 일고 어두운 구름이 끼는 까닭을 물으니 맹획이 대답했다.

"이 강에는 본래부터 창신(猖神)이 있어서 화를 일으키는 바람에 왕래하는 사람은 반드시 제사를 지냈습니다."

"뭣으로 제사를 지낸단 말이오?"

"옛날부터 이 나라에는 창신이 화를 일으키면 49개의 인두(人頭)와 흑우(黑牛)·백양(白羊)을 마련해 가지고 제사를 지냈습니다. 그렇게 하면 저절로 풍랑이 가라앉고 아울러 해마다 풍년이 들었습니다."

"이미 내가 이 땅을 평정한 지금 어찌 한 사람인들 함부로 죽

일 수 있겠소!"

공명은 친히 노수 강변으로 가서 강의 형세를 살펴봤다. 과연 음풍(陰風)이 사납게 일고, 파도가 용솟음치며, 인마(人馬)가 다같 이 놀라서 안절부절 못했다.

공명이 매우 이상하게 여기고 토인에게 물어 봤더니 토인이 대답했다.

"승상께서 이곳을 지나가신 후부터 밤마다 귀신이 호곡하는 소리가 들렸습니다. 황혼 때부터 날이 밝을 때까지 곡성은 그치 지 않았고, 감도는 안개 속에는 음귀(陰鬼)가 무수해서 이것들이 화를 일으키니 사람들이 감히 건너가질 못했습니다."

"이것은 바로 나의 죄요. 지난번에는 마대가 촉병 천여 명과 함께 물에 빠져 죽었고, 남인(南人)을 죽여서 모두 이곳에 버렸 소. 미친 혼과 원통한 귀신이 원한이 풀어지지 않아서 이러는 것 이니 내가 오늘밤에 친히 나가서 제사를 지내야겠소."

"반드시 마흔아홉 사람을 죽여서 그 머리를 바치고 제사를 지 내야만 원혼들이 물러갈 것입니다."

"본래 사람이 죽어서 원통한 귀신이 되었는데, 어찌 또 사람을 죽이겠소? 내게 다른 생각이 있소."

공명은 당장에 진중에서 음식을 맡은 행주(行廚)에서 사람을 불러서 소와 말을 죽인 다음 밀가루로 빚어서 사람의 머리 형상 을 만들어 가지고 소와 양의 고기를 대신 속에 채워 '만두(饅頭)'

라는 것을 만들었다.

그날밤 노수 강변 언덕에 향안(香案)을 설치하고 제물을 펼쳐 놓은 다음에 49개의 등잔불을 밝히고 깃발을 꽂아 초혼(招魂)하고, '만두'와 그밖의 물건을 땅 위에 차려 놓았다. 3경쯤 되어서 공명은 금관을 쓰고 학창의로 몸차림을 하고 친히 제사에 나가서 동궐(董厥)을 시켜서 제문을 읽게 했다.

대한 건흥(大漢建興) 3년 가을 9월 1일, 무향후(武鄕侯) 익주목 승상 제갈량 삼가 제물을 갖추어 왕사(王事)에 고몰(故歿)한 촉중 장교(蜀中將校) 및 남인망자(南人亡者)의 음혼을 받들고 아뢰노라.

우리 대한 황제께서는 그 위력이 춘추시대의 5인의 패자(覇者)보다 더 놀라우셨고 명민함으로써 삼왕(三王)을 계승하셨도다. 작금에 먼곳에서부터 국경을 침범하는 자가 있어서 이속(異俗)이 군사를 일으켜 채미(蠆尾—毒蟲의 꼬리)를 휘저어 요망함을 일으키고, 낭심(狼心)을 함부로 하여 난동하였도다. 내 왕명을 받들고 원격한 곳의 몽매한 무리들에게 문죄하고자 비휴(貔貅—용맹한 군사)를 크게 동원하여 벌레 같은 무리들을 모조리 제거하려 하니, 웅군(雄軍)이 운집하고 광구(狂寇)가 얼음 녹듯 사라졌고, 겨우 파죽지성(破竹之聲)을 들었으니 이는 실원지세(失猿之勢)에 지나지 못하도다. 젊은 군졸은 모두 구주 호걸(九州豪傑), 관료 장교(官僚將校)는 모두 사해 영웅이오, 무(武)를 배워 싸움에 종사했고, 명민함에 몸을 던져 주인을 섬겼고, 함께 삼령(三令)을 존중하지 않는 자 없어 일곱 번 만족을 붙잡는데 노력했으며, 봉국지성(奉國之誠)을 든든히 했으며, 아울러 충군(忠君)의 뜻을 다하였도다. 하나 어찌 뜻했으리요. 그대들이 병기(兵機)를 잃게 되고 간계에 빠져 혹은 화살에 맞아서 혼(魂)이 천대(泉臺)를 덮고, 혹은 도검(刀劍)에 상하는 바 되어서 혼백이 장야(長夜)로 돌아갈 줄이야. 살아서는 용맹이 있었고 죽어서는 이름을 빛냈도다.

이제 개가를 올리며 돌아가려는 마당에서 싸워서 얻은 부수(俘首)를 바치고자 하오니, 그대들의 영령이 아직도 남아 있다면 이 기도를 반드시 들을지어다. 나의 정기(旌旗)를 따르고 나의 부곡(部曲—隊任—部下)을 좇아서 함께 상국((上國)으로 돌아가 각각 본향(本鄕)을 인정하고 골육의 제사를 받고 가인(家人)을 받아, 타향의 귀신이 되지 말고 이역의 혼이 되지 마라. 내가 마땅히 천자께 아뢰어 그대들의 집안 모두 은로(恩露)에 젖게 하고 해마다 옷과 양식을 주고 달마다 녹을 주어 이로써 그대들에게 보답하고 그대들의 마음을 위로하리라.

본토의 토신(土神)과 남방(南方)의 망귀(亡鬼)에 이르러 서는 혈식(血食—祭祀)이 그칠 날이 없으리니 본국에 의 지할 날도 멀지 않았도다. 생자 이미 천위(天威)에 늠(凜 —敬畏)하였으니 사자 또한 왕화에 돌아가라. 음(陰)을 제거할 생각을 하고 울부짖지 마라. 작으나마 단심(丹 心)))과 성의를 표시하여 삼가 제사를 베푸노라. 오호라, 슬프도다! 엎드려 생각하노니 이 제물을 받을지어다!

제문을 다 읽고 나더니 공명은 방성통곡했다. 애끓는 듯한 그 정경에 3군은 감격하여 눈물을 흘리지 않는 자 없었고, 맹획 등 여러 사람도 큰 소리로 울었다. 홀연 수운 원무(愁雲怨霧) 속에서 수천 귀혼이 바람을 따라서 흩어지는 것이 보이자 공명은 좌우 측근자에게 명령하여 제물을 모조리 강물에 던지게 했다.

이튿날 공명이 대군을 거느리고 노수 남쪽 강변에 도착하니 구름과 안개도 사라지고 풍랑이 가라앉아서 군사를 이끌고 무난 히 강을 건넜다.

영창군(永昌郡)에 이르러 공명은 왕항·여개를 머무르게 하여 4군을 수비하도록 하고, 맹획에게는 부하를 거느리고 돌아가도 록 명령하니 그는 눈물을 흘리면서 공명과 작별했다.

공명이 대군을 거느리고 성도로 돌아오니, 후주는 난가(鑾駕— 황제가 타는 수레)를 마련하여 성밖 30리 지점에까지 나와서 영접하고 연(輦)을 길가에 세우고 공명을 기다렸다. 공명은 황급히 수레에서 내려 엎드려서 아뢰었다.

"소신이 속히 남방을 평정치 못하여 주상께 근심을 끼쳐 드렸사오니 이는 오로지 소신의 죄입니다."

후주는 공명을 부축해 일으켜서 수레를 나란히 하고 돌아와서 태평연회(太平宴會)를 베풀고 3군에 중상(重賞)을 내렸다. 공명이 후주의 승낙을 받고 싸움터에서 죽은 사람들의 집에 일일이 상을 후하게 주었고, 이로써 조정과 백성들은 태평한 세월을 이루게 됐다.

한편, 위주 조비는 즉위한 지 7년이나 되었으니, 촉한(蜀漢)의 건흥 4년이 되었다. 조비의 첫부인 견씨(甄氏)는 바로 원소(袁紹)의 둘째아들 원희(袁熙)의 아내였는데, 전에 업성(鄴城)을 격파했을 때에 얻어들였다. 그 후에 아들을 하나 낳았는데, 이름을 예(叡), 자를 원중(元仲)이라 하며, 어렸을 적부터 총명해서 조비가 매우 사랑했다.

그 후에 조비는 또 안평군(安平郡) 광종(廣宗) 사람 곽영(郭永)의 딸을 맞이하여 귀비(貴妃)를 삼았는데, 이 여자는 제법 미인이어서 부친이 항상 '내 딸이야말로 여중왕(女中王)'이라고 말했다. 그래서 그 호가 '여왕(女王)'이었다. 조비가 이 여자를 귀비로 맞이한 뒤부터 견부인은 총애를 잃게 되었고 곽귀비는 자신이 왕후가 되려고 행신(幸臣) 장도(張韜)와 상의했다.

조비가 병이 났을 때, 장도는 견부인의 궁중에서 천자의 생년월일, 생시를 써 넣은 오동나무로 만든 허수아비를 발견해 냈는데, 그것은 천자를 진압하고자 하는 것이라고 모함했다.

조비는 대로하여 마침내 견부인에게 죽음을 내렸고 곽귀비를 황후로 세웠다. 곽황후에게는 자녀가 없었기 때문에 조예를 아들로 삼고 심히 사랑하기는 했지만, 태자로 세우지는 않았다.

조예가 열다섯 살 되던 해 봄에 조비는 그를 데리고 사냥을 나갔다. 산골짜기에서 어미사슴과 새끼사슴이 튀어나오자 조비가 그 자리에서 활로 쏘아서 어미사슴을 거꾸러뜨렸다. 뒤를 돌아다보니 새끼사슴이 조예의 말 앞으로 달려갔다.

"애, 왜 쏘지 않느냐?"

조비가 소리를 지르자 조예가 말 위에서 울면서 말했다.

"폐하께서 어미사슴을 이미 죽이셨는데 어찌 제가 또 그 새끼마저 죽이겠습니까?"

"내 아들은 실로 인덕(仁德)이 있도다!"

하고 조비는 조예를 평원왕(平原王)에 봉했다.

여름 5월에 조비는 한질(寒疾)에 걸린 것을 여러번 치료를 했건만 차도가 없어서 마침내 중군대장(中軍大將) 조진(曹眞), 무군대장(撫軍大將) 사마의(司馬懿), 진군대장(鎭軍大將) 진군(陳羣) 등을 침궁(寢宮)으로 불러들여,

"올해 허창의 선문(禪門)이 까닭없이 무너졌을 때 짐은 반드시 죽을 것임을 스스로 깨닫고 있었소. 경들은 모두 국가의 주석지신(柱石之臣)이니 합심하여 짐의 아들을 보좌해 준다면 짐은 죽어서 눈을 감겠소!"

하더니 눈물을 흘리며 숨이졌다. 그의 나이 40세. 조진·진군·사마의·조휴 등은 조예를 옹립하여 대위황제(大魏皇帝)로 모셨다. 조예는 부친 조비에게 문황제(文皇帝)라는 시호를 올렸고 모친 견씨를 문소황후(文昭皇后)로 모셨다. 또 종유(鍾繇)를 태부(太傅), 조진을 대장군(大將軍), 조휴를 대사마(大司馬), 화흠(華歆)을 태위(太尉), 왕랑(王朗)을 사도(司徒), 진군(陳羣)을 사공(司空), 사마의를 표기대장군(驃騎大將軍)에 봉하고 그밖의 문무백관에게도 각각 봉증(封贈)하고 천하에 대사령(大赦令)을 내렸다.

이때, 옹(雍)·양(涼) 두 주(州)를 지킬 사람이 없었는데, 사마의가 표를 올려서 서량(西涼) 각지를 지키고 싶다고 했다. 조예는 그의 뜻대로 사마의를 봉하여 옹·양 각지의 병마를 감독하게 하니, 사마의는 조서를 받아 가지고 곧 떠나갔다.

이런 사실을 염탐꾼이 서천에 보고하니, 공명이 크게 놀랐다.

"조비가 죽고 어린 아들 조예가 즉위했다는 것은 대단치 않은 일이지만, 사마의는 모략이 많은 인물인데 이제 옹·양의 병마를 감독하게 됐다니, 훈련을 마치면 반드시 촉중의 큰 걱정거리가 될 것이다. 먼저 군사를 일으켜 토벌하는 게 좋겠다."

참군(參軍) 마속(馬謖)이 이 말을 듣더니, 사마의를 조예의 손으로 없애 버리게 할 수 있는 계책이 있으니, 승상이 친히 원정할 필요는 없다고 다음과 같은 의견을 제공했다.

"사마의는 위국의 대신이기는 하지만, 조예가 평소부터 의심을 품고 좋아하지 않는 사이입니다. 비밀히 낙양 · 업군 등지로 사람을 파견하고 유언을 퍼뜨려서 이자가 반란을 꾀하고 있다 하고, 또 사마의가 천하에 고시하는 방문(榜文)을 만들어서 도처에 골고루 붙여 조예로 하여금 의심을 품게 하면 반드시 이자를 죽이고야 말 것입니다."

공명은 이 의견대로 그 즉시 사람을 몰래 파견하여 계책을 진행시키도록 했다.

업성 성문 위에 홀연, 하루는 고시문(告示文)이 한 장 붙어 있는 것이 발견되었는데, 문지기가 떼다가 조예에게 바쳤다.

조예가 그것을 읽어 보니, 표기대장군이며 옹 · 양 각지 병마총령(兵馬總領)인 사마의의 명의로 천하에 내놓은 포고문으로서, 황손(皇孫) 조예가 평소에 덕행도 없이 태조(太祖)의 뜻에 어긋나는 짓을 하고 있으므로 하늘에 응하고 백성에 순하여 자기가 날짜를 작정하고 군사를 일으켜서 만민의 소망을 채워 줄 것이니 마땅히 신군(新君)에게로 돌아가야 할 것이며, 따르지 않는 자는 구족을 멸하겠다는 무시무시한 내용이었다.

그것을 보고 난 조예는 깜짝 놀라서 급히 여러 신하와 상의했더니 태위 화흠이 아뢰었다.

"사마의가 자원해서 옹·양 두 고을의 수비를 맡겠다고 한 것은 바로 이런 까닭이었습니다. 이제 모반의 뜻이 명백히 드러났사오니, 당장에 주살하십시오."

또 왕랑도 아뢰었다.

"사마의는 도략(韜略)에 심히 밝고 병기(兵機)를 잘 알고 있습니다. 평소부터 굉장한 뜻을 품고 있었사오니 빨리 없애 버리지 않으시면 나중에 반드시 화근이 될 것입니다."

조예는 곧바로 명령을 내려서 군사를 동원하여 친정(親征)에 나서려고 했다. 이때 홀연 반부 중에서 대장군 조진이 얼른 앞으로 나서더니 아뢰었다.

"안 됩니다. 문황제께서 폐하를 소신 등 세 사람에게 부탁하옵신 것은 사마의에게 다른 뜻이 없음을 아셨기 때문입니다. 이제 사실 여부도 확실히 모른 채 군사를 일으키셔서 일을 처리하려 하심은 도리어 그를 모반의 길로 몰아넣으시는 결과가 됩니다.

이는 필시 촉·오의 간세(奸細)들의 반간(反間)시키기 위한 계책으로서 우리 군신을 혼란하게 하고 그 허를 노려서 공격하자는 수작인지도 모릅니다. 폐하께서는 깊이 살피시기 바랍니다."

"사마의의 소행이 과연 모반이라면 그때는 어찌 하겠소?"

"폐하께서 의심하옵신다면, 한 번 안읍(安邑)으로 나가시오면 사마의가 반드시 영접하러 나올 것입니다. 그때 동정을 살피시다가 잡으셔도 됩니다."

조예는 이 의견대로 조진에게 남아 있으면서 국사를 다스리라 명령하고 친히 어림군(御林軍) 10만을 거느리고 안읍으로 향했다.

사마의는 무슨 영문인지도 모르고 천자에게 그의 위엄을 알게 하고자 병사를 정비하고 갑사(甲士) 수만 명을 거느리고 나와서 조예를 영접하려 했다. 근신이 아뢰었다.

"사마의는 과연 병사 10여만 명을 인솔하고 나타나서 항거하오니 사실로 반심(反心)이 있는 것입니다."

조예는 황급히 조휴에게 명령하여 군사를 거느리고 대적하라고 했다. 사마의는 병마가 대드는 것을 보자, 거가(車駕)가 친히 도착하는 줄로만 알고 길에 엎드려서 영접했다. 조휴가 나서면서 말했다.

"중달(사마의), 그대는 선제께서 폐하를 부탁하신 중책을 저버리고 무슨 까닭으로 모반하는가?"

사마의는 깜짝 놀라, 전신에 땀이 비오듯 하며 그 까닭을 물었다. 조휴가 여태까지의 이야기를 해주었더니, 사마의가 소리쳤다.

"이것은 오·촉의 간세들의 이간책이오. 우리 군신을 서로 잔해케 하고 허를 노려서 습격하자는 것이오. 소생이 천자께 알현하고 선처하겠소."

그 즉시 군마를 뒤로 물리고 조예 앞에 나가서 꿇어 엎드려 눈물을 흘리며 아뢰었다.

"소신은 선제로부터 폐하를 부탁하신다는 중책을 맡았사옵는데 어찌 다른 마음이 있겠습니까? 이는 반드시 오·촉의 간계입니다. 그러므로 소신이 일여(一旅)의 군사를 거느리고 먼저 촉을 격파하고 나서 오를 토벌하여 선제와 폐하께 보답하여 신심(臣心)을 명백히 하고자 합니다."

조예가 결단을 내리지 못하고 망설이고 있는데 화흠이 말했다.

"그러나 중달에게 병권을 맡겨 두는 것은 좋지 못합니다. 즉시 파면시키고 전리(田里)로 보내심이 좋겠습니다."

조예는 그 말대로 사마의를 삭직(削職)시키고 고향으로 보내 버렸다. 그리고 조휴에게 대신 옹·양 두 고을의 군사를 총독하도록 명령하고 낙양으로 돌아왔다.

이런 사실을 염탐꾼이 서천에 보고했더니, 공명은 매우 기뻐했다. 평소부터 사마의 때문에 옹·양 두 고을의 토벌을 망설이고 있었으나, 이미 그가 물러간 이제 주저할 것이 없기 때문이었다.

이튿날 후주가 일찍이 조정에 나와 여러 관료들을 만나는 자리에서 공명은 출반하여 '출사표(出師表)'한 통을 올렸다.

신 제갈량은 말씀드립니다.

선제께서 창업하신 지 반도 못 되어, 중도에 붕조(崩殂)
하시니, 이제 천하는 삼분(三分)되어 익주는 파폐(罷敝)
했으니 이야말로 위급존망할 때입니다. 그러나 시위(侍
衛)의 신하들이 안(조정)에서 게으르지 않고 충지지사(忠
志之士)가 밖에서 제 몸을 돌보지 않음은 이 모두 선제
의 특별하신 대우를 생각하여 폐하께 보답하고자 하는
까닭입니다.

폐하께서는 마땅히 성청(聖聽)을 개장(開張)하셔서 (옳고
그른 일에 귀를 잘 기울여서) 선제의 덕을 빛내시며 지사(志
士)의 기상을 넓히시고, 망령되이 스스로 경박하여 의를
잃어 충성스럽게 간하는 것을 막지 마십시오. 궁중(宮
中)·부중(府中) 모두 한 몸이 되어서 척벌장부(陟罰臧否
─善惡賞罰)를 달리 하셔서는 안 됩니다. 간악한 짓을 하
고 죄과를 범하는 자와 충선(忠善)을 행하는 자는 마땅
히 유사(有司)에 돌리셔서 그 형과 상을 결정지을 것이
며, 이로써 폐하의 공평하시고 명백하신 정치를 밝히실
것이며 사심에 편(偏)하여 내외가 법을 달리하게 하셔
서는 안 됩니다.

시중(侍中)·시랑(侍郎)인 곽유지(郭攸之)·비위·동윤 (董允) 등은 모두 선량하고 착실하며 뜻과 생각이 충성 되고 순수하여 이 때문에 선제께서 발탁하셔서 폐하께 남기신 사람들입니다.

어리석은 생각이오나, 궁중의 일은 대소를 막론하시고 이들에게 자문하시고 시행하시면 반드시 궐하고 빠진 것을 비보(裨報)할 수 있으며 넓고 유익한 바 있을 것입 니다. 장군 향총(向寵)은 성품이 깨끗하고 고르며 군사 에 정통하여 전에 시험해 보신 일이 있으셨는데, 선제 께서 능하다 하셨는지라 중의로써 향총을 도독으로 삼 았던 것입니다.

또한 어리석은 생각이오나, 영중의 일은 대소를 막론 하시고 모두 그에게 자문하시면 반드시 행진하는데 화 목하게 할 것이며 우열이 제 자리를 얻을 수 있을 것입 니다.

현신을 친히 하고, 소인을 멀리 함이 바로 선한(先漢)이 흥륭(興隆)한 까닭이오며 소인을 친히 하고 현신을 멀리 한 것이 바로 후한(後漢)이 기울어진 까닭입니다. 선제 께서 재세시에는 항상 신과 더불어 이 일을 논의하시었 으며, 환(桓)·영(靈) 이제(二帝)를 생각하시고 탄식하여 마지않으셨습니다. 시중·상서·장사·참군 이들은 모

211

두 바르고 성심이 있으며 절개를 위하여 죽을 수 있는 신하들입니다. 원컨대 폐하께서는 이들을 친히 하시고 믿으시면 한실의 융성은 날을 꼽아 기대하실 수 있으실 것입니다.

신은 본래 미천한 포의의 몸으로서 남양 땅에서 밭 갈며 성명을 어지러운 세상에 구전(苟全)하고 제후에게 영달을 구하고자 하지 않았습니다. 선제께서 신을 비루하다 여기지 않으시고 외람되게도 수고를 아끼지 않으시며 신의 초려(草廬)에 세 번이나 왕림하셔서 신에게 당세의 일을 자문하셨으므로 이에 감격하여 마침내 몸을 아끼지 않고 동분서주할 것을 선제께 승낙했습니다.

그 후에 형세가 기울어져 패군한 때 임무를 받고, 위난 속에서 명령을 받들어 이래 20유(有) 1년이 되었습니다. 선제께서는 신의 근신함을 아신 까닭에 붕어시에 신에게 대사를 기탁하셨습니다.

신은 명령을 받은 이래 밤낮으로 근심 걱정하옴은 부탁하신 바에 어긋나서 선제의 밝으심을 그르치지나 않을까 하는 점이었습니다. 이런 까닭으로 5월에는 노수를 건너서 깊이 불모의 땅에 들어갔습니다.

이제 남방은 이미 평정되었고 갑병(甲兵)이 충족하니 이제야말로 마땅히 3군을 거느리고 북으로 중원을 평정해야겠습니다. 노둔한 힘이나마 다하여 간흉을 물리치고 한실을 부흥하여 옛 도읍으로 돌아가게 함이, 신이 선제께 보답하고 폐하께 충성를 다하고자 하는 직분인 줄 압니다. 손익을 헤아리고 온갖 충언을 드림은 곽유지·비위·동윤 등의 임무입니다.

원컨대 폐하께서는 신에게 적을 토벌하여 부흥케 하는 직책을 맡겨 주십시오. 만약에 이루지 못하게 되면 신의 죄를 다스리셔서 선제의 영전에 고하실 것이오며, 만약에 부흥의 말씀이 없으시다면 곽유지·비위·동윤 등의 잘못을 책하셔서 그 태만함을 밝히십시오.

폐하께서는 또 마땅히 선한 일을 하실 방법을 물어서 취하시고 충언을 잘 조사하여 받아들이셔서, 선제의 유조(遺詔)를 깊이 추구하십시오. 신은 폐하의 은혜를 받아 감격을 이길 길이 없습니다! 이제 멀리 떠나감에 있어서 표를 올리며 눈물을 금할 길 없사옵고 여쭐 바를 모르겠습니다.

후주가 표를 다 보고 나더니 말했다.

"상부께서는 남만을 정복하시고 원로에 고생만 하시고 돌아오셔서 이제 자리도 편안하시기 전에, 또다시 북정(北征)을 하시겠다 하니 신기(神氣)가 너무나 고되실까 걱정되오."

"이미 남방이 평정되었사오니, 이미 내고(內顧)의 우려는 없습니다. 지금 적을 토벌하지 않는다면 언제 또다시 중원을 회복할 날을 기다리겠습니까?"

홀연 반부(班部) 중에서 태사 초주(譙周)가 나서며 아뢰는 말이 그가 어젯밤에 천상을 봤더니 북방에 왕기가 뻗쳤으므로 토벌에 적당치 않은 때라는 것이었다.

그러나 공명은 마침내 초주의 간언도 듣지 않고, 문무관료 백 명 이상을 성도에 남겨 두어 국내 일을 처리하게 하고 중요한 인원 배치도 일사천리로 끝냈다.

또 승상부로 돌아와서 여러 장수들을 소집해 놓고 각각 그 임무도 작정해 주었고, 일변 이엄과 그밖의 몇 사람을 시켜서 동오에 대하여 대강(大江) 나루를 견고히 지키라는 격문을 발송케 하고, 건흥 5년 봄 3월 병인일(丙寅日)을 택하여 토위군(討魏軍)을 출동시키기로 작정했다.

홀연 장하에서 노장(老將) 한 사람이 선뜻 나서며 큰 목소리로 외쳤다.

"내가 비록 나이가 많다지만 아직도 염파(廉頗)의 용맹과 마원(馬援)의 웅기를 지니고 있소. 이 두 옛 사람들이 모두 늙은 몸을 헤아리지 않았거늘, 어째서 나를 기용해 주시지 않으시오."

여러 사람이 쳐다보니 그는 바로 조자룡이었다. 공명이 말했다.

"내가 남만을 평정하고 돌아왔을 때, 마초가 병으로 세상을 떠나게 되어 심히 애석해했소. 한 팔이 부러진 탓이었소. 장군도 이제 연로하셨으니 만약에 아차 하시는 날이면 일세에 영명(英名)이 흔들리게 되어 촉중의 예기가 줄어들게 되지 않겠소!"

조자룡은 굽힐 줄 모르고 여전히 무서운 음성으로 소리쳤다.

"나는 선제를 따라서 진지에 임함에 물러서 본 적이 없었고, 적을 만나면 언제나 앞장섰소. 대장부 싸움터에서 죽는 것이 다행이거늘, 내게 전부 선봉(前部先鋒)를 맡겨 주셔도 나는 조금도 후회함이 없겠소!"

공명이 재삼 만류했으나, 조자룡은 막무가내로 듣지 않았다.

"나를 기어이 선봉으로 내세워 주지 않으신다면 나는 섬돌 아래 머리를 부딪쳐 죽어 버리고 말겠소!"

"정 그렇게 선봉을 원하신다면 누구 한 사람과 동행하기로 하시오."

등지가 조자룡과 자진해서 동행하겠다고 나서니 공명도 할 수 없이 조자룡과 등지에게 정병 5천과 부장 10명을 주어서 떠나보내고, 자기도 뒤따라서 출진하기로 했다.

위나라 경계지대를 수비하고 있던 군사가 이런 사실을 낙양으로 보고했다.

이날 조예(曹叡)가 조정에 나와 있는데, 근신이 아뢰었다.

"변관(邊官)의 보고에 의하면, 제갈량이 대병 30만을 인솔하고 한중에서 나와 진을 치고, 조자룡·등지를 전부 선봉으로 국경선을 넘어 쳐들어오고 있습니다."

조예는 대경실색하여 여러 신하들과 상의하는데 아버지의 원수를 갚고 싶다고 선뜻 나선 장수가 있었으니 그는 바로 하후연의 아들 하후무(夏侯楙)였다.

그는 자를 자휴(子休)라 하고 성미가 몹시 조급하고 또 인색하며, 어렸을 적에 하후돈의 양자가 되었다. 하후연이 황충의 손에 목이 달아났을 적에 조조가 하후무를 불쌍히 여기고 자기의 딸 청하공주(淸河公主)를 그에게 주어서 사위를 삼은 것이었다.

병권은 가지고 있었지만 아직 한 번도 싸움터에 나가 본 일이 없었다.

이번 기회에 출전을 자원하니, 조예는 기뻐하며 그 즉시 대도독에 임명하여 관서(關西)의 제군을 정비시켜서 촉군과 대결해 보라고 명령했다. 그러니 사도 왕랑(王朗)이 나서서 간했다.

"싸움에 전연 경험이 없는 하후 사위님에게 이런 중임을 맡기심은 적당치 않습니다. 또 제갈량은 지모에 뛰어난 인물이며 도략에 정통하오니 적을 소홀히 여기셔서는 안 됩니다."

옆에서 이 말을 듣고 하후무가 왕랑을 향하여 호통을 쳤다.

"사도공은 제갈량과 결탁하고 내응하시려는 거요? 나는 이래봬도 어려서부터 부친을 따라서 도략을 배웠고 병법에 어지간히 통하오. 공은 어째서 나를 나이 어리다고 함부로 업신여기시오.

내가 만약 제갈량을 산채로 잡지 못한다면 두 번 다시 천자를 뵈러 돌아오지 않기로 맹세하오."

이 말을 듣고는 왕랑과 그밖의 다른 사람들도 감히 말을 하지 못했다.

이리하여, 하후무는 위주 조예와 작별하고 밤을 새워가며 장안에 이르러 관서 제로(諸路)의 군마 20여만을 정비하여 공명과 대적하려고 했다.

이야말로 쟁쟁한 장사를 내세워야 할 판에 애송이 장수가 병권을 장악하게 됐다.

92.
분전하는 칠십 노장

조자룡이 단기로 마치 무인지경을 달리듯
적진을 괴멸시키니!

趙 子 龍 力 斬 伍 將
諸 葛 亮 智 取 三 城

공명은 군사를 인솔하고 면양(沔陽)에 도착했다. 그곳은 마초
의 무덤이 있었다. 공명이 그의 아우 마대를 시켜서 제사를 마
련하게 하고 자신도 친히 제사를 지내고 나서 영채로 돌아왔다.
홀연 초마가 보고하기를, 위주 조예가 부마 하후무를 시켜서 관
중(關中)의 각로 군마를 정비해 가지고 대적하러 나온다는 것이
었다.

이 소식을 듣고 위연은 주장하기를, 자기에게 정병 5천만 주면
포중(褒中)에서 진령(秦嶺)을 끼고 동쪽으로 쳐들어가서 열흘 안
에 장안에 도착할 수 있다고 주장했지만, 공명은 이 의견에 응하
지 않고, 농우(隴右)로부터 평탄한 대로를 끼고 병법대로 병사를

진격시키면 아무 걱정 없다 하면서 조자룡에게 급히 사람을 파견해서 군사를 출동시키도록 명령했다.

한편 하후무가 장안에서 각지의 군사를 집결시키고 있는데 큰 도끼를 잘 쓰기로 유명한 서량(西涼)의 대장 한덕(韓德)이 서강(西羌)의 군사 8만을 거느리고 나타났다. 하후무는 기뻐하며 그에게 선봉을 명령했다.

한덕에게는 아들 넷이 있었는데 모두 무예에 정통하고 활쏘기와 말타기에 뛰어났다. 장남이 한영(韓瑛), 차남이 한요(韓瑤), 3남이 한경(韓瓊), 4남이 한기(韓琪)였는데, 모두 부친을 따라 봉명산(鳳鳴山)까지 나가서 촉군과 대결했다. 그러나 조자룡의 결사적인 분투 앞에 젊은 그들도 맥을 추지 못했다.

제일 먼저 조자룡과 싸워 3합도 안 되어서 칼에 찔려 말 아래로 나뒹굴어 버린 것이 장남 한영. 나머지 3형제가 온갖 재간을 다하여 조자룡을 포위하기는 했으나, 4남 한기도 창에 찔려 말 위에서 떨어져 버렸고, 3남 한경 역시 조자룡이 쏜 화살을 맞고 말에서 떨어져 죽었으며, 차남 한요는 보도(寶刀)를 휘두르며 조자룡에게 덤벼들었으나 결국 산채로 붙잡혀서 촉나라 영채로 끌려가는 몸이 돼 버렸다.

네 아들이 모조리 조자룡의 손에 넘어가는 것을 보자 한덕은 간담이 터질 듯 진중으로 달아나 버렸고, 옛날이나 변함없는 조자룡의 용맹한 모습을 눈앞에 보는 병사들은 감히 누구 하나도 덤벼들 생각을 못했다. 조자룡은 단기(單騎)로 마치 무인지경을 종횡무진으로 달리며 통쾌하게 싸웠다.

등지도 조자룡이 큰 승리를 거두는 것을 보고 싸움을 거들러 달려드니 서량의 군사들은 대패하여 도주하고 위기일발에서 간신히 조자룡의 손아귀를 빠져나온 한덕은 갑옷도 말도 내버리고 뺑소니를 쳤다.

조자룡과 등지는 군사를 수습해 가지고 영채로 돌아왔는데, 등지가 말했다.

"장군께서는 70이 되셨는데도 솜씨가 조금도 변함이 없으십니다. 오늘 네 사람의 젊은 대장을 거꾸러뜨리신 것은 정말 세상에서 드물게 보는 일입니다."

"승상께서 나를 나이가 많다 하시고 기용하려 들지 않으셨기 때문에 나는 아직도 늙지 않았다는 것을 한번 보여 드리려고 한 것뿐이오."

이렇게 말하고, 사람을 파견하여 첩보를 전하고 생포한 한요를 공명에게로 보냈다.

한덕은 패잔병을 수습해 가지고 하후무에게로 돌아가서 눈물을 흘려 가며 사실을 보고했다. 하후무는 군사를 거느리고 조자룡과 대결하려고 나섰다.

조자룡은 창을 휘두르며 말을 달려 봉명산(鳳鳴山) 앞에 진을 쳤다. 이날, 하후무는 황금 투구에 흰 말을 타고 큰 칼을 휘두르며 문기 아래로 선뜻 나섰다.

조자룡이 말을 달리며 한 손에 창을 들고 무인지경을 달리듯 돌아다니는 광경을 보자, 하후무가 친히 내달으려고 하는 것을 한덕이 가로막으며 말했다.

"내 아들들을 죽인 원수를 내가 꼭 갚고야 말겠소!"

한덕이 말을 달려 큰 도끼를 휘두르며 달려나갔다.

격분한 조자룡, 창을 휘두르며 한덕과 대결. 3합도 채 싸우지 않아서 창으로 한덕을 찔러서 말 아래로 거꾸러뜨려 죽여 버렸다.

말머리를 돌려 하후무를 향하여 쳐들어가니, 하후무는 당황하여 어쩔 줄 모르며 자기 본진으로 도주해 버렸고, 등지마저 군사를 몰고 달려드니 위군은 대패하여 10리나 후퇴하여 다시 진을 쳤다.

하후무가 이날 밤새도록 여러 대장들과 대책을 강구했다.

"나는 오랫동안 조자룡의 이름만 듣고 아직 대해 보지 못했는데, 과연 나이는 먹었으나 건재한 것을 보고 비로소 당양(當陽)·장판(長坂)의 사실을 믿게 되었소. 이렇다면 감히 대적할 인물이 없을 것 같소. 어찌했으면 좋겠소?"

정욱(程昱)의 아들 참군 정무(程武)가 말했다.

"소생의 생각으로는 조자룡은 용맹은 있으나 꾀가 없으니 두려워할 것이 없습니다. 내일 도독께서 다시 군사를 거느리시고 출전하셔서 먼저 양군을 좌우에 매복시켜 놓으십시오. 그리고 도독께서는 싸우시다가 먼저 후퇴하십시오. 조자룡을 복병이 있는 곳까지 유인하시면서 산으로 올라가셔서 사면의 군마를 지휘하시고 겹겹이 포위하시면 조자룡을 붙잡을 수 있을 것입니다."

하후무는 그 말대로 동희(董禧)를 파견하여 3만의 군사를 거느리고 왼쪽에 매복해 있게 했고, 설측(薛側)에게도 3만 군사를 거느리고 오른쪽에 매복해 있도록 했다.

그 이튿날, 하후무는 또다시 금고 기번(金鼓旗旛)을 정비해 가지고 군사를 인솔하고 나왔다. 조자룡과 등지도 이를 맞이하여 출전했다.

등지가 말 위에서 조자룡에게 말했다.

"어젯밤에 대패하여 도주한 위군이 오늘 또다시 덤벼드는 것은 반드시 무슨 속임수가 있을 것입니다. 노장군께서는 그것을 잘 방비하셔야 합니다."

"젖비린내 나는 어린 놈인데 말할 게 있겠소! 내 오늘은 반드시 이놈을 붙잡고야 말겠소!"

조자룡은 이렇게 말하고 말을 달려 뛰쳐나갔다. 위장 반수(潘遂)가 덤벼들었지만 3합도 못 싸우고 말머리를 돌려서 도주했다. 조자룡이 그대로 추격했더니 위군의 진중에서 여덟 명의 대장들이 몰려나와서 하후무를 도망치게 해놓고 그들도 일제히 도주해 버렸다.

조자룡은 등지와 함께 적진 깊숙이 추격해 들어갔다. 바로 이때, 난데없이 고함소리가 천지를 진동했다. 등지는 급히 군사를 뒤로 물리려고 했으나, 왼쪽에서는 동희, 오른쪽에서는 설측이 덤벼들어 조자룡을 포위해 버렸다.

조자룡은 동충서돌하면서 있는 힘을 다해서 싸웠으나 포위망은 점점 뚫기 어렵게 되고, 수하에는 단지 천여 명이 남았을 뿐이었다.

산비탈 아래에 이르러 바라다보니 하후무가 산 위에서 군을 지휘하고 있었다. 조자룡이 동쪽으로 움직이면 동쪽으로 군사를 몰고 서쪽으로 움직이면 서쪽으로 몰고 옴쭉도 하지 못하게 하니 조자룡은 군사를 몰고 산꼭대기로 쳐올라가려고 했다.

그러나 산꼭대기에서는 뇌목(擂木)과 포석(礮石)을 마구 굴려내리는 바람에 쉽사리 올라갈 수도 없었다. 어느덧 하루해도 완전히 저물었다.

조자룡은 달이 뜨기를 기다려서 다시 싸워 볼 작정으로 잠시 말을 내려서 숨을 돌리고 있었다. 갑옷을 벗고 앉아서 쉬려고 하는데, 홀연 사방에서 화광이 충천하며 요란한 고함소리가 일어나더니 화살과 돌이 빗발치듯 퍼부었다.

"조자룡은 항복해라!"

위병이 쇄도하면서 일제히 소리를 질렀다.

"내가 늙지 않았다고 버티었더니 결국 여기서 죽고 마는구나!"

조자룡은 하늘을 우러러보며 이렇게 탄식했다. 그때 동북쪽에서부터 함성이 요란스럽게 일어나더니 위군의 병사들이 분분히 흩어져서 도주하는 것이었다.

　1군의 군사들이 몰려드는데 선두에 선 장수는 1장 8척의 점강모(點鋼矛)를 손에 들었고, 말머리 밑으로 수급 하나를 늘어뜨리고 있었다. 자세히 보니 그는 바로 장포였다. 그가 조자룡을 보더니 말했다.

　"승상께서는 노장께서 실수라도 있으실까 걱정하셔서 소생에게 5천 기를 주셔서 싸움을 거들어 드리도록 하셨습니다. 오는 도중에 위장 설측이 길을 가로막기에 목을 베어 가지고 왔습니다."

　조자룡이 매우 기뻐하며 장포와 함께 서북쪽으로 쳐들어가니 위군의 병사들은 무기를 던지고 도주하기 시작했다. 이때 또 1군의 군마가 고함을 지르며 달려들었다. 앞장 선 대장은 한 손에 언월청룡도(偃月靑龍刀)를 들었으며 또 한 손에 사람의 머리를 하나 움켜잡고 있었다. 그는 바로 관흥이었다.

　"승상의 명령을 받들고 5천 기를 거느리고 싸움을 거들어 드리고자 왔습니다. 도중에서 위장 동희를 만났기에 한칼에 목을 베어 그 수급을 가지고 오는 길입니다. 승상께서도 곧 뒤따라서 오실 겁니다."

　"두 장군은 이미 기공(奇功)을 세웠는데 이대로 하후무를 잡아서 끝장을 내지 않으시오?"

조자룡이 이렇게 말했더니, 장포는 곧바로 병사를 거느리고 달려나갔으며 관흥도,

"소생도 공을 세우러 한 번 나가 보겠습니다!"

하면서 역시 병사를 거느리고 달려나갔다. 조자룡이 좌우의 부하들을 보고 말했다.

"저들은 나의 조카뻘 되는 장수들이오. 나는 국가의 상장(上將), 조정의 구신으로서 저런 어린 사람들만도 못하다니……. 늙은 목숨을 버리더라도 선제의 은혜에 보답해야겠소!"

이리하여 군사를 거느리고 하후무를 잡으려고 달려나갔다. 이날밤에는 3로병이 협공을 해서 위군을 크게 격파했고 등지도 병사를 거느리고 가담하여 목이 달아난 적군의 시체는 벌판에 즐비하게 널렸고 피가 흘러 강을 이루었다.

하후무란 본래 무모한 위인으로서 나이도 어렸고 싸움의 경험도 없어서, 자기편 군사가 뿔뿔이 흩어지는 것을 보자, 장하의 효장(驍將) 백여 명을 인솔하고 남안성을 향하여 뺑소니쳐 버렸다.

장포와 관흥 두 장수는 하후무가 남안군으로 도주했다는 소식을 듣자 밤을 새워가며 추격하니, 하후무는 성 안으로 몸을 숨기고 병사들을 수습해 가지고 성문을 굳게 닫고 방비하도록 했다.

추격해 간 두 장수들은 성을 포위했고, 뒤따라온 조자룡과 힘을 합쳐서 3면으로 총공격을 가하고 있는 동안에 등지도 병사를

거느리고 추격해 왔다. 성을 포위하기 10여 일, 그런데도 쉽사리 격파할 수가 없었다.

이때, 승상이 후군을 면양에 좌군을 양평(陽平)에 우군을 석성(石城)에 주둔시켜 놓고 친히 중군을 인솔하고 이곳에 도착했다는 보고가 들어왔다.

조자룡·등지·관흥·장포는 공명을 만나보고 계속 공격을 가하고 있는 실정을 자세히 보고했다.

공명은 조그만 수레를 타고 성 주위를 친히 한 번 돌아 보고 나서 영채로 돌아와 장에 나와 앉으며, 대기하고 있는 장수들에게 말했다.

"이 군(郡)은 호(壕)가 깊고 성이 험준해서 쉽사리 공격할 수 없소. 우리들의 뜻하는 일은 이 성에 있는 것이 아니니, 그대들이 오랫동안 공격을 가하고 있는 틈에 위병이 손을 나누어서 한중을 공격한다면 아군이 위태롭게 되겠소."

등지가 나서서 말했다.

"하후무는 조조의 부마입니다. 그를 잡을 수만 있다면 적장 백 명의 목을 베는 것보다 나을 겁니다. 여기까지 나와서 포위해 놓고 어찌 그대로 포기하고 돌아가겠습니까?"

"내게도 계책이 있소. 이곳의 서쪽은 천수군(天水郡)에, 북쪽은 안정군(安定郡)에 인접해 있는데 이 두 군의 태수는 누구누구요?"

탐졸(探卒)이 대답했다.

"천수군의 태수는 마준(馬遵), 안정군의 태수는 최량(崔諒)입니다.

이 말을 듣더니 공명은 심히 기뻐하면서 위연을 불러서 여차여차하라고 지시하고, 관흥·장포를 불러서 또한 여차여차하라는 계책을 주고, 또 심복 군사 두명을 불러서 이러이러하게 하라는 계책을 지시해 주었다.

이 몇 사람들이 계책을 받아 가지고 군사를 인솔하고 떠나간 뒤 공명은 남안성 밖에 자리잡고 앉아서 군사들에게 명령하여 풀더미를 성 아래 쌓아 놓고, 성을 태워 버리겠다는 소문을 퍼뜨리게 했다.

그러나 위나라 병사들은 이런 소문을 듣고도 모두 웃기만 하고 통 두려워하는 기색을 보이지 않았다.

안정 태수 최량은 하후무가 남안에서 포위당했다는 소식을 듣자, 대경실색하고 4천여 명의 군사를 동원하여 방비를 견고히 했다.

하루는 웬 사람이 최량을 찾아왔는데, 기밀에 속하는 일을 연락하러 왔다기에 만나 보았다. 그는 하후도독(夏侯都督) 막하에 있는 부장 배서(裵緖)라고 자기를 소개하면서 천수·안정 두 군으로 구원병을 청하러 왔다는 것이었다.

최량이 군사를 동원해서 적군의 배후를 찔러 주고, 두 군의 구원병이 도착해야만 하후무도독은 성문을 박차고 나올 수 있으리라는 말이었다. 최량이 물었다.

"하후도독의 문서를 가지고 왔소?"

했더니, 그 사람은 품 속에서 땀에 젖은 종이쪽지 한 장을 슬쩍 내보이는 체하고는 그대로 병사들에게 말머리를 돌리라 해서 성 밖으로 나가더니 천수군 쪽으로 사라져 버렸다.

이틀 뒤 또 보마(報馬)가 달려들었는데, 천수군의 태수는 벌써 군사를 동원하여 남안으로 싸움을 거들러 나갔으니, 안정군에서도 빨리 나와 달라는 것이었다.

최량이 여러 부관들과 상의했는데, 그들의 의견도 만약에 남안을 빼앗기고 하후무가 전사하게 된다면 그 모든 책임이 양군에 돌아올 것이니 구원병을 동원함이 옳다는 데 일치했다.

최량이 군사를 인솔하고 남안에서 50리쯤 떨어진 지점까지 다다랐을 때, 홀연 앞뒤에서 고함소리가 요란스럽게 일어나더니, 초마가 보고했다.

"앞에서는 관흥이 가로막고, 뒤에서는 장포가 습격해 오고 있습니다."

안정의 군사들은 사방으로 뿔뿔이 흩어져 버리고 말았으며, 최량은 깜짝 놀라 수하 백여 명을 거느리고 간신히 샛길로 빠져서 안정으로 되돌아오고 말았다. 성호(城壕) 근처까지 왔을 때 성 위에서 화살이 빗발치듯 퍼부어졌다. 촉장 위연이 성 위에서 소리를 질렀다.

"내 이미 이 성을 점령했는데 어째서 빨리 항복하지 않느냐?"

위연은 수하 병사들을 안정의 군사처럼 위장시켜 가지고 미리 성문을 열게 하여 이곳을 점령하고 있었던 것이다.

최량은 옴쭉달싹도 할 수 없게 되었다. 당황한 최량은 말머리를 돌려서 천수군으로 도주하려고 했으나, 앞에서는 공명의 군사가 가로막고, 뒤에서는 관흥·장포 두 명장이 추격해 오니 몸을 피할 도리가 없이 마침내 촉군에 항복하고 공명의 영채로 끌려갔다.

공명은 빈객의 예의를 갖추어서 최량을 영접해 들이고 물었다.

"남안의 태수는 그대와 교분이 두터우시오?"

"남안성의 태수는 양부(楊阜)의 족제(族弟) 양릉(楊陵)으로서 소생과는 이웃해 산 관계로 교분이 매우 두텁습니다."

"그러면 수고스러운 일이지만, 그대가 성 안으로 들어가서 양릉에게 하후무를 붙잡도록 설득시켜 주시오."

"승상께서 가라고 하시면 가겠습니다만 우선 군마는 후퇴시켜 주셔야 성 안으로 들어갈 수 있겠습니다."

공명은 곧 명령을 내려서 사방 군사들을 20리 밖으로 후퇴시켰고, 최량은 단기로 양릉을 찾아가서 그와 함께 하후무를 만나 보고 대책을 강구했다. 하후무가 무슨 계책이 없느냐고 했더니,

양릉이 대답했다.

"소생이 성문을 여는 체하고 촉의 군사를 유인해 들여 놓고 성 안에서 죽이면 좋겠습니다."

최량은 이런 계책을 가슴에 품고 다시 공명에게로 돌아와서 말했다.

"양릉은 성문을 개방해서 대군을 입성케 한 다음 하후무를 붙잡겠다고 합니다. 양릉은 본래 친히 나서서 하후무를 잡고 싶었으나 병력이 부족해서 뜻을 이루지 못했다고 합니다."

"그것은 아주 쉬운 일이오. 여기 공에게서 내게로 투항해 온 군사가 백여 명이 있으니 이 가운데에다가 촉나라 대장을 안정의 군사처럼 가장시켜서 공이 함께 거느리고 성 안으로 들어가서 미리 하후무의 부하(府下)에 매복시켜 놓으시오. 그러고 나서 양릉과 연락하여 밤중에 신호에 맞춰서 성문을 개방하고 안팎으로 일제히 쳐들어가기로 합시다."

최량은 곰곰 생각했다.

'촉의 대장을 데리고 가지 않는다면 공명은 의심할 것이다. 우선 데리고 가서 죽이고, 신호의 불길을 올리고 공명을 끌어들여서 죽이기로 하자.'

이런 배짱을 먹고 최량이 쾌히 승낙하니 공명이 또 부탁했다.

"나의 심복인 대장 관흥과 장포를 공과 함께 보낼 것이니, 하후무에게는 구원병이 도착했다고 속여서 안심하도록 해주시오.

신호의 불길이 이는 대로 내가 즉시 군사를 거느리고 달려가서 놈을 산채로 붙잡겠소."

날이 저물 무렵, 관흥과 장포는 공명에게서 밀계를 받고 무장을 든든히 한 후 말에 올라 각각 병기(兵器)를 손에 잡고 안정 군사의 틈에 섞여서 최량을 따라 남안성 아래 도착했다.

양릉이 성 위에서 현공판(縣空板)을 잡아당기며 호심란(護心欄)에 의지하고 서서 물었다.

"어디서 온 군마냐?"

최량이 대답했다.

"안정성에서 원군이 도착한 겁니다."

최량이 먼저 신호의 활을 성 위로 쏘았는데, 그 화살에는 다음과 같은 밀서가 매달려 있었다.

"제갈량은 먼저 두 장수를 파견하여 성중에 매복시켜 놓고 안팎에서 일제히 공격할 작정이니 놀라지 마시고, 계책이 누설될까 하여 부중으로 들어가서 일을 치르기로 합니다."

양릉이 이것을 가지고 하후무에게로 가서 자세한 내막을 알려 줬더니, 하후무가 말했다.

"제갈량이 우리 계책에 떨어졌으니 도부수 백여 명을 부중에 매복시켜 두었다가, 두 장수가 최태수(최량)를 따라서 부에 도착하여 말을 내리거든 문을 잠그고 목을 베어 버립시다. 그러고 나서 성 위에 불길을 올려 제갈량을 입성시키게 하고 복병이 일제히 덤벼들면 제갈량을 잡을 수 있을 것이오."

양릉은 성 위로 올라가서 안정의 군사라면 입성하라고 소리를 지르고 다시 내려와서 성문에서 군사들을 영접했다. 그러나 누가 뜻했으랴! 관흥이 대들더니 다짜고짜로 양릉의 목을 한칼에 날려 버렸다. 깜짝 놀라 말머리를 돌려서 도주하려고 하던 최량도 결국 대기하고 있던 장포에게 걸려서 창에 찔려 말 아래로 떨어져 거꾸러졌다.

관흥이 성 위로 올라가 신호의 불길을 올리니 촉군은 노도처럼 밀려 들고, 하후무는 허둥지둥 남쪽 성문을 열고 뺑소니치려 했지만, 또 앞을 가로막고 나서는 장수가 있었으니 그는 바로 왕평이었다. 단 1합을 싸우고 나서 하후무는 말 위에 앉은 채로 왕평에게 붙잡혔으며, 나머지 병사들은 모조리 죽고 말았다.

남안에 입성한 공명은 명령을 내려서 군민을 안정시키고 추호도 백성을 괴롭히지 않았다. 하후무는 수거(囚車)에 가두어 두었다. 등지가 공명에게 물었다.

"승상께서는 어떻게 최량의 속임수를 간파하셨습니까?"

"나는 한 번 그를 보았을 때 진심으로 투항할 의사가 없다는 것을 알았기 때문에 그를 성으로 쫓아보냈소. 그렇게 하면 반드시 실정을 하후무에게 알릴 것이고, 또 계책을 써서 대항하러 덤비리라고 생각했소. 그가 두번째 나타났을 때, 과연 그런 눈치가 보이는지라 관흥과 그밖의 사람을 딸려 보내서 그를 안심시키게 한 것이오. 쾌히 함께 가겠다고 승낙한 것은 내가 의심할까 봐 그렇게 한데 불과한 것이오.

그의 생각으로는 관흥을 성 안으로 끌어들여서 죽여 버리면 우리 군사가 안심하고 입성할 줄 알았겠지만, 나는 미리 두 장수에게 명령하여 그들을 먼저 죽여 버린 것이오. 또 최량을 유인해 낸 것은 내가 심복을 시켜서 위장 배서라고 속였소."

공명은 오의(吳懿)에게 남안을 지키게 하고, 안정군에게 유염(劉琰), 천수군에는 위연을 각각 떠나 보냈다.

한편, 천수군의 태수 마준은 하후무가 남안성에서 포위당해 있다는 사실을 알자 문무제관을 소집해서 상의했다. 공조(功曹) 양서(梁緖), 주부(主簿) 윤상(尹賞), 주기(主記) 양건(梁虔) 등이 말하기를, 하후부마는 금지옥엽 같은 몸인데, 만일에 실수가 있다면 그 죄가 당성(當城)으로 돌아올 것이니 원군을 파견해야 한다는 것이었다.

마준이 망설이고 있을 때, 하후무의 심복 부하라는 대장 배서가 또 나타나서 하후도독이 원군이 도착하기를 눈이 빠지도록 기다리고 있다는 말을 전했다.

마준이 군사를 동원할 생각을 하고 있는데, 난데없이 한 사람이 뛰어들더니 외쳤다.

"태수님! 그것은 제갈량의 계책입니다!"

여러 사람이 쳐다보니 그는 바로 천수군 기현(冀縣) 사람 강유

(姜維—字는 伯約)였다. 그는 어렸을 적부터 군서(群書)를 독파했고 병법과 무예 치고 통하지 않는 게 없었다. 모친에게 효도가 극진하여 군인(郡人)들의 존경을 받고 있으며 본부의 군사에 참여하고 있었다. 그가 또 마준에게 말했다.

"배서라는 자는 이름도 듣지 못하고 본 일도 없으며 안정에서 왔다고는 하지만 문서도 가지고 오지 않았습니다. 이는 촉장이 위장이라고 사칭함에 틀림없을 것입니다. 태수님을 유인해내 놓고 성 안의 허를 노리고 있다가 복병을 시켜서 이 성을 점령하자는 제갈량의 계책임이 분명합니다."

선뜻 정신을 차린 마준이,

"그대의 말이 아니었더라면 나는 간계에 빠질 뻔했소."

하니 강유가 웃으며 말했다.

"제갈량을 붙잡고 남안의 포위망을 풀어 버릴 계책이 소생에게 있으니 안심하십시오!"

이야말로 계책의 위에 또 계책이 있고, 머리를 짜서 싸우는데 또 의외의 인물이 나타난 셈이다.

93.
무시무시한 독설

흰머리의 필부야! 푸른 수염의 늙은 도적아!

姜伯約歸降孔明
武鄉侯罵死王朗

 강유가 마준에게 다음과 같이 계책을 제공했다.

 "제갈량은 우리 군의 배후에 군사를 매복시켜 놓고 우리 군사
가 성을 나서면 그 허를 습격하자는 것입니다. 소생에게 정병 3
천 명을 주시면 요로에 숨어 있을 것이니, 태수께서는 소생의 뒤
를 쫓아서 곧 군사를 거느리고 성을 나오셔서 멀리 가시지 마시
고 30리쯤 나가셨다가 되돌아서 불길을 신호로 삼고, 앞뒤에서
공격을 가하면 승리는 틀림없습니다. 만약에 제갈량이 친히 나
타나기만 하면 소생이 그대로 붙잡아 버리고 말겠습니다."

 마준은 이 계책대로 정병을 강유에게 주어서 떠나 보내고 양
서와 윤상에게 성을 지키라 해놓고, 자기는 양건과 함께 군사를

인솔하고 성을 나섰다.

이보다 앞서서 공명은 조자룡에게 군사를 딸려서 산골에 매복해 있다가 천수의 군사가 성을 나서는 틈을 타서 습격하도록 배치해 놓았다.

마준이 성을 비우고 나왔다는 소식을 들은 조자룡은 심히 기뻐하면서 곧바로 장익(張翼)·고상(高翔)에게 사람을 보내서 도중에서 마준을 거꾸러뜨리라는 연락을 취해 두었다.

5천 기를 거느리고 천수군 성 아래로 쳐들어가서 성 위에 서 있는 양서와 서로 호통을 치며 대결하려고 하던 조자룡은 의외의 인물의 출현에 깜짝 놀랐다.

"천수의 강백약을 모르느냐?"

소리를 지르며 말을 달려 내닫는 것은 바로 강유였고, 그의 창을 쓰는 솜씨는 놀라운 바 있었다. 조자룡은 마준·건의 군사가 쳐들어오는 바람에 협공을 당하다가, 장익·고상의 군사의 힘으로 위기를 모면하고 공명에게 돌아와서 실정을 보고했다. 공명은 자기의 계책을 간파한 사람이 바로 강유라는 것을 알자 깜짝 놀랐다.

"천수는 이미 우리 수중에 들어온 것이나 진배없었는데, 이런 인물이 있으리라고는 생각지 못했소!"

공명은 이렇게 말하며 드디어 대군을 동원할 결심을 했다.

한편 강유는 마준에게로 돌아가서 계책을 제공했다. 이번에는 성 안에 군사가 있는 줄만 알고 공명이 친히 쳐들어올 것이니, 자기는 1군의 군사를 거느리고 성 동쪽에 매복해 있다가 적군이 쳐들어오면 퇴로를 가로막기로 하고 양건·윤상은 각각 군사를 거느리고 성 밖에 매복할 것이며, 양서는 백성을 거느리고 성 위에서 지키도록 하자는 것이었다.

공명은 친히 전부(前部)의 군사를 맡아 가지고 천수성 아래로 쳐들어갔는데, 성 벽에 깃발이 정연히 꽂혀 있는 것을 보자 경솔히 공격하기를 삼가고 망설이고 있었다.

그날밤이 깊어서 홀연 고함소리가 사방에서 일어나더니 화염이 충천하는 속에서 어디서 나타났는지도 알 수 없게 1군의 군마가 내달았는데, 그것은 마치 장사(長蛇)와 같이 기세가 대단했다.

군사가 그리 많아 뵈지 않는데도, 그 배치의 묘를 얻은 강유의 포진에 감탄한 공명은 군사를 수습해 가지고 영채로 돌아와서 곰곰 머리를 짜 보았다.

강유의 모친이 기현에 있다는 사실과, 천수군의 금은보물과 군량이 상규(上邽)에 축적되어 있다는 사실을 파악한 공명은 조자룡에게 군사를 주어서 상규를 공격하라 명령하고, 자기는 성 밖 30리쯤 되는 지점에 진을 쳤다.

이런 사실이 천수군에 전해지자 강유는 마준과 상의하여 자기 모친이 살고 있는 기성(冀城)을 지키겠다고 3천 기를 거느리고 떠났으며 양건도 3천 기를 거느리고 상규를 향해 떠났다.

강유의 군사가 기성에 도착하자 제일 먼저 맞닥뜨린 것이 위연의 군사였다. 두 장수는 불과 몇 합을 싸우지 않아서 강유는 패한 체하고 성 안으로 도주하여 모친을 찾아보고 나서는 성문을 굳게 잠그고 나와서 싸우려 들지 않았으며, 한편 조자룡도 양건이 무난히 상규성에 입성하도록 내버려두었다.

이때, 공명은 남안군으로 사람을 보내서 하후무를 장하로 불렀다. 공명이 물었다.

"현재 기성을 지키고 있는 강유는 나에게 사자를 보내서 '부마의 목숨만 살려 주신다면 항복하기를 원합니다'하고 서신을 보냈는데, 내 이제 그대의 목숨을 살려줄 것이니 그대는 강유에게 가서 투항을 권유할 수 있겠소?"

"소생이 가서 투항을 권유하겠습니다."

하후무가 선뜻 대답하자, 공명은 의복과 안마(鞍馬)를 주어 사람을 딸리지 않고 혼자 떠나 보냈다.

하후무가 잘 모르는 길을 간신히 찾아가며 말을 달리고 있는데 저쪽에서부터 도망쳐 나오는 기현 백성의 무리를 만나게 됐다. 그런데 그들의 말을 들어 보니, 강유가 성을 개방하여 제갈량에게 투항했으며, 촉나라 대장 위연이 방화·약탈을 마음대로 하기 때문에 집을 버리고 도망쳐 온다는 것이며, 마태수(마준)가 천수성에 있을 뿐이라는 것이었다.

하후무는 곧장 천수성으로 달려가서 마준을 만나보고 강유가 투항했다는 사실을 알렸다. 너무나 뜻밖의 일에 마준도 탄식만 하고 있는데, 양서가 말했다.

"그것은 도독을 도와 드리려고 강유가 투항을 사칭한 것인 듯 싶습니다."

하후무는 펄쩍 뛰었다.

"이미 투항해 버렸소! 거짓말일 리가 있겠소?"

밤이 이미 초경이나 되었다. 난데없이 촉나라 군사가 쳐들어 오더니, 횃불을 밝히고 강유가 성 아래 말을 몰고 나타나서 호통 을 치는 것이었다.

"하후도독에게 여쭐 말씀이 있소!"

하후무가 마준과 함께 성 위로 올라갔다. 강유가 위풍당당히 버티고 서서 외쳤다.

"나는 도독을 위해서 항복했소. 도독께서는 어째서 약속한 말 씀을 배반하시오?"

"그대는 위나라의 은혜를 입고 있으면서 어째서 촉나라에 투 항한단 말인가? 무슨 약속한 말이 있다는 건가?"

"당신은 나한테 서신을 보내서 촉나라에 투항하라 해놓고, 어 떻게 또 이따위 소리를 하시오? 당신의 몸만 빠져 나가려고 나 를 모함하다니! 나는 이제 촉나라에 투항하여 상장(上將)이 되었는데 또다시 위나라로 돌아갈 까닭이 있겠소?"

군사를 몰고 야단법석을 하더니 날이 밝을 무렵에야 물러 나갔는데, 사실 이것은 가짜 강유였다. 밤중에 가짜 강유를 만들어 낸 것은 알고 보면 공명의 계책이며, 병사 중에서 얼굴 모습이 강유와 비슷하게 생긴 사람을 택해서, 강유와 똑같은 몸차림을 시켜서 이렇게 내세운 것인데, 횃불 속에서 그것을 알아보는 사람이 없었던 것이다.

이러는 동안 공명은 기성으로 쳐들어가고 있었다. 여기서 진짜 강유는 성 위에 있다가 촉나라의 군사들이 군량을 실은 수레를 끌고 나타나니 그것을 습격하려고 달려내려가 촉나라의 대장 장익과 대결했다. 그러나 몇 합도 못 싸워서 왕평이 또 군사를 몰고 달려드니, 강유는 기진맥진해서 간신히 성으로 되돌아왔다.

성위에는 벌써 촉군의 깃발이 휘날리고 있었으니 이는 위연이 먼저 쳐들어가서 탈취한 것이었다. 강유는 천수성을 향하여 불과 10여 기를 이끌고 탈출을 꾀했으나 장포와 또 맞닥뜨리게 되어서 단기로 천수성 아래까지 달려갔다.

그러나 성벽 위에서는 마준이,

"강유가 우리를 속여서 성문을 열게 하자는 수작이구나!"

하면서 화살을 빗발치듯 퍼부었다. 할 수 없이 상규성으로 말을 달려가니 거기서는 또 양건이 강유를 보고 호통을 치며 매도했다.

"이 역적아! 우리를 속여서 성을 뺏자는 수작이냐? 네놈이 촉 나라에 투항했다는 건 벌써 알고 있다!"

강유는 변명할 도리가 없어서 눈물을 흘리며 하늘을 우러러 장탄식만 하고 있었다. 말머리를 돌려서 장안으로 향하다가 결국 관흥과 맞닥뜨리게 되어서 또다시 말머리를 돌려 도주하려고 했을 때, 홀연 학창의에 윤건을 쓰고 조그만 수레를 타고 산골에서부터 내닫는 공명. 공명은 우선을 휘적휘적 흔들며 강유를 불렀다.

"강유! 이래도 항복하지 못하겠나?"

강유는 옴쭉할 도리가 없었다. 마침내 말을 내려 항복했고, 공명도 수레를 내려서 그의 손을 잡으며 말했다.

"나는 모려에서 나온 이래, 널리 현자를 구하여 내가 평생 동안 배운 것을 전수하려 했으나 그 사람을 얻지 못해 뜻을 이룰 수 없었는데, 이제야 백약(강유)을 만났으니 소원을 이룬 셈이오."

공명은 강유와 함께 영채로 돌아와서 천수와 상규를 공략할 대책을 협의했다.

강유가 말했다.

"천수에 있는 윤상과 양서는 소생과 교분이 두터운 사이이니 밀서 두 통을 작성해서 성중으로 활을 쏘아 들여보내면, 안에서 난을 일으킬 것이므로 성을 수중에 넣으실 수 있을 겁니다."

공명이 이 계책에 찬성하니, 강유는 두 통의 밀서를 써서 화살에 매어 가지고 말을 성 아래까지 달려서 그것을 성 안으로 쏴 들여보냈다. 졸개 군사가 그것을 주워서 마준에게 바쳤더니 마준은 매우 의심스럽게 여기고 하후무와 상의하며 이렇게 말했다.

"양서와 윤상이 강유와 결탁하고 내응을 꾀하니 도독께서는 시급히 결단을 내리셔야 하겠습니다."

"둘 다 죽여 버리시오!"

윤상이 이 소식을 듣고 양서에게 말했다.

"차라리 성을 바쳐서 촉나라에 항복하고 앞날이나 생각하는 게 좋겠소."

이날밤 하후무는 몇 차례 사람을 보내서 이야기할 일이 있다고 양서와 윤상을 불렀으나 두 사람은 사태가 급박함을 알고 무장을 든든히 한 다음 말에 올라 본부군을 인솔하고 성문을 활짝 열어젖혀서 촉나라 군사를 맞아들였다.

하후무와 마준은 당황해서 어쩔 줄 모르며 수백 기를 거느리고 서쪽 문으로 빠져서 성을 버리고 강중(羌中)으로 달아났다.

양서 · 윤상에게 영접을 받으며 입성한 공명은 그들에게 상규를 공략할 계책을 물어 봤다.

양서가 말하기를, 그곳은 자기 아우 양건이 지키고 있으니 자기가 나서서 투항을 권고하겠다는 것이었다.

그날로 양서는 상규로 가서 양건을 데리고 왔다. 공명은 양서를 천수의 태수, 윤상을 기성의 현령, 양건을 상규의 현령에 임명해서 수비를 든든히 하게 해놓고, 군사를 정비해 가지고 떠나려고 했다. 그랬더니, 여러 장수들이 하후무를 그대로 두면 어떻게 하느냐고 걱정을 했다. 그러나 공명은 봉(鳳)과 같은 강유를 얻었으니, 하후무쯤은 한 마리 오리를 내버려두는 거나 마찬가지라고 문제삼지 않았다.

이리하여 공명이 세 성을 격파하고 나니 그의 위명은 천지를 진동했고, 공명이 다시 군마를 정돈하고 한중의 병력을 총동원하여 기산(祁山)으로 진출하고 위수(渭水) 서쪽에 다다르니 염탐꾼이 재빨리 이 사실을 낙양에 보고했다.

때는 위나라 태화 원년(太和元年—서기 227년). 위주 조예가 전에 오르니 근신이 아뢰었다.

"하후부마께서 이미 세 군을 상실하시고 강중으로 물러나셨습니다. 촉나라 군사는 벌써 기산에 나타났고, 그 선봉은 위수 서쪽에까지 다다랐습니다. 급히 군사를 동원하셔서 적군을 격파하시기 바랍니다."

조예가 대경실색하며 여러 신하에게 물었다.

"짐을 위하여 촉나라 군사를 물리칠 사람은 없소?"

사도 왕랑(王朗)이 반중에서 나서며 아뢰었다.

"선제 폐하께서는 대장군 조진을 기용하셔서 도처에서 승리를 거두셨사오니 조진공을 대도독에 임명하셔서 촉군을 격파하심이 지당하다고 생각합니다."

조예는 쾌히 승낙했지만 조진이 사양했다.

"신과 같이 재주 없고 지식이 얕은 몸으로는 이런 임무를 감당하기 어렵겠습니다."

그러나 왕랑과 조예가 끝끝내 권고하자, 조진은 부장을 한 사람 딸려 달라고 청했으며, 태원군(太原郡) 양곡(陽曲) 사람 곽회(郭淮—字는 伯濟)를 천거했다.

조예는 조진의 뜻대로 승낙하고, 조진을 대도독에 임명하고, 곽회를 부도독, 왕랑을 군사(軍師)로 임명했다. 왕랑은 이때 나이이미 76세였다.

동서 이경(東西二京)의 군마 20만을 뽑아서 조진에게 주니, 조진은 종제(宗弟) 조준에게 선봉을 명령하고, 탕구장군(盪寇將軍) 주찬(朱讚)에게 부선봉을 명령해 가지고 그해 11월에 출동했으며, 위주 조예가 친히 서문 밖까지 전송했다.

조진은 대군을 인솔하고 장안에 이르러 위하 서쪽으로 나와서 진을 쳤다. 왕랑·곽회와 더불어 적군을 물리칠 대책을 협의했더니 왕랑이 말했다.

"내일 대오를 엄정하고 깃발을 크게 휘날리도록 해 놓고, 노부가 친히 나가서 단 한 번 이야기하여 제갈량이 두 손을 맞잡고 항복하여 촉나라 군사가 싸우지도 못하고 스스로 물러가게 해놓겠습니다."

조진은 심히 기뻐하며, 그날밤으로 지령을 내려서 내일 아침 4경에 밥을 짓고 날이 밝을 무렵에는 어김없이 대오를 정비하고, 인마가 위엄을 갖추고 정기 고각(旌旗鼓角)이 질서정연히 자리잡도록 하라고 명령했다. 그리고 그 즉시 사람을 시켜서 전서(戰書 —도전장)를 전달했다.

이튿날, 양군은 대치하고 기산 앞에 진세를 펼쳤는데, 촉군 편에서 보니 위군은 매우 웅장해서 하후무의 군사와는 아주 딴판이었다.

3군의 북과 피리소리가 끝나자 사도 왕랑이 말을 타고 나섰다. 상수(上首)로는 도독 조진, 하수(下首)로는 부도독 곽회, 두 선봉이 진각(陣角)을 누르고 있었다.

탐마(探馬)가 진 앞으로 나서더니 소리를 질렀다.

"대진주장(對陣主將)은 나와서 대답하라!"

촉군의 문기가 홀쩍 열리더니 관흥과 장포가 말을 타고 좌우 양쪽으로 썩 나섰다. 그 뒤로는 1대의 효장들이 죽 늘어섰다. 그리고 문기 그림자 밑 중앙에서부터 한 채의 사륜거에 단정히 앉은 공명이 머리에는 윤건을 쓰고 손에는 우선을 들고 흰옷에 검정띠를 띠고 표연히 나왔다.

공명이 눈을 들어 위군의 진지 앞의 세 개의 휘개(麾蓋)를 바라보니 깃발에 성명이 크게 써 있는데, 중앙의 흰 턱수염이 성성한 노인이 군사 사도 왕랑임을 알 수 있었다. 공명이 생각했다.

'왕랑은 반드시 입심을 부릴 것이니 임기응변을 잘해야만 되겠다!'

드디어 수레를 타고 진 밖으로 나가서 호군소교(護軍小校)를 시켜서 전달했다.

"한나라 승상이 사도와 더불어 말을 할 것이오."

왕랑은 말을 달려나왔다. 공명이 수레 위에서 두 손을 맞잡고 인사를 하니, 왕랑은 말 위에서 몸을 굽혀 답례를 하며 말했다.

"공의 대명은 오래 전부터 듣고 있었소. 이제 만나게 되어서 대단히 기쁘오. 공은 천명(天命)과 시무(時務)를 아시면서 어찌하여 명분도 서지 않는 군사를 동원하였소?"

"나는 조명(詔命)을 받들고 적을 토멸하러 나왔거늘 명분이 서지 않는다 함은 무슨 말이오?"

왕랑은 조조와 조비의 과거 업적을 찬양하며 대위(大魏)에는 백만 대군이 있고 천 명의 양장(良將)이 있으니 썩은 풀에 반짝이는 반딧불(腐草之螢光)이 어찌 천심(天心)의 밝은 달과 견줄 수 있겠느냐고 공명을 매도하여 마지않았다.

공명이 수레 위에서 어처구니없다는 듯 껄껄 크게 웃으며 말했다.

"나는 그래도 한조대신(漢朝大臣)인 그대에게 반드시 고론(高

論)이 있을 줄 알았지, 어찌 이따위 비루한 말이 나올 줄 알았으랴? 내 하고 싶은 말이 몇 마디 있으니 제군(諸軍)은 조용히 들으라.

옛적에 환제와 영제 세대에 있어서 한통(漢統)이 능체(凌替)하여 환관(宦官)이 화를 빚어내어 나라가 어지럽고 해마다 흉년이 들고 온 세상이 소란했다.

황건적의 뒤를 이어 동탁·이각·곽사 등이 뒤를 이어 일어나서 한제(漢帝)를 천겁(遷劫)하고 생령(生靈)을 잔폭(殘暴)했기 때문에 묘당 위의 썩은 나무가 벼슬을 하고 전폐(殿陛) 사이의 금수(禽獸)가 녹을 먹었다. 이리와 같은 마음을 가지고 개 같은 행실을 하는 자들만이 곤곤히 조정에 나갈 수 있고, 노비와 같은 얼굴을 가진 자들만이 분분히 정사에 참여하여 사직을 폐허로 화하게 했고 창생을 도탄에 빠뜨렸다.

내가 평소부터 너의 소행을 잘 알고 있다! 대대로 동해 바닷가에 살다가, 처음으로 효렴(孝廉)에 오르게 되어 벼슬하기 시작했으니, 이치로 따져서 마땅히 광군보국(匡君輔國)하여 한실(漢室)을 안정시키고 유씨(劉氏)를 일으켜야 하겠거늘, 역적을 도와서 제위의 찬탈을 공모할 줄이야 어찌 알았으랴!

죄악이 깊고 무거워서 천지가 용납하지 않으며, 천하 사람들이 네놈의 고기를 씹어 먹기를 원하고 있다! 이제 다행히 하늘의 뜻이 염한(炎漢—漢)에 있어서 끊어지지 않아서 소열황제(昭烈皇

帝)께서 서천에 법통을 계승하셨다.

내가 이제 사군(嗣君)의 성지(聖旨)를 받들고 군사를 일으켜 적을 토멸하는 바다. 네놈은 아첨만 일삼는 신하일진대 몸을 사리고 고개를 움츠려서 구차스럽게 의식(衣食)이나 도모해야 하겠거늘 어찌 감히 행오(行伍) 앞에 나서서 천수(天數)를 함부로 지껄이느냐!

흰 머리의 필부(匹夫)야, 푸른 수염의 늙은 도적아! 네놈은 구천지하(九泉之下)에 가서 무슨 면목으로 24제(二十四帝)를 뵐 것이냐! 늙은 도적아, 빨리 물러 나가라! 반신(反臣)임을 명백히 하고 나와 함께 승부를 가리자!"

왕랑은 이 말을 다 듣고 나더니, 울화가 가슴에 꽉 치밀어 버럭 소리를 한 번 크게 내지르더니 말 아래 나뒹굴어 죽고 말았다.

그날은 쌍방이 다같이 싸움을 중지하고 군사를 철수시켰으며 조진이 왕랑의 시체를 수습하여 장안으로 보냈다.

부도독 곽회의 말이, 제갈량이 오늘밤에 이쪽에서 장례를 치르느라 분주한 틈을 타서 야습을 감행할 것이 틀림없으니, 이쪽에서도 군사를 나누어서 1군은 야습에 대비하고 또 1군은 진지 밖에 매복해 있다가 좌우에서 협공하는 게 좋겠다는 것이었다.

조진은 이 의견에 찬성하고 조준·주찬 두 장수를 불러서 선봉을 명령하고, 각각 1만 기를 거느리고 기산 속에 매복해 있다가 촉군이 야습해 오면 그 즉시 쳐들어갈 것과, 그렇지 않으면 경솔히 싸움을 걸지 말고 그대로 돌아오라고 지시했다.

두 장수가 떠나간 다음에 조진은 또 곽회에게 말했다.

"우리 두 사람도 각각 1군을 거느리고 진지 밖에 대기하고 있읍시다. 영채 안에는 시초(柴草)를 쌓아 놓고 몇 사람만 남겨 두어서 적군이 나타나면 신호의 불길을 올리도록 합시다."

여러 장수들은 조진이 지시하는 대로 좌우 양쪽으로 갈라져서 각각 맡은 지점으로 달려갔다.

한편 공명은 장으로 돌아오자, 먼저 조자룡·위연을 불러서 명령을 내렸다.

"그대 두 장군은 각각 본부군을 거느리고 위의 영채를 습격하시오."

위연이 나서며 걱정하기를, 조진은 병법에 밝으니 반드시 이편의 야습을 예측하고 대비하고 있으리라는 점이었다. 그러나 이런 점을 생각지 못한 공명이 아니었다. 공명은 웃으면서,

"조진이 우리가 습격하리라는 것을 알고 있으면, 싸우기는 더욱 좋소!"

하고, 곧바로 장수들을 배치했다. 위연과 조자룡은 산곡간에서 다소 떨어진 곳에 진을 치고 있다가, 본진에서 불길이 오르면 위연은 산곡간의 위군의 퇴로를 차단하고, 조자룡은 군사를 거느

리고 되돌아서면 도주하는 적군을 만나게 될 것이니 그대로 내버려두었다가 뒤에서 추격하라고 했다.

관흥과 장포는 기산 샛길에 매복해 있다가 적군을 통과시켜놓고 적군이 지나온 길을 따라서 그들의 본채를 습격할 것.

마대·왕평·장익·장의는 진지 밖에 매복해 있다가 사방에서 위군과 정면 대결할 것. 그리고 공명 자신은 채책을 외형만 구축해 놓고 그 속에 불질러 신호할 때 쓸 시초를 잔뜩 쌓아 놓고, 친히 군사를 거느리고 영채 뒤로 물러나서 동정만 살피고 있었다.

위군의 선봉 조준과 주찬은 밤 3경쯤 되어서 촉군의 영채를 습격했으나 조준이 앞장 서서 쳐들어가니 영채 속은 텅 비어 있었다.

책에 떨어진 줄 알고 군사를 후퇴하려는 찰나에 불길이 치밀어올랐다.

바로 뒤이어 주찬의 군사도 쳐들어왔으나 누가 누군지 분간을 못하고 저희들끼리 싸움이 벌어져 일대 혼란을 일으켰을 뿐. 칼끝을 맞대 보고서야 비로서 저희편 군사임을 알고 혼란을 수습하려고 허둥지둥하고 있을 때, 홀연 사방에서 고함소리가 일어나더니 왕평·마대·장의·장익이 달려들었다.

조준·주찬은 심복군사 백여 기를 거느리고 도주하기 시작했는데 또 퇴로를 가로막고 나서는 조자룡. 조준과 주찬은 간신히 목숨을 건져 가지고 자기편 영채로 돌아가기는 했으나 거기서는 영채를 지키고 있던 병사들이 촉군이 야습을 감행해 온 줄만 알고 황급히 불을 질러서 신호를 올렸다.

왼쪽에서 조진, 오른쪽에서는 곽회가 덤벼들어서 또 한바탕 자기 편끼리 난투가 벌어지는 판에 위연·장포·관흥의 촉장들이 3면에서 달려들어 무찌르니 위군은 10리 밖으로 패주했고 대장의 태반이 전사해 버렸다.

공명은 크게 승리를 거두고 군사를 철수시켰다.

조진이 곽회와 함께 패잔병을 수습해 가지고 진지로 돌아와서 말했다.

"우리는 수효가 적고, 적군은 수효가 많으니 무슨 계책으로 이를 물리치겠소?"

곽회가 대답했다.

"걱정하실 것은 없소. 소생에게 한 가지 계책이 있는데, 촉병을 앞뒤도 서로 찾지 못하고 도망치게 만들 수 있소."

이야말로 가련하게도 위장(魏將)은 일을 이루기 어려워서 서쪽으로 구원병을 청해야 할 판이다.

94.
철거군(鐵車軍)

철거군으로 부터의 위기를 막아준
아버지 관운장의 영혼!

諸 葛 亮 乘 雪 破 羌 兵
司 馬 懿 剋 日 擒 孟 達

  곽회가 조진에게 제공한 계책이란, 비밀리에 샛길로 사람을
강중에 파견하여 구원을 청하고 화친을 맺겠다고 승낙하면, 그
들은 반드시 군사를 동원하여 촉군의 배후를 습격해 줄 것이니,
이렇게 하면 반드시 큰 승리를 거둘 수 있으리라는 것이었다.

  조진도 그럴듯한 계책이라 생각하고 그 즉시 사자를 파견하여
밤을 새워가며 서강(西羌)에 도착하게 했다. 서강의 국왕 철리길
(徹里吉)은 조조 때부터 조공을 바쳐 왔으며, 수하에 문관 아단승
상(雅丹丞相), 무장 월길원수(越吉元帥)를 거느리고 있었다.

  위나라의 사자가 금은주옥과 서신을 가지고 왔다는 말을 듣
고 여러 관료들과 상의한 결과 쾌히 원군을 파견하기로 결정하

고 곧바로 아단·월길에게 강병 25만 명을 주어서 출동을 명령했다.

이들 강병은 모두 궁노(弓弩)·창도(鎗刀)·질려(疾藜)·비추(飛鎚) 따위의 독특한 무기를 잘 쓸 줄 알았다. 또 전거(戰車)라는 것이 있는데, 이것은 철판으로 못을 박아 만든 것으로 양식과 무기를 싣고 낙타나 노새가 끌고 다니며 '철거병(鐵車兵)'이라 불렀다.

아단과 월길이 서평관(西平關)으로 진격을 개시하니 그곳의 수문장 한정(韓禎)이 재빨리 공명에게 급보를 전했으며, 공명은 관흥과 장포에게 정병 5만 명을 주고, 강인의 성품도 잘 알고 그곳 지리에 밝은 마대를 딸려서 동행하게 했다.

관흥·장포·마대는 3면으로 군사를 나누어서 집중공격을 가했지만, 이번 싸움만은 전에 없이 만만치 않았다. 괴상한 무기도 무기려니와 '철거(鐵車)'가 앞을 가로막는데는 맹장 관흥도 악전고투 끝에 채찍을 휘두르고 말을 몰아 무작정 도주하는 도리밖에 없었다. 물론 촉군은 대패하여 돌아오기는 했지만 이번 싸움에서는 한 가지 특기할 만한 기적적 출현을 잊어버릴 수 없었다.

관흥은 월길에게 추격을 당했다. 월길은 철추(鐵鎚)라는 무기를 퍼부어대니 관흥은 마지못해서 몸을 돌려 대항하려 했으나 말이 먼저 깊은 계곡으로 거꾸로 떨어져 버리자 관흥도 깊은 물속에 빠지고 말았다. 물 속에서 몸을 벌떡 일으켜 세우고 쳐다보니 이상하게도 생소한 장수 한 사람이 저쪽에서 칼을 휘두르며 강병을 무찌르고 추격해 가고 있었다.

관흥의 생명을 사지에서 거져 준 은인. 관흥은 그 괴상한 장수를 한 번 대면이라도 해보고 싶은 생각에서 말을 달려 그의 뒤를 쫓아갔더니, 홀연 자욱한 안개 속에서 보일 듯 말 듯 어른거리는 한 사람의 대장의 얼굴이 있었다.

청룡도를 손에 잡고, 적토마를 타고 긴 수염을 늘어뜨린 그 사람은 틀림없이 부친 관운장의 모습이었다. 관운장은 손을 들어 동남쪽을 가리키며,

"애야, 이 길로 빨리 달아나거라! 네가 진지에 도착할 때까지 내가 지켜 주마!"

하더니 어디론가 사라져 버렸다. 관흥이 동남쪽으로 말을 달렸는데 날이 훤히 밝아올 무렵, 홀연 1대의 군마가 앞을 가로막았다. 선두에 나서는 장수가 바로 장포였다.

"백부님을 못 만나셨소?"

"어떻게 그것을 알았소?"

"내가 철거에 쫓겨 다니고 있을 때, 홀연 하늘에서 백부님이 내려오시더니 강병들을 쫓아 주시고 '이 길로 빨리 달려가서 내 아들을 구해 주어라'하시기에 급히 달려온 길이오."

두 사람은 이 불가사의한 기적을 서로 이야기하며 마대가 있는 영채로 돌아가서 그곳을 단단히 지키고 있으라고 일러두었다. 그리고 나서 밤을 새워가며 기산으로 달려가서 공명을 만나

보고 정세를 보고했으며 새로운 계책을 세워 달라고 했다.

공명은 우울했다. 그러나 한 번 언덕 위에 올라가서 적군의 철거를 내려다본 공명은 자신만만하게 말했다.

"흐음! 이렇게 구름이 끼고 북풍이 사납게 불기 시작하면 머지 않아 눈이 내릴 것이다. 나는 그때를 기다리고 있겠다!"

12월도 며칠 남지 않은 무렵.

과연 탐스러운 눈이 산천을 뒤덮기 시작했다. 공명은 강유를 내보내서 철거군을 산곡간으로 유인해 들이는 데 성공했다.

아단과 월길은 복병이 있으면 얼마나 있겠느냐는 생각으로 촉군을 얕잡아보고 무작정 산곡간 눈 쌓인 곳으로 진격했다.

홀연 산이 무너지고 땅이 꺼지는 것 같은 요란한 소리가 일어나더니 강병들은 공명이 미리 마련해 둔 함정 속으로 모조리 거꾸로 떨어지고 말았다.

속력을 내서 진격해 온 철거는 미처 돌아설 겨를도 없이 그대로 자기편 군사 위를 밀고 나가니 별안간에 아비규환이 전개되었다.

관흥·장포·마대·장익 등이 일시에 화살을 빗발치듯 퍼부으니 철거도 맥을 못 추고 뿔뿔이 흩어지고 있었다.

이때 산골짜기로 도망치려던 월길은 관흥의 한칼에 목이 날아가 버렸고, 아단도 마대에게 산채로 잡혀서 공명에게 끌려 나갔다.

공명은 붙잡혀 온 아단에게 두 번 다시 국적(國賊)의 말을 믿고 경거망동하지 말라 준엄하게 꾸짖고 그들의 무기며 거마(車馬)를 모조리 돌려 주어서 제 고장으로 돌려보냈다. 그리고 기산 본채로 돌아가기로 하고, 관흥·장포에게 선봉을 명령했으며, 급히 사자를 성도로 파견해서 승리를 보고했다.

한편 조진은 강인(羌人)에게서 소식이 오기만 고대하고 있었는데 홀연 복로군(伏路軍)이 보고하기를, 촉군이 진지를 철수하고 돌아간다고 하니 그 즉시 곽회·조준과 함께 군사를 거느리고 진격을 개시했다. 그러나 말을 달려 덤벼든 조준은 위연의 한칼에 목이 달아났고 부선봉 주찬도 조자룡의 창을 맞고 절명하고 말았다.

선봉장군을 두 사람이나 잃은 조진과 곽회는 위수까지 추격해 오는 촉군에게 진지까지 빼앗기고, 하는 수 없이 조정으로 편지를 올려 구원병을 청했다.

한편 위주 조예가 조정에 나갔더니 근신이 아뢰었다.

"조진 대도독께서는 촉군에게 여러번 패하시고 선봉장수 두 사람을 잃으셨으며, 강병도 무수히 죽었습니다. 사태가 심히 위급하다 하오며 이제 표를 올려 구원병을 청해 왔습니다. 폐하께서 재처(裁處)하시기 바랍니다."

조예는 크게 놀라서 퇴군책을 상의했더니, 화흠이 말했다.

"반드시 폐하께서 친정(親征)하시고, 여러 장수들을 집결시켜서 각자가 목숨을 다해서 싸워야만 비로소 적군을 물리칠 수 있습니다. 그렇지 않으면 장안을 잃게 되고 관중(關中)도 위태롭게 됩니다."

태부(太傅) 종유(鍾繇)가 아뢰었다.

"조진은 싸움터에 몇 차례 나갔었다고는 하지만 제갈량을 대적할 수는 없습니다. 여기 능히 촉군을 물리칠 만한 인물이 한 사람 있사오니 소신이 전가족의 생명을 걸고라도 이 사람을 천거하고 싶습니다."

종유가 천거하는 사람이란 바로 표기대장군으로 있다가 완성(宛城)에서 한가한 날을 보내고 있는 사마의(司馬懿)를 말하는 것이었다.

조예는 그길로 조서를 내려서 칙사를 사마의에게 보내 원관으로 복직시키고, 평서도독(平西都督)에 임명하여 남양의 각군을 동원하여 장안으로 향하도록 하고, 자기 자신도 장안으로 나갈 것이니 작정한 날까지 도착하라고 명령했다.

공명은 출사한 이래 전승(全勝)을 거듭하여 마음속으로 심히 기뻐하며 기산 채중에서 여러 사람들과 대책을 상의하고 있었는데, 홀연 영안궁(永安宮)을 지키고 있는 이엄이 그의 아들 이풍(李豊)을 파견했다는 보고가 들어왔다. 공명은 동오에서 공격을 가해 온 줄만 알고 깜짝 놀라서 그를 장중으로 불러들였더니, 이풍이 말했다.

"희보(喜報)를 가지고 왔습니다."

"무슨 희보요?"

"전에 맹달이 위나라에 투항한 것은 부득이하여 그리 된 일입니다. 그 당시에 조비는 맹달의 재질을 심히 사랑하여 준마(駿馬)와 금구슬을 주고 연(輦)을 나란히 하여 출입했으며 산기상시(散騎常時)에 봉하고 신성(新城) 태수에 임명하여 상용(上庸)·금성(金城)의 수비를 맡기고 위나라 서남쪽의 수비도 그에게 맡겼습니다.

그런데 조비가 세상을 떠난 뒤 조예가 즉위하고 나서는 조정 사람들에게 시기 질투를 받게 되어 밤낮으로 불안하게 여기고, 항상 수하의 대장들에게 자기는 본래 촉나라 대장이었는데 부득이한 사정으로 위나라에 투항했다는 심중을 고백했다고 합니다.

근래에는 자기 심복을 소생의 부친께 보내서 이런 실정을 승상께 알려 달라고 청했습니다. 전에 5로로 갈라져서 서천을 공략했을 때에도 그는 이미 이런 생각을 가지고 있었는데, 이번에는 신성에 있으면서 승상께서 위군을 토벌하신다는 소문을 듣고 금성·신성·상용의 군사를 총동원하여 모반하고 낙양을 들이치겠다고 합니다.

승상께서 장안을 점령하시게 되면 양경(兩京)이 쉽사리 평정되지 않겠습니까? 지금 소생이 그의 사자를 데리고 몇 차례 보낸 서신까지도 가지고 왔습니다."

공명은 크게 기뻐하며 이풍 등에게 후히 상을 내렸다. 이때 염탐꾼의 보고가 들어왔다.

"위주 조예는 장안으로 옮겨가고 사마의를 원관에 복직시켜서 평서도독에 임명하여 휘하의 군사를 인솔하고 장안으로 올라가도록 명령했다고 합니다."

공명이 깜짝 놀라니, 참군 마속이 말했다.

"조예쯤은 하잘것없는 위인입니다. 만약에 장안으로 온다면 붙잡으면 될 것을 승상께서는 어째서 그다지 놀라십니까?"

"조예를 무서워하는 게 아니요. 꺼리는 것은 사마의 하나요. 이제 맹달이 큰일을 치르려고 하는 마당에 사마의와 맞닥뜨리게 되면 일은 반드시 실패할 것이오. 맹달은 도저히 사마의를 대적하기는 힘들 것이며, 그에게 붙잡힐 것이 틀림없으니 맹달이 죽는다면 중원을 수중에 넣을 수 있겠소?"

"그러시다면 시급히 맹달에게 서신을 보내셔서 조심하라고 전달하심이 좋지 않겠습니까?"

공명은 그 의견에 찬성하고 당장에 답장을 써서 맹달에게서 온 사자에게 주어 떠나 보냈다.

맹달은 신성에 있으면서 심복이 돌아오기만 고대하고 있었는데, 하루는 사자가 돌아와서 공명의 답장을 내놓았다. 겉봉을 뜯어 보니 그 사연이 이러했다.

이제 편지를 받아 보고 공의 충의지심을 잘 알았소. 옛 일을 저버리지 않았으니 나는 매우 기쁘고 든든하게 생각되오. 만약에 대사가 성공만 한다면 공은 한조중흥(漢朝中興)의 제일 공신이 될 것이오. 그러나 마땅히 삼가 비밀을 지켜야 할 것이며 경솔히 남에게 알리지 마시오.

모든 일을 신중히 경계하시오. 최근에 듣자니 조예가 또다시 사마의를 시켜서 완·낙(宛洛)의 군사를 동원시켰다 하니 공이 거사한다는 소문을 듣기만 하면 제일 먼저 달려들 것이오. 대비에 만전을 기하고 절대로 등한히 하지 마시오.

맹달이 편지를 다 읽고 나더니 껄껄껄 웃으며 말했다.

"공명은 조심성이 너무 많은 사람이라고 남들이 말하더니 이번에 보니까 과연 그렇군!"

맹달은 다시 답장을 써서 공명에게 심복을 파견하여 전달하게 했다. 공명이 사자를 장중으로 불러들여 편지를 받아 보았다.

주신 글 받아 봤습니다. 어찌 감히 추호라도 태만함이 있겠습니까. 사마의에 관해서는 두려워할 게 없다고 생각됩니다. 완성은 낙성에서 약 8백 리, 신성까지는 1천

2백 리나 떨어진 지점이오니, 사마의가 소생의 거사를 알았다 할지라도, 위주에게 표를 올려 알리자면 왕복 1개월은 걸려야만 됩니다. 소생은 이미 성지(城池)를 견고히 했고, 장수와 3군이 모두 굳세게 지키고 있사오니, 사마의가 달려온다 할지라도 뭣을 두려워할 게 있겠습니까. 승상께서는 마음을 턱 놓으시고 첩보를 기다리시기 바랍니다.

　공명은 편지를 다 읽고 나더니 그것을 땅에 내동댕이치며 발을 동동 구르고 안타까워했다.

　"맹달은 반드시 사마의의 손에 죽고 말 것이오!"

　마속이 물었다.

　"승상께서는 어째서 그런 말씀을 하십니까?"

　"병법에도 '상대방의 불비(不備)를 치고, 불의(不意)를 노려서 빠져나간다'고 했는데, 어찌 한 달 동안이나 앞을 내다보고만 있겠소? 조예는 이미 사마의에게 적군을 만나면 그 즉시 없애 버리라고 위임했을 텐데 무슨 표를 올려 주문(奏聞)하기를 기다리겠소? 만약에 맹달이 모반한다는 것을 알기만 하면 열흘 이내에 군사가 반드시 달려들 것이오. 그러니 어떻게 손을 쓸 수 있겠소?"

　여러 장수들은 공명의 의견에 탄복하여 마지않았다. 공명은 편지를 가지고 온 사람에게 황급히 돌아가서 다음과 같이 전달하라고 일렀다.

"아직도 거사를 하지 않았으면 절대로 가까운 동지에게라도 알리지 말 것. 만약 말이 새어 나가면 반드시 패할 것이다."

그 사람은 공명에게 절하고 신성으로 돌아갔다.

완성에서 한가한 나날을 보내고 있던 사마의는 위나라 군사가 촉군에게 연거푸 패전만 당하고 있다는 소문을 듣자, 하늘을 우러러 장탄식을 금하지 못하고 있었다. 그의 맏아들 사마사(司馬師—字는 子元)와 둘째아들 사마소(司馬昭—字는 子尙)는 평소에 큰 뜻을 품고 병서에도 정통한데, 그 날 옆에 있다가 부친이 탄식하는 것을 보자,

"아버님, 왜 그렇게 탄식을 하십니까?"

하고 물었다.

"너희들이 알 만한 일이 아니다."

맏아들 사마사가 또 물었다.

"위주께서 아버님을 기용해 주시지 않기 때문입니까?"

둘째아들 사마소도 웃으면서 말했다.

"조만간 반드시 아버님을 모시러 올 것입니다."

이런 이야기를 하고 있는데 마침 칙사가 도착했다는 보고가 들어왔다. 사마의가 그 즉시 완성에 있는 제로 군마(諸路軍馬)를

정비하고 있을 때, 금성태수 신의(申儀)의 집안사람이 기밀에 속하는 일이 있다고 만나 보자고 왔다.

사마의가 밀실로 불러들여서 물어 보았다. 그 사람은 맹달이 반란을 일으키려고 하는 사실을 자세히 이야기하고 아울러 맹달의 심복 이보(李輔)와 맹달의 외조카 등현(鄧賢)이 출수(出首)하여 이런 사실에 대한 소장(訴狀)까지 바친 바 있다는 사실을 낱낱이 알려 주었다.

사마의는 그 말을 다 듣고 나더니 손으로 이마를 짚으면서 말했다.

"이야말로 황상제천(皇上薺天)의 홍복(洪福)이로다! 제갈량의 군사가 기산에 있어서 안팎의 모든 사람들이 간담이 서늘하고, 천자께서도 부득이 장안으로 행차하신 이때 만약에 시급히 나를 기용하지 않는다면 맹달은 한꺼번에 양경을 격파할 것이다! 이놈은 반드시 제갈량과 통모(通謀)하고 있으니 내 먼저 이놈부터 붙잡으면 제갈량도 겁이 나서 스스로 군사를 철수할 것이다."

맏아들 사마사가 말하기를,

"아버님께서는 시급히 표를 쓰셔서 천자께 아뢰십시오."

하니 사마의의 생각은 다르다.

"성지(聖旨)를 기다리고 있다가는 왕복 한 달 동안에 일이 다 틀어지고 말 것이다."

그길로 군대와 말을 출동시켜서 두 배로 빨리 달리게 하고 늦으면 참하겠다고 했다. 한편 참군 양기(梁畿)를 시켜서 밤중을 헤아리지 말고 격문을 가지고 신성으로 가서 맹달에게 정진을 준비하라고 전달하여 의심을 품지 않도록 시켰다.

양기가 먼저 떠나고 사마의는 뒤따라 군사를 거느리고 떠났다. 이틀 동안을 갔을 때, 산비탈 아래로부터 1군이 내달았는데 바로 우장군 서황(徐晃)이었다. 그는 말을 내리더니 사마의에게 물었다.

"천자께서 장안으로 행차하셔서 친히 촉병을 막아내고 계신데, 지금 도독께선 어디로 가십니까?"

사마의가 낮은 음성으로 가만가만히 말했다.

"맹달이 반란을 꾀하려 하기 때문에 내가 잡으러 가는 길이오."

서황이 말하고 나섰다.

"소생이 선봉으로 나서고 싶습니다."

사마의는 크게 기뻐하며 군사를 한데 합쳐 서황을 앞부분에 내세우고, 자기는 중군을 맡고 두 아들을 시켜서 뒤를 밀게 했다.

또 이틀을 달려 나갔을 때 전군초마가 맹달의 심복을 붙잡아서 공명의 답장을 수색해 가지고 사마의에게 끌고 왔다. 사마의가 물었다.

"너를 죽이지 않을 것이니 자초지종을 자세히 말해라."

그 사람은 공명과 맹달 사이에 왕래된 사실을 일일이 고해 바쳤다.

사마의는 공명의 답장을 보고 큰 소리로 탄식했다.

"세상의 유능한 자의 소견은 모두 같구나! 나의 기선(機先)을 공명이 간파해 버렸으니 다행하게도 천자께서 복이 있으셔서 이 소식을 알게 되었다. 맹달도 이제는 꼼짝 못할 것이다."

밤을 새워가며 전진을 계속했다.

맹달은 신성에 있으면서, 금성태수 신의, 상용태수 신탐 등과 기일을 작정하고 거사하기로 약속했다.

신탐과 신의는 도모하는 체했으나, 사실은 매일 군사를 훈련시켜서 위병이 도착만 하면 내통할 생각으로, 맹달에게는 무기·군량이 정비되지 않았다고 거사 날짜를 확실히 약속하지 않았다.

그런데도 맹달은 조금도 의심하지 않았다.

이런 판에 참군 양기가 도착했다는 보고가 들어왔다. 성 안으로 영접해 들였더니 양기는 사마의의 명령을 전달했다.

"사마도독께서는 이번에 천자의 조명을 받들고 각로의 군사를 동원하여 촉병을 물리치려 하시니 태수께서도 본부 군마(本部軍馬)를 집결시키셔서 대기하시다가 출동하도록 하시오."

"도독께서는 언제 떠나시오?"

"지금쯤 완성을 떠나셔서 장안으로 향하셨을 것이오."

맹달은 남몰래 기뻐하며 '나의 대사가 성취되는구나!'했다. 주연을 베풀어 양기를 대접해서 전송하고, 그 즉시 신탐·신의에게 사자를 보내어 내일 거사를 하겠으니, 대한(大漢)의 깃발을 준비하고 각로의 군사를 동원하여 낙양을 습격하라고 지시했다.

이때, 성 밖에서 갑자기 하늘을 찌를 듯한 흙먼지가 자욱했다. '우장군 서황'이라는 기치를 높이 휘날리며 서황이 성 아래로 달려들어 호통을 쳤다.

"역적 맹달아, 빨리 항복해라!"

맹달이 격분하여 활을 잡아 쏘니 보기좋게 서황의 이마를 정통으로 맞혔다. 그러나 맹달이 성문을 열고 공격을 가하려고 했을 때에는 이미 사마의의 군사가 노도처럼 밀려들었다.

"과연 공명의 생각과 틀림없구나!"

맹달은 장탄식을 하며 성문을 닫아걸고 단단히 지키기만 했다.

서황은 맹달의 화살에 이마를 맞고 병사들에게 구출되어 채중(寨中)으로 돌아가자 곧바로 의사를 불러 치료했으나 그날밤 절명했다.

그의 나이 59세.

사마의는 사람을 시켜서 그의 영구를 낙양으로 보내서 안장하도록 했다.

이튿날, 맹달이 성 위에 올라가 살펴보니 위병이 사면을 철통같이 포위하고 있었다. 맹달이 당황해하고 있을 때, 홀연 양로 병사가 밖에서부터 쳐들어오는데, 깃발에는 신탐·신의라고 크게 씌어 있었다. 맹달은 구원병이 도착한 줄만 알고 급히 본부병을 거느리고 성문을 활짝 열어젖혀 몰고 나갔더니 난데없이 신탐의 호통소리가 들렸다.

"역적아, 옴쭉 말고 게 있거라! 일찌감치 죽을 각오나 해라!"

'아차 속았구나!'

하는 생각에 맹달이 말머리를 돌려 성 안으로 도주하려고 했을 때, 성 위에서 빗발치듯 퍼붓는 화살. 이보와 등현이 성 위에서 큰 소리로 매도했다.

"우리가 벌써 성을 바쳤다!"

맹달은 결사적으로 도주하려고 했으나 마침내 신탐의 창에 찔려 목까지 잘리고 부하들도 모조리 항복하고 말았다.

이보와 등현이 성문을 열고 사마의를 영접해 들이니 사마의는 백성을 안정시키고 병사에게 상을 내리자마자 사자를 파견하여 위주 조예에게 이 사실을 보고했다. 조예는 무척 기뻐하며 맹달의 수급을 낙양으로 가져다가 성시(城市)에 내걸어 구경거리를 만들고, 신탐·신의의 관직을 승진시켜서 사마의의 군사에 가담하도록 명령했다. 또 이보·등현에게는 신성과 상용의 수비를 명령했다.

사마의가 군사를 인솔하고 장안으로 들어가서 조예를 만나니, 조예는 크게 기뻐하며 말했다.

"짐이 한때 판단이 흐려 반간의 계교에 넘어갔던 일은 후회막급이오! 경들이 힘쓰지 않았다면 양경(兩京)이 큰일날 뻔했소!"

"신의에게서 모반을 꾀한다는 밀고를 받고 폐하께 아뢰고자 했으나 왕복에 시일이 걸릴 것을 걱정하여 밤을 새워 그대로 달려갔습니다. 주문을 기다렸다면 제갈량의 계책에 넘어갈 뻔했습니다."

사마의는 이렇게 말하고 공명이 맹달에게 보낸 답장을 내놓았다. 조예는 그것을 읽고 나더니,

"경의 학식은 손(孫)·오(吳)보다도 훨씬 낫소!"

하면서, 앞으로는 급한 일이 있으면 주문할 필요 없이 처리하라 명령하고 관을 나가 촉군을 격파하라고 했다.

"선봉이 될 만한 대장을 한 사람 주십시오."

"누가 좋겠소? 말해 보시오."

"우장군 장합(張郃)이 좋겠습니다."

"나도 그런 생각을 하고 있었소!"

조예는 웃으면서 장합에게 선봉을 명령하고 사마의와 함께 촉군을 격파하라고 했다. 이야말로 모신(謀臣)이 지혜를 발휘하고 나니 또다시 맹장을 시켜 시위를 돕게 하는 판이다.

95.
아슬아슬한 묘기

"여기 또 조자룡이!"
깃발만 후퇴시키고 조자룡이 뒤로 남아 적을 맞는다

馬謖拒諫失街亭
武侯彈琴退仲達

위주 조예는 장합을 선봉으로 명령하여 사마의와 함께 떠나보내는 한편, 신비(辛毗)와 손례(孫禮) 두 사람에게 5만 기를 주어서 조진을 거들어 주라고 명령했다. 사마의는 군사 20만을 거느리고 관(關)을 나와 영채를 마련해 놓고 장합을 장하에 불러들여 작전 계획과 요점을 다음과 같이 설명해 주었다.

1. 자오곡(子午谷)에서 곧장 장안으로 들이치는 것이 가장 빠른 길인 줄 제갈량도 알고 있을 것이나, 그는 만일의 실수를 염려하여 이런 모험을 하지 않고 반드시 사곡(斜谷)으로 군사를 몰고 나와서 미성(郿城)을 공격할 것이다.

2. 제갈량은 미성을 순조롭게 수중에 넣으면 군사를 나누어서 1군을 기곡(箕谷)으로 몰 것이 확실하다. 그래서 나는 이미 조진에게 격문을 발송하여 미성의 수비를 견고히 하고 적군이 나타나더라도 나와서 싸우지 말라 명령했으며, 손례와 신비는 기곡 어귀를 막고 있다가 적군이 나타나면 기병(奇兵)을 써서 격퇴하라고 지시했다.

3. 진령(秦嶺) 서쪽으로 한 갈래 길이 있는데 이곳은 가정(街亭)이라고 하며 옆으로 열류성(列柳城)이 있는데, 이 두 지점은 한중의 인후와 같은 곳이므로, 제갈량은 자단(子丹)의 수비가 소홀한 것을 보고 이곳에서 군사를 몰 것이다.

4. 내가 가정을 점령하면 양평관(陽平關)도 멀지 않게 되는데, 제갈량은 내가 그의 양도를 끊는 줄 알면 농서(隴西) 일대를 지키기 어려워지니까 밤을 새워서라도 한중으로 뺑소니를 칠 것이다.

5. 제갈량이 후퇴하면 나는 샛길에 군사를 매복시켰다가 공격할 것이며, 만약 그가 후퇴하지 않는다면 각 방면의 샛길에 돌을 쌓아 길을 차단시켜 버리고 군사를 시켜 지키도록 할 것이니 이렇게 되면 한 달도 못 되어서 촉군은 모두 굶어 죽고 제갈량은 나의 수중에 잡히고 말 것이다.

6. 선봉이 결코 경솔히 움직이지 말고 서쪽 산을 끼고 길을 찾아서, 먼곳까지 염탐꾼을 내보내서 복병이 있나 세심하게 살피

면서 진군할 것. 이런 점을 태만히 하면 반드시 제갈량의 계책에
빠지고 말 것이다.

장합은 이런 계책을 상세히 알아 가지고 군사를 인솔하고 떠
나갔다.

공명이 기산 채중에 있는데, 홀연 염탐꾼이 도착하여 보고했
다. 사마의가 이틀 길을 하루에 달려서 8일 동안에 이미 신성으
로 밀고 들어와사 맹달은 성을 지킬 틈도 없었는데, 신의·이
보·등현 등이 내통했기 때문에 난군 중에 죽어 버렸다. 사마의
는 벌써 군사를 철수시켜 가지고 장안에 도착해서 위주를 만나
보고 장합과 함께 촉군에 대비하기 위해서 관을 나섰다는 것이
었다.

"맹달은 일을 용의주도하게 못했으니 죽은 게 당연하지만, 사
마의가 벌써 관을 나섰다면 우리 군사의 양도의 요로인 가정을
점령하려 들 것이 뻔한 노릇이다."

공명이 이렇게 말하며, 대경실색하고 당장에 대책을 세웠다.
마속이 자진해서 가정을 수비하러 나서겠다고 군령장(軍令狀)까
지 써서 내놓는 바람에, 그에게 정병 2만 5천과 왕평을 딸려서
떠나 보내고, 특히 왕평에게는 진을 쳐 놓은 다음에 그 일대의
지도를 작성해서 자기에게 보내라고 신신당부했다.

또 고상에게 1만 기를 주어서 열류성에 주둔하도록 지시하고

위연을 불러서 수하의 군사를 거느리고 가정의 배후에 주둔하면서 고상을 거들어 주도록 명령했다. 위연은 선봉으로 나서고 싶지 배후로 돌아가긴 싫다고 고집을 부렸으나 공명이,

"앞장을 서서 적군을 격파하는 것은 평범한 장수가 하는 일이오. 가정은 양평관으로 통하는 충요도로(衝要道路)로 한중의 인후같은 지점이니 이곳을 뒷받침하는 것은 가장 중대한 임무요."

하니, 위연도 기뻐하며 군사를 인솔하고 떠나갔다.

공명은 그제야 적이 안심이 되어서 마지막으로 조자룡과 등지를 불러서 분부했다.

"그대들은 기곡(箕谷)으로 나가서 매복해 있다가 의병(疑兵)이 되어서 위병을 만나면 싸울 듯 말 듯해 보이면서 그들의 마음을 놀라게 하시오."

두 장수가 명령을 받고 떠나가자, 공명 자신도 강유를 선봉으로 내세우고 사곡으로 군사를 몰았다.

그런데 마속과 왕평 두 장수는 가정에 도착하자 지세를 살펴보고 나서 진을 치는데 있어서 서로 의견충돌을 일으켰다. 마속은 산꼭대기에 진을 치자고 고집을 부렸으며, 왕평은 평지인 도로에다 진을 치자고 하여 의견이 대립되었다. 왕평이 무슨 말을 해도 마속이 막무가내, 일보도 양보하려 들지 않으니 왕평은 참다못해 이렇게 말했다.

"참군께서 꼭 산꼭대기에 진을 치셔야만 하시겠다면, 나는 군

사를 나누어 가지고 산 서쪽 평지에다 소채(小寨)를 마련하고 의 각지세(掎角之勢)를 취하고 있다가 위군이 쳐들어오면 배후에서 무찌르기로 하겠소."

마속은 끝까지 왕평의 의견을 받아들여 주지 않았다. 이때 돌연 산중의 백성들이 떼를 지어서 달려들며 하는 말이, 위군이 이미 쳐들어왔다는 것이었다. 그제야 마속은 왕평에게 5천 기를 나누어 주면서 마음대로 진을 쳐 보라고 했다. 왕평은 병사를 인솔하고 산을 10리쯤 내려가서 진을 치고 지도를 그려서 밤을 헤아리지 않고 사람을 파견하여, 마속이 산꼭대기에 진을 쳤다는 사실을 함께 공명에게 보고했다.

한편 사마의가 성중에 있으면서 둘째아들 사마소를 내보내서 앞길을 탐지해 오라고 했더니, 돌아와서 보고하는 말이, 적군은 모조리 산꼭대기에 진을 치고 있다는 것이었다.

사마의는 크게 기뻐하며 옷을 갈아입고 백여 기를 거느리고 달밝은 밤에 산기슭까지 말을 몰아 정세를 살피고 돌아왔다. 마속은 산꼭대기에서 이것을 내려다보고 자신만만하게 부하들에게, 만약에 적군이 쳐들어오면 산꼭대기에서 흔드는 붉은 깃발을 신호로 삼아 일제히 내리달리며 무찌르라고 명령했다. 사마의는 가정을 지키고 있는 적장이 마량(馬良)의 아우 마속이라는 것을 알고는 코웃음을 쳤다. 공명 같은 인물이 어째서 그런 변변치 않은 장수를 내세웠는지 알 수 없기 때문이었다.

또, 10리쯤 떨어진 지점에 왕평이 진을 치고 있다는 사실을 알자 사마의는 장합에게 1군을 거느리고 왕평의 진로를 가로막으라 명령하고 신탐·신의에게 군사를 양로로 해서 산을 포위하고 먼저 급수도로(汲水道路)를 끊어 촉병이 스스로 동요를 일으킬 때 습격을 가하라고 지시했다.

그날밤 날이 밝을 무렵에 사마의가 장합을 떠나 보내 놓고, 친히 대군을 거느리고 쳐들어가니 마속은 붉은 깃발을 휘둘렀지만 장수들은 서로 꾀를 부리고 움직이려 들지 않았다. 마속이 격분하여 부장 두 사람의 목을 당장에 베어 버리니 그제야 병사들은 부들부들 떨면서 산을 내려와서 위병에게 대항했다. 그러나 양도를 차단당한 왕평은 물 한 방울도 얻을 수 없어서 장합과 불과 10여 합을 싸우다가 후퇴해 버렸고, 산 남쪽에 진을 치고 있던 일부 병사들은 마속의 명령도 거역하고 산에서 달려내려와 위군에 항복하고 말았다.

치열한 혼전과 난투가 벌어졌다.

사마의는 산기슭 숲에다 불을 질렀다. 견디다 못해서 서쪽으로 도주하는 마속. 그 뒤를 추격하는 장합. 홀연 그 앞을 가로막고 위연이 나타나니, 이번에는 장합이 뺑소니를 치고 그 뒤를 위연이 추격하여 가정을 일시 탈환하기는 했다.

그러나 위연이 장합을 50리쯤 추격했을 때, 난데없는 고함소리와 함께 덤벼드는 사마의와 사마소. 위연은 그들에게 포위를 당했으며, 장합마저 되돌아서서 덤벼드니 위연이 '인제, 마지막이구나!'하는 위기일발의 순간에 홀연 달려드는 왕평의 군사. 왕평과 위연이 간신히 위군을 물리치고 진지로 돌아오니 꽂혀 있는 깃발은 모두가 위군의 것이었다. 그뿐 아니라 거기서는 신탐·신의가 덤벼들었다.

왕평·위연은 말을 달려서 열류성의 고상에게로 도주하였다. 성 아래까지 다다랐을 때, 성 주변에는 '위도독 곽회(魏都督郭淮)'라고 크게 씌어 있는 깃발이 휘날리고 있었다. 이것은 곽회와 조진이 결탁하고 사마의에게 공로를 빼앗길까 꺼리는 바람에 미리 열류성을 습격한 것이었다. 이때, 촉군은 이미 그 태반이 부상을 당했으며, 위연·왕평·고상은 양평관을 빼앗길 것이 겁나서 곧바로 그곳으로 철수해 버렸다.

그러나 곽회보다도 더 빠른 사람이 있었다. 곽회가 열류성을 점령하게 된 것을 자랑하며 성문 가까이 가서 문을 열라 호통을 치니, 성 위에서는 '평서도독 사마의'라고 씌어 있는 깃발이 휘날리며 사마의가 버티고 서서 깔깔대며 웃고 있었다.

"관백제(關伯濟—곽회), 좀 늦었군!"

"중달(中達—사마의)의 신기(神機)에는 당할 사람이 없군!"

두 장수는 호탕하게 웃어젖히며 성 안으로 들어갔다. 사마의는 가정을 빼앗긴 제갈량이 반드시 도주할 것이니 황급히 뒤를 추격해야 한다고 하며 곽회를 파견했다. 곽회가 떠난 다음에 사마의는 장합을 불러서 다음과 같이 지시했다.

"내 생각으로는 위연·왕평·마속·고상 등은 우선 양평관을 지키고 있을 것이다. 그러나 내가 만약에 양평관을 들이친다면 반드시 공명이 배후에서 습격을 해서 그의 계책에 빠지고 말 것이니, 그대가 먼저 샛길로 기곡으로 나가서 후퇴하는 적군을 무찌르시오.

나는 군사를 인솔하고 사곡의 적군을 막아낼 테니. 사곡을 지나서 서성(西城)으로 향하면, 그곳은 비록 작은 성이기는 하지만, 촉군의 양말을 저장해 둔 곳이고 또 남안·천수·안정 3군으로 통하는 교차로이니까, 서성을 수중에 넣을 수 있다면 3군을 점령하는 것이나 다름없소."

이렇게 말하고 사마의는 신탐·신의를 열류성에 남겨 두어 수비하도록 하고, 친히 대군을 거느리고 사곡을 향하여 출동했다.

한편 공명은 마속을 가정으로 떠나 보낸 뒤에도 불안한 시간을 보내고 있었는데, 홀연 왕평이 사람을 파견하여 지도를 보냈다는 보고가 들어왔다. 공명은 그 지도를 한번 보자마자 상을 치면서 소리를 질렀다.

"마속이 무지하여 우리 군사를 함정에 빠뜨리고 말았구나!"

좌우의 사람들이 그 까닭을 물었더니 공명이 대답했다.

"이 지도를 보면 중요한 도로는 다 버리고 산꼭대기에 진을 치고 있으니, 위나라 대군이 쳐들어와서 사면을 포위하고 급수도를 끊는다면 이틀도 못 가서 병사들은 동요를 일으킬 것이오. 가정을 빼앗긴다면 우리는 후퇴할 수도 없소."

이 말을 듣고 장사(長史) 양의(楊儀)가 자진해서 마속 대신 나가 보겠다고 하니, 공명이 안영법(安營法)을 일일이 분부해 주어서 떠나 보내려고 하는 판인데, 보마(報馬)가 달려들며 가정도 열류성도 이미 빼앗겼다는 보고를 전했다. 공명이 안타까워 어쩔 줄 모르며 장탄식했다.

"대사는 끝장났다! 이는 나의 잘못이었다!"

그 즉시 관흥과 장포를 불러서 지시하기를, 정병 3천 기를 거느리고 무공산(武功山) 샛길로 나가서, 위군이 달려들어도 싸우지 말고 북을 치고 함성을 울려 대군을 거느리고 있는 것처럼 보이게 하면 적군이 반드시 도주할 것이니, 너무 멀리 추격하지 말고 전군이 후퇴하는 것을 확인하고 양평관으로 돌아오라고 했다.

또, 장익에게는 병사를 거느리고 검각(劍閣)을 수리하여 귀로에 대비하도록 하고, 비밀히 호령을 전달하여 대군이 암암리에 행장을 수습하여 떠날 준비를 하라 지시했다.

마대와 강유에게는 후군이 되어서 미리 산곡간에 숨어 있다가 전군이 후퇴하기를 기다려서 퇴각하라고 했다. 또 심복을 천수·남안·안정 세 성으로 보내서 관민을 한중으로 돌아가도록 지시하고, 기성으로도 심복을 파견해서 강유의 모친을 한중으로 모셔가도록 연락을 취했다.

공명이 친히 5천 기를 거느리고 서성현(西城縣)으로 후퇴하여 양말을 운반해 내기 시작했을 때, 벌써 사마의가 15만 대군을 거느리고 쳐들어온다는 보고가 들어왔다. 공명도 당황했다. 그의 주변에는 무장이라고는 한 사람도 없었고 문관들만 남아 있을 뿐, 병사들도 양말을 운반하러 나갔고 불과 2천 5백 명밖에 없었다.

적군은 물밀듯이 서성현으로 쇄도해 들어왔다. 그러나 화급한 때일수록 약은 꾀가 떠오르는 것이 바로 제갈공명이었다. 그는 깃발을 하나도 없이 치워 버리라 하고, 부장들은 각자의 위치에서 뜨지 말고 조용히 있으라 명령했다.

그리고 사방의 성문을 활짝 열어젖힌 다음 각문에 20명의 병사를 배치하고 백성과 같은 몸차림을 하고 길을 쓸고 있으라 하고 위군이 달려들어도 절대로 동요해서는 안 된다고 엄명을 내렸다. 그러고 나서, 공명 자신은 윤건에 학창의를 입고는 거문고를 가져오게 해서 동자 둘을 거느리고 적루 앞 난간에 의지하고 앉아서 향불을 피워 놓고 거문고를 뜯고 있었다.

사마의는 앞서가던 부하들이 와서 보고하는 말을 처음에는 믿지 않았으나, 하도 기이해서 친히 말을 달려 정세를 살피러 나가 보았다. 과연 멀리 바라뵈는 적루 위에서 공명이 천연덕스럽게 웃으면서 향불을 피워 놓고 거문고를 뜯고 있으며, 왼쪽의 한 동자는 보검(寶劍)을 들고 오른쪽의 동자는 주미(塵尾─拂子)를 들고 시립하고 있는 것이었다.

사마의는 둘째아들 사마소가 말리는 것도 듣지 않고 당장에 군사를 총퇴각시켰다. 그것은 공명이 문을 활짝 열어젖혔으니 반드시 그 안에는 복병이 있으리라는 판단을 내렸기 때문이었다.

위군이 멀리 후퇴해 가는 광경을 보고 공명은 손뼉을 치면서 깔깔대고 웃었다. 여러 관원들은 그저 어리둥절할 뿐.

"사마의는 위나라의 명장인데, 이제 15만이나 되는 정병을 거느리고 여기까지 와서 어째서 승상의 모습을 한번 보자마자 후퇴해 버리는 것일까요?"

하고 그 까닭을 물었더니, 공명이 웃으면서 대답했다.

"그는 내가 평생에 조심성이 많은 사람인 줄 알고 위험한 것을 피한 것이고, 정세를 살펴보자 복병이 있는 듯하니까 후퇴한 것이오. 나도 모험을 했지만 정말 부득이해서 한번 해본 것뿐이오. 그는 반드시 군사를 산 북쪽으로 몰것이고 그곳에는 관흥과 장포를 이미 대기시켜 놓았소."

여러 사람들은 땅에 엎드려 탄복할 뿐이었다. 공명이 계속 말했다.

"우리 편은 겨우 2천 5백 기밖에 없었으니, 성을 버리고 달아났댔자 사마의에게 붙잡히는 길밖에 없었소."

공명이 또 한번 손뼉을 치면서 웃었다.

"내가 사마의였다면 결코 후퇴하지는 않았을 것이오!"

그 즉시 진중에 명령을 전달하여 사마의가 되돌아와서 쳐들어올 것이 틀림없으니 성 안의 백성들은 군사를 따라서 한중으로 이동하라고 했다. 이리하여 공명은 서성을 뒤로 하고 한중을 향하여 길을 떠났으며, 천수 · 안정 · 남안 3군의 관리 · 백성 · 군인들이 모두 뒤를 따랐다.

사마의가 무공산 샛길에 다다랐을 때, 난데없이 산골에서 천지를 진동하는 고함소리가 들려왔다. 사마의가 두 아들을 돌아다보며 말했다.

"내가 퇴각하지 않았다면 제갈량의 계책에 떨어졌을 것이다."

이런 말을 하고 있는데 홀연 배후에서 1군의 군마가 내달았다. 깃발을 바라다보니 '우호위사(右護衛史) 호익장군(虎翼將軍) 장포(張苞)'라고 대필특서해 있었다. 위군의 병사들은 무기와 갑옷을 버리고 도주했는데, 얼마 가지 않아서 산곡간에서 천지를 진동하는 피리소리 · 북소리 · 고함소리. 이번에는 '좌호위사(左護衛使) 용양장군(龍驤將軍) 관흥(關興)'이라는 깃발이 휘날리고 있었다.

위군의 병사들은 촉군의 수효조차 알 수 없고, 당황하기만 해서 한동안 망설이다가 치중(輜重)을 모조리 던져 버리고 도주했다.

관흥과 장포는 공명이 명령한 대로 먼곳까지 추격하지 않고 다량의 무기와 양말을 탈취해 가지고 돌아왔으며 사마의는 산곡간 도처에서 촉병을 보게 되자 도로로는 나오지 못하고 간신히 샛길을 찾아서 가정으로 되돌아갔다.

이때, 조진(曹眞)은 공명이 군사를 철수했다는 소문을 듣자, 시급히 군사를 거느리고 추격해 나갔다.

그런데 난데없이 산골에서 한 방의 포성이 들리더니 촉군의 병사가 산과 들을 뒤덮으며 몰려들었다.

선두에 나서는 대장은 바로 강유와 마대였다. 조진이 크게 놀라 곧바로 군사를 후퇴시키기는 했지만, 그때에는 벌써 선봉 진조(陳造)가 마대의 칼에 목이 날아가 버렸다. 조진은 군사를 거느리고 간신히 뺑소니를 쳐서 돌아갔으며, 촉군의 병사들도 밤을 새워가며 한중으로 돌아갔다.

조자룡과 등지는 기곡(箕谷) 도중에 복병으로 나가 있었는데, 공명이 진지를 철수했다는 소식을 듣고, 조자룡이 말했다.

"위군은 우리 군사가 후퇴한 것을 알면 반드시 추격해 올것이오. 나는 1군을 거느리고 뒤에 숨어 있을 테니 공은 나의 기치를 내세우시고 병사를 거느리고 서서히 후퇴하시오. 뒤는 내가 감당하리다."

이때 곽회(郭淮)가 군사를 인솔하고 기곡으로 되돌아오고 있던 중, 선봉 소옹(蘇顒)을 불러서 명령했다.

"촉군의 조자룡은 영용하기 이를 데 없는 장수요. 방비를 게을리해서는 안 될 것이오. 그가 후퇴했다면 반드시 다른 계책이 있을 것이오."

소옹이 말했다.

"도독께서 뒤만 받쳐 주신다면 소생이 반드시 조자룡을 산채로 붙잡겠습니다."

마침내, 소옹은 전부(前部) 3천 명을 거느리고 기곡으로 쳐들어갔다. 순식간에 촉병에게로 접근해 들어가고 있을 때, 산비탈 뒤로부터 백자홍기(白字紅旗)가 훌쩍 내닫는데 거기에는 '조운(趙雲)'이라는 두 자가 씌어 있었다. 소옹은 급히 병사를 수습해 가지고 후퇴했다.

몇 리도 가지 못했을 때, 또 천지를 진동하는 고함소리가 일어나더니 1대의 군마가 앞을 가로막으며 달려들었다.

선두에 선 대장이 말을 몰아 창을 휘두르며 내닫더니 호통을 쳤다.

"조자룡을 알아보느냐?"

소옹이 기급을 했다.

'어째서 여기에 또 조자룡이 있을까?'

이런 생각을 했을 때에는 이미 옴쭉달싹도 못하고 조자룡의 창에 찔려 목숨을 잃고 말았으며 나머지 군사들도 뿔뿔이 흩어져 도주해 버렸다.

조자룡이 앞으로 나가고 있을 때, 1군의 병사가 덤벼들었다. 곽회의 부장 만정(萬政)이었다.

조자룡은 적군이 육박해 들어오는 것을 보자, 길 한복판에 말을 멈추고 창을 휘두르며 태연히 기다리고 서 있었다.

이때, 촉군의 병사들은 벌써 30리 이상이나 앞으로 달리고 있었다. 만정은 조자룡의 위풍당당한 모습을 보자 간담이 서늘했다. 조자룡은 날이 저물 때까지 그곳에 버티고 있다가, 비로소 서서히 후퇴했다.

곽회의 군사가 또 달려들다가, 만정이 조자룡의 무용(武勇)이 옛날이나 조금도 변함 없다는 사실을 말하고 접근하기 어려웠다고 했더니, 곽회는 급히 군사를 몰아서 추격하라는 명령을 내렸다. 만정도 그제야 정병 수백 기를 거느리고 추격했다. 큰 숲 속에 당도하니 홀연 배후에서 무서운 호통소리가 들렸다.

"조자룡이 예 있다!"

혼비백산하여 말 위에서 떨어진 위병만도 백여 명. 나머지 병사들도 모두 고개를 넘어서 모조리 도주해 버렸다.

만정은 용기를 내서 덤벼들었으나, 조자룡의 화살에 투구 끈이 끊어져서 낭떠러지 아래로 거꾸로 박혔다. 조자룡이 창끝으로 들이대며 호통쳤다.

"네 목숨을 살려서 보내 줄 테니 곽회더러 빨리 추격해 오라고 해라!"

만정은 간신히 목숨만 건져 가지고 달아났다. 조자룡은 거장(車仗)과 인마를 호송하면서 아무런 손실도 없이 한중으로 돌아갔으며, 조진과 곽회는 다시 3군을 찾게 되어 그들도 공로를 세웠다고 자랑했다.

사마의가 또다시 군마를 나누어서 출동했을 때에는 촉군은 이미 한중으로 철수한 뒤였다. 그가 1군을 거느리고 다시 서성에 이르러 백성들과 산중에 사는 은자들에게 물어 보니, 이구동성으로 말하기를, 공명에게는 성중에 불과 2천 5백 명의 병사밖에 없었고, 대장은 한 사람도 없었으며, 다만 문관이 있었을 뿐 촉병은 전혀 없었다는 것이었다. 또 무공산에 사는 한 백성이 말했다.

"관흥·장포는 각각 3천 기를 거느리고 있었는데, 산 속을 돌아다니며 고함을 치고 북을 두들기고 한 것이며, 다른 군사도 없었고, 또 나와서 싸우려 들지도 않았습니다."

사마의는 후회막급, 하늘을 우러러보며 탄식했다.

"공명을 당할 도리가 없구나!"

이리하여 사마의는 각처 관민을 안무하고 병사를 인솔하여 장안으로 돌아와 위주 조예를 만나 보니 조예는 농서 여러 군을 탈환한 사마의의 공로를 치하했다. 사마의가 아뢰었다.

"현재 촉병은 모두 한중에 있으며 완전히 소탕하지는 못했습니다. 신은 또다시 대군을 받아 가지고 서천을 점령하여 폐하께 보답하고 싶습니다."

조예는 크게 기뻐하면서 그 즉시 군사를 동원하도록 명령했다.

이때 반부에서 한 사람이 나서면서 아뢰었다.

"신에게 한 가지 계책이 있어 능히 촉을 소탕하고 오를 항복시킬 수 있습니다."

이야말로 촉중 장상(將相)이 돌아가자마자, 위나라의 군신(君臣)이 또 꾀를 짜낸다.

96.
머리털의 속임수

머리털이 잘려서 대사에 성공하였으니 그 공로는 마땅히…

孔明揮淚斬馬謖
周魴斷髮賺曹休

계책을 제공하겠다는 사람은 상서(尚書) 손자(孫資)였다. 묘계
가 뭐냐고 조예가 물으니 손자가 대답했다.

"사곡의 험준한 바위로 둘러싸인 5백 리 도로는 싸울 만한 곳
이 못 됩니다. 이제 천하의 병력을 총동원해서 촉을 토벌한다면
동오(東吳)가 그 허를 찌르고 덤벼들 것이 뻔한 일입니다. 대장들
은 각처의 요로(要路)를 견고히 지키고 힘을 배양하고 있으면 오
와 촉은 반드시 서로 싸우게 될 것이니 그때를 기다려서 토벌하
면 반드시 승리할 것입니다."

조예가 사마의와 상의했더니, 그 역시 손자의 의견에 찬성하
는지라, 조예는 사마의에게 명령하여 여러 대장들을 각처의 요

로로 내보내어 수비를 견고히 하게 했다. 또 곽회 · 장합을 장안에 남겨 두기로 하고, 3군에 대상(大賞)을 내리고 낙양으로 돌아갔다.

한편, 공명은 한중(漢中)으로 돌아와서 군사를 점검해 보니 조자룡과 등지 두 장수가 돌아와 있지 않자 심히 근심했다. 관흥 · 장포에게 각각 병사를 거느리고 싸움을 거들어 주러 출동하라고 명령했다. 두 장수가 떠나려고 하는데, 조자룡과 등지가 군사 한 명도 잃지 않고 무사히 도착했으며 치중(輜重)도 고스란히 지니고 돌아왔다는 보고가 들어왔다.

공명은 기뻐서 입이 딱 벌어지며 대장들을 거느리고 친히 영접하러 나갔더니 조자룡은 말에서 뛰어내려서 꿇어 앉았다.

"패장에게 너무나 과분하신 대접이십니다!"

"여러 대장들이 모두 군사를 잃었는데 공만은 일기(一騎)도 잃지 않고 돌아왔으니 어찌된 까닭이오?"

등지가 여태까지의 경과를 자세히 보고했더니, 공명이 감탄하여 마지않으며 조자룡에게 황금 50근을 주고 비단 1만 필을 부하 병사들에게 나누어 주려고 했다. 그러나 조자룡은 끝까지 사양하고 받지 않으면서, 자신의 패군(敗軍)의 죄를 뼈저리게 느끼며 그것을 국고에 보관해 두어서 상벌의 도를 문란하지 않게 해 달라고 간곡히 청하니, 공명의 조자룡을 존경하는 마음이 더욱더 간절해졌다.

이때, 마속·왕평·위연·고상 등이 돌아왔다는 보고가 들어왔다. 공명은 우선 왕평을 장중으로 불러들여서 준엄하게 문책을 하고, 다음으로 마속을 불러들였다.

마속은 제 손으로 제 몸을 결박하고 장전에 꿇어 앉았다.

공명이 얼굴빛이 변하며 말했다.

"그대는 어렸을 때부터 병서를 읽었고 병법을 외고 있었을 텐데, 그만큼 내가 가정이 우리 편에 중요한 거점이라는 것을 역설했는데도, 가족의 생명을 걸고라도 중임을 맡고 나가겠다 하더니, 어째서 왕평의 권고도 듣지 않고 그런 무모한 짓을 했단 말인가?

이번 싸움에서 패하여 대장을 죽이고 실지함성(失地陷城)한 것은 모두가 그대의 죄과요! 군율을 밝히지 않으면 어떻게 수많은 사람을 복종시킬 수 있겠소? 그대는 이제 법을 범했으니 나를 원망하지는 마오. 그대가 죽은 뒤에도 그대의 가족에게는 내 다달이 녹량(祿糧)을 공급할 것이니 걱정할 것은 없소!"

좌우 사람에게 명령하여 끌어내다가 목을 베라고 명령했더니 마속이 눈물을 흘리며 아뢰었다.

"승상께서는 저를 아들같이 여겨 주셨고, 저는 아버님처럼 섬겨 왔습니다. 그러나 저의 사죄(死罪)는 이미 각오했사오니 뒤에 남은 어린것이나 돌봐 주신다면 죽어도 한이 없겠습니다."

마속은 방성통곡, 공명도 눈물을 흘렸다.

"나는 그대를 형제나 다름없이 대해 왔소. 그대의 아들들은 곧 나의 아들들이니 그런 부탁은 더 하지 않아도 좋소!"

좌우에서 마속을 원문(轅門) 밖으로 끌어내어 목을 베려고 했을 때, 참군 장완이 성도로부터 도착했는데, 무사가 마속의 목을 베려는 광경을 보자 깜짝 놀라 소리를 지르며, 말리고 나섰다.

"천하가 평정되지 않은 이때에 지모지신(智謀之臣)을 죽이신다는 것은 가석한 일이 아닙니까?"

이 말을 듣더니 공명은 눈물을 줄줄 흘리면서 대답했다.

"이제 천하가 어지럽게 갈려서 싸우고 병교(兵交)가 시작되는 마당에 다시 법을 폐(廢)한다면 어떻게 적을 토벌할 수 있겠소? 마땅히 참해야 되오!"

얼마 후에 무사 한 사람이 마속의 수급을 들고 섬돌 아래 와서 바치니 공명은 방성통곡했다.

장완이 물었다.

"마속은 죄를 짓고 군법의 처단을 받았는데, 승상께서는 왜 그다지 통곡하십니까?"

"나는 마속을 위해서 통곡하는 게 아니오. 선제께서 백제성에서 임종이 가까우셨을 때, '마속은 말뿐이지 실행이 없는 위인이니 큰일에는 쓸 수 없다'고 하시던 말씀을 생각하고 내 자신이 명민치 못했음을 생각했기 때문에 우는 것이오."

그 말을 듣고 있던 여러 장수들은 눈물을 흘리지 않는 사람이 없었다. 마속은 망년이 39세. 때는 건흥 6년(서기 228년) 여름 5월이었다.

공명은 마속을 참한 다음에 그 수급을 각영에 두루두루 보이고 나서 머리를 시체에다 꿰매서 관을 갖추어서 안장했다. 제문을 지어 가지고 제사를 지냈고 마속의 가족들을 불쌍히 여기어 다달이 녹미(祿米)를 주기로 했다. 공명은 또 친히 표문을 작성해서 장완에게 명령하여 후주에게 바치고 승상의 직위를 깎아 주기를 원했다.

장완은 성도로 돌아가서 후주를 알현하고 공명의 표문을 바쳤다. 후주가 뜯어 보았다.

신은 본래 어리석고 변변치 못한 인물로 분에 넘치는 중임을 맡고 친히 정월(旌鉞)을 잡고 3군을 독려했습니다. 훈장(訓章)과 명법(明法)을 하지 못하고 일에 임하어 겁을 내어 가정에서 위명(違命)의 과오를 범했으며, 기곡에서 불계(不戒)의 실수를 저질렀습니다. 이 잘못은 모두 신이 명민치 못해서 사람을 몰라 봤고 일을 망설이고 소홀함이 많았다는 점에 있습니다. 춘추(春秋)의 책비(責備)를 생각컨대 어찌 죄를 면할 수 있겠습니까? 3등급 깎아 내려주시기를 원하여 과오와 잘못을 바로 잡고자 합니다. 신은 부끄러움을 금치 못하오며 엎드려

명을 기다립니다.

후주가 표문을 다 읽고 나서 말했다.

"승부는 병가상사(兵家常事)인데 승상은 어찌하여 이런 말을 하는고?"

시중 비위가 아뢰었다.

"신이 듣건대 나라를 다스리는 자는 반드시 법을 지켜야 한다 하오니 만약에 법이 행해지지 않는다 하오면 어찌 사람을 복종시킬 수 있겠습니까? 승상은 패한 것을 생각하고 직위의 폄강(貶降)을 스스로 행하고자 하오니 그렇게 하심이 마땅하다고 생각합니다."

후주는 비위의 말대로 공명을 우장군으로 떨어뜨려서 승상의 직무를 맡아 보게 하고, 종전대로 군마를 총독하도록 해서 비위를 칙사로 한중에 파견했다.

한중에 도착하여 비위는 공명을 위로해 줄 생각으로 이런 말을 했다.

"촉나라 백성들은 승상께서 출진하신 지 얼마 안 되어서 4현(縣)을 격파하신 것을 매우 기뻐하며, 또 승상께서 강유를 얻으신 것을 천자께서도 매우 기뻐하십니다."

공명이 크게 노했다.

"그게 무슨 말이오? 또 잃어 버린 것은 얻지 못한 것이나 마찬

가지요. 공은 나를 모욕하자는 게요? 또 싸움에 패하여 돌아와서 촌토(寸土)를 뺏지 못했으니 이것은 나의 커다란 죄요. 강유 하나를 얻었다 해서 위나라가 무슨 큰 손해가 있겠소?"

"승상께서는 현재 웅사(雄師) 수십 만을 통솔하고 계시니 다시 위나라를 토벌하시면 되지 않습니까?"

"지난번에 대군이 기산·기곡에 주둔했었을 적에 우리 군사가 적병보다 많았는데도 적을 격파하지 못했으니, 그 원인은 군사의 많고적음에 있는 게 아니고 주장(主將)에게 있는 것이오.

이제 나는 군사와 장수의 수효를 줄이고, 벌을 명백히 하고 과실을 뉘우치게 해서 장래에 변통할 수 있는 길을 마련하려 하오. 그렇지 못한다면 군사가 많다 한들 뭣에 쓰겠소?

이제부터는 모두 사람이 나라를 위하여 앞날을 걱정하는 사람이라면 나의 모자라는 점을 알려 주고 나의 단점을 꾸짖어 주기 바라오. 그렇게 한다면 일은 제대로 될 것이고, 적을 격멸할 수 있고 큰 공로를 눈앞에 볼 수 있을 것이오."

비위와 그밖의 여러 장수들은 공명의 말에 탄복했고, 비위는 성도로 돌아갔다.

공명은 한중에 있으면서 군민을 아끼고 사랑하고, 병사들을 격려하여 강무(講武)하였으며 성을 공격하고 강을 건너는데 쓰이는 무기를 만들고, 양초(糧草)를 축적하고, 뗏목을 준비하여 다음 싸움에 대비하였다. 염탐꾼이 이런 사실을 탐지하고 낙양에 보고했다.

위주 조예는 이 소식을 알자, 그 즉시 사마의를 불러서 서천을 점령할 대책을 상의했다. 사마의의 의견은 날씨가 몹시 더운 때니까 촉군도 싸움을 하려 들 리가 없고, 이편에서 깊이 쳐들어갔댔자, 저편이 방비를 견고히 하고 있으면 격파하기 어려우니 지금은 싸움을 할 만한 계절이 아니라는 것이었다.

그리고 제갈량이 쳐들어오더라도 능히 이를 막아낼 만한 인물로서 태원(太原) 사람 학소(郝昭—字는 伯道. 雜覇將軍)를 천거했는데 이 인물은 신장이 9척에 기운이 세고 활을 잘 쏘며 모략도 대단한 위인이었다.

조예는 사마의의 의견을 받아들여 학소를 진서장군(鎭西將軍)에 승진시키고, 진창(陣倉) 어귀를 지키도록 명령했다. 이때 홀연 보고가 날아들었다.

양주(揚州)의 사마(司馬) 대도독 조휴가 표를 올렸는데, 동오 파양(鄱陽) 태수 주방(周魴)이 자기 군을 내놓고 투항하겠다고 사람을 비밀리 파견하여 일곱 가지 계책을 들어 동오를 격파할 수 있다고 하니 급히 군사를 보내서 이곳을 점령하기를 바란다는 것이다.

조예는 어상(御床) 위에서 그 표를 사마의와 같이 펼쳐 보았다. 사마의가 아뢰었다.

"이 말이 극히 까닭이 있는 말입니다. 동오는 멸망하고 말 것이니, 신은 1군을 거느리고 조휴를 거들러 나가고 싶습니다."

홀연 반중에서 한 사람이 나서며 그 말에 반대했다. 그는 건위 장군(建威將軍) 가규(賈逵)였는데, 그의 의견은 오인(吳人)의 말은 이랬다 저랬다 해서 믿을 수 없으며 주방은 지모가 있는 사람이기 때문에 투항하려 드는 것이 아니고, 군사를 유인하자는 속임수라는 것이었다.

조예는 그 말에도 일리가 있다 생각하고 결국 사마의와 가규 두 장수에게 명령하여 함께 거들어 주러 떠나도록 했다.

조휴는 대군을 인솔하여 완성으로 향하고 가규는 전장군(前將軍) 만총(滿寵)과 동완(東皖) 태수 호질(胡質)을 데리고 양성(陽城)을 경유하여 동관(東關)으로 직행했으며, 사마의는 본부군을 거느리고 강릉(江陵)을 공략하기로 했다.

이때, 오주(吳主) 손권이 무창(武昌) 동관에서 여러 관원을 모아 놓고 상의했다.

"파양 태수 주방에게서 위나라의 양주 도독 조휴가 우리를 공격하려 한다는 소식을 비밀리에 전해 왔소. 주방은 계책을 써서 일곱 가지 점을 들어 이해관계를 설득시키고 위군을 유인해 들일 것이니 복병을 써 가지고 잡도록 해달라는 것이오. 위군의 병사들은 이미 3로로 갈라져서 쳐들어오고 있는데 경들에게는 어떠한 고견이 있소?"

고옹(顧雍)이 나서면서 이런 큰 임무는 육손(陸遜)이 아니면 감당키 어렵다고 하니, 손권은 크게 기뻐하며 그 즉시 육손을 불러서 보국대장군(輔國大將軍)·평북도원수(平北都元帥)에 봉하고 어림군(御林軍)을 통솔하여 왕사(王事)를 섭행(攝行)하도록 명령했다. 그리고 또 백모황월을 주어서 문무백관이 그의 명령에 따르도록 하고, 친히 육손과 더불어 나란히 채찍을 잡고 파견하기로 했다.

육손은 분위장군(奮威將軍) 주환(朱桓)을 좌도독, 수남장군(綏南將軍) 전종(全琮)을 우도독으로 손권에게 천거하여 임명을 받게 한 후 강남 81주(州) 및 형호(荊湖)의 70여만 대군을 총솔하고 주환·전종을 좌우로 거느리고 자신은 중군을 맡아 가지고 3로로 진병(進兵)했다.

주환은 육손에게 이런 계책을 제공했다.

"조휴란 자는 위왕의 친족이기 때문에 이번에 대임을 맡게 됐지만 지용있는 장수는 못 됩니다. 주방이 유인하는 말을 믿고 중지(重地)로 깊이 들어온 것을 원수께서 병사를 동원하여 습격하시면 반드시 패할 것입니다.

패한 후에는 반드시 두 갈래 길로 달아날 것인데, 왼쪽은 협석(夾石), 오른쪽은 계차(桂車)입니다. 이 두 갈래 길은 모두 산골짜기 좁은 길이어서 아주 험준합니다.

소생이 전자황(全子璜―전종)과 같이 각각 1군을 거느리고 산 속에 매복해 있다가 나무와 돌로 길을 막아 버려서 조휴를 산채로 붙잡고 싶습니다.

조휴를 잡게 되면 장구직진(長驅直進)하여 힘 안 들이고 수춘(壽春)을 점령할 수 있고 허도·낙양을 넘겨다볼 수 있게 될 것이니 이야말로 만대에 한 번 있을 좋은 기회입니다."

그러나 육손이,

"그것은 좋은 계책이 아니오. 나는 나대로 묘계가 있소."

하니 주환은 불평을 품은 채 물러났다. 육손은 제갈근에게 강릉의 수비를 든든히 하여 사마의와 대적하라 하고, 각로의 배치을 마쳤다.

조휴의 군사가 완성에 다다르니, 주방이 나와 영접하고 조휴 가장하에 나타났다. 조휴가 말했다.

"이번에 그대의 서신을 받고 그대가 말한 일곱 가지 일이 극히 이치에 맞는다고 생각했기 때문에 천자께 주문하여 대군을 3로로 동원하게 됐소. 강동을 평정하면 그대의 공로는 작지 않은 것이오. 사람들은 그대가 모략이 많아서 거짓말을 하지나 않나 하고 걱정하지만 내 생각에는 그대가 반드시 나를 속이지는 않을 줄 아오."

주방은 소리를 내어 울면서 얼른 종인(從人)이 차고 있는 칼을 뽑아서 제 목을 찌르려고 했다. 조휴가 급히 가로막았더니 주방이 칼을 잡은 채 말했다.

"소생이 말씀드린 일곱 가지 일 가운데서 소생의 심간(心肝)까지 털어놓지 못한 것이 유감스럽습니다. 그런 의심을 품으신다는 것은 반드시 오나라의 이간책이며, 소생은 그런 의심을 받고는 살 수 없습니다. 소생의 충심은 하늘만이 알아 주실 겁니다."

말을 마치자, 주방은 또다시 제 목을 찌르려고 했다. 조휴가 깜짝 놀라 황망히 그를 붙잡고 만류했다.

"내가 농담을 한 걸 가지고 어째 이러시오?"

주방이 칼로 머리털을 잘라서 땅바닥에 내동댕이치며 말했다.

"소생은 충심으로써 공을 대했사온데 공께서는 소생에게 농담을 하시니 부모가 물려 주신 머리털로써 이 마음을 알아보시도록 하겠습니다!"

이것을 보자, 조휴는 그 말을 깊이 믿고 주연을 베풀어 대접했다. 술자리가 끝나자 주방은 돌아갔고, 건위장군 가규가 찾아왔다고 하니, 그를 불러들였다.

"무슨 일로 왔소?"

"제 생각 같아서는 동오의 군사는 모두 완성에 주둔해 있는 것 같습니다. 도독께서는 경솔히 출동하지 마십시오. 소생이 양면으로 협공하면 적병을 격파할 수 있습니다."

조휴는 가규가 자기의 공로를 시기해서 이런 말을 하나 하고 의심했으나 가규는 주방이 머리털을 잘라서 맹세를 했다는데 이것도 믿을 만한 일이 못 된다고 하는 것이었다. 조휴는 점점 더

격분하여,

"이따위 소리를 해서 군심(軍心)을 태만하게 하자는 수작이냐?"

하고 호통을 치면서 좌우에게 명령하여 당장에 가규를 끌어내다가 목을 베라고 했다. 여러 장수들이 말리고 나섰다.

"진병(進兵)도 하기 전에 먼저 대장을 참하심은 군에 불리하오니 잠시 용서해 주시기 바랍니다."

조휴는 장수들의 의견대로 가규의 병사는 채중에 남아서 지키도록 하고 자기가 친히 1군을 거느리고 동관(東關)을 공략하기로 했다.

이때, 주방은 가규가 병권을 박탈당했다는 사실을 알자 남몰래 기뻐했다.

"조휴가 가규의 말을 듣는다면, 동오는 패하고 말 것이다! 이야말로 하늘이 나를 성공하도록 해주는 것이다!"

그 즉시 사람을 비밀리에 완성으로 파견해서 육손에게 보고했다. 육손은 여러 장수들을 불러서 명령을 내렸다.

"앞에 있는 석정(石亭)은 비록 산길이기는 하지만 매복할 만한 지점이오. 빨리 가서 먼저 석정의 널찍한 지점을 점령하고 진세를 펼쳐서 위군이 나타나기를 기다리도록 합시다."

서성(徐盛)에게 선봉을 명령하여 떠나 보냈다.

한편, 조휴는 주방에게 명령하여 군사를 인솔하고 전진했는

298

데, 도중에서 앞에 보이는 곳이 어디냐고 물었더니, 주방이 대답했다.

"석정이라는 곳인데 군사를 주둔시키기에 적합합니다."

조휴는 이 말을 듣고 마침내 대군과 거장(車仗)을 모조리 인솔하고 석정으로 가서 주둔했다. 이튿날 초마가 보고하기를, 앞산 기슭에 수많은 오군이 진을 치고 있다고 했다.

조휴가 시급히 주방을 찾아보라고 했으나, 주방이 이미 수십 기를 거느리고 어디론지 행방을 감추었다는 것이었다. 그 순간 아차, 속았구나! 하는 생각에 발을 동동 굴렀으나 때는 이미 늦었다. 그래도 조휴는 용기를 내서 대장 장보(張普)에게 선봉을 명령하고 수천 기를 주어서 나가 대적하라고 했다.

양군이 대치했을 때, 장보가 진두에 나서며 호통을 쳤다.

"적장(賊將)은 빨리 항복하라!"

저편에서는 서성이 나서면서 대적했다. 몇 합을 싸우지 못하고 장보는 감당할 수 없어서 말머리를 돌려 군사를 이끌고 후퇴하여 조휴 앞에 나가서 서성의 용맹함을 보고했다, 조휴가 말했다.

"그렇다면 나는 기병(奇兵)을 써서 격파해야겠소!"

하면서, 장보에게 2만 기를 주어서 석정의 남쪽에 매복하라 하고, 설교(薛喬)에게도 2만 기를 주어서 석정 북쪽에 매복해 있으라고 명령했다.

그리고 주휴 자신은 그 이튿날 친히 1천 기를 인솔하고 나가서 도전한 다음, 싸움에 패한 체하고 돌아서서 서성을 산 앞까지 유인해내 가지고, 방포(放砲)를 신호로 3면에서 협공하여 승리를 거둘 작정이라고 두 장수에게도 일러서 떠나 보냈다.

한편 육손은 주환과 전종을 불러서, 각각 3만 기를 거느리고 석정 산 속에서부터 조휴의 영채 뒤로 돌아들어가서 불을 질러 신호하면, 자기가 친히 대군을 거느리고 가운데길로 나가서 조휴를 잡겠다고 했다.

주환과 전종은 그날밤 2경 위군의 영채를 뒤로 돌아들어가다가, 주환은 장보의 복병과 맞닥뜨리게 되었다. 오군이라고는 꿈에도 생각지 못한 장보는 결국 주환의 한칼에 목이 날아가 버렸다. 위군이 뿔뿔이 흩어지니 주환은 후군을 시켜서 불을 질렀다.

한편, 전종도 위군의 영채를 뒤로 돌아들어가 설교의 영채 한복판에서 일대 혼전을 전개, 설교도 견디다 못하여 뺑소니를 치니 주환·전종이 이를 맹렬히 추격했다. 조휴의 군사들은 소란 속에서 저희들끼리 서로 찌르고 죽이고 야단법석이었다.

조휴는 당황하여 말을 달려 협석(夾石)을 향하여 도주. 닥쳐드는 서성의 대군 앞에 위병은 무수히 전사했고, 조휴는 그대로 협석을 향하여 말을 달리고 있는데 홀연 샛길에서 또 내닫는 1군의 병사들. 선두에 나선 대장은 가규였다.

조휴는 그제야 한숨을 돌리며 부끄러움을 참지 못했다.

"공의 말을 듣지 않다가 과연 이런 꼴을 당했소!"

가규가 말했다.

"도독께서는 빨리 이 길에서 빠져 나가십시오. 만약에 오병(吳兵)이 나무와 돌로 차단해 버린다면 우리는 모두 위태로운 지경에 빠지게 됩니다."

가규가 뒤를 받쳐 주어서 조휴는 간신히 도주할 수 있었고 서성은 가규가 달아나면서 여기저기 숲속에 꽂아 놓은 깃발을 보고 복병이 있는 듯해서 더 추격하지 않았으며, 사마의도 조휴가 패했다는 소식을 듣고 군사를 철수시켰다.

육손은 첩보를 고대하고 있는데, 서성·주환·전종이 가지가지 전리품을 가지고 돌아왔으며, 투항한 병사가 수만 명에 달한다고 하니 더욱더 기뻐하여 태수 주방과 여러 장수들을 거느리고 오나라로 돌아갔다.

오주 손권은 문무백관을 거느리고 무창(武昌)성 밖에 나와 그를 영접했는데, 주방의 머리털이 없어진 것을 보고 말을 꺼냈다.

"경의 머리털이 잘려서 이번 대사가 성공했으니 그 공명(功名)이 마땅히 죽백(竹帛)에 기록되어야겠소."

주방을 관내후(關內侯)에 봉하고 성대한 주연을 베풀어 군사를 위로하고 승리를 경하했다. 육손이 아뢰었다.

"이제, 조휴가 싸움에 패배하였으니, 위군은 간담이 서늘하여졌습니다. 국서(國書)를 작성하셔서 사자를 서천에 파견하시고,

제갈량을 시켜서 진병(進兵) 공격하도록 하심이 좋을까 합니다."

　손권은 이 말대로 사자를 파견하여 국서를 가지고 서천으로 들어가게 했다.

　이야말로 동국(東國)이 능히 계책을 쓸 수 있었기 때문에, 또 서천이 군사를 동원하게 되는 판국이다.

97.
편지를 믿었다가

소나무가 불어지는 것을 보고,
"조자룡이 죽었구나!" 술잔을 던지는 공명

討魏國武侯再上表
破曹兵姜維詐獻書

촉한 건흥 6년 9월, 위나라의 도독 조휴는 석정에서 동오의 육
손에게 대패하여 거장마필(車仗馬匹)과 군자 기계(軍資器械)를 모
조리 잃었다. 그는 극도로 황공함을 느끼고 근심걱정으로 병이
되어서 낙양으로 돌아오자 등창으로 세상을 떠났다.

위주 조예는 칙령을 내려 그를 후하게 장례를 치러 주었다. 사
마의가 군사를 거느리고 돌아오자, 여러 대장들이 조도독이 패
한 것은 원수(元帥) 때문인데 어째서 이다지 급히 돌아왔느냐고
물었다. 그랬더니, 사마의가 제갈량이 우리 군사가 패한 줄 알고
장안으로 쳐들어오면 나설 사람이 없겠기에 그것이 걱정이 되어
서 돌아왔다고 대답하니, 모든 사람들은 그가 겁을 집어먹고 돌

아왔다고 조소하면서 자리를 물러났다.

한편, 동오는 사자를 촉나라에 파견하여 국서(國書)를 보내고 위나라를 토벌해 달라고 청하는 동시에 조휴를 크게 격파한 사실도 알렸다.

이것은 한편으로 자기의 위풍을 보이고 또 한편으로는 화의를 맺자는 속셈이었다. 후주는 한층 더 기뻐하여 사람을 시켜서 그 국서를 한중으로 가지고 가서 공명에게 알리도록 했다.

이때 공명은 군사 훈련도 군량도, 만반의 준비가 갖추어져서 출전을 서두르고 있던 중이었는데 이런 보고가 들어오자 즉시 여러 장수들을 모아 주연을 베풀고 대책을 상의했다. 그런데 난데없이 동북풍이 사납게 일더니 뜰앞의 소나무 가지가 부러졌다. 여러 사람들이 깜짝 놀랄 때, 공명이 혼자 점을 쳐 보았다.

"허어! 이 바람은 대장을 한 사람 잃게 할 바람이군!"

여러 사람들이 그 말을 믿지 않고 술을 마시고 있는데, 홀연 진남장군(鎭南將軍) 조자룡의 맏아들 조통(趙統), 둘째아들 조광(趙廣)이 승상을 만나 보러 왔다는 보고가 들어왔다.

공명이 질겁하여 술잔을 내던지며 외쳤다.

"자룡이 갔구나!"

두 아들이 들어와 절하고 통곡하며 말했다.

"아버지께서 어젯밤 3경에 병세 위중하셔서 돌아가셨습니다."

공명이 안타까워 발을 동동 구르며 통곡하여 마지않았다.

"자룡이 세상을 떠난 건 나라의 대들보가 하나 없어진 셈이오, 내 한쪽 팔이 없어진 셈이다!"

여러 장수들은 눈물을 흘리지 않는 사람이 없었다. 공명은 두 아들을 성도로 보내어 보상(報喪)케 하니, 후주는 자룡이 죽었단 말을 듣고는 방성통곡했다.

"짐이 옛날 어렸을 적에 자룡이 아니었다면 난군 중에서 죽었을 것이다!"

후주는 그 즉시 조명을 내려 조자룡에게 대장군(大將軍)의 자리를 추증(追贈)하고 순평후(順平侯)에 봉하여 성도 금병산(錦屛山) 동쪽에 칙명으로써 안장하고, 사당을 세워서 사시로 제사를 지내도록 했다.

후주는 또 조자룡의 과거의 공적을 생각하고 조통을 호분중랑(虎賁中郞), 조광을 아문장(牙門將)에 봉하여 부친의 분묘를 지키도록 돌려보냈다.

이때 근신이 보고하기를 제갈량은 이미 출전할 준비를 끝내고 머지않아 위나라를 토벌하러 나가려고 한다는 것이었다.

후주가 조정의 여러 신하들과 상의했더니, 이구동성으로 경솔히 움직일 때가 아니라고 반대하는 바람에 어찌해야 좋을지 몰라서 망설이고 있을 때, 공명의 사자 양의(楊儀)가 '출사표'를 올리러 왔다는 보고가 들어왔다. 후주는 그를 만나 보고 출사표를 받아서 상 위에 펼쳐 놓고 읽어 보았다.

이번에 제출한 공명의 두번째 출사표는 자기로서는 납득이 안 간다는 소위 여섯 가지를 조목조목 열거해 놓고, 싸움을 끝지 말고 용단을 내려서 즉시 토벌하자는 주전론(主戰論)을 설명한 것이었다. 그 여섯 가지의 요점은 다음과 같았다.

1. 고조황제(高祖皇帝)는 영명하기 이를 데 없었고, 무수한 모신(謀臣)을 거느리고 있었으면서도 가지가지 위태로운 일을 겪고 나서야 안정을 얻을 수 있었는데, 고조황제에 미칠 수 없는 후주가 모신도 많지 못한데, 장구지책(長久之策)으로써 승리를 얻어서 천하를 편안히 앉아서 정하려는 점.

2. 유요(劉繇)와 왕랑(王朗)은 각각 주군(州郡)에 처박혀 편안한 소리만 하면서 올해도 싸우지 않고, 내년에도 싸우지 않고, 손권으로 하여금 가만히 앉아서 커지게 만들어서 강동을 점령하게 만든 점.

3. 조조는 그 지계(智計)가 남달리 뛰어난 사람이었는데도 온갖 고난을 겪고 나서야 안정을 얻었는데, 하물며 자기와 같이 재간 없는 몸이 위험 없이 안정을 바랄 수 있느냐는 점.

4. 선제께서 항시 그 능력과 재간을 칭찬하시던 조조도 결국은 실수를 했는데, 어찌 자기만이 필승을 한다고 할 수 있으랴는 점.

5. 자기가 한중으로 온 지 불과 2년에 곡장(曲長)과 둔장(屯將)을 70여 명이나 상실했으며, 산기(散騎)·무기(武騎) 1천여 명을

죽였는데, 이는 모두 10년 동안이나 사방에서 규합한 정예요, 어떤 한 주(州)가 소유하고 있던 인재들이 아니니, 또다시 수년을 경과한다면 그 3분의 2는 줄어들 것이 아니냐는 점.

6. 이제 백성은 궁핍하고 군사는 피로해졌는데 싸움을 조속히 끝내지 않고 한 주의 땅에서 적과 지구전을 하려 드는 점.

후주는 공명의 두번째 '출사표'를 다 읽고 나서 한층 더 기뻐하며 그 즉시 공명에게 군사를 동원하도록 조명을 내렸다. 공명은 명령을 받자 30만 정병을 동원하고 위연을 선봉대장으로 삼고, 곧장 진창 어귀를 향하여 달렸다.

염탐꾼이 재빨리 이런 소식을 낙양으로 보고했다. 사마의가 이 보고를 위주에게 올리니, 조예는 문무백관 전원을 모아 놓고 상의했다.

대장군 조진이 출반하여, 이번에야말로 제갈량을 붙잡기 위해서, 자기가 근래들어 수하에 넣은 대장 왕쌍(王雙—字는 子全)을 선봉으로 내세우고 한번 나가보고 싶다고 자원했다.

이 왕쌍이라는 대장은 60근의 큰 칼을 쓸 줄 알고, 천리길이나 완마를 달릴 수 있고, 철태궁(鐵胎弓)을 보통 사람의 갑절이나 쏠 수 있고, 세 개의 유성추(流星鎚)라는 독특한 무기를 남몰래 몸에 지니고 있어 아무도 당해 낼 수 없는 용법을 가진 인물이라는 것이었다.

조예는 크게 기뻐하여 왕쌍을 불러서 금포 금갑(錦袍金甲)을 주고 호위장군(虎威將軍)에 봉하여 전부 대선봉(前部大先鋒)에 임명하고, 조진을 대도독에 임명했다. 조진은 정병 15만을 동원하고 또 곽회·장합의 병사와 힘을 합쳐서 각처의 요로를 지키기로 했다.

한편, 촉병의 앞부대가 진창에 도착하자 초병(哨兵)이 공명에게 보고하기를, 진창 어귀에는 학소(郝昭)가 지키고 있으니 태백령(太白嶺)을 넘어서 기산으로 돌아 들어가자고 했다. 그러나 공명은 가정이 바로 진창의 북쪽에 있으니 이 성을 격파하지 않고는 전진할 수 없음을 알고, 위연을 내보내서 성을 사면으로 포위시켰다.

그런데 위연은 며칠이 되어도 함락시키지 못하고 되돌아왔다. 공명이 격분하여 위연의 목을 베라고 호통을 쳤을 때, 홀연 장하에서 부곡(部曲) 운상(鄞詳)이 나서면서, 자기가 학소와는 같은 농서(隴西) 태생이니 그에게 가서 이해득실을 설득시켜서 활 한 자루도 없애지 않고 투항시켜 보겠다는 것이었다.

공명은 곧바로 떠나가라고 명령했다. 운상은 말을 달려 성 아래까지 가서 소리를 질렀다.

"학백도(郝伯道—학소)의 옛 친구 운상이 만나 보러 왔소."

성 위의 사람이 학소에게 보고했더니, 학소는 문을 열고 안내하도록 명령하여 서로 만나 보게 되었다.

"무슨 일로 여기까지 왔소."

"나는 서촉 공명 장하에서 군기(軍機)에 참여하고 상빈(上賓)의 예를 받고 있는데, 특히 나더러 공을 만나 이야기해 보라는 일이 있어서 왔소."

학소는 갑자기 안색이 변하며 제갈량은 우리나라의 수적(讐敵)이오, 그대와 나는 서로 섬기는 주인이 다른데 무슨 할말이 있느냐고 일축해 버리고 적루로 올라가 버렸다. 그리고 위병들이 강제로 운상을 말 위에다 끌어 올려서 성 밖으로 쫓아냈다. 운상이 돌아보니 학소가 난간을 의지하고 아래를 내려다보고 있으니,

"백도 현제(伯道賢弟), 너무 매정하지 않소?"

했더니, 학소가 말했다.

"위국의 법도는 형도 잘 알 것이오. 나는 나라의 은혜를 받았으니 죽음이 있을 뿐이오. 형은 아무 말씀 마시고 빨리 돌아가셔서 제갈량보고 성을 공격하라고 하시오. 나는 조금도 겁날 것이 없소!"

운상이 돌아와서 사실대로 보고했더니 공명이 다시 한 번 가서 이해관계를 설득시켜 보라고 하니, 운상은 다시 성 아래로 가서 학소를 불러냈다. 학소가 적루에 나타나자 운상은 말을 멈추고,

"백도, 나의 충언을 들으시오. 그대는 이 고성(孤城)을 지키면서

어떻게 수십만 대군을 막아낼 수 있다는 거요? 이제 시급히 투항하지 않으면 후회막급이오! 또 대한(大漢)에 불순하고 간적(奸賊) 위를 섬기다니, 어찌 그리 천명(天命)을 모르고 말고 흐림을 분간치 못하오? 신중히 생각해 보기 바라오."

그러나 학소는 격분하여 활에 화살을 재 가지고 운상을 겨누면서 두 말 말고 선뜻 돌아가지 않으면 쏘겠다고 호통을 쳤다. 운상이 돌아와서 사실대로 보고했더니, 공명도 격분하여 토인을 불러 가지고 실정을 조사해 보았다. 진창성 안의 군사가 3천 명밖에 안 된다는 사실을 파악하자 공명은 깔깔대고 웃었다.

"이따위 작은 성을 가지고 어떻게 나를 막아내겠다는 거냐? 구원병이 도착하기 전에 시급히 쳐부셔야겠다!"

공명은 군중(軍中)에서 높은 사다리(雲梯) 1백 대를 만들었는데 한 대에 10여 명이 올라갈 수 있는 것이며, 그 주위는 목판을 둘러쌓여 있는 것이었다. 군사들은 각각 짧은 사다리와 동아줄을 마련해 가지고 북을 울리며 일제히 성으로 전진했다. 학소는 적루에서 이 광경을 바라보자 병사 3천 명에게 명령하여 화전(火箭)을 가지고 사면에서 사다리가 성에 접근하면 그대로 쏘라고 했다.

이런 줄은 꿈에도 모르고 공명이 전군에 명령하여 성으로 쳐들어갔는데, 성 안에서 빗발치듯 퍼붓는 화전 때문에 운제는 모조리 불 속에 파묻히고 병사들이 불에 타죽게 되자 시급히 군사를 철수시켰다.

격분한 공명은 그날밤을 새워가며 충거(衝車)를 만들어서 '충거법(衝車法)'을 쓰기로 작정하고, 그 이튿날 사방에서 북을 울리며 쳐들어갔지만, 학소는 급히 군사에게 명령하여 돌을 운반해다가 구멍을 뚫고 칡줄로 잡아매 가지고 마구 던지는 바람에 충거는 모조리 깨져 버리고 말았다.

그리하여 공명이 병사들에게 명령하여 흙을 운반하여 성호(城壕)를 메워 버리고 요화(廖化)에게 군사 3천을 주어서 밤중에 굴을 파고 몰래 성으로 쳐들어가게 했으나, 학소도 성중에 중호(重壕)를 파고 가로막아 버리는 것이었다. 낮밤을 헤아리지 않고 공격하기를 20여 일, 도무지 격파할 계책이 서지 않았다.

공명이 영중에서 답답한 시간을 보내고 있는데, '위선봉 대장(魏先鋒大將) 왕쌍(王雙)'이라는 깃발을 휘두르며 구원병이 동편에 도착했다는 보고가 들어왔다.

누가 나가서 격파할 사람이 없느냐고 하니 위연이 나섰지만, 공명이 위연은 선봉대장이니 경솔히 움직일 수 없다 하여, 다음으로 자진해서 나온 부장 사웅(謝雍)에게 3천 기를 주어서 내보내고 그 뒤를 또 따를 사람이 없느냐 했다. 그랬더니 부장 공기(龔起)가 그 자리에서 나서서 그에게도 역시 3천 기를 주어서 내보내 놓고 성 안의 학소가 습격해 올 것을 경계하기 위하여 군사를 20리쯤 후퇴시켜 가지고 다시 진을 쳤다.

사웅은 군사를 거느리고 달려나갔으나 왕쌍과 맞닥뜨려 3합도 싸우지 못하고 왕쌍의 한칼에 거꾸러지고 말았다. 촉병이 와르르 뒤로 물러서니 왕쌍이 맹렬히 추격해 오는 바람에 공명은 당황하여 요화·왕평·장의 세 장수를 내보내서 대적하게 했다.

양군이 대치하게 되니, 장의가 출마하고 왕평·요화가 좌우로 나섰다. 왕쌍은 말을 달려 장의에게 덤벼들었는데 몇 합을 싸워도 승부가 나지 않았다. 왕쌍이 패하는 체하고 도주를 하니 장의는 대뜸 뒤를 추격했다.

왕평은 장의가 속임수에 넘어가는 줄 알고,

"추격하지 마오!"

하고 소리를 질렀다. 장의는 급히 말머리를 돌렸지만, 그 순간에 재빨리 날아든 왕쌍의 유성추(流星鎚)가 장의의 등에 꽂혔다. 장의는 안장에 엎드려 달아났고, 왕쌍이 추격해 오자 왕평·요화가 덤벼들어 장의를 구출해 냈는데, 또다시 왕쌍이 병사를 몰고 맹렬한 기세로 덤벼들어 촉병은 수많은 부상자를 냈다.

장의는 몇 번이나 피를 토하고 간신히 공명에게로 돌아와서, 왕쌍은 천하무적이고 2만의 군사를 거느리고 진창성 밖에서 깊은 성호(星壕)를 파고 방비를 견고히 하고 있다고 보고했다. 공명은 부장을 두 사람이나 잃고 장의마저 부상당한 것을 보자 강유를 불러 무슨 좋은 계책이 없느냐고 물어 보았다. 강유가 말했다.

"진창의 성지는 견고하고 학소가 방어를 긴밀히 하고 있으며,

또 왕쌍이 거들고 있으니 점령할 수 없습니다. 그보다는 대장 한 사람에게 명령하여 산 옆 물가에 영채를 마련하여 든든히 지키게 하고 다시 양장(良將)에게 명령하여 요도(要道)를 지키게 해서 가정(街亭)으로부터의 공격을 막아내게 하시고, 승상께서는 친히 대군을 통솔하시고 기산을 습격하시는 게 좋겠습니다. 소생은 여차여차하게 계책을 써서 조진을 붙잡겠습니다."

공명은 그의 말대로 그 즉시 왕평·이회(李恢)에게 명령하여 두 갈래로 병사를 거느리고 가정 소로(小路)를 지키게 했으며 위연에게 명령하여 1군을 거느리고 진창구(陳倉口)를 든든히 지키도록 해놓고 마대를 선봉으로, 관흥·장포에게 앞뒤를 거들도록 하고 샛길로 사곡을 나와 기산을 향하여 출동했다.

한편, 조진은 먼젓번에 사마의에게 공로를 빼앗긴 것을 분하게 생각하고, 낙양에 도착하자 곽회·손례에게 동서의 수비를 맡겼다. 그리고 진창에서 위급을 고하자 왕쌍을 시켜서 구원하도록 파견했더니, 왕쌍이 적군의 장수들 죽이고 공을 세웠다는 소식을 듣고 크게 기뻐하며, 중호군대장(中護軍大將) 비요(費耀)에게 전부총독(前部總督)의 직을 겸임시키고 여러 장수들에게 요로를 든든히 지키도록 했다.

이때, 산 속에서 적군의 염탐꾼을 붙잡아왔다는 보고가 들어와 불러들여 장전에 꿇어 앉혔더니, 그 사람이 고백했다.

"소인이 염탐꾼은 아닙니다. 기밀에 속하는 일이 있사와 도독님을 뵈러 오다가 복로군(伏路軍)에게 오해를 받고 잡혀왔습니다. 좌우 사람들을 물러가게 해주십시오."

조진은 그의 결박을 풀어 주게 하고 좌우 사람들을 잠시 물러나가게 했다. 그 사람이 말했다.

"소인은 바로 강백약(강유)의 심복입니다. 밀서를 가지고 파견되어 왔습니다."

"밀서는 어디 있소?"

그 사람은 품 속에서 밀서를 꺼내서 조진에게 올렸다. 조진이 뜯어 보았다.

죄장(罪將) 강유, 백배하며 조 대도독 휘하에 글월을 올립니다. 강유는 대대로 위나라의 녹을 먹고 변성(邊城)의 수비를 맡아 후은을 입사옵고도 보답할 길이 없었습니다. 전번에 제갈량의 계획에 빠져 몸이 벼랑 위 함정 속에 빠졌사오나, 옛 나라에 대한 생각이야 어느날이고 잊을 리 있겠습니까?

이제 다행히 촉병이 서쪽으로 진출했고 제갈량이 소생을 의심하지 않사오니, 도독께서는 친히 대군을 인솔하시고 나오시다가 적군을 만나시게 되어 패하는 체하시면, 이 강유가 뒤에서 불을 질러 신호를 올리고 먼저 촉

인의 양초를 태워 버리고 동시에 대병을 몰고 몸을 뒤
집어 막아 드릴 것이오니, 이렇게 하오면 제갈량을 잡
을 수 있습니다. 감히 공을 세워 나라에 보답하려 함이
아니오라, 과거의 죄를 반성하자는 것입니다. 깊이 살피
셔서 시급히 하명 있으시기 바랍니다.

밀서를 다 보고 나서 조진은 심히 기뻐하며,

"하늘이 나를 성공하도록 돕는구나!"

하면서, 사자에게 중한 상을 내리고 약속한 기일에 만나자는
회답을 주어서 돌려 보냈다. 조진이 비요를 불러서 상의했다.

"이제 강유가 몰래 밀서를 가지고 와서 나더러 여차여차하라
하오."

"제갈공명은 꾀가 많고, 강유는 지혜가 대단하니 혹시 제갈량
이 시킨 일일지도 모릅니다. 그러니 속임수가 아닐까요?"

"그는 본래가 위나라 사람으로 부득이 촉나라에 투항했으니,
뭐 그리 의심할 게 있겠소?"

"도독께서는 경솔히 나가시면 안 됩니다. 본채를 지키고 계십
시오. 소생이 1군을 거느리고 강유와 연락해서 성공하면 그 공
은 모두 도독께 돌리기로 하옵고 간계에 넘어가면 소생이 혼자
서 당해 내겠습니다."

조진은 크게 기뻐하며 비요에게 5만의 군사를 주어서 사곡으

로 떠나도록 했다. 2, 3일 전진하다가 군사를 멈추고 초탐을 내보냈더니, 사곡길에 촉병이 나타났다는 것이었다.

비요가 급히 군사를 몰았더니, 촉군은 싸우지도 않고 먼저 달아났다. 추격을 했더니 다시 되돌아 달려와서 막 접전이 시작되려 하면 또다시 달아나고 이렇게 세 번이나 되풀이하는 동안에 이미 이튿날 신시(申時)가 되었다. 위군은 하루 낮밤을 한시도 쉬지 못하고 촉군의 공격에만 겁을 집어먹었다.

군사를 주둔시키고 밥을 지으려고 하는데 홀연 사면에서 함성이 요란하게 일어나더니 북소리·피리소리가 일제히 울고 촉병이 산과 들을 뒤덮고 달려들었다.

맨 앞에서 문기(門旗)가 훌쩍 젖혀지고 한 대의 사륜거가 선뜻 나서면서 그 안에는 공명이 단정히 앉아 있는데, 사람을 시켜서 위군 주장(主將)과 대화하기를 청했다. 비요가 말을 달려 나오더니 멀리 공명을 보자 남몰래 기뻐하며 좌우 사람들을 둘러보고 일렀다.

"촉병이 덤벼들면 곧 후퇴하고, 산 뒤로부터 불길이 보이거든 다시 돌아서서 쳐들어가라. 구원병이 나타나서 거들어 줄 것이다."

이렇게 분부해 놓고 말을 달려 나와서 소리쳤다.

"전의 패장이 이제 또 어찌 감히 여기에 나타났는가?"

공명의 말이,

"조진을 불러내라!"

하니 비요가 매도했다.

"도독은 금지옥엽(金枝玉葉)이시니 어찌 너같은 반적(反賊)을 만나려 드시겠냐!"

공명이 대로하여 우선을 들어 한 번 휘두르니 왼쪽에서 마대, 오른쪽에서 장의의 군사가 양로로 일제히 덤벼들었다.

위병이 곧 후퇴하여 30리도 못 갔을 때, 촉병의 배후에서 불길이 치미는 것이 보였다. 고함소리가 쉴새없이 들려왔다.

비요는 신호의 불길인 줄로만 알고 되돌아서서 쳐들어갔다. 촉병이 일제히 후퇴했다. 비요는 칼을 휘두르며 앞장서서 고함소리가 나는 쪽만 추격해 갔다. 불길이 치미는 곳까지 가까이 갔을 때, 산속에서 피리소리·북소리가 천지를 진동하고 요란스런 고함소리가 일어나더니 왼쪽에서 관흥, 오른쪽에서 장포의 양군이 뛰쳐나와 덤벼들었다.

산 위로부터 화살과 돌이 빗발치듯 쏟아져 내렸다. 위군은 대패했고, 비요는 그제야 계책에 빠진 줄 알고 급히 군사를 후퇴시켜 산간으로 도주했으나, 인마가 모두 피로한데다가 배후로부터 관흥이 쟁쟁한 신예 군사를 거느리고 추격하니 위군의 병사들은 서로 짓밟고 넘고 하는 혼란 속에서 산골 물 속으로 떨어져 죽은 자가 부지기수였다.

비요는 간신히 목숨만 건져 가지고 도주하다가 산비탈 어귀에서 또 1군의 병사와 맞닥뜨려졌다. 선두의 대장은 바로 강유였다.

비요는 큰 소리로 매도했다.

"신의도 없는 반적아! 내 불행히도 네놈의 속임수에 빠졌다!"

강유가 웃으면서 대답했다.

"나는 조진을 잡으려다가 잘못되어 네놈과 맞닥뜨린 것뿐이다! 빨리 말을 내려 항복하라!"

비요는 훌쩍 말을 달려 뺑소니치며 산곡간을 향하여 도주했다. 홀연 산곡간에서 화염이 충천하더니 배후로부터 촉병이 달려들었다.

진퇴유곡에 빠진 비요는 스스로 제 목을 찔러 자결해 버렸고 나머지 군사들은 모조리 투항했다.

공명은 밤을 새워가며 군사를 몰아 가지고 곧장 기산(祁山) 앞으로 나와서 영채를 마련하고 군마를 수습하여 주둔시켰다.

강유에게 중한 상을 내렸더니, 그가 말했다.

"저는 조진을 죽이지 못한 것이 유감입니다."

공명 역시 같은 말을 했다.

"대계(大計)를 대단치도 않은 데 써 버린 것이 가석하오."

한편 조진은 비요가 죽었다는 소식을 듣자 아무리 후회해도 소용이 없고 마침내 곽회와 더불어 촉병을 물리칠 대책을 상의했다.

손례와 신비를 밤을 새워가며 위주에게로 파견하여, 촉군의 병사가 또다시 기산에 출격하여 조진은 많은 군사를 잃고, 장수를 죽였으며, 형세가 심히 위급하다는 사실을 표를 올려 신주(申奏)케 했다.

조예는 크게 놀라, 곧바로 사마의를 불러들여서 물었다.

"조진이 군사를 잃고 장수를 죽였으며 촉병이 또 기산에 출격했으니, 경은 이것을 물리칠 만한 무슨 계책이 없소?"

"신은 벌써부터 제갈량을 물리칠 만한 계책을 세우고 있습니다. 위군이 무위를 뽐내지 않아도 촉병은 저절로 물러갈 것입니다."

이야말로 자단(子丹—조진)은 이미 이길 방법이 없는 것을 깨우치자, 중달(사마의)의 좋은 꾀만 바라는 판이다.

98.
그 아버지에 그 아들

사마의를 공명과의 결전에 내세웠으니
과연 이들의 운명은 또?

追漢軍王雙受誅
襲陳倉武侯取勝

공명이 만약에 진창을 통과하게 된다면, 이곳에는 학소와 왕쌍이 지키고 있으므로 군량을 운반하기는 어려울 것이고, 이렇게 되면 촉군의 군량이란 한 달밖에 더 유지되지 못할 것이다, 그러니 승부를 조급히 서두를 것이 아니라 조진(曹眞)에게 명령을 내려서 각방의 요로를 든든히 지키기만 하고 나가서 싸우지만 않으면 촉군은 한 달 안에 스스로 후퇴할 것이며, 이 기회를 노려서 추격하면 제갈량을 잡을 수 있으리라. 이것이 사마의가 조예에게 제공한 의견이었다.

그런 선견지명이 있으면 그대가 당장에 군사를 거느리고 추격해 가는 것이 어떠냐고 조예가 말하니 사마의가, 자기는 동오의 육손을 대비하기 위해서 남아 있으며, 손권은 머지않아 천자의 지위를 침범할 것이고, 그때에는 반드시 위나라를 공격하리라고 변명했다.

이때, 마침 근신(近臣)이 조도독에게서 전황에 관한 보고가 들어왔다고 하자 조예는 태상경(太常卿) 한기(韓曁)를 칙사로 조진에게 보내어 경솔히 나가서 싸우지 말고 촉군이 퇴각하기 시작하거든 뒤에서 추격하라고 명령했다.

사마의는 칙사로 떠나가는 한기를 성 밖까지 전송하고, 이번 공로를 조진에게 양보할 생각이니, 계책이 자기의 생각에서 나왔다는 말을 하지 말고 천자의 엄명이라 전해 달라고 신신부탁했다.

조진은 칙사 한기로부터 조명을 받고 당장에 곽회·손례와 대책을 상의했다.

곽회는 곧 이런 꾀가 사마의에게서 나왔으리라는 것을 알아맞히고 제갈량의 용병법을 능가할 수 있는 묘책이라 찬양하며, 왕쌍을 시켜서 각처 요로를 감시하게 하면 촉군은 군량을 운반하지 못해서 후퇴하리라 했다.

그리고 손례는 자신이 군량을 운반하는 병사로 변장을 하고 기산 도로(道路)로 나가서 수레에는 건시모초(乾柴茅草)에 유황염초(硫黃燄硝)를 끼었어서 실어 놓고, 사람을 시켜서 농서로부터 군량을 운반해 왔다고 소문을 퍼뜨리면, 촉군은 군량이 결핍하여 반드시 이것을 약탈하려 달려들 것이다. 그러면 진중으로 유인하여 수레에 불을 지르고 밖에서부터 복병이 일제히 내달으면 반드시 격파할 수 있으리라는 것이었다.

조진은 그들의 의견대로 손례를 그길로 떠나 보냈고, 왕쌍에게 사람을 급파해서 샛길을 잘 감시하라 명령하고, 또 곽회에게는 기곡·가정을 순찰하며 각지 요로를 든든히 지키라고 명령했다. 그리고 또 장요의 아들 장호(張虎)를 선봉으로, 악진의 아들 악침(樂綝)을 부선봉으로 정부영채(頭營)를 지키도록 하고 나와서 싸우지 말라고 엄명을 내렸다.

공명은 기산 채중(寨中)에서 강유와 그밖의 몇 사람을 모아 놓고 군량이 한 달 밖에 유지되지 않을 것이라고 걱정하고 있었는데 마침 농서의 위군이 손례를 대장으로 하고 군량차 수천 대를 이끌고 기산 서쪽에 나타났다는 보고가 들어왔다.

공명이 대체 손례란 어떠한 위인이냐고 물어 보니, 투항해 온 위나라 사람이 말하는데, 손례란 자는 일찍이 조예를 따라서 대석산(大石山)에 사냥을 나간 일이 있었는데, 맹호 한 마리가 조진의 옆으로 달려드는 것을 보고, 재빨리 말을 뛰어내려 그것을 찔러 죽이고, 그 공로 때문에 상장군(上將軍)에 임명되었다는 것이었다.

공명은 몇 마디 말을 듣고, 벌써 적군의 계책을 간파했다. 수레에 실은 것은 반드시 모초나 인화물일 것이고 이편에서 군량을 약탈하러 나가면 위군은 반드시 이편 진지를 야습할 것이라고 앞을 훤히 내다보았다.

공명은 당장에 마대를 불러서 위 나라의 군량이 있다는 지점으로 가서 불을 지르라 명령하고, 마충 · 장의에게 마대와 함께 호응하여 협공을 가하도록 지시했다.

또, 관흥과 장포를 불러서 오늘밤에 만약 서쪽 산에서 불길이 일면 위군이 반드시 이편 진지를 야습할 것이니, 미리 적진의 좌우에 숨어 있다가 적군이 진지를 나온 뒤에 쳐들어가라고 명령했으며, 오반(吳班) · 오의(吳懿)를 불러서 각각 군사를 거느리고 영채 밖에 숨어 있다가 적군의 퇴로를 차단해 버리라고 명령했다.

그리고 공명은 기산 높은 곳에 올라가서 대기하고 있었다.

한편 위군에서는 촉군의 병사들이 군량을 약탈하러 영채를 떠났다는 사실을 알게 되자, 조진이 그 즉시 장호와 악침에게 명령을 내려서, 반부의 서쪽 산에서 불길이 치밀어오르면 반드시 촉군이 영채를 비워두고 달려들 것이니 지체없이 들이치라고 했다.

그날밤, 마대가 3천 기를 거느리고 서쪽 산을 향하여 달려드니 마침 남풍이 맹렬하게 불어와 병사들을 남쪽으로 몰아서 불을 질러 버렸다.

순식간에 수레에 불이 붙고 화염이 충천하는데, 손례는 자기 편에서 신호의 불길을 지르는 줄만 알고 병사를 거느리고 일제히 쳐들어갔다. 이때, 피리소리·북소리도 요란스럽게 달려드는 마충과 장의의 군사들. 손례가 당황하여 허둥지둥하고 있을 때, 위군의 진지에서 고함소리가 천지를 진동하더니 불빛 속에서 뛰쳐나오는 마대의 군사들.

안팎으로 협공을 가하니 손례는 부상 당한 병사들을 거느리고 간신히 몸을 피했으며 위병들은 불바다 속에서 타죽은 자가 부지기수였다.

진중에서 대기하고 있던 장호와 악침은 불길이 치미는 것을 보자 병사를 거느리고 촉군의 영채로 쳐들어갔다. 그러나 영채에는 사람의 그림자라고는 하나도 없었다.

급히 군사를 뒤로 물리려고 하는 순간, 오반·오의의 군사들이 덤벼들며 퇴로를 가로막아 버렸다. 장호와 악침이 간신히 포위망을 돌파하고 진지로 돌아오니 토성(土城) 위에서 화살이 빗발치듯 퍼부어졌다. 관흥과 장포가 벌써 저편 진지를 점령하고 있었기 때문이다. 장호와 악침이 대패하여 영채로 돌아갔을 때 손례 역시 패잔병을 거느리고 달려들었다.

세 장수는 조진의 앞에 나가서 공명의 계책에 빠지고 만 사실을 일일이 보고했고, 조진은 본채를 단단히 지키고 나가 싸우지 말라고 명령했다.

공명은 촉군이 승리를 거두고 영채로 돌아오자 위연에게 사람을 보내서 밀계를 전달했다. 그것은 왕쌍을 먼저 처치해서 위군이 추격해 오지 못하도록 하자는 계책이었고, 이렇게 수배를 해놓은 다음 위군은 한 번 패하기는 했으나 반드시 중원으로부터 원군이 올 것이라는 점과 촉군의 군량이 부족하다는 점을 생각하고 진중에는 북과 징을 치는 병사들만 남겨 두고 하룻밤 사이에 전군이 진지를 버리고 떠나 버렸다.

조진이 채중에서 답답한 시간을 보내고 있는데, 장합이 군사를 몰고 달려들며 적군의 정세를 살펴보라고 권고하니 사람을 내보내서 알아보았다.

촉군의 영채에는 사람의 그림자는 하나도 없고 깃발 수십 개가 휘날리고 있을 뿐, 벌써 이틀 전에 철수했다는 것이었다. 조진은 아무리 후회해도 소용이 없었다.

위연은 공명에게 밀계를 받아 가지고 그날밤 2경에 진지를 철수하고 급히 한중으로 돌아갔다. 첩자로부터 이런 정보를 입수한 왕쌍은 전력을 다해서 위연의 뒤를 추격했다. 20리쯤 달려갔을 때 벌써 앞에서 위연의 군사의 깃발이 보이니 왕쌍은 소리를 질렀다.

"위연! 꼼짝 말고 게 있거라!"

그러나 촉군의 병사는 한 사람도 뒤를 돌아다보지 않았다. 왕쌍이 채찍으로 말을 후려갈기며 맹렬히 추격하고 있는데, 성 밖

영채에서 불길이 치민다고 병사들이 떠들어대서 말을 돌려 군사를 후퇴시키려는 찰나에 숲속에서부터 들려오는 호통소리.

"위연은 여기 있다!"

대경실색하고 허둥지둥하는 왕쌍을 위연은 한칼에 목을 베어 던졌다. 위군 병사들은 사방으로 흩어졌고, 위연은 불과 30기를 몰고 유유히 한중으로 향했으니, 이것이 바로 공명이 위연에게 지시한 밀계였음은 말할 것도 없다.

장합도 촉군의 뒤를 추격하다가 그대로 돌아왔는데, 이때 진창성에 있는 학소에게서 왕쌍이 죽었다는 연락이 왔다. 조진은 이 소식을 듣자 어찌나 슬퍼했던지 병이 들게 되어 곽회 · 손례 · 장합에게 장안 각 요로의 수비를 명령해 놓고 낙양으로 돌아가 버렸다.

한편 오주 손권은 첩자의 보고를 듣고 제갈량이 두번째 출전했다는 사실과 조진이 대패했다는 사실을 알고 있었는데, 이무렵에 장소와 그밖의 여러 관원들이 손권에게 황제의 자리에 오르기를 간곡히 권고했다.

마침내, 그해 4월 병인일(丙寅日)을 택하여 손권은 무창 남교(南郊)에 단을 쌓아 올리고, 등단하여 즉위의 의식을 마치고 황무 8년을 황룡(黃龍) 원년으로 고쳤다. 아들 손등(孫登)을 황태자로 세우고, 제갈근의 맏아들인 제갈각(諸葛恪)을 태자의 좌보(左輔), 장소의 둘째아들인 장휴(張休)를 우필(右弼)로 삼았다.

제갈각은 자(字)를 원손(元遜)이라고 하며, 신장이 7척, 지극히 총명하고 임기응변을 잘해서 손권이 몹시 사랑했다. 여섯 살 적에 동오에서 연회가 있었는데, 제갈각도 부친을 따라서 그 좌석에 나갔다.

손권이 제갈근의 얼굴이 유난히 기다란 것을 보고 사람을 시켜서 나귀 한 마리를 끌어들여서 분필로 그 얼굴에다 '제갈자유(諸葛子瑜)'라고 써 놓았더니 모든 사람들이 웃음을 금치 못했다. 제갈각이 앞으로 나서더니 분필을 잡고 두 글자를 더 써 넣어서 '제갈자유지로(諸葛子瑜之驢)'라고 해놓았다. 그 자리의 사람들이 놀라지 않는 사람이 없었다. 손권은 크게 기뻐하여 나귀를 제갈각에게 주었다.

또 어느날은 관료들의 대연 석상에서 손권이 제갈각에게 술잔을 올리라고 했다. 술잔이 장소의 앞에 돌아갔을 때, 장소가 마시지 않으며 말했다.

"이건 노인에게 대한 예의가 아니다."

손권이 말하기를,

"네가 능히 자포(子布—장소)에게 마시게 할 수 있겠느냐?"

하니 제갈각은 명령을 받자, 당장에 장소에게 이렇게 말했다.

"옛적에 강상부는 나이 90에도 모월(旄鉞)을 잡고 늙었다는 말을 하지 않았습니다. 출진하는 날에는 선생을 뒤에 모시고, 술을 마시는 날에는 선생을 먼저 드리는데 어째서 노인께 대한 예의가 아니라 하십니까?"

장소는 대답할 말이 없어서 싫은 술을 억지로 마시지 않을 도리가 없었다. 이때문에 손권은 제갈각을 더욱 사랑하게 되었고 태자를 보필하도록 명령한 것이다.

이 밖에도 손권은 고옹을 승상으로, 육손을 상장군으로 삼아 태자를 보필하고 무창(武昌)을 지키도록 하고, 자기는 건업(建業)으로 돌아갔다.

여러 신하들이 함께 위나라를 토벌할 계책을 상의하는데 장소가 아뢰었다.

"폐하께서는 보위에 오르신 지 얼마 안 되시니 군사를 동원하심은 좋지 못합니다. 마땅히 무보다는 문에 주력을 기울이셔서 (修文偃武) 학교를 증설하시고, 민심을 안정시키시고, 서천(西川)에 사신을 파견하사, 촉나라와 동맹을 맺으셔서 천하를 공분(共分)하시고 대사를 서서히 도모하심이 좋을까 합니다."

손권은 그 말대로 그 즉시 사신을 서천에 급파했다. 사신은 후주를 만나 보고 이런 실정을 상세히 전달했다.

후주가 그 말을 듣고 여러 신하들과 대책을 강구했더니, 여러 사람들이 이구동성으로 그것은 참월(僭越-僭濫)한 짓이니 맹호(盟好)를 끊어 버리라고 했다. 그런데 장완이 말했다.

"사람을 보내서 승상께 여쭈어 보심이 좋겠습니다."

후주는 당장에 사자를 한중에 있는 공명에게 파견했다. 그랬더니 공명이 말했다.

"사람을 시켜서 예물을 가지고 오나라에 가서 축하하고 육손을 파견하여 위나라를 치도록 하면, 반드시 위나라에서는 사마의를 시켜서 막아내도록 할 것이니, 사마의가 남쪽으로 동오를 막아내면, 나는 다시 기산·장안으로 나가서 대사를 꾀해 보겠소."

후주는 공명의 말대로 태위(太尉) 진진(陳震)에게 예물을 담뿍 주어서 오나라에 가서 축하 인사를 드리게 했다. 진진이 동오에 가서 손권을 만나보고 국서(國書)를 올리니 손권은 크게 기뻐하며 주연을 베풀어 대접하고 촉나라로 돌려보냈다.

손권이 육손을 불러서, 군사를 일으켜 위나라를 토벌하기로 서촉과 약속했다는 말을 했더니, 육손이 말했다.

"이것은 사마의를 두려워하는 공명의 계책입니다. 그러나 이미 동모(同謀)를 약속하신 이상, 그대로 하지 않을 수 없습니다. 이제 우리는 군사를 동원하는 체하고 멀리 서촉과 호응해서 공명이 위를 맹렬히 공격할 때를 기다렸다가 그 허를 노려서 중원을 손에 넣는게 좋을까 합니다."

곧바로 형양(荊襄) 각지에 명령을 내려 인마를 훈련하라 하고 기일을 택하여 군사를 동원한다는 지시를 내렸다.

한편, 진진은 한중으로 돌아와서 공명에게 이런 경과를 보고

하니, 공명은 아직도 진창으로는 경솔히 진격할 수 없다는 불안한 생각으로 우선 사람을 파견해 정세를 탐지하게 했다. 그랬더니 그 사람이 돌아와서 보고하는 말이 진창성의 학소(郝昭)는 중병이 걸렸다는 것이었다.

"이제야 대사는 이루어지리라!"

공명은 이렇게 말하면서 당장에 위연과 강유를 불러서, 5천 기를 거느리고 진창성 아래로 달려가, 불길이 치밀거든 협력하여 공격을 개시하라고 명령했다.

두 사람은 어리둥절해서 언제쯤 떠나면 좋겠느냐고 물었더니, 공명의 말이 사흘 이내로 모든 준비가 끝나는 대로 떠날 것이며, 떠난다는 인사를 하러 오지 않아도 좋다고 했다.

공명은 다음으로 관흥과 장포를 또 불러서 귓전에 대고 무엇인지 속삭이더니 밀계를 지시하여 떠나보냈다.

한편, 곽회는 학소의 병세가 위중하다는 소식을 듣고 장합과 상의했다. 조정의 조령을 기다릴 시간적인 여유가 없으니, 장합에게 대신 출동해 달라는 것이었다. 장합은 3천 기를 거느리고 학소를 대신해서 길을 떠났다.

그날밤, 학소는 병석에서 신음하고 있었는데, 홀연 촉나라 군사가 성 아래로 쳐들어왔다는 보고가 날아들었다.

학소가 곧바로 사람을 시켜 성에 올라가 지키도록 명령했을 때에는 각 문에서 불길이 치밀어오르고 성중은 일대 혼란에 빠졌다. 학소는 어찌나 놀랐던지 그 자리에서 절명하고 말았다.

위연과 강유가 군사를 거느리고 진창성 아래로 쳐들어가 보니 웬일이지 사방이 조용한데, 난데없이 포성이 들리더니 사방에서 깃발이 일제히 늘어섰다. 그리고 윤건, 도포 학창, 우선의 인물이 나타나며 큰 소리를 질렀다.

"그대 두 사람은 너무 늦게 왔군!"

물을 것도 없이 그는 바로 공명이었다. 공명은 그제야 왜 이런 계책을 썼는지, 두 사람에게 설명해 주었다.

학소가 병세가 위중하다는 사실을 알고 두 장수들에게 사흘 이내로 쳐들어가라고 한 것은 인심을 안정시키기 위해서였고, 관흥·장포를 시켜서 군정을 시찰한다는 핑계로 살며시 한중을 빠져나가게 하고, 공명도 그 속에 남몰래 섞여 밤을 새워가며 진 창성 아래까지 달려왔다는 것이었다.

또 적군에게 대비할 틈을 주지 않고, 성 안에 미리 보내둔 염 탐꾼을 시켜서 불을 지르게 하고 고함을 지르게 해서 위병의 마 음을 어지럽게 만들었기 때문에 그 허를 쉽사리 찌를 수 있었다 는 것이었다.

공명은 학소의 죽음을 슬퍼하고 그의 처자들에게 관을 따라 위나라로 돌아가기를 허락하여 그의 충성을 알려 주었다.

공명은 다시 위연과 강유를 불러서 무장을 풀지 말고 그대로 군사를 거느리고 산관(散關)을 습격하라고 했다. 관을 지키는 사람은 군사가 도착했다는 사실을 알게 되면 반드시 놀라서 달아날 것이며, 만약 때를 놓치면 위병이 곧 관으로 쳐들어올 것이므로 공격하기 어려울 것이라고 일러서 보냈다.

두 장수가 명령을 받고 산관으로 쳐들어가니 과연 관을 지키던 병사들은 도주해 버렸다. 홀연 멀리 관외로부터 사나운 먼지가 일더니 위병이 달려드는 것이 보였다. 두 사람이 입을 모아 말했다.

"승상의 신산(神算)은 정말 헤아릴 수가 없군!"

급히 누에 올라 바라보니 바로 위장 장합이었다. 두 사람은 군사를 나누어서 험도(險道)를 지켰다. 장합은 촉군이 요로를 견고히 지키고 있음을 알자 군사를 뒤로 물렸는데, 위연에게 추격을 당하여 무수한 병사를 잃고 대패하여 도주했다.

위연은 관으로 돌아와서 공명에게 실정을 보고했다. 공명은 이보다 앞서서 친히 군사를 거느리고 진창·사곡으로 나가서 건위(建威)를 점령했다.

뒤따르는 촉병들도 속속 동원되었으며, 후주는 또 대장 진식(陳式)에게 밀령하여 싸움을 거들도록 했다. 공명은 대군을 인솔하고 다시 기산으로 나와서 영채을 마련한 다음 여러 사람을 모아 놓고 말했다.

"나는 두 번씩이나 기산에 나왔었으나 소득이 없었는데, 이제 여기에 또 온 것은 위나라 사람들이 반드시 옛날에 싸우던 곳을 근거지로 삼고 우리와 대적하려 들 줄 알았기 때문이오. 그들은 내가 옹성과 미성 두 곳을 점령하려 들지나 않나 해서 반드시 군사를 동원하여 방비했을 것이오. 내가 보건대, 음평(陰平)·무도(武都) 2군은 한나라와 접경해 있기 때문에 이 성을 점령만 하면 위병의 세력을 분단시키게 될 텐데, 누구 나가서 공략할 사람은 없소?"

"소생이 가겠습니다."

강유가 말하니, 왕평도,

"소생도 가겠습니다!"

하고 자원하니, 공명은 크게 기뻐하여 강유에게 군사 1만 명을 주어서 무도로, 왕평에게도 똑같이 군사 1만 명을 주어서 음평으로 떠나보냈다.

한편 장합은 장안으로 돌아오자, 곽회·손례를 만나 보고, 진창은 이미 빼앗겼고, 학소도 죽었으며, 산관(散關) 역시 촉군에게 점령당했고, 공명은 두번째 기산에 출전하여 군사를 나누어서 진격하고 있다는 사실을 전달했다.

곽회가 말하기를,

"그렇다면 공명은 옹성(雍城)·미성(郿城)을 공격할 것이오."

하면서 깜짝 놀라 장합에게 장안의 수비를 맡기고, 손례를 옹성으로 파견한 다음, 자기는 친히 군사를 거느리고 미성으로 향하는 동시에 표를 낙양으로 보내서 위급한 사태를 보고했다.

위주 조예가 조정에 나오니, 근신이 아뢰었다.

"진창성은 이미 빼앗겼사오며, 학소도 세상을 떠났고, 제갈량이 두번째 기산에 출전하여 산관도 촉병에게 탈취당했다고 합니다."

조예가 깜짝 놀라 어쩔 줄 모르고 있을 때, 홀연 만총(滿寵)이 표를 올려서, 동오의 손권이 제호(帝號)를 참칭하고 촉나라와 동맹을 맺었으며, 육손을 시켜서 무창에서 군사를 훈련시키고 있어 곧 출진할 준비를 갖추고 있으니 곧 쳐들어오리라는 소식을 보고했다.

조예는 두 곳의 위급한 정세를 알자, 어찌해야 좋을지 몰라 매우 당황해했다. 이때까지도 조진의 병세는 완쾌되지 않아서, 곧 사마의를 불러서 상의했다.

사마의가 말했다.

"신의 우견(愚見)으로 생각컨대 동오는 반드시 군사를 일으키지 않을 것입니다."

"경이 그것을 어떻게 아시오?"

"공명은 항시 옛날 효정(猇亭)에서 유현덕이 대패했던 보복을 해볼 생각을 하고, 오나라를 토벌할 것을 단념하고 있지는 않습니다. 단지 중원에서 그의 허를 찌를까 겁내는 까닭에 동오와 결맹한 것뿐입니다. 육손도 이런 까닭을 잘 알고 있기 때문에 고의로 군사를 일으켜서 호응하는 체하고, 사실은 가만히 앉아서 승패를 관망하자는 것입니다. 폐하께서는 이번에 오나라를 막으실 게 아니라 촉나라만 막아내시면 됩니다."

조예가 말했다.

"경의 말은 정말 고견이오!"

드디어 사마의를 대도독에 봉해서 농서의 각로 군마를 총섭(總攝)하게 하고 측근자를 시켜서 조진에게 가서 인(印)을 받아 가지고 오라 했다. 그러니 사마의가 하는 말이,

"신이 직접 나가서 받아오겠습니다."

하더니 곧 조정을 나와서 조진의 부하(府下)에 이르러 먼저 사람을 시켜서 부에 들어가 연락을 취하도록 하고 뒤따라 들어 갔다.

문병 인사를 끝내고 사마의가 말했다.

"동오와 서촉이 손을 잡고 침범하려 하며, 이제 공명이 또 기산으로 나와 진을 치고 있다는 사실을 공께서는 아시오?"

조진은 깜짝 놀라며 집안 사람들이 자기의 병세가 위중해서 알려 주지 않은 것이라고 대답했다. 그리고 이렇게 국가가 위급한 때에 어째서 중달(사마의)을 대도독으로 임명하여 촉병을 물리치지 않느냐고 하면서, 인을 가져오라고 좌우에게 명령하더니 그것을 사마의에게 바치라는 것이었다. 사마의가 사양했더니, 조진이 말했다.

"중달이 이 임무를 맡아 주지 않는다면 중국은 위태로울 것이오! 내가 병든 몸이나마 끌고 가서 천자께 알현하고 공을 천거하리다."

"천자께서는 이미 은명(恩命)이 있으셨지만, 이 사마의는 감히 받지 못하겠소."

조진이 크게 기뻐했다.

"중달이 이 임무를 맡아 준다면, 촉나라 군사를 물리칠 수 있을 것이오!"

사마의는 조진이 재삼 인을 양보하기 때문에 마지못하여 그것을 받아 가지고 와서, 위주와 작별하고 군사를 거느리고 장안으로 가서 공명과 결전해 보기로 한다.

이야말로 옛 장수의 인을 새 장수가 받아 가지고 양쪽 길의 군사가 한 길로 모여드는 판이다.

99.
신출귀몰하는 용병

공명은 신인이다.
우선 후퇴부터 하는 것이 상책이다

諸葛亮大破魏兵
司馬懿入冠西蜀

촉한 건흥 7년(서기 229년) 여름, 4월. 공명은 군사를 기산에 출동시켜 영채를 세 군데로 나누어 놓고 위병을 기다리고 있었다.

한편, 사마의가 병사를 거느리고 장안에 도착하니, 장합이 전황을 보고했다. 사마의는 장합을 선봉, 대릉(戴凌)을 부장으로 삼고 군사 10만 명을 인솔하고 기산에 도착하자 위수 남쪽에 진을 쳤다. 그리고 곽회와 손례에게 5천 기를 거느리고 농서의 샛길로 무도(武都)·음평(陰平)으로 나가서 촉병의 배후를 찌르라고 명령했다.

그들은 도중에서 음평은 이미 왕평에게 격파되고 무도도 강유에게 빼앗겼다는 소식을 알고 군사들을 후퇴시키려고 했다.

이때 난데없이 포성이 들리더니 1군의 군마가 달려 나왔는데, '한승상 제갈량'이라고 크게 쓴 깃발을 휘날리며 한가운데에는 사륜거에 공명이 단정히 앉아 있고, 좌우로 관흥과 장포가 버티고 있었다.

공명이 껄껄껄 웃으며 소리를 질렀다.

"내가 사마의 따위에게 속을 줄 알았더냐? 무도도 음평도 벌써 내가 점령했다. 싸울 테냐, 항복할 테냐?"

곽회와 손례가 당황해서 어쩔 줄 모르는데 왕평 · 강유 · 관흥 · 장포가 또 덤벼드니 그들은 말을 버리고 산꼭대기로 기어올라가며 뺑소니를 쳤다. 그런데 공교롭게도 그들을 추격하던 장포가 산골짜기로 말을 탄 채 나뒹굴어 떨어졌다. 후군의 병사들이 구출해 보니 장포는 머리를 다쳐 공명은 장포를 성도로 보내서 치료하도록 했다.

곽회와 손례는 간신히 목숨만 건져 가지고 사마의에게 와서 모든 경과와 정세를 보고했다. 그랬더니 그것은 오로지 자기가 공명의 꾀에 넘어간 탓이라 하면서 다시 곽회와 손례를 옹성과 미성으로 보내서 그곳을 견고히 지키고 절대로 나와서 싸우지 말라고 명령했다.

두 사람이 떠나간 다음 사마의는 장합과 대릉을 불러서 1만 기를 거느리고 오늘밤 중으로 촉군의 본채를 뒤로 돌아들어가서 일제히 쳐들어가면 자기는 적군의 정면에 진을 치고 있다가 적군이 소동을 일으킬 때 공격을 가하겠다고 지시했다.

밤 3경쯤 되어서 장합과 대릉은 촉군의 배후를 치려고 30리 쯤 나갔는데, 선발대가 별안간 가로막혔다고 해서 말을 달려 나가 보니 시초를 잔뜩 실은 수레가 수백 대 앞을 막고 있었다.

장합이 후퇴하라고 명령하고 있을 때, 홀연 근처 산 속에서 횃불이 뻗쳐 오르더니 피리소리·북소리가 요란하며, 복병들이 달려 나와 그들을 포위했다. 공명이 기산 꼭대기에서 호통을 쳤다.

"사마의는 내가 무도·음평으로 백성들을 안정시키러 간 줄 알고 야습을 감행했을 것이다. 그대들은 이름도 없는 장수들이므로 목숨만은 살려 줄 테니 빨리 항복하라!"

장합은 격분하여 공명에게 손가락질을 하면서 매도하고, 창을 휘두르며 말을 달려 덤벼들었지만, 산꼭대기에서 화살과 돌이 빗발치듯 하니, 포위망을 돌파하고 대릉을 구출해 가지고 뺑소니를 쳤다. 그의 무인지경을 달리듯 적진을 헤치는 놀라운 용맹에는 공명도 감복했다.

"과거에 장비가 장합과 치열히 대결해서 사람들을 놀라게 했다는 말을 들었는데, 오늘에야 장합의 놀라운 무용을 보게 됐다. 이놈을 살려 두었다가는 반드시 후환이 있을 것이니 반드시 이놈부터 처치해 버려야겠다!"

하면서, 군사를 수습해 가지고 영채로 돌아왔다.

한편 진을 쳐 놓고 촉군이 혼란을 일으키기만 기다리고 있던

사마의는 장합·대릉이 간신히 살아와서 보고하는 말을 듣고,

"공명은 정말 신인(神人)이다. 우선 후퇴하는 것이 낫겠다."

하고 당장에 대군을 철수시켜 본채로 돌아가서 두 번 다시 나와서 싸우려 들지 않았다.

공명은 큰 승리를 거두고 진지로 돌아왔는데, 며칠 계속 위연을 시켜서 도전했지만 위군은 통 싸우려 들지 않았다. 보름 동안이나 싸움을 쉬고 있는데 시중 비위가 조서를 받들고 나타났다. 그것은 그동안의 공훈이 혁혁하니 공명을 승상에 복직시킨다는 것이었다. 공명은 군이 사양했으나, 비위의 간곡한 권고를 못 이기고 천자의 뜻을 거역할 길이 없어서 그대로 받아들였다.

아무리 도전을 해봐도 사마의가 통 응하지 않으니 공명은 또 한 가지 계책을 생각하고, 각 진지에 일제히 철수령을 내렸다. 염탐꾼의 보고로 공명의 군사가 철수했다는 것을 알게 된 사마의는 또 공명의 꾀에 넘어가지나 않나 하고 장합과 상의한 결과, 먼 곳까지 초마를 파견해서 실정을 탐지해 보았다. 초마가 돌아와서 알리는 말이 공명은 30리 밖으로 물러 나가서 진을 쳤다는 것이었다.

열흘 동안이나 아무 동정이 없어서 초마를 또 내보내 봤더니, 공명의 군사는 이미 완전히 철수해 버렸다는 것이었다. 사마의는 이상하게 여기고 의복을 갈아입고 병사 틈에 끼어서 먼곳까지 나가서 동정을 살펴보니, 과연 촉군은 또다시 30리를 더 물러

나가서 진을 치고 있는 것이었다.

이것은 확실히 공명의 계책이라고 단정지은 사마의가 열흘 뒤에 또 초마를 내보내서 탐지해 보니 돌아와서 보고하기를, 공명은 또다시 30리를 더 후퇴해서 진을 치고 있다는 것이었다. 장합은 이것은 공명이 서서히 한중까지 후퇴해 가려는 계책이니 시급히 공격하자고 주장했지만, 사마의는 경솔히 움직이려 들지 않았다. 그러나 장합이 간곡히 졸라대어서, 군사를 두 갈래로 나누어서 장합을 앞장 내세우고, 사마의는 뒤에 숨어서 따라가기로 했다.

이튿날 장합과 대릉이 부장 수십 명과 정병 3만 명을 거느리고 출전하여 중간쯤 가서 진을 쳤다. 사마의는 진중에 대군을 주둔시켜 두고 불과 5천 명의 정병을 거느리고 뒤를 따라가고 있었다.

알고 보면, 공명은 이보다 앞서서 비밀리에 사람을 파견해서 초탐을 시키고 있었기 때문에 위병이 도중에서 쉬고 있다는 사실을 알고, 그날밤 여러 장수들을 모아 놓고 상의했다.

"이제 위병이 추격해 왔으니 필연코 결사적인 싸움이 벌어질 것이오. 그대들은 일당십(一當十)의 각오를 하시오. 나는 복병으로 그들의 배후를 끊을 테니까. 지용(智勇) 있는 장수가 아니고는 이 중대한 임무를 감당하지 못할 것이오."

말을 마치고 위연을 흘끗 쳐다봤지만 위연은 머리를 숙인 채 말이 없었다.

이때, 선뜻 나선 장수가 왕평이었다. 그는 목숨을 내걸고 한번 나가 싸워 보겠다는 것이었다. 공명이 왕평 한 사람만 가지고는 마음이 놓이지 않아서 누가 한 사람 더 같이 나갈 사람이 없느냐고 했더니, 뒤를 이어서 선뜻 나서는 장수가 바로 장익이었다 그 역시 만약에 실패하면 자기 수급을 바치겠다는 비장한 각오였다.

공명이 장익에게 말했다.

"그대가 나서겠다면 왕평과 함께 각각 정병 1만 명씩을 거느리고 산곡간에 숨어 있다가 위병이 쫓아오거든 그대로 지나쳐 가도록 내버려두었다가 각각 복병을 뒤로부터 동원해서 습격하시오.

만약 사마의가 뒤를 추격해 온다면 그때는 두 갈래로 군사를 나누어서 장익은 1군을 거느리고 후대(後隊)를 막고, 왕평은 1군을 거느리고 전대를 절단하시오. 양군이 결사적으로 싸워야 하오. 나는 나대로 다른 계책을 세워서 싸움을 거들 테니까."

두 장수는 계책을 받아 가지고 군사를 인솔하고 떠나갔다.

공명은 또 강유와 요화를 불러서 다음과 같이 명령했다.

"그대들에게는 내 비단주머니 한 개를 줄 테니, 정병 3천 명을 거느리고, 북소리도 내지 말고 깃발도 보이지 말고 앞산꼭대기에 숨어 있다가, 위병이 만약에 양평과 장익을 포위하여 사태가 극도로 위급해지거든, 달려가서 구출할 생각을 하지 말고 이 비단주머니를 열어 보면 그 속에 위급을 면할 수 있는 계책이 들어 있을 것이오."

두 장수가 계책을 받고 떠나간 뒤에 공명은 오반·오의·마충·장의 네 사람을 불러서 귀에다 대고 속삭였다.

"내일 적군이 쳐들어오면 그 예기가 대단할 것이니 단번에 대적하지 말고 싸우는 체 물러나가는 체하다가, 관흥이 군사를 몰고 와서 진지를 습격하면 그대들은 곧 군사를 되돌려서 공격하시오. 나는 나대로 군사를 데리고 뒤를 받칠 테니까."

네 사람이 물러나간 다음, 이번에는 관흥을 불러들였다.

"그대는 정병 5천 명을 거느리고 산곡간에 숨어 있다가, 산 위에서 붉은 깃발이 휘날리거든 곧 군사를 몰고 진격하시오."

관흥도 계책을 받자 군사를 인솔하고 떠나갔다.

저편에서는 장합·대릉이 군사를 거느리고 질풍처럼 추격해 왔다. 마충·장의·오의·오반이 말을 나란히 하고 대적하려 드니 장합은 대로하여 군사를 몰고 덤벼들었다. 촉군은 싸움을 계속하면서 슬금슬금 꽁무니를 뺐다.

위군은 20리 가량이나 쫓아왔는데 때마침 6월, 여름 날씨가 불덩어리같이 뜨거워서 인마가 모두 땀이 비오듯 하고 50리 밖까지 달렸을 때에는 위군의 병사들은 모조리 숨이 끊어질 듯 쩔쩔매었다.

공명이 산 위에서 붉은 깃발을 한번 홀쩍 휘두르니, 관흥이 군사를 몰고 달려들었다. 마충 등 네 장수들도 일제히 군사를 거느리고 되돌아서서 맹렬한 공격을 가했다. 장합과 대릉은 한 걸음도 물러서지 않고 결사적으로 싸웠다.

이때 고함소리가 요란하게 일어나더니 홀연 양로의 군사가 노도처럼 달려드는데 바로 왕평과 장익이었다. 각각 있는 용맹을 다해서 적군의 후로를 차단해 버렸다. 장합이 여러 장수들에게 소리쳤다.

"이런 때 결사적으로 싸우지 않으면 언제 다시 싸워 보겠느냐!"

위병은 분연히 무찌르고 나갔지만 몸을 뛰쳐 나갈 도리가 없었다. 이때 배후에서 피리소리·북소리가 천지를 진동하더니 홀연 사마의가 친히 군사를 몰고 내달아서 여러 장수를 지휘하여 왕평과 장익을 포위해 버렸다. 장익이 소리를 질렀다.

"승상은 정말 신인이오! 미리 앞을 내다보셨소! 반드시 놀라운 계책이 있으실 것이니, 우리는 결사적으로 싸웁시다!"

그 즉시 양로로 군사를 나누어 가지고, 왕평은 1군으로 장합·대릉을 막아내고, 장익은 1군으로 사마의를 막아내니 양쪽에서 치열한 싸움이 벌어졌고, 아우성 소리가 하늘을 찔렀다.

강유와 요화는 산 위에서 이 광경을 보고 있었는데, 위병의 세력이 대단하여 촉병이 차차 위태로워지며 감당하기 어려워지는 것 같아서, 강유가 요화에게 말했다.

"이렇게 위급해졌으니, 비단주머니를 열고 계책을 봐야겠소."

두 사람이 주머니를 열어 보니 그 안에는 다음과 같이 적혀 있었다.

'사마의의 군사가 쳐들어와서 왕평과 장익을 포위하고 정세가 급박해지거든, 그대들 둘은 두 갈래로 갈라져서 사마의의 영채를 습격하라. 사마의는 급히 후퇴할 것이다. 이 어지러운 틈을 타서 그대들은 맹공을 가하라. 영채는 점령하지 못한다 할지라도 전체적으로 승리를 거둘 수 있을 것이다.'

두 장수는 크게 기뻐하면서 곧바로 군사를 두 갈래로 갈라 가지고 사마의의 영채를 습격하려고 달려갔다.

사마의는 공명의 계책에 빠지지나 않을까 해서 연도(沿途)에 쉴새없이 사람을 보내서 전보(傳報)를 받고 있었다. 그가 전장을 지휘하는데 여념이 없을 때, 홀연 유성마(流星馬—전령)가 급보를 던지는데, 촉병이 두 갈래로 갈라져서 대채를 습격하러 달려든다는 것이었다.

사마의는 대경실색하여 여러 장수들에게 말했다.

"나는 공명이 계책을 쓸 줄 알고 있었는데, 그대들이 내 말을 믿지 않고 억지를 써 가며 추격을 하더니 결국 일을 그르치게 됐소!"

사마의는 그 즉시 군사를 철수시켰다. 군심이 황황하여 뿔뿔이 뺑소니를 치는데, 장익이 뒤에서 무찌르며 달려드니 위병은 대패하는 수밖에 없었다. 장합과 대릉도 정세가 불리함을 알자 산을 향하여 좁은 길로 뺑소니를 쳤다. 촉병은 큰 승리를 거두고 관흥은 배후에서 군사를 인솔하고 각로의 뒤를 받쳤다.

사마의가 대패하여 영채로 달려 들어가니 촉병은 이미 철수하고 없었다. 사마의는 패잔병을 수습하고 나서, 여러 장수들을 책망했다.

"그대들은 병법을 모르고 단지 혈기만 믿고 억지로 나가 싸우더니 이런 실패를 가져오고야 말았소. 이제부터는 절대로 경거망동을 용납하지 않을 것이오. 또다시 명령에 복종치 않는다면 군법으로 다스리겠소."

여러 장수들은 부끄러워 얼굴을 들지 못하며 물러났다. 이번 싸움에 위군은 죽은 병사가 극히 많았고, 내버린 마필(馬匹)·기계(器械)가 부지기수였다.

공명은 승군(勝軍)을 수습해 가지고 영채로 돌아와서, 연거푸 군사를 동원하여 진격하려고 했다. 이때 홀연 성도로부터 온 사람이 장포가 죽었다는 소식을 전했다.

공명은 그 말을 듣더니 방성통곡, 입에서 피를 토하더니 그 자리에서 졸도했다. 여러 사람들이 급히 조치하여 정신을 차리게 했으나, 공명은 이때부터 병을 얻어 자리에 누운 채 일어나지 못했다.

여러 장수들이 부하를 사랑하는 공명에게 감격하지 않는 사람이 없었다.

열흘쯤 지나서 공명은 동궐(董厥)·번건(樊建)을 장 안으로 불러들여 분부했다.

"나는 정신이 혼미하여 일을 처리하지 못하겠소. 우선 한중으로 돌아가서 휴양하고 다시 대책을 강구하는 게 좋겠소. 그대들은 절대로 이런 소문이 누설되지 않도록 하시오. 사마의가 안다면 반드시 또 쳐들어올 것이오."

그 즉시 지령을 내리고 그날밤 중으로 비밀리에 영채를 철수해 가지고 전군이 일제히 한중으로 돌아가 버렸다.

공명이 철수한 지 닷새 만에야 사마의는 그 소식을 알고 장탄식을 했다.

"공명에게는 정말 신출귀몰한 계책이 있구나! 나는 도저히 그를 당해 낼 수 없다!"

사마의는 여러 장수들을 영채에 남겨 두어 군사를 나누어 각기 요로를 수비하도록 하고, 자기는 군사를 수습해 가지고 돌아갔다.

공명은 대군을 한중에 주둔시켜 두고 성도로 돌아온 후부터 병세가 나날이 좋아졌다.

한편 위나라 도독 조진은 건흥 8년(서기 230년) 가을 7월에 병이 완쾌됐다. 표를 올려서, 시원한 가을도 됐고 하니 사마의와 더불어 대군을 동원하여 중원을 들이쳐서 간당을 격멸하고 변경을 숙청하겠다고 했다.

위주가 크게 기뻐하여 시중 유엽(劉曄)과 상의했더니, 그 역시 국가를 위하여 대환을 제거하기에 좋은 기회라고 극력 찬성했다.

유엽이 집으로 돌아갔더니 여러 대신들이 찾아와서 물었다.

"듣자니 천자께서는 공과 더불어 군사를 동원하여 촉나라를 토벌할 계획을 세우셨다는데 이게 어찌된 일이오?"

"그런 일이 없었소. 촉나라는 산천이 험준하여 쉽사리 공격할 수 없으니 군마의 노력만 헛되이 할 것이고 국가에 무익한 노릇이오."

양기(楊曁)가 조정에 들어가서, 유엽은 어제까지는 촉나라 토벌을 찬성했다는데, 오늘은 그런 일이 없다니 폐하를 속이는 게 아니냐고 물었다.

조예가 곧바로 유엽을 불러들여서 어찌된 까닭이냐고 물었더니, 유엽이 대답했다.

"신이 곰곰 생각해 보니 역시 촉나라는 토벌할 수 없습니다."

조예가 껄껄껄 웃었다. 얼마 있다가 양기가 물러난 다음에 유엽이 아뢰었다.

"신이 어제 폐하께 촉나라 토벌을 권했사옴은 일국의 대사입니다. 어째서 섣불리 누설하겠습니까? 무릇 싸움이란 궤도(詭道) 이오니 사전에 절대로 비밀을 누설해서는 안 됩니다."

조예가 그제야 선뜻 깨달았다.

"경의 말이 지당하오."

이때부터 조예는 유엽을 더욱 공경하게 되었다.

열흘쯤 되어서 사마의가 또 입조했다. 위주가 조진이 표를 올렸다는 말을 했더니, 사마의도 이제야말로 촉을 토벌하는데 절호의 기회라고 찬성했다.

조예는 당장에 조진을 대사마 정서대도독(征西大都督), 사마의를 대장군 정서부도독, 유엽을 군사(軍師)에 임명했다. 세 장수들은 위주와 작별하고 40만 대군을 거느리고 장안에 도착하자 검각(劍閣)으로 달려들어서 한중을 공략하려고 했다. 그밖에 곽회·손례 등도 각각 다른 길로 출동했다.

한중 사람이 성도에 이런 사실을 보고했다. 이때 공명은 병이 이미 완쾌되었고, 매일 인마를 조련하여 팔진법(八進法)을 가르쳤더니 모두 정통하고 익숙해져서 중원을 공략하려고 하던 판이었다. 이 소식을 듣자 공명은 장의와 왕평을 불러서 분부했다.

"그대들 둘은 먼저 군사 1천 명을 거느리고 진창(陳倉)으로 가서 위병을 막아내시오. 나는 대병을 인솔하고 뒤를 받칠 테니……."

두 장수가 말했다.

"사람들의 말에 의하면 위군은 40만이라는데 8만이라 거짓말하고 있으며, 성세가 대단하다고 하는데, 어찌 1천 명의 군사를 가지고 요로를 지키겠습니까? 위병이 대거 습격해 온다면 뭣으로써 막아내겠습니까?"

"내가 군사를 많이 준다면 도리어 사졸들이 고생할까 봐 그러는 거요."

장의와 왕평은 서로 얼굴만 쳐다보며 감히 나서지를 못했다. 공명이 또 말했다.

"만약에 실수가 있다면 그것은 그대들의 죄는 아닐 것이니, 여러 말 말고 빨리 나가시오."

두 장수가 또 애원했다.

"승상께서 저희들 둘을 죽이시고 싶으시면 이 자리에서 그냥 죽여 주십시오. 도저히 나가지 못하겠습니다."

공명이 웃으면서 말했다.

"무슨 이리석은 짓이오! 내가 그대들 보고 나가라고 했을 때에는, 나도 주견(主見)이 있어서 그러는 것이오. 어젯밤에 천문을 봤더니 필성(畢星)이 태음(太陰)의 범위 안에 들어 있으니, 이 달 안으로 반드시 큰비가 퍼부을 것이오. 위병이 40만이라 할지라도 어찌 감히 산 속의 험준한 곳에 들어갈 수 있겠소? 이런 까닭으로 많은 군사가 필요 없고 또 절대로 해를 입지 않을 것이오.

나는 대군을 한중에 두어서 한 달 동안 편안히 있다가, 위병이 물러나가기를 기다려서 그때 대거 습격하자는 것이오. 편히 쉬어 가지고 피곤한 군사를 대적하자는 것이니까, 우리는 10만의 수효만 가지고도 위병 40만을 거뜬히 이겨낼 수 있단 말이오."

두 장수가 기뻐하며 떠나가자, 공명은 그 뒤를 따라서 대군을 통솔하고 한중으로 나가 각처 요로에 지령을 내려서 마른 시초(柴草)와 양식을 한 달 동안 지탱할 만큼 준비하여 가을 장마를 막아낼 수 있게 하라고 지시했으며, 대군에게 의복을 미리 주어서 출정을 기다리고 있으라고 했다.

한편, 조진과 사마의는 진창성 안으로 들어섰는데, 공명이 불을 지르고 철수했기 때문에 집이라곤 한 채도 없었다. 조진이 그 즉시 진창길로부터 군사를 출동시키려고 하니, 사마의가 말렸다.

그 까닭은 공명이 천문을 본 것과 같이 사마의도 어젯밤에 천문을 보니, 이 달 안으로 큰비가 내리고 장마가 질 것이니 인마를 고생시키고 깊이 쳐들어가는 것이 불리하다는 것이었다.

조진은 사마의의 의견을 따랐다. 그랬더니 한 달도 못 되어서 연일 큰비가 퍼붓고 진창성 밖에는 평지에도 물이 석 자(三尺)나 괴어서 사람들이 잠잘 곳도 없는 형편이었다. 비가 30일 동안이나 계속오니 말은 양초도 없어 수없이 죽어 넘어지고 군사들의 원성이 그칠 줄을 몰랐다.

이런 소식이 낙양에 전달되자 위주는 단을 마련하고 날이 개기를 빌었지만 아무 소용도 없었다. 이때 황문시랑(黃門侍郞) 왕숙(王肅)이 상소(上疏)하여, 이런 장마 속에서는 군사를 펼칠 수도 없고 군량을 운반하기도 힘드니 사졸만 고생시키지 말고 군사를 거두어들임이 현명한 방법이라고 권고했다.

위주가 그 표를 다 보고도 망설이기만 하고 용단을 내리지 못하고 있는데 양부·화흠도 또한 상소하여 간하니, 위주는 곧바로 조명(詔命)을 내리고 칙사를 파견해서 조진과 사마의를 조정으로 불러올리기로 했다.

조진이 사마의와 상의했다.

"30일 동안이나 날이 궂어서 군사들은 싸울 생각이 없고 저마다 돌아갈 생각만 하고 있으니 어떻게 하면 좋겠소?"

"우선 돌아가는 게 좋겠습니다."

"공명이 추격하면 어떻게 물리치겠소?"

"먼저 양군을 이곳에 매복시켜 두어서 후방을 끊어 버리면 돌아갈 수 있습니다."

이런 상의를 하고 있을 때 홀연 사신이 나타나며 돌아오라는 명령을 전달했다. 두 사람은 대군의 전대를 후대로 삼고 후대를 전대로 삼아 서서히 후퇴했다.

공명이 따져 보니 한 달 동안이나 가을비가 계속되고도 날씨가 들지 않으니 친히 1군을 거느리고 성고(城固)에 주둔하고 대

군에게 지령을 내려 적파(赤坡)에 집결하여 주차(駐箚)하라고
했다.

공명이 장에 나와 여러 장수들을 불러 놓고 말했다.

"내 생각에는 위병이 반드시 철수할 것이고, 위주가 반드시 조
명을 내려서 조진·사마의를 불러올릴 것이오. 우리가 그것을
추격하면 저편에서도 준비가 있을 것이니, 그대로 내버려두고
다시 좋은 계책을 세우는 게 좋겠소."

홀연 왕평이 사람을 보내서 보고하기를, 위병이 이미 철수했
다는 것이었다. 공명은 그 사람에게 분부하기를 위병을 격파할
계책이 따로 있으니, 왕평더러 추격하지 말라 전하라고 했다.

이야말로 위병이 제아무리 복병에 능하다 해도, 한나라 승상
은 도무지 추격하려 들지 않는다.

100.
사람을 죽인 편지 한 통

부뚜막을 늘려가며 후퇴하는 '후퇴작전'
오늘은 천군데 다음은 삼천 군데 다음은 오천 군데…

漢兵劫寨破曹眞
武侯鬪陣辱仲達

　공명이 위군을 추격하지 않는데 대해, 여러 장수들은 까닭을 알 수 없어서, 이런 좋은 기회를 어째서 놓쳐 버리는 것이며, 또 어째서 공명이 번번이 기산으로만 출전을 하느냐고 질문했다. 그러자 공명은 다음과 같이 대답했다.

　"사마의는 군사를 철수함에 있어서 반드시 복병을 숨겨 둘 것이므로, 그를 충분히 후퇴시켜 놓고 사곡을 거쳐 기산으로 나가서 기습을 가하자는 것이며, 기산은 장안의 머리와 같은 지점으로, 농서 각 군에서 군사가 출동하려면 반드시 경유해야만 되는 곳이니, 나는 한 걸음 앞서서 그곳을 점령해서 지리(地利)를 얻자는 것이오."

이리하여 공명은 위연·장의·두경(杜瓊)·진식(陳式)을 기곡으로, 마대·왕평·장익·마충을 사곡으로 향하게 하여 다시 기산으로 집결하도록 명령하고, 자기는 친히 대군을 거느리고 관흥·요화를 선봉으로 삼고 그 뒤를 쫓아서 떠났다.

　한편 조진과 사마의는 후군에 있으면서 열흘 동안이나 전진을 계속해도 촉군의 병사라고는 하나도 구경할 수 없었다. 여기서 조진과 사마의는 내기를 했다. 조진은 촉병이 다시는 나타나지 않을 것이니 자기 말이 틀리면 천자가 하사한 옥띠와 어마(御馬) 한 필을 사마의에게 주겠다 했고, 사마의는 열흘을 기한으로 해서 촉병이 반드시 나타날 것이므로 자기 말이 틀리면 얼굴에 홍분(紅粉)을 바르고 여자 옷을 입고 영중에 나타나 복죄(伏罪)하겠다고 했다.

　군사를 양로로 나누어 가지고 조진은 기산 서쪽 사곡 어귀에, 사마의는 기산 동쪽인 기곡 어귀에 진을 쳤더니 부장 한 사람이 불평 불만을 혼잣말처럼, 장마통에는 돌아갈 생각을 하지 않고, 이제 와서 무슨 장난 같은 내기를 한다고 또 진을 치는지 도무지 알 수 없다는 말을 뇌까렸다. 잡병(雜兵)으로 변장을 하고 각 진지를 순찰하던 사마의가 이 말을 듣고 당장에 여러 부장들을 모아 놓고 무사(武士)에게 명령하여 그 부장을 장하로 끌어내서 목을 베어 버렸다. 여러 장수들은 그제야 간담이 서늘하여 물러나 갔다.

한편 촉장 위연 · 장의 · 진식 · 두경 등이 2만의 군사를 거느리고 기곡을 향해서 전진하고 있을 때, 참모 등지가 달려들며 공명의 명령을 전달했다. 그것은 기곡으로 나갈 때에는 복병이 없는지 조심하고 경솔한 행동을 절대로 하지 말라는 것이었다.

이 말을 듣더니 진식이 공명은 생각이 너무 지나치게 많다느니, 또 그렇게 꾀가 많은 사람이 지난번에는 어째서 가정을 빼앗겼냐는 둥 하면서 공명을 비웃었다. 옆에 있던 위연도 예전에 공명이 자기 말을 듣고 자오곡(子午谷)으로 나갔다면 지금쯤 장안은 그만두고라도 낙양까지는 들어가 있을 것이라고 하면서 역시 공명을 비웃었다.

그러자 진식은 등지가 간절히 말리는 것도 물리치고 5천 기를 거느리고 기곡 어귀로 향해 버려서 등지는 하는 수 없이 공명에게 이런 실정을 급히 보고했다.

진식은 병사를 거느리고 채 몇 리도 나가지 못해서 적군의 복병의 맹렬한 습격을 받고 위연 · 두경 · 자의에게 구출을 받아서 간신히 위기를 모면했는데, 4, 5백 명밖에 남지 않은 병사들도 모두 부상을 입었고, 그제야 진식과 위연은 공명의 귀신 같은 선견지명을 생각하고 후회하여 마지않았으나, 이미 어찌할 도리가 없었다.

등지가 공명에게 돌아가서 위연과 진식이 비웃던 태도를 그대로 전했더니, 공명이 말했다.

"위연은 평소부터 반상(反相)이 있는 인물로서, 항시 불평을 품고 있는 것을 나는 알지만 그의 용맹을 아껴서 기용하고 있는데, 오래 되면 반드시 해를 끼칠 것이오."

공명이 이런 말을 하며 웃고 있을 때에 전령이 달려들며 진식이 병사 4천여 명을 죽이고 불과 4, 5백 기가 산곡간에 진을 치고 있다는 소식을 전했다.

공명은 등지를 다시 기곡으로 보내서 진식이 배반할 생각을 품지 않도록 잘 위로해 주라 명령했고, 한편 마대와 왕평을 불러서 사곡에 만약 적병이 있거든 부하를 거느리고 산을 넘어서 낮에는 숨고 밤에만 진군하여 시급히 기산 왼쪽으로 나와서 신호의 불길을 올리라고 지시했다.

또 마충과 장익을 불러서 역시 같은 방법으로 기산 오른쪽으로 나가서 신호의 불길을 올리고 마대 · 왕평과 함께 조진의 영채로 쳐들어가라고 명령했다. 그리고 자기는 산곡간의 중간에서 정면으로 쳐들어가면 3면 공격으로 위군을 격파할 수 있으리라는 것이었다.

관흥과 요화에게도 귓속말로 무슨 밀계를 주어서 떠나 보냈다. 그리고 나서 공명 자신은 정병을 거느리고 진군을 개시했는데 도중에서 또 오반 · 오의를 불러서 밀계를 주고는 병사를 거느리고 앞장서서 먼저 떠나가도록 했다.

조진은 촉군의 정세가 어떻게 변했다는 것도 전혀 모르고, 병사들을 열흘 동안만 푹 쉬게 하면 사마의에게 망신을 줄 수 있으리라 생각하고, 7일째 되던 날 부장 진량(秦良)을 내보내서 5천 기를 주어 동정을 살피게 했다.

진량은 5, 60리나 앞으로 나갔건만 촉군의 병사가 보이지 않으니 병사들을 말에서 내려서 쉬도록 지시하고 있던 중인데, 홀연 사방에서 고함소리가 일어나더니 앞에서 오반·오의, 배후로부터 관흥·요화가 덤벼들었다. 좌우는 산이라서 몸을 피할 곳이 전혀 없었다.

산꼭대기에서 촉병들이 항복하라고 호통을 치는 바람에 위병은 태반이 투항해 버렸고, 진량은 미친 듯이 날뛰며 싸우다가 요화의 칼을 맞고 목이 달아났다.

공명은 항복한 군사들을 후군 속에다 섞어 버리고 군복과 갑옷을 벗겨서 촉병 5천 명에다 입혀서 위병처럼 변장을 시킨 다음, 관흥·요화·오반·오의 네 장수에게 인솔시켜 조진의 영채로 향하게 했다. 또 미리 보마(報馬)를 조진의 영채로 보내서 몇 명 남았던 촉병까지 모조리 도주했다고 떠들어대게 했다. 조진이 기뻐하고 있는데 사마도독에게서 심복 부하가 왔다고 하면서 다음과 같은 말을 전달했다.

"촉병이 매복계를 써서 위병 4천여 명을 죽였습니다. 사마도독께서는 장군께 내기한 것은 생각지 마시고 조심조심 방비하시도록 여쭈라고 하셨습니다."

조진은 그래도 촉병이 남아 있으리라고는 꿈에도 생각지 않았다. 이때 또 진량이 병사를 거느리고 돌아왔다는 보고가 들어오는지라, 조진은 장 밖으로 나가서 그를 영접하려고 했더니, 그것은 터무니 없는 거짓말이고, 영채 뒤에서 난데없이 불길이 치밀어 올랐다.

거기에다가 관흥·요화·오반·오의가 정면에서부터, 마대·왕평이 뒤쪽에서, 마충·장익까지 촉병을 거느리고 일제히 집중 공격을 가하니 조진은 죽을 힘을 다해서 말을 달려 도주했다.

홀연 또 고함소리가 일어나더니 1군의 군마가 달려들었다. 조진이 부들부들 떨면서 보니 그것은 사마의의 군사였다. 사마의가 결사적으로 싸워 주었기 때문에 촉병은 물러가고 조진은 간신히 목숨을 건지게 됐으니 그 부끄러운 마음이야 이루 형언키도 어려웠다.

"중달(사마의)은 어떻게 내가 이번에 대패한 걸 알았소?"

"한 군사가 촉병은 하나도 없다고 보고하는 것을 보고 공명이 암암리에 영채를 습격하리라고 생각했기 때문에 싸움을 거들어 드리려고 달려왔더니 과연 그의 계책에 빠졌습니다. 내기했던 일은 말씀하지 마시고 서로 합심하여 국가에 보답하도록 합시다."

조진은 심히 황공하여 울화가 치밀어 병이 나서 자리에 누운 채 일어나지 못했다. 군사를 위수 강변에 주둔시켜 놓고 사마의는 군심이 어지러워질까 염려되어 조진에게는 군사를 인솔하지 못하도록 했다.

한편, 공명이 사마(士馬)를 총동원하여 다시 기산으로 나와서 병사들의 수고를 위로해 주자, 위연·진식·두경·장익은 장중으로 들어와 꿇어 엎드려서 죄를 청했다. 공명이,

"누가 군사를 잃게 했소?"

하니, 위연이 대답했다.

"진식이 호령에 응하지 않고 산곡간 어귀로 잠입했기 때문에 이렇게 대패한 것입니다."

진식이 아뢰기를,

"이번 일은 위연이 저더러 나가라고 한 것입니다."

하니 공명이 말했다.

"위연이 그대를 구출했는데 도리어 책임을 전가하려 들다니! 명령을 위반했으면 구구한 변명은 필요없소!"

당장에 무사에게 명령하여 진식을 밖으로 끌고 나가 참형에 처하라 했다. 얼마 있다가 수급을 장전(帳前)에 내걸고 모든 장수들에게 보여 주었다. 이때 공명이 위연의 목을 베지 않은 것은 나중을 위해서였다.

공명이 진병의 대책을 상의하고 있는데 염탐꾼이 보고하기를, 조진이 병들어 일어나지 못하고 현재 영중에서 치료받고 있다는

것이었다. 공명이 크게 기뻐하며 여러 장수들에게 말했다.

"조진의 병세가 가벼웠다면 반드시 장안으로 돌아갔을 것이오. 현재 위병이 물러가지 않는 것은 반드시 그의 병세가 위중하기 때문이며, 군중에 남아서 중심을 안정시키자는 것이오. 내가 편지 한 통을 써서 투항해 온 진량의 병사를 시켜서 조진에게 보내면, 조진은 이것을 보고 꼭 죽고 말 것이오."

공명은 투항해 온 병사들을 모아 놓고 부모 처자 생각이 간절한 그대들을 고국으로 보내줄 테니 조진에게 편지 한 통을 전해주면 반드시 후히 상을 내릴 것이라고 했다. 위군 투항병들은 감격해서 눈물을 흘리며 편지를 받아 가지고 본채로 달려가서 조진에게 전달했다.

조진은 병든 몸을 간신히 일으켜서 편지를 뜯어 봤다. 편지의 사연은 아래와 같다.

> 한나라 승상, 무향후(武鄕侯) 제갈량은 대사마 조자단(曹子丹) 앞에 글을 보내노라. 곰곰 생각컨대, 대저 장수된 자는 거취를 판단할 줄 알고, 유강(柔剛)을 알아야 하며 진퇴, 강약을 분간할 줄 알아야 하는 것이니, 움직이지 않으면 산악(山岳)과 같이 무거우며, 속을 들여다볼 수 없기가 음양(陰陽)과 같고, 무궁하기 천지와 같고, 충실하기 태창(太倉—京師의 積殷倉)과 같고, 호묘(浩渺)하기

사해(四海)와 같고, 현요(眩曜)함이 삼광(三光—日月星)과 같아서 가뭄과 장마를 미리 알아야 하고, 지리의 평강(平康)함을 먼저 알아서 진세의 기회를 통찰하고 적의 장단점을 헤아릴 줄 알아야 하리로다.

섭섭하게도, 그대 무학(無學)한 후배가 위로 하늘에 거역하여 나라를 찬탈하려는 반적(反賊)을 돕고 낙양에서 제호(帝號)를 일컫고, 남은 병사를 사곡으로 몰아 진창에서 장마비를 만나게 하여 물과 땅에 곤핍케 하고 군사와 말을 미친 듯이 날뛰게 하였도다! 집어던져 벌판에 가득 찬 투구와 갑옷, 내버려서 땅을 뒤엎은 칼과 창! 도독은 마음이 허물어지고 담이 찢어졌고, 장군은 쥐구멍을 찾아 뺑소니를 치는 낭망(狼忙)한 꼴, 차마 볼 수 없었도다! 관중(關中)의 부로(父老)를 볼 면목이 없고 무슨 낯으로 상부(相府)의 청당(廳堂)엘 들어설 수 있을 것이냐! 사관(史官)은 붓을 들어 기록할 것이며 백성은 입을 모아 이를 비웃을 것이다. 중달은 싸움이란 말만 들어도 겁을 집어먹고, 자단은 바람만 보아도 황황히 뺑소니를 쳐 버렸도다! 우리 군사는 병사가 강하고 말이 굳세며 대장들은 용과 같이 날쌔고 범과 같이 사납도다! 진천(秦川)을 휩쓸어 평지를 만들고 위나라를 소탕하여 황무지로 만들리라!

조진은 다 보고 나더니 울화가 가슴에 뭉쳐 밤이 되자 군중에서 절명했다. 사마의는 수레에 시체를 싣고 낙양으로 사람을 파견하여 안장하였다.

위왕은 조진이 죽었다는 소식을 듣자 곧바로 조명을 내려 사마의에게 출전을 재촉했다. 사마의는 대군을 거느리고 공명과 대결하려고, 하루의 여유를 두고 먼저 전서(도전장)를 보냈다.

공명이 여러 장수에게,

"조진이 죽고야 말았구나!"

하면서, 내일 대결하여 싸우겠다는 답장을 써서 사자에게 주어 보냈다. 공명은 그날밤으로 강유에게 밀계를 주어서 여차여차하라 했고, 또 관흥을 불러서 여차여차하라고 분부했다.

이튿날, 공명은 기산의 군사를 총동원하여 위수 강변으로 진출했는데, 이곳은 한쪽은 강이고 한쪽은 산이며 중앙은 평천광야(平川曠野)로서 가장 좋은 싸움터였다.

양군은 서로 대치하게 되자 진각(陣角)을 화살로 쏘아 맞히고, 북소리가 세 번 울리자, 위군의 진중에서 문기가 홀쩍 걷어 올려지더니 사마의가 출마하고, 여러 장수들이 그 뒤를 따라 나섰다.

공명이 사륜거 위에 단정히 앉아서 손으로 우선을 흔들고 있는 것이 보이자, 사마의가 말했다.

"우리 주상께서 요제(堯帝)가 순제(舜帝)에게 즉위를 물리신 법도를 따라서 이제(二帝)나 전위(傳位)하시고 중원에 좌진(座鎭)하시어 그대 촉·오 두 나라를 용납하심은 오주께서 관자인후(寬慈仁厚)하셔서 백성을 상할까 두려워하신 탓이로다.

그대는 남양의 일개 농사꾼으로 천수(天數)를 모르고 강제로 남의 땅을 침범하니 이치로 따져서 마땅히 진멸해야 하겠도다! 만약에 마음을 바로 먹고 잘못을 뉘우친다면 마땅히 속히 돌아가서 각각 국경을 지켜 솥발같이 세 곳으로 맞선 형세를 형성하여 생령을 도탄에 빠지지 않게 하고, 그대들도 온전히 살 길을 얻도록 할지어다!"

공명이 웃으면서 말했다.

"나는 선제께서 폐하를 맡기신 중책을 받고 있거늘 어찌 전력을 기울여 적을 토벌하지 않을 것이랴? 그대 조씨는 머지않아 한나라에게 멸망할 것이다. 그대 조부가 모든 한신(漢臣)으로 대대로 한록(漢祿)을 먹어 왔는데도 보답할 생각은 하지 않고 도리어 찬역을 도우면서 어찌 부끄러움을 모르느냐?"

사마의가 만면에 부끄러움을 띠고 말했다.

"내 그대와 자웅을 결하겠다. 그대가 만약에 이긴다면 나는 대장 노릇을 그만두겠다! 그대가 만약에 패할 때에는 빨리 고향으로 돌아가거라. 내가 해치지는 않을 것이로다!"

"그대는 장수를 가지고 싸우자는 건가, 병사를 가지고 싸우자는 건가, 그렇지 않으면 진법을 가지고 싸우자는 건가?"

"먼저, 진법을 가지고 싸우자."

"어디 먼저 진을 쳐 보아라!"

사마의가 중군 장하로 들어가더니 손에 황기(黃旗)를 잡고 그 것을 흔들어서 군사를 좌우로 움직여서 진을 펼쳐 놓고 다시 말에 올라 진두에 나와 물었다.

"그대는 나의 이 포진법을 아는가?"

공명이 웃으며 대답했다.

"우리 군중에서는 말장까지도 모두 이런 진을 칠 줄 안다! 이 것은 '혼원일기진(混元一氣陣)'이라는 것이다."

"그러면 그대가 한번 진을 쳐 봐라."

공명이 진지로 들어가더니 우선을 한번 휘두르고 다시 진두에 나와서 물었다.

"그대는 나의 이 진법을 아는가?"

"'팔괘진(八卦陣)'이다. 왜 모르겠는가?"

"아는 것은 아는 것이고, 그러면 나의 진을 쳐부술 수 있겠 는가?"

"진법을 아는 이상 왜 쳐부수지 못하랴!"

"어디 한번 쳐부숴 보라."

사마의가 본진으로 돌아가서 대릉 · 장호 · 악침 등 세 장수를 불러서 분부했다.

"지금 공명이 쳐 놓은 진은 휴(休) · 생(生) · 상(傷) · 두(杜) · 경

(景)·사(死)·경(驚)·개(開)의 팔문(八門)에 의해서 된 것이오. 그 대들은 정동(正東)의 생문(生門)으로 쳐들어가서 서남쪽의 휴문(休門)으로 무찌르며 나가고, 다시 정북(正北)의 개문(開門)으로 쳐들어가면 이 진을 격파할 수 있을 것이오. 조심해서 실수 없도록 하시오."

이리하여 대릉이 한가운데, 장호가 앞장을 서고, 악침이 뒤에서 각각 30기를 거느리고 생문으로 쳐들어갔다. 양군은 고함을 지르며 응원했다. 세 사람이 촉진으로 쳐들어가기는 했으나, 그 진은 마치 성을 둘러싼 것 같아 도무지 뚫고 나올 수가 없었다.

세 사람은 당황하여 병사들을 거느리고 진의 모퉁이를 돌아서 서남쪽으로 무찌르고 나갔지만 거기서는 촉병이 쏘는 화살에 가로막혀서 뚫고 나갈 수 없었다.

진중에는 겹겹이 문호(門戶)가 있는데, 어느쪽이 동서남북인지 분간할 수가 없었다. 세 장수들은 서로 돌볼 겨를도 없이 닥치는 대로 마구 들이치고 나가니, 수운(愁雲)이 막막하고 참무(慘霧)가 몽몽(濛濛)한 가운데 고함소리가 요란하게 일어나는 속에서 위병은 모조리 결박당해 중군으로 끌려갔다.

공명은 장중에 앉아 있고, 그 좌우로 장호·대릉·악침과 90명의 병사가 모두 장하에 결박당한 채 있었다. 공명이 웃으며 말했다.

"내 그대들을 붙잡기는 했지만, 이게 무슨 대단한 일이랴! 그대들을 놓아서 돌려보내 줄 것이니, 사마의에게 병서를 더 읽고 전책(戰策)을 더 잘 세워 가지고 그때 나와서 자웅을 결해도 늦지는 않다고 전해라. 그대들의 목숨은 살려 주었으니까 군기와 말은 두고 가야 한다."

마침내 여러 병사들의 의복을 벗기고 얼굴에다 먹칠을 해서 진 밖으로 내보냈다. 사마의가 그 광경을 보고 격분하여 여러 장수들을 보고 소리쳤다.

"이렇게 예기를 꺾였으니, 무슨 면목으로 중원에 돌아가 대신들을 볼 수 있겠소!"

그 즉시 3군을 지휘하여 결사적으로 진지를 습격했다. 사마의는 친히 칼을 손에 잡아들고 효장(驍將) 백여 명을 거느리고 진지를 무찌르도록 독려했다.

양군이 맞닥뜨렸을 때, 홀연 진 뒤에서 북소리·피리소리가 요란히 일어나더니, 고함소리가 천지를 진동하며 1군의 군사가 서남쪽에서부터 달려드는데, 그것은 바로 관흥이었다.

사마의는 후군을 시켜서 막아내도록 하고 그대로 군사를 독려하며 앞으로 무찌르고 나갔다. 홀연 위군의 병사들이 일대 혼란을 일으켰다. 알고 보니 강유가 1군을 거느리고 덤벼든 것이었다. 촉병이 3로로 협공을 가하니 사마의는 대경실색하여 급히 군사를 뒤로 물렸다.

촉병이 여기저기 주위에서 쇄도하니 사마의는 3군을 거느리고 남쪽을 향하여 결사적으로 뚫고 달아났다. 위병은 10명 중 6, 7명이 부상을 입었고, 사마의는 위수 강변으로 퇴각하여 남안(南岸)에 영채를 마련하고 단단히 지키면서 나오지 않았다.

공명이 승리한 군사를 수습해 가지고, 기산으로 돌아오니, 영안성(永安城)의 이엄이 파견한 도위(都尉) 구안(苟安)이 양식을 운반해 가지고 군중에 바치러 왔는데, 이 구안이란 자가 술을 좋아하여 도중에 게으름을 피웠기 때문에 기일보다 열흘이나 늦게 도착되었다.

공명이 격분하여 당장 끌어내서 참하라고 호통을 치니, 장사 양의가 말하기를, 군량을 서천에 의존하고 있는데, 이자를 죽이면 앞으로 군량을 운반하는 데 지장이 있을 것이니 용서해 주라고 하자 공명은 결박한 줄을 풀어 주고 곤장 80대를 때려서 놓아 보냈다.

그랬더니, 구안이 마음속에 원한을 품고 밤을 새워가며 부하 5, 6기를 거느리고 위군의 영채로 달려가서 투항해 버렸다. 사마의를 만나 보고 연유를 고백했더니, 사마의는 한 가지 공로를 세워 주면 천자께 아뢰어 상장(上將)으로 천거하겠다고 말했다.

"성도로 가서 유언(流言)을 퍼뜨려라. 공명이 주상을 원망하는 마음이 있어서 조만간 칭제(稱帝)할 것이라고 해서, 그대의 주상이 공명을 성도로 불러가게만 하면 그대의 공로로 인정하겠다."

구안은 사마의 말대로 성도로 달려가, 공명이 자기의 공로를 내세우고 조만간 국가를 찬탈할 것이라는 소문을 환관들 사이에 퍼뜨렸다.

후주는 이 풍문을 곧이듣고 당장에 조명을 내려서 공명에게 군사를 철수시키고 돌아오라 했다. 공명은 주상이 나이 어린데다가 곁에 반드시 망신(侫臣)이 있어서 이런 철수령이 내렸다는 것을 짐작했지만 후주의 명령을 거역할 수가 없어서 돌아가기로 결정했다.

강유가 대군이 후퇴한 뒤 사마의가 추격해 올 것을 걱정했더니, 공명은 후퇴하는 방법을 다음과 같이 지시했다.

"나는 즉시 군사를 5로로 나누어서 후퇴하겠는데, 먼저 오늘 이 진영을 후퇴시키고, 영내(營內)에 군사가 1천 명 있으면 밥짓는 부뚜막을 1천 군데 파게 하고, 오늘 3천 군데를 팠으면 내일은 다시 4천 군데를 파면서 매일 군사를 뒤로 물리게 하고, 부뚜막의 수효를 늘려 나가시오.

사마의는 우리 군사가 후퇴한 줄 알면 반드시 추격해 올 것이며, 복병이 있을까 두려워하여 우리 군사가 철수한 뒤의 부뚜막 수효를 반드시 세어 볼 것이오. 이렇게 하면 우리 군사가 후퇴했는지 몰라서 이상하게 생각하고 추격을 단념할 것이오."

과연, 사마의는 공명의 계책에 빠져서 부뚜막 수효가 늘어 가는 것을 보고 추격할 것을 단념하고 군사를 뒤로 물리기로 했다.

공명은 이렇게 해서 병사를 한 사람도 잃지 않고 성도를 향하여 유유히 후퇴했다.

그 후 촉나라 국경의 백성이 공명은 후퇴할 때 병사를 하나도 증원하지 않고 부뚜막 수효만 늘렸다는 사실을 보고하자 사마의는 하늘을 우러러보며 공명의 지모에 빠졌다고 장탄식을 금하지 못하면서 마침내 대군을 거느리고 낙양으로 돌아갔다.

이야말로 바둑판에 적수를 만나니 서로 이기기 어렵고, 장수가 양재(良才)를 만나니 감히 뽐낼 수 없다는 격이다.

101.
일인삼역

공명은 성도로 돌아와 3년 뒤를 기약하고,
군무를 강론하며…

出隴上諸葛妝神
奔劍閣張郃中計

사마의는 군사를 수습해서 장안으로 돌아왔고, 공명은 무사히 성도로 돌아와서 후주를 만나보고 별안간 철수령을 내린 까닭을 물었다. 후주는 어물어물하고 대답을 잘 하지 못했다. 공명은 모든 일을 눈치 채고, 조정안에 간사한 무리들이 있으면 적을 토벌하기 어렵다고 솔직히 고백하니 후주가 말했다.

"짐은 환관의 말을 너무 믿었기 때문에 승상을 불러 올렸소. 이제야 까닭을 명백히 알게 됐으니 후회막급이요."

공명이 여러 환관들을 불러들여서 추궁한 결과 구안(苟安)이 유언을 퍼뜨렸다는 사실이 드러났으므로, 그를 잡으려고 했으나, 그는 이미 위나라로 도주해 버린 뒤였다.

공명은 이런 뜬소문을 후주에게 알린 환관을 주살하고, 간사한 자들의 움직임을 모르고 있던 장완·비위를 준엄하게 꾸짖고 나서, 이엄에게 종전대로 군량을 수집해서 수송하도록 명령하고 또다시 출사할 일을 상의했다.

양의가 한 가지 의견을 제출했는데, 공명더러 우선 군사 10만 명만 거느리고 기산으로 출전하여 3개월만큼씩 돌려보내고 교대를 시켜 가면서 지구책(持久策)을 써 보자는 것이었다.

공명도 이 의견에 찬성하고, 군사를 두 반(兩班)으로 나누어서 백 일을 기한으로 서로 교대하며 기한을 어기는 자는 군법으로 처단키로 했다.

때는 건흥 9년(서기 231년) 봄, 2월. 공명은 또 다시 위를 토벌하는 군사를 일으켰으니, 바로 위나라의 태화(太和) 5년 이었다.

위주 조예는 공명이 중원을 공격한다는 소식을 알자 시급히 사마의를 불러서 상의했고, 사마의는 비록 조진이 없어졌다고는 하지만 혼자서라도 적군을 토벌하여 충성을 다하겠다고 비장한 결심을 표시했다.

사마의는 마침내, 조예로부터 출진의 명령을 받고 장합에게 선봉을 명령하여 대군을 통솔케 하고, 곽회에게 농서 각 군의 수비를 명령하고, 기산을 향해서 출동했다.

전군 초마(前軍哨馬)가 보고하기를, 대군을 거느리고 기산으로 떠난 공명의 전부선봉(前部先鋒) 왕평과 장의가 이미 진창을 나서서 검각(劍閣)을 지나 산관(散關)으로부터 사곡(斜谷)으로 향했다는 것이었다.

사마의는 공명이 이런 노선을 취하고 진군하는 것은 농서의 보리를 베어서 군량에 충당하려는 의도임을 간파하고 장합에게 명령하여 기산으로 나가서 진을 치게 했고, 자기는 곽희와 함께 천수(天水) 각지를 순찰하면서 촉병이 보리를 베지 못하도록 방비하기로 했다.

공명은 기산에 도착하자, 위수 강변에 위군이 방비선을 치고 있다는 것을 재빨리 알아차렸지만 이엄이 수송하는 양미(糧米)도 도착하지 않고, 또 보리가 익을 때라서, 왕평·장의·오반·오의 네 장수에게 기산의 영채를 지키도록 하고, 공명이 친히 강유·위연 등 여러 장수들을 거느리고 농상 지방으로 나가서 보리를 베기로 했다

전군(前軍)에서 보고가 들어오는데, 사마의가 벌써 이곳에 와서 버티고 있다는 것이었다.

"이놈이 내가 보리를 베러 나오리라는 것을 알아챘구나!"

공명은 깜짝 놀라기는 했으나, 그 즉시 목욕을 하고 옷을 갈아입고, 똑같은 사륜거 세 채를 밀고 나오게 했는데, 이것들은 장식까지 조금도 다르지 않았다. 이것은 공명이 촉중(蜀中)에서 미리 만들어 두었던 것이다. 강유에게 명령해서 군사 1천 명을 거느리고 이 사륜거를 호위하도록 하고 5백 명을 시켜서 북을 치

게 하며 상규(上邽) 뒤에 숨어 있으라 했다. 마대는 왼쪽에서, 위연은 오른쪽에서 역시 군사 1천명에게 사륜거를 호위하라 하고 5백 명에게 북을 치도록 하고, 24명은 검은 옷에 맨발을 하고 머리를 풀어 헤치고 칼을 손에 뻗쳐 들고 칠성조번(七星皁旛), 검정 깃발을 휘두르며 좌우에서 사륜거를 밀라고 했다.

공명은 또 관흥에게는 천봉원수(天帥-天神) 같은 몸차림을 하고 손에는 칠성조번을 잡고 사륜거 앞에서 걸어가게 하고, 공명은 그 위에 단정히 앉아서 위영(魏營)을 향하여 행진을 개시했다.

염탐꾼이 이 광경을 보고 사람인지 귀신인지 분간 못하여 허둥지둥 사마의에게 보고하니, 사마의도 즉시 나와서 이 광경을 바라다보았다.

"공명이 또 괴상한 짓을 하는구나!"

사마의는 정병 2천 명에게 사륜거와 병사들을 모조리 잡아들이라고 명령했다.

그런데 이상하게도 위병이 쫓아가면 공명의 사륜거는 돌아서 서서히 후퇴하고, 또 그것을 또 추격하면 음풍(陰風)이 습습(習習), 냉무(冷霧)가 만만(漫漫), 아무리 급히 쫓아가도 쫓아갈 수가 없으며, 공명의 사륜거는 언제나 30리쯤 거리를 두고 떨어져 있는데, 그것을 앞에 보면서도 쫓아갈 수는 없었다.

20리쯤 쫓아가면 공명의 사륜거는 또 서서히 후퇴하고, 후퇴하다가는 또 이편으로 달려들고 이렇게 되풀이하기를 몇 차례,

마침내 사마의가 달려들며 쫓아가지 말라는 명령을 내렸다. 그것이 공명의 축지법(縮地法)임을 깨달았기 때문이다.

사마의가 말머리를 돌리려고 하자 북소리가 요란스럽게 들리더니 1군의 촉병이 달려드는지라 곧 병사를 내보내 대항하게 했다. 그랬더니 촉병 가운데서 별안간 24명의 귀신같은 병사들이 사륜거를 호위하고 내닫는데 그 위에는 공명이 우선을 손에 들고 단정히 앉아 있었다. 사마의가 깜짝 놀랐다.

"방금 사륜거를 타고 가는 공명을 50리나 추격하다가 놓쳤는데, 여기 또 공명이 나타나다니, 정말 괴상한 일이다."

말을 마치기 전에 오른쪽에서 또 북소리가 요란스럽게 일어나더니, 또 하나의 똑같은 행렬이 나타나는데, 공명은 역시 사륜거 위에 단정히 앉아있고, 24명의 귀신같은 병사들이 사륜거를 호위하며 밀고 있었다.

"이야말로 신병(神兵)이구나!"

사마의 편의 장수들이 간담이 서늘하여 무기를 버리고 도주하려니까, 또 1군의 군사가 덤벼드는데 선두에는 역시 사륜거에 공명이 단정히 앉아있었다. 사마의는 이것이 귀신인지 사람인지 알 수도 없고, 또 촉병이 얼마나 있는지 그 수효조차 상상할 수 없어서 겁을 집어먹고 상규로 도주하여 성문을 잠그고 나오려 들지 않았다.

이때 공명은 벌써 3만의 정병에게 명령을 내려 농상의 보리를

모조리 베어 가지고 볕에 말리려고 노성(鹵城)으로 운반해 버렸
다. 나중에야 공명의 3로 복병이, 사실은 공명이 아니고 강유·
마대·위연이었으며, 맨처음에 유진(誘陣)하러 나왔던 사륜거 위
에 타고 있던 하나만이 진짜 공명이었다는 사실을 알고, 그 신출
귀몰한 꾀에 혀를 내둘렀다.

노성에서 보리를 말리고 있다는 소식을 알게 된 사마의는 곽
희와 둘이 군사를 양로로 나누어 공격했지만, 방비가 든든한 공
명의 진지를 도저히 격파할 수는 없었고, 무수한 사상자를 낼 뿐
이었다. 부도독 곽희가 사마의에게 말했다.

"촉병과 서로 대치한 지 이렇게 오래 되어도 물리칠 계책이 서
지 않는데, 이번에도 또 패하여 3천여 명의 사상자를 냈으니, 일
찌감치 무슨 대책을 강구하지 않으면, 날이 갈수록 점점 더 물리
치기 어려울 것입니다.

옹주(雍州)·양주(涼州)의 군사를 집결시켜서, 소생이 1군을 거
느리고 검각(劍閣)을 습격하여 적의 퇴로를 차단하여 양도를 막
아 버릴 테니, 적군이 당황하여 동요를 일으킬 때 습격하면 이를
격파할 수 있을 겁니다."

사마의가 곽희의 계책대로 옹·양 2주로 격문을 날렸더니, 며
칠 안 되어서 대장 손례가 군사를 인솔하고 도착하여 그 즉시 곽
희와 함께 검각을 습격하라고 명령했다.

공명은 노성에서 오랫동안 적군과 대치하고 있었는데, 위군이

요로를 든든히 방비하고 나와서 싸우려 들지 않음은, 촉군의 양식이 떨어지기를 기다리고 있다가 검각을 습격하리라는 사실을 간파했다. 그래서 강유·마대에게 명령하여 각각 1만 기씩을 주어서 검각의 요로를 방비하게 했다.

이때 장사 양의가 아뢰었다.

"승상께서는 백 일만 되면 군사를 교대하시겠다고 말씀하셨는데, 벌써 그 기한이 되었고, 한중의 군사도 이미 떠났다 하오니, 이곳에 있는 8만 명 중, 4만 명은 돌려보내심이 좋을까 합니다!"

공명은 양의의 의견대로 곧 군사를 교대하기로 결정했고, 병사들도 돌아갈 채비를 차리고 있었다. 이때 위군측에서는 손례가 옹·양 2주로 군사 20만을 거느리고 싸움을 거들러 떠났으며, 사마의도 친히 군사를 인솔하고 노성으로 향했다는 보고가 날아들었다. 촉병은 깜짝 놀라지 않는 사람이 없었다.

양의가 나타나서 또 공명에게 말했다.

"위병이 이다지 급박하게 닥쳐드는데 이번 환반군(換班軍)을 잠시 그대로 머물러 두시고 적군을 물리치게 하고 신병(新兵)이 도착한 다음에 교대시키도록 하십시오."

공명이 말하기를,

"그건 안 되오. 나는 용병에 있어서 신(信)을 근본으로 삼는데, 이미 명령해 놓은 일을 어찌 지키지 않겠소? 또 촉병으로서 응당 돌아가야 할 사람들은 그 부모처자들이 눈이 빠지게 기다리고 있을 것이니, 내게 설사 큰 어려움이 있다손 치더라도 더 붙잡아 둘 수는 없소."

즉시 명령을 내려서 떠나야 할 병사들은 그날로 출발하라고 했다.

여러 군사들은 그 말을 듣더니 모두 큰 소리로 외쳤다.

"승상께서 이다지 여러 사람에게 은혜를 베푸시니 저희들은 모두가 돌아가고 싶지 않습니다. 각자가 한 목숨을 내던지고 위병을 몰살시켜서 승상께 보답하겠습니다."

"그대들은 집으로 돌아가야지, 무엇 때문에 여기에 남아 있겠다는 건가?"

여러 군사들은 막무가내, 모두 출전을 원하며 집으로 돌아가지 않겠다는 것이었다.

"그대들은 끝끝내 나와 같이 출전하겠다면 성 밖으로 나가서 진을 치고 위병이 내닫거든 숨 쉴 틈도 주지 말고 그 즉시 무찔러 버려라. 이것은 준비를 갖추고 피로한 적을 기다리는 전법이니라."

병사들은 공명의 명령대로 성 밖으로 나가서 진을 치고 기다리고 있었다.

이때, 서량의 인마는 하룻길을 갑절로 달렸으므로 모두 극도로 피곤해서 막을 치고 쉬려는 중이었다. 그런데 촉병이 한꺼번에 밀고 들어오니 뿔뿔이 흩어져서 도주하다가 촉병의 칼과 창을 맞고 옹·양 군사들의 시체는 벌판에 즐비하게 깔렸고, 피가 흘러 넘쳤다.

공명은 성 밖으로 나가서 이긴 군사들을 수습해 가지고 다시 성 안으로 들어와서 위로하고 상을 주었다.

이때 갑자기 영안(永安)에 있는 이엄에게서 급한 편지가 왔다는 소식이 들어왔다. 그것은 동오에서 낙양으로 사신을 파견하여 위나라와 화친하고 위나라가 동오를 시켜서 촉나라를 공격하라고 했는데, 동오에서 아직 군사를 동원하는 기색은 없으니, 공명에게 이를 탐지하고 시급히 처치해 달라는 것이었다.

공명은 깜짝 놀라서 여러 장수들을 소집해 놓고,

"동오에서 군사를 일으켜 촉나라를 침범한다면 나는 시급히 돌아가야 되겠소."

그 즉시 명령을 내려 기산 대채(大寨)의 인마를 서천으로 철수하라고 하고, '사마의는 내가 여기에 둔군(屯軍)하고 있는 줄 알고 추격하지는 않을 것이다'라고 지시했다. 이리하여 왕평·장의·오반·오의는 두 길로 군사를 나누어 서서히 서천으로 후퇴했다.

장합은 촉군의 병사가 철수하는 것을 보고 있다가 까닭을 알수 없어서 사마의에게로 달려왔다. 사마의는 공명이 꾀가 많은 위인인지라, 무슨 짓을 또 할지 모르니 내버려두고 수비만 든든히 하면 군량이 없어서 저절로 물러날 것이라고 했다. 대장 위평

(魏平)이 이런 기회를 놓치고 촉병을 범처럼 무서워만하면 천하의 웃음거리가 될 것이니 추격하자고 했지만, 사마의는 그 말을 듣지 않았다.

공명은 기산의 군사가 철수했다는 것을 알자, 양의·마충을 장으로 불러 가지고 밀계를 주어서 먼저 궁노수 1만 명을 거느리고 검각(劍閣) 목문도(木門道)로 가서 양쪽에 숨어 있으라고 했다. 그러다가 만약에 위병이 추격해 오면, 공명의 포성을 듣고 나무와 돌로 먼저 퇴로를 끊고 양쪽에서 화살을 쏴대라고 명령했다.

양의·마충이 떠나간 뒤, 공명은 위연·관흥을 불러 가지고 후군을 명령하고, 성 사면으로 빈틈없이 깃발을 내세우고 성 안 각처에는 시초(柴草)를 쌓아 놓고 사람이 있는 것처럼 연기를 올리고, 대군은 일제히 목문도를 향하여 떠나 버렸다.

위나라 진영의 순초군(巡哨軍)이 사마의에게 와서 보고했다.

"촉병의 대대는 이미 물러갔으나, 성 안에 아직도 병사가 얼마나 남아 있는지는 알 수 없습니다."

사마의가 친히 나가 순찰 했더니, 성 위에는 깃발이 꽂혀 있고 성 안에는 연기가 일어나는지라, 웃으면서 말했다.

"이건 텅 빈 성이로구나!"

사람을 내보내서 탐지해 보니 성이 비어 있어 사마의가 크게 기뻐하며 말했다.

"공명이 물러갔으니 추격해 갈 사람은 없소?"

선봉 장합이 말하기를,

"소생이 가기를 원합니다."

사마의가 가로막으며 하는 말했다.

"공은 성미가 너무나 조급해서 갈 수 없을 거요."

"도독께서는 관을 나올 때 소생을 선봉으로 임명하셨으니 오늘이야말로 공을 세울 때입니다. 소생을 기용하지 않으심은 무슨 까닭입니까?"

"촉병은 물러나가면서 요소요소에 반드시 복병을 숨겨 두고 갔을 것이니 여간 조심하지 않으면 안 되기 때문이요."

"소생도 잘 알고 있습니다. 걱정 마십시오."

"공이 자원해서 가는 길이니 나중에 후회하지는 마시오."

장합이 끝끝내 생명을 바치고라도 나가겠다고 하니, 사마의는 5천기를 주어서 먼저 떠나보내고, 위평에게 군사 2만 명을 주어 뒤를 따르면서 복병에 대비하도록 했다. 그리고 자기 자신도 3천기를 인솔하고 뒤따라가며 계책을 써서 싸움을 거들기로 했다.

장합은 군사를 거느리고 쏜살같이 추격했다. 30리쯤 나갔을 때 느닷없이 뒤쪽에서 고함소리가 나더니 숲속에서부터 위연이 1군을 거느리고 달려들었다. 장합이 격분하여 덤벼드니 10합도 못 싸워서 위연은 패한 체하고 도주했다.

30리쯤 더 추격해 갔으나 복병이 있는 것 같지도 않아서 그대로 말을 달려 추격했다. 산기슭을 돌아가고 있는데, 함성이 또 일어나더니 이번에는 관흥이 칼을 휘두르며 호통을 치고 덤벼들었다.

10합쯤 싸웠을 때, 관흥도 말머리를 돌려서 달아나고 장합은 그대로 추격했다. 숲속으로 달려 들어가면서도 복병이 없어서 안심하고 그대로 추격했다.

그러나 앞에는 위연이 앞질러 돌아가서 기다리고 있었다. 싸우기를 또 10여 합, 위연은 또 뺑소니를 쳤다. 격분한 장합이 그대로 추격을 하니 이번에는 관흥이 또 앞질러 돌아가서 앞을 가로막고 달려들었다.

장합이 말을 달려 10합쯤 싸웠더니, 촉병들은 갑옷이며 집물(什物)을 길이 꽉 차도록 모조리 버리고 도망쳤고, 위군은 모두 말을 내려서 앞을 다투어 가며 그것을 주웠다.

이렇게 위연과 관흥은 번갈아 앞으로 돌아가서 장합을 가로막았고, 장합은 여전히 추격해 가는데 어느 덧 날도 저물었다. 목문 도 어귀에 다다랐을 때, 갑자기 위연이 되돌아와서 호통을 쳤다.

"장합, 역적 놈아! 내 너와 싸우지 않으려 해도 네 놈은 기를 쓰고 쫓아왔으니, 나는 인제 여기서 네놈과 한번 결사적으로 싸워 보겠다!"

장합이 분노가 치밀어 창을 고쳐 잡고 말을 달려 위연에게 덤벼드니 위연도 칼을 휘두르며 대적했다.

그러나 10합도 싸우지 못하고 위연은 대패하여 갑옷, 투구와 말을 모조리 버리고 패잔병을 인솔하고 목문도를 향해 도주해 버리고 말았다.

장합은 살기가 등등, 위연이 대패하고 도주하는 것을 보고 그 대로 말을 몰아 추격했다. 이때 날은 캄캄해졌는데 포성이 한 번 울리더니 산 위에서 화염이 충천하고 큰 돌과 나무가 굴러떨어 져 앞길을 가로막아 버렸다.

장합이 깜짝 놀랐다.

"내가 계책에 속았구나!"

급히 말머리를 돌렸을 때, 뒤쪽에는 이미 나무와 돌이 꽉 차서 귀로까지 막혀 버렸고 가운데 쪽에 얼마 안 되는 빈터가 있을 뿐 이었다. 양편은 모두 깎아지른 절벽이고 보니 장합은 진퇴무로 (進退無路)에 빠지고 말았다.

홀연 딱따기 소리가 들려오더니 양편에서 활과 쇠뇌가 일제히 퍼부어져 장합과 백여 명 부장들이 목문도 한복판에서 죽고 말 았다.

장합이 처참하게 죽은 뒤에도 위군의 병사들은 그대로 추격을 계속했다. 길이 막혀진 것을 보고서야 계책에 속았다는 생각이 들었다.

당황해서 말머리를 돌려서 도주하려고 했을 때 산꼭대기에서 호통 치는 사람이 있었다.

"제갈승상이 예 있다!"

위군의 병사들이 크게 놀라며 산 위를 쳐다보니 공명이 불빛 속에 버티고 서서 여러 군사들을 손가락으로 가리키며 소리를 지르고 있었다.

"내가 오늘 사냥을 나왔다가 '마(사마의)'를 쏘려고 했더니 잘못 하여 '장(獐-張과 동음, 장합)'을 잘못 쏘았다. 그대들은 각각 안심하고 돌아가서 중달(사마의)에게 조만간 내 손에 붙잡히게 될 것이라고 전하기나 해라."

위병들은 돌아가서 사마의를 만나 이런 사실을 자세히 보고했다. 사마의가 슬프고 분해서 어쩔 줄 모르며 하늘을 우러러 한탄하는 말이,

"장합을 죽인것은 나의 잘못 때문이었다!"

즉시, 군사를 수습해 낙양으로 돌아갔다.

위주(魏主)는 장합이 죽었다는 소식을 듣고 눈물을 뿌리며 탄식하고, 사람을 시켜서 그 시체를 수습하여 정중히 장례를 지냈다.

한편 공명은 한중으로 돌아와서 후주(後主)에게 알현하고자 성도로 가려고 했다.

그런데 도호(都護) 이엄이 후주에게 주책없는 말을 아뢰었다.

"신은 이미 군량을 마련해 가지고 승상의 군전(軍前)으로 보내

려던 차이온데, 승상은 왜 갑자기 철수하시는지 알지 못하겠습니다."

후주가 이 말을 듣자, 즉시 상서 비위에게 명령하여 한중으로 가서 공명을 만나보고 군사를 철수한 까닭을 물어보게 했다.

비위가 한중에 이르러 후주의 의사를 전했더니, 공명이 깜짝 놀랐다.

"이엄이 서신을 보내어 위급하다고 하며 동오가 군사를 동원하여 서천을 침범하려 한다기에 철수시킨 것이오"

비위가 말했다.

"이엄이 아뢰기를, 군량을 이미 마련했는데 승상께서 까닭 없이 군사를 철수하셨다고 했기 때문에 천자께서 소생을 보내시어 문의하도록 하신 것입니다."

공명이 대로하여 사람을 시켜 알아보았더니 이엄이 군량을 마련해 놓지 못하여서 승상이 죄를 따질까 두려워하여 고의로 서신을 보내서 돌아오게 했고, 또 천자에게 거짓말을 아뢰어 자기의 과오를 덮어 버리려고 한 것이었다.

공명이 격분했다.

"변변치 못한 놈이 제 자신의 일을 때문에 국가의 대사를 망쳐 놓았구나!"

사람을 시켜서 이엄을 불러들여 목을 베려고 했다.

비위가 권고하는 말이,

"승상께서는, 선제께서 이엄에게 폐하를 부탁하신 일을 생각하시어 관대히 용서해 주시기를 바랍니다."

하니 공명도 그 말을 들었고, 비위는 즉시 표를 작성하여 후주에게 계주(啓奏)하였다.

후주는 표를 보자, 벌컥 성을 내며 무사에게 호통을 쳐서 이엄을 끌어내어 참형에 처하라고 했다. 참군 장완(蔣琬)이 머리를 조아리며 아뢰었다.

"이엄은 선제께서 폐하를 부탁하신 신하이오니 성스러운 은혜를 베푸셔서 관대히 용서하십시오."

하니 후주는 그의 권고를 받아들여 벼슬을 뺏어 서인(庶人)으로 떨어뜨리고 자동군(梓潼郡)으로 귀양살이를 보냈다.

공명이 성도로 돌아와서 이엄의 아들 이풍(李豐)을 장사(長史) 벼슬을 주어 군량을 비축하게 하고, 진무(陣武)를 강론(講論)하고 군기(軍器)를 정비하며, 장수들을 돌봐 주었으며, 3년 후에나 다시 출정하기로 하니 백성과 군사들이 모두 그 은덕을 앙모하였다.

세월이 덧없이 흘러서 어느 틈에 3년이 지났다. 건흥 12년, 봄, 2월 공명이 입조하여 아뢰었다.

"신은 이미 3년 동안이나 군사들을 돌봐 주었습니다. 양식도 풍족하고 군기도 완비되었고 사람과 말도 웅장(雄壯)하게 되었사오니 위나라를 토벌할 수 있으리라고 믿습니다. 이번에 만약 간당(奸黨)을 소탕하여 중원을 회복하지 못하면 맹세코 폐하를 뵙지 않겠습니다."

"현재 천하가 솥발 같은 형세를 이루고 있어 오·위가 우리 나라를 침범할 수 없거늘, 상부(相父)는 어찌하여 편안히 태평을 누리지 않으려 하시오?"

"신은 선제의 지우(知遇)하시는 은혜를 받고 꿈속에서도 위를 토벌할 계책을 잊어버리지 않았습니다. 있는 힘을 다하고 충성을 다하여 폐하를 위해서 중원을 회복하고 한실(漢室)을 중흥함이 신의 소원입니다."

이때 반부(班部) 중에서 초주(譙周)가 나서면서 말했다.

"승상께서는 군사를 일으키시면 안 됩니다."

이야말로 무후(공명)는 나라 걱정만을 골똘히 하고, 태사(초주)는 기(機)를 알아 천시(天時)를 논하자는 것이다.

102.
나무로 만든 소와 말

나무를 깎아 만든 소와 말이 산으로 짐을 나르는데,
과연 묘책이로다!

司馬懿占北原渭橋
諸葛亮造木牛流馬

태사(太史) 초주는 천문에 정통했는데, 공명이 또 출정하겠다
는 말을 듣고 후주에게 아뢰었다.

"신은 천대(天臺)를 관장하는 직책이오니 화복(禍福)이 있을 때
아뢰지 않을 수 없습니다. 근래들어 수만 마리의 새들이 남쪽에
서부터 떼를 지어서 날아들어 한수에 빠져 죽었으니, 이는 불길
한 징조입니다. 또 성도의 백성들은 잣나무가 밤에 울고 있는 것
을 들었다 하오니 이런 가지가지 재변이 있을 때에는 승상께서
도 근신하고 가볍게 움직이지 않음이 좋을까 합니다."

그러나 공명은 이따위 변고 때문에 국가의 대사를 그르칠 수
는 없다고 주장하며, 즉시 관원에게 명령하여 짐승을 잡아 가지

고 소열묘(昭烈廟)에 제사를 지내고, 눈물을 흘리며 다섯 번이나 기산(祁山)에 출정하여 실패한 잘못을 사죄했다.

제사가 끝나자 급히 한중으로 여러 장수들을 소집해 가지고 대책을 상의했다. 이때 뜻밖에도 관흥이 병으로 죽었다는 소식이 전해지니, 공명은 방성통곡하며 졸도하였다가 간신히 정신을 차리고 말했다.

"슬프다! 충성스럽고 의로운 사람에게 하늘이 수명을 주지 않다니! 나는 이번에 출사(出師)함에 있어서 또 대장 한 사람을 잃은 셈이다"

공명은 촉병 34만 명을 5로로 나누어 가지고 출동했는데, 강유·위연을 선봉으로 기산에 급파하고, 이회(李恢)에게는 미리 군량을 사곡(斜谷) 어귀에 운반해 놓고 대기하고 있으라 명령했다.

한편, 위나라에서는 지난해에 청룡(青龍)이 마파정(摩坡井) 속에서 나왔다 해서 기원을 청룡 원년(青龍元年)으로 고쳤는데, 그때가 바로 청룡 2년 봄 2월이었다.

근신으로부터 촉병이 출동했다는 정보를 듣고, 위주 조예가 사마의와 상의했더니, 그는 반드시 공명을 격파하겠다고 장담하면서, 네 사람의 부하를 천거하고 임명해 달라고 했다. 그 네 사람이란 바로 하후연의 아들로서 장남 하후패(夏侯覇-字는 仲權), 차남 하후위(夏侯威-字는 季權), 3남 하후혜(夏侯惠-字는 雅權), 4남

하후화(夏侯和-字는 義權)인데, 사마의는 하후패·하후위를 좌우 선봉으로, 하후혜·하후화를 행군사마(行軍司馬)로 사용해서 촉군을 물리치겠다는 것이었다.

조예는 사마의의 원하는 바를 받아들이고, 또 친히 조서를 내려서 촉군을 추격하는 데 신중을 기할 것과, 적의 허를 찌를 것을 특별히 당부해서 떠나보냈다.

사마의는 그길로 장안으로 달려가서 각처의 군마 40만을 집결시켜 위수 강변으로 나가서 진을 쳤다. 또 군사 5만을 나누어서 위수에 부교(浮橋)를 9좌(座)나 마련하고 선봉 하후패와 하후위를 시켜서 건너편 강변에 진을 치도록 했다.

사마의가 여러 장수를 모아 놓고 대책을 상의하고 있을 때, 곽회와 손례가 나타나서 기산에 있는 촉군이 위수를 건너와 서북쪽 산으로 진출하게 될까 걱정하니 사마의는 그들에게 농서의 군사를 나누어서 북원(北原)에 진을 치고, 수비에 전력을 기울이다가 적군이 군량이 떨어져서 후퇴하기 시작하면 공격을 가하라고 지시했다.

공명은 기산으로 다시 나와서 좌우·중간·전후로 다섯 군데나 대채(大寨)를 마련하고, 사곡에서 검각에 이르기까지 14개의 대채를 연결시켜 놓고 군사를 주둔시켜서 지구책을 세워 연일 사람을 내보내어 감시하고 있었다.

이때, 마침 손례·곽회가 농서의 군사를 거느리고 북원에 진을 쳤다는 보고가 들어오니, 공명은 다음과 같이 작전계획을 세웠다.

1. 북원을 공격하는 것처럼 보이면서 위수 강변에 기습을 감행할 것이므로, 뗏목 1백여 척을 만들어서 물에 익숙한 사람을 5천 명을 뽑아서 태워 둘 것.

2. 사마의가 군사를 거느리고 달려들어서 혼란을 일으키는 틈을 타서, 이편에서는 후군을 건너편 강변으로 건너가게 하고, 선두의 군사를 뗏목에 태워서 강을 흘러 내려가면서 부교에 불을 질러 태워 버리고 적군의 배후를 찌를 것.

3. 공명 자신은 1군의 군사를 거느리고 적군의 앞 진영을 정면으로 공격할 것.

이런 정보가 사마의에게 날아들자, 그도 여기 대비하기 위해서 다음과 같은 작전 명령을 내렸다.

1. 하후패 · 하후위는 북원에서 고함소리가 일어나거든 군사를 인솔하고 위수 남쪽 산중에 매복했다가 적군이 나타나면 일제히 습격할 것.

2. 장호 · 악침은 궁노수(弓弩手) 2천 명을 거느리고 부교 북쪽에 매복해 있다가 촉군이 뗏목을 타고 강을 내려오면 일제히 사

격을 개시하여 부교에 접근시키지 말 것.

3. 곽회·손례는 공명이 북원으로 접근해 와서 위수를 건너 서려고 할 때, 싸움에 패하는 체하고 도주하다가, 적군이 추격해 오면, 매복했던 궁노수를 시켜서 일제히 사격할 것.

4. 사마사·사마소는 군사를 거느리고 앞 영채로 가서 싸움을 거들 것. 그리고 사마의 자신은 1군을 거느리고 북원의 싸움을 거들러 떠나기로 한다.

공명은 위연·마대에게 위수를 건너서 북원으로 쳐들어가라고 명령하고, 오반·오의에게 뗏목에 병사를 태워 부교에 불을 지르도록 명령하고, 왕평·장의를 선봉으로, 강유·마충을 중군, 요화·장익을 후군으로 삼고, 군사를 세 갈래로 나누어서 위수 강변 위군의 본채를 습격하게 했다.

위연·마대가 북원에 접근했을 때는 날도 이미 저물 무렵이었다. 저편에서는 사마의와 곽회가 덤벼들어서 대뜸 치열한 싸움이 벌어졌다. 위연과 마대는 결사적으로 싸웠지만, 위병을 당해 내지 못하고 촉병은 태반이 강물에 빠져 죽고, 패잔병들이 허둥지둥하고 있는데 오의의 군사가 달려들어서 간신히 구출해 가지고 건너편 강변으로 건너가서 진을 칠 수 있었다.

오반은 병사의 절반을 오의에게 나누어 주고 절반을 뗏목에 태워 가지고 강을 내려오다가 장호·악침이 저편 강변에서 빗발처럼 쏘아대는 화살을 맞고 전멸했다. 병사들은 모조리 물속에 뛰어들어 도주했고, 뗏목도 전부 위군에게 빼앗기고 말았다.

이때, 왕평과 장의는 영문도 모르고 위군의 본채를 향하여 공격을 가했다. 밤이 2경이나 되었을 무렵, 사방에서 고함소리가 요란하여 진군을 멈추고 있었더니 배후에서 1기가 달려들어 승상의 분부라고 하면서, 북원병(北原兵)도 부교병(浮橋兵)도 모조리 실패했으니 시급히 돌아오라는 것이었다.

왕평·장의가 대경실색하여 급히 말머리를 돌리는데, 배후로 돌아 들어온 위군의 병사들이 한 발의 포성과 함께 일제히 덤벼들어 화광이 충전하니 왕평과 장의는 병사를 거느리고 대적했다. 그러나 결국 군사를 절반이나 잃고 간신히 도주했다. 공명이 기산으로 들어와서 패잔병을 수습해 보니 1만 명 이상이나 숫자가 줄었다.

공명이 답답한 마음을 가누지 못하고 있는데 성도로부터 비위가 찾아왔다. 공명은 잘 됐다 생각하고 편지를 한 통 작성해서 그를 동오로 파견했다. 오주 손권에게 원병을 청하자는 것이었다.

편지에는 동맹의 의(義)를 맺고 장수에게 명령하여 북정(北征)을 해 주면, 천하를 동분(同分)하겠다는 간단한 사연을 적었다.

비위가 건업(建業)에 도착하여 손권에게 편지를 전달했더니, 그는 심히 기뻐하며 공명과 손을 잡을 수 있다면 자신 있게 출정하겠다 하며, 손권 자신이 친히 군사를 거느리고 거소(居巢)로부터 신성(新城)을 공략하고, 육손·제갈근을 시켜서 군사를 강하(江夏)·면구(沔口)로 출동시켜 양양(襄陽)으로 향하게 하고, 손소(孫韶)·장승(張承)을 광릉(廣陵)으로 내보내어 회양(淮陽)을 공략하게 할 것이며, 3면에서 일제히 진군을 개시할 것이니, 도합 30만 대병이 날짜를 택하여 출동하겠다는 확약을 했다.

비위는 기산으로 돌아와서 오주 손권이 30만 대군을 동원하여 친히 출정하게 됐다는 소식을 전달하고 성도로 돌아갔다.

공명이 여러 장수들과 대책을 상의하고 있는데, 위나라 대장 한 사람이 투항해 왔다는 보고가 들어왔다. 불러들여서 물어보니, 그는 위나라의 편장(偏將) 정문(鄭文)으로서 근래에 진랑(秦朗)과 함께 군사와 말을 인솔하고 사마의의 수하에 들어가 있었는데, 뜻밖에도 사마의가 제 마음대로 편향(偏向)하여 진랑에게만 전장군(前將軍)의 자리를 주고, 자기는 초개같이 여기는지라, 불평을 참지 못하여 투항해 왔다는 것이었다.

정문의 말이 채 끝나기도 전에 진랑이 병사를 거느리고 영채 밖에 나타나서 호통을 치면서 정문더러 나와서 싸워보자는 것이었다.

"진랑이란 자는 그대와 비해서 무예의 실력이 어느 정도요?"

공명이 물었더니, 정문의 대답했다.

"진랑쯤이야 소생이 한 칼로 목을 베어서 보여 드리겠습니다."

"그대가 우선 진랑의 목을 베어 가지고 오면 그대의 말을 믿으리라."

과연 정문은 밖으로 내닫더니 창을 휘두르며 말을 달려서 진랑이란 자와 싸웠다. 그러더니 순식간에 그의 수급을 베어 가지고 공명 앞에 내놓았다.

공명은 장중에 좌정하자 정문을 불러들이더니 벌컥 성을 내며, 좌우 사람에게 호통을 쳐서 정문을 끌어내어 참하라고 했다.

"나는 예전부터 진랑을 알고 있다! 네가 지금 베어 온 것은 진랑의 수급이 아니다. 어찌 감히 나를 속이려 드느냐?"

이것은 물론, 정문이 투항을 사칭하고 공명에게 접근해 보려는 엉뚱한 연극이었다.

공명은 정문을 진중에 그대로 잡아 두었다. 번건이 어떻게 그것이 거짓 투항인 것을 간파했느냐고 물었더니, 공명의 대답했다.

"사마의는 경솔히 사람을 기용하지 않소. 만약에 진랑을 전장군(前將軍)을 삼았다면 반드시 무예도 이만저만할 것이 아닌데, 정문과 싸워서 한칼에 쉽사리 목이 달아난다면 진랑이 아닌 것이 분명하지 않겠소?"

모든 사람이 탄복하여 꿇어 엎드렸다.

공명은 변설(辯舌)이 능란한 군사를 한 사람 택해서 귓전에 대고 무엇인지 속삭이더니, 편지 한 통을 주어서 위군의 영채로 가서 사마의를 만나 보게 했다. 사마의가 불러들여서 연유를 물었더니, 그 군사가 말했다.

"소생은 정문과 동향(同鄕)입니다. 공명은 정문의 공로를 칭찬하고 선봉에 임명했습니다. 정문이 소생에게 이 서신을 전달해 드리라고 하면서 내일 밤에 신호의 불길을 올릴 것이니 도독께서 대군을 거느리시고 촉군의 영채를 습격하신다면 반드시 내응하겠다고 했습니다."

사마의가 여러 모로 질문해 보고 또 가지고 온 서신을 자세히 봤더니, 역시 정문의 친필이 틀림없어서 그 병사에게 술과 음식을 대접하고 그날 밤 2경에 틀림없이 습격하겠다는 확답을 주어서 돌려보냈다.

그 군사가 본채로 돌아와서 이런 사실을 보고하니, 공명은 칼을 짚고 북두(北斗)에 기도를 올리고 왕평과 장의, 마충과 마대, 위연을 차례로 불러서 여차여차하라고 분부한 다음 친히 수십 명을 인솔하고 높은 산 위에 앉아서 중군을 지휘했다.

사마의는 정문의 편지를 믿고 두 아들을 데리고 대군을 동원하여 촉군의 영채를 습격하려고 했다. 장남 사마사가 어찌 남의 편지 한 장을 보고 경솔히 움직일 것이냐고 부친의 신상을 걱정하면서, 먼저 다른 사람을 보내고 사마의는 뒤쫓아 움직여 보는 게 좋겠다고 권고했다.

사마의는 결국 진랑에게 1만 기를 주어서 습격하도록 명령하고 자기는 군사를 거느리고 그 뒤를 따르기로 했다. 달이 밝은 밤이었는데, 2경쯤 별안간 음산한 구름이 사방을 뒤덮고 하늘이 캄캄해서 얼굴을 대하고도 알아볼 수 없을 지경이었다.

이야말로 하늘이 주신 절호의 기회라고 생각한 사마의는 진랑의 군사를 앞장세우고 촉진으로 쳐들어갔으나 사람의 그림자라고는 하나도 볼 수 없었다. 아차! 계책에 속았구나! 하는 생각이 들자 당황하여 후퇴령을 내리는 순간, 사방에서 횃불이 뻗쳐오르며 고함소리 천지를 진동하더니, 왼편에서 왕평과 장의, 오른편에서 마대와 마충의 군사가 노도같이 밀려들므로 진랑은 포위망 속에서 옴짝달싹도 못하게 되었다.

뒤쫓아 사마의가 덤벼들었으니, 벌써 저편에서는 맹장 위연과 강유가 양편에서 내달으니 진랑의 군사 1만은 빗발치듯 하는 촉군의 화살 속에서 헤어나지 못하고 진랑은 끝끝내 난군 중에 절명했으며, 사마의는 간신히 패잔병을 수습해 가지고 본채로 도주했다.

밤 3경이 지나서야 하늘이 맑게 개니 공명은 산꼭대기에서 징을 치며 군사를 수습했다. 알고 보면 밤 2경 때 음산한 구름이 사방을 뒤덮은 것은 공명이 둔갑법을 썼기 때문이었고, 나중에 군사를 수습했을 때, 하늘이 맑게 갠 것은 공명이 육정육갑(六丁六甲)의 술법을 써서 구름을 없애 버렸기 때문이었다.

공명은 승리를 거두고 영채로 돌아오자 정문을 참해 버리고 또 위수의 남쪽 강변을 공격할 대책을 강구했다. 연달아 군사를 내보내서 도전했건만 위군은 통 나와서 싸우려 하지 않았다.

공명은 친히 조그만 수레를 타고 기산 앞 위수 동서 양편의 지리를 답사하고 있었는데, 한 군데 산골짜기 어귀에 이르렀더니 그 형상이 호리병박 같으며, 그 안으로 1천 명은 들어갈 수 있고, 양쪽 산이 합쳐서 또 한 개의 골짜기를 이루고 있는데, 그곳에는 4, 5백 명은 수용할 수 있으며, 뒤쪽으로는 두 산이 둥글게 꼭 붙어 있어서 그 사이로 1인1기(一人一騎)만이 간신히 통과할 수 있었다.

공명이 그것을 보자 내심 크게 기뻐하며 향도관(嚮導官)에게 물었더니, 그곳은 상방곡(上方谷)이라고도 하고 호로곡(葫蘆谷)이라고도 부른다고 했다.

공명은 본채로 돌아와서 부장 두예(杜叡)·호충(胡忠) 두 사람을 불러서 귓속말로 밀계(密計)를 지시하고 목수들을 1천여 명이나 불러들여서 호로곡 속에 들여보내 '목우(木牛)'와 '유마(流馬)'를 만들라고 했다.

또 마대를 불러서 군사 5백 명으로 산골짜기 어귀를 방비하라 하고, 사마의를 잡고 못 잡는 것은 이번 일에 달렸으니 목수들은 절대로 밖에 내보내지 말 것과, 이런 사실이 누설되지 않도록 하라고 명령을 내렸다.

두예와 호충 두 사람은 산골짜기 속에서 목수들의 일을 감독했고, 공명이 매일 나와서 상세하게 그려진 그림 한 장을 들고 그대로 만들도록 지시했다.

이 목우·유마란 공명이 창안했는데 머리 부분·다리·혓바닥·배 모두가 괴상한 장치로 움직이게 되며, 혼자 달리면 수십 리, 떼를 지어 달리며 30리, 살아 있는 짐승처럼 먹거나 마시는 법이 없으니 군량을 운반하는 데는 희한한 물건이라는 것이었다.

며칠 후 목우와 유마를 다 만들어 놓으니, 마치 살아 있는 짐승과 같이 산을 올라가고 고개를 내려오는 것이 여간 쓸모 있지 않았다. 병사들은 이것을 보고 기뻐서 어쩔 줄 몰랐다. 공명은 우장군(右將軍) 고상(高翔)에게 명령하여 군사 천 명을 거느리고 목우와 유마를 몰아서 검각(劍閣)에서 기산 대채까지 내왕하면서 양초(糧草)를 운반하여 촉병에게 공급하도록 했다.

한편 사마의가 답답한 나날을 보내고 있었는데, 갑자기 초마(哨馬)가 나타나서 보고하기를, 촉군이 목우와 유마를 이용해서 양식을 운반하고 있는데, 이는 사람의 힘도 안 들고, 먹일 필요도 없다는 것이었다.

사마의는 이렇게 되면 촉군이 지구책을 쓰고, 쉽사리 후퇴하지 않으리라는 판단을 내리고, 장호와 악침에게 각각 5백 기를 거느리고 사곡의 샛길에 숨어서 촉병이 목우와 유마를 몰고 오기를 기다렸다가 지나쳐 보내 놓고 뒤로 습격해서 많이도 필요 없으니 4, 5필만 탈취해 가지고 오라는 명령을 내렸다.

두 사람이 각각 촉군의 병사처럼 변장을 하고 군사 5백 명을 거느리고 밤중에 산골짜기 샛길에 매복해 있었더니, 과연 촉군의 병사들이 목우와 유마를 몰고 나타나자 사마의가 지시한 방법대로 4, 5필을 탈취해 가지고 몸을 날려 본채로 돌아왔다.

사마의가 그것을 보니 과연 진퇴하는 품이 살아 있는 소나 말과 똑같으니, 크게 감탄하여 말했다.

"너희들이 이런 방법을 쓰니 우리가 쓰지 못할 까닭이 있으랴!"

당장 재간 있는 목수 백여 명을 시켜서 그 목우와 유마를 뜯어 해체해 보고 장단, 후박(厚薄)을 똑같이 만들라고 했다. 반달도 못되어서 똑같은 목우와 유마를 2천 필이나 만들었다. 그것은 공명이 만든 것과 똑 같이 잘 움직이는지라, 진원장군(鎭遠將軍) 잠위(岑威)에게 명령하여 군사 천 명을 거느리고 목우와 유마를 몰아서 쉴 새 없이 농서(隴西)로부터 군량를 운반하게 했더니 위병들은 기뻐하지 않는 사람이 없었다.

고상이 돌아와서 위군이 목우와 유마를 5, 6필을 탈취해 갔다는 사실을 공명에게 보고했더니, 공명이 웃으면서 말했다.

"나는 그렇게 되기를 고대하고 있었소. 몇 필의 목우와 유마를 잃었지만, 머지않아 우리는 식량 걱정은 하지 않아도 좋을 것이요."

또 며칠이 지나니 위군도 목우와 유마를 만들어 가지고 농서로부터 양식을 운반해 들이고 있다는 것이었다.

"내가 추측한 것이 틀림없구나."

공명은 기뻐서 이렇게 말하며, 왕평을 불러서 위군의 병사처럼 변장한 군사 1천 명을 거느리고 북원(北原)으로 급히 출발하여 순량군(巡糧軍)이라 속이고 그들의 운량군(運糧軍) 속에 섞여 들어가서 양식을 호송하는 사람들을 무찔러서 쫓아내 버리고 목우와 유마를 몰아서 북원으로 돌아오면, 그 곳에서 위군의 병사가 추격해 올 것이니, 그 때 목우·유마의 혓바닥을 비틀어 버리면 옴짝달싹도 하지 않을 것이므로 그대로 놓아두고 오라고 했다.

이렇게 되면 양식을 짊어지고 갈 수도 없을 것이니, 이때 이편 군사가 다시 덤벼들어서 목우·유마의 혓바닥을 처음과 같이 다시 비틀어서 몰아오면 위군에서는 영문도 모르고 괴상하게만 생각하리라는 것이었다.

왕평이 계책을 받아 가지고 물러나가니, 공명은 또 장의를 불러서 군사 5백 명을 거느리고 육정육갑 신병(六丁六甲神兵)처럼 변장을 하고 귀두수신(鬼頭獸身)에 얼굴에도 5색칠을 해서 가지가지로 괴상한 꼴을 하고, 한 손에는 수기(繡旗), 또 한 손에는 칼을 들고, 몸에는 화약을 담은 호리병박을 차고 길옆에 숨어 있다가, 목우와 유마가 나타나거든 연화(煙火)를 지르고 일제히 뛰쳐 나와서 몰고 오면 위군에서는 사람인지 귀신인지 몰라서 감히 추격해 오지 못할 것이라고 지시했다.

장의가 떠나간 뒤 공명은 또 위연과 강유를 불러서 군사 1만 명을 인솔하고 북원 적진의 어귀까지 가서 목우·유마를 맞아들 이며 교전(交戰)을 방비하라 명령했다. 그리고 요화·장익에게는 5천 기를 거느리고 사마의의 내로(來路)를 차단할 것, 마충·마대 에게는 2천 기를 거느리고 위수 남쪽으로 가서 도전할 것을 각 각 지시했다.

위군의 대장 잠위는 목우·유마에 양식을 싣고 병사들을 시켜 서 몰고 오는데, 홀연 앞쪽에서 양식을 순찰하는 병사가 있다는 보고를 듣고 초탐을 내 보내 봤더니 사실 위군의 병사라서 안심 하고 전진했다. 양군이 한 곳에 맞닥뜨리게 됐을 때, 갑자기 고함 소리가 요란하게 일어나며 촉군의 병사가 본대(本隊) 안에서 난 동을 하더니,

"촉중의 대장 위연이 예 있다!"

하는 호통소리가 들렸다.

위병들은 당황하여 일대 혼란을 일으키고 태반이 촉병에게 피 살되었다. 잠위도 패잔병을 거느리고 최후까지 싸웠으나 마침내 왕평의 한칼에 목이 달아났다.

왕평은 탈취한 목우·유마를 몰고 무사히 돌아왔으며, 목숨을

건져 도주한 병사들이 북원 영채로 돌아가서 이런 사실을 보고
했더니, 곽회가 그 즉시 군사를 거느리고 달려 나왔다.

왕평이 병사들을 시켜서 목우·유마의 혓바닥을 비틀게 해서
길바닥에 내버려둔 채 싸움을 하면서 후퇴하니, 곽회는 추격을
중지시키고 목우·유마를 몰고 돌아가라는 명령을 내렸다.

그러나 목우와 유마가 옴짝달싹도 하지 않았다. 이게 대체 어
찌된 일일까 하고 당황해서 어쩔 줄을 모를 때, 홀연 고각 소리
가 천지를 진동하고 고함소리가 사방에서 일어나더니, 위연·강
유의 군사가 몰려들었고, 왕평도 되돌아서서 덤벼들며 3면으로
공격을 가하니 곽회는 대패하여 도주해 버렸다.

왕평은 병사들에게 명령해서 목우·유마의 혓바닥을 처음과
같이 다시 돌려놓고 유유히 몰면서 전진하기 시작했다.

곽회가 이 광경을 보고 또다시 추격하려고 했을 때, 산골에서
연기가 꾸역꾸역 치밀어 오르더니, 1대의 신병(神兵)이 몰려 나
왔다. 손에는 일제히 기검(旗劍)을 들고 목우와 유마를 보호해 가
지고 바람처럼 사라져 버렸다.

곽회가 대경실색하여 말하기를,

"이야말로 신조(神助)로구나!"

여러 병사들도 이 광경을 보고 놀라지 않는 자 없었으며, 감히
추격할 생각도 못했다.

사마의는 북원에서 싸움에 패했다는 소식을 듣고 친히 군사를

거느리고 구원하러 나왔는데, 절반쯤 왔는데 홀연 한 발의 포성이 들리더니 양로 군사가 험준한 산속에서 달려 나오며 고함소리가 천지를 진동했다.

그 깃발에는 '한장 장익·요화(漢將 張翼 廖化)'라고 씌어 있었다. 사마의는 그것을 보자 대경실색, 위병들은 당황해서 뿔뿔이 흩어져 도주해 버리고 말았다.

이야말로 도중에서 신장(神將)을 만나 군량을 뺏기고, 몸마저 기병(奇兵)을 만나 위태롭게 되는 판이다.

103.
억지로 못하는 일

사마의는 황금빛 투구를
동쪽으로 버리고 서쪽으로 내달려…

上方谷司馬受因
伍丈原諸葛禳星

사마의는 장익·요화의 맹렬한 공격을 받으면서 단기(單騎)로 숲속을 향하여 말을 달렸다. 장익이 후군을 수습하는 동안에 요화는 앞장을 서서 사마의를 추격했는데, 사마의가 당황하여 굵직한 나무 밑을 빙글 돌아서 뺑소니를 치려는 것을 요화가 한칼로 내리쳤더니, 칼은 그만 나무를 헛 찍었다. 칼을 뽑고 나니 사마의는 벌써 숲속에서 빠져 나가고 없었다.

요화는 계속 추격했지만, 어디로 뺑소니를 쳤는지 알 수 없었다. 숲 동쪽에 황금 빛 투구가 하나 떨어져 있었다. 요화는 투구를 집어서 말머리에 걸치고 곧장 동쪽으로 추격해 갔다. 알고 보면, 사마의는 황금빛 투구를 동쪽에 내버리고 반대 방향인 서쪽으로 도주한 것이었다.

요화는 한동안 쫓아갔으나 종적을 찾을 수 없는서, 산골짜기 밖으로 달려 나오다가 강유를 만나서 함께 영채로 돌아와 공명에게로 갔다.

장의는 벌써 목우와 유마를 몰고 돌아와 있었는데, 획득한 군량이 1만 석이나 되었고, 요화가 황금빛 투구를 공명에게 바치니, 제1급의 공로로 기록되었다. 위연은 내심 마땅치 않아서 투덜투덜 원망을 했으나 공명은 전혀 못 들은 체했다.

사마의는 채중(寨中)으로 도망쳐 돌아와서 심중이 괴롭고 답답하기 이를 데 없는데, 마침 조명(詔命)을 가지고 사신이 도착하여, 동오가 3로로 침범해서 조정에서는 대장을 임명하여, 적을 막아낼 계책을 세우고 있는 중이니, 사마의 등은 견수하고 싸우지 말라는 것이었다. 사마의는 구(溝)를 깊게 파고 보루를 높이 쌓고는 지키면서 나오지 않았다.

한편 조예는 손권이 군사를 3로로 나누어서 쳐들어온다는 소식을 듣고 그 역시 3로의 군사를 동원하여 대적하기로 했다. 유소(劉劭)를 시켜서 강하를 구원하게 하고, 전예(田豫)를 시켜서 양양을 구원하게 하고, 조예 자신은 만총(滿寵)과 함께 대군을 인솔하고 합비(合淝)를 구원하기로 했다.

만총이 먼저 1군을 거느리고 소호구(巢湖口)에 도착하여 동안(東岸)을 바라보니 전선(戰船)이 무수하게 떠 있는데 깃발을 정연히 휘날리고 있어서 군중(軍中)으로 들어가 위주에게 보고했다. 위주 조예는 그 즉시 효장(驍將) 장구(張球)에게 군사 5천을 거느리고 화구(火具)를 몸에 지니고 호구(湖口)로부터 공격하게 하고, 만총에게도 군사 5천을 거느리고 동쪽 해안에서 공격하라고 명령했다.

그날 밤, 2경쯤 되어서 장구와 만총은 각각 군사를 거느리고 조용히 호구를 향하여 출동했는데 수채(水寨) 가까이 들어서자 일제히 고함을 지르며 돌격했다. 오군 병사들은 황황급급하여 싸우지도 않고 도주했으며, 위군이 사방에다 불을 지르니 타버린 전선·양초·기구가 그 수효를 헤아릴 수 없었다.

제갈근은 패잔병을 거느리고 면구(沔口)로 도주했으며, 위병들은 큰 승리를 거두고 돌아갔다. 제갈근은 싸움에도 패한 데다가 혹독한 여름 날씨 때문에 사람과 말이 모두 질병이 많이 생겨서, 서신 한 통을 작성해서 사람을 시켜 육손에게 전달하고 군사를 철수시키고 귀국하자고 건의했다.

그러나 사자가 돌아와서 하는 말이, 육손은 많은 사람들을 동원하여 영 밖에서 콩을 심고 여러 장수들과 원문(轅門)에서 활쏘기 내기를 하며 유유히 시간을 보내고 있다는 것이었다.

제갈근은 크게 놀라 친히 육손의 영채로 나가서 육손과 대면했다. 그랬더니, 육손이 하는 말이,

"나는 미리 폐하께 표를 올려서 신성(新城)의 포위진을 풀어서

위군의 귀로를 절단해 주십사 했으나, 표를 가지고 가던 소교(小校)가 도중에서 위군에게 붙잡혔기 때문에 이 비밀이 누설되고 말았소. 그래서 위군은 방비를 더욱 단단히 한 것이니 싸웠댔자 무익한 일이고, 철수할 생각은 하고 있지만, 반드시 서서히 해야 된다고 생각했기 때문에 일부러 한가한 체하고 있는 것이요. 공은 우선 전선을 동원해서 적군에게 대항하는 것처럼 해주시오. 나는 병사를 양양으로 동원시켜서 대항하는 체하면서 서서히 강동으로 철수하겠소. 이렇게 하면 적군도 추격해 오지는 않을 것이요."

제갈근은 육손의 말대로 자기 영채로 돌아와서 전선을 마련하여 떠날 준비를 했고 육손은 대오를 정비해 가지고 기세를 올리며 양양으로 떠났다.

염탐꾼이 이런 정보를 위주에게 제공하자, 여러 장수들은 이번 기회에 육손을 격파해 버리자고 강력히 주장했다. 그러나 조예는 육손이 지모에 뛰어난 인물임을 잘 알고 있어서 대장들의 의사를 받아들이지 않고, 단지 경거망동을 삼가고 각처의 요로를 견고히 지키고 있으라 엄명을 내렸다. 그리고 자기는 친히 대군을 거느리고 합비에 주둔하면서 동정만 살피고 있었다.

공명은 기산에서 오래 주둔해 있을 계책으로 촉병에게 명령하여 위나라 백성들 사이에 섞여서 밭을 갈고 있으라고 했다. 이런 소문을 알게 된 사마사는 부친 사마의에게 이번에 한꺼번에 자웅을 결해 버리자고 성화같이 졸라 댔지만, 사마의는 칙지(勅旨)를 받들고 견수하고 있는 것이니 경솔히 움직일 수 없다 하며, 싸우자는 의견을 받아들이지 않았다.

심지어, 위연이 지난번에 잃어버린 원수의 황금빛 투구를 내보이며 욕설을 퍼붓고 싸움을 걸어서 여러 장수들이 격분하여 마지않아도 사마의는 여전히 나가서 싸우지 못하게 했다.

공명은 사마의가 도무지 싸움에 응하지 않자 마대를 불러 가지고 귓속말로 소곤소곤 밀령을 내렸다. 호로곡의 후로(後路)를 막아 버리고 그 속에 숨어 있으면서 사마의가 쳐들어오면 곡중(谷中)으로 들어오도록 내버려두었다가 지뢰와 마른나무에 불을 지르라는 것이었다.

또 군사들에게 명령하여 낮에는 칠성기(七星旗)를 골짜기 어귀에서 올리도록 하고, 밤에는 일곱 개의 명등(明燈)을 산 위에 마련하여 암호로 삼도록 하라고 지시했다.

다음, 위연을 불러서, 5백 기를 거느리고 위영(魏營)으로 쳐들어가서 무슨 방법으로든지 사마의를 유인해내 가지고 그가 추격해 오도록 만들어서 칠성기가 있는 곳까지 도주해 올 것이며 만약에 밤일 경우에는 일곱 잔의 명등이 있는 곳으로 도주해서 사마의를 골짜기 속으로 깊숙이 끌어들이기만 하라고 명령했다.

그리고 고상에게는 목우와 유마를 2, 30필 혹은 4, 50필씩 거느리고 양식을 싣고 산 속을 왔다 갔다 하라고 명령했다. 적군이 그것을 탈취해 가기만 하면 고상은 공을 세우는 것이라고 했다.

이렇게 모든 배치를 마치자 공명은 친히 1군을 거느리고 상방곡(上方谷) 근처에 진을 쳤다.

한편, 하후혜·하후화는 촉군이 사방으로 흩어져서 밭을 갈며 지구책을 쓰고 있는 이때에 촉군을 격퇴해야 한다고 졸라 대는지라, 사마의는 마침내 두 사람에게 각각 5천 기를 주어서 떠나 보내고 그 결과만을 기다리고 있었다.

그러나 이 두 젊은 장수들은 촉군과 싸워서 승리를 했다고는 하지만, 불과 몇 필의 목우와 유마를 탈취하고 촉병 백여 명을 붙잡아왔을 뿐이었다. 사마의는 이따위 밭을 갈러 나왔다가 붙잡힌 졸병들을 잡아 두었댔자 아무 소용도 없다 하며 깨끗이 돌려보내 주었다.

며칠 후 또 수십 명의 촉병이 잡혀 왔는데, 이들에게서 공명은 기산에 있지 않고 상방곡에서 서쪽으로 10리쯤 떨어진 지점에서 매일 군량을 운반해 들이고 있다는 실정을 파악한 사마의는 자기가 친히 나가서 상방곡을 습격해서 군량에 불을 지르고, 병사들을 시켜서 전후에서 일시에 들이치면 반드시 승리하리라는 생각으로, 장호와 악침에게 각각 5천기를 주어서 후군을 삼고 진격을 개시하기로 했다.

재빨리 눈치를 챈 공명은 그 즉시 대장들에게 명령을 내렸다.

"만약에 사마의가 쳐들어오기만 하거든 그대들은 위군의 영채를 습격하여 남안(南岸)의 영채를 모조리 점령하시오."

한편, 위연은 산골짜기 어귀에서 사마의가 나타나기만 눈이 빠지도록 고대하고 있었는데 갑자기 위군 1대가 달려들어 자세히 봤더니 과연 사마의가 앞장을 서 있었다.

"사마의 옴쭉 말고 게 있거라!"

위연이 호통을 치며 칼을 휘두르며 덤벼드니, 사마의도 창을 휘두르며 대적했다. 3합도 못 싸워서 위연이 칠성기 있는 쪽으로 뺑소니를 치니 사마의는 좌우로 사마사와 사마소를 거느리고 5백 기를 몰아 산곡간 깊숙이 추격해 들어갔다.

그런데 위연의 행방을 아무리 찾아도 보이지 않았다. 이상하게 생각한 사마의가 어리둥절했을 때, 홀연 산 위에서 횃불 덩어리가 빗발치듯 날아 떨어지더니 산골 입구를 불길로 막아 버렸다. 거기다가 또 지뢰와 마른 나무에까지 불이 붙어서 화염이 충천하니 사마의는 옴쭉달싹도 할 수 없게 되어서 말을 내려 두 아들을 부둥켜안고 통곡했다.

"우리 부자 셋이 모두 여기서 죽고 마나 보다!"

이때, 홀연 광풍이 사납게 일어났다. 어두운 기운이 하늘을 뒤덮고 뇌성벽력을 치더니 큰 비가 모질게 퍼부어서 산곡간을 뒤덮은 불길도 순식간에 꺼져 버렸다.

사마의는 용기를 얻어서 뛰쳐나왔다. 마침 싸움을 거들러 달려든 장호·악침과 힘을 합쳐서 위수 남안까지 무사히 돌아오기는 했으나, 그 때에는 벌써 영채는 모조리 촉군에게 탈취 당했고, 곽회와 손례가 부교 위에서 촉군과 맹렬히 싸우고 있어서 사마의가 군사를 몰아 간신히 격퇴시키고 부교에 불을 지르고 북안에다 다시 진을 쳤다.

공명은 산꼭대기에서 위연이 사마의를 산곡간으로 유인해 들이는 것을 보고, 또 순식간에 불길이 치밀어 오르는 것을 보자, 이번에야말로 사마의가 죽나 보다 했더니, 뜻밖에 비가 퍼부어서 사마의 부자가 도주했다는 보고를 듣자, 탄식하면서 말했다.

"일을 꾸미는 것은 사람에게 있지만, 일이 되고 안 되는 것은 하늘에 있구나! 억지로 못하는 일이로다!"

"두 번 다시 나가 싸우려 드는 장수가 있다면 참할 것이다!"

이렇게 대장들에게 무시무시한 명령을 내리고 한 발자국도 밖으로 나갈 생각을 하지 않으며 위수 북안에서 방비만 견고히 하고 있는 사마의에게, 하루는 곽회기 나타나서 공명이 요근래에 여기저기 돌아다니며 영채를 마련하려는 것 같다는 정보를 제공했다.

사마의가 사람을 내보내서 탐지해 보니, 과연 공명은 오장원(五丈原)이란 곳에 새로 진을 치고 있다는 것이었다.

그런데도 사마의는 역시 대장들에게 방비만 견고히 하라고 명령하고 적군은 머지않아 무슨 변동을 일으킬 것이니 그때를 기다리고 있으라는 지령을 내릴 뿐이었다.

공명은 1군을 거느리고 오장원에 주둔하면서 몇 번 병사를 내보내서 도전했지만, 위군이 이에 응하지 않는지라, 건귁(巾幗-婦人首飾)과 여자의 흰 상복을 가져다가 큰 함 속에 넣고 편지 한 통을 곁들어서 사람을 시켜 위군의 영채로 보냈다.

그 편지에는 남아 대장부가 싸우기를 피한다는 것은 연약한 여자와 다름이 없는 일이니 만약에 끝까지 싸울 용기가 없다면 이 건귁과 흰 여자의 상복을 두 번 절하고 받을 것이며, 부끄러움을 알고 남자의 흉금이 있다면 회답을 하라고 적어 보냈다.

공명의 편지를 읽고 격분하지 않을 수 없는 사마의였지만, 그는 일부러 웃는 낯으로 말했다.

"공명은 나를 여자로 본다는 건가?"

보낸 물건을 받아들이고 사신을 정중히 대접하면서 물었다.

"공명은 요즘 식사나 잘하시고 일이 과히 바쁘지나 않으시오?"

사자의 대답이,

"승상께서는 일찍 일어나시고 늦게 주무시며, 20대 이상의 매를 때리는 잔일까지 친히 간섭하십니다. 하루 잡수시는 것은 수승(數升)에 지나지 못하십니다."

하니 사마의가 여러 장수들을 둘러보며 말했다.

"공명은 이렇게 식사는 조금 하시고 일 때문에 수고가 많아 가지고 오래 지탱할까?"

사자가 공명에게로 돌아가서 사마의가 물건을 받아들이던 태도며, 물어보던 말, 장수들에게 하던 말을 일일이 고해 바쳤다. 그 말을 듣더니 공명이 탄식하며 말했다.

"그는 너무나 나를 잘 알고 있군!"

이때, 주부(主簿) 양옹(楊顒)이 공명에게 아뢰었다.

"승상께서는 항시 부서(簿書)까지 친히 살펴보시는데, 제 생각 같아서는 그러실 필요 없으십니다. 대저 일을 다스림에는 체통이란 것이 있어서 상하가 서로 침범하지 못하는 것입니다.

한 집안을 다스리는데 비유해 보더라도 머슴이 밭을 갈고 김을 매는 것이며, 종이 밥을 짓는 것입니다. 그래야만 그 집안 일이 흐트러짐이 없고, 구하는 바가 충족해지며, 그 집안의 주인이 종용자재(從容自在)하게 베개를 높이고 먹을 것을 먹으며 편히 살아갈 수 있는 것입니다.

만약에 모든 일을 친히 도맡아서 하려면 몸과 마음이 피곤하며 결국은 아무 일도 못하게 됩니다. 이게 어찌 주인의 지혜가 머슴이나 종만 못해서 그런 것이겠습니까? 집주인으로서의 도리를 잃어 버렸기 때문에 이렇게 되는 것입니다.

승상께서는 대단치도 않은 일을 친히 다스리시며 진종일 땀을 흘리시니, 어찌 힘들지 않으시겠습니까? 사마의의 말이 정말 지당합니다."

공명이 울면서 하는 말이,

"내 모르는 바 아니오. 그러나 선제께서 폐하를 부탁하신 중책을 맡았으니, 아무래도 다른 사람이 나만큼 마음을 쓰지 않을까 해서 그러는 거요!"

모든 사람이 이 말을 듣고 공명과 함께 눈물을 흘렸다. 이때부터 공명도 심신이 편안치 않은 것을 스스로 깨달았고, 여러 장수들도 이 때문에 군사를 출동시키지 못했다.

한편, 위나라의 대장들은 공명이 건귁과 여자의 상복을 보내서 모욕을 주었는데도 사마의가 태연히 있는 것을 보자, 어찌 이런 모욕을 대장된 몸으로서 참을 수 있느냐고 격분하여 한번 자웅을 결해 보자고 극력 주장했다. 그러나 사마의는,

"난들 싸우고 싶은 생각이 없어서 이런 모욕을 당하고 있겠소? 군명(君命)을 거역할 수 없어서 견수하고 움직이지 않는 것뿐이요."

했더니, 대장들이 그래도 불평이 가득한 얼굴을 하고 말을 듣지 않자, 사마의는 마침내 용단을 내려서 표를 작성해 가지고 사람을 파견하여 이런 실정을 위주 조예에게 보고했다. 그 표의 내용은 이러했다.

신은 재주는 없고 책임은 무거워 밝으신 뜻을 받들어
굳게 지키고 나가지 않으며 촉인(蜀人)이 스스로 넘어지
기만 기다리고 있습니다만, 이제 제갈량이 신에게 건귁

을 보내어 신을 여자와 같이 여기오니 그 치욕이 이만 저만이 아닙니다. 신은 먼저 성스러운 은총에 품달하옵고 조만간 결사적인 일전(一戰)으로써 조정의 은혜에 보답하고자 하오니 이 뜻을 천자께 아뢰고 힘을 합쳐 적을 쳐부수고자 합니다.

조예는 이 표를 읽더서 여태까지 방비를 잘하고 있던 사마의가 별안간 웬일이가 의아하게 생각했다. 위위(衛尉) 신비(辛毗)가 말하기를,

"사마의는 본심으로 싸우고 싶은 생각이 없습니다. 제갈량에게 모욕을 당하고 대장들이 격분했기 때문에 표를 올려서 그들의 분노를 어루만져 주자는 뜻입니다."

조예는 일리 있는 말이라 생각하고 그 즉시 신비를 위북(渭北) 영채로 파견해서 출전하지 말라는 뜻을 전하게 했다. 사마의가 조명을 받들고 장으로 들어가니, 신비가 일렀다.

"또 다시 출전을 말하는 자는 지론(旨論)을 거역하는 게 될 것이요."

여러 장수들은 조명을 받드는 도리밖에 없었으며, 사마의는 남몰래 신비에게 이렇게 말했다.

"공만이 정말 내 마음을 알고 있소!"

촉나라 대장이 이런 소문을 듣고 공명에게 알렸더니, 공명이

웃으면서 말했다.

"이것은 사마의가 3군을 어루만지자는 수작이오."

강유가 물었다.

"승상께서는 어떻게 그것을 아십니까?"

"그는 본래 싸우고 싶은 마음은 없소. 그래서 싸우고 싶다는 표를 올린 것도 여러 사람에게 자기의 무용(武勇)을 보이기나 하자는 수작이오. '장수는 밖에 있으면 군명도 받지 않는 수가 있다'는 말을 못 들었소? 어찌 천리 길에 표를 보내서 싸움을 청하겠소? 이는 사마의가 장수들이 격분했기 때문에 조예의 의사를 빌어서 여러 사람을 어루만지고 또 그런 말을 전해서서 우리 편 군심(軍心)을 해이하게 하자는 것이오."

이런 말을 하고 있을 때, 홀연 비위가 도착했다는 보고가 들어왔다. 공명이 불러들였더니, 비위가 아뢰었다.

"위주 조예는 동오가 3로로 진병한다는 것을 알고 친히 대군을 거느리고 합비로 출전하여 만총(滿寵)·전예(田豫)·유소(劉劭)에게 명령하여 군사를 3로로 나누어 대적하게 했는데, 만총은 계책을 써서 동오의 양초와 전구(戰具)를 불질러 버렸습니다.

오병들 사이에는 병이 많이 생기고, 육손은 오왕에게 표를 올려서 앞뒤로 협공을 꾀했는데 뜻밖에도 표를 가지고 가던 사람이 도중에서 위병에게 붙잡혔기 때문에 기밀이 누설되어 오병은 공을 세우지 못하고 돌아갔다고 합니다."

공명은 이 소식을 듣자 장탄식을 하며 졸도하고 말았다. 여러 장수들이 재빨리 구원해서 한참 만에 정신을 차렸다.

"나는 마음이 뒤숭숭하고 옛 병이 재발하여 오래 살 것 같지 않소!"

그날 밤 공명은 병을 무릅쓰고 장에 나가 천문을 보더니 몹시 당황해서, 장안으로 들어오며 강유에게 말했다.

"내 명(命)은 아침저녁으로 다급해졌소!"

"승상께서는 왜 그런 말씀을 하십니까?"

"내가 삼태성(三台星)을 보니 객성(客星)이 유난히 밝고 주성(主星)이 어두컴컴하며, 이 별을 보좌하는 다른 별들도 빛이 희미하니 나의 명은 가히 짐작할 수 있소!"

"천상(天象)이 그렇다 할지라도 승상께서는 어째서 성화(星禍)를 물리치시는 법을 쓰시지 않습니까?"

"나는 평소에 성화를 물리치는 법을 알고 있지만, 천의(天意)가 어떠한지를 알 수 없소. 그대는 갑사(甲士) 49명을 인솔하고 각각 검정 깃발을 들고 검정 옷을 입혀서 장외(帳外)로 돌아다니게 해 주시오.

나는 장중에서 친히 북두(北斗)칠성께 기도를 올릴 테니, 만약에 7일 이내에 주등(主燈)이 꺼지지 않는다면 내 수명이 일기(一紀)를 더 할 수 있을 것이고, 그 등불이 꺼진다면 나는 곧 죽을 것이요. 아무나 일 없이 들어오지 못하게 하고 여기 필요한 물건은 반드시 두 동자를 시켜서 날라 들이도록 하시오."

강유는 명령을 받고 준비를 하려고 자리를 물러났다. 때는 마침 8월 중추였고, 그날 밤에는 은하가 깜박깜박, 이슬이 보슬보슬 내려서 정기가 옴쭉도 하지 않고 조두(기斗-古時軍用器)가 소리를 내지 않았다.

강유는 갑사 49명을 인솔하고 장외에서 수호했고, 공명은 친히 장중에 향과 꽃과 제물을 마련해 놓고, 땅 위에는 7잔의 큰 등과 따로 49잔의 작은 등을 배치하고, 그 안에 명등(命燈) 한 잔을 놓아두었다.

공명은 천자(天慈)께서 자기의 수명을 늘려 주어 위로는 군은(君恩)에 보답하게 하고, 아래로는 민명(民命)을 구원하여 천하를 극복하여 한실을 길이 보전할 수 있게 해달라고 배축했다.

기도가 끝나자 그대로 장중에 엎드려서 날이 밝기를 기다렸다.

이튿날, 병을 무릅쓰고 일을 보다가 쉴새없이 피를 토하면서도 낮에는 군기(軍機)를 의논하고 밤에는 북두칠성께 기도를 올렸다.

한편, 사마의는 영중에서 방비를 견고히 하고 있었는데, 어느날 밤에 천문을 보더니 기뻐하면서 하후패에게 말했다.

"장성(將星)이 자리를 잃었네. 필연코 공명은 병이 나서 머지않아 죽을 걸세. 그대는 군사 1천 명을 거느리고 오장원으로 가서 초탐해 보게. 만약에 촉나라 사람들이 떠들썩하고 나와서 싸우려 들지 않는다면 반드시 공명이 병이 난 걸세. 나는 이 틈에 기세를 올려서 습격을 가할 것이니……"

하후패는 군사를 거느리고 사마의의 명령대로 오장원으로 떠나갔다.

공명은 장중에서 엿새 밤이나 성화(星禍)를 쫓는 기도를 올렸는데, 주등이 밝게 빛나는 것을 보자 심히 기뻐하였다. 강유가 장안으로 들어섰더니, 마침 공명이 머리를 늘어뜨리고 칼을 잡은 채 북두칠성께 기도를 올려 장성을 압진(壓鎭)하고 있었다. 이때 느닷없이 영채 밖에서 고함소리가 들려오는 바람에 사람을 내보내서 물어 보려는데 위연이 뛰어들더니 보고 하는 말이,

"위병이 쳐들어왔습니다!"

위연은 어찌나 당황하게 급히 뛰어들었던지 주등의 불을 꺼뜨리고 말았다.

공명이 칼을 집어던지며 탄식하는 말이,

"생사에는 명이 있는 것이니, 성화를 쫓으려고 기도만 드려 가지고는 어찌할 수 없는 일이다!"

위연은 황공하여 그 자리에 꿇어 엎드려 죄를 청했다.

강유는 격분하여 칼을 뽑아 들고 위연을 죽이려고 했다. 이야말로 세상만사 사람의 마음대로 되는 것이 아니며, 일심(一心)이 명과 다툴 수 없다는 것이다.

104.
내 머리가 붙어 있느냐

공명은 마지막 유명을 여러 장수들에게 남기고!
국가 대사를 내가 그르쳤다며, 다하지 못한 한을 남기고…

隕大星漢丞相歸天
見木像魏都督喪膽

위연이 주등을 밟아서 불을 꺼뜨린 것을 보고 강유가 분노하여 칼을 뽑아 들고 죽이려고 하자 공명이 말리면서 말했다.

"이것은 나의 명이 끊어지려는 것이지 문장(위연)의 잘못은 아니오."

하자, 강유는 칼을 도로 거두었다. 공명은 몇 번인지 피를 토하더니 침상에 쓰러져 누우면서 위연에게 말했다.

"그것은 사마의가 나의 병을 미리 알아차리고 사람을 보내서 허실을 탐지하려는 것이니 그대가 급히 나가서 적을 막아 내시오."

위연은 명령을 받고 장 밖으로 나가서 말을 달려 군사를 인솔하고 출동했다. 하후패는 위연을 보자 황망히 군사를 인솔하고 도주했다. 위연은 20여 리나 추격하고 나서 되돌아왔다. 공명은 위연에게 본채로 돌아가서 잘 지키라고 했다.

강유가 장 안으로 들어와서 공명의 탑전(榻前)에서 문안을 드리니, 공명이 말했다.

"나는 본래 있는 힘을 다하고 충성을 다하여 중원을 회복하고 한실을 다시 일으켜 보려고 했지만, 천의(天意)가 이러하니 어찌하겠소. 나는 머지않아 죽을 것이요. 내가 평생에 배운 것을 24편의 책으로 저술해 두었으며, 모두 10만 4천 1백 12자인데, 그 안에는 팔무(八務)·칠계(七戒)·육공(六恐)·오구(五懼)의 법이 있소. 내 여러 장수들을 둘러봐도 전수할 만한 사람이 없고, 그대만이 내 저서를 전수받을 수 있으니, 소홀히 하지 말아 주시오."

강유는 울며 절하고 그것을 받았다. 공명이 또 말했다.

"내게는 또 '연노법(連弩法)'이란 것이 있는데 한 번도 써 보지 못했소. 이 법으로는 화살의 길이가 여덟 치, 한 번에 열 자루의 화살을 쏠 수 있는데, 모두 도본(圖本)으로 그려 두었소. 그대가 그 법대로 잘 만들어서 써 주기 바라오."

강유는 또 절하고 그것을 받았다.

공명이 계속 말했다.

"촉중의 모든 도로는 그다지 걱정할 것은 없으나, 오직 음평(陰平) 땅만은 절대로 조심해야 하오. 이 땅은 험준해서 반드시 적에게 빼앗기기 십상이오."

또 마대를 장 안으로 불러들여서 나지막한 음성으로 밀계를
지시해 주며 부탁했다.

"내가 죽은 뒤 그대는 이 계책대로만 하시오."

마대도 계책을 받아 가지고 나갔다. 얼마 있다가 양의가 들어
왔다. 공명은 탑전으로 불러서 비단주머니 하나를 주면서 이렇
게 부탁했다.

"내가 죽으면 위연이 반드시 반란을 일으킬 것이오. 그가 반란
을 일으키거든 그대는 진지에 임하여 이 주머니를 열어 보시오.
그 때 위연을 참할 사람이 저절로 나설 것이오."

공명은 당부할 일을 일일이 마치자 쓰러져 버렸다. 밤이 되어
서야 겨우 정신을 차렸다. 곧 밤을 새워가며 후주에게 표(表)를
올렸다.

후주는 이 소식을 듣고 크게 놀라며 상서(尙書) 이복(李福)에게
급히 명령하여 밤을 헤아리지 말고 군중으로 가서 문안을 드리
도록 하고 겸하여 사후책을 물어 보게 했다.

이복은 명령을 받고 오장원으로 급히 달려가서 공명을 만나
보고 후주의 명령을 전달했다. 문안이 끝나자, 공명이 눈물을 흘
렸다.

"나는 불행히도 중도에서 쓰러지게 되어 국가대사를 헛되이
던져 버리게 되었고, 천하에 죄를 지게 됐소. 내가 죽은 뒤에 공

들은 충성을 다하여 주상을 보좌해 주시오. 국가의 옛 제도를 고쳐서도 안 되고 내가 쓰던 사람들도 또한 경솔히 없애서는 안 되오. 나의 병법은 모두 강유에게 전수했으니 그는 나의 뜻을 계승해서 나라를 위해서 힘쓸 것이오. 나의 명은 조석으로 절박해졌소. 곧 유표(遺表)를 천자께 상주하겠소."

이복은 이 말을 듣자 총총히 자리를 물러났다. 공명은 병든 몸을 무릅쓰고 좌우 사람에게 부축하게 해서 조그마한 수레를 타고 영채로 나와서 각 영을 두루두루 살펴보았다. 그러다가 가을 바람이 얼굴을 스쳐서 뼈에 사무치고 찬 기운을 느끼게 되니 장탄식을 했다.

"두 번 다시 진지에 나가 토벌할 수는 없게 됐구나! 유유한 저 창천이 어찌하여 마지막이란 말인가?"

한참 동안이 탄식하다가 장중으로 돌아오니 병세가 더욱 위중해져서 공명은 양의를 불러서 말했다.

"마대·왕평·요화·장익·장의 등은 모두 충의지사요, 전진(戰陣)의 경험이 많고 착실한 공로를 많이 세웠으니 믿음직한 사람들이오. 내가 죽은 뒤에도 모든 일을 옛법대로 행해 주고, 서서히 군사를 물리고, 갑작스레 서둘러서는 안 되오. 그대는 모략에 정통하니 더 부탁할 필요는 없겠소. 강백약(강유)은 지용(智勇)이 겸비했으니 후군(後軍)을 맡길 만하오."

양의는 눈물을 흘리며 명령을 받았다. 공명은 문방사보를 가져오라고 해서 탑상에 누워서 친히 붓을 들어 유표를 써서 후주에게 전달하도록 했다. 그 표의 대강 사연은 이러했다.

엎드려 듣자오면 생사(生死)는 유상(有常)하여 정수(定數)를 벗어나기 어렵다 합니다. 죽음이 닥쳐오는 이 자리에서 우충(愚忠)이나마 다하고자 합니다. 신 제갈량은 부성(賦性)이 어리석고 옹졸한 몸으로 어려운 일을 당할 때마다 부절(符節)을 받들고 중임을 맡아 군사를 일으켜 북벌하였사오나 성공을 하지 못하고 병이 고황(膏肓)에 들어, 명이 조석으로 절박해 올 줄이야 어찌 알았겠습니까. 끝내 폐하를 섬기지 못하옴이 원통하기 이를 데 없습니다!

엎드려 바라옵건대 폐하께서는 청심과욕(淸心寡慾)하시고 자신을 검소히 하시며, 백성을 사랑하시어 선황께 효도를 다하시고, 천하에 어진 은혜를 펼치시고 숨은 사람을 발탁하셔서 현량(賢良)으로 기용하시고 간사한 무리를 제거하여 풍속을 두텁게 하옵소서.

신은 집에 뽕나무 8백 주와 밭 50경(頃)이 있사와 자손의 의식에는 넉넉합니다. 신이 밖에서 임무를 맡아 보는 동안에는 신변에 필요한 물건은 모두 관(官)에 의지했고, 따로 개인의 생산을 만들지 않았습니다. 이는 안

으로 여백(餘帛)을 두지 않고, 밖으로 여재(餘財)를 마련
하지 않아서 폐하의 기대에 어긋남이 없도록 하자는 까
닭이었습니다.

공명이 다 쓰고 나서 또 양의에게 부탁하는 말이,
"내가 죽은 뒤에는 부고를 내지 말고 한 개의 큼직한 감실(龕
室)을 만들어 그 속에 나의 시체를 앉힌 다음, 쌀 일곱 알을 입속
에 집어넣고 발밑에는 명등(明燈) 한 잔을 켜 놓고, 군중(軍中)을
평상시와 같이 안정시켜 두고 곡성을 내지 마시오.

이렇게 하면 장성이 땅에 떨어지지 않을 것이고, 내 음혼(陰魂)
이 다시 스스로 일어나서 그 장성을 진정시킬 것이오. 사마의는
장성이 떨어지지 않는 것을 보면, 반드시 깜짝 놀라서 이상하게
생각할 것이오.

우리 군사는 후채(後寨)를 앞장서서 나가도록 한 다음에 한 영
한 영씩 서서히 후퇴해야 할 것이요. 만약에 사마의가 추격해 온
다면, 그대는 진세를 펼치고 기고(旗鼓)를 되돌려 놓고 그가 나
타나기를 기다렸다가 내가 예전에 깎아서 만들어 놓은 목상(木
像)을 수레 위에 앉혀 가지고 군전으로 밀고 나가며 대소 장사들
을 좌우로 갈라 세우시오. 사마의가 보면 반드시 놀라서 달아나
리다."

양의는 공명의 이 말을 일일이 마음속에 간직해 두었다. 그날

밤 공명은 사람들이 부축해 내서 북두를 우러러 보았는데 멀리
별 하나를 가리키면서 말했다.

"저것이 바로 나의 장성이오."

여러 사람들이 바라보니 그 빛이 희미하며 흔들려서 떨어지려
고 했다. 공명은 칼로 그것을 가리키며 입으로 주문을 외운 다음
급히 장으로 돌아왔는데 그 때에는 인사불성이었다.

여러 장수들이 당황하여 허둥지둥하는 판에 홀연 상서 이복이
나타났다. 공명이 정신을 잃고 쓰러진 채 말을 못하는 것을 보더
니 방성통곡했다.

"제가 국가의 대사를 그르쳤습니다!"

얼마 안 있다가 공명은 다시 깨어나서 눈을 뜨고 휘둘러보더
니 이복이 탑전에 서 있는 것을 보자 이렇게 말했다.

"나는 공이 되돌아 온 뜻을 알고 있소."

이복이 사죄했다.

"이 복(福)은 천자께서 백 년 후의 대사를 누구에게 맡겨야 좋
을 것인지 여쭈어 보라고 명령하신 것을 너무 급히 서두르는 바
람에 여쭈어 보지 못했기에 다시 되돌아 온 것입니다."

"내가 죽은 뒤에는 대사를 맡길 만한 사람은 장공염(장완)이 좋
을 것이요."

"공염의 다음엔 누가 뒤를 이을 수 있겠습니까?"

"비문위(비위)가 뒤를 이을 수 있을 것이오."

"문위의 다음에는 누가 뒤를 이어야겠습니까?"

공명은 대답이 없었다. 여러 사람이 앞으로 가까이 가서 보니 이미 숨이 끊어졌다. 때는 건흥 12년 가을, 8월 23일, 향년이 54세였다.

촉나라의 장수교위(長水校尉) 요립(寥立)은 평소에 자기 재명(才名)이 공명의 다음쯤은 간다고 자처했는데, 항시 한산한 직위에 있어서 불만을 품고 공명을 원망하며 비방하고 있었다. 그래서 공명은 그의 직위를 뺏고 서인으로 떨어뜨려 문산(汶山)으로 귀양살이를 보냈었다.

그는 공명이 죽었다는 소문을 듣자 울면서 이렇게 말했다.

"나는 끝내 귀양살이만 하게 됐다!"

또 이엄도 공명이 죽었다는 소문을 듣고 통곡하다가 병이 들어서 세상을 떠났다. 이엄은 언제나 공명이 다시 자기를 불러 주면 과거의 잘못을 깨끗이 씻고 다시 한 번 일해 볼 수 있으리라고 생각했는데, 이제는 다시 자기를 기용해 줄 사람이 없다고 생각했기 때문이었다.

그날 밤에는 하늘도 수심이 가득 찼고 땅도 처참하리만큼 조용하며 달도 빛을 잃은 가운데, 공명은 홀연 쓸쓸하고 조용하게 이 세상을 떠나고 말았다.

강유와 양의는 공명의 유명(遺命)대로 곡성을 내지도 못하고 법대로 염을 해서 감실 속에 안치한 다음 심복 장졸 3백 명을 시켜서 수호하도록 했고, 즉시 밀령을 전달하여 위연에게 후군의 책임을 맡겨서 각처의 영채를 모조리 물리라고 했다.

한편, 사마의는 어느 날 밤 천문을 보고 있었는데, 큰 별 하나가 붉은 빛에 유난히 광망(光芒)이 날카로와져 가지고 동북방에서 서남방으로 흘러서 촉군의 진영으로 떨어지더니 서너 번이나 다시 솟구쳐 오르며 은은한 빛을 내는 걸 보았다.

사마의가 깜짝 놀라서 기뻐하며 외쳤다.

"공명이 죽었구나!"

그 즉시 지령을 내려서 대군을 동원하여 추격하라고 하고는 영채 문을 나서다가 갑자기 망설였다.

"공명은 육정육갑법을 잘 쓰니까 내가 오랫동안 싸우러 나서지 않는 것을 보고 이런 술법으로 죽은 체해서 나를 유인해 내려고 하는 게 아닐까? 지금 추격하다가는 그 계책에 내가 빠지고 말 것이다."

마침내 말을 되돌려 영채로 돌아온 다음, 나가지 않고 하후패에게 명령하여 비밀리에 수십 기를 거느리고 오장원 산 속으로 가서 탐지해 보라고 했다.

위연은 본채에 있으면서 밤에 꿈을 꾸었는데, 머리에 난데없이 뿔이 두 개 생긴 꿈이어서, 잠을 깨자 매우 이상하게 생각했다. 그 이튿날 행군사마 조직(曹直)이 나타나자 불러들여서 물어 보았다.

"공이 역리(易理)에 밝으시다는 것을 오래 전부터 알고 있었소. 내 지난밤에 머리에 뿔이 두개 생긴 꿈을 꾸었는데, 그 길흉을 알 수 없으니 나를 위해서 해몽을 좀 해주시오."

조직이 한참 동안이나 생각을 하더니 마침내 대답했다.

"이는 대길(大吉)의 징조입니다. 기린의 머리에 뿔이 있고, 창룡(蒼龍)의 머리에도 뿔이 있으니 이것은 큰 변화와 비약이 있을 조짐입니다."

위연은 여간 기뻐하는 것이 아니었다. 조직이 위연과 작별하고 몇 리 길을 갔을 때 마침 상서 비위를 만났다. 비위가 무슨 일로 왔느냐고 묻자 조직이 말했다.

"방금 위문장(위연)의 영중엘 갔더니 문장이 머리에 뿔이 두 개 생긴 꿈을 꾸었다 하며 길흉을 점쳐 달라고 합디다. 이는 본래가 길조는 아니지만 그대로 말해 주면 마땅치 않게 생각하겠기에 기린과 창룡을 인용해서 해몽해 주고 왔소."

"공은 어째서 그게 길조가 아닌 줄 아시오."

"뿔이란 글자는 칼 도(刀) 밑에 쓸 용(用) 자이니, 머리에 뿔이 생겼다는 것은 굉장한 흉조요."

"아무에게도 누설하지 마시오."

조직은 비위와 헤어졌다. 비위는 위연의 영채로 돌아오자 좌우 사람들을 내보내고 말했다.

"어젯밤 3경에 승상은 세상을 떠났습니다. 임종시에 재삼 부탁하시기를 장군께서는 후군의 책임을 지시고 사마의를 막아 내시며 서서히 철수하라 하셨고, 부고도 내지 말라 하셨습니다. 여기 병부(兵符)가 있으니 곧 군사를 동원하셔도 좋습니다."

"승상의 대사는 누가 대리하는 거요?"

"승상께서는 모든 대사를 양의에게 맡기셨고, 용병의 밀법(密法)은 강백약에게 전수하셨습니다. 이 병부도 양의의 영(令)에 의해서 나온 것입니다."

"승상은 죽었다지만 나는 아직 여기 살아 있소. 양의는 일개 장사(長史)에 불과한 위인이 어찌 이 대임을 감당하겠소? 그는 단지 관을 떠메고 안장하는 일에나 적합한 것이오. 나는 나대로 대군을 거느리고 사마의와 싸워서 반드시 성공하고야 말 테요. 승상 한사람 때문에 어찌 국가의 대사를 돌보지 않으리까?"

"승상의 유령(遺令)이 우선 후퇴하라고 하셨으니 거역할 수는 없습니다."

"승상이 그 당시에 나의 계획대로만 했다면 이미 장안을 점령했을 것이오. 나는 현재 전장군(前將軍) 정서대장군(征西大將軍) 남정후(南鄭侯)란 관직에 있는 사람이오. 어찌 장사를 위해서 그 후군을 맡겠소?"

"장군의 말씀도 당연하지만 경솔히 움직이실 수는 없습니다. 적군의 웃음거리가 됩니다. 소생이 양의를 만나보고 이해관계를 설득시켜서 그가 병권을 장군께 넘겨 드리도록 하는 것이 어떻겠습니까?"

위연은 그 의견에 찬성했으며, 비위는 위연과 작별하고 영을 나와서 대채로 급히 달려가서 양의를 만나보고 위연이 하던 말을 자세히 전달했다. 양의가 말했다.

"승상께서는 임종하실 때 '위연은 반드시 다른 배짱이 있다'고 하셨소. 이제 내가 병부를 보낸 것은 사실 그의 마음을 떠 보자는 것이었소. 그랬더니 과연 승상의 말씀과 틀림이 없으니, 나는 백약(강유)에게 후군을 맡기면 될 것이요."

이리하여 양의는 군사를 인솔하고 영구를 모시고 먼저 떠났으며, 강유에게 후군을 맡기고 공명의 유령(遺令)대로 서서히 후퇴하기 시작했다.

위연은 채중에 있으면서 비위가 아무런 회답도 없는 바람에 마음속으로 이상하게 생각하고 곧 마대에게 명령하여 10여 기를 거느리고 나가서 소식을 탐지하게 했다. 그가 돌아와서 보고했다.

"후군은 바로 강유가 총독하면서 전군의 태반은 이미 곡중(谷中)으로 들어가고 있는 중입니다."

위연이 대로하여 하는 말이,

"괘씸한 놈이 나를 속이다니! 이놈을 죽여 버려야겠다!"

하더니, 마대를 돌아다보며 하는 말이,

"그대는 나를 도와주겠소?"

"나는 평소부터 양의를 미워하고 있었소. 이제 장군을 도와서 들이치고 싶소."

위연은 크게 기뻐하며 곧바로 영채를 철수하고 본부병을 거느리고 남쪽을 향하여 떠났다.

하후패가 군사를 인솔하고 오장원에 와 보니 사람이라곤 하나도 없어서 급히 돌아와서 사마의에게 보고했다.

"촉군의 병사는 이미 모조리 후퇴했습니다.

사마의가 발을 동동 구르며 말했다.

"공명이 정말 죽었구나! 급히 추격해야겠다!"

"도독께서는 경솔히 추격하시면 안 됩니다. 편장(偏將)을 시키셔서 먼저 나가도록 하십시오."

"이번에는 내가 친히 가야만 되네."

드디어 사마의는 군사와 두 아들을 인솔하고 일제히 오장원으로 쳐들어갔다. 고함을 지르고 깃발을 휘두르며 촉군의 영채로 쳐들어갔더니 과연 한 사람도 없었다. 사마의가 두 아들을 돌아다보며 말했다.

"너희들은 급히 군사를 인솔하고 쫓아오너라. 내가 먼저 군사를 몰고 전진할 터이니......"

이리하여 사마사 · 사마소는 뒤에서 군사를 몰고, 사마의는 군사를 거느리고 앞장을 서서 산 밑까지 추격해 들어갔다. 촉군의 병사가 머지않은 곳에 있는 것을 보고 더 한층 기운을 내서 추격했다. 그런데 느닷없이 산 뒤에서 포성이 들리며 고함소리가 요란스럽게 일어났다.

촉군의 병사들이 일제히 되돌아서서 깃발을 휘두르고 북을 울리며 나무 그림자 뒤로부터 뛰쳐나오는데 중군의 큰 깃발에는 '한승상 무향후 제갈량(漢丞相武鄕侯諸葛亮)'이라는 글자가 한 줄로 크게 씌어 있었다.

사마의는 대경실색.

눈을 똑바로 뜨고 바라다보니 군중에서 수십 명의 상장(上將)들이 한 채의 사륜거를 밀고 나왔다.

그 사륜거 위에는 공명이 단정히 앉아서 윤건을 썼고, 우선을 손에 들고 있으며, 학창을 입고 검정띠를 두르고 있었다.

사마의가 놀라 자빠질 뻔했다.

"공명은 아직도 살아 있구나! 내가 경솔히 위험한 장소에 들어와서 그의 계책에 빠지고 말았다!"

사마의는 급히 말머리를 돌려서 뺑소니를 쳐 버렸다. 뒤에서는 강유가 큰 소리로 외쳤다.

"적장아, 달아나지 말아라! 네놈은 벌써 승상의 계책에 떨어진 것이다!"

위병들은 혼비백산하여 갑옷도 투구도 집어 던지고, 과극(戈

戰)도 버리고 저마다 목숨을 건지려고 서로 짓밟고 넘고 혼비백
산하여 도주하기에 바빠서 무수한 사상자를 냈다.

사마의가 50리나 줄달음질을 쳐서 도주하는데 뒤에서 위나라
장수 두 사람이 쫓아오며 말을 가로막고 말고삐를 잡고 소리를
질렀다.

"도독께서는 너무 놀라지 마십시오."

사마의가 그제야 자기 손으로 자기 머리를 만지면서 말했다.

"내 머리가 그대로 붙어 있소?"

두 장수가 대답했다.

"도독께서는 너무 겁내지 마십시오! 촉군의 병사들은 멀리 가
버렸습니다."

사마의는 숨이 차서 한참동안이나 헐레벌떡거리다가 간신히
정신을 가다듬고는 눈을 크게 뜨고 바라보았다.

장수들은 바로 하후패와 하후혜였다.

사마의는 서서히 말고삐를 끌고 두 장수와 더불어 샛길을 찾
아서 본채로 돌아와서 여러 장수들을 시켜서 군사를 거느리고
사방으로 초탐해 보라고 했다.

이틀 후 그 고장 백성들이 달려와서 알려 주었다.

"촉군의 병사들은 산곡간으로 후퇴해서 들어가자마자 구슬픈
통곡소리가 천지를 진동했습니다. 군중에 흰 깃발을 높이 달았
으니 역시 공명이 죽은 것입니다. 단지 강유 한사람이 남아서 후

군을 책임지고 있으며, 수레 위에 앉아 있던 공명은 나무로 만든 사람이었습니다."

사마의가 탄식하며 하는 말이,

"아! 나는 공명이 살아 있다는 생각만 했지, 그가 죽었으리라고는 미처 생각지 못했었구나!"

이때부터 촉중 사람들 사이에는 한 가지 속담이 생겼는데, 그것은, '죽은 제갈량이 살아 있는 사마의를 쫓아 버렸다'는 것이었다.

사마의는 공명이 죽었다는 소문이 확실함을 알자, 곧 군사를 거느리고 다시 추격했다. 적안파(赤岸坡)에 다다랐을 때 촉군의 병사들이 멀리 후퇴해 가는 것이 보이자 그대로 되돌아서서 여러 장수들에게 말했다.

"공명이 이미 세상을 떠났으니 우리는 아무 근심 없이 베개를 높이 하고 지낼 수 있소."

사마의가 드디어 군사를 철수하고 돌아오는데, 도중에서 공명이 영채를 마련하고 있던 지점을 살펴보니, 전후좌우로 정연하게 빈틈없이 짜인 진법이었다. 사마의가 감탄하여 말했다.

"그는 정말 천하의 기재였구나!"

사마의는 군사를 거느리고 장안으로 돌아와서 즉시 여러 장수들을 각처에 배치하여 요로를 지키도록 하고 자기는 낙양으로 천자를 알현하러 떠났다.

양의와 강유는 진세를 정비해 가지고 서서히 잔각도구(棧閣道口)로 후퇴해 들어가서 옷을 갈아입고 부고를 발표하고 깃발을 내걸고 통곡했다. 촉나라 병사들은 모두 머리를 땅에 부딪고 발을 구르며 울다가 지쳐서 죽은 사람까지 있었다. 촉군의 전대(前隊)가 잔각도구로 되돌아서려고 하는데 갑자기 앞에서 화광이 충천하더니 1대의 군사들이 길을 가로막았다.

여러 장수들은 깜짝 놀라서 급히 양의에게 보고했다. 위나라 진영의 여러 장수들이 이미 가 버렸는데 촉지(蜀地)에 또 웬 군사가 나타난 것일까?

105.
권력이 버리지 못하는 것

공명의 계책은 죽어서도 실행되니,
위연의 목은 단칼에…

武侯五伏錦囊計
魏主坼取承露盤

양의는 앞길을 가로막는 군사가 있다는 말을 듣고, 당장에 사람을 내보내서 알아보았다. 그랬더니 위연이 잔도(棧道)를 불질러 버리고 군사를 몰아 길을 막고 있다는 것이었다.

양의는 대경실색.

일찍이 승상이 위연은 반드시 앞으로 모반하리라고 예측하던 말이 생각나서 비위와 상의했더니, 비위의 말이 위연은 도리어 우리 편이 반란을 꾀했다고 천자께 무고했을 것이 틀림없으니 이편에서도 한시바삐 천자께 표를 올려서 위연이 모반하고 있는 실정을 알리도록 하자는 것이었다.

양의는 그 즉시 잔도를 간신히 빠져 나와서 표를 만들어서 천자에게 주문하고 군사를 사산(槎山) 좁은 길로 몰고 그곳을 떠났다.

한편, 후주는 성도에서 침식이 불안한 나날을 보내고 있었는데, 어느 날 밤에 금병산(錦屛山)이 허물어지는 꿈을 꾸고, 깜짝 놀라 아침이 되기를 기다려서 문무백관에게 그 꿈의 길흉을 물어 봤다. 그랬더니 초주(譙周)도 그 전날 밤 천문을 보았더니 커다란 붉은 별 하나가 동북쪽에서 서남쪽으로 떨어졌는데, 이는 반드시 승상의 신변에 흉사가 있을 징조라고 하는 것이었다.

후주가 점점 더 불안한 생각에 사로잡히고 있을 때, 갑자기 이복이 돌아와서 승상의 죽음을 알렸고, 임종시의 유언까지 자세히 보고했다.

후주는 천지가 일시에 무너지는 듯, 오태후도 방성통곡했으며, 문무백관도 눈물을 흘리지 않는 자가 없었다.

바로 이때, 위연에게서 양의가 반란을 꾀했다는 표가 도착했다. 마침 오태후도 그 자리에 있었는데, 후주가 걱정하는 것을 보더니, 양의가 모반했다는 사실은 경솔히 믿을 만한 것이 못되며, 승상이 생전에 장사로 기용한 양의가 절대로 그럴 까닭이 없다고 후주에게 권고했다.

어찌 해야 좋을지 몰라서 문무백관이 상의하고 있는데, 이번에는 양의에게서 급박한 정세를 보고하는 표가 도착되었다. 거기에는 위연이 승상의 유명을 거역하고, 친히 군사를 거느리고

먼저 한중으로 들어가서 잔도에 불을 지르고 반란을 꾀했다고
적혀 있었다.

여러 신하들의 의견은 일치했다.

장완과 동윤은 위연이 평소에 자기 공로만 믿고 안하무인격인
소행이 많았으니, 여태까지 반란을 꾀하지 못한 것은 실로 승상
이 생존해 있기 때문이었고, 승상이 세상을 떠난 이제 이런 소식
이 전해짐은 도리어 당연한 일이라는 것이었다.

위연의 반란을 확실히 인정하게 되자 후주는 단을 내려서 동
윤을 파견하여 한번 귀순을 권해 보자는 계책을 세웠다.

동윤은 조명(詔命)을 받들고 그길로 떠났다. 이때 위연은 남곡
(南谷)에 군사를 주둔시키고 요로를 든든히 지키며, 만사가 자기
뜻대로만 되는 줄 알고 있었는데, 뜻밖에도 양의와 강유가 밤낮
을 헤아리지 않고 군사를 거느리고 남곡의 배후로 돌아 들어갔
다는 사실이 밝혀졌다.

그리고 양의는 한중을 상실하게 될까 두려워해서 하평(何平)에
게 선봉을 명령하여 군사 3천 명을 거느리고 먼저 떠나게 했고,
자기는 병사를 인솔하고 영구를 모시고 그 뒤를 따라 한중으로
향한 것이었다.

하평은 군사를 거느리고 남곡의 뒤로 돌아 들어가자 북을 울
리고 고함을 질렀다. 위연도 격분해서 당장에 갑옷을 입고 말을
달려 칼을 휘두르며 군사를 몰고 덤벼들었다.

하평은 몇 합을 싸우지도 않아서 싸움에 패하는 체하고 도주했다. 그것을 놓치지 않으려고 맹렬히 뒤를 추격하던 위연은 빗발치듯 퍼붓는 화살을 감당해 낼 도리가 없어서 말머리를 돌려 버렸다.

병사들이 모조리 먼저 뺑소니를 치는 것을 보고 격분을 참지 못한 위연은 자기 부하들의 목을 베어 버렸지만, 부하들은 통 말을 듣지 않고 도주해 버렸고 옴쭉 않고 남아 있는 것은 단지 마대가 거느리는 3백 기뿐이었다.

위연이 감격해서 마대에게 하는 말이,

"공만이 진심으로 나를 도와 주는구료! 성사한 뒤에는 공의 기대에 어긋나지 않도록 하리다!"

위연과 마대는 힘을 합쳐서 하평을 맹렬히 추격했지만 하평은 뒤도 돌아보지 않고 도주해 버렸다. 위연은 패잔병을 수습해 가지고 마대와 상의한 결과 위나라에 귀순해 버릴 생각으로 우선 남정(南鄭)을 들이쳤다.

강유는 남정 성 위에서 위연·마대가 쳐들어오는 것을 보자 급히 적교(吊橋)를 끌어올렸더니, 위연과 마대는,

"빨리 항복해라!"

하고 고함을 질렀다. 강유가 사람을 보내서 양의를 불러왔더니, 양의는 승상이 임종시에 위연이 반란을 일으키면 열어 보라고 물려 준 주머니를 생각하고 그것을 열어 보았다.

거기에는 '위연과 대결하면서 말 위에서 열어 보라'고 적혀 있었다.

강유는 크게 기뻐하며 군사 3천 명을 거느리고 창을 휘두르며 달려 나와서 북소리도 요란스럽게 진을 펼쳤다. 강유가 문기(門旗) 앞에 말을 세우고,

"역적 위연아! 이제 와서 배반한다는 것은 승상께 배은망덕 하는 놈이다!"

하고 호통을 치니, 위연도 칼을 휘두르며 같이 소리쳤다.

"네 놈하고는 말하기 싫다! 양의를 내보내라!"

양의는 문기 뒤에서 공명이 준 주머니를 열어 봤다. 거기에는 여차여차하라는 지시가 들어 있었다. 양의는 갑옷도 입지 않은 채 말을 몰고 진두로 나가서 위연에게 손가락질을 하면서 큰 소리로 외쳤다.

"승상께서는 재세시에 네놈이 반드시 배반하리라고 앞을 내다 보셨는데 과연 그 말씀이 틀림없게 됐구나! 네놈은 여기서 '누가 감히 나를 죽일 수 있느냐?'고 세 번만 연거푸 소리를 질러 봐라! 그렇게 할 수 있다면 너는 정말 대장부요, 내 한중성지(漢中城池)를 고스란히 네놈에게 내주마."

위연은 껄껄대고 웃으면서,

"공명이 죽은 이제, 나와 대적할 만한 인물은 없다! 그따위 소리라면 세 번 아니라, 3만 번이라도 할 수 있다!"

하더니, 당장에 말 위에서 소리를 높여 외쳐댔다.

"누가 감히 나를 죽일 수 있느냐?"

그 말이 미처 끝나기도 전에 등덜미에서 어떤 사람이,

"내가 네 놈을 죽일 수 있다!"

하고 호통을 치더니, 칼날이 번쩍 광채를 발하는 순간 위연의 목을 베어서 내동댕이쳤다.

여러 사람들은 놀라 자빠질 뻔했다. 위연의 목을 벤 사람은 마대였다.

알고 보면 공명이 임종시에 마대에게 이런 계책을 주어서 위연이 이렇게 외쳐대는 순간에 목을 베어 던지게 했던 것이다. 그날 양의는 비단주머니 속에 적혀 있는 것을 읽고, 마대가 위연의 수하에 숨어 있다는 사실을 미리 알았기 때문에 공명의 계책대로 실행한 것뿐이었다.

양의 일행이 공명의 영구를 모시고 성도에 도착하니, 후주는 문무백관을 거느리고 성 밖 20리 지점까지 나와 영접하면서 방성통곡, 공경(公卿) · 대부(大夫)로부터 백성에 이르기까지 남녀노소 통곡하지 않는 사람이 없었고, 울음소리가 천지를 뒤흔들었다. 후주는 영구를 승상부에 안치하고 공명의 아들 제갈첨(諸葛瞻)을 시켜서 지키도록 했다.

후주가 궁중으로 돌아왔더니, 양의는 자기 손으로 자기 몸을 결박한 다음 승낙도 없이 후퇴해 온 것을 사죄했다.

후주는 좌우 사람에게 명령하여 결박한 줄을 풀도록 명령하며 양의에게 말했다.

"만약에 경이 승상의 유명을 완수해 주지 않았다면 영구가 무사히 돌아올 수도 없었을 것이고 위연을 거꾸러뜨릴 수도 없었을 것이요. 이 대사를 보전시킨 건 오로지 공의 힘이었소."

양의에게 중군사(中軍師)의 자리를 주고 마대에게도 역적을 무찌른 공로로 그 자리에서 위연의 벼슬을 그대로 내렸다.

양의가 공명의 임종 시에 썼던 유표를 올리니 후주는 그것을 다 보고 나서 또 한 번 방성통곡을 하고 칙지(勅旨)를 내려 좋은 땅을 택해서 안장하도록 했다.

비위가 아뢰는 말이,

"승상께서는 임종 시에 명령하시기를 정군산(定軍山)에 매장할 것과 벽돌로 담을 쌓지도 말고 일체의 제물을 올리지도 말라고 하셨습니다."

후주는 그 말대로 하기로 하고, 그 해 10월 길일을 택하여 친히 영구를 정군산에 모시어 안장했다. 또 후주는 조명을 내려서 제사를 지내게 하고 시호를 충무후(忠武侯)라 했으며, 면양에 묘를 세우고 춘하추동으로 제사를 지내라고 했다.

후주가 성도로 돌아오자 근신이 갑자기 아뢰었다.

"변정(邊庭)의 보고에 의하면 동오에서 전종(全綜)에게 명령하여 병사 수만 명을 거느리고 파구(巴丘) 경계선에 주둔하게 하였다니 무슨 의도인지 알 수 없다 합니다."

후주가 깜짝 놀랐다.

"승상이 세상을 떠난 지도 얼마 안 되는데 동오가 동맹을 어기고 경계선을 침범한다면, 이를 어찌 하면 좋겠소?"

장완이 아뢰었다.

"왕평과 장의에게 수만 명의 군사를 주어 영안(永安)에 주둔하면서 불의의 변을 방비하게 하심이 좋을까 합니다. 또 폐하께서는 사람 하나를 동오로 보내시어 보상(報喪)하게 하셔서 그 동정을 탐지하십시오."

"누구든 설변이 능란한 사람을 사신으로 보내야겠소."

말이 떨어지기가 무섭게 한 사람이 나섰다.

"소신이 가고자 합니다."

여러 사람이 바라보니 바로 남양(南陽) 안중(安衆)사람 종예(宗預-字는 德豔)였다. 그때 그의 벼슬자리는 참군 우중랑장(參軍右中郞將)이었다.

후주는 크게 기뻐하며 즉시로 종예에게 동오로 가서 보상하고 허실을 탐지해 오라는 명령을 내렸다.

종예는 명령을 받고 금릉(金陵)으로 달려가서 오주 손권을 만나 봤다. 인사를 끝내고 보니 좌우의 사람들이 모두 소복을 입고 있는고 손권이 정색을 하면서 말했다.

"오나라와 촉나라는 이미 한 집이나 다름없는데 경의 주인은 어찌하여 백제(白帝) 수비를 견고히 하는 것이오?"

"신의 생각으로는 동쪽에서 파구의 수비를 견고히 하면, 서쪽에서 백제의 수비를 견고히 하게 되는 것이 사세부득이한 일인가 합니다."

손권이 웃으면서 하는 말이,

"경은 먼저 우리나라에 왔던 사신 등지(鄧芝)에 비해서 손색이 없는 사람인걸! 짐은 제갈승상이 귀천(歸天)하셨다는 소문을 듣자 매일 눈물을 흘렸고, 관료들에게 명령하여 빠짐없이 상을 입게 했소. 짐은 위나라가 공명의 상중을 틈타서 촉나라를 침범하지나 않을까 걱정이 되어서 파구에 수병(守兵) 만 명을 증원하여 구원하려고 한 것이지 별다른 뜻은 없었소!"

종예는 머리를 조아려 두 번 절하였다.

손권이 또 말했다.

"짐이 이미 동맹을 승낙한 이상, 어찌 의리에 배반하겠소?"

"천자께서는 승상께서 돌아가신 지 얼마 안 되니 특히 소신께 명령하셔서 보상하도록 하신 것입니다."

손권은 금비전(金鈚箭) 한 자루를 잡더니 꺾어 버리면서 맹세하는 말을 했다.

"짐이 만약에 맹약에 어긋나는 일을 할 때에는 자손이 절멸하리라!"

그리고 사신에게 명령하여 향백(香帛)을 가지고 예의를 갖추어 서천으로 조문(弔問)의 제사를 지내러 가도록 했다.

종예는 오주에게 절하고 오나라의 사신과 함께 성도로 돌아와서 후주를 만나 보고했다.

"오주께서는 승상이 세상을 떠나시자 친히 눈물을 금치 못하셨고, 여러 신하들에게 모두 소복을 입도록 명령하셨다 합니다. 파구에 병력을 증원하신 것은 위나라 사람들이 허를 노리고 침범할까 걱정하신 것이며, 다른 뜻을 없으셨다고 화살을 꺾어서 맹세를 하셨고, 앞으로도 맹약에 어긋남이 없겠다고 하셨습니다."

후주는 크게 기뻐하여 종예에게 큰 상을 내리고 오나라의 사신을 후대하여 돌려보냈다.

그리고 공명의 유언에 의하여 장완을 승상·대장군(大將軍)에 승진시켜서 녹상서사(錄尚書事)를 삼고, 비위를 상서령(尚書令)에 승진시켜 장완과 함께 승상의 일을 다스리도록 했다.

그리고 오의를 거기장군(車騎將軍)에 승진시켜 한중(漢中)을 총지휘하게 하고 강유를 보한장군(輔漢將軍) 평양후(平襄侯)에 봉하여 각처의 군사를 통솔하게 하고, 오의와 함께 한중에 주둔하면서 위군의 침범을 막아내게 했는데, 그밖의 장교들은 본래 직위대로 두었다.

양의는 임관된 햇수가 장완보다 오래 되었다고 생각하고 있었는데, 자리는 장완보다 아래이며, 또 자기의 공로를 높이 생각하고 있었는데 큰 상이 없어서, 원망을 하면서 비위에게 말했다.

"지난날에 승상이 돌아가셨을 적에 내 군사를 전부 거느리고 위나라에 투항하였던들 지금같이 허전하지는 않았을 것을……"

비위는 이 말을 그대로 표로 작성해 가지고 후주에게 몰래 아뢰었다. 후주는 대로하여 양의를 투옥하고 심문하라고 명령했으며, 참형에 처하려고 했다.

장완이 이를 말렸다.

"양의가 비록 죄를 범했다 할지라도 승상을 모시고 많은 공로를 세웠으니, 참하시면 안 됩니다. 서인으로 떨어뜨리심이 좋을까 합니다."

후주는 그의 말대로 양의를 서민으로 떨어뜨려서 한중 가군(嘉郡)으로 귀양살이를 보냈다. 양의는 수치스러움을 참지 못하여 스스로 목을 찔러 자살하고 말았다.

촉한 건흥 13년(서기 235년), 즉 위주 조예의 청룡(靑龍) 3년, 오주 손권의 가화(嘉禾) 4년.

이 해에는 세 나라가 모두 군사를 동원하지 않았다. 위주의 조예는 사마의를 태위에 봉하고 군마를 통솔시켜 각처 변경지대를 지키도록 했다.

사마의는 절하고 낙양으로 돌아왔다. 위주 조예는 허창에 있으면서 토목공사를 일으켜 궁전을 세우고, 낙양에 조양전(朝陽殿)·태극전(太極殿)을 건축하고 총장관(總章觀)도 세웠는데, 모두 그 높이가 10장. 또 숭화전(崇華殿)·청소각(靑宵閣)·봉황루(鳳凰樓)·구룡지(九龍池)를 만들어서 박사(博士) 마균(馬鈞)에게 감조(監造)케 했는데 그 화려함이 비길 데 없고, 조각을 해서 빛나는 마룻대와 대들보, 푸른 기와, 금빛 벽돌이 햇볕에 반사되어 눈부셨다.

천하의 교장(巧匠) 3만여 명과 민부(民夫) 30여만 명이 밤낮을 가리지 않고 만들었는데, 백성들이 기진맥진해서 원성이 끊일 사이가 없었다.

조예는 또 칙지를 내려서 방림원(芳林園)에 토공목사를 시작했는데, 공경(公卿)들까지 흙과 나무를 나르게 했다. 사도(司徒) 동심(董尋)이 표를 올려 간곡히 간했다.

엎드려 생각하옵건대, 건안(建安) 이래, 야전(野戰)에 사망하고 문호(門戶)를 탄진(殫盡)한 사람이 무수하오며, 비록 생존한 자 있다 하지만 유고(遺孤)가 아니면 노약자뿐입니다. 이제, 궁실(宮室)이 협소하여 넓히시고자 하옵시면 마땅히 농사일에 방해가 없는 때를 택하셔야 할 겁니다.

하물며 무익지물(無益之物)을 만드심에 있어서리요? 폐하께서 군신(羣臣)을 대우하심에 있어서 관면(冠冕)을 씌우시고 문수(文繡)를 입히시고 화여(華輿)에 타게 하심으로써 소인(小人)과 다르게 하시었사온데, 이제 또 나무를 지고 흙을 떠메어 몸과 발을 흙투성이로 만드시니, 나라의 빛을 더럽히시고 무익한 일을 숭상하심은 더 말할 것도 없는 일입니다. 공자께서 말씀하시기를, '인군이 신하를 씀에 예로써 하고(君使臣以禮) 신하가 인군을 섬김에 충의로써 한다(臣事君以忠)'고 하셨사오니, 충도 예도 없이 나라가 무엇으로써 지탱해 나가겠습니까?

신이 이런 말씀을 여쭈면 반드시 죽을 줄 아오며, 스스로 몸을 소의 털 한 가닥에 비기오니 살아서 이익이 없고 죽어도 손해가 없습니다. 붓을 잡으니 눈물이 앞을 가리오며, 마음은 세상을 떠나갑니다. 신에게는 여덟 아들이 있사온데 신이 죽은 뒤에는 폐하께 폐를 끼치게 되겠습니다. 전율을 금치 못하오며 목숨이 다하기만 기다립니다.

조예는 표를 다 보고 나더니,

"동심은 죽음도 무섭지 않다는 거냐?"

하면서 격분했는데, 좌우 사람들이 명령을 내려서 참하라고 아뢰었더니, 그가 말했다.

"그자는 평소부터 충의의 마음이 있었으니 우선 서인으로 떨어뜨려 두었다가 다시 망언을 하면 반드시 참하기로 하겠소!"

이때 태자(太子)의 사인(舍人) 장무(張茂-字는 彦材)도 또한 표를 올려서 간곡히 간했지만, 조예는 그를 참하고 그날로 마균(馬鈞)을 불러서 물었다.

"짐은 고대준각(高臺峻閣)을 세워 놓고 신선과 내왕하여 장생불로(長生不老)하는 방법을 알고 싶소."

"한조(漢朝) 24제(帝) 가운데서 오직 무제(武帝)께서만 향국(享國)이 가장 오래셨고 수도 극히 높으셨사온데, 이는 하늘 위의 일정월화(日精月華)의 기운을 잡수셨기 때문입니다. 장안궁에 백양대(栢梁臺)를 세우셨는데, 대 위에는 한 동인(銅人)이 있고, 손에 쟁반을 받들고 있는데, 이름하여 '승로대(承露臺)'라고 했습니다. 이것으로 밤 3시경에 북두(北斗)에서 떨어지는 물을 받았는데 그물을 이름하여 '천장(天漿)'또는 '감로(甘露)'라고 했습니다. 이 물을 받으셔서 미옥(美玉)을 부수어 섞어 잡수시면 늙지 않고 젊어지실 수 있습니다."

조예가 크게 기뻐했다.

"이제 그대는 인부를 데리고 밤을 새워서 장안에 이르러 그 동인을 떼다가 방림원(芳林園)에 옮겨 놓도록 해 주시오."

마균은 명령을 받고 인부 1만 명을 인솔하고 장안으로 가서 백양대 주위에 나무시렁을 만들어 올리고 그 위로 올라가라고 명령했다. 그리고 시간을 지체하지 않고 5천 명이 동아줄을 연결시켜서 그것을 붙잡고 빙글빙글 돌아서 그 위로 올라갔다. 백양대는 높이가 20장(丈), 구리기둥의 굵기가 열 발이나 됐다.

　마균이 먼저 동인을 떼어 내게 하니 여러 사람들이 힘을 합쳐서 동인을 떼어 냈다. 그런데 그 동인의 눈에서는 눈물이 줄줄 흘렀다. 모든 사람들이 깜짝 놀랐다.

　홀연 대 언저리에서 일진의 광풍이 일어나더니 사석(砂石)이 휩쓸아쳐 나는데 마치 소나기가 퍼붓는 듯, 천지가 무너지는 듯한 괴상한 소리가 나더니 대가 기울어지고 기둥이 쓰러져 버렸다. 그래서 그 밑에 눌려서 죽은 사람이 천여 명이나 되었다.

　마균은 동인과 금반(金盤)을 떼어 운반해 가지고 낙양으로 돌아와서 위주를 만나보고 그 동인과 승로반을 바쳤다.

　위주가 물었다.

　"구리기둥은 어디 있소?"

　"기둥 무게가 백만 근이나 되어서 운반해 오지 못했습니다."

　조예는 그 구리기둥을 깨뜨려서 낙양으로 운반해다가 두 개의 동인을 만들어 '옹중(翁仲)'이라 불러서 사마문(司馬門) 밖에 늘어세우고, 또 높이 4장이 되는 동룡(銅龍)과 높이 3장이 넘는 동봉(銅鳳)을 주조해서 궁전 앞에 세웠다.

그리고 상림원(上林苑) 안에는 기이한 꽃과 나무를 심고 진금괴수(珍禽怪獸)를 모아 들여서 키웠다.

소부(少傅) 양부(楊阜)가 표를 올려 간하기를, 진시황이 아방궁(阿房宮)을 꾸며 그 재앙이 아들에게 미쳐 2세(世)에 멸망했으니, 한가하고 편안하게 지내며 궁실만을 장식한다는 것은 반드시 위망(危亡)의 화를 가져올 것이라고 충고했다.

조예는 이런 말에는 귀도 기울이지 않고 명령을 내려서 천하의 미인을 뽑아다가 방림원에 두었다.

조예의 황후 모씨(毛氏)는 하내(河內) 사람으로서 전에 조예가 평원왕(平原王)으로 있을 때 가장 총애하다가 제위에 오르면서 황후로 세웠었다.

그 후 조예는 곽부인(郭夫人)을 총애하고 모황후를 돌보지 않게 되었다.

곽부인은 아리땁고 총명해서 조예가 매우 사랑했고, 매일 향락에만 도취해서 한 달 동안이나 궁에 틀어박혀 나오지 않곤 했다. 그해 3월에 방림원에 백화가 만개하여, 조예는 곽부인과 더불어 꽃구경을 하면서 술을 마셨다. 곽부인이 어째서 황후를 불러내어 함께 즐기지 않느냐고 하니, 조예가 대답했다.

"그게 옆에 있으면, 한 방울의 술도 목을 넘어가지 않소."

그리고 궁녀들에게 말하기를 모황후에게 알리지 말라고 했다.

그러나 어떤 환관 한 사람이 조예가 곽부인과 함께 화원에서 꽃구경을 하고 있다는 사실을 모황후에게 알리고 말았다.

이튿날 수레를 타고 밖으로 나오던 모황후가 조예와 마주
치자,

"폐하께서는 어제 화원에서 노시었다 하오니 자못 즐거우셨겠
습니다."

하고 비웃었다.

조예는 대로하여 그 전날 꽃을 구경하던 자리에 있었던 궁녀
들의 목을 베고, 모황후에게도 죽음을 내리고 곽부인을 황후로
세웠다. 조신(朝臣)들도 그 이상 감히 간하지 못했다.

이때, 유주(幽州) 자사(刺史) 관구검(毌邱儉)이 표를 올렸는데, 요
동(遼東)의 공손연(公孫淵)이 반란을 일으켜 연왕(燕王)이라 자칭
하며, 소한 원년(紹漢元年)이라 개원(改元)하고 궁전을 건축하고
관직을 세우고 군사를 일으켜 북방에 침범하여 어지럽게 군다는
것이었다.

조예는 깜짝 놀라 당장에 문무 관료를 모아 놓고 군사를 일으
켜 공손연을 격퇴할 계책을 상의했다.

이야말로 장사들이 토목까지 짊어져 중국(中國)이 피로한 판인
데 또다시 외방에서 싸움이 벌어지는 것이다.

106.
병자가 튀어 나와서

사마의는 꾀병으로 말도 못 알아듣는 척, 능청을 부리고…

公孫淵兵敗死襄平
司馬懿詐病賺曹爽

  공손연은 요동의 공손도(公孫度)의 손자 공손강(公孫康)의 아들이었다. 건안 12년에 조조가 원상(袁尙)을 추격하여 요동에 다다르기 전에 공손강이 원상의 수급을 바쳤는지라 조조는 그를 양평후(襄平侯)에 봉했었고, 공손강이 죽은 뒤에는 그의 장자 공손황(公孫晃)과 차자 공손연이 모두 어려서, 공손강의 아우 공손공(公孫恭)이 그 관직을 계승했다.

  조비의 시절에는 공손공을 거기장군 양평후에 봉했다. 태화(太和) 2년(서기 228년)이 되자 공손연은 이미 장성하여 문무 겸비하고 성품이 거칠며 싸움을 좋아해서 숙부 공손공의 직위를 빼앗고, 조예는 그를 양렬장군(揚烈將軍) 요동태수(遼東太守)에 봉했다.

그 후 손권이 장미(張彌)·허연(許晏)을 사자로 파견하여 요동에 금보진옥(金寶珍玉)을 보내서 공손연을 연왕에 봉하려고 했더니, 공손연은 중원을 두려워하여 장미·허연 두 사자의 목을 베어서 그 수급을 조예에게 보냈다. 조예는 공손연에게 대사마(大司馬) 낙랑공(樂浪公)을 봉했다.

공손연은 그것이 만족스럽지 않아서 수하의 여러 사람들과 상의하고 연왕이라 자칭했으며, 연호를 소한 원년이라고 고쳤다.

부장 가범(賈範)이 간하기를, 중원에서 상공(上公)의 작(爵)으로 대접하는데 거기 배반한다는 것은 이치에 맞지 않는다고 했더니, 공손연은 가범을 결박해 놓고 참하려고 했다.

이때 참군 윤직(倫直)이 또 간했다.

"근자들어 괴상한 일이 가끔 일어나고 있습니다. 개가 두건을 쓰고 붉은 옷을 입고 사람의 집에 들어와서 사람과 같은 행세를 한다는데, 이런 일은 불길한 징조이니 주공께서도 불길함을 피하시고 경거망동하시지 않는 게 좋을까 합니다."

공손연은 발연대로, 무사에게 명령해서 윤직과 가범을 결박하여 장바닥에 끌어내서 목을 베어 버리게 했다. 그리고 대장군 비연(卑衍)을 원수(元帥), 양조(楊祚)를 선봉으로 삼고 요동 5만 군사를 동원하여 중원을 들이친 것이었다.

조예가 사마의를 불러들여서 상의했더니, 자기에게 부하 마군과 보병 4만이 있으니 아무 염려도 없으며, 공손연을 물리치려면 4천 리나 되는 원로이므로, 왕복 1년은 걸리리라고 대답했다.

조예는 그 동안에 오군과 촉군이 침범할 것을 걱정했으나, 사마의는 거기에 대해서 이미 만반의 수배를 해서 견고히 지키도록 해놓았으니 안심할 수 있다고 말했다. 조예는 크게 기뻐하며 사마의에게 군사를 일으켜서 공손연을 토벌하라는 명령을 내렸다.

사마의는 호준(胡遵)을 선봉으로 삼고 전군(前軍)을 거느리고 요동에 도착하여 진을 쳤다.

이것을 알게 된 공손연이 비연·양조에게 군사 8만을 주어서 요수(遼隧)에 진을 치게 하니, 비연은 20여 리나 되는 거리를 참호로 둘러싸고 녹각(鹿角 -옛날에 樹木을 깎아 세우는 방어물)을 울타리처럼 둘러쳐 놓고 무척 면밀한 방비를 했다.

호준이 이런 사실을 사마의에게 알렸더니, 사마의는 적군이 이곳에 총력을 집결하고 본거지는 텅 비어 있으리라는 판단으로 일거에 그곳을 습격하려고 샛길로 빠져서 양평으로 달렸다.

공손연의 진지에서는 비연과 양조가 적군이 쳐들어오더라도 선뜻 덤벼서 싸우지 말고, 그들이 먼 길에 지쳐 자빠지고 군량이 결핍해지기를 기다려서 기병(奇兵) 작전을 쓰자는 상의를 하고 있었는데, 느닷없이 위군이 남쪽으로 향했다는 정보가 날아들었다.

비연은 대경실색, 양평의 본거지를 빼앗길까 당황하여, 당장에 진지를 철수하고 사마의의 뒤를 추격했다.

사마의는 이 소식을 알자, 비연·양조가 자기 계책에 떨어진데 자못 쾌감을 느끼면서 하후패와 하후위에게 명령하여 각각 1군을 거느리고 제수(濟水) 강변에 매복해 있다가 요동의 군사가나타나면 좌우에서 일제히 공격하도록 지시했다.

그것도 모르고 여기로 달리던 비연·양조는 왼쪽에서 하후패, 오른쪽에서 하후위의 맹공을 받게 되니 싸우고 싶은 생각도 없이 살 구멍을 찾아서 간신히 수산(首山)까지 뺑소니를 쳤다가 마침 공손연이 군사를 거느리고 나타나자, 다시 힘을 합쳐서 말머리를 돌려 가지고 위군의 병사와 대결했다.

비연이 선뜻 나서서 호통을 치며 도전했으나 말을 달려 칼을휘두르며 달려드는 하후패와 맞닥뜨려 몇 합도 싸우지 못하고하후연의 칼을 맞고 말 위에서 목이 날아가 버렸다.

요동의 군사가 뿔뿔이 흩어지니 하후패는 군사를 몰고 맹렬히무찔렀으며, 공손연은 패잔병을 거느리고 양평성으로 도주하여성문을 단단히 잠그고 나오지 않았다. 위병들은 사방에서 성을포위해 버렸다.

가을도 중턱으로 접어들면서 연일 퍼붓는 비가 한 달이 넘어도 그치지 않았다. 양평성을 포위하고 있는 사마의의 진지에서는 병사들 사이에 불평불만이 자자했다. 물속에 파묻혀서 잠도 제대로 잘 수 없었기 때문이다.

좌도독 배경(裵景)이 병사들의 고충을 호소했으나, 사마의는 공손연을 금명간 붙잡을 터인데, 무슨 소리냐고 호통을 칠 뿐이었고, 우도독 구련(仇連)은 진지를 높은 곳으로 옮기자고 간하다가 당장에 목이 달아나 버렸다.

진군(陳羣)이 물어 봤다.

"성을 들이치시지도 않고 오랫동안 시궁창 속에 계시면서 적군이 마음대로 나무를 자르고 소와 말을 먹이게 내버려두시는 것은 무슨 까닭입니까?"

사마의가 웃으면서 대답하는 말이,

"그것은 병법을 모르는 소리요. 이번 싸움에서는 적군은 수효가 많고 우리 편은 수효가 적소. 억지로 공격을 가할 것 없이, 저편에서 도주하기 시작했을 때 들이치면 될 게 아니겠소?"

사마의는 사람을 낙양으로 파견해서 군량을 공급해 달라고 재촉했다. 위주 조예가 조정에 나가서 상의했더니, 여러 신하들이 병마가 피곤했을 것이니 사마의를 도로 불러올리라고 했다. 그러나 조예는,

"사마태위는 용병에 능하오. 임기응변을 잘하고 약은 꾀가 많으니 공손연을 잡는 것도 시간 문제일 것이요. 경들은 그다지 걱정할 것은 없소."

하면서, 여러 신하들이 간하는 말을 듣지 않고 사람을 파견하

여 군량을 사마의의 군전(軍前)에 공급해 주었다.

며칠 후 하늘이 맑게 개었다. 사마의는 밖으로 나와서 천문을 봤다. 한 별이 말(斗)만큼이나 큰데, 꼬리를 몇 장이나 되게 길게 뽑더니 수산(首山) 동북쪽에서 양평 동남쪽으로 떨어지는 것이 보였다. 각 영의 장사들은 놀라지 않는 사람이 없었다.

사마의가 크게 기뻐하며 좌우의 여러 장수들에게 말했다.

"닷새 후에는 별이 떨어진 곳에서 반드시 공손연의 목을 베게 될 것이요. 내일은 성을 맹렬히 공격합시다."

여러 장수들은 사마의의 명령대로 날이 밝기가 무섭게 군사를 거느리고 사방에서 몰려들어 토산을 쌓아 올리고, 지하도를 파고, 포가(砲架)를 만들고 구름다리를 장치해서 낮밤 분별없이 맹공을 가하니 성 안에서는 화살이 빗발치듯 했다.

공손연은 성 안에 있으면서 군량도 다 떨어졌으므로 소와 말을 잡아먹게 되니, 사람마다 원성이 자자하고 누구나 수비에 힘쓸 생각은 없고 공손연의 목을 베어 가지고 성을 내주고 투항할 마음뿐이었다.

이런 눈치를 챈 공손연은 당황하여 어쩔 줄 모르며 급히 상국(相國) 왕건(王建), 어사대부(御史大夫) 유보(柳甫)를 시켜서 위군의 영채로 가서 투항을 제의하라고 했다. 두 사람이 줄을 타고 성 아래로 내려와서 사마의를 만나보고 연락을 취했다.

"태위께서는 20리만 뒤로 물러 주십시오. 우리 군신(君臣)이 자진해 와서 투항하겠습니다."

사마의는 대로하여,

"공손연이 친히 오지 않다니 그게 될 말이냐?"

하고, 무사에게 호통을 쳐서 두 사람을 끌어내서 목을 베게 하고, 그 수급을 종인(從人)에게 주어서 돌려보냈다.

종인이 돌아가서 이런 사실을 보고하니, 공손연은 대경실색하고 또 다시 시중 위연(衛演)을 위군의 영채로 파견했다.

사마의가 정면에 앉았고, 여러 장수들이 좌우로 늘어서 있는 가운데, 위연은 무릎을 꿇고 엉금엉금 기어 들어가서 장하에 꿇어 앉았다.

"태위께서는 우레 같은 노여움을 가라앉히십시오. 기일을 작정하여 먼저 세자 공손수(公孫修)를 인질로 보내옵고, 그 후에 군신이 스스로 몸을 묶고 나와서 투항하겠습니다."

"군사(軍事)에는 다섯 가지 중요한 점이 있다. 싸울 수 있으면 싸우는 것이고, 싸울 수 없으면 지키는 것이고, 지킬 수 없으면 달아나는 것이고, 달아날 수 없으면 항복하는 것이고, 항복도 할 수 없으면 죽는 것뿐이다. 아들을 인질로 보낼 필요가 뭣이란 말이냐?"

공손연에게 돌아가서 이렇게 말하라고 호통을 쳐서 위연을 돌려보냈다. 위연은 걸음아 날 살려라 하고 뺑소니를 쳐 돌아와서 공손연에게 사실대로 보고했다.

공손연은 난감하여 당장에 아들 공손수와 단둘이 의논한 결과 인마 1천을 뽑아 가지고 그날 밤 2경쯤 되어서 남문을 열어젖히고 동남편으로 달아났다.

공손연은 사람의 그림자가 보이지 않아서 크게 기뻐했는데, 10리도 못가서 홀연 산위에서 포성이 울리고 고각이 일제히 울리더니 1대의 군사가 앞을 가로막는데, 한가운데 서 있는 것은 바로 사마의였고, 왼쪽에 사마사, 오른쪽에 사마소가 버티고 서서 소리를 질렀다.

"반적(反賊)아! 꼼짝 말고 게 있거라!"

공손연은 깜짝 놀라서 말머리를 돌리고 길을 찾아서 뺑소니를 쳤다. 그러나 호준(胡遵)의 군사가 재빨리 대들어서 왼쪽에서부터 하후패·하후위, 오른쪽에서부터 장호(張虎)·악침이 덤벼들며 4면을 철통같이 포위해 버렸다.

공손연 부자는 말을 내려서 항복하는 도리밖에 없었다. 사마의가 말 위에서 여러 장수들을 둘러보면서 하는 말이,

"내가 며칠 전날 밤 병인일(丙寅日)에 여기서 큰 별이 떨어지는 것을 보았더니, 오늘 밤, 임신일(壬申日)에 그 말대로 됐소!"

여러 장수들이 입을 모아 치하했다.

"태위께서는 정말 신기(神機)이십니다!"

사마의가 목을 베라고 명령을 내리니, 공손연 부자는 얼굴을 서로 마주 대하고 죽었다. 사마의는 군사를 거느리고 양평성(襄

平城)으로 향했는데, 미처 성 아래 도착도 하기 전에, 호준이 전군(前軍)을 인솔하고 성 안으로 쳐들어갔더니, 백성들은 향불을 피우고 맞아들였으며, 위군의 병사는 전군 무사히 입성하였다.

사마의는 아문(衙門)에 앉아서 공손연의 종족과 공모한 관료 임원을 모조리 죽여 버렸는데, 수급이 도합 70여 과(顆)였다. 방을 내붙여서 백성들을 안정시켰다.

한 사람이 사마의에게 말하기를,

"가범과 윤직을 공손연에게 모반을 해서는 안 된다고 애써 간했기 때문에 공손연의 손에 죽었습니다."

하니, 사마의는 그들의 무덤을 정중히 돌봐 주고 자손들에게 벼슬을 주었다. 창고 안에 있는 재물로 3군에게 중한 상을 내리고, 군사를 철수하여 낙양으로 돌아왔다.

위주 조예는 어느 날 밤 궁중에 있었는데, 밤이 3경이나 되어서 홀연 일진의 음풍(陰風)이 일더니 등불이 꺼져 버렸다. 그리고 모황후가 난데없이 수십 명의 궁인을 거느리고 좌전(座前)으로 통곡을 하며 대들어서 목숨을 도로 돌려달라고 야단을 쳤다.

조예는 이 일 때문에 병이 나서 병세가 날로 위중해지는 바람에 광록대부(光祿大夫) 유방(劉放)과 손자(孫資)에게 명령하여 추밀원(樞密院)의 일체 사무를 다스리게 하고 또, 문제(文帝-曹丕)의 아들 연왕(燕王) 조우(曹宇)를 불러서 대장군을 삼아 태자 조방(曹

芳)을 보좌하여 섭정토록 하려고 했다.

그런데 조우는 위인이 공손하고 검소하며 온화하여 이 대임을 맡으려고 하지 않고 굳이 사양하며 받지 않았다. 조예가 유방과 손자를 불러서 물어 보았다.

"종족 안에서 누가 이 임무를 맡을 만하오?"

두 사람은 조진(曹眞)의 은혜를 입었기 때문에,

"단지 조자단(조진)의 아드님 조상(曹爽)만이 이 대임을 맡을 만합니다."

하고 대답했다. 조예가 그들의 의견을 받아들이기로 했다. 두 사람은 또 말했다.

"조상을 기용하신다면, 연왕은 귀국하게 하심이 좋을까 합니다."

조예가 승낙하자, 두 사람은 곧바로 조명을 내리게 해 가지고 연왕에게로 가서 권고했다.

"천자께서 손수 조서를 써서 연왕께 귀국하라 하시니 즉시 떠나시기 바랍니다. 조명이 없으신 동안에는 입조하시면 안 됩니다."

연왕 조우가 눈물을 흘리면서 떠나간 다음, 조상을 대장군에 봉하고 조정의 정사를 총섭하게 했다.

조예는 병세가 점점 더 위중해지자 급히 칙사를 보내서 사마의를 조정으로 불러올리도록 했다. 사마의가 허창으로 달려와서 위주를 알현하니, 조예는 태자 조방, 대장군 조상, 시중 유방·손자 등을 어탑(御榻) 앞으로 불러 세우고 사마의의 손을 잡으며 말했다.

"옛날에 유현덕은 백제성(白帝城)에서 병이 위독했을 때, 어린 아들 유선(劉禪)을 제갈공명에게 부탁했고 공명은 죽을 때까지 충성을 다했소. 작은 나라에 있어서도 이러했거늘 하물며 우리 대국에 있어서리요! 짐의 어린 아들 나이 겨우 여덟 살이니 사직을 장리(掌理)해 내지 못할 것이므로, 태위와 종형(宗兄), 원훈(元勳) 구신(舊臣)들이 힘써 서로 보필해서 짐의 마음에 어긋남이 없도록 해 주기 바라오."

또 조방을 보고 말하기를,

"중달(司馬懿)은 짐과 일체(一體)이니 극진히 공경해라!"

하면서, 사마의에게 명령하여 조방을 앞으로 불러 세우니, 조방은 사마의의 목을 얼싸안고 놓지 않았다. 조예가 말했다.

"태위, 이 어린것이 경을 이렇게 좋아하는 정리를 잊어버리지 말기를 바라오."

말을 마치자 눈물이 비오듯하니 사마의도 머리를 조아리고 눈물을 흘리는데, 위주는 정신이 혼미해지는 듯 입으로 말을 하지 못하며, 손으로 태자를 가리키더니, 얼마 후 숨지고 말았다. 재위 13년. 향년 36세. 때는 위나라 경초(景初) 3년(서기 239년) 봄, 정월이었다.

사마의와 조상은 지체 없이 태자 조방을 황제의 자리에 세웠다. 조방은 자가 난경(蘭卿), 조예가 얻어다 기른 자식이었다. 궁중 깊숙한 곳에서 자라났기 때문에 그의 출생에 대한 자세한 것을 아는 사람이 없었다.

조방은 조예에게 명제(明帝)라는 시호를 올리고 고평릉(高平陵)에 매장했으며, 곽황후를 존경하여 황태후로 모시고, 정시(正始) 원년(元年-서기 240년)이라고 연호를 고쳤다.

사마의와 조상이 정사를 보좌하게 됐는데, 조상은 사마의를 극진히 공경하고 국가의 일은 뭣이나 사전에 그에게 알리곤 했다.

조상은 자를 소백(昭伯)이라 하며 어렸을 적부터 궁중에 출입했는데, 조예는 그의 조심성 많은 성품을 좋아해서 극진히 사랑했다.

그의 문하에는 식객이 5백 명이나 됐는데, 그 중에 다섯 사람은 경박한 것을 좋아해서 서로 마음이 통했는데, 바로 하안(何晏-字는 平叔) · 등우(鄧禹)의 후예인 등양(鄧颺-字는 玄茂) · 이승(李勝-字는 公昭) · 정밀(丁謐-字는 彦靜) · 필궤(畢軌-字는 昭先) 등이었다.

하안이 조상에게 말하기를,

"주공의 대권은 남에게 맡기셔서는 안 됩니다. 후환이 있을까 걱정됩니다."

"사마공과 나는 다같이 선제께서 유주(幼主)를 부탁하신다는 명령을 받은 몸이니 어찌 그를 배반하겠소?"

"과거에 선공(先公)께서 중달(사마의)과 촉군을 격파하실 때, 여러 차례 이 사람 때문에 화가 나셔서 돌아가셨는데, 주공께서는 왜 그것을 생각지 못하십니까?"

조상은 선뜻 깨닫고, 여러 관원들과 상의한 결과, 위주 조방에게 아뢰었다.

"사마의는 공이 높고 덕이 중하오니 태부(太傅)로 승진시킴이 좋을까 합니다."

조방이 그 말대로 승낙하니, 이때부터 모든 병권은 조상의 수중으로 들어가게 됐다. 그는 아우 조희(曹羲)를 중령군(中領軍), 조훈(曹訓)을 무위장군(武衛將軍), 조언(曹彦)을 산기상시(散騎常侍)에 임명하고, 각각 어림군 3천 명을 주어서 궁중에 무상출입하게 했다.

또 하안·등양·정밀을 상서, 필궤를 사예교위, 이승(李勝)을 하남윤(河南伊)으로 기용해서, 이 다섯 사람과 더불어 낮이나 밤이나 정사를 상의했다.

한편, 사마의는 병을 핑계하고 집 안에 틀어박혀 나오지 않았고, 그의 두 아들들도 관직을 버리고 한가히 지내고 있었다. 조상은 연일 하안 등과 술을 마시는 것이 큰 즐거움이었고, 의복에서 집기에 이르기까지 조정이나 다름이 없게 꾸미고 살며, 각처에서 진공(進貢)하는 진기한 물건은 먼저 좋은 것을 자기가 뽑아 가지고 나머지를 궁중으로 들여보냈다.

가인 미녀(佳人美女)가 부원(府院)에 가득 찼으며, 황문관(黃門官) 장당(張當)은 조상에게 아첨하느라고 선제의 시첩(侍妾) 7, 8명을 제멋대로 뽑아서 부중으로 들여보냈다. 조상은 또 가무에 능한 양가 자녀 3, 40명을 뽑아서 집 안에 두고 즐겼으며, 중루화각(重樓畵閣)을 건축하고 금은집기를 만드느라고 교장(巧匠) 수백 명을 주야로 동원시켰다.

하안과 등양 두 사람은 평원(平原)의 관로(管輅)란 사람이 유명한 역자(易者)로 수술(數術)에 능함을 알고, 한번 그를 청하여 운수를 점쳐 달라고 했다. 그랬더니 관로가 남의 말을 잘 듣고 예의에 어긋나는 일을 하지 않아야 삼공(三公)에 승진할 수 있으리라고 말했다고 하여 관로를 미친놈이라고 일소에 붙여 버린 일이 있었다.

조상은 가끔 하안·등양과 사냥을 잘 나갔다. 아우 조희가 항시 국가의 대권을 장악하는 사람이 사냥만 나갔다가 그 틈에 만일의 일이 발생하면 수습할 수 없을 것이라고 권고했지만, 조상은 병권이 자기 수중에 있다는 것만 믿고, 아우의 말도, 또 사농(司農) 환범(桓範)의 간언(諫言)도 통 받아들이지 않았다.

위주 조방은 정시 10년을 가평 원년(嘉平元年)으로 고쳤다. 조상은 대권을 장악한 이래, 사마의의 소식을 몰라서 궁금하던 차에, 위주가 이승(李勝)을 형주자사에 임명해서, 기회가 좋다 생각하고 그를 사마의에게 파견하여 동정을 살피고 오라고 했다.

눈치 빠른 사마의는 이승이 나타났다는 보고를 받고 두 아들에게 말하기를,

"이는 필시 조상의 지시로 나의 병세를 탐지하려 왔을 것이다."

급히 관을 벗어 버리고 머리를 산발한 다음 침상 위에 이불을 뒤집어쓰고 앉아서 두 아들의 부축을 받으면서 이승을 불러들였다.

이승이 무슨 말을 해도 사마의는 딴전만 부렸다. 말을 못 알아듣는 척했다.

이승이 말했다.

"소생이 형주자사의 임명을 받아서 인사도 여쭐 겸……."

"뭐라고, 병주에서 왔다고?"

"병주가 아니라 형주 말입니다."

"잘 모르겠는걸! 종이와 붓을 가져오너라!"

이승이 글씨로 써서 보였더니, 그제야 사마의는,

"나는 병 때문에 귀까지 먹어서……. 이번에 그곳을 떠나가시거든 자중해서 일이나 잘 보시오."

하더니, 손으로 입을 가리키는 것이었다. 시비가 국을 앞으로 내밀었더니 사마의는 입으로 받아 마시려다가 흘려서 옷깃만 적시고 말았다. 그리고는 침상에 쓰러져서 숨이 차서 헐떡헐떡 괴

로워했다.

이승이 사마의와 작별하고 조상에게로 돌아와서 이런 동정을 일일이 자세하게 보고했더니, 조상은 깜짝 놀라면서도 기뻐서 어쩔 줄 몰랐다.

"그 늙은 것이 죽어 버린다면 나는 아무 걱정도 없겠는데!"

사마의는 이승이 돌아가자 몸을 벌떡 일으키며 두 아들에게 말했다.

"이승이 이번에 돌아가서 이런 소식을 전하면 조상은 반드시 나를 꺼리던 마음이 없어질 게다 그가 성 밖으로 나가서 사냥을 할 때 처치해 버려야겠다."

며칠 뒤 조상은 위주 조방에게 고평릉에 나가서 선제의 제사를 지내자고 했다. 대소 관료들이 모두 성가(聖駕)를 따라서 성 밖으로 나왔다. 조상이 세 아우와 심복 하안을 거느리고 어림군으로 성가를 호위시키며 앞으로 나가는데, 사농 환범이 말고삐를 움켜잡고 말했다.

"주공께서는 궁중의 병사를 통솔하시는 분이시니 형제분이 모두 성 밖에 나오시는게 좋지 않습니다. 성중에서 변고가 생기면 어찌하시렵니까?"

그러나 조상은 채찍으로 가리키면서 호통을 쳤다.

"누가 감히 변고를 일으킨단 말인가? 두 번 다시 그 따위 소리를 함부로 지껄이지 말게!"

그날, 사마의는 조상이 성 밖으로 나왔다는 것을 알자, 마음속으로 크게 기뻐하며 그 즉시 옛날 적군을 격파하던 수하의 장수들과 가장(家將) 수십 명과 두 아들을 거느리고 말 위에 올라 조상을 모살하려고 달려나왔다.

이야말로 폐호(閉戶)에 홀연 생기가 감돌아서 군사를 몰고, 이제부터 웅풍(雄風)을 몰아쳐 볼 판이다.

107.
과부의 절개

아버지의 개가 소리에 귀를 자르고,
두 번째 개가 소리에 코를 자른 과부 딸!

魏主政歸司馬氏
姜維兵敗牛頭山

사마의는 조상이 아우 조회 · 조훈 · 조언과 심복의 부하 하
안 · 등양 · 정밀 · 필궤 · 이승 등과 어림군을 인솔하고 위주 조
방을 따라서 성 밖으로 나가 명제(明帝)의 묘에 참배한 후 곧 사
냥을 나갔다는 소식을 듣자 크게 기뻐하며 당장에 성중으로 달
려갔다.

사도(司徒) 고유(高柔)에게 절월(節鉞)을 준 것처럼 꾸며 가지고
대장군의 직무를 대행해서 우선 조상의 영(營)을 점령케 했다.

또 태복(太僕) 왕관(王觀)에게 명령하여 중령군(中領軍)의 일을
대행해서 조희의 영(營)을 점령케 했다.

그러고 나서 사마의는 구관(舊官)들을 거느리고 후궁으로 들

어가서, 곽태후에게, 조상이 선제께 부탁받은 은혜를 저버리고 간사한 소행으로 나라를 어지럽게 하므로 그 죄는 마땅히 그의 직무를 폐해 버리는 수밖에 없다고 아뢰었다. 곽태후는 깜짝 놀랐다.

"천자께서 밖에 계신데, 어쩔 도리가 없지 않소?"

사마의가 아뢰었다.

"신에게는 천자께 표를 올려서 간신을 주멸할 수 있는 좋은 계획이 있사오니, 태후께서는 조금도 적정하시지 마십시오."

태후는 이렇게 말하는 사마의의 위력에 눌려서 겁을 집어먹고 그가 하자는 대로 하는 수 밖에 별 도리가 없었다.

사마의는 시급히 태위 장제와 상서령 사마부를 시켜서 함께 표를 작성하게 하고, 황문관(환관)을 파견하여 성 밖으로 나가서 천자 앞에 그것을 아뢰도록 했다.

그리고 사마의 자신은 대군을 인솔하고 무고(武庫)를 점령해 버렸다.

이런 사실을 재빨리 조상의 집으로 알린 사람이 있었다. 조상의 아내 유씨(劉氏)는 급히 대청 앞으로 나와서 수문장을 불러 물었다.

"지금 주공께서 밖에 계신데 중달이 군사를 동원하고 있으니, 이는 무슨 의도요?"

수문장 반거(潘擧)가 대답했다.

"부인께서는 걱정하시지 마십시오. 소생이 나가서 알아보고 오겠습니다."

궁노수 수십 명을 거느리고 망루로 달려 올라갔다. 그곳에서 바라보자니, 마침 사마의가 군사를 거느리고 문앞을 지나쳐 가고 있었다.

반거가 부하를 시켜서 화살을 빗발치듯 퍼붓게 하니 사마의는 그 앞을 지나갈 수 없어 옴쭉 못하고 서 버렸다.

편장(偏將) 손겸(孫謙)이 뒤에서 가로막으며 말했다.

"태부는 국가의 대사를 맡아 보고 있는 분이니 활을 쏘시면 안 됩니다."

이렇게 연거푸 세 차례나 말리니, 반거가 그제야 활쏘기를 중지했다. 사마소는 부친 사마의를 호위하며 그 앞을 지나 군사를 인솔하고 성 밖으로 나와 낙하(洛河)에 주둔하면서 부교를 지키고 있었다.

한편, 조상의 수하에 사마(司馬)로 있는 노지(魯芝)가 성중에 변고가 발생한 것을 알자 참군 신폐(辛敞)와 상의했다.

"이제 중달이 이렇게 변란을 일으키고 있으니 어찌하면 좋겠소?"

신폐가 대답했다.

"본부병을 거느리고 성 밖으로 나가서 천자께 알현하고 연락해 드려야겠소."

노지가 그 말이 옳다고 하니, 신폐는 급히 후당(後堂)으로 뛰어 들어갔다. 그의 누이 헌영(憲英)이 그를 보더니 물었다.

"너는 도대체 무슨 일이 있기에 이다지도 당황해하느냐?"

신폐가 솔직히 대답했다.

"천자께서는 성 밖에 계신데 태부가 성문을 잠가 버렸으니 반드시 반역을 꾀하려는 것 같소."

누이 헌영이 또 말했다.

"사마공(사마의)은 반드시 반역을 꾀하자는 것은 아닐 게다. 조장군을 죽여 버리려는 생각에서겠지."

신폐가 깜짝 놀랐다.

"이 일을 어찌했으면 좋겠소?"

헌영이 대답했다.

"조장군은 사마공의 적수가 될 수는 없을 것이니 반드시 패할 게다."

신폐가 말했다.

"노사마(노지)가 나하고 함께 나가자고 하는데 가도 좋을지 모르겠소?"

헌영이,

"자기 직책을 지킨다는 것은 사람으로서의 대의(大義)다. 무릇 사람이 곤경에 빠졌을 때에는 구출해 줌이 당연한 일이거늘, 말

은 직책이 있는데 그것을 포기한다는 것은 두말 할것 없이 좋지
못한 일이다."

하니 신폐는 누이 헌영의 말대로, 노지와 함께 수십 기를 인솔
하고 관(關)을 무찌르고 성문 밖으로 빠져 나왔다.

이 소식을 사마의에게 알린 사람이 있었다. 사마의는 환범까
지 달아나지나 않나 걱정이 되어 곧 사람을 시켜서 그를 불렀다.

환범이 그의 아들과 상의했더니, 아들의 말이,

"천자께서 밖에 계시니 남쪽으로 나가시는 게 좋겠습니다."

환범은 아들의 말대로 곧바로 말에 올라 평창문(平昌門)으로
달려갔다. 성문은 이미 잠가졌으나, 파문장(把門將)은 바로 환범
밑에 있던 구리(舊吏) 사번(司蕃)이었다.

환범은 소맷자락에서 죽판(竹版)을 꺼내 들며 말했다.

"태후의 조명이시다 지체하지 말고 성문을 열어라!"

사번의 소리쳤다.

"조명을 좀 똑똑히 검사해 봅시다."

환범이 호령했다.

"그대는 나의 밑에 있던 고리(故吏)가 아닌가? 어찌 감히 그 따
위 소리를 하느냐?"

사번은 어쩔 수 없이 성문을 열어 주어서 통과시켰다.

환범은 성 밖으로 나오자, 사번을 불러서 소리를 질렀다.

"태부가 반역을 꾀하고 있으니 그대도 나를 따라 급히 가

보자."

사번은 그제야 깜짝 놀라서 뒤를 쫓아가서 붙잡으려 했으나 그럴 만한 겨를이 없었다.

이런 사실을 사마의에게 알린 사람이 있었다. 사마의가 대경 실색했다.

"슬기로운 지낭(智囊)이 뺑소니를 쳐 버렸구나! 이일을 어찌하면 좋을까?"

장제가 말하기를,

"둔한 말이 마굿간의 남은 콩맛을 언제나 잊지 못하는 법이요. 반드시 기용해 주지 않을 것이오."

사마의는 즉각에 허윤과 진태를 불러서 말했다.

"그대들은 조상에게로 가서 그를 만나보고, 태부는 별다른 일을 생각하고 있는 게 아니라, 단지 조상 형제들의 병권만을 내놓도록 하자는 것이라고 말해 주시오."

허윤과 진태가 자리를 물러나자, 또다시 전중교위(殿中校尉) 윤대목(尹大目)을 불러 들여, 장제에게 편지를 쓰게 하더니, 그것을 윤대목에게 주면서 조상에게 전달하라고 했다. 그리고 또 분부했다.

"그대와 조상은 교분이 두터운 사이이니 이 임무를 맡아 줄 수 있을 것이오. 그대는 조상을 만나서 나와 장제가 단지 병권 때문에 그러는 것이지 다른 의사는 아무것도 없다는 것을 낙수 강물을 두고 맹세하더라고 전해 주시오."

윤대목은 명령을 받고 자리를 물러 나갔다.

조상이 매를 날리고 개를 달리게 하여 사냥에만 열중하고 있을 때, 홀연 성 안에서 변고가 발생했으며 태부가 표를 올렸다는 보고가 들어오니 그는 어찌나 놀랐던지 하마터면 말에서 떨어질 뻔했다.

황문관은 천자의 앞에 꿇어앉아서 표를 올렸다. 조상은 표를 받아서 근신(近臣)에게 주고 읽으라고 했다.

그 표의 대강 사연인즉,

> 정서대도독 태부, 신 사마의는 황송하기 이를 데 없는
> 마음으로 머리를 조아리며 삼가 이 표를 올립니다. 신
> 이 옛적에 요동에서 돌아오자 선제께서는 폐하, 진왕(秦
> 王) 그리고 소신을 어상(御牀)에 가까이 부르셔서 소신
> 의 손을 잡으시고 뒷일을 무척 걱정하셨습니다. 그러하
> 온데 이제 대장군 조상이 고명(顧命)을 배반하고 국전
> (國典)을 패란하게 하오니 군법으로 다스려야 하겠기에,
> 낙수 부교에 군사를 주둔시키고 비상사태를 사찰(伺察)
> 하옵니다.

위주 조방은 표를 읽는 것을 끝까지 다 듣고 나서 어찌했으면

좋겠느냐고 조상에게 물었다.

그러나 조상 역시 당황해서 어쩔 줄 모르며 아우들을 보고 말했다.

"어떻게 했으면 좋을까?"

조희는 사마의의 꾀에는 공명도 당해 내지 못했으니 우리 형제가 모두 항복하고 목숨이나 살려 달라고 하자는 것이었다. 참군 신폐와 사마 노지가 달려들며, 사마의가 철통같은 방비를 하고 있으니, 시급히 대계(大計)를 결정하라고 해도 조상은 묵묵부답이었다.

또 사농 환범이 달려들며 천자를 허도로 옮기고, 군사를 동원하여 사마의를 토벌하자고 해도, 조상은 눈물을 흘릴 뿐, 도무지 결단을 내리지 못하는 것이었다.

얼마 후 시중 허윤과 상서령 진태가 달려왔다.

"태부께서는 장군의 임무가 너무 무거우신지라 병권만을 거두어들이시려는 것이며, 다른 생각은 없으시니 장군께서는 시급히 성 안으로 돌아가십시오."

두 사람이 이렇게 말해도 조상은 역시 입을 다물고 있을 뿐이었다.

이때, 또 전중교위 윤대목이 나타났다.

"태부께서는 다른 뜻이 없으시다는 것을 낙수 물을 두고 맹세하셨습니다. 장태위의 서신이 여기 있습니다. 장군께서는 병권을 빨리 넘기시고 상부로 돌아가십시오."

조상이 이 말을 믿을 듯한 눈치를 보이는지라, 환범이 말했다.

"사태는 급박합니다. 남의 말을 들으시고 사지(死地)에 임하시지 않도록 하십시오."

그날 밤, 조상은 결단을 내리지 못하고 칼을 뽑아서 노려 보기만 하면서 이 궁리 저 궁리, 날이 밝을 때까지 눈물만 흘리고 결국은 아무런 작정도 하지 못했다. 환범이 나타나서,

"밤새껏 생각하셨으니 무슨 용단을 내리셨습니까?"

하고 물었더니, 칼을 집어 던지며 말했다.

"나는 군사를 일으키지 않겠소. 벼슬을 버리고 부가옹(富家翁)으로 지내기만 하면 족하오."

"조자단(조진)은 스스로 지모를 뽐냈는데, 이 3형제는 모두 돼지새끼 같은 놈들이구나!"

하면서, 환범은 방성통곡했다.

허윤과 진태가 인수(印綬)를 사마의에게 넘겨주라고 했더니, 조상은 두 말 없이 내놓았다. 주부(主簿) 양종(楊綜)이 울면서 손에 매달렸다.

"주공님, 오늘날 병권을 버리시고 스스로 몸을 묶으시어 투항하시면 동시(東市)에서 살육을 면치 못하실 겁니다."

"태부는 반드시 나한테 실신(失信)하지 않을 것이오."

조상은 인수를 허윤·진태에게 주면서 사마의에게 전하게 했

다. 사마의는 조상 3형제를 우선 사택으로 돌아가게 하고, 나머지 사람들은 모두 감금해 놓고 칙지를 기다리라고 했다. 조상 3형제가 성 안으로 들어왔을 때에는 그들을 따르는 사람이 하나도 없었다.

환범이 부교 근처까지 왔을 때, 사마의는 말 위에서 채찍을 높이 휘두르면서 말했다.

"어쩌다가 그 지경이 됐소?"

환범은 아무 말 없이 머리를 숙이고 성 안으로 들어갔다.

사마의는 천자에게 영(詧)을 거두어서 낙양으로 옮겨가도록 주청하고, 조상 형제 세 사람이 집으로 돌아간 뒤에는 큼직한 자물쇠로 문을 잠가 버렸다. 그리고 주민 8백 명을 시켜서 그 집을 포위하고 지키도록 했다.

조상은 심중 답답함을 금할 길 없었으나, 사마의가 사람을 파견하여 양식 1백 석을 보내 준 다음부터는,

"사마공은 본래 나를 죽이려는 마음은 전연 없었구나."

하면서, 아무 걱정 없이 시간을 보냈다.

사마의는 황문관 장당을 잡아서 투옥하고 문죄한 결과, 하안·등양·이승·필궤·정밀 등 다섯 사람이 공모했다는 사실을 알게 됐고, 하안 등을 붙잡아서 심문했더니, 모두 3월 중에 반란을 일으킬 작정이었다고 자백하자 사마의는 그들의 목에 큰칼을 씌웠다.

또 성문의 수문장 사변은 환범이 태후의 명이라 거짓말하고 성 밖으로 나가서 태부가 모반했다는 말을 퍼뜨렸다고 보고하는지라 환범도 투옥해 버렸다. 얼마 후 조상 형제 세 사람과 그 밖의 연루자들을 모조리 시조(市曹)에 끌어내어 목을 베어 그 삼족을 멸하게 했으며, 가산 재물을 하나도 남기지 않고 국고에 집어넣었다.

이때 조상의 종제(從弟) 문숙(文叔)의 아내는 바로 하후령(夏侯令)의 딸이었는데, 젊어서 과부가 되었고 소생도 없었다. 부친이 개가를 시키려고 했으나 이 여자는 자기의 귀를 자기 손으로 베어 버리고 다시 시집가지 않기로 맹세를 했다. 조상이 주살된 후에 이 여자의 부친은 또다시 개가를 시키려고 했더니 이번에는 제 손으로 제 코를 베어 버렸다. 집안사람이 깜짝 놀라며 물었다.

"인생이 이 세상에 태어남이 마치 가벼운 티끌이 약초(弱草) 위에 깃들여 있는 것이나 마찬가지인데, 뭣 때문에 이다지 자신을 괴롭히느냐? 또 남편의 집안이 사마씨에게 모조리 주살되었는데 누구를 위해 이렇게 절개를 지킨다는 거냐?"

그 과부가 울면서 하는 말이,

"내가 듣건대, 어진 사람은 성쇠에 따라 절개가 변하지 않고, 의로운 사람은 존망으로써 마음을 변치 않는다 합니다. 조씨 집안이 성하였을 때에도 깨끗이 종신(終身)하려 했거늘 하물며 그 집안이 멸망한 지금 어찌 나의 절개를 버릴 수 있겠습니까? 이는 금수와 같은 소행이니 어찌 그런 짓을 하겠습니까?"

사마의는 이 말을 전해 듣고 감격해 마지않았다. 사마의가 조상을 죽이고 난 뒤에, 태위 장제가 고했다.

"노지와 신폐는 성문지기와 싸우고 뛰쳐나왔으며, 양종은 인수를 내놓지 않도록 방해했으니 모두 그대로 둘 수 없습니다."

그러나 사마의는,

"그들은 각각 그들의 주인을 위해서 한 노릇이니 의인이라 할 수 있소."

하면서, 각각 그들의 구직에 그대로 있게 했다. 이때 신폐가 탄식했다.

"내, 그 때 나의 누이에게 의견을 물어 보지 않았던들 대의를 저버릴 뻔했군!"

사마의는 신폐와 그 밖의 몇 사람의 죄를 용서하고 방문을 내붙여서 여태까지 조상의 문하에 있던 모든 사람의 사죄(死罪)를 면해 줄 것과, 벼슬에 있던 자는 구직대로 복직시킬 것을 다짐했기 때문에 군민은 각각 가업에 충실하게 되었고 내외가 안정의 회복했다.

하안·등양 두 사람이 비명 에 죽은 것은 과연 저 유명한 역자(易者) 관로(管輅)의 예언이 들어맞았다고 할 만한 일이었다.

위주 조방은 사마의를 승상에 봉하고 9석(九錫)을 내려 주려고 했는데, 사마의는 굳이 사양하고 받지 않았다. 조방은 끝까지 사마의의 의사를 받아들이지는 않고, 결국 그들 부자 세 사람에게 국사를 맡아보도록 했다.

이때, 사마의가 갑자기 생각하는 바가 있었다. 비록 조상의 온 집안을 주살해 버렸다고는 하지만, 아직도 하후패가 옹주(雍州) 등지를 수비하고 있는데, 그 역시 조상의 친족이니 만약에 불시에 변란을 일으킨다면 막아낼 도리가 없으므로 미리 처치해 버려야겠다는 것이었다.

곧바로 조명을 내리게 해서 사신을 옹주로 파견하여 정서장군(征西將軍) 하후패에게 의논할 일이 있으니 낙양으로 올라오라고 했다.

하후패는 이 말을 듣자, 깜짝 놀라며 당장에 본부병 3천 명을 거느리고 반란을 일으켰다. 옹주자사 곽회는 하후패가 반란을 일으켰다는 보고를 받자 당장에 본부병을 인솔하고 달려와서 하후패와 교전하게 됐다. 곽회가 출마하여 큰 소리로 매도했다.

"네 놈은 태위의 황족(皇族)으로서 천자께서도 너를 섭섭히 대하신 일이 없거늘 무슨 까닭으로 배반하는 거냐?"

하후패 역시 큰 소리로 말했다.

"나의 조부께서는 국가에 많은 공로를 세우셨는데 이제 사마의란 놈은 도대체 어떤 놈인데 우리 조씨의 종족을 멸하고 또 나한테까지 지분거리는 거냐? 놈은 조만간 제위를 찬탈할 것이다.

나는 대의를 위하여 적을 토벌하려는 것인데 뭣이 배반이란 말이냐?"

곽회가 격분하여 창을 휘두르며 말을 달려 곧장 달려드니 하후패도 칼을 휘두르며, 말을 달려서 덤벼들었다. 10합도 싸우지 못하고 곽회가 도주하니 하후패는 뒤를 추격했다.

별안간 후군에서 동요의 기색이 보여 하후패가 되돌아섰더니, 진태가 1군을 거느리고 달려드는 것이었다. 곽회도 되돌아서서 다시 덤벼들었다. 하후패는 전후로 협공을 받게 되어서 병사의 태반을 상실하고 어찌할 도리가 없는지라 한중으로 도주하여 후주에게 투항했다.

강유는 이 보고를 받자 하후패가 거짓말하는 것이나 아닌가 해서 의심하다가 사람을 파견하여 자세히 심문해 보고 입성을 승낙했다.

하후패가 강유를 만나 보고 눈물을 흘리며 자초지종을 자세히 이야기했더니, 강유가 말했다.

"옛날에 미자(微子)는 주(周)나라로 망명하여 만고에 명성을 떨쳤소. 공이 한실을 도와서 바로잡고자 한다면 이는 옛 사람에게 부끄러울 바 없는 일이요."

연회를 베풀어서 하후패를 대접했는데, 강유가 자리에 앉으며 물었다.

"그래, 현재 사마의 부자는 중권(重權)을 장악하고, 우리나라를

485

넘겨다볼 생각을 하고 있다는 말이오?"

"아닙니다. 그 노적(老賊)이 반역을 꾀한 지 얼마 안 되어서 외부 일을 생각할 겨를이 없습니다. 그러나 위나라에는 지금 쟁쟁한 신예 두 사람이 있습니다. 만약에 그들이 병사와 말을 거느리게 된다면 실로 오·촉의 큰 골칫거리가 될 것입니다."

"그 두 사람이란 누구요?"

"한 사람은 현재 비서랑(秘書郞)으로 있는 영천 장사(潁川長社) 사람 종회(鐘會-字는 士季)이온데, 태부 종유의 아들로 어렸을 때부터 대담하고 총명하여 사마의와 장제가 다 같이 그 재간을 아끼는 인재이며, 또 한 사람은 등애(鄧艾-字는 士載)이온데 이 사람은 어렸을 적에 부친을 잃었으나 평소부터 큰 뜻을 품고 고산대택(高山大澤)을 보면 어디다 둔병할 수 있고, 어디다 군량을 둔적할 수 있고, 어디다 군사를 매복할 수 있는가를 일일이 짚어 내어, 모든 사람이 웃어 버렸지만, 오직 사마의만은 그 재간을 기특히 여겨서 마침내 군기(軍機)에 참여시키고 있는 재인입니다. 또 이 등애란 사람은 말을 더듬어서 언제나 말을 하려면 '애(艾), 애, 애...' 소리를 많이 하기로 유명한데 그 기지는 당할 사람이 없을 만큼 놀랍습니다."

강유는 일소에 붙이고 말았다.

"그런 어린 위인들이 뭐가 그리 대단하겠소?"

강유는 하후패를 데리고 성도로 가서 후주를 알현하고, 이제 한중에는 군사도 훈련이 되었고 식량도 풍족해졌으니 왕사(王師)를 인솔하고 하후패를 향도관(嚮導官)으로 내세우고 중원을 공략하여 한실을 부흥시켜 보고 싶다고 했다.

상서 비위가,

"근래들어 장완(蔣琬)·동윤이 모두 세상을 떠났으니 경솔히 움직이지 마시고 때를 기다림이 좋겠소."

하고 권고했으나, 강유는 완강히 자기 주장을 내세우고, 설사 중원을 회복시키지 못할지라도 농산(隴山) 서쪽만이라도 점령하고 말겠다고 고집했다.

후주도 말리다 못해서 강유의 의사대로 맡겨 버리는 수밖에 없었다. 결국 강유는 조명을 받들고 하후패와 한중으로 달려와서 출정준비를 하게 됐다.

그 해 가을 8월에 강유는 촉장 구안(句安)·이흠(李歆)에게 각각 1만 5천의 군사를 주어서 국산(麴山) 앞으로 나가 성을 연결시켜 쌓아 올리게 하고 동성(東城)은 구안이, 서성(西城)은 이흠이 지키도록 했다.

간첩에 의하여 이런 정보를 입수한 옹주 자사 곽회는 시급히 낙양으로 연락을 취하는 동시에 부장 진태(陳泰)에게 군사 5만 명을 거느리고 촉병과 교전하게 했다.

구안과 이흠이 진태와 대결하고 싸웠으나 워낙 병력이 부족하여 감당하지 못하고 성 안으로 후퇴해 버리니, 진태는 4면으로 공격을 가하면서 양도(糧道)마저 끊어 버렸는지라, 구안과 이흠은 군량에 곤란함은 말할 것도 없고 성이 높은 곳에 자리 잡고 있어서 마실 물도 없이 쩔쩔 매게 됐다.

그런데도 강유의 원군은 도착하지 않는 것이었다.

이흠은 견디다 못해서 불과 수십 기를 거느리고 강유에게 연락을 취하려고 성 밖으로 뛰쳐나왔다.

적군의 포위망을 결사적으로 돌파했을 때에는 몸에는 중상을 입었고, 수하의 병사들은 모두 난군 중에 죽었으며, 단기로 서쪽 산으로 향하는 샛길을 달리고 있었다.

이틀 동안이나 줄곧 말을 달려 나가다가 다행히 저편으로부터 달려드는 강유의 인마와 마주치게 되었다.

이흠은 말을 내려 땅에 꿇어 엎드려서 보고했다.

"국산의 두 성은 위군에게 포위당했는데, 식수가 끊어져서 옴쭉도 못하고 있습니다. 다행히 눈이 많이 내려서 그것을 녹여 물 대신 마시고 있으나 며칠이나 갈지 모릅니다."

강유는 싸움을 거들러 시급히 달려가고 싶었으나, 집결시키려고 한 강병(羌兵)이 도착하지 않아서 지연된 것이라고 말하고, 사람을 이흠에게 딸려서, 서천(西天)으로 가서 병을 치료하도록 떠나보내 놓고, 하후패와 대책을 상의했다.

"강병은 아직 도착하지 않았는데 위병이 국산을 포위하여 사태가 매우 급박하니, 장군에게 무슨 고견이 없소?"

하후패가 대답했다.

"강병이 도착하기를 기다리다가는 두 성이 모두 함락 당하고
말 것입니다. 내 생각 같아서는 옹주의 군사들이 모조리 국산을
공격하러 동원됐기 때문에 옹주성은 텅 비었을 것이니 장군께서
는 군사를 인솔하시고 시급히 우두산(牛頭山)으로 출동하셔서 옹
주의 배후를 찌르십시오. 곽회와 진태가 반드시 되돌아서서 옹
주를 구원하러 달려갈 것이니 국산의 포위진은 저절로 풀어질
것입니다."

"그 계책이 가장 좋겠소!"

강유는 기뻐하면서 군사를 거느리고 우두산을 향하여 달려
갔다.

한편, 진태는 이흠이 성 밖으로 뛰쳐나온 것을 보자 곽회에게
말했다.

"이흠이 만약에 급박한 사태를 강유에게 알리면 강유는 우리
편 대군이 모두 국산에 있는 줄 알고 반드시 우두산을 찔러서 우
리의 배후를 습격할 것입니다. 장군께서는 1군을 거느리고 조수
(洮水)를 점령하셔서 촉병의 양도를 끊으십시오. 나는 군사의 절
반을 나누어 가지고 우두산을 습격할 것이니 그들은 양도가 끊
어진 줄 알면, 필연코 달아나 버릴 것입니다."

곽회는 그 말대로 1군을 거느리고 조수를 살며시 점령하러 갔
고, 진태는 1군을 거느리고 우두산으로 달려갔다.

강유가 우두산에 다다르니, 홀연 앞에 있는 군사들 사이에서 고함소리가 일어나며 위군의 병사가 앞길을 가로막았다는 보고가 들어왔다. 강유가 당황하여 말을 달려 군전에 나서 봤더니, 진태가 큰 소리로 호통을 치고 있었다.

"네놈이 우리 옹주를 습격하려고! 내가 오랫동안 기다리고 있었다!"

강유가 격분하여 창을 휘두르며 말을 달려 곧장 쳐들어가니 진태도 칼을 휘두르며, 덤벼들었는데, 3합도 못 싸우고 감당할 수 없어서 도주하니, 강유는 군사를 몰고 그대로 무찌르며 진격을 계속했다.

옹주의 군사들은 산꼭대기로 도주해 올라가서 진을 쳤고, 강유는 우두산 기슭에 진을 쳤다. 그리고 며칠 계속 군사를 동원해서 도전했지만 쉽사리 승부가 나지 않았다.

"이곳은 오래 머무를 곳이 못 됩니다. 연일 교전을 해도 승부가 나지 않는 것은 적군의 유병책(誘兵策)이니 일단 후퇴해서 다른 방법을 강구하는 게 좋겠습니다."

하후패가 강유에게 이렇게 상의하고 있는데 갑자기 곽회가 1군을 거느리고 조수로 나와서 양도를 끊었다는 정보가 날아들었다.

강유는 하후패에게 전군을 명령하고 자기는 후군이 되어서 후퇴를 시작했으나 진태는 군사를 5로로 나누어 가지고 추격을 했다. 그리고 곽회의 군사까지 달려온 바람에, 강유는 수하 병사의 태반을 상실하고 간신히 몸을 뛰쳐 양평관(陽平關)으로 도주했다.

이때 또 앞을 가로막는 1대의 군마. 선두에서 호통을 치는 장수는 바로 사마의의 맏아들인 표기장군 사마사였다.

강유도 격분하여 호통을 쳤다.

"어린 놈이 감히 나의 귀로를 가로막다니!"

사마사는 칼을 휘두르며 덤벼들었다. 강유는 3합을 싸우는 동안에 사마사를 물리쳐 버리고 몸을 뛰쳐 양평관으로 달려갔다. 성 위 사람들이 얼른 문을 열고 강유를 맞아들였다. 사마사도 또다시 달려들어 관(關)을 습격했다.

이때 양편에서 복노(伏弩)가 일제히 쏴대니 1노(一弩)에서 화살이 열 개씩 날았다. 이것이 바로 무후(제갈량)가 임종시에 남기고 간 '연노법(連弩法)'이었다.

이야말로 3군이 이날 하루를 감당하지 못하고 패하여, 당년의 일발십시(一發十矢)의 기술만 믿게 된 판이다.

108.
개도 사람을 알아보고

"천자께서 역적을 주살하라는 조명을 내리셨다!"

丁奉雪中奮短兵
孫峻席間施密計

강유는 도주하다가, 군사를 거느리고 앞을 가로막는 사마사와
맞닥뜨리게 되었다.

알고 보면 강유가 옹주를 공략했을 때 곽회가 조정으로 비보
(飛報)를 전했기 때문에 위주가 사마의와 상의한 결과 사마의의
맏아들 사마사에게 병력 5만을 주어서 옹주로 달려와서 싸움을
거들도록 한 것이었다.

사마사는 곽회가 촉군을 물리친 줄 알고 촉군 병사의 기세가
수그러졌으려니 했기 때문에 도중에서부터 공격을 가해서 곧장
양평관(陽平關)까지 쳐들어간 것인데, 강유가 무후가 물려준 연
노법을 써서 양편으로 연노 백여 장(張)을 숨겨 두고 1노에 열

자루의 화살을 쏴 대고 또, 그것이 모두 독약칠을 한 화살이어서, 전군(前軍)에서는 사람이건 말이건 화살에 맞아 죽은 수효가 부지기수였다. 사마사도 난군 중에서 간신히 목숨을 건져 도주했다.

한편, 국산(麴山) 성 중에 있던 촉장 구안은 원병이 도착하지 않으니 성문을 열고 위군에 투항해 버렸다. 강유는 군사 수만 명을 거느리고 패잔병을 수습해 가지고 한중으로 돌아갔다. 사마사도 낙양으로 철수했다.

가평(嘉平) 3년(서기 251년) 가을, 8월이 되자, 사마의는 병세가 위중하여 자리에 눕게 되니 두 아들을 탑전에 불러 다음과 같이 말했다.

"나는 다년간 위나라를 섬겨서 태부(太傅)의 관직을 받았고, 인신(人臣)의 지위로서는 최고에 달했다. 사람들은 모두 내가 딴 마음이나 있나 해서 이상한 생각들을 하니 나는 항시 겁이 났다. 내가 죽은 뒤에는 너희들 둘이서 국정을 잘 다스려라. 만사에 조심조심해야 된다."

말을 마치자 절명했다. 맏아들 사마사와 둘째아들 사마소가 위주 조방에게 아뢰었더니, 조방은 정중히 제장(祭葬)을 지냈고, 후한 선물과 시호를 내렸다. 사마사를 대장군에 봉하여 상서기밀(尚書機密)의 대사를 총령하게 하고, 사마소는 표기상장군(驃騎上將軍)에 임명했다.

한편, 오주(吳主) 손권에게는 서부인(徐夫人)의 소생인 태자 손등(孫登)이 있었는데, 오나라 적오(赤烏) 4년(서기 241년)에 죽어서, 낭야(琅琊)의 왕부인(王夫人)의 소생인 둘째아들 손화(孫和)를 태자로 세웠다.

손화는 손권의 맏딸 전공주(全公主)와 불목했기 때문에 공주의 중상을 받았고, 손권은 거들떠보지도 않았다.

손화가 원한을 품은 채 세상을 떠난 다음, 셋째아들 손양(孫亮)이 태자로 뒤를 이었다. 손양은 반부인(潘夫人)의 소생이었다. 이때 육손도 제갈근이 모두 세상을 떠난 뒤였고, 크고 작은 나라일은 제갈각(諸葛恪)이 맡아 보았다.

태화 원년(太和元年-서기 251년), 가을 8월 1일. 갑자기 사나운 바람이 일더니 강해(江海)에 파도가 용솟음치고 평지에도 수심이 8척이나 되었고, 오주 선릉(先陵)에 심은 송백까지 모조리 뿌리가 뽑아져서 건업성(建業城) 남문 밖으로 날아가서 길 위에 거꾸로 박힐 지경이었다.

손권은 어찌나 놀랐던지 이때부터 병이 들었다. 이듬해 4월이 되자 병세가 위중하니 태부 제갈각과 대사마 여대(呂岱)를 탑전에 불러들여 앞일을 부탁하고는 그대로 세상을 떠나고 말았다. 재위 24년, 향년이 71세. 바로 촉한 연희(延熙) 15년이었다.

손권이 죽자, 제갈각은 손양을 제위(帝位)에 올리고 천하에 대사령을 공포하고 건흥 원년(建興元年)이라 연호를 고쳤으며, 손권

494

에게 대황제(大皇帝)라는 시호를 올려서 장릉(蔣陵)에 매장했다.

염탐꾼이 이런 사실을 탐지하고 낙양에 보고했다. 사마사는 손권이 죽었다는 소식을 듣자, 곧바로 군사를 동원하여 오나라를 토벌하려고 했는데, 상서 부하(傅嘏)가 말했다.

"오나라는 장강의 험준한 지세를 지니고 있어서 선제께서도 여러 번 정벌하셨으나 뜻을 이루지 못하셨습니다. 각각 변강을 지키고 있는 게 상책인가 합니다."

"천도는 30년이면 한 번씩 변하는 것이오. 언제까지나 황제가 정립하여 대치하겠소? 나는 오나라를 토벌하겠소."

사마소도 말하기를,

"이제 손권이 죽은 지 얼마 안 되고, 손양이 나이 어리니 이 틈을 타서 공격함이 좋겠소."

하니 정남대장군(征南大將軍) 왕창(王昶)에게 명령하여 군사 10만을 거느리고 동흥(東興)을 공격하게 하고, 진남도독(鎮南都督) 관구검(毌丘儉)에게 명령하여 군사 10만을 거느리고 무창(武昌)을 공격하게 하며 정동장군(征東將軍) 호준(胡遵)에게 명령하여 군사 10만을 거느리고 남군(南郡)을 공격하라 하여 3로로 군사를 동원하고, 또 아우 사마소를 대도독으로 파견하여 3로 군마를 통솔하도록 했다.

그해 겨울 10월, 사마소는 동오 변계(邊界)에 가서 인마를 주둔시키고 왕창·호준·관구검을 장중으로 불러들여 계책을 상의했다.

"동오에서 가장 긴요한 지점은 동흥군 뿐이요. 이제 그들은 큰 제방을 쌓아 올리고, 성을 양편으로 쌓아 올려서 소호(巢湖)가 후면 공격을 받을까 방비하자는 것이니, 제공은 똑똑히 알아 둬야하오."

사마소는 이렇게 말하고, 왕창·관구검에게 명령하여 군사 1만을 거느리고 좌우로 진치고 정세를 관망하다가, 동흥군을 공략하게 되거든 일제히 군사를 몰라 했다. 그들 두 사람이 명령을 받고 물러 나가자, 사마소는 호준을 선봉으로 하고 3로병을 통솔하고 전진하면서 먼저 부교(浮橋)를 놓고, 동흥의 제방을 점령하고, 좌우 두 성을 공략하라고 명령했다. 호준은 군사를 거느리고 당장에 부교를 놓으러 나갔다.

한편, 오나라 태부 제갈각은 위군이 3로로 갈라져서 쳐들어온다는 소식을 듣자, 여러 장수들을 모아 놓고 대책을 상의했더니, 평북장군(平北將軍) 정봉(丁奉)이 말했다.

"동흥은 동오의 긴요한 지점이니, 만약에 이곳을 상실한다면 남군·무창까지도 위태롭게 될 것입니다."

"나의 생각과 똑같은 말이요. 공은 수병 3천명을 거느리고 강을 떠나 주시오. 나는 뒤쫓아서 여거(呂據)·당자(唐咨)·유찬(劉纂)에게 명령하여 마보병(馬步兵) 1만을 거느리고 3로로 거들게하겠소. 연주포(連珠礮) 소리를 듣거든 일제히 진격하도록 하시오. 나는 나대로 대군을 인솔하고 뒤쫓아 가리다."

정봉은 명령을 받자, 그 즉시 수병 3천 명을 30척의 배에 분승시키고 동흥으로 달렸다.

한편, 호준은 부교를 건너서서 제방 위에 군사를 주둔시켜 놓고, 환가(桓嘉)·한종(韓綜)에게 나가서 두 성을 공격하게 했다. 왼쪽 성에는 오나라 대장 전역(全懌), 오른쪽 성에는 유약(劉略)이 지키고 있었는데, 이 두 성은 높고 험준하고 견고해서 맹렬한 공격을 가해도 함락시킬 수가 없었다. 전역·유약 두 장수는 위병의 세력이 대단한 것을 알자, 감히 나와서 싸우지 못하고 성지(城池)를 사수할 뿐이었다.

호준은 서주(徐州)에 진을 치고 있었다. 때마침 엄동이어서 눈이 퍼부었다. 호준은 여러 장수들과 연석을 마련하고 흥겹게 놀고 있었는데, 홀연 강 위에 전선 30척이 나타났다는 보고가 날아들었다. 호준이 영채를 나와서 살펴보니 강변으로 다가드는 배 위에는 한 척에 겨우 백여 명밖에 없었다. 장중으로 돌아와서 호준이 여러 장수들에게 말했다.

"불과 3천 명 밖에 안 되는데 뭣이 두렵겠소!"

부장을 내보내서 초탐하게 하고, 여전히 술을 마셨다. 정봉은 배를 강 위에 한 일 자로 늘여놓자 부장들에게 말했다.

"대장부로 태어나서 공명을 세울 날은 바로 오늘이요!"

여러 군사들에게 갑옷과 투구를 벗고 장창대극(長鎗大戟)을 쓰지 않고 단지 단도만을 손에 잡도록 했다.

위군 병사들은 그것을 보고 웃음을 참지 못하며, 더군다나 아무 준비도 하지 않았다.

이때 연주포 소리가 세 번 울렸다. 정봉이 단도를 손에 들고 앞장서서 언덕 위로 껑충 뛰어오르니 여러 군사들도 단도를 뽑아들고 정봉을 따라 언덕으로 올라와서 위군의 영채로 쳐들어갔다.

위병은 미처 손을 쓸 틈이 없느지라, 한종은 장전(帳前)의 대극(大戟)을 뽑아 막아내려 했으나, 그때는 벌써 정봉의 칼이 가슴을 찔러 그대로 한칼에 땅바닥에 거꾸러지고 말았다.

환가가 왼쪽에서 뛰쳐나와 선뜻 창을 던져 정봉을 찌르려는 찰나에 정봉이 재빠르게 창자루를 움켜잡으니 환가는 창을 버리고 달아났다. 그러나 정봉이 던진 칼이 왼쪽 어깨에 꽂혀서 뒤로 나자빠지고 말았다. 정봉은 대뜸 달려들어 창으로 환가를 찔러 죽였다.

오병 3천 명은 영채 속에서 좌충우돌했고, 호준은 재빨리 말을 타고 길을 찾아 뺑소니를 쳤다. 위병들은 일제히 부교로 달려갔지만, 부교는 이미 끊어졌고, 태반이 강물에 떨어져 죽었다.

또 눈 쌓인 땅 위에 쓰러진 채로 죽어 버린 사람들도 부지기수였다. 거장(車丈)·마필(馬匹)·군기(軍器)는 모조리 오군에게 뺏겼다. 사마소·왕창·관구검도 동흥 싸움에 패했다는 것을 알자 군사를 수습해서 후퇴했다.

　제갈각은 군사를 거느리고 동흥에 이르러 배에서 내려 병사들을 위로해 주고 여러 장수들을 모아 놓고 말했다.

　"사마소가 싸움에 패하여 북쪽으로 돌아갔으니, 이 기세를 그대로 밀고 나가서, 중원을 공략해야겠소."

　한편 사람을 파견해서 촉나라로 서신을 보내어, 강유에게 군사를 일으켜 북쪽을 공격해 주면 천하를 똑같이 분배하겠다는 내용의 연락을 취하고, 또 한편으로는 대군 20만을 동원하여 중원을 토벌할 작정을 했다.

　막 떠나려고 하는데, 한 줄기 백기(白氣)가 땅속에서 뻗치더니 3군을 휘감아서 얼굴을 대하고도 누군지 알아볼 수가 없었다. 장연(蔣延)이 말했다.

　"이 백기는 흰 무지개로 군사를 상실할 징조이니 태부께서는 위나라를 토벌할 생각은 그만두시고, 조정으로 돌아가심이 좋겠습니다."

　이 말을 듣더니, 제갈각은 격분하여,

　"네 놈이 어찌 감히 이따위 불길한 소리를 해서 우리 군심을 흩뜨려 놓으려고 하느냐?"

　하며, 무사에게 목을 당장 베어 버리라고 호통을 쳤다. 여러 사람들이 목숨만은 살려 주라고 간곡히 말하니, 제갈각은 장연의 직위를 깎아서 서인으로 떨어뜨리고 나서 군사를 빨리 몰고 전진했다.

정봉이 말했다.

"위군은 신성(新城)을 가장 중요한 거점으로 삼고 있으니, 만약에 먼저 이 성만 점령할 수 있다면 사마소는 간담이 서늘해질 겁니다."

제갈각은 크게 기뻐하며 당장에 군사를 몰고 신성으로 곧장 쳐들어갔다. 성을 지키는 아문장군(牙門將軍) 장특(張特)은 오나라 병사가 몰려드는 것을 보자 문을 잠그고 단단히 버티었다. 제갈각은 사면에서 성을 포위해 버렸다. 이런 사실을 유성마(流星馬)가 재빨리 낙양으로 보고했다. 주부 우송(虞松)이 사마사에게 말했다.

"제갈각이 신성을 포위했다지만, 당장 싸울 필요도 없습니다. 오군의 병사들은 먼 곳에서 왔으니, 사람은 많고 식량은 적어서, 식량이 떨어지면 저절로 달아납니다. 그들이 달아나기를 기다려서 공격을 가하면 반드시 전승할 수 있습니다. 그러나 촉군의 병사가 변경을 침범할지도 모르니 방비하지 않을 수 없습니다."

사마사는 그 말이 옳다 생각하고, 사마소에게 명령하여 1군을 거느리고 곽회를 거들어서 강유를 막아내게 하고, 관구검·호준에게 오군의 병사를 막아내도록 했다.

한편 제갈각은 몇 달을 두고 신성을 공격했으나 도무지 함락시킬 수 없자, 여러 장수들에게 태만한 자는 목을 베겠다고 명령을 내렸다. 대장들이 있는 힘을 다하여 맹공을 가하니 성 동북쪽이 함락직전에서 위태해졌다.

장특은 성중에서 한 가지 계책을 생각해 냈다. 언변이 좋은 사람 하나를 시켜서 책적(冊籍)을 받들고 오군의 영채로 가서 제갈각을 만나보고 다음과 같이 말하게 했다.

"우리 위나라의 법으로는, 적군이 성을 포위했을 때, 수성장이 1백 일을 꿋꿋이 지켜 내도 구원병이 나타나지 않을 때에는 성문을 열고 나가 적군에게 항복하더라도 그 장수의 가족은 죄로 다스리지 않습니다. 이제 장군께서도 성을 포위하신 지 이미 90여 일이 되셨으니 며칠만 더 그대로 계신다면 우리 주장(主將)이 군민을 모조리 인솔하고 성 밖으로 나가서 투항 할 것입니다. 우선 책적을 올려 둡니다."

제갈각은 이 말을 그대로 믿었기 때문에, 군마를 걷어 들이고 성을 공격하지 않았다. 알고 보니 장특은 완병(緩兵)하는 계책을 써서, 오군의 병사를 속여서 물러나가게 하고, 성중의 집들을 헐어서 성벽의 파괴된 곳을 수축하고, 그것이 끝나자 또다시 성에 올라서서 호통을 치며 매도하는 것이었다.

"우리 성 안에는 아직도 반년을 먹을 만한 양식이 있다. 오나라 개 같은 놈들에게 항복할 까닭이 있느냐? 싸울 테면 얼마든지 싸워 보자!"

제갈각은 대로하여 군사를 몰고 성을 들이쳤다. 성 위에서는 화살이 빗발치듯 쏟아져 내려왔다. 화살 한 자루가 제갈각의 이마 위에 정통으로 꽂혔다. 그는 말 위에서 떨어지지 않을 수 없었다. 여러 장수들이 부축해서 영채로 돌아가니 금창(칼에 찔린 상처)까지 드러나서 병세가 가볍지 않았다. 군사들은 저마다 싸우고 싶은 마음은 없어지고, 또 날씨가 지독하게 더워서 병이 나는 군사가 많았다.

제갈각은 금창(金瘡)이 어느 정도 아물자, 군사를 몰고 다시 성을 공격하려고 했더니, 영리(營吏)가 말했다.

"모든 사람들이 병들어 있는데, 어떻게 싸움을 하실 작정이십니까?"

제갈각이 대로했다.

"두번 다시 병이니 뭐니 하는 놈은 목을 베어 버릴 테다."

여러 군사들 중에는 이 말을 듣고 도망쳐 버린 사람이 많았다.

홀연, 보고가 들어오는데, 도독 채림(蔡林)이 본부군을 거느리고 위군에 투항해 버렸다는 것이었다. 제갈각은 깜짝 놀라 친히 말을 타고 각 영을 순찰했더니, 과연 군사들의 얼굴이 누르스름하게 부었고 병색이 완연한 것을 보고 드디어 군사를 수습해 가지고 오나라로 돌아갔다.

이런 사실을 간첩이 재빨리 관구검에게 연락했다. 관구검이 곧바로 군사를 몰아 추격을 가하니, 오군의 병사들은 대패하여 돌아갔다.

제갈각은 심히 부끄럽게 생각하여, 병을 핑계하고 조정에 나오지 않았다. 오주 손양은 친히 그의 집으로 찾아가서 문안을 드렸고, 문무관료들도 모두 문병을 갔다. 제갈각은 사람들의 공론을 두려워하여 먼저 여러 관장(官將)들의 과실을 조사해 가지고 경한 자는 변방으로 쫓고, 중한 자는 목을 베어 여러 사람들 앞에 보였다.

내외 관료들이 공포에 떨지 않는 사람이 없었다. 제갈각은 또 심복의 장수 장약(張約)·주은(朱恩)에게 어림군을 통솔시켜 자기의 수족을 만들었다.

제갈각이 장약·주은에게 어림군의 통솔권을 맡기자, 손준(孫峻)이 자기의 권한이 박탈되었음을 알고 극도로 격분했다. 손준은 바로 손견(孫堅)의 아우 손정(孫靜)의 증손이오, 손공(孫恭)의 아들이었다.

마침내, 손준은 평소에 제갈각을 못마땅하게 여기고 있는 태상경(太常卿) 등윤(滕胤)과 결탁하여 천자에게 알리고 제갈각을 없애 버리자는 흉계를 꾸몄다. 손준과 등윤이 이런 의사를 밀주하고 제갈각이 전권(專權)으로써 공경을 살해하고 엉뚱한 야심을 품고 있다는 사실을 설명했더니, 오주 손양이 말했다.

"짐도 이 사람을 보면 무서워서 견딜 수 없소. 항시 그를 제거하고 싶었지만 그럴 기회가 없었소. 이제 경들이 과연 충의의 마음이 있다면, 아무도 모르게 처치해 주오."

등윤이 꾀를 내어 천자를 시켜서 제갈각을 주연에 초청하고, 무사들을 벽의(壁衣) 속에 매복시켜 두었다가 술잔을 집어 던지는 것을 신호로 그 자리에서 죽여 버리자는 것이었고, 손양도 쾌히 승낙했다.

제갈각은 병 핑계를 하고 집 안에 틀어박혀서 우울한 나날을 보내고 있었다. 하루는 우연히 중당(中堂)으로 나갔더니, 느닷없이 한 사람이 베옷(麻掛孝-거상)을 입고 들어섰다. 제갈각이 소리를 질러 꾸짖었더니 그 사람은 깜짝 놀라 어쩔 줄 몰랐다. 제갈각이 잡아들여서 고문을 해 봤더니, 그 사람의 말했다.

"소생은 부모님들께서 돌아가신 지 얼마 안 되어, 스님을 청하여 추천해 드리려고 성 안에 왔다가 이곳이 사원인 줄 알고 들어왔습니다. 태부님의 부중인 줄은 꿈에도 생각지 못했습니다. 어쩌다가 저도 여길 들어오게 됐는지 잘 모르겠습니다."

제갈각은 대로하여 문을 지키던 군사들과 그 사람을 당장에 참수형에 처해 버렸다.

그날 밤, 제갈각은 도무지 잠을 이룰 수 없었다. 홀연 정당(正堂) 안에서 벼락 치는 것 같은 소리가 들렸다. 제갈각이 나와서 살펴봤더니 대들보가 딱 부러져서 양쪽으로 흔들흔들하는 것이었다.

깜짝 놀라 침실로 돌아왔더니, 홀연 일진의 음풍이 일고 베옷을 입었던 사람과 문을 지켰던 군사 수십 명이 저마다 머리를 내밀고 목숨을 도로 돌려달라고 하는 것이었다.

제갈각은 얼이 다 빠져서 그 자리에 쓰러졌다가 한참만에야 정신을 차렸다. 이튿날 아침에 세수를 하려니까 물에서 피비린내가 나서, 시비를 불러 수십 번이나 물을 갈아 떠 오라고 했건만 그 피비린내는 없어지지 않았다.

제갈각이 놀랍기도 하고 이상하기도 해서 당황해하고 있을 때, 홀연 천자에게서 사신이 왔다 하여 주연에 나오라는 것이었다. 거장(車仗)을 준비하고 부(府)에서 나오려고 했을 때 누런 개 한 마리가 옷자락을 물고 짖어대는 품이 흡사 울고 있는 것 같았다. 제갈각이 격분했다.

"개까지도 사람을 알아보고 조롱하는구나!"

제갈각은 노발대발, 좌우에게 명령하여 개를 쫓아 버리고 부중을 나왔다. 몇 발자국을 가지도 않았는데, 수레 앞에서 한 줄기 흰 무지개가 비단발처럼 솟구쳐 오르더니, 하늘을 찌르고 사라져 버렸다. 제갈각이 이상하게 여기고 있을 때 심복 장수 장약(張約)이 군전(軍前)으로 나오며 살며시 했다.

"오늘 궁중에 연석을 베푼 것은 무슨 까닭이 있는 것 같으니 주공께서는 경솔히 나가시지 마십쇼."

제갈각은 이 말을 듣고 수레를 되돌려서 돌아오려고 했으나 그때 벌써 손준과 등윤이 말을 타고 수레 앞에 나타났다. 제갈각은 배가 아파서 못가겠다는 핑계까지 했으나, 결국 궁중으로 끌려가지 않을 도리가 없었다.

술이 몇 순배 돌아갔을 때, 오주 손양은 일이 있다는 핑계를 하고 먼저 자리를 떴다. 손준이 그 뒤를 따라서 전(殿)에서 내려가더니 긴 옷(長服)을 벗었는데, 단의(短衣) 속으로는 갑옷이 언뜻 보이며, 손에는 날카로운 칼을 잡고, 다시 뛰어 올라가 호통을 쳤다.

"천자께서 역적을 주살하라는 조명을 내리셨다!"

제갈각은 크게 놀라며 술잔을 땅에 던지고 칼을 뽑아서 대항하려고 했지만, 그때에는 벌써 그의 목이 먼저 땅바닥에 떨어져 버렸다. 제갈각의 심복 장수인 장약은 손준이 제갈각의 목을 베는 것을 보자 칼을 휘두르며 덤벼들었다. 그러나 손준이 재빨리 몸을 살짝 피해 버리니 칼끝은 겨우 그의 왼편 손가락을 스쳤을 뿐. 휙 몸을 다시 돌이키는 찰나에 번갯불처럼 내리치는 손준의 일도(一刀). 그것은 장약의 오른편 어깨를 보기 좋게 후려쳤다. 이때 또 일제히 덤벼드는 무사들이 처참하게 장약의 몸을 난도질해 버렸다.

손준은 제갈각의 가족을 잡아들이게 하고, 한편, 사람을 시켜서 장약과 제갈각의 시체를 돗자리에 싸서 초라한 수레에 실어 성 남문 밖 석자강(石子崗) 구질구질한 갱(坑) 속에 내버리게 했다.

한편, 제갈각의 아내는 마침 자기 방 안에서 심신이 어지러워서 좌불안석이었는데, 홀연 비녀(婢女) 하나가 방으로 들어오자 물어 보았다.

"너의 온 몸에서는 어째서 피비린내가 나느냐?"

그랬더니 그 비녀가 홀연 눈을 흘기고 이를 악물고 몸을 날려 머리를 대들보에 부딪치며,

"나는 제갈각이요. 간적 손준에게 살해당했소!"

하며, 소리를 지르는 것이었다.

제갈각의 집안 남녀노소들은 놀라고 겁이 나서 울부짖고 아우성을 쳤다.

얼마 후 군마가 대들더니 부제(府第)를 포위하고 온 집안의 남녀노소를 모조리 결박하여 시조(市曹)로 끌고 나가서 목을 베어버렸다. 때는 오나라 건흥 2년 겨울 10월이었다.

옛날에 제갈근이 생존해 있을 때, 제갈각이 겉으로 보기에만 총명한 체하는 것을 보고 한탄한 말이 있었다.

"애는 한 집안을 보전할 만한 주인 노릇을 못 하겠다!"

또 위나라의 광록대부(光祿大夫) 장집(張緝)도 일찍이 사마사에게 말한 적이 있었다.

"제갈각은 머지않아 죽을 것이오!"

사마사가 그 까닭을 물었더니, 그가 또 대답했다.

"위력을 주인보다 더 뽐내면 어찌 오래 갈 수 있겠소?"

이 말이 이때에 와서야 들어맞은 셈이다. 손준이 제갈각을 죽인 뒤에, 오주 손양은 손준을 승상·대장군·부춘후(富春侯)에 봉하여, 중외 모든 군사(軍事)를 총독하게 했으니, 이때부터 모든 권한은 손준에게 돌아갔다.

한편, 강유는 성도에서, 서로 도와서 위나라를 토벌하자는 제갈각의 편지를 받고, 입조하여 후주에게 아뢰고, 또다시 군사를 크게 동원하여 중원을 북벌하러 나섰다.

이야말로, 한 번 군사를 일으켜서도 공적을 나타내지 못하고, 두 번째 다시 적을 토벌하여 성공하자는 판이다.

109.
혈서의 비극

들통 난 황제의 혈서,
역신 사마사 앞에 무릎을 꿇은 황제는 궁 밖으로 내쫓기고…

因司馬漢將奇謀
廢曹芳魏家果報

촉한 연희(延熙) 16년(서기 253년) 가을, 장군 강유는 군사 20만을 동원하여 요화(廖化)·장익(張翼)을 좌우의 선봉, 하후패를 참모, 장의(張嶷)를 운량사(運糧使)로 정하고 대군이 양평관을 나와서 위나라를 토벌하러 나섰다.

강유가 하후패에게 말했다.

"지난번에 옹주를 공략했을 때에는 이기지 못하고 돌아왔는데, 이번에 우리가 또다시 나섰으니 저편에서도 반드시 대비하고 있을 텐데, 공은 무슨 고견이 있소?"

"농상의 여러 군 중에 남안(南安)만이 전량(錢糧)이 가장 풍부합니다. 먼저 그곳을 점령하면 본거지를 삼을 수 있을 것입니다. 지

509

난번에 이기지 못하고 돌아온 것은 강병이 도착하지 않았기 때문이었습니다. 이번에는 먼저 사람을 파견하여 농우(隴右)에서 강인을 만나게 한 다음, 군사를 석영(石營)으로 몰고 나가서 동정(董亭)에서부터 곧장 남안을 공략하면 됩니다."

강유가 크게 기뻐했다.

"공의 말이 아주 근사하오!"

강유는 한층 더 기뻐하며 극정(郤正)을 사신으로 내세워서 금주(金珠)와 촉금(蜀錦)을 주어 강(羌)으로 보내 강왕과 화의를 맺도록 했다. 강왕 미당(迷當)은 예물을 받자, 군사 5만을 동원하여 강장(羌將) 아하소과(俄何燒戈)에게 대선봉이 되어서 군사를 인솔하고 남안으로 가라고 명령했다.

위나라 좌장군 곽회는 이런 보고를 받자, 낙양으로 급보를 띄웠다. 사마사가 여러 장수들에게 물었다.

"누가 나가서 촉병과 대적하겠소?"

보국장군(輔國將軍) 서질(徐質)이 선뜻 대답했다.

"내가 나가고 싶소!"

사마사는 평소부터 서질이 남달리 용감함을 잘 아는터라, 마음속으로 크게 기뻐하면서 즉시 서질을 선봉으로, 사마소를 대도독으로 명하여 군사를 인솔하고 농서로 출발하게 했다.

군사들은 동정에 이르러 강유와 맞부딪치게 되었으며, 양군이 서로 대치하고 진을 쳤다.

서질은 개산대부(開山大斧)를 휘두르며 출마하여 도전했다. 촉군의 진영에서는 요화가 덤벼들었으나, 몇 합을 싸우지도 못하고 칼을 감추고 패하여 돌아서니, 장익이 그를 대신하여 말을 달려 창을 휘두르며 덤벼들었다.

그 역시 몇 합을 싸우지 못하고 패하여 진로로 들어가 버렸다. 서질이 군사를 몰고 무찔러 들어가니, 촉군의 군사들은 대패하여 30여 리나 후퇴했으며, 사마소도 군사를 수습했고 각각 영채를 철수했다.

강유가 하후패와 상의했다.

"서질은 매우 용감한 자요. 무슨 계책으로 붙잡으면 좋겠소?"

"내일은 이편에서부터 패한 체하고 매복(埋伏)하는 계책을 써서 이겨내면 되겠지요."

"사마소는 중달의 아들인데 병법을 모를 리가 있겠소? 지세(地勢)가 속기 쉬울 듯하다는 것을 알면 끌려오지 않을 게 뻔하오. 내 생각에는 위나라 병사들이 여러 번 우리의 양도를 끊었으니, 이제 우리도 그 계책을 그대로 한 번 더 써서 유인해 들이면 서질의 목을 벨 수 있을 것이오."

드디어 요화를 불러서 여차여차하라고 분부하고 또 장익을 불러서도 여차여차하라고 분부했다.

두 사람이 군사를 거느리고 나간 다음에 또 한편으로 군사들을 시켜서 길바닥에 철질려(鐵蒺藜)를 흩뜨려 놓고, 영채 밖으로는 녹각(鹿角-옛적 軍營의 방어물)을 꽂아서 오래 버텨 보겠다는 기세를 표시했다.

서질은 연일 군사를 인솔하여 도전했지만, 촉나라 병사들은 통 나오질 않았다. 초마(哨馬)가 사마소에게 보고했다.

"촉나라 병사들은 철롱산(鐵籠山) 뒤에서 목우(木牛)·유마(流馬)로 양식을 운반해서 오래 버틸 계책을 세우고 강병이 도착하기만 기다리고 있습니다."

사마소가 서질을 불러서 말했다.

"예전에 촉군을 이겨 낸 것은 그들의 양도를 끊었기 때문이었소. 이제 촉병들은 철롱산 뒤에서 군량을 운반하고 있으니, 그대는 오늘밤에 군사 5천 명을 인솔하고 그들의 양도를 끊으시오. 그렇게 하면 그들은 스스로 물러갈 것이요."

서질이 명령을 받고 밤 초경쯤 되어서 군사를 거느리고 철롱산으로 가 보니 과연 촉나라 병사 백여 명이 백여 필의 목우 유마에다 양식을 싣고 가는 것이었다.

위나라 군사들이 고함을 지르며 달려들고 서질이 앞장을 서서 가로막으니, 촉나라 병사들은 양식을 모조리 버리고 달아났다.

서질은 군사를 절반으로 나누어서 양식을 압송하여 영채로 돌아가게 하고, 친히 군사의 절반을 거느리고 촉나라 병사들을 추격했다. 10리도 추격하지 못했을 때, 앞에서 거장(車仗)이 앞길을 가로질러 버렸다.

서질은 군사들에게 명령하여 말을 내려서 그 거장을 옆으로 비켜 놓도록 했다. 이때, 홀연 양쪽에서 불길이 치밀어 올랐다. 서질은 급히 말을 타고 돌아가려고 했다. 그런데 뒤쪽 산골짜기 좁은 길에도 역시 거장이 가로막고 있으며, 불길이 충천하고 있었다.

서질은 연기를 무릅쓰고 불 속을 뚫고 말을 달려 빠져 나오려고 했다. 그러나 포성이 한 번 일어나더니 양로군(兩路軍)이 달려드는데, 왼쪽에서는 요화, 오른쪽에서는 장익이 노도처럼 쇄도하니, 위병은 대패했고, 서질은 결사적으로 몸을 뛰어서 뺑소니를 쳤으니, 사람과 말이 똑같이 지칠 대로 지쳐 버렸다.

정신없이 달아나고 있는데, 앞에서 또 1군의 병사가 달려들었다. 앞장을 선 장수가 일창(一鎗)으로 서질이 타고 있는 말을 찔러 버리니, 말 아래로 나둥그러 떨어지는 서질을 여러 병사들이 달려들어 난도질을 해서 죽였다.

이때 한편에서는 서질이 양식을 운반시킨 일부 군사들도 하후패에게 습격을 당하여 항복했고, 하후패는 그들의 말과 갑옷을 모조리 빼앗아서 촉나라 병사들에게 입히고 말을 태워 가지고 위군의 기치를 앞장세우고 샛길을 찾아서 위군의 영채로 쳐들어갔다. 위나라 병사들이 자기 편 군사들인 줄 알고 영문을 열어 주니, 촉나라 군사들은 영채 안으로 뛰어들어 마구 무찔렀다.

사마소가 대경실색하여 황망히 말을 잡아타고 달아날 때, 앞에서 요화가 덤벼드니 앞으로도 나갈 수 없어 급히 뒤로 물러섰다. 그때, 뒤에서는 또 강유가 군사를 몰고 샛길로 습격해 나왔다.

사마소는 사방을 휘둘러보아도 달아날 길이 없었다. 수하의 병사를 거느리고 철롱산으로 달아나서 버티어 보는 수밖에 없었다. 그런데 이 산은 오직 한 갈래 길이 있을 뿐, 사면이 험준하여 기어 올라갈 수도 없었으며 산에는 단지 한 군데 샘물이 있는데, 그것도 백 사람이 마실 수 있을 정도의 물밖에 안 되었다. 이때 사마소는 수하에 6천 명을 거느리고 있었는데, 강유에게 길을 막혀 버렸으니, 산 위의 샘물만을 가지고는 인마가 갈증을 면할 수 없었다. 사마소는 하늘을 우러러 장탄식했다.

"나도 여기서 죽는 수밖에 없구나!"

이때 주부 왕도(王韜)가 말하기를,

"옛적에 후한(後漢)의 무장(武將) 경공(耿恭)이 흉노에게 포위를 당했을 때, 우물을 파도 물이 나오지 않아서, 의관을 정제하고 우물에 절하고 물을 빌었더니 감천(甘泉)을 얻었다 합니다. 장군께서도 한번 그렇게 해 보심이 어떻겠습니까?"

사마소가 왕도의 말대로 산꼭대기에 올라가 샘물가에서 재배하고 물을 빌었더니 과연 샘물이 용솟음쳐 나와서 아무리 퍼내도 끝이 없으니 다행히 사람과 말이 죽음을 면할 수 있었다.

한편, 강유는 산 아래서 위병을 포위하고 여러 장수들에게 말했다.

"전에 승상께서 사방곡(土方谷)에서 사마의를 잡지 못하신 것을 나는 심히 유감으로 생각했었소. 이제야말로 사마소는 내게 붙잡히고 말 것이오."

또 한편, 곽회는 사마소가 철롱산에 포위당해 있다는 소식을 알고 군사를 거느리고 구출하러 가려고 했는데, 진태(陳泰)가 말했다.

"강유는 강병과 힘을 합쳐서 먼저 남안을 점령하려고 합니다. 이제 장군께서 이곳 군사를 철수해 가지고 구출하러 가신다면, 강병은 반드시 허를 노려서 우리의 후방을 습격할 것입니다. 그러니 먼저 사람을 보내셔서 강인에게 거짓 투항을 시키시고 그 중간에서 일을 꾸며서 강병만 물리칠 수 있다면 철롱산의 포위망을 풀어 버릴 수 있습니다."

곽회는 그 말대로 진태에게 명령하여 군사 5천 명을 거느리고 강왕(羌王)의 진지로 가서 갑옷을 벗고 눈물을 흘리며 항복했다.

"곽회는 자존망대(自尊妄大)하여 항시 소생을 죽일 마음을 먹고 있어서 투항해 왔습니다. 곽회의 군중의 허실은 소생이 샅샅이 알고 있사오니 오늘 밤에 1군을 인솔하시고 그들의 영채를 습격하시면 성공하실 수 있을 것이며, 군사들이 위군의 영채에 도착만 되면, 저편에서도 내통하기로 돼 있습니다."

미당대왕(迷當大王)은 크게 기뻐하여 드디어 아하소과에게 명령하여 진태와 함께 위군의 진지를 습격하라고 했다. 아하소과는 진태 수하의 병사들을 후군으로 돌리고, 진태에게 강병을 딸려서 전부(前部)에 나서게 했다.

그날 밤 2경쯤 되어서 위군의 영채로 쳐들어가니 영채 문이 활짝 열려서, 진태가 단기로 앞장서서 들어갔다. 아하소과가 말을 달려 창을 휘두르며 진태의 뒤를 따라 들어서려고 했을 때, 앗! 하는 외마디 소리와 함께 그는 말을 탄 채 함정 속으로 빠져 버리고 말았다.

이때 진태가 뒤로부터 곽회가 왼쪽에서부터 무찌르고 덤벼드니 강병들은 일대 혼란을 일으키고 저희들끼리 서로 짓밟고 디디고 해서 죽은 자의 수효가 이루 헤아릴 수 없었다. 살아서 남은 자들도 모조리 항복했고, 아하소과도 제 목을 제 손으로 찔러서 죽어 버리고 말았다.

곽화와 진태는 곧바로 강인의 영채를 습격하여 미당대왕을 산 채로 잡는 데 성공했다. 그리고 그를 설복하여 철롱산의 포위망을 풀어 버리는데 앞장서서 촉군의 병사를 물리쳐 공을 세워 주면 천자께 주준하여 후사(厚賜)가 있도록 해주겠다고 꾀었다.

그러나 강유는 이런 사실은 꿈에도 생각지 못하고 강병이 온다는 소식을 듣고 기뻐하며 만나보기로 하고 영채 밖에서 기다리고 있으라고 했다. 군장(軍帳) 앞으로 미당대왕이 인솔하고 간

강병 가운데는 위군의 병사들이 가장을 하고 섞여 있었음은 두 말할 것도 없었다.

강유와 하후패가 그들을 영접하러 나왔을 때, 위군의 장수들은 미당대왕이 입을 열기도 전에 뒤에서부터 강유에게 덤벼들었다.

크게 놀란 강유, 재빨리 말을 잡아타고 뺑소니를 치니 촉군의 병사는 뿔뿔이 흩어져 버렸고, 산 속으로 도주하려는 강유를 곽회가 맹렬히 추격했다.

강유는 몸에 아무런 무기도 지닌 게 없었다. 활을 차기는 했으나, 그것도 어찌나 당황해 도주했던지 화살이라곤 한 자루도 없이 땅에 떨어져 버렸고, 허리에 차고 있는 것은 빈 활집뿐이었다.

곽회의 추격해 오는 거리가 점점 가까워지자 강유는 하는 수 없이 화살도 없는 활을 10여 차례나 쏴댔다. 곽회는 그럴 적마다 화살이 날아들까 겁이 나서 몇 번인지 말 위에서 몸을 옴츠러뜨리고 피해 봤다. 그러나 날아드는 화살이 있을 리 없었다. 강유에게 화살이 없다는 것을 알아챈 곽회는 용기를 얻어서 정말 활을 재어서 강유를 겨누고 쏘았다.

날아드는 곽회의 화살을 날쌔게 손으로 움켜잡은 강유, 그 화살을 자기 활에다 재어서 곽회가 접근해 오기를 기다렸다가 보기 좋게 곽회의 얼굴을 정통으로 겨누고 쏘았더니, 곽회는 마침내 말 위에서 떨어져 버렸다.

강유가 말을 몰고 달려들어서 곽회를 깨끗이 처치해 버리려고 하는데 위군의 병사들이 우르르 몰려드는 바람에 그 이상 손을 댈 겨를이 없어 곽회의 창만 빼앗아 가지고 뺑소니를 쳤다.

위군의 병사들은 곽회를 구출해 가지고 시급히 영채로 돌아가서 활촉을 뽑고 살려보려고 애썼으나, 심한 출혈을 막아 낼 도리가 없어 그대로 절명했다.

사마소도 산에서 내려와 추격을 해봤으나 도중에서 단념하고 되돌아서 버렸으며, 하후패는 나중에 강유를 쫓아서 함께 도주하게 됐다.

강유는 수많은 병사를 잃고 싸움에 패해서 한중으로 돌아오기는 했지만, 따지고 보면 곽회와 서질을 죽여서 위나라의 위력을 꺾어 버렸으니, 그 공로로써 죄를 보충할 수 있다고 해야 할 것이다.

사마소는 강병(羌兵)들의 수고를 위로해 주어서 돌려 보내고 낙양(洛陽)으로 돌아온 뒤부터는 그의 형 사마사와 함께 조정의 권리를 전제(專制)하니 여러 신하들이 복종하지 않을 도리가 없었다.

사마소는 칼을 차고 위주 앞에 나타나기 예사요, 여러 신하들이 국사를 의논하면 사마사가 제멋대로 중단시켜 버리기가 일쑤였다. 사마사가 천자 앞에서도 거침없이 수레를 타고 조정에서 물러나갈 때면 그를 경호하는 인마가 수천이요, 위주 조방이 후전(後殿)으로 들어가 보면, 언제나 그를 따르는 사람은 겨우 세 사람. 즉 태상경(太常卿) 하후현(夏侯玄), 중서령(中書令) 이풍(李豊), 광록대부(光祿大夫) 장집(張緝) 뿐이었다.

하루는 조방이 근시들을 물리치고 이 세 사람들과 밀실로 들어가서 상의를 했다. 장집이란 바로 장황후(張皇后)의 부친으로서 조방의 황장(皇丈)이었다. 조방은 장집의 손을 잡고 울면서 말했다.

"사마사는 짐을 어린아이처럼 여기고 백관을 초개같이 아니, 사직이 조만간이 저의 수중에 들어가고 말 것이요."

이 말을 듣고 세 사람은 나라를 어지럽히는 간적의 무리들을 그대로 앉아서만 바라다보고 있을 수는 없었다. 세 사람은 그 자리에서 눈물을 흘리며 맹세했다.

"신 등이 맹세코 합심합력 국적을 토벌하여 폐하의 은혜에 보답하고자 합니다."

조방도 용봉 한삼(龍鳳汗衫)을 벗어서 손가락을 깨물어 혈조(血詔)를 써서 장집에게 주며 당부했다.

"짐의 태조(太祖) 무황제(武皇帝)께서 동승을 주살하신 것은 그 일이 비밀을 지키지 못했던 탓이었소. 경들도 모름지기 조심하여 밖에 누설됨이 없도록 해주시오."

세 사람이 밀실에서 물러나와 동화문(東華門) 왼쪽까지 왔을 때, 공교롭게도 사마사는 칼을 찬 채 종자 수백 명이 모두 병기를 지니고 달려오고 있었다.

눈치 빠른 사마사는 세 사람을 붙잡고 어디서 뭣을 하고 오느냐고 힐문했다. 세 사람은 적당히 꾸며대어서 어물어물 대답을 했다. 사마사는 껄껄대고 냉소를 터뜨리더니 별안간 분노에 가득 찬 얼굴로 호통을 쳤다.

"세 놈들은 얼마 전에 천자와 밀실에서 무슨 이야기들을 하고 눈물을 흘리고 있었느냐?"

"저희들은 그런 일은 전혀 모릅니다."

"모른다고? 왜 네 놈들의 눈자위가 시뻘겋게 부었느냐 말이다! 그래도 시치미를 뗄 작정이냐?"

하후현은 이미 일이 탄로 났음을 알고 큰 목소리로 호통을 쳤다.

"우리들이 눈물을 흘리고 운 것은, 네놈이 천자를 권세로써 누르려 하고 찬역(簒逆)을 꾀하고 있기 때문이다."

격분한 사마사는 무사들에게 호통을 쳐서 하후현을 당장에 붙잡으라고 했다. 하후현은 팔을 걷어 올리고 주먹다짐으로 사마사와 대결해 보려고 했지만, 덤벼드는 무사들에게 가로막혀 붙잡혔다.

사마사가 세 사람의 몸을 검사하여 보았더니 그 속에서 천자의 속옷이 나왔는데, 거기에서 혈서가 적혀 있었고, 그것을 좌우 사람들이 사마사에게 바쳤다. 그것은 말할 것도 없이 위주 조방의 밀조였고, 거기에는 '사마사 형제가 대권을 공지(共持)하고 찬역을 도모하고 있으니 각부 관병장사(各部官兵將士)들은 다같이 충의에 입각하여 적신(賊臣)을 토벌하고 사직을 바로잡아 구하라'고 적혀 있었다.

사마사는 그것을 다 보고 나더니 벌컥 화를 내며,

"알고 보니 네놈들은 우리 형제를 모해하려고 했구나! 도저히 용서할 수 없다."

하며, 세 사람을 저자에 끌어내어 허리를 베어 죽이고 그 삼족을 멸하라고 했다. 세 사람은 입이 마르도록 매도했으며, 동시(東市)까지 끌려갔을 때에는 심히 매를 맞아 이가 모조리 부러졌는데도 끝까지 알아들을 수도 없는 소리로 욕설을 퍼붓더니 절명했다. 사마사는 그 길로 곧장 후궁으로 달려갔다. 후주 조방은 마침 장황후와 이 일을 상의하고 있었다.

"내정에는 이목이 많으니 만약에 일이 누설되면 반드시 첩에게도 누가 닥쳐올 것입니다."

장황후가 이렇게 말하고 있을 때, 홀연 사마사가 뛰어들어오니 황후는 깜짝 놀랐다. 사마사는 칼을 한 손에 움켜잡으며 조방에게 말했다.

"신의 부친이 폐하를 인군으로 세우셨으니 그 공덕이 주공(周公)에 질 바가 없습니다. 신이 폐하를 섬김에 이윤(伊尹)이나 무엇이 다른 바 있겠습니까? 이제 도리어 은혜를 원수로 삼으시고 공로를 과실로 삼으셔서, 하잘 것 없는 소신들과 더불어 우리 형제를 모해하려 하심은 무슨 까닭입니까?"

조방은 그런 일이 없다고 부인했지만, 사마사는 소맷자락 속에서 조방의 속옷을 내놓으면서 소리를 질렀다.

"이것은 누가 쓴 것인가요?"

조방은 혼비백산하여 사마사 앞에 무릎을 꿇었다.

"짐의 잘못이었소! 대장군은 용서해 주기 바라오!"

"폐하께서는 일어나십시오! 국법이란 아무렇게나 폐기할 수는 없는 것이니까요!"

사마사는 장황후를 손으로 가리켰다.

"이분은 장집의 딸이니 살려 둘 수 없습니다."

조방은 방성통곡을 하면서 목숨만은 살려 달라고 애걸했으나 사마사가 그 말을 받아들일 리 없었다.

좌우 사람에게 호통을 해서 장황후를 동화문으로 끌어내 가지고 흰 비단으로 목 졸라 죽였다.

그 이튿날 사마사는 군신을 일당에 모아 놓고, 천자가 황음무도(荒淫無道)하고 참언(讒言)을 듣고 어진 사람의 길을 막으니 능히 천하를 주장하지 못하겠다면서 따로 새 임금을 세워 사직을 보존하고 천하를 안정시켜야겠다고 하며, 의견을 물으니 감히 반대할 관료들이 있을 리 없었다.

사마사는 일동을 거느리고 영녕궁(永寧宮)으로 가서 이런 뜻을 태후에게 알렸다.

　태후가 물었다.

　"대장군은 누구를 인군으로 세우려 하시오?"

　"신이 보건대 팽성왕(彭城王) 조거(曹據)가 총명하고 어질고 효성스러우니 천하의 주인이 될 수 있다고 생각합니다."

　"팽성왕은 바로 이 노신(老身)의 숙부요. 그를 인군으로 세운다면 내가 어떻게 그를 대해야 옳을지 모르겠소. 이제 또 한 사람 고귀향공(高貴鄕公) 조모(曹髦)가 있는데, 그는 바로 문황제(文皇帝)의 손자로 공손하고 온건한 사람이니 가히 인군으로 세울 만하다 생각하오. 경등 대신이 앞일을 잘 생각하고 상의해 보시오."

　"태후의 말씀이 지당하오. 그분을 세우기로 하십시다."

　이렇게 말하며 나서는 사람은 사마사의 종숙인 사마부(司馬孚)였다. 이리하여 사마사는 고귀향공 조모를 영접해 오도록 하고, 태후를 태극전(太極殿)에 내보내어 조방을 문책시켜서 옥새를 내놓고 당장 궁중을 떠나서 두 번 다시 허락 없이 출입하지 못하도록 했다.

　조방은 눈물을 흘리면서 태후와 작별하고 옥새를 내놓자 방성통곡하며 수레에 올라 궁문을 나섰다. 눈물을 흘리며 그를 전송하는 충의지신(忠義之臣)은 불과 몇 명에 지나지 못했다.

　고귀향공 조모는 자가 언사(彦士)로, 문제(文帝)의 손자요, 동해 정왕(東海定王) 임(霖)의 아들이었다. 그날 사마사가 태후의 명을 가지고 이르니, 문무관원들이 난가(鑾駕)를 마련해 가지고 남액문(南掖門) 밖까지 나와서 영접했다.

조모가 황망히 답례를 하는데, 태위 왕숙(王肅)이,

"주상께서는 답례하실 것 없습니다."

하자 조모가 말했다.

"나도 또한 일개 인신(人臣)으로서 어찌 답례를 하지 않으리까?"

사실 영문도 모르는 인군의 감투를 쓰게 된 조모는 백관들이 수레에 오르라는 것도 거절하고 도보로 태극전 동당(東堂)까지 갔다. 조모는 땅에 엎드려서 머리가 땅에 닿도록 절을 했다.

사마사가 부축하여 일으키며 태후에게 알현하게 하니, 조모는 그제야 인군의 자리를 계승해 달라는 명령을 듣고 깜짝 놀라서 재삼 사퇴했다. 그러나 무슨 일에나 제멋대로 하는 사마사는 문무백관에게 명령하여 조모를 태극전에 등전(登殿)시키게 하고, 드디어 그날로 그를 신군으로 내세웠다.

그리고 가평 6년을 정원 원년(正元元年)으로 고치고 천하에 대사령(大赦令)을 내렸고, 대장군 사마사에게 황금도끼를 내렸으며, 입조하는데도 제멋대로 걸어 다닐 수 있으며, 일을 아뢸 때도 성명을 말할 필요가 없고, 언제나 칼을 차고 궁전에 나올 수 있는 특권을 부여했다. 그리고 문무백관에게도 각각 봉사(封賜)가 있었다.

정원 2년, 봄 정월.

염탐꾼이 비보를 전달했는데, 진동장군(鎭東將軍) 관구검과 양주자사 문흠이 사마사가 제멋대로 천자를 폐해 버렸다는 구실로 군사를 일으켜 가지고 쳐들어온다는 것이었다.

사마사는 이 소문을 듣자 깜짝 놀랐다.

이야말로 한나라 신하들에게는 일찍이 근왕(勤王)의 뜻이 있었는데, 이제 또다시 위나라 장수들이 적을 토벌할 군사를 일으키는 셈이다.

110.
혹이 터져 죽은 사람

사마사는 동생 사마소를 불러 유언을 하고
혹이 터지자 숨을 거두었다

文鴦單騎退雄兵
姜維背水破大敵

위나라 정원 2년 정월. 양주의 자사요 진동장군이며 회남(淮南)의 군마를 영솔(領率)하는 관구검은 사마사가 제멋대로 폐립의 일을 해치웠다는 소식을 듣자 마음속으로 분노를 금치 못했다.

그의 맏아들 관구전(毌丘甸)은 부친의 분노에 불을 붙였다. 사마사가 제멋대로 인군을 폐하고 국가를 누란(累卵)의 위기에 빠뜨렸는데, 어찌 그 꼴을 그대로 보고만 있을 수 있겠느냐는 것이었다.

아들의 말이 지당하다고 생각한 관구검은 즉시 자사 문흠을 불러서 상의했다. 문흠은 조상(曹爽)의 문하객(門下客)이었는데, 관구검이 눈물을 흘리며 사마사 때문에 천하가 어지러워진 사정을 호소하니, 그 자리에서 힘이 되어 주겠다고 쾌히 승낙했으며, 그의 둘째아들 문숙(文淑-小字는 阿鴦)은 만부부당의 용맹을 지니고 있으며 평소부터 사마사를 죽여서 조상의 원수를 갚고자 하는 터이니, 선봉으로 내세우면 좋겠다고 말했다.

관구검과 문흠은 서로 용기를 얻어서 태후에게서 밀조가 내렸다 거짓으로 말하고, 회남의 관리 장병을 모조리 수춘성(壽春城)에 집합시켜 놓고, 대역무도한 사마사를 토벌하기 위해서 의병을 일으켜야겠다고 선언했다.

이리하여, 관구검은 6만의 군사를 거느리고 항성(項城)에 주둔하고, 문흠은 2만 명의 군사를 인솔하고 밖으로 돌며 유격병(遊擊兵)의 임무를 맡았다. 또, 관구검은 여러 군으로 격문을 날려서 각각 싸움을 거들도록 명령했다.

한편 사마사는 왼쪽 눈에 혹이 생겨서 때 없이 아프고 가려워서 견딜 수 없자 의사에게 명령해서 그 혹을 째고, 약을 발라서 눈을 가리고 연일 부중에서 쉬고 있던 중이었다.

홀연 회남의 사태가 급박하다는 소식이 들려왔다. 그는 곧 태위 왕숙을 불러서 상의하니 왕숙의 말이 회남 장사들의 가속이 모두 중원에 있으니 그들을 잘 돌봐 주고, 한편 군사를 동원해서 귀로를 차단해 버리면 그들은 우수수 흩어져 버리고 말리라는 것이었다.

사마사는 그것이 좋은 계책이라고는 생각했지만, 혹을 쨴 지 얼마 되지도 않아서 친히 출마하기도 어렵고, 그렇다고 해서 다른 사람을 내세우면 믿음직하지 못해서 어찌 해야 좋을지 망설이고 있었다.

이때 옆에 있던 중서시랑(中西侍郎) 종회(鐘會)가 말했다.

"회초(淮楚)의 군사는 강하고 그 예봉(銳鋒)이 만만치 않습니다. 다른 사람에게 군사를 주어서 격퇴시킨다는 것은 매우 불리한 점이 많습니다. 만약에 실수를 한다면 대사를 망쳐 버리게 될 것입니다."

사마사는 선뜻 일어섰다.

"역시 내가 친히 나서지 않으면 적을 격파할 수는 없을 것이오."

그는 아우 사마소를 남겨 두어 낙양을 지키면서 조정의 정사를 총섭하게 하고 자신은 연여(軟輿)에 몸을 싣고 병도 무릅쓰고 동행(東行)하기로 했다. 또 진동장군 제갈탄(諸葛誕)에게 명령하여 예주(豫州)의 모든 군을 총독해서 안풍진(安風津)에서부터 수춘을 공략하게 했으며, 정동장군 호준에게 명령하여 청주(靑州)의 모든 군을 거느리고 초송(譙宋) 땅으로 나가서 적군의 귀로를 끊으라고 했다. 그리고 예주 자사(豫州刺史)요 감군(監軍)인 왕기(王基)를 시켜서 전부병(前部兵)을 인솔하고 먼저 진남(鎭南) 땅을 공략하도록 했다.

사마사는 대군을 인솔하고 양양에 주둔하면서 문무제관을 장

하에 모아 놓고 상의했다. 광록훈(光祿勳) 정포(鄭褒)가 말하기를,

"관구검은 꾀가 있으나 결단성이 없고, 문흠은 용기는 있지만 지혜가 없습니다. 대장을 시키셔서 불의의 습격을 감행하시려면, 강회(江淮)의 병사들의 예기가 왕성하니 호락호락히 여겨서는 안 됩니다. 구(溝)를 깊게 파고 보루를 높이 쌓아 지키면서 그들의 예기가 꺾어지기를 기다리는 지구책이 좋을까 합니다."

감군 왕기는 그 의견에 반대했다.

"안 됩니다. 이번에 회남이 모반한 것은 군민들이 반란을 생각한 게 아니고 모두가 관구검의 세력 때문에 어쩔 수 없이 끌려든 것입니다. 만약에 대군이 한번 나서기만 하면 당장에 와해되고 말 것입니다."

사마사는 이 의견에 찬성하고 은수 근방으로 진병(進兵)시키고, 중군(中軍)을 은교에다 주둔시켰으며, 왕기에게 명령하여 전부병을 남돈성(南頓城) 아래에 진을 치게 했다.

한편, 관구검은 항성에서 사마사가 친히 출전했다는 소식을 듣자, 여러 부하를 모아 놓고 상의했더니, 선봉 갈옹(葛雍)이 말했다.

"남돈 땅은 산과 강을 끼고 있어 둔병하기에 가장 좋은 지점입니다. 만약에 위병이 먼저 이곳을 점령한다면 몰아내기 힘이 들 것이니 속히 이곳을 점령해야겠습니다."

관구검은 그 말대로 군사를 몰고 남돈으로 달렸다. 진군을 하고 있을 때, 앞에서부터 전령이 보고하기를, 남돈에 이미 인마가 진을 치고 있다는 것이었다. 관구검이 선두에 나서서 달려가 보니 그 말이 틀림없었다. 중군으로 돌아온 관구검이 어찌 해야 좋을지 몰라서 망설이고 있는데 홀연 초마가 비보를 전하는데 동오의 손준(孫峻)이 군사를 몰고 강을 건너서 수춘으로 습격해 온다는 것이었다.

"수춘을 빼앗긴다면 우리는 어디로 돌아갈 것인가?"

관구검은 대경실색, 그날 밤으로 군사를 항성으로 철수시켰다.

사마사는 관구검이 군사를 철수시키는 것을 보자 여러 관원들을 모아 놓고 상의했다. 상서 부하가 말했다.

"관구검이 군사를 철수시킨 것은, 오군에게 수춘을 습격당할까 겁이 났기 때문이지만, 반드시 항성으로 되돌아와서 군사를 나누어서 막아내려 들 겁니다. 이제부터 1군은 낙가성(樂嘉城)을 공략하게 하고, 또 1군은 항성을, 다른 1군은 수춘을 공략하게 하면 회남의 군사들은 반드시 물러나가고 말 것입니다. 연주 자사 등애는 지모가 뛰어난 인물이니, 그를 시켜서 낙가를 공략하게 하고, 다시 중병(重兵)으로 뒤를 받쳐 주면 적을 격파하기는 어렵지 않습니다."

사마사는 그 말대로 즉각에 등애에게 연주의 병사를 동원하여 낙가성을 격파하라고 명령하고, 자기도 뒤따라 군사를 거느리고 가서 합세하기로 했다.

관구검은 적군이 쳐들어올까봐 겁이 나서 수시로 사람을 보내서 낙가성의 동정만 탐지하고 있었는데, 문흠과 상의를 하니, 문흠은 자신만만하게 큰 소리를 치면서 나섰다. 5천기만 준다면 아들 문앙(文鴦)과 함께 낙가성을 문제없이 지켜 내겠다는 것이었다. 관구검도 기뻐했으며, 문흠 부자는 즉시로 5천기를 거느리고 낙가성으로 달려갔다.

이때, 전군에서 보고가 들어오는데, 적군의 진지에는 사마사가 친히 나와 있는 것이 틀림없기는 하나, 아직도 진세가 정돈되어 있지 않다는 것이었다.

이때 문앙은 채찍을 손에 잡고 부친 옆에 서 있었는데 이런 보고를 듣더니 용기를 내어서 부친 문흠에게 작전계획을 제공했다.

"오늘 날이 저물 무렵 아버지께서는 2,500명을 거느리고 성 남쪽에서 쳐들어가십시오. 저는 2,500명을 거느리고, 성 북쪽에서 쳐들어가겠습니다. 3경쯤 되어서 위군의 영채에서 만나 뵙도록 하겠습니다."

문흠은 아들의 말대로 군사를 두 길로 나누었다.

이 문앙으로 말하면 나이 겨우 18세. 신장이 8척. 전신에 무장을 든든히 하고 허리에는 구리 채찍을 찼으며, 여유작작하게 창을 손에 잡고 말에 올라 멀리 위군의 영채를 바라보며 앞으로 나갔다.

　이날 밤, 사마사의 군사는 낙가에 도착하여 즉시 영채를 마련했는데, 기다리는 등애는 도착되지 않았다. 사마사는 눈 아래 붙은 혹을 쨴 지 얼마 안 되는데, 어찌나 아픈지 장중에 누워 있었으며, 수백 명의 갑사(甲士)들을 시켜서 주변을 호위하게 했다. 그런데 밤이 3경쯤 되어서 홀연 영채 안에서 고함소리가 요란하게 일어나고 인마가 일대 혼란을 일으켰다.

　사마사가 물어 보니 1군이 영채 북쪽에서부터 포위망을 무찌르고 쳐들어오는데 선두에 나선 장사는 어찌나 용맹한지 당해낼 도리가 없다는 것이었다.

　사마사는 깜짝 놀라고 울화가 불길처럼 치밀어서 눈알이 혹을 쨴 상처로부터 튀어나와서 피가 흘러 땅을 물들일 지경으로 그 아픔은 이루 말할 수가 없었다. 그러나 군심이 어지러워질까 두려워서 이불자락을 입으로 깨물며 억지로 참느라고 이불 한 채가 조각조각이 나 버렸다.

　문앙의 군마는 무인지경을 헤치듯 좌충우돌하며 영채 안을 무찌르고 돌아다녔다. 그러나 감히 가로막는 자가 없고, 몇 번이나 본채를 습격하려고 했지만 저편에서 활과 쇠뇌를 쏴 대니 도로 후퇴하곤 했는데, 부친 문흠이 나타나기만 고대하고 있었으나 도무지 도착하는 기색이 없었다.

　날이 밝아올 무렵에 북쪽에서 고각소리가 하늘을 찌를 듯이 울려 왔다. 문앙은 이상한 생각이 들었다.

'아버지께서는 남쪽에서 오실 텐데 어쩌서 북쪽에서부터 오실까?'

문앙이 확인해 보려고 말을 달려 나갔더니 저편에서 달려오는 1군의 선두에 선 대장은 바로 등애였다.

"역적놈아! 옴쭉 말고 게 있거라!"

등애가 호통을 치니, 문앙도 격분하여 창을 휘두르며 덤벼들었다. 50여 합을 싸웠는데도 승부가 나지 않았다. 그때 위군이 노도처럼 몰려들어 문앙의 부하들은 뿔뿔이 흩어져 버렸고, 문앙 자신도 간신히 적군을 돌파하고 남쪽으로 뺑소니를 쳐 버렸다.

위군의 대장 백여 명이 맹렬히 문앙의 뒤를 추격하여 낙가교 근처까지 이르렀을 때, 대담무쌍한 문앙은 별안간 말머리를 홱 돌리더니 그 많은 대장들 틈으로 혼자서 돌격을 감행, 백여 명의 장수들을 쫓아 버리고 또다시 유유히 성을 향하여 말을 달렸다. 위군의 대장들은 서로 얼굴을 쳐다보며 감탄하여 마지않았다.

"우리가 이렇게 수효가 많은데, 이놈이 감히 혼자서 물리치다니! 우리도 있는 힘을 다해서 쫓아가야 되겠다."

이리하여 위군의 대장들은 몇 번이나 문앙을 추격했지만, 문앙은 번번이 용감무쌍하게 혼자서 이들을 격퇴해 버렸다.

문앙의 부친 문흠은 산길을 잘못 들어서서 길을 찾지 못하고 헤매다가 산골짜기를 빠져 나왔을 때에는 날이 훤히 밝아 왔는데, 위군이 크게 승리했음을 알자 그대로 싸울 생각도 없이 되돌아서려고 했다. 그런데 위군의 병사들이 또 추격해 오자, 수춘을 향해서 도주하는 도리밖에 없었다.

이때, 위군의 전중교위(殿中校尉) 윤대목은 조상의 심복으로, 조상이 사마의에게 몰살당한 후, 사마사를 섬기고 있기는 했지만, 언제나 사마사를 죽여서 조상의 원수를 갚자는 마음을 품고 있었으며, 또 한편으로는 문흠과 친하게 지내고 있었다.

사마사가 눈에 혹이 나서 옴쭉 못하고 있는 것을 보자, 윤대목은 장 안으로 들어와서 말했다.

"문흠은 본래 반란을 일으킬 생각이 있었던 것이 아니고 관구검 때문에 마음에도 없는 것을 억지로 하고 있는 것이니, 소생이 한번 가서 설복하면 반드시 항복할 것입니다."

사마사가 그것을 승낙하니, 윤대목은 갑옷투구에 무장을 든든히 하고 문흠을 쫓아 나섰다. 단숨에 문흠을 쫓아간 윤대목은 투구를 벗고 채찍을 높이 쳐들고 말했다.

"문자사(文刺史)께서는 왜 4, 5일만 더 참지 못하셨습니까?"

이것은 사마사가 혹 때문에 명이 얼마 남지 않았다는 것을 암시한 말이었는데, 문흠은 그 뜻을 알아차리지 못하고 도리어 활을 잡아 윤대목을 겨누고 쏘려고 하니, 윤대목은 울면서 되돌아오는 수밖에 없었다.

문흠은 군사를 정비해 가지고 수춘으로 달려갔으나 그곳에는 이미 제갈탄의 군사가 자리잡고 있어서 다시 항성으로 되돌아가려는데, 호준·왕기·등애의 군사가 몰려들어 하는 수 없이 동오의 손준에게 의지할 생각으로 그쪽으로 도주했다.

항성에서 농성을 하고 있던 관구검은 마침내 등애와 맞닥뜨리게 되었다. 갈옹(葛雍)을 출마시켰으나 단지 1합을 싸우고 등애의 칼에 목이 날아 버렸으며, 호준·왕기까지 합세하여 덤벼드니 도저히 감당해 낼 수가 없어서 불과 10여 기를 거느리고 간신히 신현(愼縣)성에 이르렀다.

현령 송백(宋白)은 주연을 베풀어 그를 대접하고는, 관구검이 크게 취한 틈을 타서 사람을 시켜 관구검을 죽이고, 그의 수급을 베어 가지고 위군에 바치게 됐으니, 이로써 회남은 평정된 셈이었다.

사마사는 병상에 누운 지 오래 됐건만 일어나지 못했다. 눈에 달린 혹이 낫지 않아서 밤마다 신음을 하고 괴로워하니, 탑전에는 언제나 이풍·장집·하후현 세 사람이 지키고 서 있었다.

죽음을 각오한 그는 낙양으로 사람을 보내서 아우 사마소를 불러다가 베갯머리에 세워 놓고 유언을 했다.

"어깨가 무겁도록 짊어진 중책을 지금 나는 벗어 놓을 수도 없으니, 너는 내 뒤를 계승할 것이며, 대사를 결코 경솔히 남에게 맡겨서는 안 된다. 그렇게 되면 스스로 멸족의 화를 초래할 것이다."

유언을 마치자 두 볼을 눈물로 적시면서 인수를 내주었다.

사마소가 당황하여 뭔가 말을 하려고 하는데 사마사는 외마디 소리를 크게 지르더니, 혹이 터지면서 그리로 눈알이 튀어 나와서 숨을 끊어지고 말았다.

때는 정원 2년 2월.

위주 조모는 사마사가 죽은 것을 알고 사마소에게 명령하여 잠시 허창에 군사를 주둔시키고 동오에 대비하고 있으라고 했다. 그러나 사마소는 종회의 권고를 듣고 조정에 무슨 변고라도 생기면 자기의 자리가 위태로워질까 겁내어 당장에 낙수(洛水) 남쪽으로 군사를 몰고 와서 주둔시켰다. 이 소식을 알게 된 조모는 대경실색했으나, 태위 왕숙의 권고를 듣고 사마소를 무마해 둘 방침으로, 왕숙을 사신으로 파견해서 사마소를 대장군 녹상서사(錄尙書事)에 임명했다. 사마소가 입조하여 사은하니 이로부터 나라 안팎의 크고 작은 일은 모두 사마소의 수중으로 돌아가게 되었다.

서촉의 염탐꾼이 이런 소식을 탐지하여 성도로 전달하자, 강유는 사마소가 대권을 장악했으니 낙양을 떠나지 못할 것이므로, 이번에 위나라를 토벌하자 주장하고, 장익·하후패와 상의한 결과, 한중에서 토위군을 일으켜 병력 백만을 거느리고 포한

(枹罕)을 향하여 출동했다.

조수(洮水)까지 왔을 때, 수변군사(守邊軍士)가 옹주 자사 왕경 (王經)과 부장군 진태에게 보고하니, 왕경이 먼저 마보병 7만을 인솔하고 대결하러 나섰다.

강유는 장익과 하후패에게 귓속말로 뭣인지 작전계획을 알려 주어서 떠나보내고 나서, 친히 대군을 거느리고 조수를 등에 지 고 진을 펼쳤다.

왕경이 아장(牙將) 몇 명을 거느리고 나서서 물었다.

"위·오·촉나라는 이미 솥발처럼 세 군데로 맞선 형세를 이 루고 있다. 네놈은 무슨 까닭으로 여러 차례 침범하는 것이냐?"

강유가 대답했다.

"사마사란 놈은 까닭도 없이 인군을 폐했으니 이웃한 나라로 서 당연히 문죄해야 할 것이며, 하물며 수적(讐敵)의 나라이니 더 말할 게 있겠느냐?"

왕경은 장명(張明)·화영(花永)·유달(劉達)·주방(朱芳) 네 장수 를 돌아보며 말했다.

"촉군은 배수진을 쳐놓았으니까, 한 놈도 남지 않고 모조리 물 속에 빠져 죽을 것이오. 강유만은 효용하니 그대들 네 장수가 한 번 싸워볼 만할 것이오. 그가 조금이라도 뒤를 물러서는 기색이 있거든 곧 놓치지 말고 추격하도록 하시오."

그러나 싸움의 결과는 정반대로 되었다. 네 장수가 강유와 대결하려고 덤벼들자, 강유는 조수(洮水) 서쪽 강변으로 달아났다. 그러자 장익·하후패가 배후로 돌아나와서 좌우 양쪽에서 덤벼 들었기 때문에 위군의 병사들은 일대 혼란을 일으켜서 태반은 짓밟혀 죽었고, 쫓겨 가다가 조수에 빠져 죽은 자가 부지기수, 목 이 달아난 자가 만여 명, 시체가 쌓여서 산을 이룰 지경이었다.

왕경은 패잔병 백여 기를 거느리고 간신히 빠져 나와서 곧장 적도성(狄道城)으로 도주하여 성문을 잠그고 지키기에만 정신이 없었다.

강유는 큰 공로를 세우고 병사들을 위로해 주자, 곧 적도성으 로 쳐들어가려고 했다. 이때 장익이 간했다.

"장군께서는 이미 공적을 세우셨고 위성(威聲)이 크게 떨치셨 으니 그만해 두시는 게 좋겠습니다. 이제 또 전진하신다면, 여의 치 않을 때에는 그야말로 뱀 그림에 발을 첨가하여 그리는 격이 될 것입니다."

"그렇지 않소! 지난번에는 싸움에 패하고도 쳐들어가서 중원 을 종횡으로 달렸었는데 이제 조수의 일전(一戰)에서 위군은 간 담이 찢어질 만큼 혼이 났으니, 내 생각 같아서는 적도쯤은 쉽사 리 점령할 수 있을 것 같소. 그대는 스스로 의지를 약하게 갖지 마시오."

장익이 재삼 말렸지만, 강유는 끝내 고집을 부리고 드디어 군 사를 인솔하고, 적도성으로 달려갔다.

옹주에 있던 정서장군 진태는 왕경이 패전한 보복을 할 생각을 하고 있는 판이었는데, 뜻밖에도 연주자사 등애가 군사를 거느리고 도착했는지라, 영접해 들이니 등애가 말했다.

"이번에 대장군의 명령을 받들고 특히 장군을 거들어서 적군을 격파하러 왔습니다."

진태가 그 계책을 물었더니, 등애가 대답했다.

"조수의 싸움에서 승리한 적군이 만약에 강인의 많은 수효를 수중에 넣고 동정(東征)하여 관롱(關隴)을 점령하고 사군(四郡)에 전격하면 이것은 우리 편의 큰 걱정거리입니다. 이제 그는 이 점을 생각하지 못하고 도리어 적도성을 노리고 있는데, 그 성은 심히 견고하여 쉽사리 공략할 수는 없습니다.

공연히 병력을 소모할 따름일 것이니, 우리 편에서는 항령(項嶺)에 병사를 펼쳐 놓고, 한편으로 군사를 동원하여 진격한다면, 촉군의 병사는 반드시 패하고 말 것입니다."

진태는,

"그거 참 묘론(妙論)이오!"

하면서, 우선 20대(隊)의 병사를 한 대에 50명씩 배치해 가지고 정기·고각·봉화 따위를 몸에 지니게 한 다음, 낮에는 숨고 밤에는 행진했다.

적도성 동남편 높은 산 깊은 골짜기에 매복하여 적병이 나타나기만 기다리고 있다가 일제히 북을 치고 피리를 불어서 신호를 하고, 밤에는 횃불을 올리고 포를 쏘아서 적군을 놀래 주라고 명령했다.

한편, 강유는 적도성을 포위하고 8방으로 공격을 가하고 있었는데, 며칠이 되어도 함락시킬 수 없자 묘안이 떠오르지 않아서 답답한 나날을 보내고 있었다.

하루는, 저녁때가 다 되었는데, 홀연 몇 차례나 유성마가 달려들며 보고하기를, 양로병이 나타났는데, 일로군(一路軍) 깃발에 큰 글자로 '정서장군 진태'라고 씌어 있으며, 또 일로군은 '연주 자사 등애'라고 씌어 있다는 것이었다.

강유가 깜짝 놀라 하후패와 상의했더니, 하후패가,

"전에도 늘 장군께 말씀드리지 않았습니까? 등애는 어려서부터 병법에 깊고 밝으며 지리를 잘 안답니다. 이제 군사를 거느리고 나타났다면 상당히 만만치 않을 것입니다."

"적군은 먼 길을 왔으니 우리 편에서는 그들이 발을 붙이기 전에 격퇴하면 문제없소."

강유는 이렇게 말하면서, 장익을 남겨 두어 성을 공격하도록 하고, 하후패에게 명령하여 군사를 거느리고 진태와 대결하라고 했다. 그리고 강유 자신은 군사를 인솔하고 등애와 대결하기로 했다.

5리 길도 채 가지 못했을 때, 홀연 동남편에서 포성이 한 번 일어나더니, 북소리 피리소리가 천지를 진동하며 화광이 충천했다.

강유가 말을 달려 앞으로 나가보니 주위에는 모조리 위병의 기호(旗號)들 뿐이었다. 강유가 깜짝 놀라며 외쳤다.

"등애의 계책에 속았구나!"

드디어 하후패와 장익에게 적도를 포기하고 후퇴하라는 명령을 전달했다.

이리하여 촉병은 모조리 한중으로 후퇴했고 강유 자신이 친히 후군을 지키고 있었는데, 배후에서 들려오는 북소리가 도무지 끊이지를 않았다. 강유가 검각(劍閣)까지 철수해 들어갔을 때에야 비로서 그 20여 군데의 횃불과 북소리가 모두 속임수라는 것을 알게 됐다.

강유는 군사를 수습해 가지고 종제(鐘提)로 후퇴하여 주둔했다.

한편 후주는 강유가 조수·서안에서 공로를 세워서 조명을 내려 그를 대장군에 봉했다.

강유는 직책을 맡아 가지고 표를 올려 사은이 끝나자, 또 다시 출사하여 위나라를 토벌할 계책을 상의했다.

이야말로 성공을 꾀함에는 사족(蛇足)을 가할 필요가 없고, 적군을 토벌함에는 어디까지나 용맹한 위력만을 생각해야 한다는 것이다.

111.
천자가 친히 전선(戰線)에

사마소는 자신의 부재중에 일어날 조정의 변고를 염려해
천자의 친정(親征)을 강권하니…

鄧士載智敗姜伯約
諸葛誕義討司馬昭

강유는 종제로 물러나가서 주둔하고, 위나라 군사들은 적도성
밖에 주둔했다.

왕경은 진태와 등애를 성 안으로 불러들여서 포위망을 풀어
준 데 대해서 사례하고 주연을 베풀어 그들을 대접했으며, 3군
에 대상을 내렸다.

진태가 등애의 공로를 위주 조모에게 아뢰었더니, 조모는 등
애를 안서장군(安西將軍)에 봉하고 호동강교위(護東羌校尉)에 임
명했으며, 진태와 함께 옹(雍)·양(凉) 각지에 둔병하고 있도록
했다.

등애가 표를 올려 사은(謝恩)의 절차를 마치고 나자, 진태는 연

석을 마련하고, 축하해 주었는데, 석상에서 말했다.

"강유는 밤중에 도망쳤으니 이미 기진맥진해서 감히 두 번 다시 나타나지 못할 것이요."

이 말을 듣더니 등애는 웃었다.

"나는 촉나라 군사가 다음과 같은 다섯 가지 이유로써 반드시 또 쳐들어오리라고 생각합니다."

등애가 조목조목 설명하는 소위 다섯 가지의 이유란 다음과 같은 것이었다.

1. 촉군이 후퇴했다고는 하지만 싸움에 이겼다는 기세가 변함 없을 것이며, 우리 편 군사는 싸움에 패했다는 약점을 가지고 있는 점.

2. 촉군의 병사는 모두 제갈공명의 훈련을 받는 정병들로서 쓸모 있는 병사들인데, 우리 편 군사들은 대장이 자주 바뀌어서 훈련이 충분하지 못했던 점.

3. 촉군은 수로로 많이 진군을 했는데, 우리 편 군사는 그와 반대로 육로로 진군을 해서 피로한 정도가 다르다는 점.

4. 적도·농서·남안·기산 등 네 지점은 모두 수비하기에 유리한 곳이어서 촉군이 동쪽에서 함성을 울리고 서쪽을 치며, 남쪽으로 향하는 체하고 북쪽을 치게 되면, 우리 편에서는 각방으로 군사를 분배해서 방비해야 할 것이니 촉군은 한 덩어리로 한

군데를 지키면 되는데, 우리 편은 4분의 1의 힘을 가지고 방비할 수밖에 없다는 점.

5. 만약에 촉군이 남안·농서로 나온다면 강인의 곡식을 먹을 수 있으며, 기산으로 나온다면 보리가 있어서 양식에 충당할 수 있을 것이니, 촉군이 반드시 다시 출동할 가능성이 있다는 점.

"공이 그다지 귀신같이 적의 동정을 살필 수 있다면, 촉병이 뭣이 두려울 게 있겠소?"

진태는 탄복해 마지않으며 이때부터 등애와 망년지교(忘年之交)를 맺게 되었다. 이리하여 등애는 연일 옹·양 두 주의 군사를 훈련시키고 각 요로에 영채를 마련해 놓고 만일의 사태에 대비하고 있었다.

한편 강유는 종제에 있으면서 성대한 연회를 베풀고, 여러 대장들을 모아 놓고 위군을 토벌할 계책을 상의하고 있었다.

영사(令史) 번건(樊建)이 간했다.

"장군께서는 지금까지 여러 번 출전하시어 아직도 전공(全功)을 거두지 못하셨다가, 이번 조수 싸움에서 위인(魏人)을 장군의 위명 아래 굴복시키셨는데, 뭣 때문에 또 출동하시려는 겁니까? 만일에 불리하게 되신다면 전공이 모두 허사가 됩니다."

"그대들은 위나라가 국토가 넓고 인구가 많아서 쉽사리 점령하기 어렵다는 생각만 하고, 위나라를 공격해서 반드시 이길 수 있다는 다섯 가지 조건이 있다는 것을 모르고 있소."

강유는 이렇게 말하면서 소위 다섯 가지의 이길 수 있는 조건을 다음과 같이 구체적으로 설명했다.

1. 적군은 조수의 싸움에서 패했기 때문에 사기가 굉장히 저상했고, 우리 군사는 비록 후퇴했다고는 하지만, 손실이 없으니 이제 만약 진병하면 이길 수 있다는 점.

2. 우리 군사는 배를 타고 왔으므로 피로해 있지 않지만, 적군은 육로로 걸어와서 기진맥진해 있다는 점.

3. 우리 군사들은 오랫동안 훈련을 받아 온 정병들이고, 적군은 모두 오합지졸로서 통솔이 되어 있지 않다는 점.

4. 우리 군사는 기산으로 나가면 무르익은 보리를 거둬들여서 군량에 충당할 수 있다는 점.

5. 적군은 여러 방면을 방비하느라고 병력이 분산되어 있어서, 우리 군사가 한데 뭉쳐서 공격을 가하면 적군은 서로 협조할 수 없다는 점.

그러니까, 이런 좋은 기회를 놓치고는 다시 위군을 토벌할 기회가 없으리라고 주장하는 것이었다.

하후패가 말했다.

"등애는 비록 나이가 어리다고 하지만 기모(機謀)가 심원하고 근래들어 안서장군의 직을 봉했으니 반드시 각 방면으로 준비를 갖추고 있을 것이며, 예전과는 딴판일 겁니다."

강유가 소리를 버럭 질렀다.

"내가 등애 따위를 두려워하겠소? 그대들은 적군에게 예기를 더해 주고, 우리 편의 위풍을 떨어뜨리자는 말이오? 나는 이미 결심했소. 우선 농서로 쳐들어가겠소."

이쯤 되니 감히 그 이상 간하는 사람이 없었다. 강유는 친히 전부 군사를 거느리고 여러 장수들에게 뒤를 따라서 전진하라고 명령했다.

이리하여 촉군은 총동원해서 기산으로 달려가니, 초마가 보고하기를 위병이 먼저 기산에 와서 아홉 군데나 채책을 마련하고 있다는 것이었다. 강유는 그 말을 믿을 수 없어서 친히 몇 기를 거느리고 높은 곳으로 올라가서 보았더니 과연 기산에는 아홉 군데나 영채가 긴 뱀처럼 이어져 있는데 머리와 꼬리가 서로 돌아다보고 있는 것만 같았다.

강유는 좌우 사람들을 돌아다보며 말했다.

"하후패의 말이 틀림없었군! 이 영채는 그 형세가 절묘하오. 이제 등애의 솜씨를 보니 우리 제갈승상에 못지않은걸!"

그는 본채로 돌아와서 여러 장수들을 모아 놓고 또 말했다.

"위군이 이미 방비를 견고히 하고 있는 것은 우리 군사가 나타날 것을 예측하고 대기하고 있는 것이오. 내 생각 같아서는 등애가 반드시 여기 와 있을 것이오. 그대들은 기치(旗幟)를 내걸고 이 산곡간에 진을 치고 매일 백여 기의 탐마를 내보내도록 하시오. 출초하러 나갈 때마다 갑옷을 바꿔 입도록 하고, 기호는 청황적백흑 오방 기치(五方旗幟)를 번갈아 쓰도록 하시오. 나는 대병을 거느리고 몰래 동정으로 나가서 남안을 들이치겠소."

이리하여 포소(鮑素)을 시켜서 기산 앞 산곡간에 진을 치고 있게 하고 강유는 친히 대군을 인솔하고 남안으로 향했다.

한편, 등애는 촉군이 기산으로 향한다는 것을 알고, 재빨리 진태와 함께 진을 치고 대기하고 있었는데, 촉군은 통 도전해 오지 않자 하루에 다섯 번씩 초마가 영채 밖으로 나왔다가 10리 혹은 15리 지점에서 되돌아가곤 할 뿐이었다.

등애가 높은 곳에 올라가서 이런 광경을 내려다보고 있다가 황망히 장으로 들어오며 진태에게 말했다.

"강유는 이곳에 없습니다. 동정으로 나가서 남안을 습격하는 게 틀림없을 것입니다. 초마는 몇 명 안 되는데, 갑옷을 바꿔입고 나왔다 들어갔다 하고 있는 것뿐입니다. 말들도 피곤했고, 대장들도 무능한 위인들뿐입니다.

장군께서 당장 1군을 인솔하시고 쳐들어가시면 반드시 격파하실 수 있을 것입니다. 저 곳을 격파하신 다음에는 그대로 동정으로 통하는 도로로 나가셔서 강유의 퇴로를 끊어 버리십시오.

소생은 1군을 거느리고 남안으로 향하여 무성산(武城山)을 공략하겠습니다. 순조롭게 그곳을 점령할 수 있게 되면, 강유는 반드시 상규(上邽)로 향할 것입니다만, 상규에는 단곡(段谷)이라는 산골짜기가 있어서 산길이 협착해서 복병하기에 매우 좋은 지점이니, 강유가 무성산을 공격하러 내달을 때, 소생이 미리 단곡에 양군을 매복시켜 두었다가 공격을 가하면 강유를 격파하기는 문제없는 일입니다."

진태가 말하기를,

"나는 농서를 2, 30년 동안이나 지켰지만 아직도 이렇게 지리를 명찰하지 못했소. 공의 말하는 바가 정말 신산(神算)이요. 공은 곧 출동해 주시오. 나는 이 곳 채책을 공격하겠소."

이리하여, 등애는 군사를 거느리고 밤을 헤아리지 않고 줄곧 낮의 갑절이나 길을 걸어서 무성산에 도착했다. 영채를 마련해 놓았는데도 촉병은 나타나지 않았다. 등애는 아들 등충(鄧忠)과 장전교위(帳前校尉) 사찬(師纂)에서 각각 5천 명을 거느리고 단곡으로 먼저 가서 매복해 있으면서 여차여차하라고 명령했다.

두 사람이 계책을 받아 가지고 떠나고 나서 등애는 깃발을 감추고 북소리를 내지 않고 조용히 촉병을 기다리고 있었다.

한편 강유는 등정에서 남안을 향하여 출동했는데, 무성산 앞까지 왔을 때 하후패에게 말했다.

"남안 근처에 무성산이라는 산이 있는데 그곳만 수중에 넣는다면 남안을 점령하는 거나 마찬가지요. 그런데 등애는 꾀가 많은 위인이니 반드시 먼저 이곳을 방비하고 있을 것 같소."

이렇게 망설이고 있을 때, 홀연 산 위에서 포성이 한 번 들리더니 고함소리가 천지를 뒤흔들고 북과 피리 소리가 일제히 일어나며 정기(旌旗)가 나타나는데 모두 위병들이었다.

중앙에서 휘날리고 있는 누런 깃발에는 '등애'라는 글자가 크게 씌어 있었다.

촉병들이 깜짝 놀랐을 때, 산 여기저기서 정예군사들이 맹렬히 쳐내려오니, 전부군은 뿔뿔이 흩어졌고, 강유가 중군의 인마를 거느리고 구출하러 달려갔을 때엔 위군이 이미 후퇴한 뒤였다.

강유는 그대로 무성산 기슭으로 와서 등애에게 도전을 했지만, 산 위의 위병은 통 내려오지도 않았다. 강유는 군사에게 명령하여 욕설을 퍼붓도록 하고, 저녁때가 되어서 군사를 후퇴시키려고 했더니, 북소리·피리소리가 일제히 울리기는 하는데 위병이 내려오는 기색은 전혀 보이지 않았다. 강유는 산 위로 무찌르고 올라갈 생각도 했지만 산 위에서는 포석을 어찌나 심하게 퍼붓는지 진격할 도리가 없었다.

밤 3경이 되도록 지키고 있다가 되돌아서려고 했더니 산 위에서는 또 북소리·피리소리가 울려 왔다. 강유는 산 아래 군사를 주둔시키고 군사들을 시켜 목석을 운반해다가 영채를 세우려고 했더니, 산 위에서 또 북소리·피리소리가 울리며 위병이 쏟아져 내려왔다. 촉병은 아비규환 속에서 서로 밟고 디디고 하면서 간신히 처음 영채로 후퇴했다.

이튿날, 강유는 군사에게 명령하여 양초거장(糧草車仗)을 운반하여 무성산으로 가서 죽 늘어놓고 영채를 세워서 둔병할 계획을 세웠다. 이날 밤 2경쯤 되어서, 등애는 5백 명에게 횃불을 들게 하고 두 길로 갈라져서 산을 내려가 거장에 불을 지르게 했다.

양쪽 군사가 밤이 새도록 치고 찌르고 했지만 영채를 세우는 데 성공하지는 못했다. 강유가 다시 군사를 후퇴시키고 하후패에게 와서 상의했다.

"남안을 점령하지 못했으니 먼저 상규를 공략하는 게 좋겠소. 상규는 남안의 둔량처니까 만약에 상규를 점령할 수 있다면 남안은 저절로 위태로워질 것이오."

드디어 하후패를 무성산에 주둔시켜 두고 강유는 정병과 맹장들을 모조리 인솔하고 상규를 들이치기로 했다.

도중에서 하룻밤을 지내고 날이 밝으려 할 무렵에 산세가 협착하고 험준하며 도로가 기구(崎嶇)한 것을 보자, 향도관에게 물어 봤다.

"이 골짜기는 뭐라는 곳이오?"

"단곡이라 합니다."

강유가 깜짝 놀라며 소리쳤다.

"단곡이라! 그 이름이 좋지 않은걸. 단곡은 단곡(斷谷)이니, 만약 골짜기 어귀를 막아 버린다면 어떻게 한다지?"

이렇게 망설이고 있을 때, 전군에서 보고가 들어오기를 산 뒤에서 먼지가 대단히 일어나는데 반드시 복병이 있으리라는 것이었다. 강유가 급히 후퇴령을 내렸으나, 마침 사찬·등충의 양군이 덤벼드는 바람에 싸우면서 도망치는 도리밖에 없었다.

그런데 또 앞에서부터 함성이 일어나더니 등애의 군사가 달려들어 3로로 무찔러 대니 촉군은 대패하여 뿔뿔이 흩어졌다. 하후패가 싸움을 거들러 달려들었기 때문에 위군은 그제야 물러나갔고 강유를 구출해 낼 수 있었다.

강유가 다시 기산으로 가려고 했더니, 하후패가 말했다.

"기산의 영채는 벌써 진태에게 격파 당했으며, 포소(鮑素)는 전사했고, 영채의 인마는 모조리 한중으로 돌아갔습니다."

이 말을 듣고 강유는 동정도 포기하고 산곡간의 샛길을 찾아서 후퇴하는데, 앞에서는 위군의 대장 진태가, 뒤에서는 등애가 덤벼드니, 강유는 결사적으로 싸웠다. 그러나 도저히 이 포위망을 돌파할 수 없었다. 다행히 탕구장군(盪寇將軍) 장의가 강유가 포위당한 것을 알고 수백 기를 거느리고 달려와서 구출해 냈으나, 장의 자신은 빗발치듯하는 화살 속에서 전사하고 말았다.

강유가 간신히 목숨을 건져 가지고 한중으로 돌아왔더니, 그가 무수한 촉나라의 장수들을 전사하게 했다는 데에 대해서 원성이 자자했다. 그래서 강유는 일찍이 무후 제갈량이 가정(街亭) 싸움에서 그랬듯이 표를 올려 자폄(自貶)하여 후장군의 자리로 물러나서 대장군의 일을 대행하기로 했다.

등애는 촉군이 패하여 물러나자 진태와 성대한 축하의 주연을 베풀었고 3군을 위로해 주었다.

진태가 등애의 공로에 대하여 표를 올렸더니, 사마소는 곧 사신을 파견하여 등애의 작위를 올려 주었고 그의 아들 등충도 정후(亭侯)에 봉했다.

한편 위주 조모는 정원 3년(서기 256년)을 감로 원년(甘露元年)으로 고쳤는데, 사마소는 천하의 병권을 잡고 대도독이 된 이래, 만사를 천자에게 아뢰지도 않고 제멋대로 결재하며 평소부터 엉뚱한 배짱을 먹고 찬탈의 기회를 노리고 있었다.

여기다가 부채질을 하고 충동을 시킨 것은 그의 심복인 가충(賈充-字는 公閭)이었다. 가충은 건위장군(建威將軍) 가규(賈逵)의 아들로서 상부(相府)의 장사(長史)라는 직책에 있었다.

사마소는 마침내 가충이 충동하는 말에 찬성하여 그를 동방 제국으로 파견해서 자기에게 대한 민심을 시찰하도록 했다.

가충은 제일 먼저 회남(淮南)으로 가서 진동대장군 제갈탄을 찾았다. 제갈탄은 무후 공명의 종제로서 위나라를 섬기고 있었는데, 공명이 촉나라 승상이 되자 중용을 받지 못하고 있다가, 공명이 세상을 떠난 뒤부터는 중직을 역임했고, 고평후(高平侯)에 봉하게 되어서 회남·회북의 군마를 총섭하고 있었다.

제갈탄은 가충을 영접하여 주연을 베풀고 대접을 했다. 그러나 가충이 한 번 말을 꺼내서 천자가 나약하다는 것과, 사마소대장군이 공덕이 혁혁하여 위나라의 대통을 계승함이 좋겠다는 말을 했더니, 제갈탄은 격분하여 펄펄 뛰었다.

"그대는 대대로 위나라의 녹을 먹고 살아온 사람이 어찌 그따위 괘씸한 소리를 하오? 조정에 만일 무슨 변고가 생긴다면 나는 목숨을 바치고 나서겠소!"

가충은 더 할 말이 없이 묵묵히 제갈탄과 작별하고 사마소에게로 돌아와서 사실대로 보고했다.

사마소가 대로하여 말했다.

"생쥐 같은 놈이 어찌 감히 그따위 말을 할 수 있단 말인가?"

가충이 또 말했다.

"제갈탄은 회남에서 상당히 인심을 얻고 있습니다. 그러니 그냥 내버려두면 반드시 우환이 될 것입니다. 속히 처치해 버리시는 게 좋겠습니다."

사마소는 양주자사 악침에게 밀서를 보내고 일변 사신을 파견하여 제갈탄을 사공(司空)으로 승격시켜서 불러올리려고 했다.

조서를 받은 제갈탄은 벌써 가충이 무슨 입을 놀린 줄 알고 사신을 붙잡아서 고문했다. 그랬더니 사신의 말했다.

"이 사건은 악침이 알고 있습니다."

"그가 어째서 알고 있단 말인가?"

제갈탄이 호통을 치며 물으니, 사신은 부들부들 떨면서 말했다.

"사마장군께서 벌써 사람을 양주에 파견하셔서 악침에게 밀서를 보내셨습니다."

제갈탄은 격분하여 무사에게 호통을 쳐서 사신을 참해 버리고, 부하 천 명을 동원해 가지고 양주로 달려갔다. 남문(南門)에 이르니 성문은 이미 닫혔고 적교도 끌어 올려져 있었다. 제갈탄은 성 아래에서 문을 열라고 소리쳤으나 성 위에서는 아무 대답이 없었다. 제갈탄이 대로했다.

"악침, 필부 녀석이 어찌 감히 이다지 괘씸할고!"

드디어 장사들에게 성을 공격하게 하고 수하의 10여 기 효장들이 말을 내리고 강을 건너 몸을 날려서 성 위로 올라가 군사들을 무찔러 버리고 성문을 활짝 열었다.

제갈탄은 군사를 거느리고 성 안으로 달려 들어가서 바람결을 타고 불을 지르면서 악침의 집으로 쳐들어갔다.

악침은 당황하여 다락 위로 몸을 피했으나 제갈탄은 칼을 뽑아 들고 다락 위로 쫓아 올라가서 호통을 쳤다.

"너의 아비 악진(樂進)으로 말할 것 같으면 과거에 위나라의 큰 은혜를 받은 사람이다. 보답할 생각은 하지 않고 도리어 사마소에게 순종하려 들다니?"

악침이 대답할 틈도 주지 않고 제갈탄은 그 자리에서 그를 찔러 죽여 버렸다. 제갈탄은 또 사마소의 죄상을 일일이 적은 표를 작성하여 사자를 파견하여 낙양으로 보내고, 회남의 전호구(田戶口) 10여만 명을 집결시켰으며, 아울러 양주(陽州)의 새로 항복한 군사 4만여 명을 합쳐 군량을 둔적하고 진병할 준비를 했다.

동시에 장사 오강(吳綱)을 시켜서 아들 제갈정을 오나라에 인질로 보내어 사마소를 주멸하도록 싸움을 거들어 달라고 연락을 취했다.

이때 동오의 승상 손준(孫峻)은 이미 병으로 세상을 떠났고, 종제 손침(孫綝)이 천자를 보좌하고 있었는데, 이 인물은 성격이 몹시 거칠어서 대사마 등윤, 장군 여거·왕돈 등을 차례차례 죽여 버리고 병권을 장악하고 있어서 총명한 오주 손양도 어찌할 도리가 없는 판이었다.

그러나, 오강이 제갈정을 데리고 석두성(石頭城)에 이르러 손침을 만나보고, 사정을 이야기했더니, 손침은 그 자리에서 쾌히 승낙하고 대장 전역(全懌)·전단(全端)을 주장(主將)으로, 우전(于詮)을 후군으로, 주이(朱異)·당자(唐咨)를 선봉으로, 문흠(文欽)을 향도(嚮導)로 파견하고, 7만의 군사를 동원하여 3대로 나누어 출동하게 했다.

오강이 수춘으로 돌아와 제갈탄에게 보고했더니, 제갈탄은 크게 기뻐하며 군사를 배치하여 싸울 준비에 바빴다.

낙양으로 올라온 제갈탄의 표를 보자 사마소는 대로하여 친히 토벌하러 나서려고 했더니, 가충(賈充)이 꾀를 내어서 천자를 버리고 나갔다가 만일 조정에 변동이 생기면 후회막급일 테니 태후와 천자에게 아뢰어서 함께 출전하는 안전책을 강구하자고 했다.

사마소는 그 의견이 묘하다고 크게 기뻐하며 태후에게 아뢰었다.

"제갈탄이 반란을 꾀하였기에 신과 문무백관이 협의한 결과, 태후와 천자께 청하와 어가친정(御駕親征)하셔서 선제의 유지(遺志)를 계승하시도록 하고자 합니다."

태후는 겁이 나서 어쩔 줄 모르며 그의 의사를 따를 뿐이었다. 그 이튿날 사마소는 위주 조모에게 떠나자고 청했다.

조모가 말하기를,

"대장군 도독은 천하의 군마를 임의로 조종할 수 있을 것이어늘 뭣 때문에 짐까지 자행(自行)해야 된단 말이요?"

그러나 사마소는 옛날의 조조와 문제(조비)·명제(조예)의 예까지 들어서, 선군(先君)의 유지를 계승하여 역적을 소탕하려면 반드시 천자 자신이 친정해야 한다고 강력히 주장하니, 조모도 그의 위권 앞에 떨면서 하라는 대로 하는 수밖에 없었다.

이리하여 사마소는 조서를 내려서 양도(兩都)의 군사 26만 명을 동원하고, 정남장군 왕기(王基)에게 선봉을 명령하고, 안동장군 진건(陳騫)을 부선봉으로, 감군(監軍) 석포(石苞)를 좌군으로, 연주 자사 주태(周太)를 우군에 명하여 거가(車駕)를 보호하며 호호탕탕 회남으로 진격을 개시했다.

동오에서는 선봉 주이(朱異)가 병사를 인솔하고 나와서 대적했다.

양군이 대진하고 서니 위군 중에서는 왕기가 출마했으며, 주이가 그를 맞아 대결했다. 싸운 지 3합도 못 되어서 주이가 패하여 도주하니 당자가 또 출마했다. 그러나 역시 3합도 못 싸우고 대패하여 달아났다.

왕기가 그대로 군사를 몰며 무찌르고 들어가니 오병들은 대패하여 50리나 후퇴해서 다시 영채를 마련했다.

이런 소식이 수춘성으로 전해지자 제갈탄은 친히 본부예병(本部銳兵)을 인솔하고 문흠과 그의 두 아들 문앙(文鴦)·문호(文虎)와 함께 웅병 수만 명을 동원하여 사마소와 대적하게 되었다.

이야말로 오나라 병사의 예기가 꺾인 것을 본 지 얼마 안 되어서, 또다시 위나라 장수들의 대규모의 동원을 보게 되는 셈이다.

112.
그림의 떡

잡힐 듯 못 잡는 적, 화중지병(畵中之餠)이로다

救壽春于詮死節
取長城佰約塵兵

　사마소는 제갈탄이 오나라 군사와 힘을 합쳐서 결전을 하러
나온다는 것을 알자, 산기장사(散騎長史) 배수(裴秀)와 황문시랑
(黃門侍郞) 종회(鐘會)를 불러서 대책을 상의했더니, 종회가 말
했다.

　"오군의 병사가 제갈탄을 돕는다는 건 사실은 그들의 이익을
위해서 하는 노릇입니다. 이해관계로 유인하면 반드시 이겨낼
수 있습니다."

　사마소는 그 말대로 석포·주태에게 먼저 양군을 거느리고 석
두성에 매복해 있도록 명령하고 왕기와 진건에게 정병을 주어서
그 뒤를 받치도록 하고, 편장(偏將) 성쉬(成倅)에게 병력 수만을

주어서 적군을 유인해 내도록 했다.

또 진준에게 명령하여 거장(車仗)·소와 말·노새와 나귀 등을 인솔하고, 그 위에 군사들에게 상을 줄 물건을 싣고, 사면에서 적의 진중으로 몰고 들어가서, 적군이 나타나면 그 앞에다가 물건을 버려 놓고 달아나도록 했다.

이날 제갈탄은 오나라 대장 주이를 왼쪽에, 문흠을 오른쪽에 거느리고 출마했는데, 위군의 진중의 인마가 정돈되어 있지 않은 것을 보자, 한 번에 사마(士馬)를 몰고 쳐들어가니 성쉬는 물러나 도주했고, 제갈탄은 그대로 군사를 몰아 추격했는데, 소와 말, 노새와 나귀가 벌판에 즐비하게 깔려 있었다. 이것을 보자, 남병(오병)들은 앞을 다투어 그것을 획득하려고 싸울 생각은 잊어버릴 지경이었다.

이때, 갑자기 한 방의 포성이 들리더니 양로병이 쳐들어오는데, 왼쪽은 석포, 오른쪽은 주태. 제갈탄이 깜짝 놀라 급히 후퇴하려 했을 때, 왕기와 진건의 정병이 쇄도하니 제갈탄의 병사는 대패하는 수밖에 없었다.

거기다가 사마소까지 군사를 인솔하고 싸움을 거들게 되니 제갈탄은 패잔병을 인솔하고 수춘으로 도주해 들어가 성문을 잠그고 농성을 했다. 사마소는 병사에게 명령하여 사면으로 포위하고 있는 힘을 다해서 성을 공격하도록 했다.

이때 오나라 군사들은 안풍(安豊)으로 물러나가서 주둔했고,

위주(魏主)의 거가는 항성(項城)에 머물러 있었다.

이때 종회가 필승의 계책을 제공했다. 그것은, 제갈탄이 패했다고는 하지만 수춘성 안에는 군량도 풍부히 있고, 또 오나라 군사들이 안풍에 진을 치고 있으니, 현재 이편 군사가 사면을 포위하고 있다고 하지만, 느릿느릿 공격을 하면 단단히 수비를 할 것이요, 급히 서두르면 결사적으로 덤벼들 것이며, 오병이 협공이라도 해온다면, 이편 군에게는 이롭지 못하다는 것이다.

이보다는 남문대로(南門大路)를 남겨 두어서 적군이 스스로 달아나게 해 놓고 3면으로 공격을 가하면 반드시 이길 수 있다는 것이었다. 또 오병은 먼곳에서 오느라고 군량이 오래 지속되지 못할 것이니 이편에서 날랜 군사를 인솔하고 그 배후를 끊어 놓으면 적군은 싸우지 못하고 저절로 패해 버리고 말리라는 의견이었다.

사마소가 종회의 등을 어루만지며 하는 말이,

"그대는 참으로 나의 자방(子房-張良-한고조를 보좌하여 항우를 격파한 謀臣)이요!"

하면서, 그 즉시 왕기에게 명령하여 남문을 공격하고 있던 군사들을 후퇴시켰다.

한편, 오나라의 군사들은 안풍에 진을 치고 있었는데, 손침은 주이를 불러 가지고 책망했다.

"수춘성 한 군데만이라도 구출하지 못한다면 어찌 중원을 점령할 수 있겠소? 이번에 또다시 이기지 못한다면 반드시 참할 것이요!"

주이는 곧바로 본채로 돌아와서 상의했다. 우전이 말했다.

"지금 수춘 남문의 포위가 풀려 있으니 소생이 1군을 거느리고 남문으로 들어가서 제갈탄을 도와서 성을 지킬까 합니다. 장군께서는 위병과 도전을 하시면 소생은 성 안에서부터 쳐나와서 양로로 일제히 협공하면 위병을 격파할 수 있습니다."

주이가 그 말이 옳다고 하니, 전역·전단·문흠도 따라서 입성하겠다고 했다. 우전은 도합 1만 명의 군사를 거느리고 남문으로 입성했다. 위병들은 대장의 명령을 받지 않아서, 그것을 막아낼 수 없어도 오병을 그대로 입성시켰다. 그러고 나서 사마소에게 보고했더니 사마소가 외쳤다.

"이것은 주이와 함께 내외 협공해서 우리 군사를 격파하자는 수작이다."

그 즉시 왕기와 진건을 불러서 분부했다.

"그대들은 군사 5천 명을 거느리고 주이가 오는 길을 차단하고 배후로부터 공격을 가하시오."

두 사람은 명령을 받고 떠났다.

주이가 군사를 거느리고 진군하노라니, 홀연 배후에서 함성이 일고, 왼쪽에서 왕기, 오른쪽에서 진건이 덤벼드니 오군의 병사들은 대패했다.

주이가 돌아와서 손침을 만났더니, 손침이 격분했다.

"번번이 싸움에 패하기만 하는 그대 같은 장수를 뭣에 쓰겠소!"

병사에게 호통을 쳐서 주이를 끌어내어 목을 베어 버렸다. 또 전단의 아들 전위(全褘)에게 소리쳤다.

"만약에 위병을 격퇴시키지 못한다면 그대 부자들은 또 나를 대면하러 오지 마라!"

하고, 손침은 그대로 건업(建業)으로 돌아가 버렸다.

이렇게 되자, 종회가 사마소에게 말했다.

"손침이 돌아가 버렸으니 밖으로 원병이 없어졌으므로 성을 포위하기가 좋게 됐습니다."

사마소는 그 말대로 군사를 독촉하여 성을 포위하고 공격하게 했다. 전위는 수하의 병사를 거느리고 수춘으로 들어가려고 했으나, 위군 병사들의 세력이 대단함을 보고 진퇴할 길이 없게 되어서 생각다 못해서 마침내 사마소에게 투항해 버렸다.

사마소가 그를 편장군으로 기용하니 전위는 사마소의 은덕에 감명하여 편지를 써 가지고 부친 전단과 숙부 전역에게, 손침은 불인(不仁)한 자이니 위나라에 투항하는 게 좋겠다는 의사를 화살에 매어 성중으로 쏘아 들여보냈다. 이것을 받아 본 전역은 전단과 함께 수천 기를 거느리고 성문을 개방하고 나와서 투항했다.

제갈탄은 성 안에서 답답한 시간을 보내고 있었다. 모사(謀士) 장반(蔣班)과 초이(焦彝)가 진언했다.

"성중에는 군량은 적고 군사는 많으니 오래 지킬 수 없습니다. 오·초의 여러 군사를 거느리고 결사적으로 한번 싸워 보면 어떻겠습니까?"

제갈탄이 대로했다.

"나는 지키고 싶다는데 그대는 싸우고 싶다니 다른 배짱이 있는 게 아니오? 또 그 따위 소리를 하면 참하고 말겠소?"

두 사람이 하늘을 우러러 보고 장탄식했다.

"제갈탄도 망하지 않을 수 없소! 우리들은 일찌감치 투항하여 죽음이나 면하는 게 좋겠소!"

이리하여 그날 밤 2경쯤 되어서 두 사람은 성벽을 내려와서 위군에 투항했더니 사마소는 그들을 중용했다.

이런 일이 있었기 때문에, 성 안에 비록 싸움을 하고 싶은 병사들이 있어도 감히 싸우자는 말을 입 밖에 내지 못했다. 제갈탄은 성 안에 있으면서 위군의 병사들이 사면으로 토성을 쌓아 올려서 회수(淮水)를 방비하고 있는 것을 보자, 물이 범람하여 토성이 허물어지기만 바라고 그때에 군사를 몰아 격파할 생각만 하고 있었다.

그러나 가을이 지나고 겨울이 되었는데도 장마비는 내리지 않고 회수의 물은 범람할 기세가 보이지 않았다. 성 안에는 양식이 끊어졌다.

문흠은 작은 성에서 두 아들과 사수하고 있었는데, 병사들이 점점 굶주림에 쓰러지는 것을 보자 하는 수 없이 제갈탄에게 와서 보고했다.

"군량이 다 떨어져서 병사들은 굶어죽어 갑니다. 북방의 병사들(제갈탄의 옛날 부하들)은 모조리 성 밖으로 내보내서 양식을 조금이라도 절약해야겠습니다."

제갈탄이 대로하여 소리쳤다.

"그대가 날더러 북군을 모두 몰아내라는 것은 나를 죽이자는 작정이로구나!"

무사에게 호령을 해서 당장에 문흠을 끌어내서 목을 베어 버리게 했다. 문앙과 문호 두 아들은 부친이 살해당하는 것을 보자, 각각 단도를 뽑아 들고 수십 명을 닥치는 대로 찔러 죽이고, 성위로 뛰어 올라 단숨에 아래로 뛰어 내려서 성호를 건너 위나라의 영채에 투항해 버렸다.

사마소는 과거에 문앙이 단기로 자기 군사를 물리쳤던 원한을 품고 그의 목을 베어 버리려고 했으나, 중회가 간했다.

"죄는 문흠에게 있습니다. 문흠은 이미 죽었고, 두 아들이 세궁(勢窮)하여 귀순한 것이니 항복한 장수를 죽인다면 성 안의 사람들이 앙심만 먹게 될 것입니다."

사마소는 그 충고를 받아들여서 문앙과 문호를 장 안으로 불러 들여서 좋은 말로 위로해주고, 또 준마(駿馬)와 금의(錦衣)를 주어서 편장군으로 기용하고 관내후(關內侯)에 봉했다.

두 아들들은 감사하다 절하고 말 위에 오르더니 성 주변으로 돌아다니며 소리를 질렀다.

"우리 두 사람은 대장군께서 죄를 사해주시고, 작위까지 주셨는데, 그대들은 왜 빨리 투항하지 않는가?"

이 말을 듣자 성 안에 있는 사람들도 모두 수군수군 궁리를 했다. 문앙은 사마씨(司馬氏)의 원수 같은 사람인데도 이렇게 중용했다면, 자기네들은 문제없으리라는 생각을 하고 모두 투항하고 싶어했다.

이 소문을 들은 제갈탄은 대로하여 낮이나 밤이나 친히 순성(巡城)을 하고 그런 기맥이 있는 자들은 모조리 죽여 버려서 자기의 위엄을 보였다.

종회는 성 안의 인심이 이미 동요하고 있음을 알아차리고 장으로 들어가서 사마소에게 말했다.

"이 틈을 타서 성을 공격하십시다."

사마소는 이 말을 듣고 대단히 기뻐했다. 마침내 3군을 사면에서 운집시켜서 일제히 맹렬한 공격을 개시하도록 했다. 거기다 또 북문을 지키고 있던 수문장 증선(曾宣)은 성문을 활짝 개방하고 위나라 군사들을 맞아들였다.

위군들이 쳐들어 온 것을 알자, 제갈탄은 당황하여 휘하의 병사 수백 명을 거느리고 스스로 성중의 좁은 길로 뛰쳐나와서 적교 근처에 이르렀다. 바로 이때, 호분과 맞닥뜨리게 되니 감당해 낼 도리가 없어 마침내 호분의 칼에 목이 날아서 말 아래로 뒹구는 처참한 죽음을 맞이했다.

제갈탄의 부하 수백 명도 모두 결박당하고 말았다. 이때 왕기가 군사를 거느리고 서문으로 쇄도하다가 마침 달려드는 오장(吳將) 우전(于詮)과 맞닥뜨리게 되었다.

왕기가 호통을 쳤다.

"어째서 빨리 항복하지 않느냐?"

우전이 대로하여 소리치는 말이,

"명령을 받들고 싸움터에 나와 남을 위하여 곤란을 구하려다가 구난(救難)을 못했을망정, 투항하다니 그게 어찌 의리를 아는 사람의 할 짓이랴!"

하면서, 투구를 땅에 내동댕이치고 또다시 소리를 질렀다.

"인간이 세상에 태어나 싸움터에서 죽는다는 것은 행복한 일이다!"

하더니, 대뜸 칼을 휘두르며 30여 합을 결사적으로 싸웠으나 사람도 피곤하고 말도 지쳐서 난군 중에서 절명하고 말았다.

사마소는 수춘으로 입성하자 곧 제갈탄의 일가를 남녀노소 할 것 없이 모조리 목을 베어 삼족을 멸했다.

무사가 붙잡힌 제갈탄의 부졸(部卒) 수백 명을 결박해 가지고 사마소의 앞에 나왔는지라, 사마소가 물었다.

"그대들은 항복하겠느냐?"

그러나 모든 사람은 이구동성으로 소리를 질렀다.

"제갈공과 같이 죽을지언정 절대로 네놈에게 항복하지 않는다!"

사마소는 격분하여 무사에게 호령하여 모조리 결박한 채 성 밖으로 끌어냈다. 그리고 한 사람 한 사람씩 또 한 번 물어 보았다.

"항복만 하면 살려 줄 텐데 어떠냐?"

그러나 한 사람도 항복하겠다는 사람은 없었다. 마침내 한 사람 한 사람 모조리 죽여 버렸는데, 끝까지 한 사람도 항복하지 않았다. 사마소는 감탄해 마지않으며 여러 사람을 매장해 주라고 명령했다.

오병은 태반이 위군에 투항하자, 배수(裴秀)가 사마소에게 말하기를,

"오나라 병사들의 노소 가족들은 모두 동남 강회 땅에 있으니 이들을 오래 머물러 둔다면 반드시 변고가 생길 것입니다. 그러니 산채로 묻어 죽여 버리는 게 좋겠습니다."

그랬더니, 종회가 반대하고 나섰다.

"그건 안 될 말씀입니다. 옛적에 용병을 한 사람들은 전국(全

國)만을 지상(至上)으로 알고 그 원흉만 죽였습니다. 이제 그들의 가족을 모조리 구덩이에 파묻어 죽인다는 것은 불인(不仁)한 일입니다. 강남으로 돌려 보내셔서 중국의 관대함을 보여 주심이 좋을 것입니다."

사마소가 말하기를,

"그거 참 묘론이요!"

드디어 오병을 모조리 본국으로 돌려보냈다. 당자(唐咨)는 손침이 겁이 나서 자기 나라로 돌아가지 않고 그대로 위나라에 귀순했는데, 사마소는 돌아온 병사들을 모두 중용하고 삼하(三河) 땅에 배치시켜서 회남을 평정하고 군사를 철수하려고 했다.

바로 이때, 홀연 보고가 날아 들어왔는데, 서촉의 강유가 군사를 거느리고 쳐들어와서 장성(長城)을 공략하고 양식을 약탈하고 있다는 것이었다.

사마소는 깜짝 놀라서 여러 관원들과 이를 물리칠 계책을 상의했다.

때는 촉한 연희 20년인데, 경요 원년(景耀元年)으로 고쳤다.

강유는 한중에서 장수 두 사람을 뽑아서 매일 인마를 훈련시키고 있었는데, 한 사람은 장서(蔣舒)요 또 한 사람은 부첨(傅僉)이었다.

이 두 사람은 용감무쌍하고 대담해서 강유가 몹시 아꼈다.

이때, 홀연 보고가 들어오기를 회남의 제갈탄이 군사를 동원하여 사마소를 토벌하려 하며, 동오의 손침이 싸움을 거들어 주게 되었고, 사마소는 회남·회북의 군사를 대거 동원하여 위태후·위주와 함께 출정했다는 것이었다.

강유가 크게 기뻐했다.

"이번에야말로 나의 대사가 순조롭게 될 것이다."

드디어 후주에게 아뢰어 군사를 일으켜 위나라를 토벌하겠다고 했다. 중산대부(中散大夫) 초주(譙周)가 이런 사실을 알고 탄식했다.

"근래에 조정에서는 주색에 빠져서 중귀(中貴-宦官-寵臣) 황호(黃皓)를 신임하고 국가를 다스리지 않고 환락만 도모하고 있으며, 백약(강유)은 누차 정벌만 일삼고 군사를 돌볼 줄 모르니 국가는 위기에 빠지고 말았다!"

그는 마침내 〈수국론(讐國論)〉이라는 한 편의 문장을 지어서 강유에게 보냈다. 이 〈수국론〉은 결국 강유를 공격한 문장이었는데, 그 요점은 움직여야만 될 때 천수(天數)를 알고 움직여야 하는 것이니, 강유처럼 싸움만 일삼고 백성의 노고를 안중에 두지 않는다면, 제아무리 지혜가 있다 해도 나라를 구하기 어렵다는 것이었다.

강유가 그것을 읽고 나더니 격분해서 말했다.

"되지 못한 놈의 군소리다!"

땅바닥에다 그것을 내동댕이치고 드디어 천병(天兵)을 동원하여 중원을 공격하기로 하고 부첨에게 물어 봤다.

"공의 생각으로는 어느 땅으로 출동했으면 좋겠소?"

부첨이 대답했다.

"위군의 양초는 모두 장성에 둔적되어 있습니다. 이제 낙곡(駱谷)을 들이쳐서 심령(沈嶺)을 넘어서 곧장 장성으로 들어가서 우선 양초를 불 질러 버리고 그대로 진천(秦川)을 점령해 버리면 중원을 점령하는 것도 시간문제에 불과합니다."

강유가 기뻐하며 말했다.

"공의 견해가 나의 계책과 우연히 일치되었소."

즉시 군사를 동원하여 낙곡을 들이치고 심령을 넘어서서 일로 장성으로 향했다.

장성을 지키고 있는 장수는 사마소의 종형인 사마망(司馬望)이었는데, 촉병이 쳐들어온다는 것을 알자, 왕진(王眞)·이붕(李鵬) 두 장수를 거느리고 성 밖 20리 지점으로 출전했다.

저편에서는 강유가 말을 달려 나와서 사마망에게 손가락질을 하여 매도하고, 이편에서도 사마망이 거기에 응수하며 욕설을 퍼부어 댔다. 이때 홀연 사마망의 등 뒤에서 왕진이 창을 휘두르며 내달으니 촉군의 진중에서는 부첨이 덤벼들었다.

10합쯤 싸웠을 적에 부첨은 일부러 허를 보이는 체하니 왕진은 이때라고 생각하고 창으로 찌르며 대들었다. 그러나 이 찰나에 부첨은 비호같이 되돌아서서 왕진을 움켜잡아 말 위에 태워 가지고 자기 진영으로 달려가 버렸다.

이 광경을 보고 있다가 격분한 이붕이 칼을 휘두르며 말을 달려 왕진을 구출하려고 달려들었지만, 부첨은 모른 체하고 이붕이 접근해 들어오기만 기다리다가 있는 힘을 다해서 왕진을 땅바닥에 내동댕이치고, 사릉철간(四楞鐵簡)을 슬쩍 손에 뽑아 들었다.

이붕이 쫓아와서 칼을 들고 찌르려고 하는 찰나에 부첨은 몸을 슬쩍 돌려서 이붕의 얼굴에 정통으로 철간의 일격을 가했다. 이붕은 눈알이 튀어나와 말 위에서 떨어져 처참하게 절명했다.

그리고 왕진도 촉군의 병사들이 창으로 마구 찔러서 죽여 버렸다. 강유가 군사를 몰고 당당히 진격하니, 사마망은 영채를 포기하고 성 안으로 들어가 문을 잠그고 나오지 않았다.

강유가 명령을 내렸다.

"군사들을 오늘 밤 잘 쉬게 하여 예기를 기른 다음 내일은 꼭 입성할 수 있도록 하라."

그 이튿날 날이 밝자, 촉병들은 일제히 성 아래로 진격하면서 화전·화포를 성중으로 쏴댔다. 성 위 초가지붕에 불이 붙으니 위병들은 저절로 혼란을 일으켰고, 강유는 또 사람들을 시켜서 마른 풀을 성 아래 잔뜩 쌓아 올리고 불을 지르게 했다. 맹렬한 화염이 충천하고 성이 이미 함락되니 위병들은 성 안에서 통곡을 하고 아우성을 치는 소란한 소리가 천지를 진동했다.

맹렬히 공격을 가하고 있을 때, 배후에서 고함소리가 천지를 진동하였다. 강유가 말을 멈추고 돌아다보니 위군의 병사가 북을 울리고 깃발을 휘날리며 호탕히 달려오는 것이었다.

　선두에 나타나는 소장(小將)은 나이 불과 20세, 얼굴에는 분을 바른 듯, 입술에는 붉은 칠을 한 듯. 이 백면소장(白面小將)이 호통을 쳤다.

　"등장군(鄧將軍)을 모르느냐?"

　그것이 등애라는 것을 알아차린 강유는 창을 휘두르며 출마하여 3, 40합을 싸웠으나 승부가 나지 않았고, 이 소장의 창법에는 추호도 빈틈이 없으니 강유는 감탄하여 마지않으며 마음속으로 생각했다.

　'계책을 쓰지 않고는 만만히 이겨낼 수 없겠는걸!'

　강유가 말머리를 돌려 왼편 산길로 뺑소니를 쳤다. 젊은 장수는 말을 달려 쫓아왔다. 강유는 동창(銅鎗)을 거두고 살며시 활을 잡고 우전(羽箭)으로 쏘아 댔다. 그러나 그 젊은 장수는 재빨리 알아차리고 활시위 소리가 나자마자 몸을 앞으로 살짝 굽혀 화살을 피해 버렸다. 강유가 다시 머리를 돌렸을 때에는 젊은 장수의 창끝이 이미 눈앞에 닥쳐오고 있었다. 강유가 번갯불처럼 몸을 피하니, 창끝이 가슴 근처로 스쳐 지나갔다. 이 찰나에 강유가 덥석 젊은 장수를 붙잡으려고 했더니, 그 젊은 장수는 창을 버리고 비호같이 본진으로 달아나 버렸다. 강유가 말을 달려 진문까지 추격했을 때, 대장 한 사람이 칼을 뽑아 들고 달려 나오며 호통을 쳤다.

"강유, 필부야! 내 아들을 쫓지 마라! 등애가 여기 있다!"

강유는 깜짝 놀라 알고 보니 먼저 나타났던 젊은 장수는 등애의 아들 등충(鄧忠)이었다.

강유는 등애와 대결해 볼 생각이 있기는 했지만 말이 너무 지칠 것을 걱정하고, 등애에게 손가락질을 하면서 호통을 쳤다.

"그렇다면 각각 군사를 물리기로 하자. 비겁한 궁리를 하는 자는 대장부가 아니다!"

이리하여 양군이 모두 후퇴하고, 등애는 위수 강변에 진을 쳤고 강유는 두 산을 걸쳐서 진을 쳤다. 등애가 촉병의 지리(地理)를 두루두루 살펴본 다음, 사마망에게 편지를 보내서 여기서는 싸우지 않고 방비만 하고 있다가, 관중(關中)의 군사가 도착할 무렵, 촉군의 군량이 떨어지기를 기다려서 3면으로 공격하면 승리는 틀림없을 것이라고 했다. 성 안으로는 장남 등충을 파견했다는 보고를 하는 한편 사마소에게도 사람을 파견하여 구원을 청했다.

강유는 사자를 등애의 영채로 보내서 전서(도전장)를 던졌다. 등애가 되는대로 응하는 체했는데, 강유는 이튿날 새벽 5경에 진을 펼치고 대기했으나, 등애의 영채에서는 깃발도 휘날리지 않고 사람이 없는 것처럼 조용할 뿐이었다. 이튿날 강유는 사자에게 전서를 또 보내서 힐책했더니 등애는 몸이 불편해서 싸움에 응하지 못했으니, 내일은 반드시 싸우겠다는 회답을 보냈다.

그러나 그 이튿날도 등애는 여전히 싸우러 나오지 않았다. 이렇게 하기를 대여섯 차례, 부첨이 강유에게 말하기를 여기에는 반드시 다른 이유가 있으니 조심하라는 것이었다. 강유도 그 말을 듣자, 이것이 관중의 군사가 도착되기를 기다려서 등애가 3면 공격을 가하자는 궁리임을 추측하고, 동오의 손침에게도 구원을 청할 생각을 했다. 그때, 홀연 탐마가 보고하기를, 사마소가 수춘을 격파하고 제갈탄을 죽였으며, 오병은 모두 투항했기 때문에 사마소는 낙양으로 철수해 가지고 곧 군사를 다시 거느리고 장성을 구원하러 나서려고 한다는 것이었다.

강유가 크게 놀랐다.

"이번에 위나라를 토벌한 것도, 또 화중지병(畫中之餠)이 됐구나! 일단 철수해야겠다."

이야말로 4번이나 공적을 세우지 못한 것을 한탄했더니, 이제는 또 5번 째까지 성공하지 못했음을 한탄해야 할 판이다.

113.
삼족을 멸하다

사마망과 강유의 두 진영이 같은 팔진법으로 대결하니…

丁奉定計斬孫綝
姜維鬪陣破鄧艾

강유는 구원병이 도착될 것을 두려워하여 군기(軍器)·거장(車仗) 등 일체 군수품을 앞으로 내세우고 보병과 함께 후퇴시키고 나서, 마군이 그 뒤를 지키며 따라가게 했다.

염탐꾼이 이런 소식을 등애에게 알리니, 등애가 웃으며 말했다.

"강유는 대장군의 군사가 도착될 줄 알고 미리 후퇴한 것이구나. 추격할 필요는 없다. 추격하면 도리어 그의 계책에 속기 쉽다."

곧 사람을 보내서 초탐을 시켰더니, 돌아와 보고하기를, 과연 낙곡(駱谷) 좁은 골짜기에 시초(柴草)를 쌓아 놓고 추격해 오는 병사에게 불을 지를 준비를 하고 있다는 것이었다.

등애의 재빨리 선경지명에는 모든 사람들이 탄복했고, 또 이런 실정을 사자를 파견하여 아뢰었더니, 사마소는 크게 기뻐하며 등애에게 큰 상을 내렸다.

한편, 동오의 대장 손침은 전단·당자 등이 위나라에 투항한 것을 알자 노발대발하며 그들의 가족을 붙잡아서 모조리 몰살시켰다.

이때, 오주 손양은 겨우 나이 17세. 비상히 총명한 손양은 손침의 이런 행동을 심히 마땅치 않게 여기면서도 그의 압력에 눌려서 정사에는 통 간섭하지 못했다. 그리고 손침의 아우 위원장군(威遠將軍) 손간(孫幹)이 창룡문(蒼龍門) 안에 주둔하고 있었으며, 무위장군 손은(孫恩), 편장군(偏將軍) 손건(孫乾), 장수교위(長水校尉) 손개(孫闓)등이 각처에 영을 마련하고 분둔(分屯)하고 있었다.

어느 날 오주 손양은 손침을 그대로 내버려두었다가는 무슨 짓을 저지를지 몰라 겁이 나서 견딜 수 없어, 국구(國舅)요 황문시랑(黃門侍郎)인 전기(全紀)에게 울면서 밀조를 내려 주고, 금병(禁兵-天子의 衛兵)을 동원해서 장군 유승(劉丞)과 함께 성문을 탈취해 주기만 하면 자기가 친히 나가서 손침을 죽여 버리겠다는 했다.

그러나 전기는 그 일을 쾌히 승낙하고도, 자기 집으로 돌아가서 그의 부친 전상(全尙)에게 비밀을 누설했으며 전상은 또 그의 아내에게 이런 사실을 알렸다. 전상의 아내는 입으로는 그 일에 찬성하는 체하면서도, 남몰래 편지를 써 가지고 손침에게 밀고했다.

격분한 손침은 그날 밤으로 형제 네 사람을 소집하고 정병을 동원하여 내원(內苑)을 포위하고, 일변 전상과 유승의 가족을 모조리 붙잡아 들였다. 날이 밝기를 기다려 손침은 전상과 유상을 죽이고 문무백관을 조정으로 소집해 놓고 영을 내렸다.

"주상은 음란하기 이를 데 없소. 종묘를 받들 힘이 없으니 이를 폐해야겠소. 문무백관, 감히 내 말에 복종하지 않는 자는 모반으로 다스리겠소!"

모든 사람들이 그의 권세를 두려워하여 아무 소리도 못하고 있을 때, 상서(尙書) 환의(桓懿)가 대로하여 반부(班部)에서 뛰어나와 손침에게 손가락질을 하며 매도했다.

"금상(今上)께서는 총명한 주공이시다. 네 놈이 어찌 감히 이따위 못된 소리를 함부로 하느냐! 나는 차라리 죽을지언정 너 같은 적신(賊臣)의 명령에는 복종치 못하겠다!"

이 말이 손침에게 통할 리 없었다.

손침은 친히 칼을 뽑아 들어 그의 목을 베어 버리고 그길로 입내(入內)하여 오주 손양에게 손가락질을 하고 호통을 치며 중서랑(中書郎) 이숭(李崇)에게 인수를 빼앗게 해서 등정(鄧程)에게 받아 두게 하니, 손양은 눈물을 흘리며 그 자리를 물러났다.

　손침은 종정(宗正) 손해(孫楷), 중서랑 동조(董朝)를 호림(虎林)으로 파견하여 낭야왕(琅琊王) 손휴(孫休)를 천자로 맞아 오기로 했다. 손휴는 자를 자열(子烈)이라 하고 손권의 여섯째아들이었는데 호림에 있다가 생각지도 않은 천자의 벼락감투를 쓰게 된 셈이다.

　손휴는 재삼 사퇴했으나, 손침의 성화같은 권고를 거절하지 못하고 결국 옥새를 받았다. 그리고 연호를 영안 원년(永安元年-서기 258년)으로 고쳤고, 손침을 승상으로 임명하여 형주 목에 봉했으며, 또 형 손화(孫和)의 아들 손호(孫皓)를 오정후(烏程侯)에 봉했다.

　이리하여 손침 일문의 오후(五侯)는 모두 금병(禁兵)을 거느리고 그 권세가 천자만 못지않을 정도였으나, 손휴는 내변이 일어날 것을 두려워하여 겉으로는 은총을 베풀면서도 안으로는 방비를 게을리 하지 않았다.

　그러나 손침의 교만과 횡포는 점점 심해 갔다. 겨울 12월에 손침은 쇠고기와 술을 받들고 궁으로 들어가서 성수(聖壽)를 축하하려고 했으나, 오주 손휴는 그것을 받지 않았다. 손침은 대로하여 그것을 가지고 좌장군 장포(張布)의 부중으로 가서 함께 마셨다.

술이 거나하게 돌자 장포에게 하는 소리가,

"내가 처음에 회계왕(會稽王)을 폐하였을 때, 사람들이 모두 날더러 인군 노릇을 하라고 권했지만, 나는 금상이 똑똑하다 생각하고 천자로 내세웠더니, 이제 내가 축하한다는 것을 거절하고 나를 우습게 여기니, 내 조만간 한 번 혼을 내고야 말겠다!"

장포는 그 말을 듣고 그 자리에서는 어물어물해 치웠지만, 이튿날 궁으로 들어가서 그런 사실을 밀주(密奏)했다.

손휴는 대경실색하여 주야로 답답한 시간을 보내고 있었는데 손침은 중서랑(中書郞) 맹종(孟宗)을 시켜 중영(中營)의 소관인 정병 1만 5천 명을 거느리고 무창(武昌)으로 출둔하게 하고, 또 무기고 속의 무기를 모조리 그에게 주어 버렸다. 장군 위막(魏邈)과 무위사(武衛士) 시삭(施朔)이 이런 사실을 손휴에게 밀주했다.

손휴는 즉시 장포를 불러서 딱한 사정을 이야기했더니 그는 노장군 정봉(丁奉)을 믿을 만한 인물로 천거했으며, 정봉은 맹세코 국적을 처치할 것이니 손휴더러 내일이 납일(臘日)이므로 여러 신하들이 모인다는 핑계로 손침을 연석에 불러내기만 해주면 자기가 그 자리에서 처치해 버리겠다고 했다.

이리하여 정봉·위막은 시삭에게 명령하여 외부를 담당하도록 하고 장포에게 이에 내응하도록 했다.

그날 밤 광풍이 맹렬히 일어서 모래와 돌을 휘몰아치고 고목의 뿌리까지 뽑히더니 날이 밝아서야 좀 잔잔해졌다. 아침에 칙사가 나타나서 손침에게 궁중에 나오기를 청하니 집안 사람들이, 간밤의 일을 생각하고 불길할지도 모르니 참석 않는게 좋겠다고 권고했다. 그러나 손침이 뽐내면서 말했다.

"우리 형제가 금병(禁兵)을 거느리고 있는데, 누가 감히 우리 곁에 올 것이냐? 만약에 무슨 변동이 있거든 부중에서 횃불을 올려 신호하라."

드디어 손침은 그 연석에 참석했으며 손휴는 어좌(御座)에서 내려와 손침을 높은 좌석에 앉혔다. 술이 몇 순배 돌아가자, 밖에서 불길이 치솟는다는 보고가 들어오며 일대 소동이 일어났다. 손침이 급히 자리를 뜨려는 것을 손휴가 가로막았다.

"승상, 안정하시오. 밖에는 군사가 많으니 뭘을 그다지 겁낼 게 있겠소?"

그 말이 채 끝나기도 전에 좌장군 장포가 칼을 뽑아 들고 무사 30 여명을 거느리고 전상(殿上)으로 뛰어 오르며 무서운 음성으로 호통을 쳤다.

"역적 손침을 붙잡으라는 조명이시다!"

손침이 재빨리 달아나려고 했으나 이미 무사들에게 붙잡힌 몸이 돼 버렸다.

손침이 머리를 조아리며 아뢰는 말이,

"교주(交州)의 전리(田里)로나 보내 주시기 바랍니다."

580

손휴가 꾸짖었다.

"네놈은 어째서 등윤(滕胤) · 여거(呂據) · 왕돈(王惇)이 가고 싶다는데도 보내지 않았느냐?"

당장에 끌어내어 참하라 명령하니 장포가 손침을 전(殿) 동쪽으로 끌어내어 참해 버렸다.

또 장포가 손휴를 오봉루(五鳳樓)로 올라가도록 청하고 있을 때, 정봉 · 위막 · 시삭 등이 손침의 아우들을 끌고 들어왔다. 손휴는 모조리 장터로 끌어내어 목을 베라고 명령했고, 종당(宗黨) 수백 명도 함께 죽여서 그 삼족을 멸해 버렸다.

또 군사들에게 명령하여 손준(孫峻)의 분묘를 파헤치고 그 시수(屍首)를 잘라 버렸으며, 그들에게 살해당했던 제갈각 · 등윤 · 여거 · 왕돈 등의 분묘도 다시 마련해서 그들의 충성을 표시해 주었고, 먼곳으로 귀양살이를 가 있는 사람들도 제 고장으로 돌려보내고 정봉 등에게는 상을 후하게 내렸다.

한편 편지로 이런 소식을 성도로 보고했더니, 후주 유선(劉禪)이 축하의 사신을 보내어, 이편에서도 설우(薛珝)를 답례의 사자로 보냈다. 설우가 촉나라로부터 돌아와서 그곳 국내 정세를 보고하는데, 근자에는 중상시(中常侍) 황호(黃皓)가 세도를 부리고 공경들은 아첨만 일삼고 직언(直言)을 하는 자가 없으며, 소위 '제비가 집에 깃들이니 대하(大廈)에 불이 붙을 것도 모르고 있다'는 형편이라는 것이었다.

손휴는 제갈공명이 세상을 떠나지 않았던들 이런 일이 없었을 것이라고 한탄하면서 국서를 작성하여 사람을 시켜 성도로 보내서 사마소가 불원간 위나라를 정복하면 반드시 오·촉을 침범할 것이니, 피차간에 준비를 잘하고 있자고 전했다.

때는 촉한의 경요 원년(景耀元年) 겨울. 대장군 강유는 흔연히 표를 올려 토위군을 일으킬 작정으로, 요화·장익을 선봉, 왕함(王含)·장빈(蔣斌)을 좌군(左軍), 장서(蔣舒)·부첨(傅僉)을 우군, 호제(胡濟)를 후군으로 하고, 친히 촉군 20만을 동원하여 후주와 작별하고 한중으로 나와서 우선 하후패와 먼저 쳐들어갈 방향을 상의했다. 역시 기산을 빼놓고는 출동할 만한 곳이 없다고 하자 강유는 그의 의견대로 기산 쪽으로 출동하여 산골짜기 어귀에다 영채를 마련했다.

그러나 재빠른 등애가 여기에 대비하지 않았을 리 없었다. 산골짜기 어귀에다 강유가 영채를 마련했다는 사실을 알고 등애는 기뻐하면서 말했다.

"나의 예측대로 들어맞는구나!"

등애는 미리부터 지세를 조사해 가지고 일부러 촉군의 병사들이 영채를 마련할 만한 지점을 남겨두고 기산의 영채로부터 촉군의 영채로 통하는 굴을 파 두어서 촉군이 나타나기만 하면 한

번 엉망진창을 만들어 놓겠다고 단단히 벼르고 있었기 때문이
었다.

등애는 그의 아들 등충을 불러 사찬(師纂)과 함께 각각 병사 1
만 명을 거느리고, 좌우로부터 총공격하라 명령하고, 부장 정륜
(鄭倫)에게는 500명을 거느리고 그날 밤 2경에 굴속을 달려 곧장
좌영(左營)으로 나와서 장후(帳後)의 땅 속에서부터 쳐나오도록
지시했다.

강유 편의 장수 왕함과 장빈은 아직도 입채(立寨)가 끝나지 않
았으므로 위병이 쳐들어올까 두려워서 갑옷도 벗지 못한 채 잠
을 자고 있었다.

별안간 병사들이 동요하여 무기를 잡고 말에 올랐을 때에는
벌써 영채 밖에서부터 등충이 쳐들어오고 있었다. 왕함과 장빈
은 결사적으로 싸웠지만 감당할 도리가 없어서 진지를 버리고
도망쳤다. 장중에 있다가 왼쪽 영에서 고함소리가 들리니 안팎
에서 서로 호응하는 군사가 있다 생각하고 급히 말에 올라 중군
장전(帳前)에 나서서 지령을 내렸다.

"망동하는 자가 있으면 참할 테다! 적병이 영 근처에 나타나거
든 사정없이 궁노로 쏴라!"

오른쪽 영에도 똑같이 경거망동을 하지 말도록 지령을 내렸
다. 과연 위병들은 날이 밝을 때까지 10여 차례나 돌격해 봤지만
모두 궁노에 막혀서 되돌아가고 말았다.

등애가 군사를 수습해 가지고 영채로 돌아와서 한탄했다.

"강유는 공명의 병법을 잘 터득하고 있다! 병사들이 밤에도 놀라지 않고 변고를 알고도 흐트러짐이 없으니 정말로 장수감이다!"

이튿날, 왕함과 장빈은 패잔병을 수습해 가지고 대채 앞에 엎드려서 죄를 청했다. 강유는 그들의 잘못을 꾸짖지 않고 자기 자신이 지리에 어두웠음을 후회하면서 다시 군사를 증원시켜 주고 진영을 잘 지키도록 했다.

그리고 죽은 시체로써 굴속을 메우도록 해서 흙을 덮고, 한편 등애에게 사람을 시켜서 도전장을 던지게 했다.

물론, 그 도전장은 내일 당장 다시 싸워 보자는 것이었다. 등애도 흔연히 이에 응했다.

이튿날, 양군이 기산 앞에 서로 대치하게 되자 강유는 공명의 팔진법에 의하여 천지풍운(天地風雲), 조사용호(鳥蛇龍虎)의 형태로 진을 쳤다.

등애가 말을 달려 나와, 강유가 팔괘(八卦)로 진을 쳐 놓은 것을 보자, 그 역시 똑 같은 진법으로 진을 쳐 놓으니 좌우전후의 문호(門戶)까지 다름이 없었다.

강유가 창을 휘두르고 말을 달려 나오며 소리를 질렀다.

"네놈은 내 흉내를 내고 팔진을 펼쳤는데, 능히 변진(變陣)을 할 수 있느냐?"

등애가 웃으며 응수했다.

"이 진법은 네 놈이 펼 줄 안다고 하는 소리냐? 내 이미 포진(布陣)을 아는데 어찌 변진을 모르겠느냐?"

등애는 곧 진지로 달려 들어가더니 집법관(執法官)을 시켜서 깃발을 좌우로 흔들게 하더니 팔팔 육십사(八八六十四)개의 문호(門戶)로 변해 놓고 다시 진지 앞으로 나와서 말했다.

"나의 변법(變法)이 어떠냐?"

강유가 대꾸했다.

"제법이긴 하지만, 너는 감히 나와 더불어 서로 진지를 포위해 볼 수 있겠느냐?"

"못할 게 뭣이 있단 말이냐!"

양국이 각각 대오를 정연히 하고 진격해 나왔다. 등애는 중군에서 지휘하면서 양군이 충돌해도 그의 진법에는 추호도 흔들림이 없었다. 강유가 중간에 이르러 깃발을 한 번 휘두르니 홀연 '장사권지진(長蛇捲地陣)'으로 변했다.

등애는 한복판에 포위되었고, 사면에서 함성이 요란하게 일어났다. 등애가 그 진법을 알지 못하여 당황해할 때, 촉병은 점점 육박해 들어오니 등애가 아무리 여러 장수들을 거느리고 돌파하려 해도 뚫고 나갈 도리가 없었다.

촉병들이 사면에서 일제히 고함을 지르는 소리가 들릴 뿐이었다.

"등애, 빨리 항복해라!"

등애는 하늘을 우러러 보며 장탄식했다.

"내가 한때 재간을 뽐내다가 결국 강유의 계책에 빠졌구나!"

이때 홀연 서북쪽에서 1대의 군마가 달려들어서 등애를 구출해 냈는데, 그 장수는 바로 사마망이었다. 그러나 간신히 등애를 구해 냈을 때에는, 기산의 아홉 군데 영채는 모조리 촉군에게 빼앗기고 말았다.

등애는 패잔병을 수습해 가지고 위수 남쪽에 영채를 마련하고, 사마망에게 말했다.

"공은 어떻게 이런 진법을 알고 나를 구출해 주었소?"

"소생은 어렸을 적 형남(荊南)에 유학했을 때, 일찍이 최주평(崔周平)·석광원(石廣元) 같은 공명의 친구들과 벗하여 이런 진법을 강론했던 일이 있습니다. 오늘, 강유가 변진한 것은 바로 '장사권지진'이란 것입니다. 이것은 어느 방향에서 격파하려 해도 할 수 없는 변법인데, 소생은 그 진두가 서북쪽에 있음을 간파하고 그쪽으로부터 돌파한 것입니다."

등애가 고마워했다.

"나는 비록 진법을 배우기는 했으나 사실 변법이란 것은 몰랐소. 공이 이미 이런 진법을 안다면, 내일은 이 진법으로 기산의 채책을 탈취함이 어떻겠소?"

사마망의 대답이,

"소생의 배운 것만으로는 강유를 속일 수 없을 것입니다."

등애가 장담하듯 말했다.

"내일 공은 진지에서 그와 진법으로 싸우시오. 나는 1군을 거느리고 기산의 뒤를 암습하겠소. 양쪽에서 혼전을 벌이면 옛 영채를 도로 탈환할 수 있소."

이리하여 정륜을 선봉으로 하고 등애가 친히 기산의 뒤를 습격하기로 했으며, 한편 사람을 보내서 강유에게 도전장을 보내고 내일 진법으로써 싸워 보자고 했다. 강유는 승낙의 뜻을 적어서 사자를 돌려보내 놓고 여러 장수들을 모아 이렇게 말했다.

"내가 무후(제갈량)께서 받은 밀서에는 이 진의 변법이 모두 365가지가 있는데, 천수에 맞추어서 한 것이요. 이제 나와 진법으로써 싸우려 덤벼든다는 것은 반문(班門)에서 도끼를 들고 까부는 격밖에 안 되오. 그러나 도전해 오는 가운데는 반드시 속임수가 있는데 공들은 그것을 아시오?"

요화가 말했다.

"우리들과 진법으로 싸우는 체하고 한편 1군을 거느리고 우리의 후방을 습격하자는 것입니다."

강유가 웃으며 말했다.

"내 생각과 똑 같은 말이요."

그 즉시 장익과 요화를 시켜서 군사 만 명을 거느리고 산 뒤에 매복해 있도록 했다.

그 이튿날 강유는 아홉 군데 영채의 군사를 총동원시켜서 기산 앞에 진을 쳤다.

사마망은 군사를 거느리고 위수 남쪽에서 기산 앞으로 진출하여 진두로 말을 달려 나와서 강유더러 나와서 맞서 보자고 했다. 강유가 외쳤다.

"네 놈이 나에게 진법으로 싸우자고 했으니 네놈이 먼저 진을 펼쳐서 나에게 보여라."

사마망은 즉각에 팔괘의 진을 펼쳤다. 강유가 웃으며 하는 말이,

"그것은 바로 내가 펴는 팔진법이 아니냐? 네놈은 도습(盜襲)만 하니 무엇이 신통할 게 있단 말이냐!"

하니 사마망이 소리쳤다.

"네놈 역시 남의 진법을 훔쳤을 뿐 아니냐!"

"그 진법이란 그래 몇 가지의 변화나 있는 것이냐?"

"내가 진을 펼 줄 아는데, 어찌 변진을 모르겠느냐? 이 진법은 구구 팔십일(九九八十一)개의 변화가 있다."

강유가 비웃으며 말했다.

"어디 한번 변해 봐라."

사마망이 진지로 돌아가서 몇 번인지 변법을 써 보이고 다시 진지로 나와서 말했다.

"네 놈은 나의 이 변법을 아느냐?"

강유가 또 웃으며 대답했다.

"나의 진법은 3백 65의 천수를 따라서 변하는 것이다. 네 놈은 우물 안 개구리에 지나지 못하니 그 현오(玄奧)함을 알 길이 있겠느냐!"

사마망은 이런 변법이 있다는 것을 알고 있기는 했지만, 사실 그것을 완전히 배우지는 못했다. 억지로 어물어물거렸다.

"그건 믿을 수 없다. 어디 한번 변해 봐라."

강유의 말이,

"등애를 나오라고 해라. 그 앞에서 변해 보일 테니."

"등장군은 등장군대로 좋은 꾀가 있으시다. 그 따위 진법하고는 대결하지 않으신다."

강유가 또 웃었다.

"좋은 꾀가 있다고? 네놈과 나를 싸우게 해놓고 뒤로 돌아 쳐들어가자는 게 고작 좋은 꾀냐?"

결국 싸움은 붙고 말았다.

강유가 한 번 채찍을 휘두르니 좌우 양쪽에서 군사들이 달려들어 위군을 무찔러 버리니 위군은 뿔뿔이 흩어져서 무기를 집어 던지고 뺑소니를 쳤다.

등애는 선봉 정륜을 독촉해서 산 뒤를 습격했는데, 정륜이 산 모퉁이를 돌아서자 홀연 한 발의 포성이 들리더니, 고각 소리 천지를 진동하면서 복병이 내달았다.

선두에 나선 대장은 요화였다. 입을 벌릴 겨를도 없이 양마(兩馬)가 맞닥뜨리니, 정륜은 요화의 한 칼에 목이 말 아래로 떨어지고 말았다.

등애가 당황하여 급히 말머리를 돌리려 했을 때 장익(張翼)이 또 병사를 거느리고 쳐들어 오니 위군은 대패하였고, 등애는 간신히 목숨을 건져서 빠져 나오기는 했으나, 몸에는 네 군데나 화살을 맞았다. 위남 영채로 돌아갔더니 사마망도 돌아와 있는지라 두 사람은 서로 퇴병책을 상의했다.

서마망의 말했다.

"요사이 촉주 유선은 중귀(中貴) 황호(黃皓)를 총애하여 주야로 주색으로 낙을 삼는다 합니다. 반간계를 써서 강유를 불러 가도록 하면, 이 위기는 모면할 수 있을 것입니다."

등애가 여러 모사들에게 말했다.

"촉나라로 들어가서 황호와 통할 사람이 없겠소?"

말이 채 끝나기도 전에 한 사람이 선뜻 나서면서 말했다.

"소생이 가고 싶습니다."

등애가 바라보니 바로 양양의 당균(黨均)이었다. 등애는 크게 기뻐하며 그 즉시 당균에게 금구슬과 보물을 주어서 성도로 달려가서 황호와 결탁하고 유언을 퍼뜨려서 강유가 천자를 원망하고 머지않아서 위나라에 투항하리라는 소문을 내게 하라고 했다.

이리하여 성도 사람들이 이구동성으로 이런 소문을 퍼뜨리게 되자, 황호는 후주에게 알려서 즉시 사람을 파견하여 밤을 헤아리지 않고 강유에게 달려가 입조하라는 명령을 내렸다.

강유는 연일 나와서 도전하고 있었는데, 등애는 영채를 든든히 지키기만 하고 나와서 싸우려 하지 않았다.

강유가 내심 이상한 생각을 품고 있을 때, 홀연 조명(詔命)이 내렸다 하며 자기를 조정으로 돌아오라는 것이었다.

강유는 무슨 영문인지는 몰랐지만, 군사를 철수하여 조정으로 돌아가는 도리밖에 없었다.

등애와 사마망은 강유가 계책에 속았다는 것을 알게 되자 드디어 위남의 군사를 돌려세워 뒤로부터 무찔러 들어갔다.

이야말로 악의(樂毅-戰國燕人. 昭王의 將軍)가 제나라를 토벌하려다가 이간책에 가로막히고, 악비(岳飛-南宋의 大將)가 적을 격파하려다가 참언 때문에 돌아가야 했던 일과 똑같은 셈이다.

114.
웃으며 죽은 사람들

'사람치고 죽지 않는 사람 있느냐?'
웃으며 죽음을 맞는 장군의 어머니!

曹髦驅車死南闕
姜維棄糧勝魏兵

　강유가 퇴병(退兵)을 명령하니, 요화가 말했다.

　"대장은 밖에 있어서는 군명(君命)도 받지 않을 때가 있습니다. 이제 조명이 내렸다 할지라도 움직이시면 안 됩니다."

　장익이 말했다.

　"촉나라 사람들은 대장군께서 몇 해를 두고 군사를 동원하신 것을 모두 원망하고 있습니다. 이번에 승리를 거두셨으니 인마를 수습하여 돌아가셔서 민심을 안정시켜 놓으시고 다시 앞날의 일을 도모하심이 좋겠습니다."

　강유는,

　"그거 좋은 말이요."

강유가 말하고, 드디어 각 군에 명령하여 질서 있게 후퇴하도록 하고, 유화 · 장익에게 후군의 책임을 맡겨서 위병의 추격을 방비하도록 했다.

이때, 등애는 군사를 거느리고 추격해 왔지만 앞으로 촉군의 군사가 기치(旗幟)를 정제하고 인마가 서서히 후퇴하는 것을 보자, 감탄하면서 말했다.

"강유는 무후의 병법을 잘 터득한 사람이야!"

그래서 등애는 감히 촉군을 추격하지 못하고 군사를 몰고 기산 영채로 돌아왔다.

한편, 강유는 성도로 돌아오자 후주를 알현하고 불러 올린 까닭을 물었다.

후주가 말하기를,

"짐은 경이 변방에서 오랫동안 돌아오지 않았기에 군사들이 너무 고생될까 하여 경을 돌아오게 한 것이지 별다른 뜻은 없소."

강유가 아뢰었다.

"신은 이미 기산 영채를 점령했사오며 공을 거두게 되었사온데, 뜻밖에도 중도에서 폐해 버리게 되었사오니, 이는 반드시 등애의 반간계에 속으신 것 같습니다."

후주가 묵묵히 말이 없는지라, 강유가 또 아뢰었다.

"신은 맹세코 적군(賊軍)을 토벌하여 국은에 보답하고자 하오니 폐하께서는 소인의 말을 들으시고 의심을 품지 마시기 바랍니다."

후주는 한참만에야 입을 열었다.

"짐은 경을 의심치 않소. 경은 우선 한중으로 돌아가서 위나라에 변고가 생기기를 기다려서 다시 토벌함이 좋을 것 같소."

강유는 탄식하며 조정을 나와서 한중으로 떠나가 버렸다.

당균(黨均)이 기산 영채로 돌아와서 이 소식을 전했더니 등애가 사마망에게 말했다.

"군신이 불화하면 반드시 내변(內變)이 생기는 법이오."

당장에 당균을 낙양으로 올려 보내서 이 소식을 사마소에게 알렸다. 사마소는 기뻐서 어쩔 줄 모르며, 즉시, 촉나라를 토벌할 생각을 하고 중호군(中護軍) 가충(賈充)에게 물었다.

"촉을 토벌할까 하는데 어떻게 생각하오?"

가충이 대답했다.

"토벌해서는 안 됩니다. 천자께서는 최근에 주공을 의심하는데, 만약 경솔히 출동하신다면 내란이 반드시 일어날 겁니다. 지난해에 황룡 두 마리가 영릉(寧陵) 우물 속에 나타났는지라, 여러 신하들이 상서로운 일이라고 축하를 올렸더니 천자께서 말씀하기를, '상서로운 징조가 아니오. 인군 같은 용이 잡혀서 하늘에도 못 있고 아래로는 땅에도 못 있고, 우물 속에 있으니 그것은 유상(幽象)의 징조요'하시면서 마침내 〈잠룡시〉(潛龍詩) 한 수를 지으셨는데, 그 시중의 의미는 명백히 주공을 말씀하시는 것입니다."

그 〈잠룡시〉란 다음과 같은 것이었다.

　　슬프다! 용이 몸을 묶이어

　　깊은 못에서 뛰쳐나오지 못하니

　　위로는 높은 하늘을 날지 못하고

　　아래로는 땅 위에 나타날 수도 없구나

　　몸을 서리고 우물바닥에 살고 있으니

　　미꾸라지와 뱀장어가 그 앞에서 까불고 춤을 추는구나

　　이빨을 감추고, 조갑을 움추려뜨렸으니

　　슬프다! 내가 또한 그와 마찬가지다

　　傷哉龍受困　不能躍深淵

　　上不飛天漢　下不見於田

　　蟠居於井底　鰍鱔舞其前

　　藏牙伏爪甲　嗟我亦同然

사마소는 그 말을 듣더니 대로하여 가충에게 말했다.

"이 사람도 조방(曹芳)을 닮은 모양이군! 일찌감치 처치하지 않으면 반드시 나를 죽이려 들겠군."

가충도 말했다.

"소생 생각에도 주공께서 일찌감치 손을 쓰시는 게 좋겠습니다."

때는 감로(甘露) 5년 여름 4월. 사마소가 칼을 찬 채로 전(殿)으로 올라갔더니 조모는 일어나서 영접했다. 여러 신하들이 아뢰었다.

"대장군의 공덕은 혁혁하오니 진공(晋公)으로 승격하게 하시고 9석(九錫)을 내리실 만하다고 생각합니다."

조모가 묵묵히 입을 다물고 수그린 채 말이 없으니, 사마소가 큰소리로 말했다.

"우리 부자 형제 세 사람은 위나라를 위해서 큰 공을 세웠는데, 이제 진공이 된다는 게 마땅치 않습니까?"

조모가 그제야 대답했다.

"그렇단 말은 아니오!"

"잠룡시에서는 우리들을 미꾸라지나 뱀장어로 취급하셨으니 이게 무슨 체통이십니까?"

조모는 대답할 말이 없었고, 사마소는 냉소하면서 전을 물러났다.

조모는 후궁으로 돌아와서 시중(侍中) 왕침(王沈), 상서(尙書) 왕경(王經), 산기상시(散騎常侍) 왕업(王業)을 불러들여서, 사마소가 찬탈의 마음을 품고 있어서 주살해야겠으니 힘이 되어 달라고 울면서 호소했다.

왕경이 아뢰었다.

"그것은 옳지 않습니다. 옛적에 노(魯)나라 소공(昭公)은 계씨(季氏)에 대한 감정을 참지 못하고 패주하여 나라를 잃었습니다. 이제 중한 권력이 이미 사마씨에게 돌아간 지 오래됐사오며, 내외의 공경들이 순역(順逆)의 이치도 분간하지 못하고 간적에게 아부하는 자 하나 둘이 아닙니다.

또 폐하를 받들고 지키는 사람도 수효가 적고 약하오며 명을 받은 사람도 없사온데, 만약 폐하께서 은인자중하지 않으시면 큰 화가 미칠 것입니다. 서서히 일을 도모하시고 그런 일은 하지 마시기 바랍니다."

조조의 말했다.

"이것을 참을 수 있다면, 뭣을 또 못 참을 일이 세상에 있겠소? 짐의 뜻은 이미 결정되었으니 죽는다 해도 두려울 것이 없소!"

말을 마치고 나서, 곧 태후에게로 가서 이런 의사를 말했다.

왕침·왕업이 왕경에게 말하기를,

"사태는 급박하게 되었소! 우리들은 자진해서 멸족하는 화를 입을 것 없이, 사마공의 부중으로 가서 출수하고 죽음이나 면하도록 합시다."

왕경이 대로했다.

"주공이 근심을 하게 되면 신하가 욕을 보게 되는 법인데, 어찌 표리부동한 두 마음을 먹겠소?”

왕침과 왕업은 왕경이 말을 듣지 않으니, 자기네들끼리 사마소에게 가서 고해 바쳤다.

얼마 후 조모는 궁중을 나와 호위(護衛) 초백(焦伯)에게 명령하여 궁중의 숙위(宿衛), 창두(蒼頭-士卒), 관동(官僮)들 3백여 명을 집결시켜 가지고 북을 울리며 나섰다.

애당초부터 말이 안 되는 대결이었다.

조모가 칼을 뻗쳐 들고 연(輦)에 올라 남궐(南闕)로 좌우 사람들을 몰고 나서자 왕경이 연 앞에 꿇어 엎드려 통곡하며 간했다.

“이제 폐하께서 불과 수백 명을 거느리시고 사마소를 토벌하신다 함은 양을 몰고 호랑이 굴로 들어가시는 일밖에 안 됩니다. 헛되이 돌아가심은 무익하올 뿐이오며, 신은 목숨이 아까운 바 아니오나, 이런 일은 그만두심이 좋겠습니다.”

조모가 말했다.

“우리 군사는 이미 행동을 개시했으니 경은 가로막지 마오.”

드디어 용문(龍門)을 향하여 나왔다. 이때 가충이 군복을 입고 말을 탔으며 왼쪽에는 성쉬(成倅), 오른쪽에는 성제(成濟), 그리고 수천 명의 철갑금병(鐵甲禁兵)을 인솔하고 고함을 지르며 달려들었다.

조모는 칼을 내뻗으며 호령을 했다.

“나는 이 나라의 천자다! 네놈들은 궁정으로 돌입하여 임금을 죽일 작정이냐?"

금병(禁兵)들은 조모를 보자 감히 움직이지 못했다. 가충이 성
제를 부르면서 하는 말이,

"사마공은 그대를 무엇에 쓰려고 키웠겠는가? 바로 오늘 같은
일에 쓰기 위해서였소!"

성제는 창을 손에 잡고 가충을 돌아다보며 말했다.

"죽이라는 겁니까? 결박하라는 겁니까?"

"사마공의 명령이다! 죽이는 길뿐이다!"

성제는 극을 휘두르며 연 앞으로 달려들었다. 조모가 큰 소리
로 호통을 쳤다.

"못된 놈! 감히 어디다 이 따위 무례한 짓을 하느냐?"

그 말이 채 끝나기도 전에, 조모는 성제의 창끝을 가슴에 받고
연에서 굴러 떨어졌으며, 또 그 다음에는 등을 찔려 연 옆에 거
꾸러져 절명했다. 초백(焦伯)이 창을 휘두르며 덤벼들었으나, 역
시 성제의 창에 죽어 넘어지니 나머지 사람들은 모조리 도주해
버렸다.

왕경이 뒤쫓아 와서 호통을 치며 가충에게 매도했다.

"이 역적 놈아! 어찌 감히 인군을 시살(弑殺)할 수 있느냐?"

가충은 대로하여 왕경을 결박해 놓고 사마소에게 알렸다. 사
마소는 대궐 안으로 들어와 조모가 이미 죽어 넘어진 광경을 보
더니 깜짝 놀라는 체하고 머리를 연에 부딪고 울었으며, 사람을

시켜서 각 대신들에게 알렸다.

이때 태부 사마부가 대궐로 들어와 조모의 시체를 보더니 자기 무릎으로 베개를 삼아 부둥켜안고 통곡했다.

"폐하께서 시살을 당하시게 한 것은 신의 죄입니다."

드디어, 조모의 시체를 관에 담아 가지고 편전 서쪽에 고이 안치했다. 사마소는 전중(殿中)으로 들어와서 여러 신하들을 소집하고 회의를 열었다.

모든 신하가 나타났는데, 상서복사(尙書僕射) 진태(陳泰)만이 나오지 않았다. 사마소가 진태의 장인인 상서 순개(荀顗)를 시켜서 진태를 불러 오게 했더니, 진태가 통곡하며 하는 말이,

"세상 사람들이 이 진태를 장인과 비교해서 곧잘 말들을 했는데, 이제 와서는 장인은 이 진태만도 못하십니다."

하고, 마대(麻帶)를 허리에 띠고 울면서 조모의 영전에 배례했다.

사마소가 거짓 울음을 울면서 물었다.

"이 일을 무슨 법으로 다스렸으면 좋겠소?"

진태가 대답했다.

"가충만을 죽이시면 천하에 다소나마 사죄가 되겠지요."

사마소가 한참동안이나 곰곰 생각하더니 다시 물었다.

"그러지 말고 무슨 다른 방법을 생각해보오."

"더 엄격하게 할 수는 있을지언정, 이만도 못한 처리방법은 없

습니다."

"성제가 대역무도한 놈이요. 그놈을 죽이고 삼족을 멸해야 하
겠소."

성제가 호통을 치며 사마소를 매도했다.

"내 죄가 아니다. 가충이 네놈이 명령을 나에게 전달한 것
이다!"

사마소는 먼저 그의 혓바닥을 뽑아 버리게 했으나 성제는 죽
는 순간까지 억울하다고 줄곧 소리를 질렀다. 그의 아우 성쉬도
장터로 끌려나가서 목이 달아났고, 삼족을 모조리 멸했다.

사마소는 또 사람을 시켜서 왕경의 온 가족을 투옥했다. 왕경
은 마침 정위청(廷尉廳) 아래 있다가 그의 어머니가 결박   당해
오는 것을 보더니 머리를 조아리며 통곡했다.

"이 불효자는 화를 어머님에게까지 미치게 했습니다!"

그의 모친이 큰 소리로 웃으며 말했다.

"사람치고 누가 죽지 않으랴? 단지 두려운 것은 죽을 만한 장
소를 얻지 못하는 것뿐이다. 이렇게 목숨을 버린다 한들 뭣을 한
탄할 게 있겠느냐?"

그 이튿날 왕경의 온가족은 동시(東市)로 압송되었다.

왕경 모자는 웃음을 머금고 형을 받았다. 만성(滿城)의 사서(士
庶)들이 눈물을 흘리지 않는 사람이 없었다.

태부 사마부가 왕례(王禮)를 갖추어 조모의 장사를 지내기를

청했더니, 사마소는 이를 허락했다.

가충 등이 사마소에게 권하여 위나라의 선위(禪位)를 받아 천자에 즉위하라고 했더니, 사마소의 말이,

"옛적에 문왕(文王)은 천하를 3분하여 그 둘까지 차지하고도 은(殷)나라를 섬겼기 때문에 성인까지도 그를 지덕(至德)이라 일컬었소. 위나라의 무제(조조)가 한나라에서 선위를 받으려 하지 않은 것은 내가 위나라에서 선위를 받기 싫은 것이나 마찬가지요."

가충 등은 그 말을 듣고 사마소가 자기 아들 사마염(司馬炎)을 생각하고 있다는 것을 눈치 채자 두 번 다시 권하지 않았다.

그 해 6월에, 사마소는 상도향공(常道鄕公) 조황(曹璜)을 제왕으로 세우고, 경원 원년(景元元年)이라고 연호를 고쳤다. 조황은 즉위하자 이름을 환(奐)이라 고쳤다. 그의 자는 경소(景召), 무제(武帝) 조조의 손자, 연왕 조우의 아들이었다.

환은 사마소를 승상 진공에 봉했고, 돈 10만 냥과 비단 만필을 하사했다. 그리고 문무 여러 관원들에게도 각각 봉상(封賞)을 내렸다. 염탐꾼이 재빨리 이런 사실을 촉나라에 보고하니, 강유는 사마소가 조모를 시살하고 조환을 천자로 세웠다는 사실을 알게 되어,

"이제야말로 내가 위나라를 토벌해도 명분이 서게 됐다."

하고 기뻐하면서, 즉시 오나라로 편지를 띄워서 군사를 일으

켜 사마소가 인군을 시살한 죄를 따져 보자 하고, 또 한편으로는 후주에게 청하여 군사 15만을 동원하고 천 량(千輛)의 수레에다 모조리 판상(板箱-糧箱)을 싣게 했다. 또 요화와 장익을 선봉으로 하여 요화는 자오곡을 공략하고, 장익은 낙곡을, 그리고 강유 자신은 사곡을 공략해서 일제히 기산 앞으로 나와서 합세하기로 하고, 3로병이 동시에 동원되어 기산을 목표로 진격했다.

이때 등애는 기산 영채에서 인마를 훈련하고 있었는데 촉병이 3로로 쳐들어온다는 소식을 듣자, 여러 장수들을 모아 놓고 대책을 상의했다. 참군 왕관(王瓘)이 자기에게 계책이 있다고 해서 물었더니, 말로는 할 수 없다 하며 한통의 서면을 내놓았다. 사마소는 그 서면을 펼쳐 보더니, 과연 묘계라 기뻐하면서 그에게 병사 5천 명을 주었다. 왕관은 밤낮을 헤아리지 않고 사곡으로 달려가자, 마침 촉병의 전대초마(前隊哨馬)와 맞닥뜨리게 되었다.

왕관이 소리를 질렀다.

"나는 위나라의 투항병이요. 주수(主帥)께 보고해 주시오."

초군이 강유에게 보고했더니, 강유는 다른 병사들을 한편으로 비켜 놓고 대장만을 불러서 만나기로 했다. 왕관이 땅에 꿇어 엎드려서, 자기는 왕경의 조카 왕관으로서 사마소가 천자를 시살하고 숙부의 일족을 멸했기 때문에 부하 5천 명을 거느리고 투항하려 한다고 했다.

강유는 그 말을 쾌히 받아들이며 왕관을 시켜서 현재 국경에까지 운반되어 있는 군량을 기산까지만 운반해 준다면 자기는 일거에 기산을 들이치겠다고 했다.

왕관은 자기의 계책이 들어맞는지라 내심 기뻐하면서 흔연히 승낙했다. 그런데 강유는 군량을 운반하는 데는 군사 3천 명이면 족하니, 나머지 2천명은 자기가 기산을 공격하는 데 길을 인도하도록 하자는 것이었다.

왕관은 강유가 의심할까 봐 그의 말대로 3천 명만 거느리고 떠났다. 강유는 위병 2천명을 부첨에게 인솔시키고 싸움에 소용되도록 하라고 명령했다. 홀연 하후패가 도착했다는 보고가 들어왔다.

하후패의 말에 의하면, 왕관의 말을 믿어서는 안 되며, 자기가 위나라에 있었을 적에 왕관이 왕경의 조카라는 말을 들어본 적도 없으니 그의 투항에는 반드시 다른 계책이 있으리라는 것이었다.

하후패의 말을 듣더니 강유가 껄껄껄 웃으며 말했다.

"나는 왕관이 거짓말인 줄 이미 알았기 때문에 그의 병세(兵勢)를 갈라서, 이쪽에서도 계책으로 대결해 보자는 것이오."

"어떻게 된 일인지 말씀해 보십시오."

"사마소가 간웅이라는 점은 조조와 비길 만하오. 이미 왕경을 죽이고 그 삼족을 멸했는데 어째서 그의 조카를 살려 두고 군사를 주어서 관외로 내보내겠소? 그래서 거짓말임을 알았더니, 중권(하우패)의 의견이 우연히 나와 일치되었소."

이리하여 강유는 사곡으로 나가지 않고 사람을 도중에 매복시켜서 왕관이 농간을 부릴 것을 미리 방비하고 있었다. 열흘도 채 못 되어서 과연 왕관이 등애에게 보내는 회답의 편지를 가지고 가는 사람을 복병이 붙잡아 가지고 강유에게로 데리고 갔다.

강유가 사정을 물어 보고 편지를 뒤져내서 보았더니, 8월 20일께쯤 샛길로 군량을 운반하고 대채로 돌아갈 것이니, 등애더러 군사를 담산(壜山) 골짜기로 파견해서 접응해 달라고 적혀 있었다.

강유는 편지를 가지고 가던 자를 죽이고, 그 편지 속에는 8월 15일에 등애에게 친히 대군을 거느리고 담산 골짜기로 나와서 접응하라고 고쳐서 써 넣는 한편 사람을 위나라 병사처럼 분장을 시켜 위나라 영채로 편지를 전달하게 했다.

그리고 또 수백 대의 양차(糧車)에 실었던 양식을 내려놓게 하고, 그 위에다가 대신 건시(乾柴)·모초(茅草)·인화물(引火物)을 실어서 푸른 헝겊으로 덮어 놓게 했다.

또한 부첨에게 명령하여 본래 투항했던 위병 2천 명을 거느리고 운량기호(運糧旗號)를 휘날리며 몰고 가도록 했다. 그리고 강유 자신은 하후패와 따로 1군을 인솔하고 산골짜기로 가서 매복했으며, 장서(蔣舒)를 사곡에서 출동하게 하고, 요화와 장익도 각각 진격하여 기산을 공략케 했다.

한편, 등애는 왕관의 편지를 보고 기뻐하면서, 8월 15일이 되자, 정병 5만을 거느리고 담산 골짜기에 도착하여 사람을 시켜서 멀리 나가 높은 곳에 올라가 살펴보게 했다. 그랬더니 무수한 양차가 줄을 이어서 산골짜기로부터 행진해 오는 것이었다. 등애가 말을 멈추고 자세히 바라봤더니 과연 위나라 군사였다.

날도 저물었고 하니, 그대로 나가서 왕관을 도와서 싸워 볼까 하고 망설이고 있는데, 홀연 기마들이 달려들며 왕장군이 양식을 운반하고 경계선을 넘어서고 있는데, 빨리 나가서 구원해 달라는 것이었다.

때는 초경. 낮같이 밝은 달빛인데, 산 뒤에서 고함소리가 들려 등애는 왕관이 산 뒤에서 싸우고 있는 줄만 알고 산을 넘어 달려가려고 했을 때, 나무 아래로부터 1군의 군마가 뛰쳐나오는데 앞장 선 장수는 부첨이었다.

"드애, 필부야! 네 놈은 우리 주장의 계책에 속은 것이다! 말을 내려서 죽을 각오나 해라!"

부첨이 말을 달려 대들며 호통을 치니 등애는 대경실색하여 말머리를 돌려서 도주했다. 수레에는 모조리 불이 붙었으니, 그 불길을 신호로 양면에서 촉병이 무찌르고 나섰다.

위군은 대패하여 지리멸렬이 되었고, 산 위 산 아래서는 '등애를 잡으면 천금(天金)을 상주고 만호후(萬戶侯)에 봉하리라!'는 소리가 울려오니, 등애는 당황하여 갑옷도 투구도 벗어 버리고 말을 내려서 보군 중에 섞여서 산을 기어오르고 고개를 넘어서 뺑 소니쳤다.

강유와 하후패는 말을 타고 앞장서는 장수만 붙잡느라고, 설마 등애가 걸어서 도주했으리라고는 생각지 못하고, 승리한 병사들을 시켜서 왕관의 양초를 걷어 들이게 했다.

등애와 내통해 놓고 미리 양말차를 마련해 놓고 기일이 되기만 고대하고 있던 왕관은 심복에게서 등장군이 대패하여 생사도 묘연하다는 소식을 듣고 놀라고 있을 때, 3면으로 군사가 쳐들어오며 배후에서도 흙먼지가 휘몰아쳐 일어나더니 양말차에 모조리 불이 붙었다.

"사태는 이미 급박했다! 그대들은 마지막으로 결사적으로 싸워라!"

왕관은 미칠 듯이 소리를 지르며 나갔다. 강유도 3로의 군사를 일제히 몰고 그 뒤를 추격했지만, 왕관이 목숨만 건져 가지고 위나라로 도주하는 줄 알았지 설마 한중으로 달아나리라고는 생각지 못했다.

강유는 한중을 뺏길 것이 겁이 나서 등애를 추격할 것을 단념하고 샛길로 밤을 헤아리지 않고 왕관을 추격했다. 왕관은 마침내 사면으로 포위를 당하여 흑룡강(黑龍江)에 몸을 던져 죽어 버렸다. 나머지 병사들도 모조리 강유의 의해 구덩이 속에 묻혀 죽고 말았다.

강유는 비록 등애를 격파하고 승리를 거두었다고는 하지만, 무수한 양초를 상실했고, 또 잔도까지 파괴당해서 곧 군사를 인솔하고 한중으로 돌아갔다.

등애는 패잔병을 거느리고 기산 영채로 돌아와서 표를 올려 죄를 청하고 스스로 자기 직위를 폄(貶)해 달라고 했다.

사마소는 등애가 많은 공을 세운 점을 참작하여 차마 폄하지 못하고 또다시 후사(厚賜)를 내렸으나, 등애는 받은 재물을 모조리 피해를 입은 가족에게 나누어 주었다.

사마소는 촉군이 또 쳐들어 올 것을 두려워하여 다시 5만의 병력을 증원하여 등애에게 주어서 방비를 든든히 하도록 했다. 강유도 밤이나 낮이나 잔도를 수리하고 출사할 궁리만 하고 있었다. 이야말로 잔도를 끝까지 수리해서 그대로 싸움을 계속하여 중원을 토벌하지 않고는 죽어도 그만두지는 못하겠다는 배짱이다.

115.
아내를 의심하다가

아내가 천자와 사통했다며 핍박하던 대신은 목이 달아나고…

詔班師後主信讒
託屯田姜維避禍

촉한 경요 5년(서기 262년) 겨울 10월. 대장군 강유는 사람을 시켜서 밤낮을 헤아리지 않고 잔도를 수리하는 한편, 군량과 병기를 정돈하고 한중의 수로에서 선척을 모두 마련했다.

모든 준비가 끝나자 후주에게 표를 올렸다.

소신은 누차 출전하여 비록 큰 공을 거두지는 못했사오나 이미 위인(魏人)의 심담(心膽)을 꺾어 놓았습니다. 이제 오랫동안 양병하였사오니 싸우지 않는다면 게으른 것이요 게으르면 병이 나는 법입니다. 하물며 이제 장수들은 죽음을 각오하고 명령이 내리기만 기다리고 있

사오며, 신은 승리를 거두지 못하는 날에는 마땅히 사
죄(死罪)를 받을 각오입니다.

후주는 표를 보고도 망설이기만 하고 결정을 내리지 못했다.
이때 초주(譙周)가 출반하여 아뢰었다.

"신이 밤에 천문을 보니 서촉 분야에 장성(將星)이 희미하고 밝
지 못했습니다. 이제 대장군께서 출사하려고 하신다는데 이번
길은 심히 불리하시다고 생각됩니다. 폐하께서 조명을 내리셔서
말리시기 바랍니다."

후주가 말했다.

"이번 길이 어떻게 되나 한 번 더 보고 나서 과연 실패한다면
그 때 말리기로 하겠소."

초주는 재삼 권했으나 말을 듣지 않자, 집으로 돌아가서 탄식
하여 마지않으며, 마침내 병을 핑계하고 나오지 않았다.

한편, 강유는 군사를 동원함에 있어서 요화에게 이런 말을 물
었다.

"나는 이제 출사하여 우선 중원을 회복할 생각인데, 먼저 어디
를 공략함이 좋겠소?"

"해마다 계속되는 정벌 때문에 군민이 편안치 않으며, 또 위나
라에 있는 등애는 지모가 많은 인물로 섣불리 다룰 존재가 아닙
니다. 장군께서 고집을 부리시고 강행하신다면 이 요화는 따를

수 없습니다."

강유가 버럭 화를 냈다.

"옛적에 승상께서 여섯 차례나 기산에 나가신 것도 또한 나라를 위하신 까닭이었소. 이제 내가 여덟 번째나 위나라를 토벌함이 어찌 나 개인만을 위해서 하자는 노릇이겠소? 이제 먼저 조양(洮陽)을 공략할 작정인데, 나에게 거역하는 자는 반드시 참하겠소."

드디어 요화를 남겨 두어 한중을 지키게 하고, 자기는 친히 여러 장수들과 군사 30만을 거느리고 조양을 공략하러 나섰다.

국경지대의 사람들이 재빨리 이 소식을 기산 영채로 전하게 되니, 이때 등애는 마침 사마망과 싸움을 논의하고 있었는데, 이 소식을 듣자 곧 사람을 내보내서 초탐하게 했다. 회보(回報)가 들어오기를 촉병이 대거하여 조양으로 출동하고 있다는 것이었다. 사마망이 말했다.

"강유는 계책이 많은 자이니, 조양을 공략하는 체하고 사실은 기산을 들이치자는 것이 아닐까요?"

"이번에 강유는 정말 조양으로 출동할 것이요."

"공께서는 어떻게 그것을 아십니까?"

"지난번에도, 강유는 여러번 나의 양초가 없는 곳으로만 출동을 했으니, 이번에도 조양에는 군량이 없으니 강유는 틀림없이 내가 기산만 지키고 조양을 지키지 않으리라 생각할 것이요. 그래서 조양만 공략하여 성을 점령하면 양식을 둔적해 두고 강인과 결탁하여 지구책을 세울 작정일 것이오."

"그렇다면 어떻게 하면 좋을까요?"

"이곳의 병사를 모조리 철수시켜서 양로로 나누어 가지고 조양을 구원해야겠소. 조양에서 25리 떨어진 지점에서 후하(侯河)라는 작은 성이 있는데 그곳이 바로 조양의 인후(咽喉)같이 중요한 곳이오. 공은 1군을 거느리고 조양에 매복하여 깃발을 감추고 북소리도 내지 말고 사방 문을 활짝 열어젖히고 여차여차하시오. 또 나는 1군을 거느리고 후하에 매복해 있을 것이니 큰 승리를 거둘 것은 뻔한 노릇이오."

계획이 서자, 각각 그대로 행하기로 하고 편장 사찬만을 남겨 두어 기산의 영채를 지키도록 했다.

한편, 강유는 하후패를 전부에 내세워서 먼저 1군을 거느리고 조양을 공략하게 하고, 자신은 따로 군사를 인솔하고 전진하면서 조양이 가까와 오자 성 위를 바라보았는데, 깃대 하나도 꽂혀 있지 않으며, 사방 문이 활짝 열려 있었다. 하후패가 의심을 품고 감히 입성하지 못하면서 여러 장수들을 돌아보며 말했다.

"이게 속임수가 아니겠소?"

여러 장수들의 말했다.

"빈 성인 게 뻔하고, 백성 수도 얼마 안 되니, 대장군의 군사가 도착한 소식을 알고 모조리 성을 버리고 도주한 것 같습니다."

하후패는 그래도 믿을 수 없어서 친히 말을 달려 성 남쪽을 관망했더니 성 뒤에 무수한 남녀노소가 모두 서북쪽을 향하여 도주하는 광경이 바라보였다. 하후패가 크게 기뻐했다.

"과연 빈 성이었구나!"

드디어 앞장서서 쳐들어갔고, 다른 병사들도 그 뒤를 쫓아서 몰려들어갔다. 그들이 옹성(甕城) 근처에 이르렀을 때, 홀연 한 발의 포성이 들리더니 성 위에서 북소리·피리소리가 일제히 울리며 깃발이 우뚝우뚝 꽂히고 적교를 끌어올려 버리는 것이었다.

하후패는 대경실색.

"계책에 속았구나!"

당황하여 급히 물러서려고 했을 때 성 위에서 화살과 돌이 빗발치듯 쏟아졌다. 가련하게도 하후패와 동행한 5백 명의 군사들은 모두 성 아래서 죽고 말았다.

한편에서 사마망이 또 성 안에서 진격해 나오니 촉병은 대패하여 도주하는 중인데, 뒤따라 강유가 후원병을 이끌고 도착하여 사마망을 격퇴시키고 성 아래에 영채를 세웠다.

강유는 하후패가 활을 맞고 죽었다는 말을 듣고 슬퍼하여 마지않았으며, 그날 밤 2경쯤 되어서 등애는 친히 후하 성 안에서 1군을 이끌고 살며시 촉군의 영채에 기습을 감행했다.

촉병들은 크게 동요를 일으켜서 강유가 아무리 제지해도 막을 수가 없었다. 성 위에서는 다시 고각소리 요란하고 사마망이 또 쳐내려오는 바람에 촉병들은 대패했고, 강유는 간신히 도주하여 장수들에게, 승패는 병가의 상사이니 우물쭈물하면서 쓸데없는 생각을 말 것이며, 중원을 뺏느냐 뺏기느냐 하는 이 싸움에서 뒤로 물러서려는 자는 참하겠다고 호령을 했다.

장익이 작전계획을 제공했다. 위나라의 군사는 지금 이 곳에 집결되어 있고 기산은 텅 비어 있을 것이니, 이번에 강유는 그대로 등애와 결전을 계속하여서 조양·후하를 공략하도록 하고 자기는 1군을 거느리고 기산을 들이쳐서 아홉 군데 영채를 탈취해 가지고 장안으로 그대로 쳐들어가자는 것이었다.

강유는 그 계획대로 장익에게 후군을 딸려서 기산으로 급히 떠나도록 명령하고 그 이튿날도 출마하여 등애에게 도전하고 병사들을 시켜서 욕설을 퍼붓게 했지만 등애는 옴짝달싹도 하지 않고 싸움에 응하지 않았다.

등애는 선견지명이 있었기 때문이었다. 강유가 기산을 습격하려고 후퇴하지 않는다는 판단을 내린 그는, 지모도 없고 군사도 얼마 안 되는 사찬 한 사람에게만 기산을 맡겨 둘 수 없는지라, 아들 등충을 불러서, 이곳을 단단히 지키고 절대로 나가 싸우지 말라 명령을 해 놓고, 친히 정병 3천 명을 거느리고 기산을 구출하러 달려갔다.

영채에서 대책을 생각하고 있던 강유는 밤중 2경쯤 되어서 난데없이 아우성 소리가 천지를 진동하고, 북소리·피리소리가 요란한지라 알아보았더니, 등애가 정병 3천을 거느리고 기습해왔기 때문에 대장들이 응전하려고 들먹거리는 중이었다.

강유는 절대로 경거망동하지 말라는 명령을 내렸다. 이것은 두말할 것도 없이 등애가 먼저 촉군의 진지 가까이 와서 동정을 살펴보고 기산을 구원하러 떠났기 때문이오, 정말 싸우려는 것이 아니었고 등충은 지키기 위해 성으로 되돌아갔다.

그러나 강유도 그 눈치를 재빨리 알아챘다. 여러 장수들을 불러 가지고 등애가 밤중에 기습을 감행하는 체한 것은 기산의 영채를 구출하러 가려는 배짱임에 틀림없다 말하고, 부침에게 명령하여 영채를 든든히 지키고 절대로 나가서 싸우지 말라 당부하고 친히 군사 3천을 거느리고 장익을 거들어 주려고 떠났다.

장익은 기산을 공격하니 사찬이 막아낼 도리가 없어서 쩔쩔매고 있는데, 등애의 군사가 나타나서 촉군의 병사를 격퇴시키고 장익을 산골까지 몰아넣고 퇴로를 끊어 버렸다.

이때 갑자기 함성이 천지를 진동하며 나타나는 강유의 군사, 장익은 용기를 얻어 다시 강유와 더불어 등애에게 전후로 맹렬한 공격을 가했다. 등애는 감당할 도리가 없는지라 기산의 영채로 도주하여 방비에만 전력을 기울이게 됐고, 강유는 군사에게 명령하여 사면에서 포위 공격을 가하게 했다.

이야기는 두 갈래로 갈라져서, 성도에 있는 후주는 환관 황호(黃皓)의 말만 믿고 주색에 빠져서 정사를 돌보지 않았는데, 대신 유염(劉琰)의 처 호씨(胡氏)가 심히 아름답게 생긴 여자로 입궁하여 황후를 만나 뵈었는데 황후는 이 여자를 궁중에 머물러 있게 했다가 한 달이나 지나서야 내보냈다.

유염이 자기 아내가 후주와 사통을 했다 의심하고 장하 군사 5백 명을 불러서 앞에 세우고 자기 아내를 결박한 다음, 군사들마다 몇 십번씩이나 여자의 얼굴에다 발길질을 하게 하니 여자는 몇 번이나 까무러쳤다. 후주는 그 말을 듣고 대로하여 유염의 목을 베고 차후부터는 명부(命婦-封號를 받은 여자)들의 입조를 일체 금했다.

이렇게 되니 관료들은 후주가 황음(荒淫)하다 의심하고 원망하는 자들이 많았으며, 자연 어진 사람은 조정에서 점점 물러나고 소인들만이 하고한 날 드나들게 되었다.

이때 우장군 염우(閻宇)란 자가 공로라고는 추호도 없는 위인인데, 황호에게 아첨하여 중직에 있었다. 그가 황호를 충동시켜서 후주에게 아뢰어, 강유는 싸움에 이겨 본 일이 없으니 자기를 대신 내보내게 해달라는 농간을 부렸다.

기산에서 계속하여 맹렬한 공격을 가하고 있던 강유는 난데없이 철수하라는 조명에 당황했지만, 명령에 거역하기 어려워 우선 조양의 군사를 후퇴시켜 놓고 장익과 함께 서서히 철수했다.

등애가 영채에 있는데, 밤이 새도록 북소리·피리소리가 요란하게 들려와서 무슨 일인가 하여 궁금히 여겼더니, 날이 밝자 촉병이 하나도 남지 않고 모조리 철수했고 영채만 남아 있다는 보고가 들어왔다. 그러나 여기에는 반드시 속임수가 있으려니 하는 생각으로 추격할 것을 단념했다.

강유은 한중으로 달려가서 인마를 쉬도록 해 놓고 친히 사자를 대동하고 성도로 들어가 후주를 알현하려고 했다. 그러나 후주는 연 10일 동안이나 조정에 나오지 않았다. 강유는 내심 이상하게 생각하고 있었는데 바로 그날 우연히 동화문(東華門)에 나갔다가 비서랑(秘書郎) 극정(郤正)을 만나게 되어서, 천자께서 자기를 불러 올린 까닭을 아느냐고 물어 봤다.

극정은 웃으면서 그것은 황호가 염우에게 공을 세워 주려고 이런 농간을 부리다가 등애가 용병을 잘 하는 장수임을 알고 상대가 되지 않을 듯해서 이 일이 우물쭈물돼 버리고 있는 중이라고 사실을 밝혀 주었다.

강유는 격분하여 호통을 쳤다.

"내, 그 환관놈을 죽여 버리고야 말겠소!"

극정이 말렸다.

"대장군께서는 무후의 일을 계승하신 분으로, 맡으신 직책이 중대하신데 어찌 이런 일을 하려 하시오? 만약에 천자께서 용납지 않으신다면 일은 도리어 불미스럽게 될 것이오."

강유가 사과했다.

"선생의 말씀이 과연 옳습니다."

이튿날, 후주와 황호가 후원에서 주연을 베풀고 있는데 강유가 몇 사람을 거느리고 뛰어들었다. 누군가가 재빨리 황호에게 알리니 황호는 급히 호산(湖山) 쪽으로 몸을 피했다.

강유가 정자 아래 이르러 후주에게 절하고 울면서 아뢰었다.

"신이 등애를 기산에 몰아놓고 있사온데 폐하께서는 연거푸 세 번이나 조명을 내리시어 신을 조정으로 돌아오게 하시었사온데, 성의(聖意)가 무엇이온지 알고자 합니다."

후주는 묵묵히 대답이 없었다. 강유가 또 아뢰었다.

"황호는 간교하게 권력을 농하기 잘하는 영제(靈帝) 때 십상시의 한 사람입니다. 폐하께서도 가까운 예로는 장양(張讓), 먼 예로는 조고(趙高)를 생각하시고 일찌감치 이자를 죽이셔야만 조정이 절로 평온해지고 중원을 회복할 수가 있을 것입니다."

후주가 그제야 웃으며 말했다.

"황호는 약삭빠른 소신에 지나지 못하오. 전권(傳權)을 농한다 할지라도 무능하여 아무 일도 못할 것이오. 예전에도 동윤이 이가 갈리도록 황호를 미워해서 짐이 꾸지람을 한 일이 있었는데, 경은 무슨 필요로 그를 개의(介意)하오?"

강유가 머리를 조아리고 아뢰었다.

"폐하께서 오늘날 황호를 죽이지 않으시오면 화가 머지않아 닥쳐올 줄로 압니다."

"사랑하면 그것이 살기를 바라고(愛之欲其生) 미워하면 그것이
죽기를 바란다(惡之欲其死)'고 하는 말도 있는데, 경이 일개 환관
을 용납하지 못할 게 뭐 있겠소."

후주는 이렇게 말하고 근시를 시켜 호산 옆에 가서 황호를 정
자 아래로 불러내도록 하고, 강유에게 절하고 엎드려 사죄하라
고 명령했다.

황호가 울면서 강유에게 절하고 말했다.

"소생은 아침저녁으로 성상을 모시고 있을 뿐이오, 조정에 간
여하지는 않습니다. 장군께서는 바깥사람들의 말만 들으시고 소
생을 죽이려고 하시지는 마십시오. 소생의 목숨은 오로지 장군
께 달려 있으니 장군께서 불쌍히 여겨 주십시오."

말을 마치더니 고두하여 눈물을 흘렸다.

강유는 분노를 참지 못한 채 자리를 물러나 극정을 찾아가서
자초지종 사정을 이야기했더니 극정의 말이, 만일 장군의 신변
에 무슨 일이 생기면 이 나라도 망하고 말 판국이니, 자중하여
예전에 공명이 둔전(屯田-屯卒墾田)했듯이, 농서에 답중(沓中)이라
고 하는 비옥한 땅이 있으니 그리로 가서 보리나 가꾸어서 군량
이나 마련하면하고 지내면서 자신을 지키는 것이 상책이라고 충
고해 주었다.

"선생의 말씀은 금옥(金玉) 같은 말씀입니다."

강유는 기뻐하며 그에게 감사하고, 그 이튿날 표를 후주에게
올려 둔전하겠다는 승낙을 받은 후 한중으로 돌아와서 대장들을
모아놓고 부탁했다.

"나는 지금까지 누차 출진했지만, 언제나 군량이 부족해서 헛
수고만 하고 돌아왔소. 그래서 이번에는 8만 군사를 거느리고
답중으로 둔전을 하러 나가서 보리나 심어서 가꾸면서 서서히
진격을 꾀해 보겠소. 그대들은 오랫동안 싸움에 지쳤으니 오늘
부터는 군사를 수습하고 양식이나 수집해서 한중으로 돌아가 지
키고 계시오. 위병은 천리 길에서 양식을 운반하느라고 산고개
를 넘기가 자연히 피곤할 것이며 피곤하면 반드시 물러갈 것이
니 그 때 허를 노려서 추격하여 습격하면 이기지 못할 리 없소."

이리하여 호제(胡濟)에게 한수성(漢壽城)을, 왕함(王舍)에게 낙
성(樂城)을, 장빈(蔣斌)에게 한성(漢城)을, 장서(蔣舒)·부첨(傅僉)에
게 요로를 함께 지키게 하고, 배치가 끝나자, 강유는 친히 8만 병
사를 인솔하고 답중으로 가서 보리를 심어 놓고 지구책을 세우
기로 했다.

등애는 강유가 답중에서 둔전을 하게 됐다는 사실을 알게 되
자, 염탐꾼을 내보내서 동정을 살펴보고 그 지형을 도본으로 그
려서 표에 곁들여서 조정으로 아뢰었다.

진공(晉公) 사마소가 그것을 보더니 대로하여 하는 말이,

"강유가 누차 중원을 침범했는데도 없애 버리지 못한 것은 나의 심복지환(心腹之患)이다."

가충이 말했다.

"강유는 공명이 전수한 바를 잘 터득하고 있기 때문에 급히 물리치기는 어렵습니다. 지용을 갖춘 장수를 한 사람 보내서 찔러죽이면 군사를 동원하는 수고를 덜 수 있습니다."

종사중랑(從事中郞) 순욱(筍勖)이 말했다.

"아닙니다. 현재 촉주 유선은 주색에 빠져서 황호를 신용하여 대신들은 모두 화를 피하려는 생각뿐입니다. 강유가 답중에서 둔전을 한다는 것은 바로 이 화를 피하려는 계교입니다. 만약에 대장을 시켜서 토벌하면 이기지 못할 리 없는데, 뭣 때문에 자객을 쓰시렵니까?"

사마소는 크게 웃으면서 하는 말이,

"그 말이 옳소. 나는 촉나라를 토벌하고 싶은데 누가 장수로 나서겠소?"

순욱의 말이,

"등애는 일세의 명장입니다. 더군다나 종회를 부장으로 얻는다면 대사는 성공할 수 있을 것입니다."

하니 사마소가 대단히 기뻐했다.

"그 말은 내 맘에 꼭 드는군."

즉시 종회를 불러들여서 물어봤다.

"나는 그대를 대장으로 삼고 동오를 토벌하려는데 어떻겠소?"

"주공님의 의사는 동오를 치자는 게 아니시고 사실은 촉나라를 토벌하자는 데 있으실 겁니다."

사마소가 껄껄 웃으면서 말했다.

"정말 내 마음을 잘 아는군. 그러나 경은 무슨 계책으로 촉나라를 토벌할 작정이오?"

종회는 미리 알아차리고 그려 가지고 온 지도를 내놓았다. 사마소가 그것을 펼쳐보니, 도중에 안전히 진을 칠 만한 지점과 양식를 둔적할 만한 지점을 어디로 들어가고 어디로 나오는 방향까지 일일이 법도에 맞도록 그려져 있었다. 그리고 종회는 또 촉나라로 진격할 길은 여러 갈래 있으므로, 단지 한 곳으로 공격하는 것보다 등애와 군사를 나누어서 두 길로 진격하는 것이 좋겠다고 주장했다.

이리하여 사마소는 종회를 진서장군(鎭西將軍)에 임명하고, 관중(關中)의 군사를 통솔시켜서 청(靑) · 서(徐) · 연(兗) · 예(豫) · 형(荊) · 양(揚) 각 주의 군사를 동원하게 하는 한편 사람을 파견하여 절(節)을 가지고 가서 등애를 정서장군(征西將軍)에 임명하여 관외(關外) 농상(隴上)의 군사를 통솔 감독해서 기일을 작정하고 촉나라를 토벌하도록 했다.

이튿날, 사마소가 조정에 나가서 이 일을 상의했더니 전장군(前將軍) 등돈(鄧敦)이 오랫동안 강유에게 골탕을 먹어 왔는데 또

다시 위험한 지점에 깊이 들어간다는 것은 스스로 화근을 만드는 일이라고 반대하자, 사마소가 대로하여 끌어내서 당장에 참하라고 했다. 순식간에 등돈의 수급이 섬돌 아래 올려지니 모든 사람들이 겁이 나서 실색했다.

사마소가 말하기를,

"나는 동쪽을 정벌한 이후 6년 동안이나 싸움을 쉬고, 군사를 다스리고 무기를 장만하기에 힘썼는데, 이제 만반준비가 다 되었으므로 오·촉을 토벌할 생각을 해 온지 오래 됐소. 이제 먼저 서촉으로 방향을 작정하고 순류(順流)를 타고 수륙으로 병진(竝進)하여 동오를 점령해야만 괵(虢)을 멸하고 우(虞)를 점령하는 것과 같은 방법이 될 것이오.

내 생각 같아서는 서촉에는 성도를 지키는 장사(將士)는 8, 9만, 변경을 지키는 장사는 불과 4, 5만이고, 강유가 둔전을 시킨 병사는 불과 6, 7만이오. 나는 이미 등애를 시켜서 관외 농우(隴右)의 병사 10여 만을 거느리고 강유를 답중(沓中)에 발목을 매놓아서 동쪽을 돌보지 못하도록 하게 했고, 종회를 파견하여 관중의 정병 2, 30만을 인솔하고 곧장 낙곡(駱谷)으로 진격해서 3로로 한중을 습격하게 했소. 촉주 유선은 혼암(昏暗)하여 변성이 밖에서 격파 당하고, 사녀(士女)들이 안에서 동요를 일으키면 망하고 말 것은 뻔한 노릇이오."

사마소의 말에 모든 사람들은 감히 아무 말도 하지 못했고, 종회는 진서장군의 인수를 받자, 당자(唐咨)를 등(登) · 내(萊) 2주(州) 바닷가로 파견하여 해선(海船)을 모아들이게 하고 청 · 연 · 예 · 형 · 양 5주에서 큰 배를 만들게 했다.

사마소는 그 의도를 잘 몰라서 종회를 불러서 물어 봤더니, 종회의 말이, 촉군은 이편에서 출병하는 것을 알면 동오에 원병을 청할 것이 뻔하니, 미리 오나라를 치는 체 해두면 오나라도 경솔히 움직이지는 못할 것이고, 1년 후 촉나라는 패할 것이며, 그때에는 배도 다 만들어질 것이니 그 때 오나라를 치면 순조롭지 않겠느냐는 것이었다.

사마소는 크게 기뻐하며 날을 택하여 출사하게 했다. 때는 위나라 경원(景元) 4년, 가을 7월 초 3일. 종회는 출사했고, 사마소는 성 밖 10리까지 전송해 주고 돌아갔다.

서조(西曹)의 아전(掾) 소제(邵悌)가 사마소에게 몰래 말했다.

"이제 주공께서는 종회를 파견하셔서 군사 10만을 인솔하고 촉나라를 토벌하게 하셨는데, 소생의 생각으로는 종회는 뜻이 크고 마음이 높은 위인이니 혼자 대권을 장악하게 하시면 안 됩니다."

사마소는 웃으면서,

"어찌 그것쯤을 내가 모르고 있겠소?"

"주공께서 이미 알고 계시다면, 어째서 사람을 시켜 그 직책을 함께 맡도록 하시지 않으십니까?"

사마소가 몇 마디 하지 않아서, 소제의 의심은 석연히 풀어졌다. 이야말로 사마(土馬)가 달려 나가는 날, 벌써 장군이 발호할 마음을 알아차린 셈이다.

116.
무당의 말을 믿고

패자는 용맹을 말하지 말고
나라를 망친 대부(大夫)는 생존을 꾀하지 마라!

鐘會分兵漢中道
武侯顯聖定軍山

사마소는 서조(西曹)의 아전(掾) 소제(邵悌)에게 이런 말을
했다.

"조정의 신하들이 촉나라를 토벌해서는 안 된다고 하는 것은
겁을 집어먹고 있는 탓이오. 만약 그들을 시켜서 억지로 싸우게
한다면 패할 것이 뻔한 일이오. 이제 종회만이 홀로 촉나라를 토
벌할 계책을 세운 것은 마음에 겁이 없기 때문이오. 겁이 없으면
반드시 촉나라를 격파할 수 있소.

촉나라를 격파하면, 촉나라 사람들은 간담이 서늘할 것이오.
'패장(敗將)은 용맹을 말하지 말고, 나라를 망친 대부(大夫)는 생존
을 꾀하지 말라'고 했으니, 종회에게 딴 배짱이 있다손 치더라도

촉나라 사람들이 도와주려 들겠소?

위나라 사람들이야 승리를 거두었으면 반드시 돌아갈 생각을 할 것이고, 종회를 따라서 돌아서려 하지 않을 것이니 두려울 것은 없소. 이 말은 나와 그대만이 알고, 절대로 누설해서는 안 되오."

소제는 탄복할 뿐이었다.

종회는 영채를 다 세운 다음 장에 올라 모든 장수들을 집합시켜 놓고 지령을 내렸다. 그 때 모인 사람으로는 위관(衛瓘-監軍)·호열(胡烈-護軍), 그리고 대장으로 전속(田續)·방회(龐會)·전장(田章)·원정·구건(丘建)·하후함(夏侯咸)·왕매(王買)·황보개(皇甫闓)·구안(句安) 등 80여 명이었다.

종회가 말했다.

"대장 한 사람을 선봉으로 내세워서 산이 닥치면 길을 뚫고, 물을 만나면 다리를 놓고 해야겠소. 누구, 해낼 만한 사람은 없겠소?"

한 사람이 대뜸 나서면서 말했다.

"소생이 가고 싶습니다."

종회가 바라다보니 바로 호장군(虎將軍) 허저(許褚)의 아들 허의(許儀)였다.

여러 사람들의 입을 모아,

"이 사람이 아니고는 선봉으로 내세울 만한 사람이 없을 걸니다."

하니, 종회는 허의를 불러서 이렇게 말했다.

"그대야말로 호체원미(虎體猿臂)의 장수로 부자가 다 유명한 터이고, 이제 모든 장수들이 또한 모두 그대를 보증하니, 선봉의 인을 받아 가지고 마군 5천과 보군 1천을 영솔하고 한중을 공격하되, 군사를 3로로 나누어서 그대는 중로(中路)를 영솔하고 사곡으로 출동할 것이며, 좌군은 낙곡으로, 우군은 자오곡으로 출동하게 하시오.

이 지점들이 모두 기구하고 험준한 산길들이니 마땅히 군사를 시켜서 길을 닦고 교량을 수리하고 산을 뚫고 바위를 깨뜨려서 가로막힘이 없도록 해야 할 것이요. 그리고 만약 어긋남이 있다면 반드시 군법으로 다스리겠소."

허의는 명령을 받자 군사를 영솔하고 떠났다. 종회는 뒤따라 10만 대군을 인솔하고 밤낮을 헤아리지 않고 진군을 개시했다.

한편 등애는 농서에서 이미 촉나라를 토벌하라는 조명을 받자, 사마망을 시켜서 강인(羌人)을 동원케 하도록 하고, 또 옹주(雍州)자사 제갈서(諸葛緒)와 천수(天水) 태수 왕기(王頎), 조서(曹西)태수 견홍(牽弘), 금성(金城)태수 양흔(楊欣) 등을 시켜서 각각 본부병을 정돈해 가지고 집결하도록 했다.

등애는 군마가 운집해 있는 어느 날 밤에 꿈을 꾸었다. 높은 산에 올라가서 한중을 바라보고 있으려니까 홀연 발밑에서 샘이 용솟음쳐 오르더니 물줄기가 꿩장하게 뻗쳤다. 그 순간에 깜짝 놀라 잠을 깨니 전신에 땀이 흘러서 그대로 앉아서 아침이 되기를 기다려 호위 소완(邵緩)을 불러서 물어 봤다.

소완은 평소부터 주역(周易)에 밝은 사람이므로 그에게 꿈 이야기를 했던 것이다.

소완이 대답했다.

"역(易)에서는 산 위에 물이 있으면 건(蹇)이라고 하는데, 이 괘(卦)는 서남이 이롭고 동북이 불리한 것이니, 이번에 출전하시면 반드시 촉나라를 격파하겠지만, 가석하게도 건체(蹇滯)한 일이 생겨서 돌아오시지 못하게 되실 것입니다."

등애는 이 말을 듣고 우울하기 이를 데 없었다. 이때 홀연 종회의 격문이 도착되었는데, 등애에게 군사를 일으켜 가지고 함께 한중을 공략하자는 것이었다.

등애는 드디어 옹주자사 제갈서를 시켜 군사 1만 5천을 거느리고 먼저 강유의 귀로를 끊게 하고, 그 다음으로는 천수의 태수 왕기를 시켜서 군사 1만 5천을 거느리고 왼쪽에서 답중을 공격케 하고, 농서태수 견홍을 시켜서 군사 1만 5천을 거느리고 답수(畓水)를 공격케 하고, 또 금성 태수 양흔을 시켜서 군사 1만 5천을 거느리고, 감송(甘松)에서 강유의 배후를 치도록 했으며, 등애 자신은 군사 3만을 거느리고 각지로 왕래하면서 접응하기로 했다.

종회가 출전하던 날, 백관들이 성 밖까지 전송했고 깃발이 하늘을 뒤덮고 무기가 서릿발 같으며, 인마가 모두 든든하니 위풍이 늠름했다. 부러워하지 않는 사람이 없었으나 유독 상국참군(相國參軍) 유실(劉實)만이 빙그레 웃으며 말이 없었다. 태위(太尉) 왕상(王祥)이 유실이 냉소하는 것을 보자, 말 위에서 그의 손을 잡으며 물었다.

"종회와 등애가 이번에 가는 길에 촉나라를 평정할 수 있겠소?"

유실의 대답이,

"촉나라를 격파함에는 틀림이 없겠지만, 아마 환도하지는 못할 것이요."

왕상이 그 까닭을 물어 보았으나 유실은 웃기만 하고 말하려 하지 않으므로 그 이상 더 물으려 하지 않았다.

답중에 있는 강유는 염탐꾼에 의하여 확실한 정세를 파악하고, 후주에게 표를 올려서, 좌거장군(左車將軍) 장익(張翼)에게 양평관(陽平關)을 우거장군(右車將軍) 요화(廖化)에게 음평교(陰平橋)를 지키도록 해 줄 것을 요청했다. 또 이 두 지점은 가장 중요한 곳으로서 이것을 상실하면 한중은 보전하기 어렵다는 점을 역설하고, 사자를 파견하여 오나라에 원병을 청해 주면 자기는 답중에서부터 출전하여 적군을 막아내겠다고 간청했다.

이때 후주는 경요 5년(서기 263년)을 염흥 원년(炎興元年)으로 고치고 환관 황호와 많은 날들을 궁중에서 쾌락에만 도취해 있었는데, 강유의 표를 받자 역시 황호와 상의했다. 황호는 그것이 강유가 공명을 탐내는 소치라 일축해 버리고 아무 걱정도 할 필요가 없는 일이니, 성 안의 유명한 무당을 불러다가 길흉이나 점쳐 보면 좋을 것이라고 말했다.

후주는 그 말을 믿고 무녀를 불러다가 옥좌에 앉히고 친히 향불을 피우고 기도를 올렸다. 무녀는 머리를 풀어 헤치고 맨발로 전상(殿上)을 수십 번이나 경중경중 뛰어 돌아다니더니 제단 위를 빙글빙글 돌아다니며,

"나는 서천의 토신(土神)입니다. 폐하께서는 태평을 즐기시고 다른 일은 걱정하실 필요가 없습니다. 수년 후에는 위나라의 강토도 폐하께로 돌아오고 말 것입니다.

하고, 기고만장한 소리를 외쳤다.

후주는 이 어리석은 말을 믿고 강유의 진언에는 귀도 기울이려 들지 않으며, 궁중에서 주연과 환락에만 빠져 있었고, 강유가 연거푸 표를 올려도 그것은 번번이 황호가 가로채 버렸으니, 이것 때문에 대사를 그르치지 않을 수 없게 되었다.

종회의 대군은 한중을 향하여 진격을 개시했는데, 선봉 허의는 자기의 공로를 세우기에만 급급해서 무작정 남정관(南鄭關)을 들이치다가, 이 관을 지키는 촉장 노손(盧遜)이 공명이 남기고 간

연노법으로 활을 쏴 대는지라 위군은 대패했고, 수십 기가 거꾸러지면서 뿔뿔이 흩어져 버렸다.

허의가 달려와서 종회에게 보고하니, 종회는 말을 달려 나가서 노손의 5백 기와 대결했는데, 다리 위로 말을 달려 몸을 피하다가 다리 위의 흙이 꺼지는 바람에 말이 발을 빠뜨리게 되니, 노손의 창끝이 비호같이 대들었다. 이 찰나에 위군의 병사 순개(荀愷)가 홱 몸을 돌리며 활을 쐈기 때문에 노손은 그 화살을 맞고 말에서 떨어져 죽었으며, 종회는 휘하의 군사를 몰아서 관을 점령할 수 있었다.

종회는 그 자리에서 순개를 호군(護軍)으로 승진시켰고, 허의를 장하로 불러 들여서 힐책했다.

"그대는 선봉으로서 마땅히 산에 길을 뚫고 물에 다리를 놓아가며 행군할 수 있도록 해야 하겠거늘 나는 방금 다리 위에서 말의 발이 흙속에 빠져 하마터면 다리에서 떨어질 뻔했고, 순개가 아니었다면 나는 벌써 죽었을 것이오. 그대는 이미 군령을 위반했으니 군법에 의하여 처단하는 것뿐이오!"

좌우 사람들이 그의 부친 허저의 많은 공로를 생각해서라도, 그를 용서해 주라고 했으나, 종회는 격분을 참지 못하고 결국 허의의 목을 베어 버리니, 모든 장수들이 겁을 집어먹지 않은 사람이 없었다.

이때 촉군의 장수 왕함은 낙성을 지키고 있었으며, 장빈은 한중을 지키고 있었는데, 위병의 세력이 대단한 것을 보자 감히 나와서 싸우지 못하고 문을 닫고 지키고만 있었다.

종회는,

"군사란 신속함을 귀중히 여기는 것이니 잠시도 우물쭈물할 수 없다!"

라고 호령하고, 전군 이보(李輔)에게 명령해서 낙성을 포위하게 하고 호군 순개를 시켜서 한성(漢城)을 포위하도록 한 다음, 자기는 친히 대군을 거느리고 양평관을 공략하기로 했다.

양평관을 지키고 있던 촉장 부첨은 부장 장서와 전수(戰守)할 수 있는 방법을 상의했다. 쳐나갈 것이냐 지키고 있을 것이냐, 두 사람이 망설이기만 하고 있는데 위군의 대병이 쳐들어온다는 보고가 날아들었다. 두 장수가 관 위에 올라가 보니, 과연 종회가 채찍을 높이 쳐들고 소리를 지르고 있었다.

"내 이제 10만 대군을 거느리고 여기 왔으니 빨리 항복하라! 각각 품급에 의하여 기용할 것이며, 만약에 고집을 부리고 항복하지 않는다면 관을 일거에 격파하고 옥석(玉石)의 구별 없이 모조리 불 질러 버릴 테다!"

부첨은 격분하여 장서에게 관을 맡기고 자신은 군사 3천 명을 거느리고 달려 내려갔다. 종회가 싸우지도 않고 휘하의 병사들을 일제히 후퇴시키는 바람에 그것을 추격했더니 난데없이 위병이 다시 세력을 합쳐 가지고 몰려들었다. 부첨이 후퇴하여 관으로 들어서려 했을 때 관 위에는 벌써 위군의 깃발이 휘날리며 장서가 큰 소리로 외쳤다.

"나는 벌써 위나라에 항복했다!"

부첨은 대로하여 악을 쓰며 매도했다.

"배은망덕한 역적 놈아! 무슨 면목으로 천자를 뵐 작정이냐?"

말머리를 돌려 위군 속으로 뛰어 들어가며 접전을 하니 위병들은 사면에서 몰려들어 부첨을 포위해 버렸다. 부첨은 좌충우돌, 갈팡질팡 결사적으로 싸웠으나 몸을 뛰쳐낼 수가 없었다. 거느리고 있는 촉병들도 10명 중 8, 9명이 부상을 하였다.

"나는 살아서 촉나라의 신하였으니 또한 죽어서도 촉나라의 귀신이 되리라!"

부첨은 이렇게 하늘을 우러러 탄식하면서 다시 말을 달려 무찌르고 들어갔으나 몸은 이미 여러 군데 창을 맞아 갑옷이 피투성이가 되었고, 타고 있는 말도 쓰러져 버리니 부첨은 제 손으로 목을 찔러 죽고 말았다.

종회가 양평관을 점령하니 관내에는 양초와 군기가 굉장히 많이 쌓여 있었다. 그는 크게 기뻐하며 3군을 위로해 주었다. 그날 밤, 위군은 양평성 안에서 숙영을 했는데, 홀연 서남쪽에서 함성이 요란하게 일어났다. 종회가 황망히 장 밖으로 나가 봤더니 아무 동정이 없었다. 위군은 하룻밤을 한잠도 못 잤는데, 이튿날 밤

3경이 돼서도 또 서남쪽에서 함성이 요란하게 들려왔다. 종회는 이상하게 생각하고 새벽녘이 되어 사람을 시켜서 탐문해 봤더니, 멀리 10여 리를 초탐해 봐도 사람의 그림자는 하나도 없다는 것이었다.

종회는 날이 밝기를 기다려서 친히 수백 기를 거느리고 서남쪽으로 나가서 순초해 봤다. 어느 산기슭을 돌아가고 있을 때, 홀연 살기가 사면에서 일어나며 수운(愁雲)이 잔뜩 끼고 안개가 산머리를 휘감았다. 말을 멈추고 향도관에게 알아보니, 이 산이 바로 하후연이 전사한 정군산(定軍山)이라는 것이었다.

종회가 그 말을 듣고 풀이 죽어서 말머리를 돌려 다시 언덕길을 돌고 있을 때, 갑자기 광풍이 사납게 불어오더니 배후에서 수천 기가 바람을 타고 덤벼드는 것이었다. 종회는 대경실색하여 말을 달려 달아났는데, 여러 장수 가운데는 말에서 떨어진 사람들이 무수히 많았다.

양평관으로 달려와서 보니 일인일기도 없어지지는 않았고, 단지 얼굴을 다치고 투구를 잃어버린 사람들이 많을 뿐이었다. 모든 사람들이 말하기를,

"음산한 기운 속에서 인마가 달려드는 것같이 보였는데, 가까이 달려들어서는 도리어 사람을 상하지 않고, 단지 일진의 선풍이 되어서 사라져 버렸습니다."

종회는 항장(降將) 장서에게서 정군산에 제갈공명의 묘지가 있

다는 사실을 듣고는 대경실색했다.

"이는 반드시 무후의 영혼이 나타난 것이다. 내 마땅히 친히
나가서 제사를 지내야 되겠다."

그 이튿날 종회는 친히 무후의 묘전에 재배하고 제사를 지냈
다. 광풍이 갑자기 멎고 수운이 사방으로 흩어져 버렸으며, 홀연
맑은 바람이 솔솔 불어오더니 가는 비가 촉촉이 내리고 나서 날
이 맑게 개었다.

위병들은 크게 기뻐하며 모두 절하고 영채로 돌아왔다. 바로
그날 밤, 종회가 장중에서 상에 엎드려 잠이 들었는데 또 일진의
청풍이 스쳐나가고 신선 같은 사람이 하나 표연히 나타났는데,
윤건(綸巾) 우선(羽扇)에 몸에는 학창(鶴氅)을 입었고, 흰 신에 검
은 띠 얼굴이 관옥 같고 입술은 붉은 칠을 한 듯, 미목이 수려하
고 신장이 8척이나 되어 보였다.

그 사람이 장중으로 걸어 들어오니 종회는 몸을 일으켜 영접
하며 말했다.

"공은 누구신지요?"

"오늘 아침에는 정중하게 예의를 차려 주었으니 내 몇 마디 일
러두고 싶어서 왔소. 한조(漢祚)가 이미 쇠퇴한 것은 천명이니 거
역할 도리가 없소. 그러나 양천(兩川)의 생령들이 병혁에 시달려
괴로움을 받으니 불쌍하기 이를 데 없는 일이오. 그대는 입경(入
境)후 절대로 생령을 망살하지 말기 바라오."

말을 마치더니 그 사람은 소맷자락을 휘저으며 가버렸다. 종회는 그를 만류하려고 하다가 깜짝 놀라 깨 보니 꿈이었다.

그것이 무후의 영혼임을 알아차리고 놀라움을 금치 못했으며, 즉시 전군(前軍)에 지령을 내려서 흰 깃발에다 '보국안민'(保國安民)이라는 넉 자를 크게 써서 내세우라 하고, 가는 곳마다 한 사람이라도 함부로 죽이는 자는 대신 목숨으로 배상을 시키겠다고 했다.

그랬더니 한중의 백성들이 모두 성 밖에 나와서 절하며 영접하는지라, 그들을 일일이 위로해 주고 추호도 침범함이 없었다.

한편 강유는 답중에서 위나라의 대군이 쳐들어온다는 소식을 듣자, 요화·장익·동궐에게 병사를 거느리고 싸움을 거들러 오라 명령해 놓는 한편 친히 군사와 장수를 배치하여 대기하고 있었다.

이때 위군의 병사가 쳐들어왔다는 보고가 들어오니, 곧바로 군사를 거느리고 대적 했다. 위군의 선두에 나선 대장은 천수 태수 왕기였는데, 말을 달려 나오며 호통을 쳤다.

"우리는 백만 대군에 상장(上將) 천여 명을 거느리고 20로로 갈라져서 이미 성도에 이르렀다. 그러니 그대가 빨리 항복할 생각을 하지 않고 항거한다면, 그야말로 천명을 모르는 못난 짓이다!"

강유는 격분하여 창을 휘두르며 말을 달려 곧장 왕기에게 덤벼들었다. 옹기는 3합도 싸우지 못하고 대패하여 도주했다. 강유가 군사를 몰고 20리나 추격했는데, 징·북소리가 요란스럽게 울리더니 앞으로 1군의 병사들이 가로막고 나섰다. 깃발에는 '농서태수 견홍'이라고 써 있었다.

강유가 웃으면서 하는 말이,

"이 쥐새끼 같은 놈아, 나의 적수가 될 수 있다는 거냐?"

드디어 군사를 몰고 추격했다.

20리쯤 쫓아갔을 때, 군사를 이끌고 달려드는 등애와 맞닥뜨리게 되었다. 양군은 혼전을 계속했다. 강유는 신바람이 나서 등애와 10여 합을 싸웠으나 승부가 나지 않았다. 뒤에서 징·북소리가 들려왔다. 강유가 급히 후퇴하려고 했을 때, 후군에서 보고가 들려오기를 감송(甘松)의 여러 영채를 금성 태수 양흔이 모조리 불 질러 태워 버렸다는 것이었다.

강유는 대경실색하여 급히 부장에 명령하여 거짓 정호(旌號)를 내걸어서 등애를 막아내고 있도록 해놓고, 자기는 스스로 후군으로 물러나서 밤중도 헤아리지 않고 감송을 구원하러 달려가다가 마침 양흔과 맞닥뜨리게 됐다. 양흔은 감히 교전하지 못하고 산길을 향하여 도주했다.

강유는 뒤따라 쫓아갔다. 산 바위 아래까지 이르렀을 때 바위 위로부터 나무와 돌이 빗발치듯 쏟아져 내려오니, 강유는 전진하지 못했다.

할 수 없이 되돌아서 오다가, 도중에서 촉군의 병사는 등애에게 살패(殺敗)했고 위군의 병사가 대거 습격해 와서 강유를 포위했다. 강유는 여러 기마병을 인솔하고 포위망을 돌파하여 대채로 달려 들어가서 든든히 지키며 구원병이 도착하기만 기다렸다.

홀연, 유성마(流星馬)가 도착하더니 보고하기를, 종회는 양평관을 격파했고, 장서는 투항했으며, 부첨은 전사했고, 한중도 위군에게 점령당했는데, 낙성의 왕함, 한성의 장빈도 한중을 빼앗겼음을 알자 역시 성문을 열고 투항했으며, 호제도 적군을 감당하지 못하고 성도로 구원병을 청하러 돌아갔다는 것이었다.

강유의 놀라움은 이만저만이 아니었다. 당장에 철수령을 내렸다. 그날 밤 강천(彊川)어귀까지 왔을 때 앞에서 1군이 길을 가로막고 나섰다.

앞장을 선 위군의 장수는 바로 금성태수 양흔이었다. 강유는 대로하여 말을 달려 칼끝을 맞대고 싸웠다. 1합도 채 못 싸우고 양흔이 패하여 도주하니 강유는 활을 뽑아 쏘았다. 그러나 연거푸 세 발을 쏘았건만 모두 맞지 않았다.

강유는 화를 참지 못하고 자기 활을 자기 손으로 꺾어 버리고 창을 휘두르며, 쫓아가다가 말이 앞다리가 부러져서 땅바닥에 나뒹굴게 되었다. 양흔은 말머리를 돌려 강유에게 달려들었다.

재빨리 몸을 일으켜 세운 강유는 단번에 양혼의 말대가리를 정통으로 찔러 버렸다. 이때 배후에서 위병이 몰려들어서 간신히 양혼을 구출해 냈다.

강유가 말을 바꾸어 타고 추격해 가려고 했을 때, 홀연 뒤에서 등애의 군사가 쳐들어왔다는 보고가 들어왔다. 강유는 앞뒤를 동시에 돌아다볼 수는 없어서 병사를 수습해 가지고 한중을 탈환하러 가려고 했다.

그런데 초마가 보고하기를, 옹주자사 제갈서가 이미 귀로를 끊어 버렸다는 것이었다. 강유는 산 속 험난한 곳에 영채를 세웠고, 위병들은 음평교(陰平橋) 어귀에다 둔병했다. 진퇴무로(進退無路)가 된 강유가 장탄식하는 말이,

"하늘은 나를 버리셨다."

부장 영수(寧隨)가 말했다.

"위병이 음평교를 끊었다고는 하지만, 옹주에도 반드시 남아 있는 군사가 많을 것이니, 장군께서 만약에 공함곡(孔函谷)으로 쳐들어가셔서 옹주를 공격하시면 제갈서는 반드시 음평의 군사를 철수시킬 것입니다. 그러나 이렇게 되면 장군께서는 군사를 거느리고 검각으로 달려가셔서 그곳을 지키시며 한중을 회복하실 수 있을 것입니다."

강유가 이 말대로 곧바로 공함곡으로 향하니 염탐꾼에게서 정보를 입수한 제갈서는 깜짝 놀라 얼마 안 되는 군사를 남겨 놓고

남쪽 길로 옹주를 구하려 달려갔다. 강유는 북쪽 길로 가는 체하
다가 되돌아서서 제갈서의 영채를 들이치고 불을 질러 버렸다.

　제갈서가 교두(橋頭)에서 불이 일어났다는 소식을 듣고 군사를
이끌고 돌아왔을 때에는 강유가 이미 통과해 버린 지 반나절이
나 넘었으므로, 추격할 것을 단념하는 수밖에 없었다.

　강유가 교두를 넘어서 행군하고 있느라니 뜻밖에도 앞에서 좌
장군 장익과 우장군 요화가 달려들었다. 어찌 된 일인가 하고 물
었더니, 장익의 하는 말이, 황호가 무당의 말만 믿고 군사를 동원
시키려 하지 않아서, 한중이 위태롭다는 소식을 듣고 자진해서
군사를 동원하여 달려왔는데, 왕평관은 이미 종회에게 점령당했
고, 강장군이 위기에 빠졌다는 말을 듣고 응원하러 달려 왔다는
것이었다. 강유가 그 말을 듣고 병력을 한군데로 집결시키기로
했다.

　요화가 말했다.

　"이제 사면에서 적군의 공격을 받게 되어 양도(糧道)도 통하지
않으니 물러나서 검각을 지키면서 다시 좋은 대책을 세우는 게
좋겠습니다."

　강유가 망설이고 결단을 내리지 못하고 있는데, 종회와 등애
가 10여 로의 군사를 몰고 쳐들어온다는 보고가 들어왔다. 강유
는 장익 · 요화와 병력을 나누어서 대결하려고 했으나, 요화가
말했다.

"백수(白水)는 길이 협착해서 싸울만한 지점이 못됩니다. 우선 검각부터 구원해야지 검각을 상실하면 길이 아주 끊어지고 말게 됩니다."

강유는 그 말대로 군사를 인솔하고 검각으로 달려갔다.

관 앞까지 접근해 갔을 때, 홀연 북과 피리소리가 일제히 일어나며 고함소리가 천지를 진동했다. 깃발이 죽 꽂히더니 1군이 관어귀를 가로 막았다.

이야말로 한중의 험준한 곳을 이미 상실하니, 또 다시 검각에 홀연 풍파가 일어나는 판이다.

117.
공명은 살아 있었나

"알고 보니 공명이 아직도 살아 있었구나!"
위병은 대패하여 도주하고…

鄧士載偸渡陰平
諸葛瞻戰死綿竹

보국대장군(輔國大將軍) 동궐(董闕)은 위군의 병사가 10여 로로 나누어져 쳐들어온다는 소식을 듣자 방비를 든든히 하고 있었는데, 말을 달려 진두에 나가 보니 천만뜻밖에도 강유·요화·장익 세 사람이 나타나자, 기뻐서 어쩔 줄 모르며 영접해 들이고, 인사말보다는 먼저 눈물을 흘리며 황호의 비행을 호소했다.

강유는 자기가 있는 한 그 따위 위인은 걱정할 것이 없다고 위로해 주고 있는데, 제갈서가 군사를 몰고 쳐들어온다는 보고가 날아들었다.

그러나 제갈서가 강유를 당해 낼 도리는 없었다. 강유는 당장에 병사 5천을 거느리고 위군의 진지로 쳐들어가며 좌충우돌,

제갈서를 수십리 밖으로 쫓아버렸고, 촉병은 무수한 마필과 무기를 빼앗아 가지고 관으로 돌아왔다.

종회가 검각으로부터 25리쯤 떨어진 지점까지 왔을 때 제갈서가 사죄를 하러 나타났다. 그러나 종회는 크게 격분하여 당장 목을 베라고 호통을 쳤다.

그가 등애의 부하라는 점을 고려해서 여러 장수들이 간곡히 목숨만 살려주자고 애원하자, 종회는 제갈서를 함거(檻車)에 실어서 낙양으로 보내어 진공의 처분을 기다리게 하고, 그가 거느리고 있던 병사들은 자기의 부하로 수용했다.

이런 사실을 알게 된 등애는 노발대발, 같은 장군이오, 같은 공로를 세워 오는 처지에 어찌 종회가 그런 짓을 마음대로 할 수 있느냐고 펄펄 뛰었다.

등충이 그와 불목하게 되면 국가대사를 그르치게 된다고 간곡히 말하는지라, 등애는 화를 꾹 참기는 했으나, 역시 10여 기를 거느리고 가서 종회를 한번 만나 보기로 했다.

등애가 온다는 것을 미리 알아차린 종회는 영채 안의 경비를 삼엄하게 했다. 등애는 이점에 불안을 느끼고 화제를 다른 데로 돌렸다.

"장군이 이번에 한중을 점령하게 된 것은 진실로 국가를 위하여 다행한 일이요. 이번에는 시급히 계책을 세워서 검각을 공격하셔야 할 게 아니겠소?"

"무슨 좋은 계책이 있소?"

등애는 아무 말도 대답하지 않으려 했으나 종회가 어찌나 짓 궂게 질문을 하는지 견디다 못해서 대답을 했다. 그 계책이란 음 평(陰平)의 샛길로 한중의 덕양정(德陽亭)으로 나가서 기병(奇兵) 작전을 써서 성도로 쳐들어가면 강유가 구원하러 달려 나올 것 이니 그 허를 찔러서 검각을 공격하면 수월하게 점령할 수 있다 는 것이었다.

종회는 그 말을 듣더니 크게 기뻐하면서 그것을 지극히 묘한 계책이니 등애에게 한번 나가서 그 계책대로 싸워 주면 자기는 첩보나 기다리고 있겠다 하면서 술대접을 하자, 두 사람은 술잔 을 서로 나누고 헤어졌다.

종회는 본장(本帳)으로 돌아오더니 여러 장수들에게 말하기를, 사람들은 등애가 유능하다고 하지만 오늘 자기가 대해 보니 평 범한 재목에 불과하다고 했다. 여러 장수들이 그 까닭을 물었더 니, 종회가 말했다.

"음평의 좁은 길은 모두 고산준령(高山峻嶺)이어서 촉군이 백여 명만 가지고 요로를 지키고 귀로를 끊는다면 등애의 군사는 모 두 굶어죽고 말 것이요. 하나, 나는 정도(正道)로만 진격해도 촉 지를 격파하지 못할 걱정은 없단 말이오."

그는 운제(雲梯) · 포가(砲架)를 마련해 가지고 검문관(劍門關)을 맹렬히 공격했다.

그러나 등애가 이만 눈치를 채지 못할 장수가 아니었다. 그가 본채로 돌아왔더니 사찬과 등충 등 일반(一班) 장사들이 오늘 종회를 만나서 무슨 고론(高論)을 했느냐고 물었다.

등애의 말이,

"나는 진심으로 말을 하는데도 그는 나를 용렬한 재목으로 취급하거든! 그는 지금 한중을 점령한 것을 막대한 공로로 알고 있지만, 따지고 보자면 그것도 내가 강유를 답중에서 둔전하고 있게 옴쭉 못하도록 지켜 주었기 때문인데……. 이제 내가 성도만 점령하면 한중을 점령한 것보다는 훨씬 낫겠지!"

등애가 그날 밤 영채를 철수하고 몰래 음평의 샛길로 진출해서 검각에서 7백 리 떨어진 지점에 진을 치니, 종회는 그것은 어리석은 짓이라고 웃고만 있었다.

등애는 밀서를 작성해서 사마소에게 보내고, 여러 장수들을 모아 놓고 성도를 공략하는 데 대해서 결심과 태도를 확인한 다음에 우선 아들 등충에게 정병 5천명을 주어서 갑옷을 입지 말고 각각 도끼와 끌 같은 기구로 험준하고 위험한 곳을 파헤쳐서 길을 만들고 다리를 놓아서 행군에 나가라고 시켰다.

등애는 3만의 군사를 뽑아 가지고 그해 10월에 음평을 떠나, 20여 일 동안에 7백여 리를 진격했는데, 사람의 그림자라고는 통 볼 수 없었다.

도중에서 병사들을 시켜 수십 처에 영채를 마련케 해 주었기 때문에 나머지 인마는 2천에 불과했다.

마천령(摩天嶺)이라는 산에 다다랐더니 말이 앞으로 잘 나가지 못하여, 등애는 걸어서 올라갔다. 등충과 길을 헤치는 장사들이 모두 울고 있었다.

그 까닭을 물은즉, 등충이 대답했다.

"이 산 서쪽 등성이는 깎아지른 것 같은 준벽(峻壁)이어서 길을 뚫을 수 없고 헛수고만 하게 되어 그래서 울고 있습니다."

등애가 말하기를,

"우리 군은 이미 여기까지 7백여 리를 왔다. 여기만 넘어서면 바로 강유(江油)인데 어찌 이대로 되돌아설 수 있단 말이냐?"

하면서, 등애는 병사들에게 호랑이 굴에 들어가지 않고 어찌 호랑이 새끼를 잡을 수 있느냐고 호령을 하고, 성공한 뒤에는 부귀를 같이 할 것이니 용기를 내라고 격려했다.

등애는 먼저 군기를 버리게 하고 자신이 몸을 담요로 감은 다음에 먼저 굴러 떨어졌다. 부장들도 털옷을 가지고 있는 사람들은 그것을 입고 몸을 내리굴렸으며, 털옷이 없는 사람은 각각 동앗줄로 허리를 묶어 가지고 나무 위에서 걸치고 생선두름 모양으로 차례차례 내려갔다. 이렇게 해서 등애·등충, 그리고 2천 명의 군사들은 한 사람도 빠짐없이 마천령을 넘어설 수 있었다.

다시 갑옷과 기구를 정돈하고 앞으로 나가려고 하는데 길옆으로 비석이 하나 서있었다. 거기에는 '승상, 무후(武侯) 제(題)함'이라고 씌어 있으며, 비문에는 '두 불(火)이 비로소 일어나서 이 곳을 넘어가는 이 있으리라.

두 선비 저울을 다투다가, 오래지 않아서 스스로 죽으리라'고 적혀 있었다. 두 불이란 곧 염(炎-炎興元年)을 말하고, 두 선비란 곧 등애와 종회를 말한다는 점에 짐작이 갔을 때, 등애는 대경실색하며 황망히 비석을 대하여 재배하고 말했다.

"무후는 정말 신인(神人)이시다! 이 등애가 사사(師事)하지 못했음이 한이다!"

등애가 이렇게 몰래 음평을 넘어서서 군사를 거느리고 앞으로 나가고 있을 때, 한군데 널찍한 빈 영채를 발견했다. 좌우 사람들이 알려 주었다.

"옛적에는 무후가 병사 1천 명을 동원해서 이 요로를 지키게 했는데, 현재에는 촉주 유선이 철수시켰습니다."

등애는 이왕 여기까지 왔으니 결사적으로 전진할 각오를 하고 도보로 2천여 명 군사의 앞장을 서서 밤낮을 헤아리지 않고 강유성으로 향했다.

강유성의 수장(守將) 마막(馬邈)은 동천(한중)을 이미 뺏겼다는 소식을 듣고 방비를 든든히 하기는 했지만, 단지 큰 길가를 막고 있었을 뿐이었고, 강유의 군사가 검각관을 지키고 있다는 것만 믿고 무슨 대단한 일이 있으랴 하고 마음을 놓고 있었다.

하루는 인마를 조련하고 집으로 돌아와서 부인 이씨(李氏)와

화로를 끼고 술을 마시고 있었는데, 부인이 물었다.

"변경의 정세가 심히 긴박하다는 말을 누차 들었는데, 장군께서는 도무지 근심하시는 빛이 없으시니 무슨 까닭이신가요?"

"대사는 강백약(강유)이 장악하고 있는데 내가 무슨 아랑곳이란 말이요?"

"그렇다지만 장군께서 성지를 지키시는 책임이 중하지 않다고 할 수 있나요?"

"천자는 황호의 말만 믿고 주색에 빠져 계시니, 내 생각 같아서는 화가 닥쳐올 날이 멀지 않은 것 같소. 위병이 쳐들어오면 항복하는 게 상책이지, 뭐 걱정할 게 있소?"

그의 부인은 대로하여 남편 마막의 얼굴에다 침을 뱉었다.

"당신도 남자로 태어나서 여태까지 불충불의(不忠不義)의 마음을 먹고 국가의 작록(爵祿)을 엉터리로 받았구려. 어떻게 얼굴을 들고 나를 다시 보려 드시오?"

마막은 부끄러워서 아무 말도 못했다. 홀연 집안사람들이 당황히 뛰어들며 알리는 말이 위나라 장수 등애가 어디로 왔는지는 몰라도 2천여 명의 군사를 거느리고 일거에 성 안으로 달려들어왔다는 것이었다.

마막은 대경실색하여 황망히 뛰어나가서 항복하고 공당(公堂) 아래 엎드린 채 울면서 등애에게 호소했다.

"소생은 투항할 마음을 먹은 지 오래 됐습니다. 이제 성중백성과 본부 인마(本部人馬)가 모두 장군께 항복하기를 원합니다."

등애는 그의 투항을 받아들였다. 그리고 그 곳의 군마를 부하(部下)에 수용하고 마막은 향도관으로 쓰기로 했다. 홀연 보고가 들어오는데 마막의 부인이 목을 매고 자살했다는 것이었다.

등애가 그 까닭을 물었더니 마막은 사실대로 고백했다. 등애는 그 부인이 현부(賢婦)임을 감탄하고 후례(厚禮)를 갖추어 장례를 지내 주었고, 친히 나가서 제사를 지냈다. 위나라 사람들이 이 소문을 듣고 한탄하지 않은 사람이 없었다.

등애는 강유를 점령하자, 곧 음평 작은 길의 모든 군사를 그곳에 집결시켜 가지고 곧장 부성(涪城)을 들이치려고 했다. 그러니 부장 전속(田續)이 병사들이 산을 넘어오느라고 피로했으니 며칠 쉬도록 하자고 제의했다.

등애는 격분하여 좌우 사람들에 명령하여 목을 베어 버리려고 했는데, 여러 장수들이 목숨만은 살려 주자고 애원하는 바람에 억지로 용서해 주었다. 이리하여 등애가 친히 군사를 몰고 부성에 이르니, 성안의 관리와 군민들은 하늘에서 내려온 군사들인가 의심하고 모두 나와서 항복했다.

촉인(蜀人)이 성도로 비보를 전했더니, 후주는 당황해서 황호를 불러 들였다. 그러나 황호는 어디까지나 그것이 사전(詐傳)된 말이니, 믿을 필요가 없다는 것이었다.

후주가 또 다시 무당을 불러 들여서 물어 보려고 했을 때에는 무당은 벌써 어디론지 가 버리고 찾을 길이 없었다.

이때 각지에서 급하다는 표문이 빗발치듯 몰려드니, 후주는 대경실색하여 조정에 백관을 소집했으나 그들은 서로 얼굴만 쳐다볼 뿐 한 마디도 말이 없었다. 이때, 극정(郤正)이 출반하여 아뢰었다.

"사태는 이미 급박해졌습니다. 폐하께서는 무후의 아드님을 부르셔서 퇴병책을 상의하심이 좋으실까 합니다."

무후의 아들 제갈첨(諸葛瞻)은 자가 사원(思遠), 그 어머니 황씨(黃氏)는 황승언(黃承彦)의 딸이었다. 황씨는 용모가 아주 박색이기는 했으나, 기재가 있어 위로는 천문에 통하고 아래로는 지리를 잘 알며, 도략(韜略)이니 둔갑이니 하는 책을 모르는 게 없었다.

무후가 남양에 있었을 적에 그녀가 현부임을 알고 아내로 맞은 것이니 무후의 학문에는 부인의 도움이 많았고, 무후가 죽은 뒤에는 부인도 세상을 떠났는데, 임종시의 유언도 단지 충효로써 그 아들 제갈첨을 격려했다.

제갈첨은 어려서부터 총명했으며 후주가 딸을 주어서 부마도위(駙馬都尉)를 삼았다. 그 후 무후의 작위를 계승했었고, 경요 4년에는 행군호위장군(行軍護衛將軍)으로 승진했으나, 그때에는 황호가 멋대로 일을 다스리고 있어서 병을 핑계하고 나오지 않왔었다.

그제야 후주는 극정의 진언을 받아들여서 조서를 세 통이나 연거푸 보내서 그를 불러내서 울며불며 호소했다.

"등애의 군사가 이미 부성에 들어왔으니 성도가 위태롭게 됐소. 경은 선군(先君)의 옛일을 생각하여 짐의 목숨을 구해 주오!"

제갈첨도 눈물을 흘리면서 아뢰었다.

"소신의 부자는 선제의 후은을 받자왔고, 폐하께도 특별한 대우를 받자왔으니 간뇌도지(肝腦塗地)하온들 어찌 다 보답하겠습니까? 원컨대 폐하께서는 성도의 군사를 동원하시어 소신이 영솔하고 나서 한번 결사적으로 싸워 보도록 해 주십시오."

제갈첨은 후주로부터 성도의 군사 7만을 맡아 가지고 여러 장수를 모아 놓고 선봉으로 나설 만한 사람이 없느냐고 물었다. 선뜻 나선 사람이 제갈첨의 맏아들 제갈상(諸葛尙)이었다.

제갈상은 이때 겨우 19세. 갖가지 병서를 읽었으며 무예에 통하지 않는 게 없었다. 제갈첨은 기뻐하면서 그에게 선봉을 명령하여, 그 날 중으로 성도를 떠나 위나라의 군사와 대결하라고 했다.

한편, 등애는 마막이 바친 한 권의 지리도(地理圖)를 받았는데, 거기에는 부성에서 성도에 이르는 1백 60리, 산천과 도로의 험준한 요로가 일일이 분명히 그려져 있었다. 그것을 다 보고 나서 등애는 깜짝 놀랐다.

"부성에만 있다가 촉인이 앞산을 가로막는다면 어떻게 성공하겠느냐? 시일을 지연시키다가 강유의 군사가 쳐들어오면 우리 군사는 위태롭게 되겠다."

시급히 사찬과 아들 등충을 불러서 분부했다.

"그대들은 1군을 거느리고 밤을 헤아리지 말고 면죽(綿竹)으로 쳐들어가서 촉병을 막으라. 나는 곧 뒤따라서 도착할 것이니 절대로 태만히 굴지 말 것이며, 적군에게 그 지점을 먼저 점령당한다면 그대들의 목을 베리라!"

사찬과 등충은 군사를 이끌고 면죽에 도착하자 곧 촉군의 병사와 맞닥뜨렸다. 양군이 진을 치자 두 사람이 말을 달려 문기 아래 나가 보니 촉군은 팔진(八陣)의 진법으로 진을 치고 있었다.

북소리가 세 번 울리고 문기가 양편으로 갈라지더니 수십 명의 대장들이 사륜거 한 채를 호위하고 나오는데, 수레 위에 단정히 앉아 있는 사람은 윤건, 우선에 학창을 입었는데, 뒷자락이 모가 진 것이며, 수레 옆에 누런 깃발이 휘날리는 데 거기에는 '한 승상 제갈무후'라고 씌어 있었다. 사찬·등충은 어쩌나 놀랐는지 전신에 땀이 비오듯하며 군사를 돌아다보고 말했다.

"알고 보니 공명이 아직도 살아 있었구나! 우리도 이젠 마지막인걸!"

급히 군사를 후퇴시키려고 했을 때, 촉병이 무찌르고 덤벼드니 위병은 대패하여 도주했으며 촉병은 20여 리나 그대로 무찌르며 추격해 오다가 등애의 구원병이 나타난 것을 보자 군사를 거둬들였고 등애는 본채로 돌아와서 사찬과 등충을 문책했다.

"그대들 두 사람은 싸우지도 않고 후퇴했으니 무슨 까닭이냐?"

등충이 대답했다.

"촉군의 진중에서는 제갈공명이 군사를 영솔하고 있기 때문에 그대로 내빼 왔습니다."

등애가 격분해서 말했다.

"설사 공명이 다시 살아났다 한들 뭣이 두렵단 말이냐? 그대들은 경솔히 후퇴하여 싸움을 패하게 했으니 마땅히 당장에 목을 베어서 군법을 바로 잡아야겠다!"

여러 사람들이 간곡히 말리자 그제야 등애의 노기가 풀렸다. 사람을 내보내서 초탐해 봤더니, 돌아와서 말하기를, 공명의 아들 제갈첨이 대장이요, 첨의 아들 제갈상이 선봉이며, 수레 위에 앉아 있던 것은 나무로 조각한 공명의 유상(遺象)이었다는 것이다.

등애는 그 말을 듣더니, 사찬과 등충에게 말했다.

"성공, 실패의 기회는 이번 한 번에 달렸다. 그대 둘이 또 다시 승리를 거두지 못한다면 반드시 참할 것이다."

사찬·등충은 또 다시 군사 1만 명을 거느리고 출전했는데 제갈상 필마 단창(匹馬單鎗)으로 달려 나와서 용감무쌍하게 두 사람을 물리쳐 버렸다.

이때 제갈첨이 또 좌우 양군을 지휘하면서 달려나와 위군의 진중으로 육박하여 좌충우돌, 수십 번을 왕래하며 무찌르니, 위병은 대패했고, 죽은 자가 부지기수였다.

사찬과 등충도 부상을 입고 도주했다. 제갈첨은 군마를 몰고 20여 리나 무찌르며 그대로 쫓아와서 다시 진영을 정비했다. 사찬·등충이 돌아와서 등애를 만났는데, 등애가 보니 두 사람이 모두 부상을 당했는지라 아무런 문책도 하지 않고 여러 장수들과 상의했다.

"촉군의 제갈첨은 부친의 뜻을 훌륭히 계승하여 두 차례에 걸쳐 우리 인마를 1만 이상이나 죽였소. 이제 속히 격파하지 않으면 반드시 화가 미칠 것이요!"

감군(監軍) 구본(丘本)이 말했다.

"어째서 편지 한 통을 내셔서 유인해 보지 않으십니까?"

등애는 그 말대로 편지 한 통을 작성해 가지고 사자를 시켜서 촉나라 영채로 보냈다. 수문장이 장하로 인도하여 그 편지를 올렸다.

제갈첨이 그 편지를 뜯어보니, 등애는 천자의 명령을 받들고 대군을 거느리고 나와서 촉나라를 토벌하여 그 땅을 대부분 점령했으며, 성도의 위기도 조석으로 박두했는데, 공은 어째서 응천순인(應天順人)하여 투항하지 않느냐는 말이었으며, 또 천자에게 아뢰어 제갈첨을 낭야왕(瑯琊王)으로 봉할 것이니 조종(祖宗)을 빛나게 하라 했고, 절대로 이것이 헛된 말이 아니라고 적혀 있었다.

제갈첨은 그 편지를 읽고 나더니 벌컥 화를 내며 편지를 발기발기 찢어 버리고 그 자리에서 사자의 목을 베게 하고 종자를 시켜서 그 수급을 위나라 영채로 가지고 가서 등애에게 보여주도록 했다.

등애는 격분하여 당장 나가서 싸우려 했다. 구본이 간했다.

"장군께서 경솔히 나가시면 안 됩니다. 마땅히 기병(奇兵) 작전을 써서 이기셔야 됩니다."

등애는 그 말대로 천수(天水)의 태수 왕기와 농서의 태수 견홍의 양군을 배후에 매복시켜 놓고, 친히 군사를 인솔하고 내달았다.

이때, 마침 제갈첨도 도전을 하고 싶은 생각이었는데, 홀연 등애가 친히 군사를 이끌고 나왔다는 보고를 받자 대로하여 당장에 병사를 거느리고 달려나와 위군의 진중으로 쳐들어갔다. 등애는 패주했고 제갈첨은 그대로 무찌르며 뒤를 쫓았다.

홀연 양쪽에서 복병이 내달았으니 촉병은 대패하여 면죽으로 물러났고 등애가 포위령을 내리니 위병은 일제히 고함을 지르며 면죽을 철통같이 둘러싸 버렸다.

제갈첨은 성 안에서 적군이 박두해 들어오는 것을 보자 팽화

(彭和)에게 명령하여 편지를 가지고 포위망을 돌파하여 동오로 가서 구원병을 청하도록 했다.

팽화는 동오에 도착하여, 오주 손휴를 알현하고 급함을 고하는 제갈첨의 서신을 전달했다.

오주가 그것을 다 보고 나더니, 여러 신하들과 대책을 상의했다.

"촉중이 위급하다니 내가 어찌 가만히 앉아서 보기만 하고 구원하지 않겠소?"

드디어 노장(老將) 정봉(丁奉)을 대장으로 하고, 정봉(丁封)·손이(孫異)를 부장으로 내세워서 병력 5만을 거느리고 촉나라를 구원하러 가라는 명령을 내렸다.

정봉은 출전명령을 받자, 정봉·손이에게 군사 2만을 주어서 면중(沔中)으로 향하게 하고 자기는 친히 3만의 군사를 이끌고 수춘(壽春)으로 향하여 3로로 분병하여 구원하기로 했다.

제갈첨은 아무리 고대하고 있어도 원군이 도착하지 않으니,

"언제까지나 지키고만 있다는 것은 좋은 계책이 못 되오!"

이렇게 여러 장수들에게 말하고, 아들 제갈상과 상서(尙書) 장준(張遵)을 성에 남겨두어 수비하게 하고, 친히 무장을 갖추고 말에 올라 3군으로 3문을 활짝 열어젖히고 무찔러 나갔다.

등애는 이 광경을 보자, 싸우지도 않고 후퇴해 버렸다. 제갈첨이 맹렬히 추격을 했을 때 홀연 한 발의 포성이 일어나더니 사면

에서 군사들이 몰려들어서 제갈첨을 가운데로 몰아넣고 포위해 버렸다.

제갈첨은 군사를 이끌고 좌충우돌 수백 명을 죽여 버렸다. 등애가 활로 쏘라고 명령하니 촉병은 사방으로 흩어졌다.

제갈첨도 화살을 맞고 마상에서 떨어졌다. 고함을 지르는 말이,

"나도 기진맥진했다! 한 번 죽어서 나라에 보답하는 길밖에 없다."

하면서, 칼을 뽑아 스스로 목을 찌르고 절명했다.

아들 제갈상이 성 위에서 부친이 군중에서 죽는 것을 보자, 발연대로하여 드디어 무장을 갖추고 말에 올랐다.

장준이 간하기를,

"소장군(小將軍), 경솔히 나가지 마십시오."

제갈상이 탄식했다.

"우리 부자 조손(祖孫)은 나라의 후은을 받았는데, 이제 부친이 적군에게 돌아가셨으니 내 홀로 살아 있어 뭣을 하겠소!"

그대로 말을 달려 무찌르고 나가서 진중에서 죽고 말았다.

등애는 두 사람의 충의를 가엾게 여겨 부자를 합장케 하고, 이 틈을 노려서 면죽으로 쳐들어갔다.

장준·황숭(黃崇)·이구(李球) 세 사람이 각각 1군을 이끌고 나와서 대결했으나 위나라의 대군을 당해 낼 도리가 없이 세 사람

이 모두 전사했다. 이리하여 등애는 면죽을 점령하고 군사를 위로해 주자 다시 성도로 쳐들어갔다. 이야말로 후주에게 위험한 날이 닥쳐옴이 유장(劉璋)의 말로와 다름이 없게 되는 셈이다.

118.
열녀와 그 남편

한나라의 멸망! "늠름하게 사람은 살아있는데
누가 한나라가 이미 망했다하랴!"

哭 祖 廟 一 王 死 孝
入 西 川 二 士 爭 功

후주는 성도에서 등애가 면죽을 점령하고 제갈첨 부자가 이미 죽었다는 소식을 듣자 대경실색하여 문무제관을 급히 소집해 놓고 대책을 상의했다.

근신이 아뢰는 말이,

"성 밖의 백성들은 늙은이를 부축하고 어린 것을 끌며, 통곡소리 천지를 진동하는 속에서 목숨을 건지려고 도주하고 있습니다."

후주가 당황하여 어쩔 줄 모르고 있는데 홀연 초마가 보고하기를, 위병이 성 아래까지 밀고 들어오려고 한다는 것이다.

여러 관원들이 상의하는 말이,

"군사도 장수도 그 수가 적어지고 없어졌으니 적과 대결하기는 어렵소. 일찌감치 성도를 포기하고 남중(南中)의 7군으로 달려가는 게 좋겠소. 그 땅은 험준하여 자연적으로 방비할 수 있으니 만병(蠻兵)의 힘을 빌어서 다시 극복해도 늦지는 않을 것이요."

광록대부 초주가 말했다.

"안 되오. 남만은 오랫동안 거들떠보지도 않던 곳이니, 평소에 아무런 혜택도 준 일이 없다가 이제 달려가게 되면 반드시 큰 화를 입을 것이요."

여러 관원들이 또 아뢰었다.

"촉나라와 오나라는 이미 동맹을 맺고 있으니 이렇게 사태가 급박한 때는 그곳으로 갈 수 있다고 생각됩니다."

초주가 또 간했다.

"자고로 남의 나라에 의지해서 천자가 된 사람은 없었습니다. 신의 생각으로는 위나라는 능히 오나라를 점령할 수 있어도, 오나라는 위나라를 점령하지 못하리라고 믿습니다. 그러니 오나라에 가서 칭신(稱臣)한다는 것은 첫째가는 치욕입니다. 또 만약에 오나라가 위나라에게 점령당한다면 폐하께서는 또 다시 위나라에 칭신하셔야 될 것이오니 이것은 두 번째 치욕입니다.

오나라에 투항하지 마시고 위나라에 귀순하심이 좋겠습니다. 위나라에서는 반드시 국토를 나누어서 폐하께 봉해 드릴 것이오니, 위로는 친히 종묘를 지키실 수 있으며, 아래로는 백성을 안전하게 하실 수 있으실 것이오니, 원컨대 폐하께서 고려하시기 바랍니다."

후주는 결단을 내리지 못하고 궁중으로 들어가고 이튿날이 되자 여러 사람들의 이론이 분분하였다. 초주는 사태가 급박함을 알고 또 다시 표를 올려 간했다.

후주가 초주의 말대로 투항하려 나서려고 했을 때, 홀연 병풍 뒤에서 한 사람이 나타나더니 날카로운 음성으로 초주를 매도했다.

"목숨만을 아까와 하는 썩어빠진 놈아! 어찌 함부로 사직의 대사를 망령되게 궁리한단 말이냐? 자고로 남의 나라에 항복한 천자가 어디 있었단 말이냐?"

후주가 바라보니 바로 다섯째 아들 북지왕(北地王) 유심(劉諶)이었다. 후주는 아들 일곱을 낳았는데, 첫째아들이 유선(劉璿)이요, 차자가 유요(劉瑤), 셋째가 유종(劉悰), 넷째가 유찬(劉瓚), 다섯째가 바로 북지왕 유심이었고, 여섯째가 유순(劉恂), 일곱째 아들이 유거(劉璩)였는데, 일곱 아들 가운데서 오직 유심만이 어렸을 적부터 총명하고 지나치게 영민했으며, 나머지는 모두 나약하고 착하기만 했다.

후주가 유심에게 말했다.

"대신들은 모두 투항함이 마땅하다고 하는데 너 혼자만이 혈기만을 믿고 만성(滿城)을 유혈 속에 빠뜨리겠다는 거냐?"

유심이 대답했다.

"옛적에 선제께서 재세시에 초주가 국정에 관여한 일이 없었
사온데, 이제 망령되게 대사를 논의하고 말을 함부로 하오니 매
우 이치에 맞지 않는 일입니다. 신이 간절히 생각하옵건대, 성도
의 군사는 아직도 수만 명은 있사옵고 강유의 전군이 모두 검각
에 있사오니, 만약 위병이 성도에 침범하는 줄만 안다 하오면 반
드시 구원하러 올 것입니다. 내외에서 공격하면 전공(全功)을 거
둘 수 있습니다. 어찌 썩어빠진 선비의 말을 들으시고 경솔히 선
제의 기업을 폐하시겠습니까?"

후주가 호통쳤다.

"네 따위 어린놈이 어찌 천시(天時)라는 것을 알겠느냐?"

유심이 머리를 조아리고 통곡했다.

"만약에 세궁역진(勢窮力盡)하여 화가 미쳐오는 것이라고 하오
면 부자·군신 다같이 성을 등에 지고 한번 싸워서 사직과 함께
죽어서 선제(先帝)를 뵈옴이 좋겠거늘 어찌 적에게 투항을 하겠
습니까?"

후주는 그래도 말을 듣지 않았다. 유심이 방성통곡을 했다.

"선제께서는 용이하게 기업을 창업하신 바 아니온데, 어찌 일
조일석에 이것을 버리겠습니까? 저는 차라리 죽는 한이 있더라
도 그런 모욕은 당하지 않겠습니다!"

후주는 마침내 근신에게 명령하여 유심을 궁문 밖으로 끌어
내게 하고, 초주를 시켜서 항서(降書)를 작성케 하고 사서시중(私
署侍中) 장소(張紹), 부마도위(駙馬都尉) 등량(鄧良)을 파견하여 초
주와 함께 옥새를 가지고 낙성으로 가서 투항하게 했다.

이때, 등애는 매일 수백의 철기(鐵騎)를 시켜서 성도를 초탐케
했다. 그 날, 항복하는 기가 세워진 것을 보고 등애가 기뻐서 어
쩔 줄 모르고 있는데, 얼마 안 되어서 장소 일행이 도착하니 등
애는 사람을 시켜서 맞아들이게 했다. 세 사람은 섬돌 아래 배복
하고 항관옥새(降款玉璽)를 바쳤다. 등애는 항서(降書)를 뜯어 보
고 크게 기뻐하며 옥새를 받아들였고, 장소 · 초주 · 등량 일행
을 정중히 대접했다.

등애는 또 답서를 작성해서 세 사람에게 주어 성도로 돌려 보
내 인심을 안정시키도록 했다. 세 사람은 등애에게 절하고 성도
로 급히 돌아와서 후주를 입견하고 답서를 올렸으며, 등애가 대
접을 잘 하더란 말을 상세히 보고했다.

후주는 그것을 뜯어보더니 크게 기뻐하며 즉각에 태복(太僕)
장현(蔣顯)에게 칙령(勅令)을 내려서 강유에게 가서 항복하라 명
령하도록 하고, 상서랑(尙書郞) 이호(李虎)를 시켜서 등애에게 문
부(文簿)를 전달시켰는데, 호수(戶數)가 도합 28만, 남녀 94만, 갑
옷 입은 장수 수가 10만 2천, 관리 4만, 식량 40여 만, 금은 3천

근, 비단 사견(絲絹) 각 20만 필이었으며, 나머지 물건은 창고 속에 있는지라 수효에 넣지 않았고, 12월 초 하루를 택하여 군신(君臣)이 다 같이 나가서 항복하기로 했다.

북지왕 유심은 이 소식을 알자 노기충천하여 그 즉시 칼을 차고 궁중으로 들어왔다.

그의 아내 최부인(崔夫人)이 물었다.

"대왕께서는 오늘 안색이 이상하시니 무슨 까닭이십니까?"

유심의 대답했다.

"위병이 머지않아 닥쳐들 것이오. 부황(父皇)께서 이미 항관을 바치셨고, 내일이면 군신이 나가서 항복한다 하니 우리 사직은 이것으로 멸망하는 것이오. 나는 먼저 죽어서 선제를 지하에서 뵙는 한이 있더라도 타인 앞에 무릎을 꿇지는 않겠소!"

최부인의 말이,

"훌륭하십니다! 훌륭하십니다! 어차피 돌아가신다 하오면 첩부터 먼저 죽여주시고 왕께서 돌아가셔도 늦지는 않을까 합니다."

하니 유심이 물었다.

"그대는 무엇 때문에 죽소?"

최부인이 대답했다.

"왕께서 부친을 위하셔서 돌아가시는 일이나, 첩이 남편을 위하여 죽는 일이나 그 의(義)는 같은 것인데 뭣을 물으실 필요가 있겠습니까?"

말을 마치자 최부인은 머리를 기둥에 부딪쳐 죽고 말았다. 유심이 세 아들을 자기의 손으로 죽이고, 아내의 목을 베어 가지고 소열묘(昭烈墓)로 가서 땅에 엎드려 통곡했다.

"소신은 기업을 타인에게 버려 줌이 부끄러워 볼 수 없기로 먼저 처자를 죽여서 거리낌을 끊고 나서 이 일명으로 조부님께 보답하고자 하오니 조부님께서 영혼이 계시다 하오면 이 손자의 마음을 알아주시옵소서!"

한바탕 방성통곡을 하고, 눈에는 피를 흘리며 자기 손으로 목을 찔러 죽고 말았다. 촉인들이 이 소문을 듣고 애통하지 않는 사람이 없었다.

뒷 사람이 그의 죽음을 슬퍼하여 다음과 같은 시구를 남겼다.

군신이 달게 무릎을 꿇었으나
한 아들만이 홀로 슬퍼하네.
서천의 일은 이미 사라졌으나
웅장하도다 북지왕이여!
몸을 버려 열조에 보답하고
머리를 부둥켜 뜯으며
창공을 우러러 통곡하니
늠름하게 사람은 살아 있는 듯

누가 한나라가 이미 망했다 하랴!

君臣甘屈膝　一子獨悲傷
去笑西川事　雄哉北地王
損身酬烈祖　搔首泣穹蒼
凜凜人如在　誰云漢已亡

후주는 북지왕이 자살했다는 소문을 듣고 사람을 시켜서 매장
하라 했다.

이튿날, 위나라 군사는 대거 도착했고, 후주는 태자제왕(太子諸
王)과 여러 신하 60여 명을 인솔하고 자신을 결박하고 상여를 타
고 북문 10리 밖에 나가서 투항했다. 등애는 후주를 부축해서 일
으키며 친히 그 결박한 것을 풀어 주었고, 타고 온 상여를 태워
버리고 난 후 수레를 나란히 하여 성안으로 들어왔다.

이리하여 성도 사람들은 모두 향화(香花)를 들고 영접했고, 등
애는 표기장군(驃騎將軍)으로 모셨으며, 나머지 문무제관들에겐
각각 계급의 고하에 따라서 벼슬자리를 주었다. 후주를 궁중으
로 돌아가게 한 후 방을 내붙여서 민심을 안정시키고 창고의 이
관(移管)을 받았다. 또 태상(太常) 장준(張峻), 익주(益州)의 별가(別
駕) 장소(張紹)를 각군으로 파견하여 군민을 항복시키게 하고, 강

유에게도 사람을 보내서 항복을 설득시키도록 했다. 한편 낙양으로도 사람을 보내서 첩보를 전했다.

등애는 황호가 간험하다는 소문을 듣고 목을 베려 했으나, 황호는 등애의 좌우 측근자에게 금은보배로 뇌물을 먹이고 죽음을 간신히 면했다.

이리하여 한나라는 마침내 멸망하고 말았다.

이때, 태복(太僕) 장현이 검각에 도착하여 후주의 칙명을 전달하고 투항했다는 사실을 알렸더니 강유는 어찌나 놀랐던지 입만 벌리고 말을 못했다.

장하의 모든 장수들은 그 소식을 알자 일제히 원망하며 눈을 부릅뜨고 이를 악물고 머리털을 뻗치고 칼을 뽑아 돌을 치며 소리를 질렀다.

"우리들은 목숨을 내걸고 싸우고 있는데 어째서 먼저 항복을 했단 말이냐!"

통곡소리가 수십 리 밖에까지 들렸다. 강유는 인심이 아직도 한나라를 생각하고 있음을 알고 부드러운 말로써 어루만져 주었다.

"여러 장수들 걱정 마시오. 나에게 한실을 부흥시킬 수 있는 한 가지 계책이 있소."

모든 사람이 무엇이냐고 물었다.

강유는 여러 장수들의 귓전에다 대고 뭣인지 속삭여서 계책을 알려 주었다.

그 즉시 검문관(劍門關)에는 온통 항복하는 기가 꽂혔다.

그리고 먼저 사람을 시켜서 종회의 영채로 보고하게 해서, 강유가 장익·요화·동궐을 거느리고 항복하겠다고 말하게 했다.

종회는 기뻐서 어쩔 줄 모르며, 사람을 시켜서 강유를 영접케 했다. 강유가 장으로 들어갔다.

종회가 하는 말이,

"백약(강유)! 왜 이다지 늦게 왔소?"

강유는 정색을 하고 눈물을 흘리면서 말했다.

"국가의 전사(全師)가 나에게 있으니 여기 온 것도 오히려 빨리 온 셈이요."

종회는 심히 기특한 말이라 생각하고 얼른 자리에서 내려와 맞절을 하고 상빈(上賓)으로 대접했다.

강유가 종회에게 말했다.

"듣자니 장군께선 회남(淮南)이래 계책마다 어긋남이 없었고, 사마씨의 극성(極盛)함도 모두 장군의 힘이라기에 이 강유는 달게 여기 머리를 수그린 것이요. 만약에 등사재(등애)가 상대였다면 마땅히 결사적으로 싸워 봤지 어찌 이렇게 투항하려 들었겠소?"

종회는 화살을 꺾어서 맹세하고 강유와 형제를 맺었으니, 그정이 심히 두터웠으며 여태까지나 마찬가지로 병사를 영솔하도록 하라고 했다. 강유는 남몰래 기뻐하면서 장현을 성도로 돌려보냈다.

한편, 등애는 사찬을 익주 자사로 하고 견홍과 왕기도 각각 주군(州郡)을 맡도록 해주고, 또 면죽(綿竹)에 축대를 쌓아서 전공(戰功)을 표창하고, 촉중의 여러 관원들을 전부 소집하여 주연을 베풀고 술을 마셨다.

술기운이 거나하게 돌아가고 있을 때 등애는 여러 관원들을 손으로 가리키며 말했다.

"그대들은 다행히 나 같은 사람을 만났기 때문에 오늘이 있게 된 것이오. 만약에 다른 장수를 만났다면 모두 몰살을 당했을 것이오."

여러 관원들이 몸을 일으켜서 절하고 있을 때, 홀연 장현이 나타나더니 강유가 자진하여 종회진서(종회)에게 투항했다고 했다. 등애는 종회를 몹시 미워하고 마침내 사람을 시켜서 편지를 가지고 낙양에 가서 진공 사마소에게 전하도록 했다. 사마소가 그 편지를 받아 보았다.

신 등애 간절히 아룁니다. 군사에는 성예(聲譽)가 앞선 다음에 실상이 뒤따른다고 합니다. 이제야말로 촉나라를 평정한 기세로써 오나라를 쳐서 석권하기에 좋은 시기입니다. 그러나 큰일을 치른 뒤인지라 장사들이 피로하여 곧 쓸 수가 없게 됐으므로 농우의 군사 2만과 촉병 2만을 남겨 두어 염전과 광산 일을 돌보게 하고 아울러 배를 만들게 해서 순조로운 계책에 대비해 두고, 사신을 보내서 이해관계를 설득하면 오나라는 토벌하지 않고도 평정할 수 있으리라고 생각합니다.

또 유선(劉禪)을 후대하였다가 손휴(孫休)를 치게 함이 좋을 것이오. 만약에 지금 곧 유선을 서울로 불러올린다 하면 오인이 반드시 의심할 것이오니, 이것은 귀순하여 향화(向化)하는 마음을 권하는 일이 못되므로, 우선 촉나라에 머물러 있게 해 두었다가 내년 겨울에 상경케 할까 합니다.

이제 즉시 유선을 부풍왕(扶風王)에 봉하시고 재물을 주어서 좌우의 측근자들을 먹이게 하고, 그 아들에게 작을 내려 공경(公卿)을 삼으셔서 귀명지총(歸命之寵)을 나타내게 하신다면 오인은 위엄을 두려워 하고 덕(德)을 품어, 바람결을 따르듯이 복종하게 되리라고 생각합니다.

사마소는 이 편지를 다 보고나자, 등애가 제멋대로 하고 싶은 마음이 있지나 않을까 깊이 의심하고 우선 위관(衛瓘)에게 편지를 보내놓고 나서 등애를 봉(封)하는 조서를 내렸다.

정서장군 등애는 위엄을 빛내고 무용을 발휘하여 적진에 깊이 들어가 참호지주(僭號之主)를 자진해서 귀항케 함에 있어서 군사는 때를 넘지 않았고, 싸움은 날을 마치지 않고, 출전한 지 미구에 구름이 걷히듯 돗자리를 말듯 파촉(巴蜀)을 탕정(蕩定)하였으니 그 공훈이 백기(白旗)가 강초(强楚)를 격파하고 한신(韓信)이 힘센 조(趙)나라를 이겨 낸 데 못지않도다. 이에 등애를 태위로 삼고 2만 호를 증읍(增邑)하며 두 아들을 정후(亭侯)에 봉하여 각각 식읍(食邑) 천호(千戶)를 주게 하노라

등애가 조서를 받고 나니 감군 위관이 사마소의 편지를 꺼내서 등애에게 주었다. 그 편지 속에는 등애가 말한 바 일은 나중에 아뢸 것이며, 아무렇게나 청할 일이 아니라고 적혀있었다.

등애가 말했다.

"장수는 밖에 있으면 군명도 받을 수 없을 때가 있다는데, 내가 조명을 받들고 출정한 이상 어째서 나의 의사를 함부로 가로막아 버린단 말인가?"

또 편지를 써 사자를 낙양으로 보내서 전달하게 했다.

이때에 조정안에서는 모든 사람들이 등애가 반드시 모반할 마음을 품고 있다고 하는지라, 사마소는 점점 더 의심을 품고 그를 꺼리게 됐는데, 이러는 판에 마침 사자가 돌아와서 등애의 편지를 올렸다.

사마소가 그 편지를 뜯어보았다.

등애, 명령을 받들고 서정(西征)한 이래 원악(元惡)이 이
미 굴복하였으므로 권도에 의하여 일을 처리하여 귀순
한 지 얼마 안 되는 자들을 안정시켰습니다. 만약에 국
명만을 기다리고 있었다면 왕복하는데 시일만 지연되
었을 것입니다.

'춘추지의(春秋之義)'에도, 대부(大夫)가 나라를 나왔으
면 사직을 안정하고 국가를 이롭게 함이 가하다 했습니
다. 이제 오나라가 아직 귀순하지 않은 채 촉나라와 연
결을 맺고 있으니 대수롭지 않은 일에 구애되어 사기를
잃어서는 안 됩니다.

병법에도 앞으로 나감에 명(名)을 구하지 않고 뒤로 물
러섬에 죄(罪)를 피하지 않는다고 했습니다. 등애에게
비록 옛 사람의 절개가 없다 할지라도 어디까지나 나
라에 해를 끼치지는 않을 것이므로 우선 이쯤 아뢰옵고
옳다고 여기시면 시행하시기를 바랍니다.

사마소는 다 보고 나더니 깜짝 놀라면서 황망히 가충과 대책
을 강구했다.

"등애가 공로만 믿고 교만해져서 제멋대로 행사를 하니 배반

할 의사는 명백히 드러났소. 어찌 했으면 좋겠소?"

가충의 대답이,

"주공께서는 어째서 종회에게도 벼슬을 봉하시어 등애를 제거하시지 않으십니까?"

사마소는 그 말대로 사자를 시켜 조명을 받들고 가서 종회를 사도(司徒)에 봉하게 했다.

그리고 위관에게 명령하여 양로군을 감독하도록 하고 또 그에게 편지를 주어서 종회와 함께 등애의 거동을 감시하여 변고를 방지하도록 했다.

종회는 봉(封)을 받자 곧 강유를 불러 상의했다.

"등애는 나보다 많은 공을 세워서 태위의 직을 봉했는데, 사마공은 그에게 배반할 마음이 있지나 않은가 의심하여 위관을 감군(監軍)에 명령하고 나에게 조명을 내려 그를 제지하게 하는데, 백약(강유)에게는 무슨 고견이 없소?"

"듣자니 등애는 출신이 미천하며 어렸을 적에는 시골서 소나 몰며 자랐다는데 이번에는 요행 음평(陰平)을 나무에 오르고 절벽에 매달려서 빠져 나왔기 때문에 큰 공을 세운 것이지, 결코 양모(良謀)에서 이루어진 일은 아니오. 모두가 국가의 홍복(洪福)에 덕을 본 것뿐이요. 만약에 장군이 이 강유를 검각에 몰아넣지 않았다면 어찌 성공을 했겠소?

이제 촉주를 부풍왕에 봉하려 하는 것은 촉인의 마음을 사로 잡자는 꾀이니 그 배반하려는 마음이야 말하지 않아도 알 수 있는 일이요. 그러니 진공(晉公)이 의심하는 것은 바로 이 점이요."

강유는 종회에게 조용히 이야기하고 싶은 일이 있으니 좌우 측근자를 물러나게 해달라고 넌지시 말하고 나서, 한 장의 도도를 꺼내서 종회에게 주면서 그것은 옛날 무후가 이 지도를 선제에게 바쳐서 익주가 옥야천리(沃野千里), 백성은 번성하고 나라가 부유한 땅임을 설명했기 때문에 선제가 성도에서 창업을 했던 것이니, 등애도 그곳에 들어갔으니 미칠 듯이 날뛸 것이 뻔하다고 말해 주었다.

종회는 어떻게 등애를 처치했으면 좋겠느냐고 강유에게 상의했다. 강유는 진공이 의심을 품고 있을 때 급히 표를 올려서 등애가 모반하고 있는 사실을 보고하면, 곧 종회에게 등애를 토벌하라는 명령이 내릴 것이니 그때에는 등애를 당장에 붙잡을 수 있을 것이라고 계책을 세워 주었다.

종회는 그 즉시 낙양으로 사자를 보내서 표를 올리고 등애가 불원간 반드시 배반하리라는 구체적 사실을 들어서 아뢰게했다.

사마소는 종회의 표를 받아 보자 대로하여 당장에 종회에게 사신을 보내어 등애를 체포하라 명령했고, 가충에게 군사 3만을 주어서 사곡으로 출동케 하고, 자기 자신도 위주 조환을 출동시켜서 친정(親征)에 나서도록 했다.

이때 서조의 아전 소제가 간했다.

"종회의 군사는 등애의 6배나 되오니 그에게 명령하셔서 등애를 잡도록 하실 것이지, 친히 출마하실 필요는 없으십니다."

그러나 사마소는 껄껄껄 웃었다.

"그대는 자신이 예전에 종회가 배반할 것이라고 나에게 말했던 것을 잊었소? 내가 가는 것은 등애 때문이 아니고 종회 때문이오."

"소생은 공께서 그런 사실을 잊어버리시지나 않았나 해서 말씀드린 것이오니 절대로 누설되지 않도록 해야겠습니다."

사마소는 그의 말이 옳다 하고, 드디어 대군을 동원하여 떠났다. 이때, 가충도 종회에게 배반할 마음이 있는 것이 아니냐고 걱정스럽게 사마소에게 넌지시 말했더니, 사마소가 대답했다.

"그렇다면, 그대를 내보내 놓으면, 이번에는 그대마저 의심해야겠군! 어쨌든 장안에 도착하면 자연 명백해질 것이오."

이런 사실을 염탐꾼이 재빨리 종회에게 알리니, 종회는 사마소가 이미 장안으로 오고 있다는 사실을 알게 되자, 당황하여 강유를 불러 등애를 붙잡을 대책을 상의했다.

이야말로 서촉의 항장(降將)을 받아들이자마자 또다시 장안의 대병을 보게 되는 판이다.

119.
놀림감이 된 임금

"이런 일을 하신다면 나라를 찬탈한 도적이 됩니다"

假 投 降 巧 計 成 虛 話
再 受 禪 依 樣 畵 葫 蘆

종회가 강유를 불러서 등애를 붙잡을 계책을 상의해 보았더니, 강유의 말이, 감군(監軍) 위관(衛瓘)을 시켜서 등애를 붙잡도록 해보고, 등애가 만약에 위관을 죽이려고 한다면 그것은 배반할 의사가 명백한 것이므로, 그때, 종회가 군사를 일으켜서 토벌하는 것이 좋겠다는 계책을 제공했다.

종회가 기뻐하면서 즉시 위관에게 명령하여 부하 수십 명을 거느리고 성도로 가서 등애 부자를 체포하라고 명령했더니, 위관의 부하는 이런 계책의 밑바닥을 들여다보고 가지 말라고 만류했다. 그랬더니, 위관의 말이,

"나는 나대로 생각하는 바가 있소."

하면서, 떠나기 직전에 2, 30통의 격문을 각처로 뿌렸다. 그 격문에는 조명을 받들고 등애를 체포하러 가는데, 다른 사람들은 추호도 관련이 없으니 일찍 귀순하면 전직에 따라서 버슬자리도 줄 것이며 출두하지 않는 자는 삼족을 멸하겠다고 적었다.

그러고는 함거(檻車) 2채를 마련해 가지고 성도로 달려갔다.

닭이 울고 날이 밝을 무렵에 격문을 보게 된 등애의 부장들은 일제히 위관의 말 앞에 나와서 항복했다.

등애는 마침 부중에서 일어나지 않고 있었는데, 홀연 위관이 부하 수십 명을 거느리고 뛰어 들어 호통을 쳤다.

"조명에 의하여 등애 부자를 잡으러 왔다."

깜짝 놀라 침상에서 굴러 떨어지는 등애를 위관은 무사들에게 명령하여 결박시켜 함거 속에 처박았다. 영문도 모르고 달려 나온 아들 등충도 역시 붙잡혀서 함거 속에 처박혔다.

이때 벌써 한편에서는 종회의 대군이 쳐들어왔다고 일대 혼란이 일어나고 있었다. 종회는 강유와 함께 말을 버리고 부중으로 뛰어들었는데, 등애의 부자가 이미 결박되어 있는 것을 보고 채찍으로 내리치며 매도했다.

"소나 몰던 자식이 어찌 감히 버릇 없는 짓을 하느냐?"

강유도 역시 등애를 매도했다.

"되지도 못한 놈이 요행만 믿고 까불었기 때문에 오늘 혼이 나는 거다!"

등애도 지지 않고 욕설을 퍼부었지만, 종회는 등애 부자를 낙양으로 수송해 버리고 말았다.

성도로 들어간 종회가 등애의 군사를 모조리 수하에 포섭하고는 위세가 당당해져서 이제야 말로 우리는 비로소 소원성취를 했다고 말했더니, 강유가 말했다.

"이제 공께서는 큰공을 세우시고 그 위력이 사마공만 못지않게 되셨으니, 이제부터는 비를 타시고 행방을 감추시어, 옛적에 한나라의 장량(張良)이 했듯이 신농시대(神農時代)의 선인 적송자(赤松子)를 따라서 공부나 하시는 게 어떠시겠소?"

종회가 깔깔깔 웃으며 말했다.

"우리가 이제 겨우 40미만에 이제부터 공명을 세울 텐데 그렇게 세상을 도피할 까닭은 없다고 생각하오."

"그렇게 한가한 신세가 되기 싫으시다면 물론 좋은 계책이 있으실 것이니, 이는 공이 알아서 하실 노릇이지, 이 노부(老夫)의 말이 필요하겠소?"

이때부터 두 사람은 매일같이 대사를 상의했으며, 강유는 비밀리에 후주에 서신을 보내서 조금만 더 참고 있으면 반드시 기울어진 사직을 다시 바로잡고 한실을 부흥시킬 날이 머지않아서 다가올 것이라고 연락해 주었다.

종회와 강유가 모반을 획책하고 있을 때, 홀연 사마소의 편지가 날아들었는데, 자기는 종회가 등애를 잡지 못하고 놓쳐 버리지나 않나 걱정이 되어서 장안까지 나왔다는 것이었다.

종회는 그 의미를 재빨리 알아차렸다. 등애의 몇 갑절의 병력을 가진 자기가 등애를 잡지 못할까 걱정한다는 것은 어떤 다른 의심에서 나온 소행이라는 것을 간파했다.

종회는 배짱을 든든히 하고 최후의 사태를 각오했으며, 그 옆에서 강유가 또 꾀를 냈다.

"곽태후께서 돌아가셨다고 하는데, 사마소를 주살하여 시살죄(弑殺罪)를 다스리라는 태후의 조명을 받으셨다 하면 좋지 않겠소. 공의 재간을 가지면야 중원을 석권하기는 쉬운 노릇이요."

종회는 강유를 선봉으로 내세우기로 서로 약속하고, 원소절(元宵節-정월 15일)을 기하여 주연을 베풀어 대장들을 한 자리에 모아 놓고 그들의 심중을 타진해 보기로 했다.

강유은 남몰래 기쁨을 금치 못하고 있었다. 그 이튿날 주연 석상에서 술이 몇 순배째 돌아가고 있을 때, 종회는 술잔을 손에 든 채 갑자기 소리를 지르면서 엉엉 울었다. 대장들이 깜짝 놀라서 그 까닭을 물었더니, 종회가 대답했다.

"곽태후는 임종시에 나에게 유명을 내리셨소. 사마소가 대역무도하여 남궐(南闕)에서 시군(弑君)하고 조만간 위나라를 찬탈하려고 하니 토벌하라고 하시었소. 그대들도 각자 첨명(簽名)하여 함께 성사토록 하기 바라오."

여러 사람들이 깜짝 놀라 서로 얼굴들만 쳐다볼 뿐이었다.

"내 말에 거역하는 사람은 참할 것이요!"

종회가 칼을 뽑아 들고 호령을 하니 모든 사람은 부들부들 떨면서 어쩔 수 없이 첨명을 했다. 그러고 난 다음에 종회는 대장들을 궁중에 감금하고 무사들을 시켜서 감시케 했다.

강유가 또 꾀를 냈다.

"내 생각 같아서는 여러 장수들이 복종하지 않는다면 갱에 넣어 죽여 버리는 게 좋겠소."

"나도 벌써 궁중에 갱을 파게 하고 만반준비를 갖추고 있으며, 큰 몽둥이를 수천 자루나 마련해 뒀으니 복종하지 않는 놈은 때려 죽여서 묻어 버리겠소."

두 사람이 주고받는 말을 종회가 가장 아끼는 부장 구건(丘建)이 옆에 있다가 들었다. 구건은 본래 호열(胡烈)의 수하에 있었는데, 그 때 마침 호열도 궁중에 감금당해 있었는지라 종회가 한 말을 몰래 호열에게 알려 주었다. 대경실색한 호열은 눈물을 흘리며 부탁했다.

"아들 호연(胡淵)이 군사를 거느리고 이곳을 포위하고 있을 터인데 그놈은 종회가 이런 못된 마음을 먹고 있는 줄을 전혀 모르고 있을 것이니 옛 정리를 생각하고 한 마디만 그놈에게 전해 주시오."

구건은 이런 부탁을 받고 종회에게 가서 청을 드렸다.

"지금 대장들이 궁중에 감금되어 있사온데 먹고 마시는 것이

불편한 모양이오니 한 사람을 시키셔서 드나들며 시중들게 하심이 좋겠습니다."

종회는 구건을 어디까지나 믿고 있었기 때문에 바로 구건에게 그 일을 감독해서 선처하라고 명령하면서 비밀이 누설되지 않도록 천만 조심하라고 신신당부했다. 구건은 종회가 추호도 의심치 않도록 대답해 놓고, 몰래 호열의 심복을 궁중으로 들여보내서 밀서를 부탁하여 호연의 영내로 전달하도록 했다.

호연은 대경실색하여 그 밀서를 두루두루 각 영으로 돌려서 여러 사람이 다 알도록 했다.

격분한 여러 대장들은 호연의 영내로 몰려들어서 상의했다.

"우리가 비록 이대로 죽는다 할지라도, 어찌 역적에게 복종할 수 있겠소?"

"정월 18일에 궁중으로 쳐들어가서 여차여차합시다."

감군 위관은 호연의 계책을 매우 기뻐하고, 당장에 군사를 정비해 놓고, 구건에게 명령하여 이런 사실을 호열에게 전달시키고, 호열은 또 다시 여러 대장들에게 알렸다.

강유는 또 종회에게 무시무시한 계책을 제공했다.

"대장들은 모두 복종치 않을 배짱들인 모양이오. 살려 두었다가는 반드시 해가 미칠 것이니 일찌감치 죽여 버리는 게 좋겠소."

종회는 그 말대로 강유에게 명령하여 무사들을 거느리고 위나라의 대장들을 죽이러 가라고 명령했다. 강유가 그것을 승낙하고 행동을 개시하려 나서려고 했을 때, 갑자기 극심한 가슴통증이 일어 졸도하니 부하들이 부축해 일으켜서 한참만에야 맑은 정신이 들었다.

이때, 궁전 밖에서 홀연 사람들이 소동을 일으키고 있다는 보고가 들어왔다. 종회가 사람을 내보내서 무슨 일인지 알아보려고 했을 때, 벌써 무수한 군사들이 문 안으로 달려들었다. 종회가 문을 잠그라고 명령을 하고 있을 때, 군사들이 전위에서 기왓장을 벗겨서 내동댕이치니 순식간에 수십 명의 사상자를 냈다.

그리고 궁전 안팎에서 불길이 치밀었다. 쳐들어온 군사들은 문을 부수고 몰려들었다. 종회는 친히 칼을 휘두르며 순식간에 몇 명을 찔러서 거꾸러뜨렸다. 그러나 그도 마침내 빗발치듯 퍼붓는 화살을 맞고 쓰러지지 않을 수 없었다. 여러 장수들은 종회의 목을 베어 버렸다.

강유도 칼을 뽑아 들고 전으로 뛰어 올라와서 좌충우돌, 갈팡질팡 마구 무찔러 댔으나 불행히도 가슴앓이가 다시 치밀어서 하늘을 우러러 보며 소리를 질렀다.

"나의 계획은 실패했다! 천명이다!"

그리고 제 칼로 목을 찔러 죽고 말았다. 그의 나이 59세. 궁중의 사망자 수는 수백 명에 달했다.

위관(衛瓘)이 명령을 내렸다.

"중군은 각각 영소(營所)로 돌아가서 왕명을 기다리라!"

격분한 위병들은 그 말에는 귀도 기울이지 않고 강유에게 달려들어 원수를 갚으려고 배를 갈라 봤더니 강유의 쓸개는 크기가 달걀만큼이나 컸다.

대장들은 또 가족을 잡아서 하나도 남기지 않고 모조리 죽였다. 등애의 부하들은 종회와 강유가 죽은 것을 보자 밤을 헤아리지 않고 등애를 도로 찾으려고 달려갔다.

이런 사실을 재빨리 위관에게 알려준 사람이 있었다. 위관이 말했다.

"등애는 내가 잡았다. 이제 그를 살려 둔다면 나는 몸을 묻을 곳이 없게 될 것이다."

이 말을 듣자 호군(護軍) 전속(田續)이 말했다.

"전에 등애가 강유를 공략했을 때, 소생은 놈에게 하마터면 죽을 뻔했습니다. 오늘이야말로 그 원수를 갚아 주고 싶습니다."

위관은 심히 기뻐하면서 그 즉시 그에게 군사 5백 명을 주어서 뒤를 쫓게 하니, 전속이 면죽까지 쫓아갔을 때, 마침 등애 부자는 함거에서 구출되어 성도로 돌아오려는 중이었다. 자기편 사람이 나타난 줄로만 알고 아무 생각 없이 영접하다가 전속의 한칼에 목이 날아가 버렸다. 등충도 역시 난군 중에서 절명했다.

강유 · 종회 · 등애가 이미 죽었고, 장익도 난군 중에서 죽었으며, 태자 유선(劉璿), 한수정후(漢壽亭侯) 관이(關彛)도 모두 위나라 병사들에게 살해당했다. 군민간에 일대 소동이 일어나서 아우성을 치고 서로 디디고 밟고 하는 아수라장에 죽은 사람도 부지기수였다.

열흘쯤 지난 뒤에 가충이 먼저 도착하여 방을 내붙이고 민심을 안정시켰기 때문에 소란이 겨우 가라앉았다. 위관을 성도에 남겨 두고 후주는 낙양으로 옮겨갔는데, 그를 따르는 사람으로는 상서령 번건, 시중 장소, 광록대부 초주, 비서랑 극정 등밖에 없었다. 요화 · 동궐 등도 모두 병을 핑계로 두문불출하다가 울화병으로 죽었다.

이때 위나라는 경원 5년(서기 264년)을 함희 원년(咸熙元年)으로 고쳤다.

봄 5월에 오나라 대장 정봉은 초나라가 멸망한 것을 알자, 오나라로 되돌아왔는데 중서승(中書丞) 화핵(華覈)이 오주 손휴에게 아뢰었다.

"오나라와 촉나라는 이와 입술의 관계에 있습니다. '입술이 망하면 이가 견딜 수 없다(脣亡則齒寒)'고 합니다. 소신의 생각으로는 사마소가 미구에 우리나라를 공격하리라고 믿습니다. 그러니 폐하께서는 깊이 방어책을 강구하셔야겠습니다."

손휴는 그 말대로, 육손의 아들 육항(陸抗)을 진동대장군(鎭東大

將軍)에 봉하고, 형주목을 임명하여 양강(襄江) 어귀를 지키게 하고 좌장군 손이(孫異)에게 남서(南徐)의 각처 요로를 든든히 지키게 하고, 또 장강 연안 일대의 수백 영에 둔병케 하여 노장 정봉이 통솔 감독하도록 해서 위나라 군사를 방비하고 있었다.

건녕(建寧) 태수 곽과(霍戈)는 성도를 지키지 못하게 되었음을 알자, 소복을 입고 서쪽 하늘을 사흘 동안이나 바라다보며 통곡했다. 여러 장수들이 말했다.

"한주(漢主)께서 이미 실위하셨는데, 왜 빨리 투항하지 않으십니까?"

곽과가 울면서 말했다.

"길이 멀리 막혀서 우리 주공의 안위도 알 수 없고, 만약에 위주가 예의를 갖추어 대접한다면 성을 다 내놓고라도 투항해도 늦지 않지만, 만약에 우리 주공을 욕되게 한다면 주인이 욕을 보면 신하는 죽는 법이니 어찌 이대로 투항하겠소?"

여러 사람들도 이 말에 찬성하고 낙양으로 사람을 급히 보내서 후주의 소식을 탐지하도록 했다.

후주가 낙양에 도착하니, 사마소는 이미 조정에 돌아와 있으며, 맹렬히 후주를 공격했다.

"그대는 주색에 빠져서 어진 사람들을 물리치고 실정(失政)했으니 마땅히 주륙해야 할 것이요."

후주는 얼굴이 흙빛이 되어서 어찌 할 바를 몰랐다. 문무백관이 모두 아뢰었다.

"촉주(蜀主)께서는 이미 나라의 기강을 그르치셨다고는 하지만 다행히 일찍 귀항하셨으니 사(赦)하심이 좋을까 합니다."

사마소는 유선을 안락공(安樂公)에 봉하고, 주택 · 월급 · 용도(用度)를 돌봐 주고 비단 말 필, 동비(僮婢) 백 명을 딸려 주었다. 아들 유요(劉瑤)와 구신(舊臣) 번건 · 초주 · 극정 등에게도 후작을 봉해 주었다. 황호는 나라를 좀먹고 백성을 해쳤다 해서 무사에게 명령하여 저자에 끌어내어 능지처참에 처했다.

곽과도 후주가 안락공에 봉해진 것을 알고 부하를 거느리고 투항했다. 이튿날 후주는 친히 사마소의 부하(府下)에 가서 절하였다. 사마소가 주연을 베풀고 정중히 대접했는데, 그 앞에서 위나라 음악을 연주해서 무희를 구경시켜 주었다.

촉나라 관원들은 슬픔을 금치 못하였으나 후주 혼자서 희색이 만면했다. 사마소는 또다시 촉인을 시켜서 촉나라 음악을 그 앞에서 연주하게 하여 들려주었다. 촉나라 관원들은 모두 눈물을 흘렸는데, 후주만은 희희낙낙하였다. 술좌석이 한창 어우러지고 있을 때 사마소가 가충을 보고 말했다.

"사람이 매정하기 이 지경이라면, 비록 제갈공명이 있었다손 치더라도 오랫동안 온전히 보좌할 수 없었을 것이니, 하물며 강유를 가지고야 말이 되겠소."

그리고 후주에게 물어 보았다.

"촉나라 생각이 나지 않으시오?"

"이곳의 나날이 즐거우니 촉나라 생각은 없소."

얼마 만에 후주는 몸을 일으켜 옷을 갈아입으려고 했다. 극정이 곁채로 따라 나가서 말했다.

"폐하께서는 어째서 촉나라 생각이 나지 않는다 하십니까? 만약에 그가 또 묻사옵거든 우시면서 '선인(先人)의 분묘가 멀리 촉나라 땅에 있으니 마음이 아프며 생각하지 않는 날이 없다'고 대답하십시오. 그래야만 진공이 폐하를 촉나라로 돌아가시도록 해드리게 됩니다."

후주는 그 말을 기억하고 다시 자리로 들어갔다.

술이 거나하게 취했을 때 사마소가 또 물었다.

"촉나라 생각이 나시오?"

후주는 극정이 말하라고 한 대로 대답했다. 그런데 아무리 울려고 해도 눈물이 나지 않아서 그대로 눈을 감아 버렸다.

사마소가 물었다.

"어째서 극정의 말과 똑같소?"

후주가 깜짝 놀라 눈을 뜨며 말했다.

"사실로 극정이 그리하라고 시켰소."

사마소와 좌우 사람들이 모두 웃음을 터뜨렸다. 이래서 사마소는 후주가 솔직한 것을 믿고 그를 의심하지 않게 되었다.

조정의 대신들은 사마소가 촉나라를 평정한 공적을 찬양하고 그를 왕으로 모시려고 했으며, 위주 조환은 천자라는 것은 이름 뿐이요, 아무 일도 마음대로 하지 못하니, 온갖 대권을 장악하고 있는 사마소의 일에 반대할 수 없었다. 그래서 진공 사마소를 진왕(晉王)에 봉하고 그의 부친 사마의에게는 선왕(先王), 형 사마사에게는 경왕(景王)이라는 시호를 내렸다.

사마소의 처는 왕숙(王肅)의 딸로서 두 아들을 낳았는데, 장남 사마염(司馬炎)은 체구가 거창하게 크고 머리털이 땅을 쓸며 두 손이 무릎에까지 내려오고 총명·영무(英武), 그리고 담량이 대단했다. 둘째아들은 사마유(司馬攸)인데 성격이 온화하고 공손하고 겸손하며 효성스러워서 사마소가 대단히 사랑했는데, 사마사에게 아들이 없었기 때문에 사마유를 주어서 뒤를 잇도록 했다. 사마소는 평소에도,

"천하는 우리 형님의 것이다!"

라는 말을 곧잘 했는데, 자기가 진왕이 되면서 둘째 아들 사마유를 세자로 세우려고 했다. 그러나 산도(山濤)가 장자를 폐하고 차자를 세움은 예의에 어긋나는 일이라고 간곡히 간했기 때문에 결국 사마염을 세자로 세웠다.

여러 대신들은 사마소의 이런 처사를 지극히 찬양해 주었더니, 그는 기뻐하면서 왕궁으로 돌아와서 식사를 하려고 하는 찰나에 갑자기 말을 할 수 없게 되었다. 그 이튿날에는 생명도 위

태로울 지경이었다. 태위(太尉) 왕상(王祥), 사도(司徒) 하증(何曾), 사마(司馬) 순개(荀顗)와 그 밖의 여러 대신들이 문병을 갔더니, 사마소는 말을 못하고 손으로 사마염을 가리키면서 숨을 거두었다.

"천자의 대권은 진왕께 있었으니 태자를 진왕으로 모시고 나서 장례를 치르도록 합시다."

하증이 이렇게 말했는지라, 그 말대로, 그날로 사마염을 진왕의 자리에 모시고, 하증을 진나라 승상에, 사마망을 사도(司徒)에, 석포(石苞)를 표기장군에, 진건(陳騫)을 거기장군에 봉하고, 부친 사마소에게 문왕(文王)이라 시호를 올렸다.

장례가 끝나자, 사마염은 가충과 배수(裵秀)를 왕궁에 비밀히 청해 이런 말을 했다.

"조비도 한나라 천자의 자리를 계승했으니, 내가 위나라 천자의 자리를 계승함이 잘못된 일은 아닌가 하오."

가충과 배수가 두 번 절하며 고했다.

"전하께서는 조비의 법을 따르시어 수선대(受禪臺)를 마련하시어 천하에 포고하시고 대위에 오르심이 좋을까 합니다."

사마염은 심히 기뻐하며, 그 이튿날 칼을 찬 채로 입내(入內)하였다. 이때 위주 조환은 연일 조정에 나오지 않고 심신이 어지러워 어찌 할 바를 모르고 있었다. 사마염이 후궁으로 달려들어가니 조환은 황망히 어탑에서 일어서서 영접했다. 사마염은 자리

잡고 앉은 다음 물었다.

"위나라의 천하는 누구의 힘입니까?"

조환의 대답이,

"모두 진왕 부조(父祖)의 은혜요."

사마염은 웃으면서 재덕 있는 사람에게 왕위를 양보하라고 권고했다. 조환이 대경실색하여 말도 제대로 못하니, 옆에 있던 황문시랑 장절(張節)이 호통을 쳤다.

"진왕의 말씀은 잘못입니다. 지난번에 위나라의 무조황제(조조)께서는 동쪽을 소탕하시고 서쪽을 토벌하시어 남북을 정벌하셨으니 천하를 용이하게 얻으신 게 아니었습니까. 이제 천자께서는 유덕무죄(有德無罪)하신데 무슨 까닭으로 자리를 남에게 양보하라 하십니까?"

사마염이 격분했다.

"이 사직은 바로 대한(大漢)의 사직이요. 조조가 천자를 끼고 제후를 시켜서 스스로 위왕이 되어서 한실을 찬탈한 것이요. 우리 조부 3대는 위나라를 보필하여 천하를 얻은 것이지, 결코 조씨의 힘으로 된 것이 아니며 사실 사마씨(司馬氏)의 힘으로 이루어졌다는 것은 사해가 다 아는 바오. 어째서 오늘날 내가 위나라의 천하를 맡을 수가 없단 말이오?"

장절이 또 말하기를,

"이런 일을 하시려면 나라를 찬탈하는 도적이 되십니다."

사마염은 대로했다.

"나는 한가(漢家)의 원수를 갚겠다는데 뭣이 안 된다는 말이냐?"

사마염은 무사에게 호령하여 장절을 전 아래로 끌어내려 죽였다. 조환은 울면서 꿇어앉아 사마염의 뜻을 받아들였고, 가충에게 수선대를 세우라고 명령했다.

이리하여 12월 갑자일(甲子日)에 조환은 친히 전국(傳國)의 옥새를 받들고 수선대 위에 나서서 문무백관을 소집해 놓고, 진왕 사마염을 단상에 청해 올리고 옥새를 넘겨주었다.

가충이 천명이 진나라에 있어 사마씨의 공덕으로써 제위에 오른다는 말과, 조환을 진류왕(陳留王)에 봉하므로 즉시 금용성(金墉城) 밖으로 나갈 것이며, 조명 없이는 두 번 다시 입경하지 말 것을 선언하니, 조환은 눈물을 흘리며 물러섰다.

이 날 문무백관이 수선대 아래에서 재배하고 만세를 불렀으며, 사마염은 위나라의 국통(國統)을 계승해서 국호를 대진(大晉)이라 하고, 연호를 태시 원년(泰始元年)으로 고쳤으며, 천하에 대사령을 내리니, 마침내 위나라는 멸망하고 말았다.

진제(晋帝) 사마염은 사마의에게 선제(先帝), 백부 사마사에게 경제(景帝), 부친 사마소에게 문제(文帝)라는 시호를 올렸고, 칠묘(七廟)를 세워서 조정을 영광되게 했다. 이 칠묘라 함은 사마균(司馬均-漢나라 征西將軍), 사마량(司馬量-사마균의 아들. 豫章太守), 사마전

(司馬儁–사마량의 아들. 穎川太守), **사마방**(司馬防–사마균의 아들. 京兆尹),
그리고 사마의 · 사마사 · 사마소 일곱 사람의 묘다.

이리하여 진나라의 대사가 이미 작정되니 매일 조회를 열고
오를 토벌할 계책을 강구하게 됐다. 이야말로 한가(漢家)의 성곽
은 이미 옛것이 아니오, 오국의 강산 또한 달라지려는 판국이다.

120.
끝없는 흥망성쇠

분분한 세상사는 무궁무진하고
천수는 망망하여 피할 길이 없다

薦杜五老將獻新謀
降孫晧三分歸一統

오주 손휴는 사마염이 위나라의 제위를 찬탈했다는 소식을 듣고, 그가 반드시 오나라를 토벌할 것이라는 근심 걱정 때문에 병이 들어 자리에서 일어나지 못하게 되었다. 승상 복양흥(濮陽興)을 궁중으로 부르고 또 태자 손만을 불러 들여서 서로 인사를 시키더니 손만의 팔목을 붙잡고 복양흥을 가리키면서 절명했다.

복양흥은 여러 관원들과 협의하여 태자 손만을 천자로 세우려고 했으나, 좌전군(左典軍) 만욱과 좌장군 장포(張布)가 다 같이 그의 나이가 어리다는 이유로 반대하므로, 망설이기만 하다가 주태후(朱太后)에게 아뢰었다. 그러나 과부가 어찌 국가의 대사를 알겠느냐 하며 좋도록 하라고만 하는지라, 복양흥은 드디어 손호(孫皓-字는 元宗)를 모셔다가 태자로 세웠다.

손호는 손권의 태자 손화(孫和)의 아들이었다. 그해 7월에 즉위하여 연호를 원흥 원년(元興元年)이라고 고쳤는데, 한번 제위에 오르게 된 손호는 날이 갈수록 흉폭해졌고, 주색에 빠져서 중상시(中常侍) 잠혼(岑昏)을 총애하여서, 복양흥과 장포가 간했더니 두 사람의 목을 베어 버리고 삼족을 멸했다.

해가 바뀌자 연호를 또 다시 보정 원년(寶鼎元年)이라 고치고 육개(陸凱) · 만욱(萬彧)을 좌우 승상으로 삼았는데, 당시의 손호는 무창(武昌)에 있었기 때문에 양주(揚州)의 백성들은 양곡을 공급하느라고 장강 · 을 거슬러 올라오기에 여간 고생을 하지 않았다. 그런데도 손호는 주책없이 향락에만 빠져 있는지라 공사(公私)가 뒤죽박죽이 되어, 육개가 상소를 올려 간했다.

좌우 사람 모두 그 인물을 얻지 못했으며 저희들 멋대로 도당(徒黨)을 만들어서 충성스럽고 어진 사람을 배척하는 것은 정사를 어지럽게 하고 백성을 해롭게 하는 일이니, 가지가지 부역을 폐지하고, 주살을 폐지할 것과 궁녀의 수효를 줄이고 백관을 잘 뽑아서 기용해 달라는 권고였다.

그 상소문을 보자 손호는 심히 불쾌히 여기면서, 여전히 뉘우치는 기색이 없이 술사(術士)를 불러 들여 점을 쳐 보니 모든 일이 길조라고만 하여, 손호는 중서승(中書丞) 화핵(華覈)을 불러 들여서 상의했다.

"짐은 한나라의 땅을 아울러 점령하여 촉주를 위하여 원수를 갚고자 하는데 어느 땅부터 공략함이 좋겠소?"

화핵이 덕으로써 오나라 백성을 안정시킴이 상책이지 애써서 군사를 동원할 필요가 없다고 간했다. 손호는 노발대발하여 화핵이 구신(舊臣)만 아니라면 목을 베겠다고 호통를 치고 무사를 시켜서 궁중에서 축출해 버렸다.

화핵은 이때부터 국운이 기울어져 감을 탄식하고 은거생활을 했으며, 손호는 자기 고집대로 진동장군(鎭東將軍) 육항(陸抗)의 부병(部兵)을 양강(襄江) 어귀에 주둔시켜서 양양(襄陽)을 넘보게 했다.

이 소식을 알게 된 낙양에서는 진주(晉主) 사마염이 가충과 상의하여, 도독 양호(羊祜)에게 명령을 내려서 양양을 지키게 했다. 양호는 양양을 방비하면서 민심을 파악하고 양곡을 증산하기에 힘썼고, 투항해 온 오나라 군사 가운데서 고향으로 가고 싶다는 사람들은 모두 돌려보냈다.

그리고 언제나 소박한 가죽옷에 넓은 띠를 띠고 갑옷도 입지 않았으며, 장전을 호위하는 병사도 불과 10여 명을 거느릴 뿐이었다.

부장들은 오나라의 허를 찌르고 공격을 가하자고 했지만 양호는 끝까지 무리한 싸움을 할 필요가 없다고 그들을 구슬렀고, 여러 장수들도 그 명령에 복종하여 오로지 국경을 방비하는 데만

전력을 기울였다.

하루는 양호가 여러 장수를 거느리고 사냥을 나갔더니, 저편
에서도 육항이 사냥을 나와서 마주치게 되었으나, 양호는 어디
까지나 경계선을 침범하지 말라고 자기의 장수들에게 엄명했고,
사냥에서 돌아온 뒤에도 잡은 짐승들을 조사해서 오나라 군사들
이 먼저 쏘아서 잡은 것은 일일이 사자(使者)를 시켜서 돌려보내
주었다.

이런 사나이다운 태도에 감격한 육항은 오래 저장해 두었던
두주(斗酒) 한 병을 사자에게 주면서 그대의 도독에게 올려 달라
고 해서 돌려보냈다.

양호의 사자가 술을 가지고 돌아간 뒤에, 육항의 부하들이 그
까닭을 물었더니, 육항이 하는 말이,

"상대방이 나에게 덕을 베푸니 내 어찌 그대로 있을 수 있
겠소?"

사자가 돌아와서 육항이 술을 보냈다고 양호에게 내놓았더니,
양호는

"흠! 그도 내가 술을 잘 마시는 것을 알고 있는 모양이군!"

하면서, 당장에 술병 마개를 열고 마시려고 했다. 어떠한 간계
가 들어 있는지 모를 일이니 그 술을 마시지 말라고 부하들이 권
고했으나 양호는,

"육항은 사람에게 독을 먹일 위인이 아니니 걱정할 것은

없소!"

하면서 한 방울도 남기지 않고 병을 기울여 다 마셔 버렸다.

이런 일이 있은 뒤부터, 양편에서는 서로 사자를 내왕시키고 있었는데, 어느 날 육항의 사자가 양호에게 왔을 때 육장군은 건재하시냐고 물어 봤더니, 며칠 동안 건강이 좋지 않아서 자리에 누워 있다는 것이었다.

이 말을 들은 양호는,

"그의 병도 아마 나의 병과 같을 거야!"

하더니, 자기에게 좋은 약이 있으니 육장군에게 갖다 드리라고 사자에게 주어서 돌려보냈다. 육하의 측근자들은 적군의 장수가 보낸 약은 반드시 독약일 것이라 하며, 마시지 말라고 육항에게 권고했지만, 육항은,

"양호는 남을 독살시킬 사람은 아니니까 의심할 것은 없어!"

하면서, 그 약을 마시고 이튿날부터 몸이 좋아졌다. 그리고 대장들에게 말했다.

"저편에서 덕으로 대하는데 이편이 폭력으로 대한다면, 그것은 저편이 싸우지 않고 이편을 굴복시키는 것이요. 우리는 각자가 각자의 국경선을 지키는 데 전념할 것이오, 사소한 이해관계를 따질 필요는 없소."

이때 느닷없이 오주가 파견한 사자가 도착되어 진군(晉軍)에게 지지 않도록 진격을 개시하라는 명령을 전달했으나, 육항은 즉

시 표를 작성해서 사자에게 주어서 돌려보냈다. 그런데 그 표에는 국내의 일을 다스리기에 전심할 일이지, 함부로 싸움을 시작할 일이 아니라는 점을 역설했다.

이 표를 받아 본 손호는 노발대발하며 육항이 변경에서 적군과 내통하고 있다는 풍문이 과연 사실이라 생각하고, 곧바로 사자를 파견하여 육하의 병권을 박탈하고 사마(司馬)로 떨어뜨리고 좌장군 손기(孫冀)에게 대신 군사를 지휘케 했다.

손호는 건형(建衡)이라고 연호를 고치고(서기 269년) 봉황 원년(鳳凰元年-서기272년)에 이르기까지, 무슨 일이나 제멋대로, 병사들의 괴로움은 안중에 없이 싸움만 일삼는 바람에, 상하의 원성이 그칠 날이 없었다.

승상 만욱(萬彧), 장군 유평(留平), 대사농(大司農) 누현은 보다 못해서 바른 말을 했기 때문에 모두 살해당하고 말았다. 전후 10여 년에 살해당한 충신이 40여 명이나 되었지만, 신하는 손호의 위력 앞에 벌벌 떨 뿐, 아무도 감히 간하는 사람이 없었다.

한편, 양호는 육항이 병권을 잃고, 손호가 덕망이 없어져 가는 것을 알자, 오나라를 격파할 절호의 기회라 생각하고 표를 작성하여 낙양으로 보내서 이 기회에 사해를 평정함이 좋겠다고 역설했다. 사마염은 이를 보고 심히 기뻐하면서 당장에 군사를 일으키려고 했지만, 가충·순욱·풍환(馮紞)이 완강히 반대하고 나서자 사마염도 싸울 것을 단념했다.

천자가 자기의 뜻을 받아들여 주지 않으니 양호는 함녕 4년(서기 278년)에 입조하여 고향에 돌아가 병을 휴양하겠다는 청을 드렸다. 사마염이 다시 한번 군사를 거느리고 국가를 위하여 오나라를 격파해 달라고 했으나, 양호는 사실 늙고 병든 몸이 되어서 그해 11월에는 병이 위독하여 자리에 눕게 되었다.

사마염은 친히 그를 찾아가서 문안을 드렸다. 사마염이 병상 앞에 이르니 양호는 눈물을 흘리면서 말했다.

"신은 만 번 죽어도 폐하께 보답하지 못하게 됐습니다!"

사마염도 눈물을 흘렸다.

"짐도 경의 오를 정벌하자는 말을 듣지 않은 것을 매우 유감스럽게 생각하오. 이제 누구를 시켜서 경의 뜻을 계승시켰으면 좋겠소?"

양호가 눈물을 머금고 말했다.

"신은 이미 죽은 목숨이오니 어리석은 의견이나마 말씀드릴까 합니다. 우장군 두예(杜預)가 이 임무를 감당할 만합니다. 만약 오나라를 토벌하시려면 언제나 그를 기용하시기 바랍니다."

말을 마치자, 양호는 그대로 절명했다.

사마염은 방성통곡하며 궁중으로 돌아와서 태부(太傅) 거평후(鉅平侯)의 직위를 보내도록 칙명을 내렸다. 남주(南州-형주)의 백성들은 그의 죽음을 알자 철시(撤市)를 하고 통곡했으며, 강남(江南) 국경을 지키는 장사들도 울지 않는 사람이 없었다.

양양 사람들은 양호가 생전에 현산(峴山)에 잘 놀러 왔던 일을 생각하고 그곳에 묘를 세우고 사시로 제사를 결한 일이 없었으며, 그 곳을 왕래하는 사람들도 비석을 보면 눈물을 흘리지 않는 사람이 없는지라, '타루비'(墮淚婢)라는 이름을 붙이게 됐다.

진주(晉主)는 양호의 말대로 두예를 진남대장군을 삼아서 형주의 일을 도독하도록 했다. 두예는 위인이 의젓하고 속이 트인데다가, 굉장히 공부하기를 즐겨하며 좌구명(左丘明)의 〈춘추전〉(春秋傳)을 가장 좋아해서 읽었고, 앉으나 누우나 항시 책을 옆에 끼고, 어디를 나갈 때면 반드시 사람을 시켜서 이 〈좌씨 춘추전〉을 말 앞에 가지고 있도록 하는지라, 당시의 사람들이 '좌전벽'(左傳癖)이라고까지 불렀다.

두예는 진주의 명령을 받게 되자 양양에서 민심을 안정시키고 군사를 양성하여 오나라를 토벌할 준비를 했다.

이때, 오나라에서는 정봉·육항이 모두 죽었고, 오주 손호는 여러 신하를 모아 놓고 주연을 베풀 때마다 곤드레만드레 취하도록 마시라 명령했고, 또 항문랑 10명을 두어서 규탄관(糾彈官)이라 하여 감시케 하고, 주연이 파한 뒤에는 여러 사람의 잘못을 규탄관을 시켜서 보고하게 해서 비위에 거슬리는 자는 잔인하게도 얼굴 살갗을 벗기거나 혹은 눈알을 뽑는 소름끼치는 짓을 예사로 했다. 그래서 나라 안의 온갖 사람들이 공포에 쉽싸여 부들

부들 떨었다.

진나라 익주(益州) 자사 왕준(王濬)은 상소하여 오나라를 토벌하자고 했다.

그 상소문에는, 다음과 같이 씌어 있었다.

> 손호는 황음(荒淫)아 날로 심해지니 마땅히 빨리 정벌해
> 야 할 것입니다. 만약에 일단 손호가 죽고 다시 현명한
> 임금이 서게 되면 강적으로 변할 것이오며, 신은 배를
> 만들기 7년, 만들어 둔 배들이 나날이 썩어 갑니다.
> 신의 나이 이미 70이오니 죽을 날도 멀지 않았습니다.
> 이 삼자(三者) 중에서 한 가지라도 틀어진다면 오나라를
> 뺏기는 어려울 것입니다. 원컨대 폐하께서는 사기를 잃
> 지 않으시기 바랍니다.

진주는 상소문을 다 보고 나더니 마침내 여러 신하들과 상의했다.

"왕공(왕준)의 말은 양도독(양호)의 말과 우연히도 일치되오. 짐은 결심했소."

시중 왕혼(王渾)이 아뢰었다.

"신이 듣자옵건대 손호는 북쪽으로 쳐올라 오려고 군오(軍伍)가 이미 완전히 정비되었고, 그 성세가 대단하여 대결하기 어렵

다 합니다. 다시 1년쯤 더 기다려서 그들이 기세가 수그러졌을 때 토벌하시면 성공하실 수 있을까 합니다."

진주는 그 말대로 당장에 조명을 내려서 출전을 정지하고 움직이지 못하게 해놓고 후궁으로 물러나 앉아서 비서승상(秘書丞相) 장화(張華)와 바둑을 두며 소일했다.

이때, 근신이 변방에서 표가 올라왔다고 보고하여서, 진주가 그것을 뜯어보니 바로 두예의 표였다.

전에, 양호는 조정의 신하들과 일을 도모하지 않고, 폐하와 비밀리에 계책을 꾸몄기 때문에 군정의 신하들 사이에 구구한 이론(異論)이 많았습니다. 무릇 무슨 일이나 이해관계로써 비교해 봐야 할 것입니다.

이번 거사에 이로운 점을 생각하옵건대 10중 8, 9는 되옵고, 해롭다는 점은 단지 공을 세울 수 없다는 점뿐인가 합니다. 가을이 되면서부터 적을 토벌해야 할 형세가 현저하오니, 이제 만약 중지한다 하오면 손호는 공포심을 품고 무창으로 도읍을 옮길 것이오며, 강남의 여러 성을 완전히 수리해 가지고 백성을 옮겨 갈 것이오니, 이때에는 성을 공격하기도 어렵고 들에서 양초를 뺏기도 어려워져서 내년 계획은 소용이 없게 되리라고 생각됩니다.

진주가 막 표를 다 보고 났을 때, 장화가 돌연 몸을 일으키더니 바둑판을 옆으로 밀어 놓으며 손을 소맷자락 속에 집어 넣고 정중히 아뢰었다.

"폐하께옵서는 성무(聖武)하시어 나라는 부강하고 백성도 강하온데, 오주는 음학(淫虐)하고 백성이 근심 걱정으로 지내고 나라가 피폐해 있습니다. 이제 토벌한다 하오면 힘 안 들이고 평정할 수 있을 것이오니 원컨대 너무 망설이지 마시기 바랍니다."

진주의 말이,

"경의 말이 이해관계를 잘 통찰했으니 내 뭣을 망설이겠소?"

하며, 즉시 나와서 승전(升殿)하여 진남대장군 두예를 대도독에 임명하여 군사 10만을 거느리고 강릉(江陵)으로 출동하게 하고, 진동대장군 낭야왕(瑯琊王) 사마주(司馬伷)를 제중(滁中)으로 출동하게 하고, 정동대장군 왕혼을 횡강(橫江)으로 출동하게 하고, 건위장군 왕융(王戎)을 무창(武昌)으로 출동하게 하고, 평남장군 호분(胡奮)을 하구(夏口)로 출동하게 해서, 각각 군사 5만을 거느리고 일제히 두예의 지휘를 받도록 했다.

또 용양장군 왕준, 광무장군 당빈(唐彬)은 강에 떠서 동쪽으로 내려가게 하니 수륙 병사가 도합 20여 만, 전선이 수만 척이 되었다. 이 밖에도 관남장군 양제(楊濟)를 양양(襄陽)에 출둔하여 각 방의 인마를 감독하도록 했다.

이런 소식이 재빨리 동오에 전해졌다. 오주 손호가 대경실색하여 승상 장제(張悌)와 사도 하식(何植), 사공 등수(滕修)를 불러서 대책을 상의했더니, 장제가 진군(晉軍)을 막아낼 계책을 세웠다.

즉, 거기장군 오연(伍延)을 도독으로 하여 강릉으로 출동하게 하여 두예와 맞서게 하고, 표기장군 손흠(孫歆)에게 하구와 그 밖의 적군을 막아 내도록 하고, 장제 자신은 좌장군 심형(沈瑩), 우장군 제갈정(諸葛靚)과 병력 10만을 인솔하고 우저(牛渚)에 출둔하고, 각방의 군사들을 후군으로 세우기로 했다.

후궁으로 들어간 손호가 불안해하는 기색을 보자, 그가 총애하는 중상시 잠혼이 까닭을 물으니, 손호는 급박한 정세를 솔직히 말해 주었다.

잠혼이 왕준의 배를 한 척도 남기지 않고 모조리 가루를 만들어 줄 계책이 있다고 말하면서, 강남에는 철이 많으니 길이 수백 장, 무게 2, 30근쯤 되는 쇠사슬을 백여 줄 만들어서 연강(沿江) 긴요한 지점에 가로질러 놓아서 막아 버리고, 다시 한 장 길이가 넘는 철추(鐵錐) 수만 개를 만들어서 물속에 가라앉혀 두면 진나라 배가 바람을 타고 오다가 철추에 부딪혀서 깨질 것이니 어떻게 강을 건너올 수 있겠느냐는 것이었다.

손호는 크게 기뻐하며 장인(匠人)을 강변으로 동원시켜서 밤을 새워 가며 쇠사슬과 철추를 만들어서 적당한 곳에 박아 놓도록 지령을 내렸다.

한편, 진나라 도독 두예는 강릉으로 출전하자 아장(牙將) 주지(周旨)에게 명령하여 수수 8백 명을 인솔하고 조그만 배를 타고 몰래 장강을 건너가서 낙향(樂鄕)을 야습하되 깃대를 산림 속에 많이 세우고, 낮에는 포를 쏘고 북을 울리며 밤에는 각처에서 횃불을 올리도록 했다.

주지는 명령을 받자 여러 사람을 인솔하고 강을 건너가서 파산(巴山)에 매복했다. 그 이튿날, 두예는 대군을 거느리고 수륙 양면으로 동시에 쳐들어갔다. 전초(前哨)에서 보고가 들어왔다.

"오주는 오연을 파견하여 육로로 출동하게 했고, 육경(陸景)을 수로로 출동하게 했으며, 손흠을 선봉으로 해서 3로로 대결해 볼 작정이라 합니다."

두예가 군사를 인솔하고 전진하니, 손흠의 배가 벌써 도착했다. 양편 군사가 처음으로 싸우게 되자 두예는 곧 뒤로 물러났다.

손흠이 군사를 거느리고 강안(江岸)으로 올라와서 추격하니, 20리도 못 가서 한 발의 포성이 들리더니 사면에서 진병이 대거 습격해 왔다.

오병은 재빨리 후퇴했다. 두예는 이 기회를 놓치지 않으려고 그대로 무찔러 들어가니 오병의 사상자는 부지기수였다.

손흠이 성변(城邊)으로 달아났을 때, 주지의 군사가 8백여 명이나 그 속에 휩쓸려 들어갔다가 성 위로 올라가자마자 횃불을 올리니 손흠은 대경실색했다.

"북쪽에서 온 군사들은 강을 날아서 건너왔단 말인가?"

이런 말을 하고 놀라는 손흠이 급히 후퇴하려고 하는 찰나, 주지는 큰 소리로 호통을 치면서 한칼에 손흠의 목을 베어서 말 아래로 날려 버렸다.

육경이 배 위에서 바라보니, 강남 언덕 위에 불길이 치밀고 파산 위에서 깃발 한 폭이 바람에 휘날리는데, 그 위엔 '진 진남대장군 두예'라고 씌어 있었다.

육경은 깜짝 놀라서 강 언덕 위로 올라와서 목숨이나 건지려고 뺑소니를 치다가 달려드는 진장(晉將) 장상(張尙)의 칼을 맞고 역시 목이 날아가 버렸다.

오연은 각 군이 모두 패하는 광경을 보자 성을 포기하고 도주하다가 복병에게 붙잡혀서 결박을 당해 가지고 두예 앞에 끌려갔다. 두예는,

"살려 두어서 뭣에 쓴단 말이냐!"

하고 소리치더니 무사에게 호령하여 목을 베어 버리고 마침내 강릉을 점령했다.

이렇게 되니 원강(沅江) · 상강(湘江) 일대에서 황주(黃州) 각 군에 이르는 태수와 현령들은 소문만 듣고도 모두 인(印)을 가지고 와서 투항했다.

두예는 사람을 시켜서 절월(節鉞)을 가지고 그들을 안무케 하고 추호라도 괴롭히지 말도록 했으며, 드디어 군사를 몰고 무창을 공격하니 무창 역시 투항했다. 두예는 군위(軍威)를 크게 떨치고 여러 장수들을 총집합시켜서 건업(建業)을 점령할 계책을 함께 상의했다.

호분은 겨울이 되기를 기다려서 일거에 공격을 하는 게 좋겠다고 했지만, 두예는 지금의 파죽지세를 가지고 그대로 밀고 나가야만 두 번 다시 손을 댈 여지도 없이 격파할 수 있다고 주장하며, 여러 장수들에게 격문을 날려서 일제히 건업을 점령하기 위하여 진격을 개시하라고 지시했다.

이때, 용양장군 왕준은 수병을 인솔하고 물길을 따라서 장강을 내려오고 있었는데, 오군이 쇠사슬과 철추를 물속에 장치해 두었다는 것을 알자 코웃음을 쳤다.

그는 수십만의 뗏목을 만들어서 그 위에 풀을 묶어서 사람처럼 만들어 갑옷을 입히고 무기를 들려서 배 언저리에 세워 물결을 따라 떠내려가게 했다.

적군이 나타났다고 오병이 뿔뿔이 흩어졌을 때, 뗏목은 유유히 강물을 따라서 내려오면서 철추를 뽑아 떠내려가게 하고, 마유(麻油)에 붙여진 불로 쇠사슬은 저절로 녹아서 풀어지고 흐트러져 버렸다.

이때, 왕준은 순식간에 양로로부터 대군으로 무찔러 들어가니 이겨 내지 못할 곳이 없었다.

동오의 승상 장제는 좌장군 심형, 우장군 제갈정을 거느리고 진나라 군사와 맞서 보려고 나섰는데, 심형이 제갈정에게 이런 말을 했다.

"상류의 제군은 방비가 신통치 않으니 진군은 반드시 여기까지 쳐들어올 것이오. 있는 힘을 다하여 승리를 거두면 강남은 그대로 안전할 것이요. 강을 건너가서 싸우다가 불행히 패하게 되면 대사는 끝장나고 마는 것이요."

"공의 말이 옳소!"

제갈정의 대답이 채 끝나기도 전에 보고가 들어오기를 진병이 물줄기를 따라서 쳐들어오는데 도저히 막아낼 도리가 없다는 것이었다. 두 사람은 대경실색하여 급히 장제에게로 달려와서 상의했다.

제갈정이 울면서 말했다.

"동오도 위태롭습니다. 왜 빨리 피하시지 않으십니까?"

장제도 눈물을 흘리며 말했다.

"오나라가 망하리라는 것은 현우(賢愚)를 막론하고 다 아는 일이지만, 만약에 군신이 모두 투항하고 한 사람도 국난(國難)에 죽는 사람이 없다면, 이 역시 욕된 일이 아니겠소?"

제갈정도 눈물을 흘리며 돌아갔다. 장제와 심형은 군사를 풀어서 적을 막아 내니 진병은 일제히 그들을 포위해 버렸다. 주지가 제일 먼저 오영(吳營)으로 무찔러 들어갔다. 장제 혼자서 고분분투했으나 난군 중에서 절명했고, 심형도 주지의 한칼에 죽어버렸으며, 오병은 패하고 사방으로 도주했다.

진나라 군사는 우저(牛渚)를 격파하고 오나라 국경 안으로 깊숙이 들어갔다. 왕준이 사람을 보내서 첩보를 전했더니 진주 사마염은 그 소식을 듣고 크게 기뻐했는데, 가충이 아뢰었다.

"우리 군사는 오랫동안 밖에 나가서 지쳤고 수토불복(水土不服)이니 반드시 질병이 생길 것입니다. 마땅히 군사를 거둬 들이시어 다시 싸우실 계책을 세우심이 좋겠습니다."

그러나 장화(張華)는 이 말에 반대했다.

"이미 우리 대병은 적의 소굴로 들어갔으며 오나라 사람들의 간담을 서늘하게 했으니 한 달도 못가서 손호는 반드시 붙잡히고 말 것입니다. 만약에 군사를 소환하신다면 전공이 허사가 되고 마니 가석하기 이를 데 없는 일입니다."

진주가 미처 대답도 하기 전에 가충이 장화에게 호통을 치면서 말했다.

"그대는 천시와 지리란 것을 모르고 함부로 공명심에 사로잡혀서 사졸들을 곤폐하게 하니, 그대를 참하여도 천하에 사죄할 길이 없을 것이오!"

사마염이 말하기를,

"이것은 짐의 뜻이요. 장화는 짐과 뜻이 같으니 말다툼할 필요는 없소."

그때 두예가 급히 사람을 파견하여 표를 올렸다는 보고가 들어왔다.

진주가 그 표를 받아 보았더니 역시 시급히 군사를 진격시킴이 마땅하다는 내용이었다. 진주는 그 이상 망설이지 않고 당장에 정진(征進)하라는 명령을 내렸다.

왕준 등은 진주의 명령을 받들고 수륙 겸진하여 풍뢰가 고동하듯 쳐들어가니 오나라 사람들은 깃발만 보고도 투항했다.

오주 손호는 이 소식을 듣자 크게 놀랐다. 여러 신하들이 아뢰었다.

"북쪽 군사는 나날이 박두해 오고 강남 군민들은 싸우지도 않고 투항하니 어찌 하면 좋겠습니까?"

손호의 말했다.

"어째서 싸우지 않는 거요?"

"오늘의 화근은 모두 잠혼의 죄입니다. 폐하께서는 그를 참하여 주십시오. 신 등은 성 밖으로 나가서 결사적으로 한번 싸우겠습니다."

손호의 말이,

"중귀(환관) 한 사람이 어찌 나라를 망칠 수 있겠소?"

여러 사람들이 큰 소리로 외쳤다.

"폐하께서는 촉나라의 황호를 보지 않으셨습니까?"

그들은 드디어 오주의 명령도 기다리지 않고 일제히 궁중으로 몰려 들어가 잠혼을 잡아서 사지를 찢고 그 살을 날로 씹었다.

도준(陶濬)이 아뢰었다.

"신이 영솔하고 있는 전선은 모두 너무 작습니다. 원컨대 군사 2만을 큰 배에 태워 가지고 한번 싸워 보면 넉넉히 격파할 것 같습니다."

손호는 그 말대로 드디어 어림제군(御林諸軍)을 도준에게 주어서 상류에 나가 적과 대결하게 했고, 전장군(前將軍) 장상(張象)은 수병을 거느리고 장강으로 내려가면서 적군과 싸우게 했다.

두 사람의 부병(部兵)이 진격하려고 하자, 뜻밖에도 서북풍이 맹렬히 일어나서 오병은 깃발을 세울 수 없고 모조리 배 안에 거꾸로 박히니 군사들은 배를 타려 하지 않고 사방으로 흩어져 달아났고 단지 장상의 군사 수십 명만이 적군과 대결하려고 하였다.

한편, 진나라 대장 왕준은 돛을 올리고 쳐들어왔는데, 삼산(三山)을 지났을 때, 사공이 말했다.

"풍파가 대단하니 배가 갈 수 없습니다. 잠시 풍세를 기다렸다가 다소 가라앉거든 가시기로 하십시다."

왕준은 대로하여 칼을 뽑아 들고 호통을 쳤다.

"나는 지금 석두성(石頭城)을 점령하려고 하는데, 그것을 가로막다니 그게 무슨 소리냐?"

드디어 북을 울리며 거침없이 나갔다. 오장(吳將) 장상이 자기 종군을 인솔하고, 투항을 청해 오니, 왕준이 말했다.

"만약에 진심으로 투항하는 것이라면 전부(前部)가 되어서 공을 세우라."

장상은 본선을 되돌려 곧장 석두성 아래로 가서 소리를 질러 성문을 열게 하고 진나라 군사를 맞아들였다

손호는 진병이 이미 입성했음을 알자 스스로 목을 찔러 죽으려고 했으나, 중서령 호충, 광록훈 설형의 권고를 받아들여 자신을 스스로 결박해서 상여를 타고 문무제관을 인솔하고 왕준의 군전(軍前)으로 가서 귀항했다.

왕준은 그의 결박한 줄을 풀어 주더니 상여를 태워 버리고 왕례를 갖추어 그를 맞았다.

이리하여, 동오의 주 · 군 · 현 · 호 · 군리(軍吏) · 병사 · 남녀노소. 미곡(米穀) · 주선(舟船) · 후궁(後宮) 5천여 명까지 송두리째 대진(大晉)에 귀속되고 말았다.

대사가 이미 끝장이 나자 방을 내붙여 민심을 안정시키고 국고(國庫)는 모조리 봉폐했으며, 바로 그 이튿날 도준의 군사는 싸우지도 않고 저절로 자취를 감춰 버렸고, 낭야왕 사마주와 왕융의 대군이 모두 도착되어 왕준이 큰 공을 이루었음을 보고 기뻐서 어쩔 줄을 몰랐다.

또 그 이튿날에는 두예도 도착하여 3군을 위로해 주고, 창고를 열어 오나라 백성을 도와주니 그들도 그제야 마음을 놓았다. 오직 건평(建平) 태수 오언(吳彦)만은 성안에서 항거하며 투항하지 않다가 오나라가 완전히 망한 것을 알고야 할 수 없이 항복했다.

왕준이 표를 올려 첩보를 알리니, 조정에서 진주가 축하의 술잔을 손에 잡고 눈물을 흘리며 오늘날이 있게 된 것은 양태부(양호)의 공로인데, 살아생전에 보여 주지 못했음이 한이 된다고 했다.

표기장군 손수(孫秀)는 조정을 나와서 손호가 강남을 고스란히 포기해 버린 것을 원통히 생각하고, 남쪽을 향하여 통곡을 했다.

왕준은 군사를 철수하여 오주 손호를 낙양으로 데리고 와서 천자께 배알시켰다.

이 자리에서 가충이 손호에게 물었다.

"남방에 계셨을 때, 사람의 눈알을 파내시고 살갗를 벗기시고 한 것은 무슨 형벌이었습니까?"

손호가 대답했다.

"신하로서 인군을 죽이려하거나 간망불충(奸妄不忠)한 자에게는 이 형벌을 가했소."

가충은 묵묵히 부끄러움을 금치 못할 따름이었다. 진제(晉帝)는 손호를 귀명후에 봉했고, 그 자손을 중랑에 봉했으며, 승상 장제는 전사하여서 대신 자손을 봉했으며, 왕준은 보국 대장을 삼았다.

이리하여 세 나라는 진제 사마염에게로 돌아갔고 통일의 기틀이 마련되었다.

그 후, 후한 황제 유선은 진나라 태강(太康) 7년에 죽었고, 위주 조환은 태강 원년, 오주 손호는 태강 4년에 각각 임종했다.

뒷 사람이 이런 사실을 서술한 다음과 같은 고풍시(古風詩) 한 편이 있다.

고조가 칼을 뽑아 들고 함양에 들어가니
염염히 타오르는 듯한 붉은 해가 부상(동쪽 바다 속)에서
떠올랐다.
광무가 용같이 일어나 대통을 이룩하니
금빛 까마귀 하늘 한복판으로 날아 올라갔다.
슬프다! 헌제가 해우가 이었으니
붉은 해가 서쪽 함지 곁에 떨어졌다!
하진이 꾀가 없어 중귀(환관)가 어지럽게 구니
양주의 동탁이 조당에 자리 잡았다.
왕윤이 계책을 세워 반역의 도당을 주멸하니
이각·곽사가 칼과 창(싸움)을 일으켰다.
사방의 도적이 개미처럼 모여 들고
육합(천지사방)의 간웅들이 모두 매처럼 설치고 뽐내게

됐다.

손견 · 손책이 강좌(강남)에서 일어나고

원소 · 원술이 하양에서 일어났다.

유언 부자는 파촉을 근거지로 삼고,

유표의 군사는 형주와 양주에 주둔했다.

장연 · 장로는 남정에서 패자가 되었고,

마등 · 한수는 서량을 지켰다.

도겸 · 장숙 · 공손찬은

각각 웅재를 발휘하여 한쪽을 점령했다.

조조는 전권을 잡고 상부에 있으면서 영준한 인물들을

손아귀에 넣고 문무를 사용했다.

그 위력이 천자를 떨게 하고 제후를 명령했으며,

용맹한 군사를 모조리 거느리고 중토를 진압했다.

누상의 현덕은 본래 황족의 자손으로, 관운장 · 장비와

의로써 맺어 주공을 도우려 했다.

동서로 분주히 달리며 집 없음을 한탄했고,

장수가 적고 군사가 미약하여 정처 없이 헤매는 나그네

신세가 되었다.

남양을 세 번 찾으니, 정은 어찌 그리 깊었던지 와룡을

한번 보자 천하를 나눴다.

먼저 형주를 점령하고, 나중에 서천을 점령하니

패업과 왕도가 천부(옥야천리-촉나라의 땅)에 있었다.

오호라! 3년 만에 이 세상을 떠나니,

백제성에서 고아를 맡길 때, 아프고 쓰라림을 참았다.

공명이 여섯 번이나 기산 앞에 나갔으니 한 손으로 하늘을 받들려 했다.

역수(曆數)가 여기 와서 끝나고,

장성이 아닌 밤중에 산언덕에 떨어질 줄이야 어찌 알았으랴!

강유가 혼자 기력이 높은 것만 믿고, 중원을 아홉 번이나 토벌하여 헛수고만 했다.

종회·등애 군사를 나누어 진격하니 한실의 강산이 모두 조씨에게 속하게 됐다.

비·예·방·모를 거쳐 간신히 환에 이르렀다가

사마씨가 또 다시 천하를 교체 받았다.

수선대 앞에는 운무가 일어나고

석두성 아래에는 파도가 없었다.

진류왕이 안락공과 더불어 귀명하니

왕후·공작은 뿌리로부터 다시 싹터났다.

분분한 세상사는 무궁무진하며

천수는 망망하여 피할 길이 없다.

정족이 삼분된다는 것은 이미 꿈이 되어 버렸고,

뒷 사람이 이들을 조상한다 하며 탄식하여 말할 뿐
이다.

高祖提劍入咸陽　炎炎紅日升扶桑
光武龍興成大統　金烏飛上天中央
哀哉獻帝紹海宇　紅輪西墜咸池傍
何進無謀中貴亂　涼州董卓居朝堂
王允定計誅逆黨　李催郭汜興刀鎗
四方盜賊如蟻聚　六合奸雄皆鷹揚
孫堅孫策起江左　袁紹袁術興河梁
劉焉父子據巴蜀　劉表軍旅屯荊襄
張燕張魯霸南鄭　馬騰韓遂守西涼
陶謙張繡公孫瓚　各逞雄才占一方
曹操專權居相府　牢籠英俊用文武
威震天子令諸侯　總領貔貅鎮中土
樓桑玄德本皇孫　義結關張願扶主
東西奔走恨無家　將寡兵微作羈旅
南陽三顧情何深　臥龍一見分寰宇
先取荊州後取川　霸業王圖在天府
嗚呼三載逝升遐　白帝託孤堪痛楚
孔明六出祁山前　願以雙手將天補